Thomas Wolfe

Or whether thou, to our moist vows denied,
  Sleep'st by the fable of Bellerus old,
Where the great vision of the guarded mount
Looks toward Namancos and Bayona's hold:
Look homeward Angel now, and melt with ruth;
And, O ye dolphins, waft the hapless youth.

——John Milton, "Lycidas"

LOOK HOMEWARD,
ANGEL

Thomas Wolfe

天使望故乡

Ⅲ

［美］托马斯·沃尔夫 著

宋碧云 译

广西师范大学出版社

·桂林·

目录

第三部

第三部

一

　　尤金离家去上大学的时候，还没有满十六岁。当时他身高超过六英尺三英寸，体重大概一百三十磅左右。他这辈子很少生病，但是他长得太快，体力被耗蚀一空，而他身心都野劲儿十足，使他精疲力尽。他很容易疲劳。

　　他走的时候还是个孩子，旁观过不少痛苦和罪恶，仍是"理想"的幻梦家。他幽囚在想象的巨城里，舌头学会了嘲弄，嘴唇学会了冷笑，但世界的锉刀并未在他心底刻下凹纹。他一次又一次陷入现实的泥沼。他那残酷的眼睛未曾漏过任何手势的含义，他那凄苦和拥塞的心灵像热铁块烧灼着他，可是在想象的光辉照耀下，一切冷酷的经验都融解了。他沉思时不是孩子，做梦时却是；而操纵他信仰的是孩童和幻想家的气质。也许他属于更老更单纯的人类吧！他与神话创造者是同一种人。对他而言，太阳是一盏为他照明、助他探险的大灯。他信仰勇敢的英雄事迹。他信仰自己难得见识的柔情和温情的花朵。他信仰美和秩序，相信他可以把这些东西放入人生的乱局中。他信仰爱情，信仰女子的美德和光彩。他信仰勇气，希望自己像苏格拉底一样，临危能不做出下贱或庸俗的事。他兴高采烈地感受青春，自以为永远不会死。

四年后他毕业时，青春期已过，爱情与死亡的热吻在唇上燃烧，他仍是孩子。

他们看出甘特的意志十分坚定，玛格丽特·伦纳德静静地说：

"好，那你动身吧，孩子。你动身吧，上帝保佑你。"

她望着他瘦长的身影，眼睛湿淋淋转向约

翰·多尔西·伦纳德说：

"你记不记得四年前穿短裤来我们这儿的小伙子？你能相信吗？"

约翰·多尔西·伦纳德静静笑起来，似乎松了一口气。

他说："你可知道？"

玛格丽特再度转向他，声音又低又柔，充满他没听过的热情。

"孩子，你把我们的心也带走了一部分。你知道吗？"

她把尤金颤抖的手夹在她的纤指间。他低下头，紧紧合上眼皮。

她又说："尤金，就算你是我们亲生的孩子，我们疼你也不过如此。我们想再留你一年，既然不可能，我们就送你出去，把满怀希望寄托在你身上。噢，你真优秀。你的身心没有一个分子不优秀。圣灵的荣光和圣油落在你身上。上帝保佑你：世界是你的。"

爱心和荣誉的嘉言像音乐沉入他心底，唤起

胜利的心像，使他为自己隐藏的欲望而惭愧。爱召唤着他，但他的灵魂含有情欲和罪恶，畏缩不前。

他抽回师母紧握的手，发出动物窒息般的叫声，用手去勒喉咙。

他哽咽道："我办不到！你千万别以为——"他说不下去了，他的生命盲目寻找忏悔的良机。

她第一次轻吻他的面颊，后来他离开她，那一吻竟像火圈热辣辣的。

那年夏天他跟本比以前更亲近。他们在伍德森街同住一个房间。海伦出嫁后，卢克回到匹兹堡的西屋工厂去了。

甘特仍然住在起居室，他把房子剩余的地方租给一位爽朗的四十岁白发孀妇。她妥善照顾他们，对本尤其温柔。晚上尤金在凉爽的回廊上，常常发现他们待在叶簇下，听见哥哥平静的语音和笑声，看见香烟在暗处慢慢画出弧形的红影。

文静的本比以前更安静更愁眉苦脸，他怒目

在屋里穿梭。他跟伊丽莎讲话，总是简短而又带着轻蔑，跟甘特简直不交谈。他们从未一起谈笑。他们的目光从不相迎——他们之间有一种父子相承的羞愧感，超越母性、超越人生承续下来，封住了每个男人的嘴巴，却又活在他们心中，害他们说不出话来。

不过本对尤金说话比以前直爽。晚上他们坐在床上，临睡前看看书和抽抽烟，本杰明·甘特一生的种种痛苦和辛酸都化为剧烈的指责。起先他说话有点困难，像读书一样常常停顿，不过后来愈说愈快，平静的声音就激动多了。

他扔掉香烟说："我猜他们对你叫穷吧？"

尤金说："噢，我得省着用，我千万不能浪费钱。"

"啊！"本做个鬼脸说。他闷声笑一笑，嘴唇都歪了。

"爸爸说，很多男孩子去餐厅当服务生之类的，半工半读上大学。也许我能做点那种事。"

本翻个身，面向弟弟，并以多毛的瘦膀子支

起上半身。

他冷冷说："听好，尤金，别当该死的小傻瓜，听到没有？"又狠狠加上一句："你能跟他们要多少钱，就要多少。"

尤金说："噢，我感谢他们栽培。我得到的远比你们几个多，他们已经为我设想太多了。"

本厌恶地皱眉看他说："为你，你这小白痴！他们是为自己打算。别让他们平白得逞。他们认为你有一天会成功，为他们增光。他们提早两年逼你去奋斗。不，你尽量争取一切。我们几个从来没拥有过什么，但是我希望你尽量多把握一些。"他气冲冲叫道："老天爷！他们的钱在臭银行里腐烂，对谁都没有好处。不，尤金，把能要到的一切都拿来。你到了那边，如果发现要多一点钱才能在同学间立足，就叫老头给你。你在家乡从来没机会抬起头来，到远方要尽量把握机会。"

他点起一根烟，闷声不响抽了一会儿。

他说："滚他的！我们活着究竟为什么！"

尤金上大学的第一年非常寂寞、痛苦和失意。他入学不满三星期，已被人开了五六次典型的玩笑。他对校园传统一无所知，人家遂利用此一弱点，而他好欺骗也成了嘲笑的目标。他是古今最嫩的新鲜人：他曾在小教堂专心听一位装了假胡子的二年级学生布道；他曾勤读大学目录的内容，准备考试；他跟五十位同学入选参加文学会，竟冒冒失失发表演说，犯了不可原谅的社交大忌。

这些滑稽事——有点残酷，却只引来一顿嘲笑，只是美国大学粗鲁幽默的一部分内容罢了——猥亵、夸张、全国通用，在尤金心里留下很深的创伤，同伴们几乎没想到这一点。他引人注意，不只因为他常犯错，也为了他那张野性十足的娃娃脸、高大的身材和一蹦一蹦的剪刀腿。大学生一群群咧着嘴走过他身边：他乖乖向他们行礼，心里很不舒服。而同班同学、比他精明的新生都不会犯他这种错误，他们那自得的笑脸有时候害他气得发疯。

他咬牙骂道："笑，笑，笑——该死的！"他此生第一次讨厌尺寸太恰当的东西。他开始讨厌和羡慕不显眼的普遍性气质——无数适宜穿成衣的臂、腿、手、脚和身材。他无论在什么地方发现匀整的事物，都憎恶有加——空有其表的小伙子，头发亮亮的，整整齐齐中分，四肢健壮平凡，可以在舞池中跳得很优雅。他希望看他们犯点笨拙的错误：失足跌倒啦，胃肠胀气啦，在人群中掉一颗重要的纽扣啦，跟漂亮女友在一起却不知道衬衫下边吊起来……可是他们根本不犯错。

他走过校园，听见同学们由十几个窗口呼叫他的名字，挖苦他，躲在那儿偷笑，他咬牙切齿。晚上他躺在黑漆漆的床上，心绪乱纷纷，怀着内向的人特有的自我中心观，脑子里出现一间拥挤的宿舍，里面的人都咧着嘴研究他的事迹，他羞愧得全身发冷，用手扯被单。他伸出尖爪扼着喉咙，忍住一声狂叫。他想抹掉可耻的经历，解开朦胧的幻影。他总觉得自己完蛋了，他一开始过大学生活就犯下人家永远忘不了的错误，往后四年他充其量只能力求不出名罢了。他想象自己已穿上小丑的服饰，思及往日成功和荣耀的幻想，只能自轻自贱。

他无法向任何人求助：他没有朋友。他对大学生活的看法浪漫又模糊，全是靠当年阅读耶鲁的斯托弗、无畏小子弗雷德和挽臂欢唱的欢乐少年帮等书本里的人物，再凭回忆塑造成的。没有人给他美国大学生活的基本资料。没有人提醒他一般的禁忌。所以他毫无准备就面对大学的新生活，跟日后面对所有的新生活一样，除了自己的迷梦外，始终是世外桃源里的异乡人。

他孤单单的。他寂寞得要命。

不过那所大学是迷人和难忘的地方，坐落在该州中部的讲坛山小村庄。学生由十二英里外的烟草小镇埃克塞特乘车往返，乡区未开化，壮观而丑陋，田野、树林和凹地连绵不绝；不过大学本身隐在荒野中一座很陡的孤峰上。在蜿蜒的村街末端，校舍突然耸现于冈顶上，街道两旁有各学院的房舍，路通镇区和大学，蜿蜒一英里。中央的校园斜斜分布在宽广的草坪上，古树参天。上端是一个四角庭院，围着几栋革命后所建的旧砖屋；比较新的建筑物属于差劲的现代型（学究味十足的新希腊式），散列在中央校园的另一端；再下去就是林木茂密的荒野了。该地仍有蛮荒的气息——其幽远和孤独的魅力依稀可以感觉得到。尤金觉得这儿像大罗马的乡村前哨站，荒野则像野兽爬上来找它。

这所大学很穷，在森林里挣扎一世纪多，所以有一种甜蜜和美感——日后将丧失一空。它带点乡野的权威，带点古南国的乡土气。除了本州什么都不重要：本州是大帝国，有钱的王国——州外则是遥远和半蛮荒的世界。

这所大学的子弟很少在全国出头——只出过一位不太有名的美国总统和几位内阁阁员，可是追求这种成就的人并不多：能在自己这一州当大人物已经够光荣了，进一步的声名并不重要。

在这种田园环境中，年轻人可以舒舒服服、高高兴兴混过四年奢侈放纵的日子。上帝知道，这儿静得可以出家求学，可是气氛带点浪漫，春天万物丰足，鲜花遍野，绿光香暖，把一点啃书的热劲儿完全浇熄了。反之，他们整天游荡，宴请灵魂，或者兴冲冲发起合唱团、运动队伍、班级政治、大学兄弟会、辩论会和戏剧团等活动。他们还喜欢说话——在树下，在爬满藤蔓的墙边，聚在房间里，老是说个不停。他们说话——软绵绵趴着——不断说些迷人、空洞的南方闲话；他们滔滔不绝谈上帝、魔鬼、哲学、女友、政治、运动、大学兄弟会和女孩子——我的天！他们真能谈！

领受罗德奖学金的老学者（讲坛山和默顿，1914 年）托灵顿先生大着舌头说："观察，观察他巧妙地保持悬宕，直到最后才解开。观察他建立高潮的技法多么完美，直到最后一个字才让人明白他的含义。"事实上，直到最后一个字还不明白哩。

尤金暗想：我终于受到教育了。这一定是好作品，因为看来好沉闷喔。牙医说：疼痛对你有好处。民主这么认真，一定是真的；又因为文文雅雅抹了香油，放在语言的石陵中，必然是确切的。《大学生散文范本》——伍德罗·威尔逊、布莱斯爵士和布里格斯院长等人的作品。

不过这里绝口不提聒耳的美国心声、政治传统、大军乐队、苏格兰装、民主党坦慕尼派、武器威力、私刑会和黑色野宴、波士顿的爱尔兰人，以及《巴比伦空号角》（民主党）所揭露的教皇阴谋、比利时处女强暴案、朗姆酒、石油、华尔街、墨西哥等话题。

托灵顿先生一定会说这些都是暂时的、偶然的，根本靠不住。

托灵顿先生向尤金微笑，柔声请他坐在他桌边的一张椅子上。

他搜寻索引卡说："贵姓是——？贵姓是——？"

尤金说："甘特。"

他笑着表示歉意："啊，是的——甘特先生。喀——你的课外读物是？"

尤金暗想：我的课内读物又如何呢？

他喜不喜欢看书？啊——那很好。他很高兴听他这么说。卡莱尔说，今天真正的大学（他真希望尤金喜欢粗鲁的老托马斯·卡莱尔）就是珍藏的图书。

尤金说："是的，是的。"

他觉得那是牛津计划嘛。噢，是的——托灵顿先生曾在那边三年。他的眼睛不觉一亮。在温暖的春日里顺着高街游荡，停下来端详橱窗里花少许钱就买得到的宝藏；然后到布尔或朋友的房间喝茶，或者在草地或莫德林学院的花园散步，或者俯视下面四方院子里快活的青春行列。啊——啊——！伟大的地方？噢——他不太会这么说。这全看你所谓"伟大的地方"是什么意思。思想松散——他幻想这种情形在美国青年间比在英国青年间更普遍——一大半是界说不明的演讲充斥造成的。

尤金说："是的，先生。"

伟大的地方？噢，他不太会这么说。这个措辞是典型的美国用语。他嘴唇甜甜的，向尤金泛出不太友善的笑容。

他说："这样可以扼杀一个人无用的热忱。"

尤金脸色稍微转白。

他说："那很好。"

唔——他看看。他喜不喜欢戏剧——现代戏剧？好极了。现代戏的内容有些非常有趣。巴里[1]——噢，迷人的家伙？什么？萧伯纳？

尤金说："是的，大人，其他的我全读过。有一本新书出版。"

托灵顿先生略感诧异说："噢，真的！亲爱的孩子！"他耸耸肩，显得客气和冷漠。如果他喜欢，那很好。当然啦，他认为他们真的在做些一流的事，如此浪费时间未免太可惜了。不过问题就在这里。那种人大抵诉诸未陶冶的品味，不懂评鉴的判断力。他对不成熟的人有亮丽的吸引力。噢，是的，一定是有趣的家伙。聪明——是的，却不见得有意义。而且——他不认为——有点喧闹吗？

---

1 应指苏格兰剧作家、小说家詹姆斯·马修·巴里（James Matthew Barrie），代表作为《彼得·潘》。

也许他注意到了？是的——一定有怡人的凯尔特族[1]旋律，不是不迷人，却靠不住。他不能和最好的现代思想融成一体。

"我选修巴里的作品吧。"尤金说。

是的，他认为这样好多了。

"好，你好。你贵姓——贵姓？"他又摸索卡片说。

"甘特。"

噢，是的，不错——甘特。他伸出丰满无力的手。他希望甘特先生肯来看他。尤金遇到头一年常有的小问题，他也许能提供一点忠告。最重要的是，千万别灰心。

尤金兴奋地退到门口说："是的，先生。"他觉得身后有一片空地，就穿过空地消失了。

他暗想道：反正鬼巴里的作品我全读过。我会写个鬼论文，好好读我喜欢的东西。

上帝保佑吾王和吾后！

---

1 印欧民族的一支，主要包括现爱尔兰人、苏格兰高地民族、威尔士人和法国西北部的布列塔尼人。

此外他还修化学、数学、希腊文和拉丁文。

他兴致勃勃苦读拉丁文。老师是一位高个子，胡子刮得干干净净，脸色黄黄的，十分阴沉。他稀疏的头发分得很高，叫人想起两只角。他嘴边老是挂着魔鬼般的笑容，眼珠子向旁边转，含有恶毒的幽默。尤金对他寄予厚望。早晨班上同学坐定以后，尤金空着肚子气喘吁吁赶来，邪门的教授会精心讽刺说："啊，来了，甘特修士。又是及时赶上做礼拜。你睡得好吗？"

班上同学为这番巧妙的话哈哈大笑。过了一会儿，他停下来等着，故意弓起弯弯的眉毛，瞪着期待的观众，用挖苦的语气说：

"现在我要请甘特修士赏个脸，表演一段洗练和渊博的译文。"

这些嘲笑简直叫人受不了，因为全班二十几位同学当中，只有甘特不靠坊间刊行的译文来准备功课。他苦读李维和塔西佗的作品，研究课文好几遍，直到能自己读得顺顺畅畅为止。说来他真笨，总是毫不犹豫立刻翻出来，不懂得在某些地方故作怀疑。他这么辛苦和诚实，反而饱受"魔鬼化身"的苛待。尤金读课文的时候，老师的笑意加深了，他意味深长望着全班笑眯眯的学生，等尤金念完，他就说：

"棒，甘特修士！好极了！了不起！你骑一匹很棒的小马 —— 孩子，可惜有点太顺利了些。你骑得太好了些。"

全班哧哧窃笑。

尤金实在忍不住了，有一天下课后专程去找老师。

他气得差一点说不出话来："听着，老师！听着！老师 —— 我告诉你 ——"他想起班上那些抄袭别人译文充数的笑面猿猴，实在说不下去。

"魔鬼门徒"并不是坏人，他跟大多数自以为聪明的人一样，只是愚蠢罢了。

他和和气气说："胡扯，甘特先生。翻译方面你别以为能骗过我。我不介意的，你知道。"他咧着嘴继续说："你若宁愿骑小马，不自己下功夫，我会给你马马虎虎的分数——只要你做得好。"

"可是——"尤金火爆地说。

老师一本正经说:"不过甘特先生,你愿意这样偷懒,我觉得很可惜。听着,孩子,你可以读得很好。我看得出来。你为什么不试试呢?你何不尽力,真的好好用功呢?"

尤金瞪着老师,眼里含着愤怒的泪水。他嘀嘀咕咕却说不出话来。可是他望着老师那自作聪明的媚眼,突然为这件不公平的事——像讽刺漫画似的——悲愤欲绝;他爆出愤怒和调侃的笑声,老师一定以为他是招认了。

他问道:"好,你怎么说?你愿不愿意试试看。"

尤金吼道:"好!我试试看。"

他立刻买了一册同学们用的翻译本。此后他读书遇到片语总是结结巴巴,老师便走来帮他的忙,用心听,不时点头赞许,等尤金念完,他满意地说:"好,甘特先生,很好。可见只要下点功夫就行了。"

私下他会说："你看出差别了吧？你不再用小马，我立刻听得出来。你翻译不再那么顺畅，却是自己想出来的。孩子，你很用功，自会有成果。值得吧？"

尤金用感激的口吻说："是的，确实不错——"

不过大学一年级最出众的老师是希腊文教授爱德华·佩蒂格鲁（"巴克"）·本森。巴克·本森个子很小，今年四十几岁，单身，衣服有点花哨却相当守旧。他佩戴翼形领、大领带，穿小山羊皮的鞋子。他的头发很多，渐渐转白，梳理得很漂亮。他的面孔显得好强、凶猛，黄色大眼球往外鼓，唇边有几道硬汉纹——整个说起来是丑中带俊。

他的声音低低的，懒懒的，很讨人喜欢，慢腔慢调，可是他骂起人来速度和音调丝毫不改，却非常残酷，骂过以后马上用同样的口吻抹去敌意，恢复情谊，治疗一切创伤。他的魅力大极了。学生把他当作奇思妙想的对象——在他们的神话中，他被塑造成热情和世故的情郎，他那辆像大玩具般在校园乱蹦的三轮摩托车则被刻画成风流韵事的场景。

　　他是理想的希腊人——文雅怠惰的学者。尤金受他指引，开始读荷马名作。他不太懂文法——以前在伦纳德预校学过一点——既然他曾在别人手下初习希腊文，巴克·本森更觉得他一窍不通。他拼命用功，可是优雅的小老头阴沉沉盯着他，吓得他结结巴巴，怯怯懦懦，表现得很笨拙。他心脏怦怦跳，声音抖抖颤颤往下读，巴克·本森显得愈来愈心烦，最后终于放下书本，慢声慢调说：

　　"甘特先生，你害我气得发狂，我真恨不得把你扔出窗外。"

　　不过考试的时候尤金表现甚佳，译笔十分优美。他得救了，巴克·本森用懒散和讶异的口吻当众夸奖他的考卷，给他相当高的分数。后来他们师生的关系不再那么紧张，春天他已信心十足地选修欧里庇得斯的作品。

　　日后的岁月淹没了许多美的经验，始终鲜明

的就是荷马作品——当他第一次听古希腊最后的子孙巴克·本森慢慢踱着方步，慢声慢调以六音步读荷马史诗时，那股大浪涛在他的脑子、血液、脉搏中汹涌，简直像甘特客厅里摆的海螺所发出的海浪声。

Dwaney de clangay genett, argereoyo beeoyo——隔着汽笛声、车轮摩擦声、铆钉匠的笃笃声，浩大长远的音乐永远存在。什么噪声能压倒它？什么蛮力能干扰或征服它？——它在我们年轻时埋进我们血肉里，像"苹果树、歌声与黄金"一样使人永志难忘啊。

二

第一年没过完，尤金已换了四五个住所。学年结束时，他单独住在一个光秃秃没铺地毯的大房间——这种住法在讲坛山很少见，那边的学生大都是两人或三人合住一个房间，只有少数人例外。孤单的生活由那个房间开始，起先难以忍受，后来却成为他身心必要的生活方式。

他到讲坛山由姐夫休·巴顿作陪，姐夫在埃克塞特城接他，开着大轿车送他来。注册以后，他在一位阿尔塔蒙特籍的寡妇家找到住处，那人的儿子也是学生。休·巴顿松了一口气，告辞走了，希望天黑以前能赶回家和新娘子团聚。

尤金满怀热忱，判断力却不佳，事先付了两个月的房租给那位寡妇。她姓布拉德利，没有什么活力，喜欢闹别扭，脸色苍白，患有心脏病。不过她家的餐点很棒。布拉德利太太那个读书的儿子姓名简称为 G. T. 布拉德利，是大学二年级的学生，今年十九岁，成天绷脸皱眉，是奴性和傲气的混合体。他一心想入选为大学兄弟会会员，可惜未能如愿。他无法凭天生的才气获青睐，就产生一种特殊的执著，以为他只要能驱策许多大一新生出了名，盛名和光彩自会降临在他身上。

他对尤金使出这一招，立刻招来反抗和不满。他们之间敌意很深：G. T. 尽量阻挠和破坏尤金的大一生涯。他害他当众出丑，请观众来看他受辱；他甜言蜜语套出他的知心话，然后又泄露给别人听。可是嘲讽和背信到最严重的程度时，总会激起我们的羞耻心；我们忍受劣行的度量跟其他能力一样，都是很小的。有一天尤金终于挣脱束缚，他可以自由搬出寡妇家的伤心地了。G. T. 皱着眉头，怯生生来找他。

"尤金，听说你要离开我们。"他说。

"是的。"尤金说。

"尤金，你把事情看得太严重了。"他说。

"是的。"尤金说。

"尤金，我不希望你带着反感离开。我们握握手，做个朋友吧。"

他生硬地伸出手来。尤金看看他那张刻薄又软弱的面孔，那双瞟来瞟去想占有什么似的忧郁眼睛。浓密的黑发油腻腻黏得发僵，发根的白头屑看得清清楚楚，还有一股香粉味传来。他在面孔白皙的亲娘体内孕育滋长——为了什么？只为了舐权贵的指头，为了在大人物的纹章面前奴颜婢膝。尤金一时感到恶心。

对方晃一晃前伸的指头，再说一遍："我们握握手吧，尤金。"

尤金说："不。"

"你不恨我吧？"G. T. 呜咽道。

"不。"尤金说。

他感到怜悯，感到恶心。他原谅对方，是因

为非遗忘不可。

尤金生活在一个小世界，可是他心目中的世界当下就毁了。他的灾难全是琐琐碎碎的，对他的心灵却有深刻和悲惨的影响。他满怀不屑地缩入小牢笼中。他没有朋友，饱受轻蔑和自尊的打击。他对四周一切的普通人盲目摆出反抗的面孔。

就在这个悲苦绝望的秋天，尤金第一次认识吉姆·特里维特。

吉姆·特里维特是本州东部一位烟草富农的儿子，今年二十岁，已是老练的无赖汉子。他体格健壮，带点下流相，嘴巴粗鄙多肉往外翘，有点闭不紧，经常挂着暧昧的笑容；嘴角沾着棕色的烟草汁。他牙齿不好。头发呈浅棕色，干干乱乱的，脏兮兮黏在一起。他老是穿着最流行的廉价怪衣裳，紧身裤裤管和牛津皮鞋相隔一英寸，露出一英寸左右的绣花长筒袜；短摆大衣的臀部束一条皮带，上面配个丝质的大条纹领。大衣里面穿一件大毛衣，附有中学的号码。

吉姆·特里维特跟家乡来的另外几位同学住

在一栋公寓里，离布拉德利太太家很近，离大学的西侧门更近。为了安全和做伴，四个小伙子共用两个脏乱的房间，屋里生个小铸铁炉取暖，又热又干，像烤箱似的。他们一直准备用功，却从来没用功过：某人坚定地走进来，宣布"明天可难熬了"，然后细细准备要跟书本长期抗战；他从容不迫地削铅笔，调整灯光，在火红的炉子里添些燃料，挪挪椅子，戴上眼罩，清理烟斗，小心填上烟草，点火，再点火，把烟草倒掉，此时听见有人敲门，表情如释重负。

他热忱地吼道："进屋里来吧，妈的！"

汤姆·格兰特说："嗨，尤金！小子，拉张椅子坐下吧。"他是一个体型厚重的男生，衣着很华丽，额头低低的，黑发，脾气温和、愚蠢、懒散。

"你在用功？"

吉姆·特里维特嚷道："浑球，正是！我像小杂种一样用功。"

汤姆·格兰特慢慢回头看他说："老天！哇，你这几天会闷死。"他满面愁容慢慢摇摇头，接着又粗声笑起来："如果特里维特老头知道你拿他的钱去干什么，他不拼命才怪。"

吉姆·特里维特说："尤金，这些英文你会多少？"

汤姆·格兰特说："他不会的地方，邮票背面就写得完。尤金，桑福德老头觉得你是危险人物。"

吉姆·特里维特说："我想你读得懂托灵顿的意思。"

尤金说："不，我的英国味不足，生嫩又浅薄。感谢上帝，我变了，吉姆，你有什么事？"他问道。

吉姆·特里维特说："我有一篇很长的论文要写，我不知道该写什么。"

"你要我做什么？替你写？"

"是的。"吉姆·特里维特说。

尤金故作强硬说："你的鬼论文自己写，我不替你写。我若帮得上忙，我会协助你。"

汤姆·格兰特向吉姆·特里维特眨眨眼说："你什么时候让'硬小子'带你去埃克塞特玩玩？"

尤金满面通红，连忙声辩。

他很不自在地说："他要去，我随时奉陪。"

吉姆·特里维特咧嘴一笑说："听着，长腿儿！你是真的要跟我去，还是虚张声势？

"我跟你去！我说过要跟你去的！"尤金气冲冲说。他有点发抖。

汤姆·格兰特对着吉姆·特里维特偷笑。

他说："尤金，这样可以使你变成男子汉。小子，你一定会因此长出胸毛。"他忍不住笑起来，声音不大，摇头摆脑，似乎起了什么秘密的念头。

吉姆·特里维特的嘴巴咧得更大，他对着柴箱吐口水。

他说："老天！她们看到长腿儿，会以为春天来了。她们得用扶梯才够得着他。"

汤姆·格兰特笑得浑身乱颤。

"她们一定需要！"他说。

吉姆·特里维特突然逼问道："噢，怎么样，尤金？去吧？星期六？"

"我刚好有时间。"尤金说。

他走了以后，他们笑眯眯对望了一会儿——两个破坏人家童贞的家伙。

汤姆·格兰特说："呸！狠小子，你不该这样。你会带坏那个孩子。"

吉姆·特里维特说："对他没有害处，反而有好处。"

他用手背擦擦嘴，咧着嘴笑。

吉姆·特里维特低声说："等一下！我想就是这个地方。"

他们拐离阴郁的烟草镇中心区，在秋意甚浓的街道快步走了一刻钟。最后顺着一处布满车痕的山丘下坡，经过几栋邋遢的廉价房舍，来到郊区附近。还有三星期就到圣诞节了：雾蒙蒙的空气中充满寒意，四周一片寂静，间或有远处传来的小声音。他们拐入一条肮脏的小路，路面没铺柏油，两旁堆着一些黑人小木屋和贫苦白人的住宅。那是佝偻的世界。路上没有灯。他们在落叶间漠然移动双脚。

到了一栋两层楼的木屋前面，他们停下来。低垂的黄帘子后面有一盏朦胧的灯光，在烟雾弥漫的空气中射出暗黝黝的光粉。

吉姆·特里维特低声说："等一下，我找找看。"

他们听见落叶间有一拐一拐的脚步声。不久，一个黑人悄悄走出来。

吉姆·特里维特说："嗨，约翰。"声音小得简直听不见。

黑人用同样的调子有气无力地说："晚安，少爷！"

吉姆·特里维特说："我们找莉莉·琼斯家。这里是不是？"

黑人说："是的，先生。这里就是。"

尤金倚着一棵树，听他们说悄悄话。黑夜浩大无边，仿佛在注意听什么，邪恶地围在他四周。他的嘴唇冷冰冰发抖。他把一根香烟塞进嘴里，一面战栗一面翻起大衣的厚领子。

"莉莉小姐知不知道你要来？"黑人问道。

吉姆·特里维特说:"不知道。你认识她吗?"

黑人说:"是的,先生,我陪你过去。"

两个人向屋子走去,尤金在树影下等。他们避开前廊,绕到侧面。黑人轻轻敲格子门。总有格子门。为什么?

他静静等着,并向自己道别。他觉得他正举起凶刀要取自己的性命。他已陷入复杂的困局,脱身不得了。逃都逃不掉。

屋里传来封闭的小嗓音,有说话声也有笑声,还有旧留声机那种哑哑的调子。黑人一敲门,音响就停了:破房子似乎正在听呢。过了一会儿,铰链偷偷吱嘎一声,他听见女人吓一跳似的模糊声。是谁?谁呀?

吉姆·特里维特回到他身边,静静地说:

"没问题,尤金。走吧。"

他塞了一枚硬币给黑人,向他道谢。尤金盯着那张宽宽、黑黑、友善的面孔。他的四肢渐渐有了暖意。黑鸨儿认真工作,态度和蔼,他把友情的影子投在他们那没有爱情的色情交易上。

他们静静踏上小径，爬了两三级台阶，由格子门走进去。有一个女人站在旁边拉着门。他们进去以后，她把门关好。于是他们穿过小门廊，走进屋里。

他们来到一间小厅堂，厅堂把房子横剖成两部分。一盏烟蒙蒙的灯在暗处映出模糊的光圈。有一道未铺地毯的楼梯通向二楼。左右各有一扇门，还有一个折叠式帽架，上面挂一顶扁塌塌的男用毛毡帽。

吉姆·特里维特立刻搂抱那个女人，笑眯眯地伸手去摸她的乳房。

"嗨，莉莉。"他说。

"老天！"她笑得露骨，一直打量尤金，暗想今夜不知来了什么样的怪物，感到很好奇。接着她转向吉姆·特里维特，粗声笑道："上帝发慈悲！接待他的女人得先把那双腿砍掉一截。"

吉姆·特里维特咧着嘴说："我倒想看他跟特尔玛在一起。"

莉莉·琼斯粗声笑起来。右边的门开了，一

个体型很小的女人特尔玛走出来，接着传来高亢空虚的土气笑声。吉姆·特里维特亲热地拥抱她。

特尔玛脆声笑道："老天爷！我们这边来了什么怪客？"她探出女人味十足的面孔，傲慢地打量尤金。

吉姆·特里维特说："特尔玛，我给你带来一个新情人。"

莉莉·琼斯不带感情说："你没见过比他更高的人吧？"又慢声慢调加上一句："小子，你有多高了？"

他有点畏缩。

他说："我不知道。我想大概六英尺三英寸。"

特尔玛一口咬定："他不止这么高！他有七英尺，否则算我说谎。"

吉姆·特里维特说："他上星期到现在没量过，他无法确定。"

莉莉盯着他瞧："他年纪很轻。小子，你多大？"

尤金漠然偏开苍白的面孔。

他丧气地说："咦，我大约——"

吉姆·特里维特忠心耿耿说："他快满十八岁了。你别担心他，长腿儿懂得一切窍门。他是硬汉。我不骗你，他有经验。"

莉莉存疑说："他看起来没那么大。看他的脸，我想他不超过十五岁。他的脸不是挺小的么。"她用困惑的口吻慢慢逼问道。

尤金气冲冲说："我只有这么一张脸，抱歉我没法换上一张大脸。"

她耐心十足说："这张脸长在你身上，看来真滑稽。"

特尔玛猛推她一下。

她说："那是因为他骨架大。长腿儿没什么不对劲。等他开始长肉，他会变成粗壮的大汉，长腿儿，你会迷死好多女孩。"说着拉起他冰凉的手，捏了几下。他心中的幽灵——陌生的灵魂——懊恼地弃他而去。噢，上帝！我会记得这次的经验，他暗想道。

吉姆·特里维特说："好，我们进去吧。"他又搂着特尔玛，两人热情抚摸。

莉莉说："孩子，你到楼上去，我过一分钟就上来，门开着。"

吉姆·特里维特说："待会儿见，尤金。跟她们在一起吧，孩子。"

他用一只手臂粗粗鲁鲁抱尤金一下，就跟特尔玛走进左手边的房间。

尤金慢慢爬上吱吱嘎嘎的楼梯，走进敞着门的房间。炉子上燃着一堆煤炭，没有火焰，只发出红光。他脱下帽子和大衣，扔在一张木床上。接着他紧张兮兮坐上一张摇椅，身子往前倾，伸出颤抖的指头去取暖。除了炭火，室内没有亮光；可是他凭着微弱稳定的火光，依稀看得出又旧又丑的壁纸，上面沾满了一长条一长条水痕，而且到处有一卷卷壁纸剥落。他静静坐着，身体向前倾，不时猛烈发抖，活像打摆子似的。我为什么来这儿？这不是我，他暗想道。

不久，他听见女人慢吞吞地踏上楼梯：她手拿一盏灯，带着一圈移动的光潮走进来。她把灯放在桌上，扭动灯蕊。现在他看她看得清楚些了。莉莉是一位中年的乡下妇人，身体宽大结实，软得有些病态。她生就一张光滑的农妇脸，嘴角和眼角有细细的小皱纹，看来她好像常在太阳下工作。她长着一头黑发，又粗又多；脸上抹了白白的香粉。她身上穿着一件宽松的花格布衣裳，没束腰带，显不出身材。她的打扮像家庭主妇，却又穿着职业性的红袜子、皮毛滚边的红拖鞋，走路脚掌平平的。

女人闩上门，回到尤金现在站的火炉边。他热烈拥抱她，用紧张的长手爱抚她，犹豫不决地坐在摇椅上，笨手笨脚拉她坐在他膝头。她像一般乡下妓女冷淡又拘束地献上一吻，就把嘴巴移开。他冰凉的手碰到她，她打了个冷战。

她说："小子，你身体冷得像冰块。怎么回事？"

她为他按摩，动作忸怩又精练。过了一会儿，她焦躁地站起身。

她说："我们开始吧，我的钱呢？"

他塞了两张皱巴巴的钞票给她。

接着他躺在她身边，全身发抖，勇气尽失，性能力也失去了。体内的热情已经冷却。

煤团儿塌进火炉底。失落的惊喜已完全消失了。

他下楼看见吉姆·特里维特在大厅等他，手牵着特尔玛的小手。莉莉由格子门窥探雾蒙蒙的夜色，聆听一会儿，才悄悄带他们出去。

她小声说："安静，对街有一个人，最近他们一直监视我们。"

特尔玛捏捏他的手，呢喃道："再来哟，排骨。"

他们轻轻出来，轻手轻脚来到路上。雾更浓了；空中满是沁人的湿气。

到了转角的街灯下，吉姆·特里维特大大舒了一口气，勇敢向前冲。

他说："该死！我以为你永远不会来呢。长腿儿，你跟那女人做些什么？"他看看尤金的脸色，连忙关心地加上一句："怎么啦，尤金？你不舒服？"

尤金以浓浊的嗓音说："等一下！一下就好！"

他走到路栏边，对着阴沟呕吐。接着他直起腰杆，用手帕擦擦嘴。

吉姆·特里维特问道："你觉得怎么样？好一点了吧？"

尤金说："是的，现在好了。"

"你为什么不告诉我你不舒服？"吉姆·特里维特斥责道。

尤金说："是突然发生的。"马上又加上一句："我想是今天晚上在鬼希腊人的饭店吃坏了肚子。"

吉姆·特里维特说："我觉得好好的。"又高高兴兴肯定道："你喝杯咖啡就好了。"

他们慢慢走上山。一眨一眨的街灯灰惨惨照着乱宅的门面。

尤金停顿一会儿才说："吉姆。"

"嗯。什么事？"

"别跟人说我身体不舒服。"他笨嘴笨舌地说。

吉姆·特里维特有些诧异,盯着他瞧。

他说:"为什么?这算不了什么。啐,老弟,人人都可能生病嘛。"

"是的,我知道。不过我宁愿你不说。"

"好吧。我不说。我怎么会说呢?"吉姆·特里维特说。

尤金被自己失落的魂魄缠住了:他知道它一去不复返。一连三天他躲着每一个人,总觉得自己身上带有罪孽的烙印,每一个姿势、每一句话都会泄露他的秘密。他的仪态更粗鲁,对人生的态度更不友善。他紧紧黏着吉姆·特里维特,靠他粗俗的赞美得到凄凉的满足。他那未餍足的欲望又燃烧起来,压过他的恶心感,带来新的幻觉。下周末他单独再去埃克塞特。他觉得自己再也没什么可失落的。这回他找了特尔玛。

他回家过圣诞节时,已经直不起身来。本州浩大的土地像不孕的巨人横陈在铅灰色的云烟下。

火车隆隆驶过巨大的皮德蒙特高地，晚上他躺在卧铺里，蜷成个逗号病恹恹睡去，火车爬坡驶入山丘大要塞。他依稀看见冬日的山形和凄冷的林木。铁桥下静得像梦幻，一弯白水在冻结的河岸间蜿蜒流过。面对永恒的山丘，他的心境略微好转。他是山里生的。可是一到黎明，他跟一群返乡的学子走下车厢，沮丧感又来了。车站那些乱糟糟的廉价建筑似乎比以前显得更卑贱。车站住宅区有不少便宜的木架屋，宅区上方的丘陵看来很不自然，很局促。他远行期间，静静的广场似乎挤成一堆了，他下车走上通往"迪克西兰"的街道，总觉得自己像大巨人，大步踩过玩具城的长街。

今年的圣诞节灰蒙蒙，十分凄冷。海伦不在家，没有人带来光热。甘特和伊丽莎都觉得没她在，家里气压很低。本像鬼影来来去去。卢克不回家。他自己又不舒服，满怀羞愧和失落感。

他不知道该向谁求援。晚上他在冷冰冰的房间里踱方步，喃喃自语，伊丽莎裹着罩袍，一脸懊丧来看他。父亲看来比以往温和、衰老，疼痛的毛病又发了。甘特心不在焉，很伤心，用敷衍的语气跟儿子谈大学的事情。话哽在尤金的喉咙里。他结结巴巴应了几句，就逃出家门，避开甘特眼里空茫茫的惧意。他日夜散步，想克服自己的恐惧。他相信自己患了麻风病，正一天天衰亡。除了衰亡，一点办法都没有，没有药可医，青春期道德家给他的指导是这么说的。

他漫无目标乱走，局促不安的四肢片刻都停不下来。他登上黑人区后面的东山。冬阳穿过迷雾。无论是低低的草地，高高的山冈，阳光都像牛奶洒在地面上。

他站着瞧，漆黑的心灵有了一线希望。他暗想道：我去找哥哥。

他发现本还躺在伍德森街的床上抽烟。他关上门，活像在笼子里，四顾乱转。

本气冲冲叫道："老天！你疯了？你怎么回事？"

"我——我有病！"他张口喘气说。

本厉声问道："怎么啦？你去过什么地方？"他在床上坐起来。

"我曾经跟一个女人在一起。"尤金说。

过了一会儿，本平平静静地说："坐下，尤金。别当小白痴。你知道，你不会死的。事情发生在什么时候？"

小伙子招出了一切。

本起身穿上衣服。

他说："走吧，我们去看麦圭尔医生。"

两个人往镇上走，他开口说话，断断续续开始解释。

他说："就是这样。若早知道……不过当时我不知道——当然我知道这该怪我自己，因为——"

本不耐烦地说："噢，拜托！闭嘴！我不要听。我又不是你的守护天使。"

这话叫人放心多了。我们蒙羞时，好多人都爱扮守护天使。

他们上楼来到内外科医生大楼的走廊，廊道暗暗宽宽的，药味很浓。麦圭尔医生的候诊室空无一人。本敲敲内门，麦圭尔医生来开门；他取下唇间的湿香烟，跟他们打招呼。

"嗨，本。"他看见尤金，大声说："嗨，孩子！你什么时候回来的？"

本扭扭头说："麦圭尔，他自以为患了急性肺痨，快要死了。你大概可以设法延长他的寿命吧。"

"怎么回事，孩子？"麦圭尔说。

尤金吞吞口水，拉长没有血色的面孔。

他哭丧道："你若不介意，我单独看你。"他猛转向哥哥："你留在这儿。不要你陪我。"

本绷着脸说："我才不想陪你进去呢，我自己的烦恼已够多了。"

尤金跟着麦圭尔医生走进办公室，麦圭尔关上门，一屁股坐在杂乱的书桌旁。

他吩咐道："坐下，孩子，说给我听。"他点起一根烟，巧妙地放在凹凹的湿嘴唇上。他打量小伙子，发现他面孔都变形了。

他和和气气说："孩子，慢慢来，克制你的情绪。无论是什么病，可能不如你想象中严重。"

尤金低声说："是这样，我犯了错，我知道，我愿意服药，我不找借口推脱这件事。"他的声音愈来愈高亢，身体半离开椅子，用力捶脏兮兮的桌面。"我不怪别人。你懂吗？"

麦圭尔慢慢地把困惑的醉脸转向病人。湿湿的香烟从他半张的嘴边往下垂，显得很好笑。

他说："我懂什么？听好，尤金，你究竟存些什么念头？你知道，我不是福尔摩斯。我是你的医生，说出来吧。"

尤金以戏剧化的口吻说："我做的事情，千万人都做过。噢，我知道他们也许会假装没有。不过他们做了，你是医生——你知道。上流社会的人也是如此。我是倒霉鬼之一。我中标了。我为什么比他们惨？为什么——"他滔滔不绝往下说。

麦圭尔冷冷地说："我想我猜到你的意思了。我们检查一下，孩子。"

尤金乖乖服从，嘴里还在辩解。

"别人都没有事，为什么我就该盖上烙印呢？

伪君子——一群该死的、下流的、乱发牢骚的伪君子，他们就是那种人。双重标准，哈！正义何在？道义又何在？我为什么该为上流社会的人——"

麦圭尔医生正在诊断，他抬起大脑袋，高声叫嚷：

"谁责备你了？你不会自以为是世上第一个有这种烦恼的人吧？其实你没什么毛病。"

尤金问道："你——你能医吗？"

麦圭尔说："不。孩子，你无可救药！"他在处方笺上写了几个草字。他说："拿给药剂师，以后交朋友要小心一点。上流社会，呃？"他咧嘴一笑。"原来你到过那种地方？"

血和泪的重担完全从小伙子心里卸除了，他觉得轻松愉快，野性十足，不知不觉说了好些话。

尤金打开门，走进外室，本连忙紧张兮兮站起来。

他说："噢，他还可以活多久？"然后压低嗓门，一本正经说："他没什么毛病吧？"

麦圭尔说："没有，我想他神经有点不正常。

不过你们全家都这样。"

他们来到街上，本说："你吃过东西没有？"

"没有。"尤金说。

"你多久没吃东西了？"

尤金说："昨天到现在吧，我不记得了。"

本咕哝道："你这该死的傻瓜！走吧——我们去吃东西。"

这个主意很迷人。世界怡然浸在白花花的冬阳里。小城由于假日和学生返乡的刺激，一反冬日的麻木感，人行道洋溢着生命的暖流。他蹦蹦跳跳地跟本并肩走，实在压不住内心的喜悦。拐到繁忙的大街后，他终于忍不住了，他跃入半空中，欢呼道：

"哇！"

本嚷道："你这小白痴！你疯了！"

他皱皱眉头，然后笑眯眯转向热闹的行人。

吉姆·波洛克叫道："本，抓紧他！"他是个死气沉沉的小男人，脸色蜡黄，黑须下露出一抹微笑，担任排字的主管，崇信社会主义。

本说："你若砍掉他的大脚，他会像气球一样飞起来。"

他们进了庞大的新餐厅，坐在一张餐台边。

侍者说："你们要什么？"

本说："一杯咖啡和一块碎肉饼。"

"我照样来一客。"尤金说。

本凶巴巴说："吃啊！吃啊！"

尤金若有所思望着菜单。

他说："给我来几片加面包粉和番茄酱煮的小牛肉，外加焦炒马铃薯，一碟奶油煮的胡萝卜和豆子，一盘热饼干。也来一杯咖啡吧。"

尤金又拾回他的勇气和热情。他漫不经心地寻回一切，带点可怕的野性。剩余的假日，他拼命在人潮中穿梭，大胆打量妇人和少女，却没有侮慢的意味。她们像灿烂的花朵，从凄凉的冬天出其不意冒出来。他孤单，充满渴望。恐惧像一条龙，活在人群间——和军队里，很少与孤独的男人为伍。他宽下心来——他已越过最后一道绝望的树篱。

他获得自由，身边又没有同伴，遂以超然的眼光打量四周着迷又迷人的世界。生命像一种奇异苦涩的果实，挂在那儿等他采摘。他们——挤在栅栏后面寻求温暖和安全的大帮派——有一天可能会追猎他，置他于死地：他认为他们会如此。

可是现在他不怕——他心满意足，只要奋斗有结果就好了。他四顾打量印有他的危险标志的人潮，寻找他可能想要的东西。

他回到大学，再也不怕小伙子嘲骂了：在闷热的普尔曼绿车厢内，人家挤在四周挖苦他，但他拘谨地迎战，他们终于退缩了。

汤姆·弗伦奇进来坐在他身边，英俊的脸庞带着有钱人的傲气。他手下的"弄臣"罗伊·邓肯跟着进来，像奴隶般咯咯谄笑。

汤姆·弗伦奇粗声粗气说："嗨，甘特，最近到过埃克塞特没有？"他皱着眉头向笑眯眯的罗伊眨眨眼睛。

尤金说："有，我最近去过，现在正要去。关你什么事，弗伦奇？"

富家子看他反驳，心里很不自在，连忙缩手。

罗伊·邓肯咯咯笑道："尤金，我们听说你参加了他们的聚会。"

尤金说："我们是谁？他们又是谁？"

汤姆·弗伦奇说："听说你纯得像流动的阴沟。"

尤金说："我若需要清洗，随时能使用'金粉双胞胎'吧？'金粉双胞胎'弗伦奇和邓肯——从来不工作的。"

一群学生笑眯眯聚在他们前后的座位上，不偏袒任何一方，现在大声笑起来。

泽诺·科克伦柔声说："对！对！训训他们，尤金！"他是二十岁的高个子，身材苗条有力，动作美得像跑马。他曾在耶鲁碗[1]中逆风踢出八十码。他外形英俊，说话柔和，待人很客气，具有

1　橄榄球赛场耶鲁碗（Yale Bowl）建于 1914 年，是全美第一座碗形橄榄球场。美国"超级碗"的名字即发源于此。

运动员大无畏的修养。

汤姆·弗伦奇觉得尴尬和气愤，不免想吹吹牛，他说："没有人握到我的把柄。我精得很，他们没办法的。没有人知道我的事情。"

尤金说："你意思是说，人人都知道你的一切，却没有人想知道什么吧。"

人群大笑。

"哇！"吉米·雷维尔说。

"这招怎么样，汤姆？"他挑衅般问道。他身材矮小肥胖，是木匠的儿子，可敬得气人，正以各种方法半工半读。他是"逗趣家"，喜欢怂恿人，常故做和气状，为他的粗俗和恶意找些借口。

尤金静静转向汤姆·弗伦奇。他说："住口！别因为有人听就一直说下去，我不觉得好玩，我不喜欢这些话，我不喜欢你们，我要你们别打扰我。听见没有？"

罗伊·邓肯站起来说："走吧，汤姆，别打扰他。他开不得玩笑，他把事情看得太认真了。"

他们撇下他走了。他不为所动，松了一口气，转脸去看浩大凄冷的地面，冬天的大地显得灰蒙蒙布满白霜。

冬天过去了。因为融雪和下雨，冻结的地面开始软化。镇上和校园的小路成了泥巴和黏土沟。寒雨落下来；青草一块块绿油油湿淋淋地蹿起。他冲下校园小巷，像袋鼠蹦蹦跳跳，还跃向较低的树枝，用牙齿咬下一根发芽的小枝子。他闷声叫 —— 像马嘶 —— 像人或兽想用苦乐交集、热情洋溢的叫声吐出心中的积郁。有时候，他感到出奇地乏腻和灰心，垂头丧气走过去。

虽然他乖乖上课，被迫照餐厅或膳宿公寓的时间表定时用餐，但他已不再考虑时间 —— 失去了时间观念 —— 睡觉、工作、娱乐都不定时。那儿的伙食量多、质粗、煮得油腻腻，很难吃。价钱非常便宜：学院共餐每个月十二美元，膳宿公寓的伙食每个月十五美元。他在学院吃了一个月：他对食物的兴趣高，口味精，实在受不了。餐室设在一栋白砖大楼里 —— 正式的名称是"斯蒂金斯堂"，可是学生们叫它"猪栏"更传神。

他拜访过海伦和休·巴顿好几次。他们住在三十五英里外的悉尼镇。该镇有三万人，气氛困倦，人行道静静洒满落叶，中央有个州政厅广场，还有几条基本的街道。州政厅对面的大街起点有一栋饱经风霜、长满苔藓的棕色建筑，是一家廉价旅社——也是镇上最大、最具恶名的妓院。那儿还有三所由宗教派系经营的女子学院。

巴顿夫妇在州长官邸上方的街道租了一间旧住宅。他们住楼下的三四个房间。

甘特年轻的时候慢慢往南方漂，曾由巴尔的摩来到悉尼镇。他初创事业，第一次投资赔钱，因此憎厌房地产，就是在悉尼镇发生的。而他遇见圣洁的痨病鬼老处女辛西娅，娶了她，她婚后两年就去世……也是在悉尼镇。

父亲的大魂魄缠着他们，低覆在城镇上空；尽管经过许多年，我们的一切形迹都被岁月抹掉了，那份精神依旧不死。

他们一起寻访平凡的街道，终于来到黑人区

外围一间沉闷的小店门前。

她说："定是这间。他的店以前开在这里。现在没有了。"

她沉默片刻。"可怜的老爸爸。"她别开湿润的眼睛。

这个萧瑟的地段没有他大手摸过的痕迹。房屋四周没种葡萄。他在此地的生活已被埋葬掉了——跟一个死去的女人同埋在岁月的浪潮下。他们心惊胆战地静立在陌生的地方，又是期待又是怀疑，等着听他的声音，就像人家在布鲁克林找神明一样。

四月，美国对德国宣战。一个月没过完，讲坛山所有适龄的小伙子——满二十一岁的人——都要入伍了。他看医生在体育馆为他们检查身体，很羡慕他们能无忧无虑又天真地脱下衣服。他们随便把衣服扔作一堆，信心十足地笑着站在医生面前。他们肢体干净，牙齿健全洁白，动作迅速优美。大学兄弟会的人率先参加——那些愉快奢侈的势利鬼他都不认识，但现在他觉得这些人代表最高尚的都市和贵族生活。他看过他们懒懒散散、高高兴兴待在礼堂的宽走廊上——最后以及最可怕的入会仪式就是在那儿举行的。他看他们老是在一起，跟未入社会的人隔得远远的，在邮局拿着邮件哈哈笑，或者在药店赌"黑牛"。他怀着失败者的剧痛，怀着社交失意的遗憾和痛苦，眼看他们热烈争取一个值得要的新生——那个人远比他优雅，血统优秀又有钱。他们只是小富人、乡下财主的儿子，可是他们行动有把握，笑得无拘无束，穿的衣服式样好、洗刷得干净整齐，置身在笨手笨脚、带点敌意和拘谨的穷学生之间，宛如侠义之花，官邸之子。他们像锡德尼爵士、雷利爵士、纳什[1]等人。现在他们不愧为绅士，要从军了。

浑身汗水的学生由操场进来淋浴，体育馆弥漫着蒸气和汗酸味儿。尤金洗净身子，敞着衬衫

1　分别指16世纪英国作家菲利普·锡德尼（Philip Sidney）、沃尔特·雷利（Walter Raleigh）和托马斯·纳什（Thomas Nashe）。

慢慢走到校园的绿荫下，有一位熟人拉尔夫·亨德里克斯跟他一起走。

拉尔夫·亨德里克斯气冲冲压低嗓门说："看！你看看那个！"他向前面的一群学生点点头。"那个小'马颈'赶着德克兄弟会会员满校园乱逛。"

尤金看了看，然后回头打量身边这张平凡激愤的面孔。每星期六晚上，文学会的聚会结束之后，拉尔夫·亨德里克斯总要到药店去买两根廉价的雪茄烟。他的肩膀驼驼窄窄的，面孔白皙优雅，额头很低。他说话慢吞吞，单调又辛苦。他父亲是一家棉厂的工头。

他说："他们全是'马颈'。滚他的，我才不巴着入会呢。"

"是的。"尤金说。

其实他想进去。他渴望能斯斯文文，无忧无虑。他想穿式样美观的衣服，他想当绅士，他想参军。

校园中央，几位检查合格的学生手拿军用背包从宿舍下来。他们在树下转弯，走向村里的街道，不时挥手跟人道别。

"再见，老兄！柏林见。"亮晶晶的大海似乎近多了，并不浩瀚嘛。

他看了不少书，却是随随便便消遣用的。他读过笛福、斯摩莱特、斯特恩、菲尔丁等人的作品——"温莎寡妇"统治期间，茶和糖蜜泛滥，这是当时英国小说的精华。他还读了薄伽丘故事集，以及《七日谈》的残本。在巴克·本森的建议下，他读了默里的《欧里庇得斯评传》（此时他正在读希腊文的《阿尔克提斯》——有史以来最高贵、最迷人的爱与死亡的神话）。他看出《普罗米修斯》寓言的文采——这个寓言比埃斯库罗斯的剧本更叫他感动。事实上，他觉得埃斯库罗斯的作品崇高，却很沉闷，他不懂他为什么这么有名。也可以说——他懂。埃斯库罗斯代表文学——写杰作的作家，文风几乎像西塞罗一样烦人——西塞罗喜欢空谈，可以算老道德家，他大胆维护旧时代和友谊。索福克勒斯是一位优秀的

诗人 —— 说话像上帝置身于闪电中:《俄狄浦斯王》不但是世界上数一数二的伟大戏剧,也是数一数二的伟大故事。这个故事好完美,一字都改不动,却又荒唐无稽,使他觉得命运的巧合恍如噩梦,害他像小鸟一般被智慧和恐怖的蛇眼震慑得不敢动弹。他认为欧里庇得斯(尽管他看不起学究)是古今数一数二的抒情诗人。

他喜欢一切怪异的寓言和荒唐的创作,从《金驴记》到月亮和奇迹的才子塞缪尔·泰勒·柯尔律治的作品,他都喜欢,散文或韵文皆然。他无论在哪里找到荒唐的内容,无论作者为什么目的安插这一段,他都同样喜欢。

最好的寓言家往往是伟大的讽刺家:讽刺(如阿里斯托芬、伏尔泰和斯威夫特的作品)是一门高妙的艺术,现在这个堕落时代的粗野笑话才达不到那种境界呢。伟大的讽刺作品需要靠大寓言支持。斯威夫特的创造力是无与伦比的,世上没有一位寓言家比他更棒。

他读了爱伦·坡的小说、《弗兰肯斯坦》和

邓萨尼爵爷的剧本。他也读了《高文爵士与绿衣骑士》以及《托比传》。他不希望他的幽灵和神迹被人解释清楚。奇迹就是奇迹嘛。他要古老的幽灵——不是印第安幽灵，而是穿盔甲的幽灵，古国王的魂魄，以及戴高筒帽的骑马贵妇。此外，他第一次思索他定居的寂寞大地。突然间，他觉得自己竟在荒野中读欧里庇得斯的作品，好奇怪哟。

村庄在他四周；再过去是高低起伏的恶地，廉价的农舍散列其中；再过去则是整个美国——更多土地，更多木屋，更多城镇，全都那么结实、粗糙又丑陋。他正在读欧里庇得斯的作品，而四周所有的白人和黑人都在吃油炸食物。他读到古妖术和古幽灵的事，不知这个国家可曾闹过老鬼？哈姆雷特之父的幽灵会出现在康涅狄格州吗？

"……我是你父亲的亡魂

夜里注定要出没一段时间

在布卢明顿和缅因州的波特兰之间徘徊。"

　　他突然觉得这个国家的历史太短暂了。只有大地持久——巨大的美洲土地，承载着无数脆弱的佝偻病人。只有大地持久——这片没闹过鬼的阔土。美国横陈在沙漠中，半残破半瓦解，置身于古庙的列柱间，没有孟卡拉法老的遗迹，没有古埃及王阿肯纳顿的石膏头。没有一样东西是石头做的。只有大地持久，而他正在大地寂寞的胸脯上阅读欧里庇得斯名作呢。他曾被囚禁在山间，也曾孤零零在平原上散步，像个异乡人。

　　噢，上帝啊！噢，上帝啊！我们曾是别人土地上的流亡客，自己土地上的异乡人。群山是我们的主人：我们还不到五岁，它们就已经深深映入我们的眼帘和心中了。我们能说能做的一切必定是朝向山丘的。我们的感官靠美妙的大地滋养；我们的血液学会了照美国的脉搏跳动，我们离开后，永远丢不掉也忘不了这些。我们走上英国坎伯兰的道路，驼背弯腰，觉得天空太低了，我们逃离伦敦的时候，在规模恰当的国度走水路前行。

我们走不远：地面和天空隔得好近。古老的渴望又回来了——那股模糊可怕的愿望据在美国人心头，使我们伤心，使我们在家像流亡客，无论走到什么地方都像异乡人。

　　春天，伊丽莎到悉尼镇去探望海伦。女儿比以前安静，悲哀，心事重重。新生活压垮了她的个性，默默无名使她痛苦。她想念甘特，口头却不大肯承认。她也想念山城。

　　伊丽莎以挑剔的目光四处张望说："你花多少钱租这个地方？"

　　"一个月五十美元。"海伦说。

　　"带家具？"

　　"不，家具得自己买。"

　　伊丽莎说："我告诉你，这价钱还只租楼下太贵了。我相信家里的租金比较便宜。"

　　海伦说："是的，我知道太贵。不过老天爷，妈妈！你知不知道这是城里最好的地段？你知道，我们跟州长官邸只隔两排房屋。告诉你，马修斯太太不是普通的膳宿公寓老板！才不呢！"她笑着解释："她是真正的名人——经常参加大宴会，常常上报。你知道休和我得顾全体面。他在这儿才刚刚起步。"

伊丽莎若有所思同意道："是的，我知道。他进展如何？"

海伦说："奥图尔说休是他手下最好的经理。休没有问题。只要没有该死的家眷在身边，我们到哪里都过得不错。他工作像狗一样辛劳。你知道，他的每一笔买卖奥图尔都抽佣金。奥图尔太太和两个女儿乘大汽车到处跑，从来不用动手做事情。她们是天主教徒，你知道，不过她们到处乱跑。"

伊丽莎怯生生微笑说："我告诉你，休自己当老板可能是好生意喔。为别人苦干有什么用。"她接着惊叹道："嘿，孩子！他何不设法取得阿尔塔蒙特代销权？我想他们派在那儿的人不见得太能干。他可以轻易得手。"

彼此沉默半晌。

女儿慢慢承认说:"我们想过,休已经写信给总公司了。"过了一会儿她又说:"反正他得自己当老板,这很重要。"

伊丽莎慢慢说:"噢,我知道这是好主意。他如果勤劳,没有理由不干出一番好事业。最近你爸一直抱怨身体不好。他一定乐意你回去。"她慢慢摇摇头。"孩子!他们的治疗对他一点用都没有。旧疾又复发了。"

复活节,他们开车到讲坛山去参观两天。伊丽莎带尤金到埃克塞特镇上给他买了一套衣服。

她告诉推销员:"我不喜欢这种小里小气的裤子。我希望他穿起来像大男人。"

等他穿上新衣服,她噘嘴微笑说:

"打起精神来,孩子!肩膀向后缩!你爸有个好处——他的身体直得像箭杆。你如果这样弯腰驼背,不到二十五岁肺就会有毛病。"

他尴尬地对约瑟夫·巴兰坦先生说:"请见过家母。"对方是皮肤光滑粉红的青年,刚被选为一年级的班长。

伊丽莎微笑说："你是个英俊的小伙子，我跟你做笔生意。如果你在这一带的朋友间为我招徕一些房客，我就免费让你寄宿搭伙。"她打开钱包说："这是我的名片。你若有机会，不妨发送出去，并夸奖夸奖'天境的迪克西兰'。"

巴兰坦先生以诧异的口吻慢慢说："是的，伯母，我会的。"

尤金满脸火辣辣，一脸苦相转向海伦。她讽刺般笑一笑，然后转向小伙子说：

"巴兰坦先生，无论招不招房客，我们随时欢迎你。我们随时会替你找个地方。"

姐弟单独相处的时候，她答复弟弟结结巴巴的抗议，苦笑说：

"是的，我知道。很糟糕。不过你大部分时间不在家。你是幸运儿。上星期你听见她跟我说什么了吧？你听见了吧？"

五月底，他读完一年级回家，发现海伦和休·巴顿比他早一步抵达。他们住在伍德森街的甘特家。休·巴顿已取得阿尔塔蒙特的代理权。

镇上和全国都涌现出爱国的狂涛 —— 乱糟糟翻腾，很剧烈却没什么目标。匈奴王的卵翼必须由自由的子孙来捣毁（斯莫尔伍德修士说"消灭"）。国内有人贷款，发行债券，演说，建议征兵，还有少数北佬到法国去。潘兴将军抵达巴黎说："拉法耶特[1]，我们来了！"不过法国人仍在观望。本到征兵处，遭到回绝。他们肯定地说："肺 ——不健全！不 —— 没有肺病。不过有那种倾向。体重太轻。"他咒骂几句，面孔有点像刀刃 —— 更薄更白了，皱眉的纹路也更深。他似乎比以前孤独。

尤金再度入山，发现山区的初夏艳丽极了。"迪克西兰"住进不少花钱的客人。还有人要来。

尤金已满十六岁。他是大学生。下午他走在活泼的人潮中，心情很兴奋，一路高高兴兴回答乡亲热忱的问候，为这种疲劳轰炸而欣喜。

胖胖的青年药剂师伍德先生叫道："小子，听

---

1 拉法耶特（Lafayette）是法国军人兼政治家，曾援助美国的独立战争。

说你击败了一千人。"其实他什么也没听说。"这才对，孩子！痛宰他们。"他怡然向前走，踏上他店里的空地。电扇嗡嗡响。

尤金暗想道：毕竟他的表现还不错。他已感受到初度的创伤，并没有崩溃。他已见识过爱情的奥秘。他已独自生活过。

三

"迪克西兰"有一个女孩子名叫劳拉·詹姆斯。她二十一岁，看起来更年轻。他回家的时候，她正在那儿。

劳拉是一位苗条的姑娘，中等身高，可是看起来比实际高。她的身体很结实，精神抖擞，随时像新洗过澡的，干干净净。她的头发很密很直，呈金黄色，绕着小小的脑袋盘成扁扁的发环。她的脸色白皙，上面有小雀斑；眼神柔和诚恳，是绿色的猫眼；鼻子长在那张脸上显得太大了，而且有点倾斜。她并不漂亮。她穿苏格兰呢短裙和织花的丝绸背心，衣着简单又优雅。

她是"迪克西兰"唯一的年轻房客。尤金跟她说话带点怯生生的傲气，他觉得她平凡沉闷，但是晚上他开始陪她坐在门廊上。不知道怎么搞的，他渐渐爱上她了。

他不知道自己爱上她。两个人坐在门廊的木秋千椅上，他对她说话傲慢又夸口。可是他闻到她青春玉体的清香。他被那双温柔又残酷的绿眼睛迷住了，也被她的笑容网住了。

劳拉·詹姆斯家在这一州的东部，比讲坛山更偏东，是海岸大平原上一个靠咸水河的小镇。她父亲是富商——粮食批发商。她是独生女，花钱毫无节制。

有一天傍晚，尤金坐在门廊栏杆上跟她讲话。以前他只是点点头，僵僵地说一两句话。起先他们觉得谈话有隔阂，态度带点犹豫。

他说："你是小里士满镇来的，不是吗？"

劳拉·詹姆斯说："是的，你认识那边来的什么人吗？"

他说："是的，我认识约翰·拜纳姆和一个姓费克伦的男孩子。他们也是小里士满镇人吧？"

"噢，戴夫·费克伦！你认识他？对了，他们都去讲坛山上学。你是不是读那边的学校？"

他说："是的，我就是在那边认识他们的。"

劳拉·詹姆斯说："你认不认识巴洛家的两个男孩子？他们是西格马·诺兄弟会会员。"

他见过他们，他们是时髦人物，足球队队员。

他说："是的，我认识他们——罗伊·巴洛和杰克·巴洛。"

"你认不认识'神气'沃伦？他是卡帕·西格[1]兄弟会的。"

尤金说："是的，大家叫他们'压榨油桶的人'。"

"你是什么兄弟会的？"劳拉·詹姆斯说。

他痛苦地说："什么都不是，我今年还是新生。"

劳拉·詹姆斯说："我有几位好朋友根本没参

1　此种大学兄弟会大抵以希腊字母为会名。

加过兄弟会。"

他们事先没约定，碰面的次数却愈来愈多，后来竟凭默契每晚在门廊上相会。有时候，他们顺着凉爽幽暗的大街散步。有时候，他笨手笨脚陪她逛街，看电影，晚一点再怀着年轻人的好胜心，穿过伍德药店闲逛的人潮。他常带她到伍德森街的住宅，海伦特意留下凉爽幽静的回廊供他使用。她非常喜欢劳拉·詹姆斯。

她善意调笑说："她是亲切的姑娘，可爱的姑娘。我喜欢她。她不会参加什么选美吧？"

他不大高兴。

他说："她看起来还好嘛，不像你说的那么丑。"

其实她很丑——丑得清新宜人。她鼻子和嘴巴上有雀斑，轮廓热切而不鲜活，五官冒冒失失往上翘。但她打扮得十分典雅，保养也甚佳：具有结实的青春线条，含苞待放，苗条又清纯。她像森林中带翅盘桓的仙子——在羽状的林木间依稀可见，却捉摸不定也看不清楚。

在她面前他尽量全副武装。在她面前他努力卖弄。他暗想道：如果他自己很棒，她也许看不出他生活的世界有多么凌乱和卑屈。

对面"不伦瑞克"——伊丽莎曾一度艳羡那栋大砖宅——的宽草坪上，膳宿公寓管理人普拉特先生正用水管灌溉绿油油的草地。小水珠在红艳艳的夕阳下闪烁。红色的余晖照着他剃过须的瘦脸，也映照着他臂带的纽扣。走道另一端的草地上有几位男女正在玩槌球。罩着藤蔓的门廊传来阵阵笑声。隔壁的贝尔顿家，房客们聚在长廊上聊天。迪克西浪人团的笑匠带着两位合唱姑娘来了。他个子小小的，脸长得像鼬鼠，上牙床没有牙齿。他戴一顶扎着条纹束带的草帽，身穿硬领蓝衬衫。房客们围在他四周，不久就传出阵阵尖笑。

朱利叶斯·阿瑟开车送父亲回家，疾驶下山。他瞟了一眼笑一笑，举起手漫不经心打招呼。大律师好奇地扭动丰满的怪脸；他笑都不笑就过去了。

"不伦瑞克"的一个黑女仆敲敲一具日本锣的小铃铛。门廊上响起凌乱的脚步声;玩槌球的人放下木槌,匆匆向屋里走。普拉特把水管卷在木框上。

贝尔顿家也响起缓慢的钟铎声,房客争先恐后冲向门口。不一会儿里面就传来重盘子吭啷吭啷的声音和嚼食声。"迪克西兰"门廊上的客人晃得更厉害,低声表示不满。

尤金在渐浓的暮色中和劳拉讲话,故意装出骄傲和漠不关心的样子掩饰他的忧愁。伊丽莎出现在门帘后面,黑暗中她的脸像一团白影。

劳拉·詹姆斯说:"甘特太太,出来吸一口新鲜的空气嘛。"

她显然有点狼狈,大嚷道:"咦,不行,孩子。我现在走不开。谁跟你在一起呀?"她打开门。"呃?嘿?你看见尤金没有?那是不是尤金?"

他说:"是的,怎么啦?"

她说:"来一下,孩子。"

他走进门厅。

"什么事？"他问道。

她拧绞双手，低声说："咦，孩子，究竟怎么着！我不知道。你得想想办法。"

他气冲冲叫道："什么事嘛，妈妈？你在说什么？"

"咦——詹纳度刚刚打电话来。你爸爸又发狂了，他正往这边走。孩子！谁也不知道他会干什么。我屋里有这么多人，他会害我们完蛋。"她泣不成声。"想办法去拦他，尽可能叫他绕道走，带他回伍德森街的住宅。"

他连忙拿起帽子，冲出门外。

劳拉·詹姆斯问道："你要去哪里？你不吃晚餐就要走？"

他说："我得进城一趟，马上回来。你肯不肯等我？"

"好的。"她说。

他跳到下面的小径，他父亲正好由街上越过伊丽莎家和律师堂庭院间的高树篱拐进来。甘特东倒西歪横越水仙花篱来到草地上，大步向回廊走。他失足绊到底层的阶梯，咒骂着趴倒在门廊上。尤金跳过去接他。半拖半扶起他烂醉的身体。房客们缩成一团，椅子七零八落；甘特对他们发出轻蔑的狂笑。

"你们在那边吗？我说，你们在那边吗？最下流的下流胚——膳宿公寓的猪猡！慈悲的上帝啊！真滑稽！违反天理！事情居然会落到这种地步！"

他爆出一串疯狂的笑声。

尤金低声说："爸爸，走吧！"他小心拉着父亲的袖子。甘特比手画脚，把他半甩到门廊外。尤金再踏进来，父亲连连挥臂打他。他轻轻松松避开父亲的大拳头，抓住那失去重心的身体；趁甘特还没站直，由后面一抱，把他推向厅门。房客们像麻雀般散开了。劳拉·詹姆斯站在他前面的门帘边，她把帘子拉开。

他又羞又气，大叫说："走开！走开！你不要插手。"她看见他受窘，他为此而瞧不起她。

劳拉·詹姆斯低声说:"噢,亲爱的,我来帮你的忙。"她两眼润湿,但她并不害怕。

父子乱糟糟走下宽阔的暗厅,伊丽莎在他们面前哭着做手势。

"孩子,带他进去,带他进去。"她说着指指房屋上侧的一间大卧房。尤金推父亲走过一间浴室的暗道,送上一张吱吱嘎嘎的宽铁床。

甘特喝道:"你这该死的无赖!"说着想用长臂打倒他。"让我起来,不然我宰了你!"

他气冲冲哀求道:"拜托,爸爸,静一静。全镇的人都听得见你的声音。"

甘特大吼道:"滚他们的!山蛮子——他们全是山蛮子,喝我心脏的血养肥。苍天在上,他们害死我了。"

伊丽莎出现在门口,哭得鼻歪脸斜。

她说:"儿子,你不能想办法阻止他吗?他会害我们大家完蛋,他会把房客都吓走。"

甘特看见她,挣扎着想站起来,她的白脸害他气得发疯。

"就在那边！那边！那边！你看见没有！这张鬼脸我好熟悉，正幸灾乐祸看我受罪呢。看！看！你看见那邪门的奸笑没有？格里利，威尔，'猪公'，老少校！收税员会夺走一切，我会死在阴沟里！"

伊丽莎气得反驳说："要不是我，你早就死在那儿了。"

小伙子叫道："妈妈，拜托你别站在那边跟他讲话！你难道看不出这样会刺激他！想点办法啊，老天，去找海伦来，她在哪里？"

甘特蹒蹒跚跚站起来，大叫说："我要将一切做个了断，我现在就为我们俩做个了断。"

伊丽莎不见了。

尤金又把他推回床上，安抚道："好的，爸爸。事情会好转的。"他迅速跪倒在地，先脱下甘特的一只软鞋，同时喃喃保证："好的，爸爸。我们给你弄点好吃的热汤来，马上安顿你上床睡觉。样样都会好转的。"鞋子由他手上掉下来，他父亲用脚一踢，他就仰跌在地上。

甘特又站起身，补了倒地的儿子一脚，并向门口走去。尤金连忙爬起来，由后面扑向他。两个人撞到墙壁的粒状胶泥。甘特诅咒一声，笨手笨脚打他的儿子。海伦走进房间。

甘特哭道："宝贝！他们想害死我。噢，耶稣，想办法救救我，否则我会死掉。"

她厉声命令道："你回床上去，否则我把你的脑袋敲掉。"

他乖乖让女儿牵回床上，脱下衣裳。几分钟后，她端一碗热腾腾的汤坐在他旁边。她舀汤喂他，他羞答答咧着嘴笑。她想起一去不回的光阴，不觉笑起来——几乎有点高兴哩。他入睡前突然由枕头上直起身子，瞪着眼睛，惶然叫道：

"是不是癌症？我说，是不是癌症？"

她嚷道："嘘！不。当然不是！别说傻话。"

他闭着眼睛，精疲力尽地往后倒。不过他们知道是癌症，没有人告诉他。除了他自己，从来没有人提过他可怕的病名。他心底也知道——他们全知道却不在他面前提起——是癌症。甘特整天瞪着恐惧的双眼，像破裂的雕像一般，坐在大理石像间喝酒。是癌症。

小伙子的右手被父亲压在墙壁上摩擦，手腕严重出血。

海伦说："去把血洗掉，我替你包扎。"

他走进黑漆漆的浴室，伸手去冲温水。内心有一股静静的绝望，一股疲惫的安宁——那股安宁也笼罩着死寂和纷乱的房舍，像微风穿过暗暗的厅堂，给万物带来安详和疲惫感。房客们像傻绵羊逃到对面的两栋膳宿公寓去了，他们在那边用餐，聚在门廊上窃窃私语。他们走了，他觉得平静又自由，活像四肢挣脱了脚镣手铐。伊丽莎在厨房的炊烟里对着剩余的晚餐落泪，他看见黑女仆脸上悲哀镇定的表情。他随随便便绑一条手帕包扎伤口，慢慢地走到黑暗的大厅，突然感到安详和绝望一起浮上心头。利剑刺穿了自尊的甲胄，钢铁削伤他的要害，也咬伤了他的心。可是他在甲胄下找到了自己。人家能认识的也不过是他的本来面目罢了。他能献出的也不过是自己罢了。他是什么样的人——就是什么样的人，规避和作假都不能增加他的分量。他反而由衷庆幸起来。

他在门口的暗处找到劳拉·詹姆斯。

他说："我以为你跟他们一起走了。"

劳拉·詹姆斯说："没有。你父亲还好吧？"

他答道："他现在没事了，他睡了。你吃过东西没有？"

她说："没有，我不想吃。"

他说："我到厨房端点东西给你吃。多得很。"过了一会儿他又说："抱歉，劳拉。"

"你为什么道歉呢？"她问道。

他软绵绵靠在墙上，被她一碰，力量尽失。

她说："尤金，亲爱的。"她把他颓丧的面孔拉过来，轻轻一吻。"甜心，亲爱的，别那副样子嘛。"

他的抗拒力一扫而空。他抓住她的小手，捏在他炽热的手指间，拼命狂吻。

他声音哽咽地说："我亲爱的劳拉！我亲爱的劳拉！我甜蜜美丽的劳拉！我可爱的劳拉。我爱你，我爱你。"这些话由他心坎里吐露出来，断断续续，毫不羞怯，淹没了破损的自尊和寂静。他们在黑暗中紧紧相拥，两张湿淋淋的面孔嘴对嘴相贴。她的香味冲入他的脑门，她的接触给他的四肢带来奇异的光辉，他感觉她柔软、热切的小乳房顶着他的身子，想起自己曾经失身，竟有些害怕——活像他羞辱了她似的。

他双手捧着她那颗盘着金发环的细致小脑袋，说出他从未向人吐露的话——充满爱和谦虚的自白。

"别走！别走！拜托不要走！亲爱的，别离开，拜托！"他哀求道。

她耳语道："嘘！我不会走的！我爱你！亲爱的。"

她看他的手包着血淋淋的绷带，一面柔声叫喊，一面轻轻抚摸他。她到房间拿来一瓶碘酒，用刷子抹刺痛的伤痕，再用干净的白布条替他包扎，布条是从旧背心撕下来的，带点淡淡的幽香。

接着他们坐在木秋千椅上。整栋房子似乎在黑暗中睡着了。海伦和伊丽莎由寂静的室内走出来。

"尤金，你的手怎么样？"海伦问道。

"还好。"他说。

"我瞧瞧！喔嗬，你现在找到护理人了，是不是？"她大笑说。

"什么？什么？伤了手？你怎么会这样呢？咦，喏——嘿——儿子，我有良方可治。"伊丽莎说着，慌慌张张瞎忙。

他思忖母亲总是太晚才找到良方，乏腻地说："噢，现在没事了，妈妈。已经包扎好了。"他笑眯眯望着海伦。

"上帝保佑我们的幸福家庭！"他说。

她笑着用一只手搂住劳拉说："可怜的劳拉，你被卷入这种事，真遗憾。"

劳拉说："没关系。现在我觉得像家中的一分子。"

伊丽莎愤然说："他别以为他可以这样闹下去，我再也不容许了。"

海伦心烦说："噢，算了吧。老天爷，妈妈。爸爸是病人，你不明白吗？"

伊丽莎不屑地说："啐！除了酒精作怪，我不相信他有什么毛病。他的烦恼都是酒精造成的。"

"噢——真可笑！真可笑！你不懂啦！"海伦气冲冲嚷道。

"我们谈谈天气吧。"尤金说。

于是他们都静静坐着，让黑暗渗入体内。最后海伦和伊丽莎回到屋里；伊丽莎在女儿催促下勉强离开，还用疑惑的表情回头看看少男和少女。

残月升上山顶的天空。空气中有湿草和紫丁香的气味，更有百万种音籁齐鸣，起伏不断，使人心里不自觉安定多了。苍白的月光淹没了星空，像寂静覆盖着大地，由小枫树的叶网间渗下来，在地面印出密集如飞蛾麇集的光斑。

尤金和劳拉手牵手坐在慢慢摇动的秋千椅上。

她的触摸像火花传遍他全身；他伸手环住她的肩膀，把她拉到他身边，手指碰到她坚实的乳房。他连忙缩回手，活像被虫蜇了一口似的，喃喃道歉。每次她碰到他，他的肉体就变得软弱和麻痹。她是处女，脆如芹菜——一想到他碰她会污染对方，他的心不觉畏缩起来。虽然他才十六岁，她已二十一岁，他总觉得自己比她老得多。他觉得自己因寂寞和黑暗的见识而衰老了。他感受到罪恶的消极智慧——像一片荒漠，却被人见过，体验过。他拉起她的手，觉得他仿佛已诱奸了她。她向尤金仰起可爱却丑如男孩的面孔，里面含有真诚和坚定的好气质，他的眼睛润湿了。在他眼中，全世界的青春美都蕴含在这张惊叹、纯真、看不见世间恐怖和罪恶的脸蛋中。他走向她，像一个终生行过黑暗太空的物体，在某一个寂寞的行星上追求片刻的安宁和信念，沐浴着迷人的月光，而月光正落在她美如月光花的脸上。如果一个男人梦见天堂，醒来发现手上有一朵花，正好表示他去过那儿——那又如何，那又如何？

不久她问道："尤金，你几岁？"

他脉搏加快，视线也模糊起来。过了一会儿，他艰辛地出口回答。

"我——才十六岁。"

她叫道："噢，你这小孩子，我以为你不止这个岁数！"

他咕哝道："我——比实际年龄老成。你几岁？"

她说："我二十一岁。这不是很遗憾吗？"

他说："没有多大的差别。我看不出这有什么要紧。"

她说："噢，亲爱的，有差别！差别可大了！"

他知道有差别——至于多严重，他不清楚。他有他的契机。他不怕痛苦，不怕失落。他不在乎世上的实际需要。他敢道出心里暗暗蕴含的奇妙想法。

他听见自己低沉的嗓音越过月光平原："劳拉，愿我们永远像此刻这么相爱。我们永远不要结婚，我要你永远等我和爱我。我要走遍世界，我一次可能会离家数年，我会出名，但我总会回到你身边。你住在山间的一栋房子里，等着我，为我守身如玉。你肯吗？"他要求她献出终身，却像恳求她相伴一小时那么镇定。

劳拉在月光下说："是的，亲爱的，我愿永远等你。"

她埋在他的血肉里，顺着他的脉搏悸动。她是他血液中的美酒，心中的音乐。

休·巴顿咆哮说："他不体贴你，也不体贴任何人。"他很晚才从办公室下班回来，带海伦回家。"如果他改不了，我们就自己找房子住，我不希望你为他累得病倒。"

海伦说："算了，他老了。"

他们来到回廊上。

她对尤金说："甜心，明天过来，我做一顿大餐给你吃。劳拉，你也来。不见得永远像今天这样，你知道。"她笑着用一双大手去抚摸劳拉。

他们往山下走。

劳拉·詹姆斯说:"你姐姐真是可爱的女孩子,你不为她着迷吗?"

尤金好一会儿不搭腔。

"嗯。"他说。

"她很疼你哟,谁都看得出来。"劳拉说。

他在暗处抓抓喉咙。

"是的。"他说。

月亮高挂在天空。伊丽莎又出来了,怯生生带点犹豫。

她朝暗处说:"谁在那儿?谁在那儿?尤金呢?噢,我不知道!儿子,你是不是在那边?"其实她清楚得很。

"是的。"他说。

劳拉说:"甘特太太,你何不坐下来?我不懂你怎么能整天忍受闷热的厨房。你一定累坏了。"

伊丽莎含含糊糊看天空说:"我告诉你,真是良宵,不是吗?俗语说,正是情人的良宵。"她暧昧地笑起来,然后站着想了一会儿心事。

她用担忧的口吻说:"儿子,你何不上床睡觉?

你这样熬夜可不好。"

劳拉·詹姆斯站起来说："我该去睡了。"

伊丽莎说："是的，孩子，去睡你的美容觉吧。俗语说，早睡早起——"

尤金气冲冲透着不耐烦说："那我们都去睡吧，我们都去睡！"心想母亲是不是一定要当最后一个入睡的人。

伊丽莎说："咦，不！我不能睡，孩子。我还有一大堆衣服要烫呢。"

劳拉在他旁边，静静捏了他的手一下，起身要走。他眼看情人离去，心里很不舒服。

"大家晚安。晚安，甘特太太。"

"晚安，孩子。"

她走了以后，伊丽莎坐在他旁边，累得叹一口气。

她说："我告诉你吧，这样真舒服，我巴不得我像某些人，有时间坐在外面享受空气。"四周黑漆漆，他知道母亲噘着嘴想挤出一副笑容。

她用粗粗的手掌握住他的手说："哼！我的宝

贝有女朋友了？"

他生气说："那又怎么样？是真的又怎么样？我跟别人一样有权利交朋友吧？"

伊丽莎说："啐！你年纪太小，不该想女人。我若是你，我就不理她们。她们大抵没什么脑筋，只会参加宴会，游戏享乐。我不希望我儿子在她们身上浪费时间。"

他觉得母亲的调笑隐含着认真的意味。他努力压抑紊乱的怒火，尽量不开腔。最后他激动地低声说：

"妈妈，我们必须拥有一点乐趣。我们必须拥有一点乐趣，你知道。我们不能老是孤单单生活下去——孤单单。"

天很黑，没有人看得见。他打开心门，流下眼泪。

伊丽莎匆匆同意道："我知道！我不是说——"

"我的天，我的天，我们要朝什么方向走？这算什么嘛？他快要死了——你看不出来吗？你不知道吗？看看他的一生。看看你的一生。没有光明，没有爱，没有慰藉——什么都没有。"他的声音抬得好高，他像敲鼓一般猛捶自己的肋骨。"妈妈，妈妈，以上帝之名说，你要什么？你要什么？你要把我们大家闷死和淹死吗？你拥有的产业还不够多吗？你还要更多绳子？你还要更多瓶瓶罐罐？苍天明鉴，只要你开口，我会到处替你收来。"他的声音几近狂喊。"告诉我你要什么，你拥有的产业还不够多？你想要全镇吗？怎么搞的？"

伊丽莎发火说："咦，孩子，我不知道你在说什么。要不是我设法积聚了一点小产业，你们休想有自己的房子栖身，告诉你，你爸爸会把一切挥霍掉。"

他狂笑说："我们自己的房子！老天爷，我们连自己的床都没有。我们连自己用的房间都没有。没有一床棉被是我们的，没有一床棉被不会被门廊上发牢骚的房客拿走。"

伊丽莎厉声说："喏，你尽管嘲笑房客好了——"

他说："不，我不能。我连嘲笑他们的气息或力量都没有了。”

伊丽莎哭起来。

她说：“我已尽了力！我若能给你一个家，我早就给你了。格罗弗死后，我本想忍受下去，但他不给我片刻的安宁。没有人知道我受过什么罪。没有人知道，孩子。没有人知道。”

月光下，他看见母亲丑恶的悲容。他知道她的话很公道，很诚实。他深受感动。

他痛心地说：“没关系，妈妈。算了吧！我知道。”

她几近感激地抓住他的手，把仍旧含悲的白脸贴在儿子肩膀上。这姿态像孩子：要求爱怜、同情和温柔。这一招把他的定力完全毁了。

他说：“别这样！别这样，妈妈！拜托！”

伊丽莎说：“没有人知道，没有人知道，我也需要有人关心。儿子，我一生命苦，痛苦和烦恼特别多。”她又像孩子一般，用手背慢慢去擦湿润的眼睛。

他内心充满创痛和悔恨，暗想道：有一天她

会死，我将永远记得这一幕。永远记得这一幕。
这一幕。

他们沉默半晌。他紧握住母亲的粗手，吻了
她一下。

伊丽莎欣然预言道："好啦，我告诉你，我
才不浪费生命，为一堆房客做牛做马呢。他们休
想。我要歇一歇，像他们一样轻轻松松过日子。"
她故作聪明对他眨眨眼。"下次你回家，会看见我
住在多克公园的大房子里。我找好土地了——地
点和风景最好的一块，比 W. J. 布赖恩议员那一块
好多了。前几天我和多克医生亲口谈的生意。听
着！"她笑起来。"他说：'甘特太太，我不放心
手下的经纪人跟你谈。这笔生意我若想赚钱，就
得当心。你是镇上最厉害的生意人。'我说（我
从来不表示我相信他的话）：'咦，啐，医生，我
只希望我的投资能有公道的报酬。我相信人人该
获利，也该给别人一点机会。雪球愈滚愈大嘛！'
我大声笑。他说：'咦，甘特太太！……'"她扯
得好远，津津有味细谈她跟"奎宁大王"的交易，

甚至谈起当时的鸟儿、蜜蜂、花儿、太阳、云、狗、牛和人。她很满足，她很快乐。

未几她猝然停下来说："好啦，我可能会这么做。我需要一个孩子们能回来看我，也能带朋友来的地方。"

他说："是的，是的，那一定很棒。你不能苦干一辈子。"

他对母亲的寓言很满意，一时几乎相信了救赎的奇迹，其实这已经是老故事了。

他说："我希望你实行。一定很棒……现在上床睡觉吧，你为什么不睡呢，妈妈？夜深了。"他站起来。"我现在要睡了。"

她站起来说："是的，儿子，你应该去睡了。好啦，晚安。"他们暂时清洗了怨恨，相亲相爱地一吻。伊丽莎比他先走进黑漆漆的房舍。

可是他临睡前下楼到厨房拿火柴，她还在那儿，站在乱糟糟的长几那一头熨衣服，两旁各放一大叠衣裳。她看见儿子斥责的目光，连忙说：

"我要去睡了，马上走。我只是想烫完这些

毛巾。"

他临走绕过长几再吻她一遍。她伸手在缝衣机的纽扣箱里乱翻，找出一截铅笔，在一只旧信封上垫着烫衣板画了个草图。她脑子里还在想原来的计划。

她说："你看，这是上坡的日落大街。这是多克街，到这边向右拐。这转角的土地属于迪克·韦伯斯特，顶端——"

他兴味索然地瞪着眼睛暗想道：这是藏宝的地方。由老橡树树根的大岩石向东北偏北走十步……她说话时，他开始幻想。万一伊丽莎的某一块地埋有宝藏呢？她若继续买地，就有此可能。噢，何不来个油井？或者煤矿？（据说）这些名山充满矿物。后院里每天挖出一百五十桶，那该值多少钱？一桶算三美元，那家里每一个人一天就可以分到五十美元以上。世界是我们的！

她得意扬扬微笑说："你明白了吧？我要在那边建房子。那块地五年后会增值两倍。"

他吻她说："是的，晚安，妈妈。拜托上床睡个觉吧。"

"晚安，儿子。"伊丽莎说。

他走出去，爬上黑漆漆的楼梯，这时候本杰明·甘特走进来，在大厅里绊到一张长靠椅。他凶巴巴诅咒一声，用手去打椅子。滚他的！噢！滚他的！珀特太太在他背后醉醺醺笑着告诫他。尤金停顿片刻，慢慢登上铺了地毯的楼梯，免得哥哥听见，然后走进梯台顶他睡觉的睡廊。

他没开灯，因为他不喜欢看见梳妆台剥落的清漆和弯曲的白床柱。床垮垮的，光线又暗——他讨厌黯淡的灯光和盲目飞舞的大灯蛾。他在月光下更衣，月光像仙境的茸毛洒在地上：抹去一切创伤，盖住一切痛楚。它给一切平凡熟悉的东西——谷仓松垮的堆积物啦，奶品店的粗棚子啦，律师家的山楂树啦——染上奇异的光辉。他点起一根烟，望着镜里的小红点，倚着睡廊的栏杆看外面。此时他发现劳拉·詹姆斯在八英尺外望着他。月光落在他们身上，他们的皮肤显得绿惨惨的，夜色一片安详。他们的面孔浮在神奇的黑暗中，明眸却是活生生的，看得见人但不为人所见。他们在幽光里对望，默默无语。楼下的房间里，灯光照上他父亲的床，顺着被褥移动，映出他上翘的面孔。夜晚的空气，山间的空气像一汪清水落在尤金光秃秃的皮肉上。他的脚趾弓起来钩住湿湿的地面。

他听见珀特太太在梯台上盲目扶墙摸索，轻轻回房睡觉。门吱吱嘎嘎然后咔嗒咔嗒响。屋子静下来，像月下的一块石头。他们眼睁睁望着，等待一道符咒，等着征服时间。接着，她跟他讲话——只能凭声音猜测她是低唤他的名字。他把腿跨在栏杆上，凌空跳向她的窗台，像一只猫拉直身子。她猛吸一口气，轻轻呼道："不行！不！"但她抓住窗台上的臂膀，扶着他，让他爬进来。

于是他们紧紧相拥，以青春的嘴唇和面孔多次相吻相贴。她的头发掉在肩上，像浓浓的麦穗丝，十分撩人。她那双美腿裹着舒服的绿色小灯笼裤，膝盖上面用一条松紧带扎起来。

他们四肢紧扣在一起，他吻她光滑的手臂和

肩膀——激情受一种宗教狂喜抑制，使他的四肢动弹不得。他想抱抱她，然后一个人静静走开，再来想念她。

他弯腰把手伸到她的膝盖下面，将她抱起来。她惶然看着他，抱他抱得更紧。

她悄声说："你要干什么？可别伤害我。"

他说："我不会伤害你亲爱的，我安顿你上床睡觉。是的，我安顿你上床睡觉。你听见没有？"他觉得喉头差一点发出一阵欢呼。

他抱她过去，放在床上，然后跪在她旁边，手伸到她身子下面，把她拉到他面前。

"晚安，亲爱的，来一个晚安吻。你爱我吗？"

她吻他说："是的，晚安，亲爱的。别爬窗回去，你会坠楼的。"

可是他跟来时一样，学猫儿浴着月光爬回去。他睁着眼睛躺了好久，精神恍恍惚惚，心脏顶着肋骨扑通扑通跳。睡意暖洋洋爬上他的感官：枫树的嫩叶沙沙响，一只公鸡在远处喔喔啼，看不见的狗呜呜乱吠。他睡着了。

他睡醒时，艳阳高挂在天上，隔着门廊的遮雨篷照上他的面孔。他讨厌在阳光下醒来，总有一天他要睡在永远清凉和幽暗的房间，窗口有树木和藤蔓，或者挖空的高冈。他更衣的时候，衣服还沾着夜晚的水气。他下楼，看见甘特可怜兮兮坐在门廊上摇摆，手持一根拐杖。

他说："早安，你觉得如何？"

他父亲踌躇不安看着他，闷声叫苦。

"慈悲的上帝啊！我的罪孽受到了惩罚。"

尤金说："你过一会儿就会好些。你吃东西没有？"

甘特吃过一顿丰盛的大餐，他说："东西哽在我的喉咙里，我一口也吞不下。"他低声下气说："儿子，你的手怎么样？"

尤金连忙说："噢，没关系。谁跟你提起我的手了？"

甘特伤心地说："她说我把你的手弄伤了。"

尤金气冲冲说："啊！不，我没受伤。"

甘特侧向一边，没仔细看，就笨拙地拍拍儿子未受伤的那只手。

他说："我为自己的行为道歉。我是病人。你需要钱吗？"

尤金很窘。"不，我什么都不缺。"

甘特说："今天到办公室来，我给你一点钱。可怜的孩子，我想你手头一定很紧。"

他没有去。劳拉·詹姆斯早晨到市立游泳池游泳，他等她回来。她来时一手拎游泳衣，一手拿几个小包裹。黑人挑夫又替她送来几包。她付账签了名。

他说："劳拉，你一定很有钱吧？你天天这样，对不对？"

她承认说："父亲为此训过我，可是我爱买衣服。我所有的钱都花在衣服上。"

"现在你要做什么？"

"没有——你喜欢干什么就干什么。今天天气很迷人，适合做点事情，对不对？"

"今天适合什么都不干。劳拉，你想不想出去走走？"

"我想跟你出去走走。"劳拉·詹姆斯说。

他喜滋滋地戏谑道："真是好主意，我的姑娘，真是好主意。"他甜蜜蜜说："我们单独外出走走——我们带点东西去吃。"

劳拉走进她的房间，穿上一双强韧的小拖鞋。尤金到厨房去。

"你有没有鞋盒？"他问伊丽莎。

"你要鞋盒干什么？"她起疑问道。

他嘲讽道："我要去银行，我要找个东西装钞票。"接着立刻改口说："我要去野餐。"

伊丽莎说："呃？嗯？你说什么？野餐？你跟谁去？那个女孩子？"

他沉声说："不，是跟威尔逊总统、英国国王和多克医生去。我们要喝柠檬水——我答应带柠檬水去。"

伊丽莎急躁地说："说真的，孩子！我不喜欢——我需要你帮忙，你却这样跑开。我要你替我去存钱，如果我今天不送钱去，电话局的人会截掉我的线路。"

他恼火道："噢，妈妈！拜托！你总是在我要出去的时候叫我帮忙。让他们等吧！他们可以等一天。"

她说："过期了。好吧，鞋盒在这里。我真希望我有时间野餐。"她从碗柜顶的旧报纸和杂志堆摸出一个鞋盒。

"你有没有东西吃？"

他说："我们会买。"说完就走了。

他们走下山，停在伍德森街转角的小杂货店，买了脆饼干、花生奶油、醋栗酱、瓶装的泡菜，以及一大片黄黄浓浓的乳酪。杂货商是一位老犹太人，蓄着长老须，嘀嘀咕咕说话，活像念咒抵抗魔鬼似的。尤金一直注意着他的手有没有碰到吃的东西。那双手不太干净。

爬山的路上，他们在甘特家逗留几分钟。他们发现海伦和本在餐厅里。本正在吃早餐，照例皱眉对着咖啡杯，转头避开蛋和咸肉，似乎有点恶心。海伦坚持要弄白煮蛋和三明治给他们吃，两个女人走到厨房去。尤金陪本坐在餐桌旁喝咖啡。

本终于打个哈欠说:"噢,我的上帝!"他点了一根烟。"老头今天早晨怎么样?"

"我想他还好,他说他吃不下早餐。"

"他有没有跟房客们说什么?"

"'你们这些该死的无赖!你们这些下流的山蛮子!嘿——!'如此而已。"

本静静偷笑。

"他打伤你的手?我瞧瞧。"

"没有,你看不出什么,没受伤。"尤金抬起包绷带的手。

"他没打你吧?"本厉声说。

"噢,没有,当然没有。他只是喝醉了。今天早上他觉得抱歉。"

本说:"是的,他总是觉得抱歉——闹得天翻地覆才后悔。"他深深吸一口烟,活像有强烈的药瘾似的。

未几他问道:"尤金,今年你在大学混得怎

么样？"

"功课及格，分数还不错——你是指这些吧？"他艰辛地加上一句："今年春天——好一点。开头很难挨。"

"你是指去年秋天？"

尤金点点头。

本怒目望着他说："怎么回事？是不是别的男孩子嘲笑你？"

尤金低声说："是的。"

"他们为什么要笑你？你意思是说，他们觉得你不配跟他们来往？他们瞧不起你？是不是？"本恶狠狠说。

尤金满面通红说："不，不，跟那个无关。我想我的样子很可笑，他们觉得我看来很可笑。"

本好强地说："你说你看来很可笑，这是什么意思？你知道，只要你不成天像个小叫花子，你没有什么不对劲嘛。"他气冲冲地叫道："老天爷，你多久没理发了？你自以为是什么，婆罗洲来的野人？"

尤金愤然说:"我不喜欢理发师!理由就在这里!我不要他们把脏手指伸进我的嘴巴。我不理发,关谁什么事?"

本告诫说:"现在大家以貌取人。前几天我在《邮报》上读到一篇大企业家写的文章,他说他任用员工,总是先看对方的鞋子。"

他说话一本正经,犹豫不决,跟念书差不多,其实也不是真的相信那一套。尤金听见秃鹰老哥喋喋转述百万富翁的陈腔滥调,像笼里的乖鹦鹉似的,他觉得很不自在。本发表这些可敬的观念,声调平平板板,眼神困惑又悲哀,似乎想从这一切求得答案。当他皱眉凝神,结结巴巴播讲成功之道时,他的努力特别感人:是他那孤寂陌生的灵魂努力找寻人生的入口——找寻成功、地位、友伴。就像从伦巴第平原移居布朗克斯的人用嘴巴拼出字句,解读《世界年鉴》,想借此解开新世界之谜;也像冬天受困又害了怪病的森林居民,手拿一本《家庭疗法》查阅症状和治病良方。

本问道:"老头给你的钱够不够用?你能跟别

的男孩子平起平坐吗？他花得起，你知道。别让他苛待你。尤金，叫他给你嘛。"

尤金说："我有很多，够用了。"

本说："你缺钱是现在——不是将来。叫他供你读完大学，这是专业化的时代，他们正在找学院的人才。"

尤金说："是的。"他说话温驯淡漠，脑子未受这些行话影响，里面那个无言的自我看清了一切。

本依稀皱眉说："好好受教育。所有大人物——福特、爱迪生、洛克菲勒——无论受教育与否，都说教育是好事。"

尤金好奇地说："你自己为什么不去呢？"

本说："没有人劝我去呀。何况，你想老头肯给我钱吗？"他冷笑说："现在来不及了。"

他沉默片刻，一直抽烟。

"你不知道我在修广告学吧？"他咧着嘴问道。

"不知道。在什么地方？"

本说："函授学校。我每星期收到课程。"他腼腆地笑起来。"我一定擅于读书。每次都拿最高分——九十八或一百分。如果我修完这门课，可以得到文凭。"

弟弟两眼热泪盈眶，他不知道为什么，喉咙痉挛哽咽了。他连忙低头去掏香烟。过了一会儿他说：

"我很高兴你去选修。本，希望你读完。"

本一本正经说："你知道，他们那儿出过一些大人物。改天我给你看奖状。白手起家的人——现在他们担任大职务。"

"希望你也如此。"尤金说。

本露齿一笑说："所以你明白，这儿的大学生不止你一个。"过了一会儿，他正色说："尤金，你是最后的希望。就算要偷钱读书，你也得继续读完。我们几个不可能有成就了。想办法造就自己。抬起头来！你不输给他们——你比镇上这些小花花公子强多了。"他变得十分凶猛，十分激动。他突然由桌边站起来。"别让他们嘲笑你！苍天明鉴，你不比他们差。如果有人再笑你，随手抓起一样东西，把他打倒在地上。你听见没有？"激动中，他抓起桌上的重雕刻刀，挥来挥去。

尤金局促不安说："是的，我想现在没问题了。起先我不知道该怎么办。"

本厉声说："但愿你现在没去惹那些老暗娼了？"尤金不搭腔。"你知道，你那样做不会有成果的。你有机会得到一切。"他停顿一下又说："这一位看来是好姑娘。拜托，修饰一下，使外表看来整洁一点。你知道，女人在意这些。注意指甲，衣服要烫平。你有没有钱？"

尤金紧张兮兮向厨房看一眼说："够用。拜托，别这样！"

本塞了一张钞票给他，气冲冲说："放进口袋，你这小傻瓜。你得带一点钱，留着必要时用。"

他们走的时候，海伦送他们到高高的前廊。她照例把他们需要的东西再添了双份。另外有个鞋盒装满三明治、水煮蛋和软糖。

她站在高阶边缘，头上缠一块布，疤痕点点

的瘦膀子叉在腰间。清爽的旱金莲、沃土和忍冬香味弥漫在他们四周。

她滑稽地眨眨眼。"喔嗬！啊哈！我知道的，你们以为我看不见，其实不然，你知道——"她故作诙谐点头大笑，脸浸润着奇异的光辉和偶尔出现的纯洁之美。他看姐姐这样，总会想起雨后的晴空和水晶般的阔野，凉爽又清新。

她笑嘻嘻戳他的肋骨。

"爱情真伟大，不是吗？哈——哈——哈——哈！劳拉，看看他的脸。"她笑着大大方方搂抱一下劳拉。噢，他们上山的时候，她站在阳光下，笑眯眯充满怜惜，嘴唇微张，笑脸光艳照人，好美丽好奇妙喔。

他们顺着黑人区边缘的军校街往上走，慢慢登上城镇东端。到了军校街末尾，山丘猝然浮现在眼前，一条大路弯弯曲曲向右拐上山。他们转进这条道路，现在沿着黑人区东界上山。黑人住宅分布在几条泥土长街附近，由他们脚底猛斜下去。路边有几栋木屋，是黑人和穷苦白人住的，可是他们往上爬，房子就渐渐少了。他们以悠闲的步伐走上凉爽的路面，跳动的小光影由树叶间渗下来，弄得路面斑纹点点，左侧更有山上的叶簇遮荫。浓绿中出现一个水泥储水库的大角楼：水纹一道道，显得好凉爽。尤金口渴了。再往前走一段路，小水库漏出的水一大股一大股在管子里隆隆作声，水柱像人体一般粗。

他们不走最后一段螺纹形长山路，改由一条岩石小径猛向上爬，站在路峰的山坳口。他们在城镇上空几百英尺的地方；城区近在眼前，宛如一张意大利锡耶纳城的图片，同时显得又近又远。他在隆起的地面看到广场的石质建筑，明暗突出，汽车像爬行的玩具，人类跟麻雀一般小。广场四周没有树，全是杂乱的砖房——显得廉价、破烂、丑陋；再过去一块一块看来很模糊，那就是大家住的房子，在远端郊外像一个个亮亮的小脓疮，然后是治愈并荫蔽心灵的树丛美景。而脚下从山谷顺着山翼和山眉起伏的正是黑人区。城镇似乎以广场为中心点，所有车辆都开进去等候，可是到处都看不出什么格局。

丘陵却是威风凛凛，有格局的。西侧由山肩往上耸，面对太阳。小镇像营地搭在高原上，脚下没有一样东西挡得住岁月的侵袭。那儿没有理念可言。他觉得一切生命都装在脚下的杯子里：他俯视这些，就像一位年老的哲学家用宗教拉丁文写一出人生戏，也像彼得·勃鲁盖尔置身在他画的一张众人图里。尤金突然觉得他不是由城镇上山，倒像野兽来自荒野，凝眸注视一小堆将要被荒野占据、吞噬、覆盖的木头和胶泥。

由顶上算下来第七处屯垦区是特洛伊城[1]——但是古佳丽海伦曾住在那儿，所以德国人把它给掘起来了。

风势加强，他们不走铁道，从菲利普·罗斯伯里的大拱桥下穿过峡谷。犹太富翁把牛羊、马厩、马儿、母牛和女儿都安置在左侧的山巅。他们在桥影下通行，尤金抬头呼叫。他的声音像一

---

[1] 与特洛伊战争发生地同名，荷马的史诗《伊利亚特》即以此战争为题材。

块石子，碰到拱柱又弹回来了。他们走过去，站在峡谷另一边，由路缘俯视小海湾。海湾他们其实看不见，只瞥见绿绿的水光。山麓林木苍苍，路面像白白的螺纹，无止尽地往下绕。但是他们看得见海湾另一侧的野山冈，山麓已辟成大片田地和围起来的草坪，上面则是波涛起伏的树海。

白昼有如黄金和蓝宝石：一道五花八门、触摸不着的光辉像水面的阳光洒遍了大地。暖风袭人，吹得树叶全往后倒，更在花、草、水果的琴弦上奏出醇美的音乐。风声飒飒，不像冬天在枝头发出疯狂的怪声，倒像多产的女人，胸脯深，体型大，充满爱心和智慧；也像隐形的大地女神走遍了世界。小海湾有一只狗汪汪叫，叫声被风声削弱和打断了。有一只牛铃叮当响。他们脚下的密林传来清脆的鸟叫声，像硬块直接由鸟儿的喉咙里掉出来。一只啄木鸟咚咚敲啄一棵板栗树的树孔。蓝天上有轻轻的云团，像敏捷的大帆船钉在山边，随风摇曳，漂流的云影映得下方的树木黑压压的。

尤金被爱情和欲望迷了双眼：他的心洋溢着种种奇迹，简直情不自禁，全身乏力。他握住女孩凉凉的手指。他们腿挨着腿站立，彼此皮肉相贴。后来他们离开大路，顺着陡陡的林间小径斜抄过去。树林像巨大的绿色教室，鸟叫声则像落梅。一只蓝翅膀带金色和红色条纹的大蝴蝶在他们前面的斑状阳光里鼓翼，最后停在山茱萸的小枝子上休息。两侧的灌木丛里有轻轻飞掠的声音，更有鸟儿飞逃的影子。一条比青苔更绿的花纹蛇蹿过小径，身长跟鞋带差不多，躯干不比女人的小指粗多少，小小的眼睛亮得吓人，分叉的舌头像电光由嘴里伸出来。劳拉大叫一声，吓得往后退；他听见她叫喊，忙抓起一块石头，想杀这个昂昂吐信、唤醒他们体内古老恐惧的这美丽、可怕又神秘的小生物。可是小蛇溜进灌木丛去了，他非常惭愧，把石头丢开。他说："它们不伤人的。"

最后他们终于来到临着小海湾的岔路口。他们左转北行，向较高较小的一头走去。小海湾南边愈来愈宽，形成一个富裕的农田和牧场的伊甸园。几栋小房子点缀着大地，有青草地，也有一汪清水。青嫩的麦田随风摇摆；嫩玉米和人的腰部齐高，叶片刷刷响。莱茵哈特家的烟囱由枫林顶端露出来；肥胖的乳牛在牧场上慢慢吃草。再下去是韦伯斯特·泰洛法官的沃土，半掩在乔木和灌木丛中。路面盖满白灰，斜斜通到小溪对岸。他们踩着河床里的白岩石过河。几只鸭子不为所动，摇摇摆摆出来，一本正经望着他们，活像穿着唱诗班白围裙的小孩子。一位乡下小伙子乘着一辆载空牛奶桶的小马车咔嗒咔嗒走过去。他满面红光向他们露齿一笑，慢慢做个手势向他们行礼，留下一股牛奶、汗水和奶油的气味。上方的田地里有一个女人用手遮着眉毛，好奇地瞪着眼。另外一块田里有个男人走进草丛，用镰刀割草，活像神祇用光线的镰钩迎战敌人。

到了小海湾的岬角附近，他们离开马路，越过高地田，走到林木苍苍的丘陵盆地。那儿有一大片宽宽的羊蹄草，一股热热的野草味。他们走过没有路的田地，四周的残桩和他们的膝盖一般高，他们的衣服上黏着一簇簇棕色的苍耳。整块田地长满热烘烘的香雏菊。后来他们走进树林，一直往上爬，再由一条小溪来到一处软草沙洲，小溪是从青山顺着羊齿丛生的河床奔泻下来的。

尤金说："我们停在这儿吧。"草地上有好多蒲公英，那种浓烈难言的气味使大地缀满黄色的奇迹。它们像地精和小鬼，也像开花结子的魔术。

劳拉和尤金仰卧在地上，隔着高高的树梢眺望加勒比海般的蓝天和轻飘飘的云朵。水声潺潺，恍如寂静。山后的城镇位于另一个难以想象的世界里，他们忘了尘世的痛苦和冲突。

尤金问道："现在几点了？"他们已来到没有时间的地方。劳拉举起细嫩的手腕，看看手表。

她惊呼道："咦，才十二点半！"

可是他几乎没听见。

他嘎声说："我管它几点钟！"说着抓起戴丝绸表带的纤手，吻了一下。她以清凉的长手指握住他的指头，把他的脸拉到她唇边。

他们相拥着躺在天堂的草地上，她的灰眸比

一潭清水更深邃更清纯。他亲吻她皮肤上的小雀斑，恭恭敬敬凝视她狮子鼻的弧线，望着水光在她脸上飞舞。整个神奇的世界——花朵、田地、天空和丘陵、森林的甜蜜呼喊，所有的声音、画面和气味——都打进他心坎，成为他心里的一种声音，脑中的一种语言，和谐、光辉又完整——像一首热烈的抒情诗。

"亲亲！亲爱的！你记不记得昨天晚上？"他爱怜地问她，活像忆起她童年的往事。

她紧紧搂着他的脖子："记得，你怎么会以为我忘了呢？"

"你记不记得我说的话——我要求你做的事？"他穷追不舍。

她苦哼道："噢，我们怎么办呢？我们怎么办呢？"她把头转向一边，用手臂盖住双眼。

"怎么啦？怎么回事？亲爱的？"

"尤金——亲爱的，你还是小孩子。我好老——已经是成年女人了。"

他说："你才二十一岁。只差五岁，算不了

什么。"

她说："噢，你不知道自己在说什么。差别可
大了。"

他蔑视道："我二十岁，你二十五岁。我二
十六岁，你三十一岁。我四十八岁，你五十三岁。
那又怎么样？没什么嘛。"

她说："太重要了，太重要了。假如我十六岁，
你二十一岁，那倒没关系。但你是男孩，我是女人。
等你长成青年，我就变成老处女了，你年纪再大
些，我就都快要死了。你怎么知道五年后你会在
哪里，正在做什么事？"过了一会儿她又说："你
还是小孩子——刚刚上大学。还没有定计划。你
不知道自己要做什么。"

他愤然嚷道："我知道！我要当律师。他们送
我去上学，就为了这个目标。我要当律师，我要
从政。"他带点阴郁的快感说："也许我出名以后，
你会懊悔。"他想象自己孤单单成了名人，有点
苦涩的快感。州长官邸，四十个房间，单独享用，
单独享用。

劳拉说："你要当律师，你要走遍世界各地，我乖乖等你，永远不结婚。"她柔声笑起来。"可怜的孩子！你不知道自己要做什么。"

他可怜兮兮回头看她，阳光不再灿烂了。

他哽咽道："你不关心？你不关心？"他低头藏起润湿的双眼。

她说："噢，亲爱的，我当然关心，可是大家不是这样过日子的，这简直像故事。你难道不知道我是成年的女人？亲爱的，到了我这个年纪，大多数女孩子已开始考虑婚事。如果——如果我也开始考虑呢？"

"婚事！"他张口结舌说出这句话，活像她提起什么不堪一提的怪事似的。而他一听完建议，马上把它当作事实。他就是这样子。

他气冲冲说："原来如此！你要结婚了，呃？你有了相好是不是？你跟他们出去，对不对？你早就知道了，你想愚弄我。"

他赤裸裸面对可怕的真相，鞭笞自己，霎时看出人生的残酷不在于远方和空想，而在于未来的可能——在于爱情、失恋、婚姻的恐怖，暗夜中九十秒的背叛。

"你有了相好——你任由他们触摸。他们摸你的腿，他们摸你的乳房，他们——"他喉咙哽咽，声音小得几乎听不见。

"不，不，亲爱的，我没那么说。"她连忙坐起来，抓着他的手。"不过结婚不算反常，你知道，大多数人都结婚的。噢，亲爱的！别那副样子嘛！没发生过什么事。没有！没有！"

他猛然抱住她，连话都说不出来。接着他把面孔埋在她的颈窝里。

"劳拉！亲爱的！甜心！别抛下我不管！我孤零零的！我一向孤零零！"

"亲爱的，你渴望孤独，你一向渴望孤独。别的情况你受不了，你会对我厌烦，你会忘记此事曾经发生。你会忘了我，你会遗忘——遗忘。"

"遗忘！我绝不会遗忘！我活不到遗忘的那一天。"

"我绝不爱别人！我绝不离开你！我永远等

你！噢，我的小孩儿，我的小孩儿！"

　　在那奇妙的一刻，在一片安详的神秘岛上，他们紧紧相拥，对自己的话深信不疑。谁说——尽管以后会清醒——我们把奇迹忘掉了？谁说我们在世间能背弃苹果树、歌声和黄金？永恒的山谷对岸，一列火车在铁轨上东行，传来鬼样的汽笛声，人生像一缕彩色的烟，一团碎裂的云，慢慢飘走。他们的世界又只剩下歌声了：他们年轻，他们永远不会死，这一切将永远继续下去。

　　他吻她亮丽的双眼，与她的青春玉体合而为一，心脏感受她小乳房的压力，兴奋得发麻。她像柳枝一般柔软和柔顺，任由他抚摸——她快捷如飞鸟，恬静时却比脸上的水影更捉摸不定。他紧紧抱着她，唯恐她融进树里，或者像一阵烟由森林中消逝。

　　到山里来吧，噢，我青春的爱侣。回来！噢，失落的、见风愁的幽灵，再度归来吧，就像我初次在永恒的山谷认识你——六月天我们枕着奇迹，会觉得自己新换了一个人。有个地方，阳光全部在你发梢闪烁，我们站在山上，手指就摸得到星星。与一阵声响合而为一的日子呢？你肉体的音乐呢？牙齿的节奏呢？像苹果般爽脆的娇憔小腿、坚实的小手臂、纤细的指头呢？还有白乳房上红如樱桃的乳头呢？细细编织过的处女发丝哪里去了？大地的嘴巴好锋利，啃咬这份魅力的牙齿更利。为音乐而生的你再也听不见音乐了。在你黑漆漆的房子里，风声也沉默了。幽灵啊，幽灵，退出我们预先没料到的婚姻吧，不要回到尘世，回到我们永远不死的奇迹中，回到我们静卧的迷人树林吧。到山里来，噢，我青春的爱侣，回来呀。噢，失落的、见风愁的幽灵，再度归来吧。

四

六月底的一天，劳拉·詹姆斯对他说：

"我下星期要回家。"看到他苦恼的脸色，忙加上一句："不过只回去几天——不超过一个礼拜。"

"何必呢？夏天刚刚开始，你在那边会热昏的。"

"是的，我知道有点傻。不过家人盼望我七月四日[1]回去。你知道，我们是大家族——姑姑阿姨辈、堂兄弟姐妹和姻亲上百个。我们全家每年团聚一次——举行烤肉大会和野宴。我讨厌那一套，

---

1 即美国国庆日。

但是我若不回去，他们绝不会原谅我。"

他吓慌了，望着她一会儿。

他静静地说："劳拉！你会回来吧？"

她说："是的，当然。别紧张。"

他抖得厉害，不敢再盘问她。

她悄声说："别紧张，别紧张！"并用手臂环着他。

一个炎热的下午，他陪她到火车站，街上有柏油融化的气息。在嘎嘎作响的电车中，她握着他的手，不时捏捏他的指头安慰他，还窃窃私语：

"一个礼拜就回来！只有一个礼拜，亲爱的。"

他咕哝道："我看不出有什么必要，两地相隔四百英里，只为那么几天。"

他拎着她的行李，轻轻松松从月台上只有一条腿的老检票员身边走过，然后陪她坐在闷热的绿色普尔曼车厢里等火车开动。一台小电扇在甬道上空嗡嗡响，一位他认识的小姐坐在一大堆新皮箱中间。他打招呼，她带点傲气地斯斯文文回礼，然后又看窗外去了——她父母在月台上看她，她向父母做个苦脸。几位成功的商人穿着昂贵的鞣皮鞋走下甬道，除了电扇的嗡嗡声，他们的皮鞋也吱嘎响。

"莫里斯先生，你不是要离开我们吧？"

"嗨，吉姆。不，我到里士满几天。"尽管他们的生命一片灰暗，仍压不住东行车的扰攘。

"请旅客上车！"

他打着哆嗦站起来。

"过几天见，亲爱的。"她抬头看他，把他的手握在戴手套的小手掌里。

"你一到那边就会写信给我吧？拜托！"

"是的，明天——马上写。"

他突然弯腰耳语："劳拉——你会回来的。你会回来的。"

她别过脸去，泣不成声。他又坐在她旁边，她把他当作小孩，紧紧抱住。

"亲爱的，亲爱的！永远别忘了我！"

"不会的，要回来，要回来。"

她咸咸的吻印在他嘴上、脸上、眼睛上。他

知道这是滴着泪的时间蜡炬。火车已开了，他盲目跃向走道，喉头发出一声狂喊。

"要回来！"

可是他知道。她的哭声由后面传来，他仿佛已从她手中扯下了某一样东西。

三天内他收到来信。四张信纸边缘印着美国小国旗，上面写道：

"亲爱的，我一点半到家，累得无法动弹。昨夜在火车上我根本睡不着，一路上愈来愈热。我到这边，心情好忧郁，差一点哭出来。小里士满镇糟透了，笔墨简直无法形容——样样烫得像火烧，人人都到山上或海边去了。我怎么耐得住一星期！"（他暗想道：好！如果天气不变，她会提早回来。）"现在若能吸一口山间的空气，简直像天堂。你找得到山谷中我们去过的地方吗？"（他暗想道：找得到！就算瞎了眼也找得到。）"你肯不肯答应好好照顾你的手，让它复原？你走后我好担心，因为昨天我忘了给你换绷带。爸看到我很高兴：他说他再也不放我走了，不过你别担心，到头来我会照自己的意思去做。我一向如此。家乡简直没有我认识的人——男孩子都去当兵，或者到诺福克的造船厂工作。我认识的女孩大抵快要结婚，或者已经结婚了。只剩下小孩子。"（他有点畏缩。他们年纪跟我差不多，也许比我大哩。）"代我问候巴顿太太，告诉令堂我劝她别在热烘烘的厨房那么辛苦。底下的小叉号都是给你的。猜猜是什么。

劳拉。"

他看她的散文体书信，表情很认真，一字一句地详读，把它当作抒情歌。她会回来的！她会回来的！很快很快。

还有一页，他由兴奋中清醒和松弛下来，看了一眼。这才发现一张短笺，字体虽然不清晰，却是她的口吻，仿佛已跳出信上那种小心又散漫的文体：

"七月四日

昨天理查德来了。他今年二十五岁，在诺福

克工作。我和他订婚将近一年了，我们明天要静静到诺福克去结婚。亲爱的！亲爱的！我无法告诉你！我想说，却说不出口。我并不想说谎，此外都是真的。我说的全是真心话，你若非这么年轻多好，可是说这些有什么用呢？原谅我吧，请你不要忘记我。再见，上帝保佑你。噢，亲爱的，那一切有如天堂！我永远忘不了你。"

他看完信，又慢慢仔细重读一遍。然后他把信折好，放进里面的胸袋，就走出"迪克西兰"，步行四十分钟，来到城镇上方的山坳口。正好是日落时分，火红的大日轮挂在西方的地平线上，四周像暗蒙蒙的花粉大原野。太阳落到西山背后去了。清爽甜蜜的空气洒着金光和珠光。大丘陵化为紫色的孤影，真像天国乐土和肥美的葡萄。海湾居民的汽车辛辛苦苦绕着马蹄形的路面上山。暮色降临了，城里一眨一眨的灯光亮起来。黑暗像露珠，融在城镇上空，洗去白天的一切苦恼和混乱。黑人区依稀传来低沉的号叫声。

　　头上的星子傲然在天空闪烁，有一颗好亮好低，如果他爬到犹太巨宅那一头的冈顶上，一定摘得到。那颗星像一盏灯，低低挂在归客头顶。（噢，金星，你给我们大家带来各种好运道。）路得躺在波阿斯跟前那一夜[1]，这颗星曾隐去光芒；这颗星曾照着伊索尔德王后[2]；这颗星会照着科林斯和特洛伊城。这是洗除一切污点的黑夜，阴沉的黑夜，寂寞之母。他在黑夜的大河里净过身，在恒河的赎身浪潮里洗浴过。苦涩的伤口暂时在心中痊愈了：他仰脸看骄傲又温柔的星星，这一来他自觉像神祇和一粒尘埃，永恒美的兄弟和死神的儿子——孤单单一个人，孤单单一个人。

　　海伦哈哈大笑，戳戳他的肋骨："哈——哈——哈——哈！你的女朋友回去结婚了，是不是？她愚弄了你，你被人甩掉了。"

1　这是《圣经·路得记》中的故事，后来波阿斯娶路得为妻。

2　传奇英雄特里斯坦之妻，瓦格纳名剧《特里斯坦与伊索尔德》一剧的女主角。

伊丽莎嘲讽道："什——什——什么！我儿子——人家说（她用手掩着嘴巴偷笑）我儿子求过爱？"她噘着嘴半开玩笑谴责他。

他气冲冲咕哝道："噢，拜托，听什么人说的！"

他瞥见姐姐的目光，皱眉露出愤怒的苦笑。她们都笑了。

姐姐一本正经说："算啦，尤金，忘掉这回事，你还是小孩子，劳拉是成年的女人。"

伊丽莎带点恶意说："咦，儿子，那个女孩一直戏弄你，她引诱你上钩。"

"噢，别说了，拜托。"

海伦诚心诚意说："打起精神来！你的机会快要来了。再过一个礼拜你就会忘了她。女孩子多的是，你知道。这是童稚的爱情。向她证明你是个有风度的好小伙吧，你该写信恭喜她。"

伊丽莎说："咦，是的，换成我，我会当作大笑话。我不让她知道这件事深深影响我。我尽量写封好信，对此事一笑置之。我要让他们瞧瞧！

这就是我要——"

他跳起来苦哼道:"噢,拜托,别烦我,好不好?"

他走出屋外。

他写了信。可是邮箱盖子一合上,他就羞愧得半死。那是一封自负又夸口的信,里面夹着希腊诗、拉丁诗、英文诗和书本引来的名言,其实用得不恰当,不正确,只表示他可怜兮兮地想向劳拉证明他智力不凡、学问深广罢了。她若知道自己损失多大,一定会后悔的!可是写到最后,他心跳得好厉害,猛然道出心声:

"……但愿他配得上你——劳拉,他不可能配得上你,没有人配得上。可是他若自知拥有了什么,那还差不多。他真幸运,你说得不错——我年纪太小了。现在我恨不得砍下一只手,只求多长八岁或十岁。上帝保佑你,我亲爱的劳拉。

"我体内有一股溃决的冲力,但不会真的爆发——从来没爆发过。噢,上帝,若能溃决多好!

我永远忘不了你。现在我迷失，永远找不到路了。你收到这封信，千万要给我回音。告诉我你现在冠什么姓氏——你从来没告诉我。告诉我你要住在什么地方。我求你，别完全舍弃我，别撇下我不管。"

他把信寄到她说的住址——她父亲家。日子一周一周地过去，他日日不安，注意早晨和下午的邮件，收不到只字片语，就像打摆子一般难受。七月过去了，夏天也慢慢消退，她没写信来。

房客们在渐暗的门廊上摇摇晃晃等晚餐，笑得好厉害。

房客们说："尤金失去女朋友。他不知道该怎么办，他失去女朋友。"

"噢，噢！那个家伙失去女朋友了？"

有两位胖姐妹的丈夫在查尔斯顿的旅馆当职员，其中一位有个胖胖的小女儿，她滑着五月舞的漫步，在尤金身旁转来转去，短袜上露出胖胖的小肚腿。

"失去女朋友！失去女朋友！尤金，尤金，失去女朋友。"

胖胖的小丫头跳回胖母亲身边，等待嘉许；她们四目交投，多肉的嘴巴露出一抹自得的笑意。

面粉推销员黑克先生问道："大男孩，别让他们戏弄你。怎么回事？是不是有人抢走了你的女朋友？"他是矮小精悍的年轻人，今年二十六岁，爱抽大雪茄；脸型尖尖的，脑袋高高圆圆，秃顶，四周稀稀落落长着金色的细头发。他母亲是年近五十的离婚妇，凹凸不平的印第安脸粗壮有力，染黄的头发乱蓬蓬，她含着粗气和开心的笑容，摇来摇去，同情地笑道：

"尤金，再找个女朋友。咦！换了我，我绝不让这种事困扰我两分钟。"他料想她说完话，一定会用力吐口痰。

迈阿密籍的舞蹈老师法雷尔先生说："你不该发愁，孩子。你不该发愁！女人就像电车——一辆没赶上，再过十五分钟又来一辆啦。对不对，小姐？"他冒冒失失说着转向佐治亚州瓦尔多斯塔来的克拉克小姐。她尴尬地叽叽嘎嘎笑。"噢，男人真是最可怕的——"

暮色渐浓，旧霍米尼镇来的富鳏夫杰克·克拉普先生倚着门廊的栏杆，偷偷向护士弗洛丽·曼格尔小姐献殷勤。她的面孔在暗处像一团白影；她乏腻地哼道：

"我看她的时候，觉得她太老了，跟他不相配。尤金是小孩子。他很伤心，你一看他就知道他多么难受。再这样下去，他会生病的。他瘦得只剩一把骨头。东西一口都吃不下。人这么一天天衰弱下去，疾病一来就染上了——"

她继续悲叹，杰克的大腿偷偷挨近她。她一直把手臂小心叠放在下垂的乳房上。

灰蒙蒙的暗处，尤金转过一张苦脸对着他们。脏兮兮的衣服裹着稻草人一样的身躯，他的眼睛在暗处亮得像猫眼，头发乱糟糟落在额头。

杰克·克拉普慢吞吞带点淫猥说："他会复原的，每个男孩子都得经历童稚爱情的阶段。我像尤金这么小的时候——"他用大腿轻轻去碰弗洛丽，咧着嘴露出几颗金牙。他个子高大结实，面孔僵硬工整，端庄中带点放荡，眼睛斜视，像蒙古人。他的脑袋光秃秃有很多肉瘤。

弗洛丽悲叹道："他最好当心，我是说真的。他身体并不强壮——他不应该整天荡来荡去。他要——"

尤金站着轻轻晃了几下，满怀恨意瞪着房客们。突然间他像野兽咆哮一声，顺着门廊走过去，说不出话来，头晕目眩，却一再吼出他深藏的愤怒。

此时"布朗小姐"一本正经坐在门廊尾，跟大伙儿隔一段距离。高瘦文雅的二十八岁佛罗里达州坦帕镇佳丽艾琳·马拉德由黑黑的日光浴室快步走出来。她在梯阶边缘拦住他，用冰凉的长手指轻轻抓住他的手臂，拉着他转过身子。

她静静地说："尤金，你要去哪里？"一双浅紫色的明眸带点倦意，身上有淡雅的玫瑰露清香。

"别烦我！"他咕哝道。

她低声说："你不能这样下去！她不值得你这样——谁也不值得。振作起来吧。"

他气冲冲说："别烦我！我知道我在做什么！"他用力挣脱，跳到后院，踉踉跄跄跑过屋角。

"本！"艾琳·马拉德厉声说。

本一直跟珀特太太坐在暗暗的门廊秋千上，现在连忙站起来。

艾琳·马拉德说："看看你有没有办法拦住他。"

本喃喃自语："他疯了。他走哪一边？"

"那边——绕过屋角。快点去！"

本连忙走下浅浅的台阶，慢慢跑上草地。院子往下斜，"迪克西兰"的后半段靠十二根十四英尺高的粉白砖柱支撑着。朦胧中，"稻草人"蹲在一根潮湿将腐的细砖柱边，瘦膀子顶着太阳穴。

他张口喘气说："膳宿公寓，我宰了你。可恶可咒的膳宿公寓，我要把你拆掉。我要把你拆掉，压扁那些娼妇和房客。膳宿公寓，我要毁了你。"

他的肩膀又扭动几下，撞落一堆尘土和砂石。

他说："膳宿公寓，我要把你拆掉，压扁里面所有的人。"

本扑向他说："傻瓜，你要干什么？"他从后面抓住弟弟的手臂，把他拖回来。"你以为拆了房子就能把她唤回来吗？世上难道没有别的女人，你居然让人把魂魄都带走了？"

尤金说："放开我！放开我！关你什么事？"

本凶巴巴地说："傻瓜，别以为我关心。除了你自己，你伤害不了任何人的。你以为房子倒在你头上，你就伤得了房客吗？白痴，你若害死自己，你以为有人在乎吗？"他摇撼弟弟的身躯。"不，不，你知道，我不管你干什么。我只希望家人省去埋葬你的费用和麻烦。"

尤金发出挫败的怒吼，想挣脱哥哥的掌握。可是哥哥像"海老人"[1]般坚持到底。尤金双手和双肩用力一提，把哥哥抱离地面，拉着他去撞地窖的白砖墙。本干咳几声，倒在地上，松开弟弟，用手按着瘦瘦的胸脯。

他张口喘气说："别做傻事。"

尤金呆呆问道："我弄伤了你没有？"

---

1 指《一千零一夜》中的航海家辛巴达在航行中遇到的邪恶老人，会紧紧骑在人背后不松开。

"没有，进屋里去洗个澡。你一星期该梳一两次头发，你知道，你不能成天像野人似的。找点东西吃吧，你有没有钱？"

"有——我够用。"

"你现在觉得好了吧？"

"是的——拜托不要谈那件事。"

本说："傻瓜，我才不想谈呢，我要你懂事一点。"他站直起来，拍拍泛白的外套。过了一会儿，他又静静地说："滚他们的，尤金。滚他们的，别为他们苦恼，什么都别放在心上，什么都不要紧。滚他的！滚他的！不如意的日子很多，顺利的日子也很多。你会忘记的，来日方长。算了。"

尤金疲惫地说："是的，算了。现在好啦。我太累了，人累了就不在乎什么，对不对？我累得无法在乎。我不再关心了。我太累了。在法国作战的人累得什么都不管。现在就算有人拿枪对着我，我也不会受惊。我太累了。"他松了一口气，开始笑起来。"我不在乎任何人或任何事。我素来样样都怕，可是累了就不管啦。我就是这样克服一切挫折的。我应该把自己弄得精疲力尽。"

本点起一根烟。

他说："这才像话，我们找点东西吃。"他微微一笑。"来吧，大力士。"

他们慢慢绕过屋角走出去。

他盥洗一番，还大吃了一顿。房客们吃完，各自走到夜色中 —— 有人到广场去听乐队演奏，有人去看电影，有人到镇上闲逛。他吃饱来到门廊上，四处黑漆漆空荡荡的，只有赛尔伯恩太太陪一位田纳西州的木材富商坐在旁边的秋千上。她那清脆低沉的笑声轻轻由暗处冒出来。"布朗小姐"一个人端端庄庄摇摆着。她今年三十九岁，体型厚重，衣着不显眼，带有化名妓女那股滑稽的正经味儿 —— 小心装出高尚的气质。她的态度很斯文。她是无懈可击的淑女，若有人激她，她会咬定这个事实。

"布朗小姐"说她住在印第安纳波利斯。她并不丑，只是脸上充满中西部人特有的呆滞气息。

尽管她宽宽薄薄的嘴巴显得淫荡，目光却是一丝不苟的。她长着一头平凡的棕发和两只小小的棕色眼睛，皮肤光滑呈赤褐色。

伊丽莎说："啐！我不相信她还叫'布朗小姐'，就像我不能叫'小姐'一样。"

那天下过雨，晚上又黑又凉，屋前的花坛湿湿的，带有天竺葵和三色紫罗兰湿透的气味。他点了一根烟，坐在栏杆上。"布朗小姐"晃个不停。

她说："天气转凉了，一点小雨带来不少好处，对不对？"

他说："是的，先前很热。我讨厌炎热的天气。"

她说："我也受不了，所以我每年夏天都出门避暑。我们那边会碰上大热天，你们这边的人根本不知道炎热是什么。"

"你是密尔沃基人吧？"

"印第安纳波利斯的。"

"我知道那一带，是不是大地方？"他好奇地问道。

"是的，你可以把阿尔塔蒙特放在那边的一个角落里，不会找不到。"

他恳切地说："多大？你们那边有多少人？"

"我不太清楚——连郊区超过三十万人。"

他想一想感到很满意。

"漂不漂亮？是不是有很多漂亮的房子和大楼？"

她沉吟道："是的——我想是吧，那个地方有家乡味儿。"

"那边的人什么样子？他们干什么？是不是很有钱？"

"咦——是的，那是商业和制造业中心，有很多富翁。"

他追问道："我猜他们住大房子，乘大轿车来来去去，呃？"他不等人回答，继续说："他们吃好东西吧？吃什么？"

她尴尬地笑一笑，显得困惑和心慌。

"咦，是的，德国菜很流行。你喜不喜欢德国菜？"

他咕哝道："啤酒！啤酒！呃？你们那边制造啤酒？"

她的声音带点妖娆，笑着说："是的，尤金，我想你是坏孩子。"

"戏院和图书馆呢？你们那边很多表演吧？"

"是的，不少好节目到印第安纳波利斯表演，全是纽约和芝加哥最热门的。"

"图书馆呢——你们有大图书馆，呃？"

"是的，我们有一个很好的图书馆。"

"藏书有多少？"

"噢，我说不上来。不过那是很好的大图书馆。"

"你想会不会超过十万本？总没有五十万本吧？"他没等人回答，他自言自语，"没有，当然没有。你们一次能借出多少本书？什么？"

他饥渴的大影子耸立在她面前，他冲出自己体外，以问题吞噬她。

“女孩子长得怎么样？金发还是褐发？”

“咦，两种都有——黑发比金发多，我想。”她笑眯眯隔着夜色凝视他。

“她们漂不漂亮？”

“咦！我说不上来。尤金，你得自己找结论。我就是其中之一啊，你知道。”她淫荡地望着他，自愿供他检查，然后发出挑逗和斥责的笑声说：“尤金，我想你是坏孩子。我想你是坏孩子。”

他兴奋地再点一根烟。

“布朗小姐”咕哝道：“我真想抽烟，这边大概不行吧？”她看看四周。

他颇为不耐烦地说：“怎么不行？没有人看见你。黑漆漆的，有什么关系？”

兴奋的小电流传上他的脊椎骨。

她低声说：“我想我要抽。你有没有烟？”

他把自己的一包烟给她，弓着手掌点火，她站着接过来。她紧靠着他，闭目噘嘴，把香烟挨近火源。她抓住他颤抖的手，稳住火光，还握着他的手好一会儿。

"布朗小姐"奸笑道:"万一你妈看到呢?你会挨骂!"

他说:"她不会看到的。"又大大方方加上一句:"何况男人能抽烟,女人为什么不能?无伤大雅嘛。"

"布朗小姐"说:"是的,我相信人对这些事也该开明一点。"

他在暗处咧咧嘴,这个女人已经凭一支烟泄露了她的底细。这是一种征兆——表示她的身份,表示她放荡不羁。

他坐在她面前的栏杆上,伸手去碰她,她柔顺地倒在他怀里。

"尤金,尤金!"她开玩笑谴责说。

"你的房间在哪里?"他说。

她跟他说了。

后来伊丽莎从厨房出击,突然默默来到他们附近。

她多疑地看看阴暗的地方说:"谁在那儿?谁在那儿?嗯?呃?尤金呢?有没有谁看见尤金?"

她明明知道他在那里。

他说："是的，我在这边。你有什么事？"

"噢！谁跟你在一起，呢？"

"'布朗小姐'跟我在一起。"

"布朗小姐"说："甘特太太，你不出来坐一会儿？你一定又累又热。"

伊丽莎局促不安说："噢！是你呀，'布朗小姐'？我看不出是谁。"她扭开暗蒙蒙的门廊灯。"这外面好暗，上阶梯的人可能会摔断一条腿，"她应酬道，"我告诉你，空气真好。我真希望能放下工作，享受一番。"

她继续独白半个钟头，眼睛一直看着前面两个黑黑的人影。接着她又说了一堆话，才犹豫不决走进屋里。

临走她忧心忡忡说："儿子啊，天色晚了，你最好上床睡觉。我们大家都该睡了。"

"布朗小姐"斯斯文文附和着，并往门口走。

"我现在就走了，我觉得很累。大家晚安。"

他静静坐在栏杆上抽烟，听屋里的动静。屋

里的人睡了。他走回去，发现伊丽莎正准备到小房间安歇。

她绷脸摇了摇头，才低声说："儿子！我告诉你——我不喜欢。这看来不大对——你竟单独跟那个女人坐在外头。她的年纪足可当你的母亲。"

他粗声粗气说："她是你的房客吧？可不是我的房客。我没带她来这儿。"

伊丽莎感到屈辱，她说："有一点可以确定，你不会逮到我跟他们来往。我跟别人一样有资格抬头挺胸。"她对儿子苦笑。

他觉得惭愧和伤心，就说："好吧，晚安，妈妈。我们暂时忘了他们。这有什么关系呢？"

伊丽莎怯生生说："做个好青年，儿子，我要你做个好青年。"

她的态度带一点歉疚，带一点遗憾和悔悟。

"别担心，"他说着突然别开面孔，照例为母亲的天真和坚定而难受，"如果我不乖，也不是你的错，我不会怪你的。晚安。"

厨房的灯熄了，他听见母亲的房门轻轻响。一股空气凉凉爽爽吹过暗暗的房屋。他慢慢地爬上楼梯，心扑通扑通乱跳。

他走上黑漆漆的楼梯，脚步声淹没在厚地毯里，他和一个女人撞个满怀，凭那股木莲似的清香，他知道是赛尔伯恩太太。他们正好搂着对方的手臂，屏息发现了真相。她低头对着他，几撮金发掠过他的面孔，害他满面羞红。

"嘘！"她悄声说。

他们就这样胸对胸互相搂着，停在那儿不动，这是他们唯一的一次接触。他们对彼此的认识获得证实，就分开了，各自分享了对方的人生，此后在人前碰面，眼神冷冷静静，不泄露一丝秘密。

他轻轻顺着暗廊摸索，来到"布朗小姐"房门外。门虚掩着，他走进去。

她收下他在伦纳德预校得到的各种奖牌——辩论奖牌啦，朗诵奖牌啦，还有威廉·莎士比亚逝世三百周年纪念的铜牌："W. S. 1616—1916"——

铸来当金币用的！

他没有钱给她：她并不多要——一次一两枚硬币就行了。她说不是钱的问题，是事情的原则。他觉得她的话有道理。

她说："我若要钱，就不会和你鬼混，有人天天想召我出去。打从我来这儿，镇上的一个大富翁（泰森老头）始终追求我。他说我若肯搭他的车出去，他要给我十美元。我不需要你的钱，可是你得给我一点东西。我不在乎东西多微小。除非你给，否则我会自觉不高尚。我不是你每天在上城区看见的那种社交小浪女。我很自重，不来那一套。"

所以他把奖牌送给她当信物，代替金钱。

"布朗小姐"说："你若不赎回去，我回家就送给我儿子。"

"你有儿子？"

"是的，他今年十八岁，个子跟你差不多，身体有你两倍宽。女孩子全为他疯狂。"

他猛然别开脑袋，自觉像乱伦一般淫猥，恶

心和恐怖得满脸发白。

　　"布朗小姐"威风凛凛地说："够了，回房去睡一觉吧。"

　　她不像尤金在烟草镇接触的第一个妓女，她从不叫他"孩子"。

　　　　"可怜的蝴蝶，她的心碎了，

　　　　可怜的蝴蝶，她好爱他——"

　　艾琳·马拉德小姐换了日光浴室那架小唱机的唱针，把旧唱片翻过来，接着《卡金卡》舞曲的旋律就一拍一拍响起。她站着等他，身子挺拔，脸上笑眯眯的，苗条又漂亮，迷人的长手臂像翅膀举起来迎接他的拥抱。她教他跳舞。劳拉·詹姆斯的舞姿是很美的：他看她在一位青年怀里跳舞，曾妒忌得发狂。现在他左脚谨慎地踏出第一步，同时暗暗算节拍。一，二，三，四！艾琳·马拉德顺着他笨拙的压力滑步和旋转，像一阵烟无影无形。她的左手像鸟儿轻轻搭在他骨瘦如柴的肩上，凉凉的手指伸进他炽热的手掌中。

她有一头浓密的棕色头发，整整齐齐中分；皮肤呈苍白的珍珠色，细腻得几近透明；下巴颀长饱满，相当动人——面孔很像拉斐尔前派画作中的女人。她那高大优雅的身躯直挺挺的，却有一种脆弱和慵懒的美，迷人的眼珠子呈紫色，总显得有些疲惫，却带点缓慢的讶异和柔情。她真像卢伊尼[1]的圣母像，圣洁和诱人、世俗和天堂兼而有之。他对她带点敬爱，不敢太接近，不敢破坏圣洁的偶像。她那淡雅的香味像陌生的耳语传遍他全身，又是怪异又是神圣。他不敢碰她——炽热的手掌贴着她的指头流出汗来。

有时候她轻轻咳嗽，笑眯眯地用一条皱皱的蓝边小手帕掩着嘴巴。

她到山区来，不是自己要养病，而是为了她母亲——老太太今年六十五岁，常穿发黄的旧衣服，一张脸因为衰老和病痛显得十分沮丧。她

---

1 应指意大利画家贝尔纳迪诺·卢伊尼（Bernardino Luini）。

患了气喘和心脏病。她们是从佛罗里达来的。艾琳·马拉德非常能干，她在阿尔塔蒙特的一家银行当簿记主任。银行总裁伦道夫·古杰尔每天傍晚打电话给她。

艾琳·马拉德手掌按着电话筒，向尤金笑一笑，眼睛向上翻。

有时候伦道夫·古杰尔开车经过，叫她跟他一起走。尤金快快走开，等大富翁告辞。银行家冷冷目送他。

艾琳·马拉德说："尤金，他要我嫁给他，我该怎么办？"

尤金说："他的年龄足可当你的祖父。他头顶上没有头发，牙齿是假的，我不知道还有什么！"他十分愤慨。

艾琳含笑说："尤金，他是有钱人，别忘记这一点。"

他气冲冲嚷道："那就去呀！去呀！好——去吧，嫁给他，对你正合适。出卖自己吧。他是老头儿！"他作戏般说。伦道夫·古杰尔年龄接近四十五岁。

但他们在灰色的幽光里慢慢舞动，那股幽光像痛苦又像美，也像他生命——迷路的人鱼——游泳的海底。他们跳舞的时候，他不敢碰她，她却把身体贴向他，轻轻对他耳语，以纤细的指头猛捏他炽热的大手。他不愿碰她，她却像一束谷子躺在他的臂弯里，象征世界的补偿——让他不要想起一张失去的面孔，不要想起名叫"劳拉"的伤痛——象征一千具飞舞的美体会给他带来安慰和喜悦。痛苦、自尊和死亡的大排场在暮色中呈现可怕的画面，以寂寞的乐趣治疗他的悲哀。他迷失了，可是世间一切的朝圣之旅都是失落：片刻的分裂，片刻的离析，一千个召唤的鬼影，还有星星的悲哀。

黑漆漆的。艾琳·马拉德拉着他的手，牵他来到门廊上。

"尤金，在这边坐一会儿，我要跟你说话。"

她的声音严肃又低沉。他乖乖地坐在她旁边的秋千上，知道她要训他一顿。

艾琳·马拉德说："这几天我一直观察你，我知道怎么回事。"

"你是指什么？"他脉搏加快，含含糊糊说。

艾琳·马拉德冷冷地说："你知道我的意思。尤金，你是好青年，不该为那个女人浪费时间和精力。人人都看得出她是什么样的人。妈和我谈过这件事，那种女人会毁掉你这样的小伙子。你必须叫停。"

"你怎么知道？"他喃喃地说。他觉得惊慌和惭愧。她抓住他战栗的手，夹在她凉凉的手掌间，他终于静了下来。但他没有靠近她，面对她的魅力，他踌躇不前。与劳拉·詹姆斯一样，她似乎太高贵，引不起他的情欲。他害怕她的肉体，却不怕"布朗小姐"的。可是现在他对那个女人十分厌倦，不知道该怎么支付她的卖身钱。她已经把他的奖牌全部拿走了。

残夏里他常跟艾琳·马拉德一起散步。晚上他们穿过树叶沙沙响的凉爽街道。他们一起到旅社屋顶去跳舞；后来和气、笨拙、害羞、浑身马骚味的"奶头"莱茵哈特来到他们的小几旁，陪他们坐着喝酒。"奶头"离开伦纳德预校后，在一家军校读了几年，想纠正歪脖子的毛病。可是他和以前差不多——爱挖苦人，露骨又幽默。尤金望着那张害羞的面孔，想起逝去的岁月，分离的故人。他为一去不复返的日子伤心。八月过去了。

九月到了，骊歌处处，世界满是别情。战鼓已响起，年轻人要去当兵。本去投军，又遭到拒绝，现在他准备到别的城镇去找工作。卢克放弃俄亥俄州代顿城一家兵器工厂的职务，加入海军。他到罗得岛的纽波特训练学校之前，先告假回家。他穿着啪嗒啪嗒的蓝色军服，大步走下街道，满面笑容，帽带下露出蓬蓬的鬈发，街上欢声雷动。他真是典型的水兵。

土地拍卖商福西特先生大叫"卢克"，把他从街上拉进伍德药店。"苍天明鉴，孩子，你尽了本分。我来请客，你要什么？"

卢克说："来一杯可口可乐吧。上校，敬你！"他端起霜蒙蒙的玻璃杯，手冻得发麻，站在笑眯眯的店员前面摆姿势。他用沙哑的嗓音说："我若活在四十年前，也许会拒绝，可是现在我办不到，上帝帮 —— 帮 —— 帮助我！我办 —— 办 —— 办不到！"

甘特的毛病又犯了，病情愈来愈重。他的脸憔悴发黄，四肢渐感无力。大家决定要他再去一趟巴尔的摩。海伦会陪他去。

伊丽莎劝诱道："甘特先生，你何不舍弃一切，把事情安排好，安享余年呢？你的身体已经不适宜照顾事业；我若是你，我就退休。你那间店卖两万美元没问题 —— 我若有那么多钱可运用，我要表现给他们瞧瞧。"她眨眼点头。"两年内我就让它增值两三倍。得快卖快买，雪球才会愈滚愈大。人家赚钱就是这样赚的。"

他呻吟道："慈悲的上帝啊，那是我在世间

最后的避难所。女人，你没有同情心吗？我求你，让我平平安安死去——现在用不着多久了。我走了以后，你爱怎么处置那间店就怎么处置，现在让我享受一点安宁吧。我以耶稣之名求你！"他假意啜泣。

伊丽莎说："啐！"无疑是想鼓励他。"你没什么毛病，一半只是想象而已。"

他苦哼一声，偏开脑袋。

山区的夏天过去了。簌叶上依稀有一种红锈的色彩。晚上，街道充满凄凉的沙沙声，尤金在睡廊上整夜听见奇异的秋声，宛如在昏睡状态。给镇上带来热闹气氛的人一夜之间全都不见了。他们又回到广阔的南方去了，全国各地的战争气息愈来愈浓。他四周和头顶盘桓着一股奋发的气息。他觉得欢乐消失了，体内却有一股追求奇迹和光荣的冲力。美国挣脱了第一股狂热的大浪涛，开始接合战争的种种器械——用来研磨和印刷仇恨及谎言，用来灌充光荣，用来约束及镇压反对力量，用来征兵和操兵。

可是美国也出现了真正值得感叹的事——战场的讯号和狼烟照亮了各平原。美国堪萨斯州的青年将死在法国皮卡第区。杀他们的铁器尚未铸成，正摆在异国的土地上。本身一点都不古怪的生命和面孔清清楚楚呈现出死亡和命运的怪异。正是"常"与"异"的结合带来叫人惊叹的奇迹。

卢克到纽波特的训练学校去了。本陪海伦和甘特到巴尔的摩，甘特进医院接受镭素治疗以前，曾经大肆酗酒，逼得他们一再换旅馆住，最后甘特倒在床上苦哼，本该咒骂啤酒、威士忌和生牡蛎，现在竟咒起上帝来了。他们都喝了不少；可是甘特太过分，海伦气得发狂，本则皱眉不高兴。

甘特头晕眼花躺在一张又脏又乱的床上，海伦抓住他的肩膀摇撼道："你这该死的老头！我恨不得摇死你！你没病，我浪费我的人生来照顾你，其实你病得还没有我厉害呢！你这自私的老头，等我死了，你还会活好久哩！我真生气！"

他挥挥手臂大声说："咦，宝贝！上帝保佑

你，我少不了你。"

"别叫我'宝贝'！"她嚷道。

可是第二天他们搭车去医院的时候，她握着他的手，当他回头凄然望着后面和脚下的市区，全身抖颤的片刻，她一直握紧他的手。

他咕哝道："我年轻的时候住在这儿。"

她说："别担心，我们会使你康复。咦！你会再年轻起来！"

他们手拉手进了候诊室，两旁林列着死亡和恐惧的阴影；护士实事求是，一百个面孔灰白、双目炯炯的人影在破碎的生命间走动，屋里却有一具耶稣像，双臂摆出无限慈悲的姿势，比甘特店里最大的天使还要大好几倍呢。

尤金去看过伦纳德夫妇好几回。玛格丽特显得瘦弱多病，可是她体内的大光辉似乎因此烧得更旺了。他从未如此真切地感受她宁静的耐心，精神的健康正常。在那道光辉里，他灵魂的一切罪孽、一切痛苦、一切烦恼的疲态都一扫而空，人生的纷扰和罪恶脱掉了下流的破衣。他仿佛重新穿上没有裂缝的光明衣裳。

可是他不太能吐露心事，他畅谈大学的功课，很少谈别的。他心里装满自白的话，但他自知说不出口，说了她也不会明白。她智慧太高，除了信念，什么都无法接受。有一次，他不顾一切跟她谈起劳拉：用几句话尴尬地吐露心事。他还没说完她就笑了。

她叫道："伦纳德先生！想想看，这小鬼居然交女朋友了。啐，孩子！你不知道爱情是什么。无聊，过十年再想那些也不迟。"她温柔地自顾笑起来，目光茫茫然的。

"尤金交女朋友了！可怜那个女孩子！啊，主啊，孩子！你来日方长。该知道自己多幸运！"

他低头闭上眼睛。噢，我可爱的圣女！他暗自想道，你曾是我多么亲近的人，我曾剖开脑子给你看，我若有勇气，也会对你敞开心灵，而我是多么寂寞，一向如此。

晚上他跟艾琳·马拉德在街道穿梭，镇上人迹稀少，离情依依。几个人匆匆走过，仿佛被阵风刮着走。他对她微妙的倦态很着迷；她安慰他，他却没碰她。但是他吐露出心里的重担，全身发抖，显得很激动。她坐在他旁边，一直摸他的手。他总觉得好像不认识她，几年后才想起她来。

屋里几乎空空的，晚上伊丽莎仔细为他收拾皮箱，心满意足地计算烫好的衬衫和补好的袜子。

"儿子，你现在有不少保暖的衣裳，好好珍惜。"她把甘特的支票放进他的内袋里，袋口用别针别起来。

"孩子，注意你的钱，很难说你在火车上会遇到什么样的人。"

他紧张兮兮向门口走去，希望无声无息离开，不必正式告别。

她牢骚满腹说："看来你不妨陪妈妈在家里过一夜。"她的眼睛润湿了，嘴唇开始颤动，露出自怜的笑容。"我告诉你，看来很滑稽，不是吗？你跟我在一起不到五分钟，就想站起来，随便跟哪个女人出去都好。没关系！没关系！我不是抱怨。看来我只适合煮饭、缝衣服，替你们收拾行李。"她流泪了。"看来我只有这个用处。整个夏天我几乎没看见你。"

他刻薄地说："不，你忙着照顾房客。妈妈，休想在最后一分钟打动我的情感。"其实他已经很激动了。"哭很容易。你若有时间理我，我一直都在这儿呀。噢，拜托，我们别再这样好不好！不来这一招，情况已经够惨了。为什么我每次出门，你都要这样？你要害我惨兮兮吗？"

伊丽莎立刻收了泪，满怀希望说："噢，我告诉你，我若做成两笔生意，样样顺利的话，你明年春天回来，也许会发现我在一座优美的大房子里等你。我已经选好地皮了，前几天我还在想……"她故作聪明地点头说下去。

"啊！"他喉咙里发出窒息的声音，扯扯衣领。"看在上帝的份上！拜托！"现场一片寂静。

伊丽莎拉下巴，一本正经说："好吧，儿子，我要你做个好青年，用功读书。留心你的钱——我要你多吃好东西，多穿保暖的衣裳——不过孩子，你千万别太浪费。你爸爸的病花掉不少钱。开销大，一点收入都没有。谁也不知道下一分钱要从什么地方赚进来。你必须当心。"

又是一片沉默。她的话已经说完了；她尽量和儿子亲近，可是她突然觉得无话可说，完全被摒弃在外，触碰不到他苦涩、孤单的心灵。

"儿子，我真不愿意看你走。"她满腹心酸，静静地说。

他突然举起手臂，摆出受罪的姿态。

"这有什么要紧！噢！上帝，这有什么要紧！"

伊丽莎双目充满痛苦的眼泪。她抓住他的手，紧紧握着。

她哭道："儿子，尽量快乐起来，尽量快乐些。可怜的孩子！可怜的孩子！没有人了解过你。你出生前——"她慢慢摇头，用泪淋淋的口吻说话。接着她清清喉咙，一再嘎声说："你出生前——"

五

他回大学去念二年级的时候，发现该地已适应了战争。气氛比较静，也比较凄凉——学生人数比以前少，年龄比以前轻。年纪大一点的已经去打仗了。其他的人心绪不宁，表面上却抑制着。他们不在意学业、事业、成就——战争的"现势"打动了他们。明天有什么用！为明天努力又有什么用！大炮轰垮了一切计划，他们暗自欢喜，为一切有计划的工作结束而欢呼。教育大业冷冷淡淡、心不在焉地继续下去：他们在教室里，眼睛含含糊糊看书本，耳朵却专心听外面的警报和旅行团的声音。

这一年，尤金和阿尔塔蒙特中学当年最优秀的学生同房居住。他的名字叫作鲍勃·斯特林。鲍勃·斯特林十九岁，是一位寡妇的儿子。他中等身材，衣着整齐朴素，没有什么特别出众的地方。基于这个理由，他对出众的事物总是和和气气甚至沾沾自喜地嘲笑一番。他脑袋不错——聪明，专心，用功，没有多大的创意或发明天才。他样样都安排好固定的时间：特别分配一段时间准备每一课，复习三遍，暗暗背给自己听。他每星期一送衣服出去洗。跟快活的友伴在一起，他会开怀大笑，非常开心，但是他从不忘记时间。不一会儿，他便看看手表说："噢，这样真好，却成不了事。"说完就走了。

人人都说他前程似锦。他曾好心训诫过尤金的习惯，说他衣服不该四处乱扔，衬衫和内裤不该脏兮兮堆那么多。他应该定时温习每一课，生活该有规律。

他们住在校园边的一栋私宅里，房间又大又

亮，挂着好多锦旗，全是鲍勃·斯特林的。

鲍勃·斯特林有心脏病。他爬完楼梯，总要站在梯台上喘气。尤金替他开门。鲍勃·斯特林讨喜的面孔白得像死人，上面有许多浅浅的雀斑。他的嘴唇直打战，颜色发青。

"怎么啦，鲍勃？你觉得怎么样？"尤金说。

鲍勃·斯特林咧嘴笑着说："过来，把你的手放在这儿。"他拉起尤金的手，放在他的心口上。心跳缓慢又不规则，呼吸咝咝响。

"老天！"尤金叫道。

鲍勃·斯特林说："你听见没有？"说着笑起来。他走进房间，使劲儿揉擦干燥的双手。

后来他病倒了，不能来上课。他被送到大学附属医院，躺了几星期，病情看来不严重，嘴唇却老是青青的，脉搏缓慢，体温过低。一点办法都没有。

他母亲来带他回家。尤金每星期固定写两次信给他，常收到简短快活的回音。有一天他死了。

两周后，寡妇来拿儿子的东西。她默默收拾

没有人能穿的衣物。她是四十多岁的胖女人。尤金把墙上的锦旗收下来折好。她放进背包，转身要走。

"还有一面。"尤金说。

她突然流下泪来，抓住他的手。

她说："他好勇敢，好勇敢。最后一段日子——我没想到——你的信使他快乐极了。"尤金暗想：现在她孤单单一个人。

他暗想道：我不能留在他待过的地方。我们曾在这里朝夕相处。我会经常看见他站在梯台上，心脏嘧嘧作声，嘴唇发紫；或者听见他嘀嘀咕咕温习功课。而且晚上另一床是空的。我想以后我要单独住一个房间。

不过那学期他在一间宿舍过完剩下的日子。他跟两个人同房，一位是阿尔塔蒙特来的青年，名叫 L. K. 邓肯（"L"代表劳伦斯，可是人人都叫他"埃尔克"）。另一位是主教派牧师的儿子，名叫哈罗德·盖伊。两个人都比尤金大好几岁：

埃尔克·邓肯二十四岁，哈罗德·盖伊二十二岁。有史以来恐怕没有这么多怪人聚在两个小房间里——有一间他们当作"书房"。

埃尔克·邓肯的父亲是阿尔塔蒙特镇的律师，民主党的小政客，对州县事务很擅长。埃尔克·邓肯长得相当高——六英尺一英寸或二英寸左右——瘦得不可思议，也可以说体型狭窄。他已经有点秃头，额头又高又凸，浅色的大眼睛直往外鼓；苍白的长脸由眼睛下面往里斜，直斜到下巴。他的肩膀有点弯，非常狭窄；身体其他的部位像铅笔一般匀称。他一向打扮得很时髦，身穿蓝色法兰绒的紧身西装，戴高高的硬领、丝质宽领带和彩色丝质手帕。他是法学院的学生，但是他大部分的时间都在逃避功课。

年纪小的学生——尤其是一年级新生——餐后总要围在他身边，半张着嘴巴，把他的话当作神圣食粮吞下去，他说得愈荒唐，他们愈要他讲。他对人生的态度有点像狂欢会余兴节目的叫客员：多嘴，神气，还带一丝嘲讽。

另一位室友哈罗德·盖伊是好好先生，像小孩似的。他戴眼镜，给沉闷的灰脸带来一丝光泽；他的相貌平凡丑陋，没什么特征。人生至少有五分之四的现象叫他不解，所以他不再努力去了解什么。反之，他常用一声不恰当的怪笑掩饰害羞和迷惘，或者露出魔鬼般狡黠的笑容。他跟埃尔克·邓肯来往是人生的一大高峰：他浸在这位名士周围的紫光里，淫笑着抽烟，学堕落教士的口音大声咒骂。

埃尔克·邓肯指责道："哈罗德！哈罗德！该死，小子！你愈来愈糟了！你如果这样下去，不久就会嚼口香糖，把主日学要交的钱拿去看电影。拜托为我们想想。尤金还是小男孩，纯得像仓库前的厕所，至于我嘛，我老是在上流圈子里活动，只结交最高级的酒保和贵妇型的妓女。你爸若听见你咒骂，他会说什么？你不知道他会大吃一惊吗？小子，他会削减你的买烟钱。"

哈罗德咧着嘴说："埃尔克，我不在乎他会如何，也不在乎你！滚他的！"他大声吼叫。整个宿舍的窗口传来回音——"滚他的！""别吵"的叫声和讽刺的欢呼声不绝于耳，他很高兴。

圣诞节分散各地的家人又团圆了。他们都有分离在即、死别在即的感想，所以赶回来。巴尔的摩的外科医生没给他们带来希望。反之，他证实甘特必死无疑。

海伦问道："那他能活多久？"

他耸耸肩。他说："亲爱的姑娘，我不知道！此人是一大奇迹。你知不知道他在这里是'头号陈列品'？本地的每个外科医生都看过他。他能活多久？我不敢肯定——我什么都不敢说。令尊第一次动完手术离开这儿，我绝对没想到还会再看见他。我怀疑他是否熬得过那年冬天。可是他回来了。他也许会再来好多次。"

"你能不能帮助他？你想镭素治疗有用吗？"

"我可以暂时减轻他的痛苦，我甚至可以暂时遏制病情加重。除此之外，我一点办法都没有。不过他活力惊人，他像一扇破门，只凭一个铰链支撑——却没有倒。"

　　于是她带父亲回家——他死亡的阴影像达摩克利斯之剑，悬在他们头顶。恐惧蹑手蹑脚在他们脑海穿梭。海伦整天压抑着神经质的反应，每天向伊丽莎爆发一次，或者在她自己家爆发。休·巴顿已买下一栋房子，带她搬过去。

　　他说："你在他们身边，永远不得安宁。你现在的毛病就出在这里。"

　　她经常生病，常找医生治病或咨询，有时候她去医院连住好几天。她的毛病有很多种——有时候是乳突骨痛，有时候是神经衰弱，有时候精神崩溃，又笑又哭的；起因一部分是甘特病重，一部分是她自己迟迟未生小孩，绝望到极点。她经常偷喝酒——啜几口提提神，从来不喝醉。她喝劣质酒——只求酒精效果，透过十几种名叫"××露"或"××精"的玩意儿达到目的。她几乎故意破坏自己对好酒的鉴赏力，以医药为名，向自己隐瞒血液中渐增的饥渴。自欺是她的特性，她的生命力靠一连串的欺骗——一连串的象征来表达：她的厌恶、喜好、烦恼……理由甚多，就是不道出真正的理由。

但她除非卧病在床，从不离开父亲太久。他死亡的阴影笼罩着他们的生活。他们都为此恐惧得要命；病情拖那么久，病因又像难解的谜题，害他们的尊严和勇气尽失。他们受生命的自我观支配，对外人的死颇富哲思，自己的死却看成是自然法则的崩溃。他们不能想象上帝死亡，也就不相信甘特居然会死；甚至认为他的死比上帝的死更难想象，因为他在他们心目中比上帝更真实，比上帝更不朽，他就等于上帝。

他们的生活进入可怕的阴暗期，尤金吓得发僵，气得透不过气来。他看完家书，有时非常气愤，猛捶宿舍的灰泥墙，捶得指节血淋淋的。他暗想道，他们耗光了他的勇气！他们使他变成哭哭啼啼的懦夫！不，我若死，绝不要该死的家人围在身边。对你的脸吐出污浊的气息！污浊的鼻子对着你呼呼响，围着等你断气！笑眯眯说你气色很好，背后却发出厌恶的叫声。噢，污秽的，污秽的，污秽的死亡！我们就不能不受干扰吗？啊！我们就不能单独生活，单独思考，自己住一栋房子吗？啊！我要！我要！一个人，一个人，冒雨走得远远的。他突然冲进书房，发现埃尔克·邓肯居然在看法律书籍《侵权法》，像一只鸟被蛇的目光催眠了似的。

他说："我们该像老鼠般死法吗？我们该在洞里闷死吗？"

埃尔克·邓肯说一声"该死"，合上大页的牛皮书封，躲在书后面。

"是的，对！对！冷静一点。你是拿破仑，我是你的老朋友克伦威尔。"他叫道："哈罗德！救命！他杀了狱卒，逃出来了。"

哈罗德·盖伊听见埃尔克说出两个伟人的名字，抛下一本厚书叫嚷道："尤金！你对历史知道多少？《大宪章》是谁签的，呃？"

尤金说："没有人签名，国王不会写字，所以他们用印刷机印的。"

哈罗德·盖伊吼道:"对!谁是'无准备者埃塞尔雷德[1]'?"

尤金说:"他是'傻子基内伍尔夫'和'未洗清的温蒂妮'的儿子。"

埃尔克·邓肯说:"他的贾斯珀舅舅和'麻子保罗'及'小气鬼吉纳维芙'有亲戚关系。"

尤金说:"他在903年教皇颁布的训谕中被逐出教门,可是他拒绝受威吓。"

埃尔克·邓肯说:"反之,他召集当地所有神职人员,包括坎特伯雷大主教盖伊博士开会,盖伊被选为教皇。这次大会引起教会的大分裂。"

尤金说:"上帝照例站在大多数信徒这一边。后来他们家族移民到加利福尼亚,在1849年的淘金热中发了财。"

哈罗德·盖伊嚷道:"你们太棒了,我比不过!走吧,谁要去看电影?"

电影是小村庄固定供应的唯一娱乐。有一家

---

1 指10世纪的英王埃塞尔雷德二世。

电影院夜夜挤满闹哄哄的学生，他们冲过满地花生壳的走道，一路被人扔花生，然后对着大一新生的脑袋和脖子消磨一个晚上，不专心看电影却对银幕前走过的人影喝倒彩、怒吼或提出忠告。一位脖子瘦瘦的少女显得疲惫却十分勤劳，不断弹那架破钢琴。她只要偷懒五分钟，人们就呜呜乱叫，要求她："音乐！默特尔！音乐！"

你必须和每一个人说话。如果你跟每一个人说话，你就够"民主"；否则就是势利眼，得不到多少选票。品貌的评鉴和各种评鉴一样，十分粗俗和鲁钝。他们对于各方面的突出都很多疑。他们像农民，对不平凡的东西有敌意。某人很聪明？他才气焕发？糟了，糟了！他不安全；他不稳健。那个地方是民主的小宇宙——充满政治兴味：全国性的，区域性的，学院性的。

校园跟州县一样，有它的候选人，它的策士，它的老板。年轻人在学院里养成他日后要在政党中运用的政治技巧。政治家的儿子乳毛未脱，就由能干的父亲调教过；到了十六岁，他的一生已经以州长职位或国会议员的席位为目标策划好了。小伙子存心到大学来布下第一道陷阱，存心结下日后对他最有用的友谊。到了三年级，他如果成功的话，已经有一位政治策士为他实现校园的野心。他小心活动，说话浮夸又带点诚恳：

"啊，好，诸位。""诸位，你们好吗？""天气真好，诸位。"

世界的大竞赛展现出无限的魅力，可是很少人受诱离开本州的要塞，很少人听过远处某种概念的余音。他们能争取的更高荣誉也不过是参议员罢了，这条光荣之路——通向一切权力、高位、盛名的道路——要借着法律学、领带和帽子来完成。所以要搞政治，上法学院，参加辩论社，发表演说，招来听众的掌声。

当然总是乡巴佬掌权——十之八九的学生团体是由他们构成的：他们可以得到高傲的头衔，他们尽量要世人尊崇乡巴佬精神和家里编的道德观。通常这些高位——学生团体、班级和青年会的总裁，以及运动队伍的经理职位——都交给吃过苦、犁过田才来大学工作的农奴，或者各方面都平凡得令人满意的长工。这种长工被称作"万事通先生"：安全、稳健、可靠，不会有见解。他是大学训练的精致花朵。他是足球队的后备员，是各科的学者。他是普遍性的"二重人"。他样样都是双向的，只有道德性格谨守至高的一元性。他如果不进入法律界或内阁，就会被指派为罗德奖金的受奖研究生。

在这个奇怪的地方，尤金活跃极了。他不会招人嫉妒，看来他并不安全，并不稳健，而且绝对是个破格的人。他不可能成为"万事通先生"。他显然一辈子也当不了州长。因为他说话怪怪的，他显然一辈子不会当政治家。他不是领导全班或者念祈祷文的人，他适宜从事古怪的事业。他们大大方方暗想道：好吧，我们也需要这种人物，并不是人人都适合做大事的。

他此生从未如此幸福，如此漫不经心。形体

的孤独已经实现，而且比以前快活多了。他逃避家人的疾病、神经质和死亡的鬼影，有一种轻飘飘的感觉，醉醺醺的自由。他独自来这个地方，没有伙伴，也没有人际关系。他至今还没有亲密的朋友。这份孤独颇合他的意。人人都认识他；人人叫他的名字，客客气气地跟他说话。他并不讨人嫌，他很幸福、很开心，热心问候每一个人。他对令人眼花、无人探访过的奇妙大地有一种柔情，一种亲昵感。他比以前更密切感到一种兄弟之情，却也比以前孤独。他对于各种表象都十分超然，喜悦像美酒流遍他伸展的四肢。他喉咙闷叫着，蹦蹦跳跳走上小路，像采苹果一般跳起来迎接生命，想把扯裂身心的盲目欲望集中成一点，把一切无形的激情融化掉，借此扼杀死亡，扼杀爱情。

他开始参加活动，什么都参加，以前他从未"属于"任何团体，现在各团体都召唤他。他轻易在大学的报社和杂志社争取到一个职位。开头的一股小名声化为奔流，先滴水，后来竟下起雨了。

他加入文学社团、戏剧社团、剧场社团、演说社团、新闻社团，春天又加入一个社交社团。他热心参与，笑眯眯接受折磨人的入会式，弄得身体红肿，大衣领口别着彩色缎带，背心粘满别针、徽章、符章和希腊字母，却比小孩或野人更开心。

但他的头衔也不是凭空得来的。初秋过得黯淡无光，懒懒散散：他甩不开劳拉的阴影，她像鬼魅盘桓在他心头。他圣诞节回家，觉得山丘凄凉闭塞，寒冬的小镇卑微又狭窄。家里热闹得荒唐，热闹得顾前不顾后。

伊丽莎站在炉火前伤心地说："好吧！这回我们尽量高兴些，静静过个圣诞节。天下事很难说！天下事很难说。"她摇摇头，实在说不下去，眼睛湿湿的。"这可能是我们大家最后一次团圆了。老毛病！老毛病！"她转向他，用嘶哑的嗓门说。

他气冲冲说："什么老毛病！老天，你何必这么神秘。"

她故作勇敢地笑一笑，低声说："我的心脏！

我没跟任何人提起过。可是上星期——我以为我完蛋了。"这番话以不详的低语吐露出来。

他呻吟道:"噢,我的天!等我们大家都腐烂了,你一定还好好在这里。"

海伦突然气冲冲大笑,望着他阴沉沉的面孔,用大手指戳他。

"咯——咯——咯——咯!没有一次例外吧?有没有?你若割掉一个肾脏来找她,她一定会有比你更严重的毛病。不,谢了!没有一次例外!"

伊丽莎苦笑道:"你笑吧!你笑吧!可是我在这里被你们嘲笑的日子恐怕不多了。"

女儿愤然叫道:"老天,妈妈!你没有毛病。病人不是你!爸爸才是病人,需要关心的是他。你不明白吗——他快要死了。他也许活不过这个冬天。我才是病人!我们父女死掉好久之后,你还会好好在这儿。"

伊丽莎神秘兮兮说:"很难说,很难说谁会先走。上星期气色很好的科斯格雷夫先生——"

尤金狂笑一声,在厨房里疯狂地走来走去:

"他们去了！苍天明鉴，他们去了！"

冬天，屋里经常住着两三位老怪物，这时候其中一位由大厅东倒西歪走回门前。她是体型庞大而瘦削的老巫婆，经常吃迷药，走动时四肢扭得好厉害，青筋暴露的手向空中乱抓。

她掀动下垂的白嘴唇，好不容易才说得出话来："甘特太太，有没有我的信？你看见他没有？"

伊丽莎心烦道："看见谁？走吧！我不知道你在说什么，我相信你也不知道。"

老怪物向他们所有人露出可怕的笑容，手掌猛抓空气，继续往前走，像车轮松脱的旧车，消失得无影无踪。尤金半张着嘴巴，露出阴郁和吃惊的表情，海伦嘎嘎笑起来。伊丽莎也用手指揉着鼻翼偷笑。

她说："真是的！我相信她疯了。她服了某一种麻醉药——这一点可以确定。她来到附近，我就起鸡皮疙瘩。"

海伦愤慨地说："那你为什么要留她在屋里？老天爷，妈妈！你若想赶她走，可以下手呀。可怜的尤金!"她说着又笑起来。"你老是碰上这种事,对吧?"

他虔诚地说:"耶稣诞辰快到了。"

她笑起来,随后张着心不在焉的眼睛,失神地拉拉大下巴。

父亲大半天呆呆瞪着客厅的炉火。护士弗洛丽·曼格尔闷声不讲话,让他享受变态的安宁。她在火前不停地晃动,脚跟每分钟拍三十下,双手紧紧叠放在胸前。她偶尔谈到死亡和病痛。甘特衰老得惊人。厚衣裳裹着他衰弱的残躯。他的脸像蜡做的,颜色透明——看上去只见一个大鼻子。他显得干净又脆弱。尤金暗想道:癌症像一种可怕又美丽的植物在他体内开花。他的脑筋很清楚,并不糊涂,却十分悲哀和老迈。他很少说话,温和得近乎滑稽,人家回话,他根本不注意听。

他问道:"儿子,你近况如何?你过得还好吧?"

"是的,我现在当报社记者,明年也许会当主编。我入选参加好几个组织。"他热心地说下去，很高兴有机会对家人谈谈他的生活。可是他抬头一看，父亲的目光凄然对着炉火。小伙子尴尬地停下来，心如刀割。

甘特听他不再讲了，才说："好极了，儿子，当个好青年，我们以你为荣。"

本在圣诞节前两天回来。他像一具熟悉的幽灵，在屋里悄悄逛来逛去。他由巴尔的摩回来后，初秋又离开小镇。三个月来他独自在南方流浪，向小城镇的商人推销洗衣卡上的广告栏。他没说这种怪生意成不成功；他身上非常整洁，但是衣服破旧，神情憔悴，比以前更沉默。最后他在皮德蒙特高原一个富庶的烟草城镇找到报社的工作。圣诞节过完他就要去那边。

他照例带礼物回来看家人。

圣诞节那天，卢克由纽波特的海军学校回来。他们听见他以响亮的男高音问候街上的人；他进门时带进一阵风。人人都咧嘴笑起来。

他拥抱甘特，拍拍他的背脊嚷道："好啦，我们回来啦！海军上将回来啦！爸爸，怎么样！噢，拜托！我以为我来探望病人哩！你简直像春天灿放的花朵嘛！"

甘特喜滋滋咧着嘴说："很好，孩子。你好吗？"

"再好不过了，上校。尤金，你好吗，老童子军？不错！"他不等人搭腔就说下去。"噢，噢，这可不是小老头嘛。"他说着拉起本的手，上下摇晃。"我不知道你在不在。"又拥抱母亲说："妈妈，老太太，他们怎么样？还是拼命苦干。不错！"谁都没机会搭腔。

伊丽莎退后几步，望着他嚷道："咦，儿子——究竟怎么着！你把自己怎么了？你走路好像有点跛。"

他望着母亲的愁容傻笑，伸手去戳她。

"哈——哈！我被一艘潜水艇的鱼雷炸到了。"接着谦虚地说："噢，没什么啦，我割下一点皮肤，救助电气学校的一位朋友。"

伊丽莎尖叫道:"什么!你割下多少?"

他漫不经心地说:"噢,只有六英寸长的一小块。那人严重烫伤。我们大伙儿凑在一起,捐了一点皮。"

伊丽莎说:"老天!你会跛一辈子。你能走路真是奇迹。"

甘特引以为荣说:"他老是为别人着想——这孩子,他连心脏的血液都肯给人。"

水兵多准备一个空旅行包,回家的路上特别为父亲买了大量饮料。有好几瓶苏格兰威士忌和黑麦威士忌、两瓶杜松子酒、一瓶甜酒,还有一瓶红葡萄酒和一瓶白葡萄酒。

晚餐前,人人都有点醉了。

海伦说:"我们给小弟喝一点吧,对他不会有害处的。"

伊丽莎以玩笑口吻说:"什么?我的宝——宝!咦,儿子,你不想喝吧。"

海伦戳戳他说:"他不想!嗬!嗬!嗬!"

她倒了一小杯苏格兰威士忌给他。

她高高兴兴说："喏！对他不会有害处的。"

伊丽莎拿稳酒杯，一本正经说："儿子，我不希望你喝上瘾。"她仍然忠于其父老少校的教条。

甘特说："不，你若上瘾，比世上任何毛病更容易毁掉你的前程。"

卢克说："小子，如果你迷上这玩意儿，你就完了。接受傻子的忠告吧。"

尤金举杯的时候，大家拼命警告他。火辣辣的东西卡在他的嫩喉咙里，他透不过气来，闭气闭了一会儿，眼泪都流出来了。他以前喝过几次——他姐姐在伍德森街给他喝过一点。有一次他跟吉姆·特里维特同饮，他以为自己醉了。

他们吃过晚餐，再度喝酒。他获准喝一小杯。接着大家进城去选购未买的东西，他一个人留在家里。

他喝下的酒暖洋洋流过血管，浸润着粗糙的神经末梢，给他一种从未体验过的威力感和宁静感。他立即走到储酒的食品室。他取出一个大玻璃杯，试着倒满等量的威士忌、杜松子酒和甜酒，然后坐在厨房的餐台边，慢慢喝混合酒。

可怕的烈酒像拳头一般快捷和猛烈，马上就打垮了他。他霎时醉倒了，而且霎时知道人为什么要喝酒。他知道这是他此生的一个伟大时刻——他躺在那儿，贪心地等着酒精控制他的肉体，就像女孩子第一次接受情人的拥抱。突然间，他知道自己彻头彻尾是父亲的儿子，彻头彻尾是甘特家的人，只是威力更猛，感觉更细腻罢了。他很高兴自己的四肢和身体修长，强大的酒精更能发挥其魔力。全世界没有人像他，也没有人会醉得这么崇高和壮丽。这比他听过的一切音乐更伟大，简直比得上最高超的诗篇。为什么没有人告诉过他呢？为什么没有人充分描写此中滋味呢？人既然可以买一个瓶装的神明，喝下去，自己变神明，为什么不永远醉倒呢？

他享受片刻的惊喜——我们发现自己心中埋藏却说不出口的简单道理时，就能感受那份惊喜。

如果一个人死后复活，发现自己在天堂，可能也会有那种感觉吧。

后来他的肉体慢慢麻痹。他四肢发麻，舌头转钝，竟无法曲舌发出难缠的词音。他出声讲话，一再说些困难的片语，为自己的尝试笑得好开心。在酒醉的身躯里，他的脑子像老鹰高悬在空中，以轻蔑和柔情俯视他自己，以悲哀和怜悯俯视一切笑声。他体内有一种看不见也碰不到的东西，超脱于他之上、之外——眼里有眼，脑上有脑，这个陌生的灵魂驻在他心里，冷眼看他，也等于他，他却不知道。可是他暗想：现在屋里只有我一个人，我若能认识他，我愿意的。

他站起来，头晕目眩离开厨房的光明和温暖；他走进大厅，那儿有一盏暗蒙蒙的灯火，高高的墙壁反射出湿湿的寒意。他暗想，这就是我家。

他坐在硬硬的长靠椅上，聆听寂静的音籁。这就是我曾流亡的房屋。屋里有个陌生人，我体内也有陌生的灵魂。

噢，阿德墨托斯[1]之屋啊（虽然我是神明），
我曾在他体内受过好多罪。现在，房子，我不怕。
幽灵都用不着害怕走近我。如果寂静有一扇门，
让它开着吧。我的寂静比你更强。在我体内的你，
和我合一的你，请越过这个无意拒绝你的躯壳，
上前来吧。没有人看我们；噢，仰着脸来呀，我
的兄弟和主子。我若有四万年的岁月，除了最后
九十年，我要全部交给寂静。我要像山丘或岩石，
生长在地上。解开黑夜和白昼的纹理吧；把我的
人生倒转到出生的时候；再将我剥得赤裸裸，替
我恢复自己没算到的分量。否则就让我俯视黑暗
的面孔，让我听你吐出可怕的字句。

除了屋里的寂静，什么都没有：没有一扇门
开着。

未几，他站起来走出屋外。他没戴帽子也没
穿外套——他找不着。那晚浓雾遮天，人声依稀

1　色萨利地区弗里的国王，是追随伊阿宋去找金羊毛的勇士之一。

传来，显得很愉快。大地上已经充满圣诞气氛了。他想起自己没买礼物。他口袋里有几美元，店铺打烊前他得为家人买礼物。他光着脑袋往镇上走，他自知酒醉，走路蹒蹒跚跚，可是他相信自己若小心控制一下，遇见他的人一定看不出他的情形。他跨行水泥人行道中间的线条，眼睛盯着那条线，走偏了立刻回来。他进城的时候，街上挤满晚来购物的人潮。万事万物都有圆满的气氛。大家川流不息回家过圣诞。他由广场钻进窄街，挤到瞪着眼的行人群中。他一直盯着眼前的线条。他不知道该到什么地方。他不知道该买什么。

他走到伍德药店入口，浪子群中传来一阵笑嚷。接着他看见朱利叶斯·阿瑟和范·耶茨友善的笑脸。

"你究竟要去哪里？"朱利叶斯·阿瑟说。

他想解释，唇间含含糊糊吐出一句胡话。

"他醉得厉害。"范·耶茨说。

朱利叶斯说："范，你留心看着他。把他带到门口，免得他的亲人看见。我去把车子开过来。"

范·耶茨小心让他贴墙站着；朱利叶斯·阿瑟飞快跑进教堂街，不一会儿就把车驶近路栏边。尤金只要有东西可靠就随随便便往下倒。他把手放在他们肩上，身子陷下去。他们扶他上了前座，不知道什么地方铃声当当响。

他高高兴兴说："叮 —— 当当！圣诞 —— 节！"

他们哈哈大笑。

到了他家，屋里还是空的。他们扶他下车，跟跟跄跄上了台阶。他为彼此交情中断而难过。

他们走进大厅，朱利叶斯·阿瑟喘着气说："尤金，你的房间在哪里？"

"这一间好了。"范·耶茨说。

客厅对面的前房门开着。他们扶他进去，把他放在床上。

朱利叶斯·阿瑟说："我们替他脱掉鞋子吧。"他们解开鞋带，把鞋子脱下来。

朱利叶斯问道："你还需要什么，小子？"

他想叫他们替他脱衣，盖好被子，关上门，

不让家人看他出丑，可是他已失去语言能力。他们看看他，对他笑一笑，没关门就出去了。

他们走了以后，他躺在床上，不能动弹。他没有时间观念，脑筋却很清楚。他知道应该起来，关上门，把衣服脱掉。可是他全身都麻痹了。

不久，甘特一家回来了。只有伊丽莎一个人还在镇上，考虑该买什么礼物。当时已过了十一点。甘特父女和两个儿子走进房间，瞪着尤金。他们跟他说话，他满脸发烧。

卢克冲向他，拼命扼住他的喉咙叫道："说话呀，说话呀！你变哑巴啦，白痴？"

尤金暗想道：我会记住这件事。

"你没有自尊吗？你没有道义吗？居然到这种地步了？"水手哥哥夸张地喊叫，大步在房间走来走去。

尤金暗想道：卢克难道不认为他挺棒的吗？他说不出字句，却能照哥哥训人的调子发出声音。他学舌道："嗒——嗒——嗒——嗒！嗒——

嗒——嗒——嗒！嗒——嗒——嗒——嗒！"海伦替他松开领子，笑哈哈低头看他。本皱着眉头咧嘴笑。

你没有这个吗？你没有那个吗？你没有这个吗？你没有那个吗？——他在这些话的韵律中摇摆。不，女士，今天我们的道义卖完了，不过我们有新鲜的自尊上市喔。

本咕哝道："啊，闭嘴。没有人死掉，你知道。"

甘特内行地说："去煮一些热水。他得把酒吐出来。"他不再老态龙钟。他的生命霎时挣脱了衰弱的阴影，长出健康活跃的肌肉。

海伦走出房门的时候对卢克说："少搅局，把门关上，拜托尽可能别让妈妈知道。"

尤金暗想：这是道德上的一大问题。他开始感到恶心。

几分钟后，海伦拿一壶水、一个玻璃杯和一瓶汽水回来。甘特狠狠喂他喝解酒液，他开始呕吐。正在他抽搐抽得最厉害时，伊丽莎出现了。

他默默由碗边抬起痛苦的脑袋，看见她白白的面孔、棕色的眼睛出现在门口——她起了疑心，眼神好锐利，闪闪发光。

伊丽莎说："呃？嗯？什么事？"

她当然立刻就明白是怎么回事了。

她厉声问道："说什么？"没有人说什么。他软弱地对她咧咧嘴，虽然觉得反胃和伤心，看她发现真相前总是天真得盲目，又有些好笑。他们看她这样，全都笑起来。

海伦说："噢，我的天，她来了。我们希望事情过去你才回来。来看看你的宝宝吧。"她一面说一面偷笑，让他的头舒舒服服靠在她的手掌上。

甘特和和气气地问："儿子，你现在觉得怎么样？"

他咕哝道："好多了。"他发现自己的声带并未永远麻痹，有点得意。

海伦说："好啦，你瞧！"语气和蔼，却有一种满足的意味。"这只是表示我们都一样，我们都爱喝酒，这是天生的。"

伊丽莎说："可怕的祸根！我本来指望有一个儿子能逃过它的掌握。"她流下泪来。"看来我们好像遭到天谴了。父亲的罪——"

海伦气冲冲叫道："噢，拜托！别再说了！他死不了的，他只会得到一点教训。"

甘特咬咬薄唇，照旧舐舐大拇指。

他说："你要知道，受责的总是我。是的——如果他们之中有一个断了腿，也差不多。"

伊丽莎说："有一点可以确定！没有一个孩子是由我那边承袭到这个毛病的。随便你怎么说，他外公彭特兰少校一辈子不准人在他家喝酒。"

甘特说："滚他的彭特兰少校！你若靠他供应吃喝，早就饿扁了。"

尤金暗想：早就渴坏了。

海伦说："算了吧！现在是圣诞节，我们一年至少享受一次安宁和清静吧。"

他们走开后，尤金揣摩他们如何享受渴望已久的宁静。他想："结果一定比大战一场更糟糕。"

黑暗中，他身边和体内的一切都浮动得厉害，可是过不久他就累得睡着了。

人人讲好要努力原谅他。他们小心不谈他的过错，只谈圣诞和慈悲。本自自然然对他皱眉头，海伦咧着嘴戳他，伊丽莎和卢克显得甜蜜、悲哀又沉默。他们的宽恕在他听来简直像巨大的噪声。

早晨，父亲请尤金出去散步。甘特很尴尬，很沮丧，他负有温和训诫儿子的责任——是海伦和伊丽莎劝他做的。没有人比甘特更善于长篇大论，却也没有人比他更不适宜撒下甜美和光明的花朵。他的脾气是突来的，他的漫骂随机出口，但是这回他没有雷霆可发，也不喜欢眼前的任务。他自己有罪恶感，自觉像一个地方官判昨夜同饮的人缴罚金，难以启齿。何况——如果是他嗜酒的血统传给儿子，那又怎么办呢？

他们默默由喷泉边穿过广场，甘特紧张兮兮地清了好几次喉咙。

他说："儿子，我希望你把昨晚的事情当作鉴戒。你如果让威士忌控制你，那真是太可怕了。我不对你说重话，我希望你学得一点教训，你宁死都不要当酒鬼。"

喏，他庆幸事情过去了。

尤金说："我会的！"他充满感激，松了一大口气。人人都太好了。他想发誓，许下大诺言。他想说话，却说不出口。要说的话太多了。

他们就这样过了一个圣诞节，先由父母提出忠告，然后是种种忏悔、爱和礼仪的场面。他们在野蛮的生活外面罩上社会的衣裳，辛勤奉行各种仪式和常礼，自以为"喏，我们跟别的家庭一样"；其实他们像穿晚礼服的庄稼汉，感到怯懦、害羞，生硬得很。

可是他们无法保持缄默，他们并非小气或吝啬，他们只是没有自制的修养。海伦随着神经质的风暴打转，随着喜怒哀乐的浪打转。有时候她坐在自己的火炉前，精力衰弱，听见外面狂风怒号，她几乎有点恨尤金。

她对卢克说："真可笑！他居然那么不规矩。他还是小孩——他享有一切，我们什么都没有！

你看出成果如何了吧？"

水兵兄弟说："大学教育毁了他。"他庆幸自己的蜡烛在邪恶的世界可以烧得更亮。

她发火说："你何不跟她谈谈？她也许肯听你的话——她不肯听我的！告诉她呀！你看见她向可怜的老爸爸说什么了吧？你想这该怪老头吗？——他病得这么厉害。尤金根本不像甘特家的人。他像她那边的亲戚。他怪怪的——跟他们所有人一样！我们才是甘特家的后代！"她强调说。

水兵兄弟说："爸爸情有可原，他得受好多罪。"以前他对家庭事务的看法都得到她的认可。

"我希望你告诉她。他啃了那么多书，也不比我们强。他如果自以为能凌驾于我们之上，那他就错了。"

卢克恶狠狠说："我在的时候，我倒要看看他敢不敢。"

小伙子受到多方面的惩罚——他第一次犯下大错，离他们大家显得好近又好远。由于母亲伊丽莎狂逼他父亲，母女间潜伏的敌意不断加强，他眼前的麻烦更大了。此外，他直接被伊丽莎唠唠叨叨挑毛病。这一切他都有准备——母亲的脾气天生如此（他觉得她疼他胜过兄弟姐妹）。海伦和卢克的敌意却是毫不容情，不知不觉，而且很严重，是由他们的生活结构中产生的。他是他们之中的一员，很受瞩目，但他不跟他们为伍，也不像他们。几年来他莫名其妙受他们憎恨，颇有挫折感——他们的热情和亲情偶尔出现，他觉得陌生；他心怀感激接受，而且有一种掩饰不了的诧异感。否则他就自闭在安静阴沉的甲壳中：他在屋里很少说话。

他为这件事和后来的结果而憔悴。他自觉受到不公平的待遇，打击来时，他低头闭嘴，计算假期结束的时间。他默默向本求助——他不可能求别人。可是他信赖的哥哥自己烦恼太多，只会皱眉头痛骂他，这实在叫人受不了。他自觉被人出卖——受到反对和攻击。

临走前三天的晚上，他紧张又顽强地站在客

厅里，脾气终于爆发了。本凶巴巴用单调的口吻训他将近一个钟头，似乎想故意逼他反击。他一句话也不说，又是痛苦又是气愤，哥哥是为自己的挫折找出气筒，看他不搭腔，更加生气。

"——你这小暴徒，别站在那儿凶巴巴看着我。我说这些是为你好。你知道，我只是想防止你进监牢。"

卢克说："你的毛病就是对人家的恩惠不知感激。家里样样都为你设想了，你根本不懂得激赏，大学教育害了你。"

小弟弟慢慢转向本。

他咕哝道："好啦，本，够了。他说什么我不在乎，可是我受不了你的教训。"

这正是哥哥想要的认可。他们的脾气都十分火爆。

"别顶嘴，你这小傻瓜，否则我打烂你的脑袋。"

小弟怒吼一声，扑向哥哥。他把哥哥当小孩子按倒在地上，轻轻放下，跪在他上头——他看对手这么脆弱，一打就输，简直惊呆了。他战斗时又愧又气，就像人家努力忍受烦人的小娃娃变脸似的。他跪在本上方按着他的手膀子，卢克由背后扑向他，兴奋得狂叫，一手扼住他的脖子，一手乱挥乱打。

他叽叽喳喳地说："好啦，本——你抓他的腿。"

接着他们在地板上打作一团，煤桶、火钳、椅子吭啷吭啷倒地，伊丽莎立刻由厨房跑过来。

她走到门口，尖叫说："老天！他们会害死他。"

其实尤金虽然被制服——照一句骄傲的古苏格兰格言来说，"受挫折却没被打垮"——以他的年龄而论，表现算是不错了，甚至大家气喘吁吁站起来以后，他喉头还发出古怪的声音，害敌人背脊发凉。

卢克说："我想——想——想他疯了，他一句话也不说就扑向我们。"

主角像酒醉一般晃晃脑袋，鼻孔大张，喉头

又发出可怕的声响。

伊丽莎哭道："我们会落得什么下场！兄弟对打，看来大难要来了。"她扶起装了填料的扶手椅，重新放正。

尤金说得出话来以后，压抑着颤抖的声音，故作平静说：

"本，我攻击你，真抱歉。"然后对激动的水兵哥哥说："至于你，你像懦夫由后面攻击我。可是我为这种事抱歉。我为前几天晚上和现在的事情抱歉。我说过了，你们还不肯放过我。你们想用话激我发狂。"他哽咽了。"我没想到你（本）会这样待我，其他的人我是知道的——他们恨我！"

卢克激动地说："恨你！拜托！你说话像傻瓜。我们只是想帮助你，是为你好。我们怎么会恨你！"

尤金说："是的，你们恨我，却羞于承认。我不知道为什么，反正你们恨我就是了。你们不会承认这种事，但这是实情。你们不敢说真话。"

他转向本说："可是你不同，我们曾相亲相爱——现在你竟倒戈跟我对立。"

本紧张兮兮别开面孔说："啊！你疯了。我不知道你在说什么！"他用颤抖的手抓住火柴，点了一根烟。

虽然尤金说的是小孩子的惋惜话和气话，但他们知道他句句实话。

伊丽莎伤心地说："孩子们！孩子们！我们应该尽量相亲相爱。这个圣诞节——剩下的时间我们好好相处吧。这可能是我们大家最后一次团圆了。"她流下眼泪说："我这一生真命苦，老是遇到斗争和纷扰，看来我现在该享受一点安宁和快乐才对。"

多年的羞愧又浮上心头，他们不敢看彼此。可是他们一生面对的痛苦和惊慌像一个大谜团，搞得他们心存畏惧，不敢说话。

卢克静静地说："尤金，没有人对你反感。我们想帮助你——让你有点成就。你是最后一线机会——酒精迷住我们大家，如果你也受迷，你就完蛋了。"

尤金觉得好累，他的声音平平板板，低低沉沉的。他满怀绝望开口，说出的话十分果决。

他说："卢克，你要怎么样阻止我酗酒？由后面扑过来勒死我？你每次试图了解我，都跟这次差不多。"

卢克反驳道："噢，你不认为我们了解你？"

尤金平平静静说："不，我不以为然，你对我一无所知，我对你——或你们任何一位——也一无所知。我跟你在这里生活了十七年，我还是陌生人。这么多年来，你可曾像兄弟般对我说话？你可曾跟我谈谈你自己？你可曾试着当我的朋友或同伴？"

卢克回答道："我不知道你要什么，可是我自以为全是好意。至于谈谈我自己嘛，你想知道些什么？"

尤金慢慢说："好吧，你比我大六岁，你到远方上过学，在大城市做过事，现在你入伍当美国海军。你何必老是扮演全能的上帝呢？"他刻薄地说下去："我知道水兵们干什么，你不比我强！喝酒方面如何？找女人方面如何？"

卢克厉声说："不能在母亲面前说这种话。"

伊丽莎的语气显得很烦恼："不，儿子，我不喜欢这种话。"

尤金说："那我就不说了，可是我指望你说。已经知道的事情我们不用人教。我们虽然愿意用最难听的字句彼此攻击，却不想实话实说。我们把卑鄙说成高贵，把憎恨说成道义。你希望自己当英雄，便得把我塑造成无赖。这一点你也不会承认，但却是实情。好吧，卢克，我们不谈女人——黑人白人都不谈，你认识或不认识的都不谈——因为说出来你会不自在。反之，你可以继续当上帝，我就像主日学的小男孩乖乖听你的。可是我宁可读十诫，内容写得比较短也比较好。"

伊丽莎又露出烦恼和挫败的神色说："儿子，我们必须试着好好相处。"

他说："不，我要单独过下去。我在这儿跟你们当了十七年的学徒，期限该到了。现在我知道我该逃走，我知道我没有犯下对不起你们的大罪，我再也不怕你们了。"

伊丽莎说："咦，孩子，我们已为你尽了力。我们指控过你什么罪名？"

"指控我呼吸你们的空气，吃你们的东西，住你们的房屋，血管里流着你们的生命和血液，接受你们的牺牲和贫困，而且不知感激。"

卢克精辟地说："我们都该感激自己拥有的一切，很多人宁愿挖掉右眼，换取家人给你的机会。"

尤金说："家人没给我什么！"他的声音激动得往上扬。"我再也不在这栋房子里弯腰走路了。我拥有的机会是我自己争取的，你们都没帮忙，甚至还反对过。等你们没有别的办法了，等镇上的人会为你们不送我上大学而责备你们了，你们才让我去上大学。伦纳德夫妇为我呼吁了三年，你们才肯让我去，却又提早一年打发我走 —— 当时我还没满十六岁 —— 只给我一盒三明治、两套衣服，叫我做个好孩子。"

卢克说："他们还给过你一点钱，别忘记。"

尤金答道："我若忘掉，那我必定是唯一忘得了的人。这才是症结所在，对不对？前几天晚上，我的罪过不在于喝醉酒，而在于自己没钱还敢喝醉。我若自己有钱，就算在学校表现差，你们也不敢说什么，可是我靠你们给的钱表现很好，你们仍然要提醒我，你们多好心，我又多么不肖。"

伊丽莎打圆场说："咦，儿子！没有人能批评你的功课，我们都以你为荣。"

他绷着脸说："用不着。我曾耗掉许多时间和部分金钱，可是我从中得到一点成果——比大多数人丰硕——我已做了不少工作，换取你该付的薪水。我已为你的钱付出相当的代价，我一点也不感谢你。"

伊丽莎厉声说："什么话！什么话！"

"我说我一点也不感谢你，不过我收回这句话。"

"这还差不多！"卢克说。

尤金说："是的，我有很多理由该表示谢意。

我感谢高贵的祖先污血中流过的情欲和饥渴，我感谢我可能会有的一切腺病征兆，我感谢我出生前一天，大家在澡盆前催生的爱心和慈悲，我感谢照顾我、替我肚脐包纱布的乡下女人。我感谢童年时，你们任何一位对我的殴打和咒骂，感谢你们给我睡肮脏的小房间，感谢一千万小时的酷刑和漠视，以及三十分钟的廉价忠言。"

伊丽莎低语道："不肖！不肖子！如果天上有上帝，你一定会受罚的。"

尤金嚷道："噢，有！我相信有！因为我已经受罚了。苍天明鉴，余生我要设法恢复元气，治疗和忘记我小时候你们给我弄出的伤疤。褓褓期以后，我一开始会动，就向门口爬，此后我的每一次行动都是企图逃走。现在我终于摆脱你们大家了，当然你们也许能再控制我几年。就算我不自由，至少我是困在自己的监狱里，可是我要从生命的丛林找一些美感，找一些秩序；就算我得再花二十年的时间——单独行动，我总会找出道路的。"

伊丽莎又起了旧疑心，她说："单独行动？你要去哪里？"

"啊，"他说，"你没留意的时候，我已经走了。"

六

剩下的几天他多半不在家，只回来匆匆吃顿饭，夜深了才回来睡觉。他等着离家，就像犯人等着出狱。这次，他对临行的悲哀前奏曲——月台上的泪眼，突来的温情光辉，听到汽笛时的爱心表现——无动于衷。他渐渐发现泪腺和汗腺一样，只长在皮肤层，一看到火车头就会滴下咸咸的水珠。所以他泰然自若，心情跟一位绅士要去舒舒服服度个周末，站在闹嚷嚷的人群中等渡船差不多。

他说过自己是赚工资的人，为此他深感庆幸。

那些话表明了一种立场，使他不必经常泄露内心的感伤。春天他拼命参加活动，知道有钱可赚，知道他们都听得见叮叮当当的硬币声。他正大光明写出自己的每一项光荣；他的名字不止一次出现在宽容的阿尔塔蒙特报纸上。甘特得意扬扬收集那些剪报，有机会就拿给众人看。

小伙子收过本两封笨拙的短信，目前本留在百英里外的烟草城。复活节，尤金去看他，在他那儿过夜，原来本又投入一位白发寡妇的怀抱了。她不到五十岁——漂亮愚蠢，喜欢戳他逗弄他，就像对待一个受宠的小孩。她笑嘻嘻叫他"老鬈毛头"，他听了照例向造物主提出嫌恶的哀求。"噢，我的上帝啊，听听这话！"她又回到顽皮得惊人的少女时代，有时候玩兴大发，竟突然扑到"老鬈毛头"身上，伸手挖他的肋骨，然后得意扬扬跳开说："哈！这回击中你了！"

那个小镇经年有烟草味儿，辣辣的，十分呛鼻；刚下火车的异乡人闻得到，镇上的人却否认说："不，根本没什么气味嘛。"一天没过完，异乡人也闻不到了。

复活节早晨，他天不亮就起来，跟别的香客一起去莫拉维亚公墓。

本说："你该去看看。这是著名的风俗，到处都有人赶来。"可是哥哥自己并没有去。管乐队聚集演奏，大喇叭呜呜响，大量人群走进奇怪的墓地——那边的石碑都平放在坟墓上，据说象征死亡面前人人平等。可是号角响起后，食尸鬼的幻想又浮上他心头，墓碑使他想起桌布：他总觉得自己正参加某种淫猥的大宴。

春天又像轻飘飘的水珠洒遍大地：一切死亡的人都化为鲜花回来了。本活像水仙，在烟草镇的街道上行走。在那种地方发现幽灵是很奇怪的；他古老的魂魄疲累地走过俗气又熟悉的砖房和一切新建筑的门面。

高地上有个广场，中央是一座法院。车子停得密密麻麻的。年轻人在兼卖饮料的药房里游荡。

尤金暗想道：好真实喔。真像我们素来熟悉，用不着看的东西。就算古圣徒托马斯·阿奎那看了，也不会觉得小镇陌生 —— 倒是小镇会觉得他是异乡人。

本一直往前走，皱着眉头和商人打招呼，脑袋微斜，隔着柜台面对他们现实的圆脑袋 —— 像一具幻影用单调的声音招徕广告。

"富尔顿先生，这是我弟弟。"

"嘿，孩子！本，那边专出高个子。小家伙，你如果像老本，我们不会挑毛病。我们这边的人很看重他。"

尤金暗想道：在康涅狄格州，这就等于说他看重北欧神祇巴德尔[1]一样。

本在床上用手托腮，一面抽烟一面说："我才到这儿三个月，不过我已经认识所有的大生意人。我在这边很受重视。"他看了弟弟一眼，咧着嘴笑，带有倾诉心声时那种羞怯的魅力。可是他的

1　巴德尔是北欧神话中人缘最好的神明。

一双利眼显得绝望和孤独。忘不了山丘？想——家？他抽抽烟。

"你瞧，你一旦离开亲人，就会受重视。尤金，你在家一点机会都没有。他们会代你毁掉一切。拜托，趁你走得开的时候赶快走——你怎么啦？你为什么这样看着我？"他惊觉弟弟凝注的目光，猛然说道。过了一会儿他又说："他们会糟蹋你的一生。你忘不了她吗？"

尤金说："忘不了。"过了一会儿才说："整个春天我一直想起她。"

他狂叫一声，喉头猛烈抽动。

春天，战争的声浪逐渐增高。年纪大一点的学生悄悄离校去投军，年纪小一点的紧张兮兮等待。战争没给他们带来悲哀；他们觉得那是一种壮观的盛会，可以立刻求取光荣。这个国家好像遍地香乳和蜜汁。传言北方有个"黄金地"，就在弗吉尼亚海岸的战争工业区里。头一年有学生去过，他们传言那边的薪金奇高。没经验的人一天也可以赚十二美元。只要带一把铁锤、一把锯子和一个木工尺就可以谋得木匠的职业，没有人会盘问什么。

在年轻人心目中，战争不是死亡而是人生。大地从未披上今年这种颜色的彩衣。战争似乎掘起了一袋又一袋美国从未见过的矿产：发现了大量的财富和力量。不知怎么搞的——这种大财富，这种人力和财力的展现竟化为一首抒情曲。在尤金脑海中，财富、爱情和荣光融合成一首交响乐；神话和奇迹的时代又降临世间了，天下没有不可能的事。

他回家像弓弦般挺着身子，宣布要到弗吉尼亚州去。家人抗议，声音却不大，拦不住他。伊丽莎一心想着房地产和夏天的生意。甘特瞪着暗处，前瞻他的人生。海伦笑他骂他，然后心不在焉拉拉下巴。

她打趣说："没有她你就活不下去？你骗不了我！不，我知道你为什么要去。现在她是已婚的妇人，说不定连小孩儿都有了，你没有权利追她。"

接着又说：

"好，他要去就让他去吧。我觉得这样太傻了，不过他得自己做决定。"

父亲给他二十五美元——够他买火车票到诺福克，还可以剩几美元。

甘特说："听我的话没错，你过一个礼拜就会回来，你等于是去追野雁，一定徒劳无功。"

他走了。

他托腮躺在火车卧铺里，连夜穿过弗吉尼亚，往她那儿进发，眼睛呆呆瞪着月下林木苍苍、白得像怪茸毛的浪漫乡野。

大清早他来到里士满。他必须换乘火车，得等一阵子。他走出火车站，顺着山坡走向晨光里的老州议会堂。他在宽街的一家饭馆吃早餐，那儿已坐满上工的男人。夜里他孤单单远行来此，如今偶然和他们的生活短暂接触，不免为此中的机缘所感动。听过车轮的隆隆声，又在异乡听见都市清早的各种小音籁，各种熟悉的声音……他觉得像奇迹，像梦幻。除了他授予的生命，这个城市是不存在的：他想不出他来之前它是什么情景，他走了以后它又是如何。他眼里还留着月夜大草坪和凉爽的绿色大地等印象，如今热烈打量每一个人，他们真像动物园里的动物；他凝视他们，寻找这个城镇的一切小特征，四周小宇宙在他们脸上和四肢留下的刻痕。他体内涌出航行的热望——真想像现在一样，大清早进入陌生的城市，跟当地人一起昂首阔步，跟不认识的人坐在一起，就像流亡的神明，满脑子尽是大地的浩然景观。

柜员打个哈欠，窸窸窣窣翻早上的报纸。这倒是陌生的。

车子吭唧吭唧驶过去，开始在镇上穿梭。生意人拉下雨篷；他们开店门做生意的时候，他撇下他们走了。

过了一个钟头，他乘车向海边走。海洋和劳拉就在八十英里外。她安睡着，根本不知道火车载着他向她走去。他看着白云朵朵的蓝天，看着松树遍野、沼泽和晶盐依稀出现的地面。

火车驶近纽波特纽斯港口的船棚。壮观的火车头比船只漂亮，驶到铁轨尽头，呼呼直喘气。它像命运终了，就此在波涛起伏的水边休息。

小船在码头等着。几分钟内他已撇下船棚闷热的气味，上了船，驶入停泊大船的碧海里。一缕清风吹过水面，在小船的索具间发出悦耳的声音，在他心里奏出一种音乐，也造成一种光辉。他快速沿着小码头走，经过瞠目观赏的人群，他喉头发出阵阵狂喊。瘦长的驱逐舰、货船和运输船涂抹的光亮迷彩伪装、半浸在水里懒洋洋转动的螺旋桨、亮亮的波涛……构成一种光彩，使他满心赞美。他对着大风呼叫，眼睛都湿了。

整洁的白衣小人影在船只甲板上动来动去；一艘法国巨船的船尾下有几个年轻人赤裸裸游泳。他暗想他们一定是法国人，奇怪他们竟会来这边。

噢，那份赞叹，那份奇迹，那份失落感啊！

216

他的生命就像一个大浪碎在孤寂的海里；他饥渴的肩膀找不到障碍——他的体力未用在任何方面，倒像一团雾消散一空。可是他相信这股控制他、使他陶醉的狂喜有一天必能化为一种语言。他就像偷驾太阳马车的太阳神之子法厄同：自信他的生命在某一天会有最长的鼓动，达到永恒的高峰。

炎热的弗吉尼亚州在炽热的蓝天下烤得发焦，可是海上停泊的船却在战争与光荣的和风里摇摆。

尤金在诺福克大火炉里待了四天，钱都用完了。他看着钱流走，并不恐慌，只是脉搏加快，细细品尝寂寞和生活改变的乐趣。他体会世界触感悸动的滋味；生命像隐藏的发电机，有一万种光荣的兆头。他可以什么都做，什么都试，什么都体验看看。遥远浩大的一切就在他附近，在他四周，在他上空。不必过大桥，不必爬险山。他也许马上会从默默无闻、饥渴、寂寞的状态登上权力、光荣、爱情的乐土。星期三晚上，码头载人的运输舰说不定会载他上战场，获取爱情，使他功成名就。

他摸黑在水边散步。他听见绿浪湿淋淋冲刷锈蚀的防波堤桥桩：他吸进那股强烈的鳕鱼腥气，望着大船在刺眼的灯光下装货，慢慢往水里沉。黑夜回响着大起重机的隆隆声、副机的嗒嗒声和监工的喊叫，码头内挑夫的小车轮也不断发出辘辘的声音。

他的国家第一次凝结其巨大的冲力。空中满是丰足的气息，喧闹和腐化的放肆感。

该镇炎热的街道上挤满了不少全国各地的无赖汉、骗子和游民——有芝加哥的枪手、得克萨斯州的无良黑人、纽约乡下的懒鬼、都市店铺来的软手犹太人、中西部来的瑞典人、新英格兰来的爱尔兰人、田纳西州和北卡罗来纳州来的山地人，还有各地成群的妓女。在这些人眼中，战争是会生金蛋的大肥鹅。他们不思考也不相信未来的前程。只要"现在"得志就行了。除了此刻，没有人生。他们只是疯狂赚钱和花钱，让它流通再流通而已。

傍晚，佐治亚农庄来的小伙子放下码头、军营、造船厂的工作，穿上孔雀般的盛装。夜里，这些脸和手又硬又焦又瘦的小伙子穿着一双十八美元的鞣皮鞋、一套八十美元的西装、一件八美元的红蓝宽条丝质衬衫，站在路栏边。他们是木匠、泥水匠、工头，至少自称如此；他们一天领十美元、十二美元、十四美元或十八美元的工资。

他们从一个军营转到另一个军营，工作一个月，领了钱就闲逛一个礼拜，花钱享受海边认识的姑娘或妓女短暂的爱情。

有些魁伟的黑人手臂像大猩猩，双手像豹子掌，在码头当工人，一星期赚六十美元，然后狂饮一夜，在一位混血姑娘身上把钱花得精光。

这群人之中也有年纪较大、比较节俭的工人，行动安静多了，也稳重多了。他们是真正的木匠，真正的泥水匠，真正的机械师——北卡罗来纳州的苏格兰–爱尔兰混血儿，弗吉尼亚海岸的渔民，谨慎的中西部农民，他们是来赚钱、存钱，发点战争财的。

人群中到处都闪耀着血气和光彩的锦衣：水兵穿着一尘不染、啪嗒啪嗒飘动的蓝白制服蜂拥上街——肤色赤褐，显得强健又整洁。海军陆战队员两个两个大步走过去，戴着袖章，穿着条纹裤，身体挺得像竹竿。冷酷的白发司令们、苛刻的大副们，还有大学来的青年少尉带着金发碧眼美女，由法国水手的红帽徽间走过，或者和航海经验丰富又爱吹牛的英国人为伍。

尤金走过人群，乱蓬蓬的长头发有的掉进眼睛，有的从绿色旧帽的裂缝里伸出来，有的裹在脏兮兮的脖子四周。他以贪婪的目光四处张望——白天汗流浃背，晚上身体气味好难闻。

他迷失在这个流浪汉的大本营里：他从孤寂中回到尘世。碰到战争的大旋涡，盘踞在美国这个游牧民族心中的航行渴望略微得到了抒解。

他迷失在人群间，不知今夕是何年。他的一点点钱慢慢耗光了，本来他住在一间廉价旅馆，那边晚上喧闹吵嚷；后来他搬到一个炉子里烧着松木、屋顶涂过柏油的出租公寓小阁楼；又从出租公寓搬到基督教青年会一张租金五十美分的小床，每晚回来付租金，跟四十个鼾声如雷的水兵睡在同一个房间里。

最后他的钱花光了，他睡在通宵营业的餐厅，直到被赶出来为止；也睡过朴次茅斯渡口，还有破码头的水边。

晚上他和黑人一起荡来荡去，聆听他们勾引女人的话语；他顺着教会街走到水手们常去的地方，那儿有女人。他怀着年轻的兽欲，整夜徘徊，瘦瘦的身体带有汗酸味，炽热的眼睛在暗处炯炯发光。

他想吃东西，钱都花光了，可是心中另有一种不可能满足的饥渴。乱纷纷的脑海中浮着劳拉·詹姆斯的影子。她的影子仿佛悬在小镇上空，悬在万物上空。他是为此而来的，他内心又是痛苦又是骄傲；他不肯去找她。

他一直相信他会在人群中、大街上、转角处发现她。他若碰见她，绝不跟她说话。他要傲然和漠然走过去，他不看她，她会看见他的。他受美女敬爱的得意时刻，她会看见他。她会跟他说话，他不搭腔。她会苦恼，她会失望，她会向他求爱和求饶。

就这样，他全身脏兮兮，衣冠不整，穿着破烂衣服，又渴又疯，却想象自己胜利、得意又美丽的风采。他执着得发狂。他以为他每天在街上看见劳拉十几次；他的心烂了，他不知道该做什么或说什么，该走还是该留下来。他对着电话簿中她家的地址沉思数小时；他坐在电话边，因为伸手一拨电话就会响，因为他一分钟内就可以跟她对谈，他为此兴奋得发抖。

他寻出她的家，她住在远离城镇中心区的一栋旧木屋里。他小心翼翼在附近徘徊，永远离那栋房屋一个街区，斜看侧看，前看后看，眼神鬼鬼祟祟，心脏扑通扑通跳个不停，却从来不由屋前经过，也不直接走到那儿。

他浑身又脏又臭。鞋底破了，结茧的双足敲打着热烘烘的人行道，他身体好臭喔。

最后他设法找工作。那边工作很多——可是他听到的高薪却很难找。他不敢发誓说他是木匠、泥水匠。他只是肮脏的小伙子，一看就像。他害怕。他前往朴次茅斯的海军造船厂、诺福克的海军基地、丛林终点站——到处都有工作，工作多极了——全是日薪四美元的苦差。他本来乐意接受，可是他发现要到第二个礼拜才能领钱，头一周的薪水要收回去，作为他生病、闯祸或离开的费用。

他一点钱都没剩下。

他去找一位犹太人，把伊丽莎给他当生日礼物的手表当掉。结果当到五美元。他又坐船去纽波特纽斯港口，再乘电车顺着海岸到汉普顿。他在诺福克曾听人说飞机场有工作机会，工人在机场吃住，由公司付钱。

通往机场的长桥尽头有个小小的雇工棚，他在那边受雇为劳工，哨兵叫他打开背包，加以搜查。接着他用膝盖推着重重的袋子，勉力过桥，袋子里装满他又脏又乱的随身财物。

最后他跟跟跄跄走进粗陋的公司办公室去见管理人。那人年约三十几岁，刮过胡子，看来苍白疲惫，戴个蓝眼罩，挂着臂章，说话时嘴上叼根软绵绵的香烟。

尤金用颤抖的手指递上就职单，那人匆匆看了一眼。

他看看尤金说："大学生，不是吗，孩子？"

"是的，先生。"尤金说。

"你以前有没有当过日薪工人？"那人说。

"没有，先生。"尤金说。

那人问道："孩子，你今年几岁？"

尤金沉默片刻。他终于说："我——十九岁。"心想他既然说谎，为什么没勇气说二十岁呢？

管理人懒洋洋一笑。

他说："孩子，工作很辛苦，你得跟南欧人、瑞典人、匈牙利人和南斯拉夫人在一起。你们将住在同一个大工寮，跟他们一起吃喝。孩子，他们的体味不好闻喔。"

尤金说："我没有钱，我会努力干活儿。我不会生病的，给我这个工作吧，拜托！"

那人说："不，不，我不会这么做。"

尤金头昏眼花掉过头去。

管理人说："我告诉你我要怎么做，我让你当稽核员，你跟办公室人员在一起，这对你比较合适。你跟他们住在他们自用的工寮，他们都是斯斯文文的人，跟你一样是大学生。"

尤金握住指头，激动得声音嘶哑说："谢谢你，谢谢你。"

管理人说："我们原来的稽核员辞职了，明天早上你跟他到马厩去牵你自己的马。"

"马——？"尤金说。

管理人说："你可以配到一匹马，骑着四处走动。"

尤金想到马儿，又喜又怕，兴奋极了。他转身要走，谈钱他真受不了。

最后他自觉非谈不可，就哭丧着嗓音说："多少钱——？"生意嘛。

管理人凛然说："开头我一个月给你八十美

元。如果干得好，我会给你一百美元。"

尤金低声说："外加食宿？"

管理人说："当然！这是附加的！"

尤金提着旅行袋摇摇摆摆走开，脑袋好像装满火箭似的。

这几个月虽然充满恐惧和饥饿，但我们只会匆匆概述这段时光而已，略微提及这个失落少年做的事和结交的人物。那是逃避和流浪的故事——颇能指出他一生航程的开端。那是流亡的序曲，噩梦般的乱局找不到目标，只是一个灵魂盲目摸索自由和孤独的历程罢了。

尤金在飞机场工作一个月。他每天骑马绕机场三回，核查二十四批工作人员的数目——他们正在铲平斜坡，填平地面，除去软土里的残树桩，像噩梦中徒劳无功的苦力，不断填补沼地的泥坑，而泥坑饮下他们一铲一铲的力量，永不餍足。工作班里什么民族和身份的人都有；葡萄牙黑人皮肤漆黑，忠实又稚气，总是咧嘴露齿欢迎他，用手指着白色大别针和上面的号码，以古怪的外国腔叫着"五十九，九——九——十六"，等等；纽约乡下的懒鬼穿着油腻腻的斜纹哔叽服，戴着破旧的家常礼帽，郁郁地玩弄刮破他们手掌的十字锹柄——他们那狠心又邪恶的面孔和大胡须真像水桶底长的青黄霉菌。还有弗吉尼亚海岸来的慢调子渔夫、佐治亚州和南方来的魁伟黑人、意大利人、瑞典人、爱尔兰人——这是美国大熔炉的一部分。

他渐渐认识这些工人和监工——监工大抵是坚强大胆的男子，头发花白，很好色，行动敏捷，颇富粗俗的幽默感。

他死贴在他所畏惧的马背上，身子像洋娃娃一晃一晃，眼睛盯着天空，有时候几乎无感于下面一伸一缩的机器存在。飞行员驾驶自由式飞机，使弗吉尼亚的蓝天嗡嗡作响。

后来他又开始想念船只和不同的面孔，就辞职到诺福克狂饮，到弗吉尼亚海滩游玩，一星期便把收入花光了。他又几乎一文不名，只留下千条街道、百万盏灯和狂欢会的声光迷影等印象。他跟另一位阿尔塔蒙特来的青年回到纽波特纽斯港口找工作，那人也是不知节俭的战时冒险家，彼此是在海滩上认识的。这位名士叫作辛克·乔丹，比尤金大三岁。他英俊又大胆，体型小小的，因为踢足球受过伤，走路有点跛。他的个性软弱轻浮——他讨厌下功夫，只会成天诅咒坏运气。

两个小伙子一共有几美元。他们很乐观，凑钱向纽波特纽斯港口的一家当铺买下木匠的基本工具——锤子、锯子和木工尺。他们往内陆走十五英里或二十英里，来到弗吉尼亚松林的一处政府营地。那边的人拒绝雇用他们，于是下午他们垂头丧气回到早晨自己兴致勃勃离开的地方。天黑前他们在造船厂找到工作，可是他们上工五分钟后，在一个充满刨屑和机器调带的房间，向笑眯眯的工头坦承他们不懂雕船的专业技术，马上就被解雇了。其实（他们不妨加上一句）他们什么技术都不懂。

现在他们没有钱，又流落街头了，辛克·乔

丹把要命的工具扔到人行道上，痛骂自己愚蠢，落得挨饿。尤金捡起工具，拿去找当铺老板，老板沉着自若，出了比早上他们所付的钱少几美元的价格把东西买回去。

一天就这样过去了。他们在一间脏脏的房子里找到住处，辛克·乔丹又做了一件傻事，把仅有的一点钱全部交给贪心的房东太太——她自承是真正的老板娘喔。可是他们已吃过东西，肚子饱饱的，年纪又轻，满怀希望——他们好好睡了一觉，辛克无忧无虑，轻松得很。

破晓时分，尤金很早起床，想叫醒熟睡的辛克，硬是叫不醒，他一个人走到水兵存放军需品的乌黄色码头。他在警卫森严的围场外走来走去，轧马路轧了一个早晨，终于向稽核长要了一份职务，也替辛克找到一份。那位稽核长紧张兮兮，长得丑，霸气十足。他的眼睛像利剑，在眼镜下闪闪发光，肌肉发达的下巴不停地扭动。

第二天早晨，尤金七点去上班——辛克又拖了一两天，等最后几枚硬币用完才去。尤金收起自尊，向一位稽核员借了几美元。他和辛克靠这笔钱节节省省过到发薪日 —— 只相隔几天而已。这笔钱很快又从他们手头漫不经心地溜掉了。最后只剩几个硬币，还要两星期才发第二次薪水，辛克躲在码头的一袋袋燕麦后头跟稽核员赌骰子 —— 输输赢赢，直到一文不名才起来，痛骂上帝。尤金手中握着最后五十美分，跪在稽核员旁边，不理会辛克的谩骂。他以前没掷过骰子，他自然赢了 —— 八美元五十美分。他喜滋滋站起来，甩开他们惊讶的表情，带辛克到最好的旅馆去吃晚餐。

一两天后，他又回到燕麦堆后头，押下最后一美元赌运气 —— 结果输了。

他开始挨饿。日子慢吞吞过去，七月的艳阳照得码头酷热难当。船只和火车驶进驶出，载满军需品 —— 还有士兵的粮食。码头上粒状的热空气在他眼前晃动，他眼睛里出现一个个舞动的花斑，黑挑夫成群推着车子由他旁边经过，他在纸片上有气无力地记下数额。辛克·乔丹向其他稽核员要了一点小钱，可怜兮兮在码头对面的一家小杂货店买瓶装的汽水和乳酪度日。尤金不肯求乞或借钱。他发现自己说不出口，一方面是基于自尊，其实更因为他生性不活泼，行动的意志愈来愈受到影响。每天他都说："今天我要向其中一位开口。我要说我不吃东西不行，可是又没有钱。"但他想说的时候总是说不出口。

他们工作熟练些以后，白天干完，又被叫回去上夜班。加班的酬劳有一倍半，他本该欣然接受，可是他累得受不了，回去加班的命令显得好可怕。现在他已好几天没回到他和辛克·乔丹共用的小房间。白天的工作干完了，他就爬到一袋袋燕麦堆成的墙背小绿洲，筋疲力尽睡一觉——起重机和绞盘吭吭响，卡车隆隆作声，远处还有船只下锚的声音……在他耳膜里凑成古怪的交响乐。

那个可怕的月份，战争到达血腥又热烈的高潮，他就躺在那儿，任由世界的光影包围着他。他躺在那儿，活像自己的鬼魂，怀着痛苦和悲哀，想念百万个他不知道的城镇和面孔。一切生命仿佛是为他而架构的——恺撒死了，一位不知名的巴比伦妻子死了，而在此处这个奄奄一息的肉体上，这个多才的脑子里，留有他们的痕迹，他们的精神。

他想起已经消逝的熟面孔，想起家人寂寞的形影——大家都在纷扰中受罪，注定要走向毁灭和迷失的命运：甘特像倒地的巨人，俯视着过往辽阔的回忆，对周围的世界毫无感觉；伊丽莎像甲虫似的，整天盲目囤积；海伦没有孩子，没有出路，整天发火——像打在荒原的巨浪；还有本——像幽灵，像异乡人，此时正在另一个城镇徘徊，在生命的一千条街道上踱来踱去，找不到门扉。

第二天上了码头，尤金身体更弱了。他趴坐在一堆燕麦包上，眼睛模模糊糊地看斜槽口的谷物装入布袋，挑夫进进出出，他用不整齐的字体在纸上写出数额。粉蒙蒙的空气中热气腾腾。他的四肢每次抬起或放下都得先经过思考，活像是分离的物体。

白天过完，他又奉命回来上夜班。他摇摇晃晃聆听稽核长幽远的声音。

闷热的码头上的晚餐时间到了，四周突然静得恼人。大棚子各处传来小小的人声：工人们走向门口的脚步声啦，船边的水声啦，还有桥面传来的声音。

尤金走到燕麦堆后面，盲目往上爬，终于来到顶上的小堡垒。世界慢慢退出他的感官外，一切声音变得更微弱更遥远了。他暗想道：我在这边略事休息，又得起来工作。今天好热。我好累喔。他想动却动不了。意志和沉重的肉体斗争，像笼子里的人莫可奈何地鼓动着。他静静思考，感到放心，感到安详的快乐。他们不会到这边来找我，我不能动，一切都过去了。我若早想到这样，可能会害怕，可是现在我一点都不怕。就在这儿——在燕麦堆上——为民主——尽点本分。我的尸体会渐渐发臭，到时候他们自会发现我。

他疲惫的眼睛渐渐失去生命的光彩，他半昏迷趴倒在燕麦上，他想起马儿。

借过钱给他的青年稽核员发现了他。稽核员跪在尤金身旁，一手扶他的头，一手将烈酒凑到他嘴边。尤金稍微醒过来，稽核员扶他下麦堆，慢慢陪他走上码头的长木踏板。

他们走到马路对面的一家小杂货店。稽核员叫了一瓶牛奶、一盒饼干和一大块乳酪。尤金吃东西的时候，泪珠流下污浊的面孔，在他皮肤上洗出一道道污痕。这是饥饿和软弱的泪水，他情不自禁。

稽核员站着看他，眼神和蔼又不安。他是一个下巴像灯笼、面孔如碟子的年轻人，他戴着学生眼镜，若有所思抽着烟斗。

他说："老弟，你为什么不告诉我呢？我会借钱给你。"

尤金一面咬乳酪一面说："我——不——知道，说不出口。"

那位稽核员借他五美元，他和辛克·乔丹撑

到发薪日。两个人一起吃了四磅牛排，辛克·乔
丹就动身回阿尔塔蒙特，去享受前几天他二十一
岁生日才能享用的一笔遗产去了。尤金继续留
下来。

他像一个死过又再生的人。以前的日子好像
活在幽灵世界中。他想起家人，想起本，想起劳
拉·詹姆斯，总觉得他们都是幽灵，连世界都变
成幽灵了。八月，战争已近尾声，他望着战神垂
死的欢宴，好像再也没有艰难、炽热、纯净、新
鲜的事了。样样都已老，样样都奄奄一息。一股
幽远的仙乐在他耳膜中回响，像他遗忘的世界所
使用的语言。他知道诞生的滋味，他知道痛苦和
爱情的滋味，他知道饥饿的滋味。他几乎连死亡
都体验过了。

晚上若不加班，他就乘电车到弗吉尼亚的某
一处海滩去。而唯一真切，唯一近在眼前的声音
却是他心中、他脑中永恒的海浪声。他转脸向着
它：身后百万盏廉价的华灯、谈笑声、喧闹声、

彩纸和萨克斯管的声音，本国一切尖锐无趣的噪声都转柔了，变得凄凉、遥远、如梦如幻。回旋的舞影，亮丽的舞曲乐团正奏着《凯蒂，美丽的凯蒂》《可怜的小金凤花》《只是一个孩子在黄昏的祷告》等曲子。

庸俗的乐曲变得淘气又可爱，简直化为魔术了——当它从永恒的黑暗中传来，飘过海滩，就和浪漫迷人的弗吉尼亚浑成一体，和浪花及大海浑成一体，也和他自己的悲哀——痛苦、爱情和饥饿后的胜利孤独——浑成一体。

他的脸又薄又亮，在乱糟糟的鬈发下有如一截刀刃；他的身体瘦得像饿猫，他的眼睛明亮又凶猛。

噢，大海！（他暗想道）我是山里生的，关在牢笼里的人，是幽灵，是陌客，我在你身边散步。噢，大海，我像你一般孤独，我像你一样陌生和遥远，像你一样悲哀；我的脑子、我的心、我的生命都像你一样，接触过陌生的海岸。你就像一个躺在海底珊瑚堆的女人。你是巨大多产的女子，肢体粗大，满头鬈发像青苔在自己肚子上飘动。你会带我到乐土，我搭上亮丽的船只，你会把我冲到光荣的彼岸。

在黑漆漆的弗吉尼亚海边，他想起许多遗忘的面孔，想起自己的百万种模样，想起他失去血肉的幽灵。那个听斯温家的母牛哞哞叫的孩子，那个在欧扎克城迷路的少年，那个与黑人为伍的送报生，那个跟吉姆·特里维特走格子门去嫖妓的青年。而那位女侍，还有本，还有劳拉呢？他们也逝去了吗？到什么地方去了？怎么走的？为什么？为什么会织那个网？为什么我们要死那么多次？我怎么会来这海边？噢，失落啊，噢，遥远和寂寞啊，在什么地方？

有时候他穿着啪嗒啪嗒的破衣服，像稻草人似的，走回舞客群中，在他们之间看见了自己。他好像是两个人：他经常想象他垂着黑黑的面孔坐在围墙顶上，看他自己跟一群伶俐的年轻人走过去。他看见自己比现在矮几英寸，跟人群在一起，完全适应了一切规模与他相配的世界。

他瞪着眼，想象自己受人爱戴和接纳，却听见他们笑起来：他突然觉得他们那一圈刻薄的白脸围在他四周，他一面诅咒一面逃走。

噢，我的甜婊子！我的贱淫娃！无事忙的人心中渴望的小目标啊：你们会笑我！笑我！笑我！（他用手打肋骨）你们会跟药店的花花公子、喧闹的猿猴、凶暴的水兵一起嘲弄我，你们这些可爱的廊边荡妇啊！你们懂什么？山羊的色欲，同类的骚味——姑娘们，这对你们最合适。可是你们还笑我！啊，我来说说你们笑的理由：你们怕我，因为我跟别人不一样。你们恨我，因为我格格不入。你们看出我比你们认识的人优雅和伟大，而你们不如我，就恨我了。道理就在此，我那空灵（却十分雄壮）的轮廓美、我那稚气的魅力（我还是少年嘛）与我眼中的悲剧智慧（我的眼睛像人生一般老，充满各时代的悲剧）、我嘴角敏锐又微妙的笑容、像鲜花般泛出奇异风韵的美妙黑脸——你们想扼杀这一切，只因为你们无法捉摸。啊，天哪！（想到他奇特的美，他欢喜得两眼润湿，不得不擤鼻涕。）啊，可是她会知道的，那是淑女的爱情。他泪汪汪想象她站在他身边，对抗一群暴民，优雅的小脑袋盘着金发环，倚在他肩上，耳朵戴两粒灿烂的珍珠。亲爱的！亲爱的！我们站在星星上。现在他们都够不着我们了。看，他们往后缩，慢慢消逝——过去——亲爱的啊！我们仍是胜利、持久、神妙的爱人。

他就这样描摹自己的美，为自己的英雄乐章所感动，眼睛水汪汪的，越界走入海陆军警察巡逻守卫的禁区，轻轻由一条小黑街走到一栋遮帘紧闭的黑木屋，那边花三美元就可以买到爱情，也可以裹上他自己的幻想。她名叫斯特拉·布莱克，她向来不慌不忙的。

有一个二十岁的黄发姑娘跟她住在一起，此女的家人住在讲坛山。有时候他也去找她。

军队每星期通过两次。士兵们穿棕色衣服，

几千人密密麻麻站在码头上，军官团坐在舷门口，检查他们的出港证。接着他们每个人汗流浃背扛着沉重的行李，鱼贯从热烘烘的防波堤走进更热的船舱。大船漆着各种锯齿形的迷彩，在波涛中等待，它们排成几大舰队，驶进驶出。

有时候军队全是黑人——有佐治亚州和亚拉巴马州来的工兵团，也有得克萨斯州来的雄壮花花公子。他们身上的汗水闪闪发光，笑声好清脆；他们像小孩子一般听话，把骂人的军官称作"老板"。

一位年轻的田纳西中尉负责带人通过"地狱"，行动间精神慢慢有点反常，他尖叫道："你们这些杂种，别再叫我'老板'！"他在码头上一面叫嚷一面走来走去，他们快活又亲昵地向他咧着嘴笑，活像听话的乖孩子。他们不时会抱怨帽子、刺刀、小武器和文件不见了，搞得他又发狂起来。不知怎么搞的，他总能替他们找到东西；不知怎么搞的，他骂人竟骂出了成果，把他们管得井井有条。所以他们亲昵地笑着叫他老板。

一位黑人中士和几位士兵围在检查员桌畔，突然发出悲哀的吼声，他大叫说："你们现在究竟搞什么？"

火爆的中尉边骂边冲到桌边。

中士和那几位士兵都是得克萨斯州的黑人，他们离营时没带出港健康证书：他们患了花柳病，并没有医好。

块头很大的黑人中士哇哇哭道："老板，我们要去法国，我们不想留在这个该死的鬼洞里。"

（尤金暗想道：这也难怪他们。）

军官尖叫道："我宰了你们！上帝帮忙，我宰了你们！"他把漂亮的军帽扔在地上用力踩。可是过了一会儿，他和一位医官带他们到燕麦堆后面去检查。五分钟后他们出现了。黑人高兴得跳起来；他们挤在凶猛的军官四周，抓着他的手狂吻，奉承他，赞美他。

面孔像碟子的稽核员和尤金望见这一幕，稽核员说："你瞧，要管一群黑人就得这样，你不能对他们客气。为了那个人，他们什么事都肯做。"

"他为他们也是这样啊！"尤金说。

他暗想道：这些黑人来自非洲，在路易斯安那的闹市区被人卖掉，住在得克萨斯州，现在正要去法国。

眯眯眼的稽核长芬奇先生故作热忱，笑眯眯走向尤金。他的灰色下巴一直扭动着。

他说："甘特，我为你找到一份工作，领双倍薪水。我希望你去赚点轻松钱。"

"什么工作？"尤金说。

芬奇先生说："这艘船要装大货，他们要把船驶到潮水中去装载，我希望你跟出去。今天晚上他们会用拖船载你离开。"

尤金兴冲冲把这份任务说给脸型像碟子的稽核员听，对方说：

"他们叫我去，我不要。"

"为什么？"尤金说。

"我不太缺钱。他们要在船上装载 TNT 炸药和硝化甘油。黑人拿那些匣子当棒球打，万一掉下一颗，你会被抬着回去。"

尤金夸张地说："这都包括在白天的工作中。"

战争真危险。他确实已参与了，正为民主冒生命的危险，他感到刺激。

大货船驶离码头的时候，他叉开两腿站在船头，眼睛东瞟西瞟的。铁甲板隔着薄薄的鞋底烫得他双足起泡。他不在乎，他是队长。

船只顺着海上抛锚处向外停泊，驳船由拖船拉进来了。在炙人的阳光下，他们整天从摇摇摆摆的驳船上把货物搬上大船：巨大的黄帆桁一起一伏；天黑前船上已装满子弹和弹药，甲板上载着一千二百吨的野战炮，吃水很深。

尤金站在那儿，眼中含着赞美，以权威姿态绕大炮步行，记下数额、项目和件数。他不时将一把湿湿的烟末放进嘴里，嚼得津津有味。他在甲板上吐痰，嗞嗞作响。他暗想道：老天，这是男子汉的工作。起锚啦，黑鬼！正在打仗哩！他吐了一口痰。

傍晚，拖船来载他走。他和挑夫们隔开坐，幻想小船是来接他一个人的。远远的弗吉尼亚海岸，灯光一眨一眨亮起来。他对着起伏的海水吐口痰。

火车进站出站的时候，挑夫们抬起搭在轨道上的木桥。工人们一拉一停，一英寸一英寸拖着绳索，由领班带着唱他们的爱情和劳动歌：

"肉冻卷！（嘿，）肉——冻——卷！"

他们是了不起的黑人，个个都养了姘妇。他们一周赚五十或六十美元哩。

残夏，尤金又去了一两次诺福克。他看见当水兵的哥哥，可是他不再设法见劳拉。她似乎很遥远，完全不见了。

他整个暑假都没写信回家。他收到甘特的一封信，是用哥特字体潦潦草草写成的——文体软弱多病，写得好悲哀好疏远。噢，失落啊！夏天里伊丽莎生意忙，也加了几行实用的话。要省钱，要多吃，保重身体，做个好青年。

小伙子变成皮包骨的赤褐色细圆柱。今年夏天他瘦了三十磅，身高超过六英尺四英寸，体重却只有一百三十磅左右。

水兵哥哥看他这么瘦，大吃一惊，怒斥道：

"你为什么不告 —— 告 —— 告诉我你在什么地方，白痴？我会寄钱给你。拜 —— 拜 —— 拜托！我们去吃点东西吧！"他们吃了一顿。

夏天渐渐过去了。九月，尤金辞掉工作，在诺福克过了一两天奢华的日子，就动身返乡。到了里士满，因为转搭火车要等三四个钟头，他突然改变计划，住进一家高级旅馆。

他感到光荣和得意。他口袋里有一百三十美元，是他凭劳力辛辛苦苦赚来的。他孤单单生活，尝过饥饿和痛苦的滋味，并没有死。他心里充斥着往日的航海欲。他为幻想的光荣而兴奋。他怕人群，不信任和讨厌团体生活，恐惧世间的家庭关系，所以又兴起孤独的理想。像他这段日子一样，单独进入陌生的城市；见陌生人，趁他们还不认识他，就走过去；像自己的传奇一般，流浪各地 —— 他觉得这样最好不过了。

他想起自己的家人，满怀恐惧，甚至满怀憎

恨。他暗想道：我的天！我永远不能自由吗？我犯了什么错，该受这等奴役？假如——假如我去中国、非洲或北极呢？我不在的时候，随时怕他死。（他想到这些，脖子扭了几下。）我若不在那儿，他们会狠狠提醒我的！（他们会说）你爸奄奄一息，你竟在中国玩乐。不孝子！滚他们的，我为什么该在那儿？他们就不能孤独死去吗？孤独！噢，上帝，世间难道没有自由吗？

他心里一惊，看出这种自由恍如隔世，只有少数人敢于争取。

他在里士满待了几天，住豪华的旅社，在烤肉室吃银盘装的东西，高高兴兴地在浪漫的古城大街上闲逛——大一那年的感恩节，校队在弗吉尼亚比赛，他来过一回。他花三天的时间勾引一位冰激凌糖果店的女服务生；最后他带女孩到一家杂碎餐馆的布幕隔间里，因为他从中餐馆点的大餐里放了洋葱，引起她反感，他的一切心血完全泡汤。

他回家之前写了一封洋洋洒洒的信到诺福克

去给劳拉·詹姆斯，内容可怜兮兮又大吹其牛，最后还带上一段疯疯癫癫的怪话："我整个暑假都在那儿，却没去找你。你不高尚，居然不肯回我的信，我看不出自己还有什么理由再打扰你。何况世界上女人多的是，今年夏天我得到该享的一份，还不止哩。"

他得意扬扬寄了信，可是信箱的铁盖子才合上，他就惭愧和懊悔得变了脸。他眼睁睁躺着，想起小学生似的愚行，辗转反侧。她又打垮了他。

七

开学前两周，尤金回到阿尔塔蒙特。小镇和全国汹涌着战争的热浪，国家变成一个大军营，学院和大学充作军官的训练营。人人都"尽其本分"。

这是最不适宜观光的季节。尤金发现"迪克西兰"几乎成了空屋，只有几个定期或半定期的房客。珀特太太还在，态度甜蜜温和，喝酒喝得比以前凶。患神经性疾病和气喘病的老处女牛顿小姐也在，她已渐渐变成伊丽莎经营膳宿公寓的非正式助手了。还有嘴唇发白、体型瘦削的迷药服食者马隆小姐。另外有一位金发红脸的土木工程师福勒，来去静悄悄，留下一股玉米威士忌的酒味儿。甘特已搬出伍德森街的住宅，把它租出去，自己搬进伊丽莎的一间大后房——脸色比以前更苍白一点，态度更别扭一点，身子更衰弱一些。本也在那儿。尤金到家的时候，他已回来一两个礼拜了。他又遭到陆军和海军体检单位拒绝，被认定为不宜参军；他突然抛下烟草城的工作，绷着脸静静地回家。他比以前更瘦，更像古象牙。他轻轻在屋里各处走动，不断抽香烟，气冲冲诅咒，感到绝望又空虚。以前那副皱眉的样子不见了，愤怒的呢喃也不见了；隐含柔情的轻蔑笑声换成暴烈的怒火。

尤金再去讲坛山之前，在家待了短短的两个礼拜，这段日子他跟本共用楼上的一个小房间和睡廊。文静的哥哥一直讲话——先是低低呢喃，后来竟满怀哀怨和憎恨大声诅咒，声音高亢热情，传遍整个沉睡的秋夜世界。

他望着弟弟饿扁了的胸腔说："你这小傻瓜，你怎么折磨自己的？你瘦得像稻草人。"

尤金说:"我还好。有一段时间我没吃东西。"他得意扬扬加上一句:"可是我没写信给他们。他们以为我自己撑不下去,我却撑到底了。我没求援,我带着自己赚的钱回家。看到了吧?"他把手伸进口袋,抽出一卷脏兮兮的钞票,自夸地拿给哥哥看。

本气冲冲吼道:"谁要看你的肮脏小钱?傻瓜。你回来,样子像死人,还自以为做了什么值得骄傲的事。你有什么收获?除了把你自己变成猴子,你有什么收获?"

尤金心如刀割,愤愤不平嚷道:"我靠自己的钱过日子,这就是我的收获。"

本嗤之以鼻:"啊,你这个小傻瓜!他们巴不得这样!你自以为能向他们证明什么?你真以为如此?只要能省去他们的开支,你以为他们在乎你的死活?你吹嘘什么?等你由他们手上取得一点东西再夸口还不迟。"

他用手臂支起身子,深深吸几口烟,沉默了一会儿。后来他又静静说下去。

"不，尤金，尽可能向他们争取一点福利。叫他们给你。哀求也好，硬拿也好，偷拿也好——反正得想办法争取。你不要，他们会任由财产烂掉。拿到手，离他们远远的，远走高飞，不要回来。滚他们的！"他大声吼道。

伊丽莎轻轻上楼来关灯，在门外站了一会儿，轻轻敲门进来。她穿着破破烂烂的旧毛衣和难以区分的下装，叠着手站立片刻，以惨白的愁容偷偷看他们。

她嘬着嘴表示不满，摇摇头说："孩子们，现在人人都上床了。你们说话，害满屋子的人都睡不着。"

本笑得好难看："啊，滚他们的。"

她恼火道："真是的，孩子！你害我们为难。你们连睡廊的灯也开着？"她多疑地看来看去。"你们猛用电是什么意思！"

本仰头嘲笑道："噢，你听听这话！"

伊丽莎摇了一下头，生气说："我付不起这么多账，你们别以为我付得起。我不容许这样，我们大家都得节省。"

本冷笑说："噢，拜托！节省！为什么！为了让你交给多克老头，买他的一块地？"

伊丽莎说："嗒，你用不着摆架子，你不是负责付账的人。如果你是，你会把笑声往里吞。我不喜欢这种论调。你从来不知道一美元的价值，所以你赚的每一分钱都挥霍掉了。"

他说："啊，一美元的价值！苍天明鉴，我比你更知道一美元的价值。至少我的钱还派了一点用场。你的钱让你得到什么好处？请问它对任何人究竟有什么好处？你肯告诉我吗？"他大声叫嚷。

伊丽莎厉声说："你尽管嘲笑吧，要不是你爸爸和我积下一点小产业，你们连一栋栖身的房子都没有。想不到我做牛做马，老来竟得到这种报答。忘恩负义，忘恩负义！"

他冷笑说："忘恩负义！有什么好感谢的？你别以为我会感激你或老头吧？你们给过我什么？打从我十二岁，你们就让我过着地狱不如的日子。

此后没有人给过我一分钱。看看你的小儿子。你让他像疯子到处乱跑。今年夏天你有没有想过他，有没有寄一张明信片给他？你知不知道他在哪里？只要你的烂房客有五十美分给你赚，你在乎过他吗？"

她猛摇头，以沙哑的嗓门低声说："忘恩负义，报应迟早会来的。"

他轻蔑地笑一笑说："噢，拜托！"他抽了几口烟，然后静静说下去：

"不，妈妈，你没有太多令我们感激的地方。我们几个像野孩子到处跑，小弟住在这边跟吸毒客和妓女为伍。你节省每一分钱，全部投入房地产，对谁都没有一点好处。别想不通你的孩子为什么不感激你。"

伊丽莎怨道："对母亲说这种话的儿子注定没有好下场。等着瞧吧！"

他冷笑说："鬼才相信！"他们以怨毒的目光对望一眼。不久他把头转开，恼怒般皱着眉头，其实已懊悔得心如刀割了。

"好啦！走吧，拜托！别烦我们！我不要你在这里！"他点了一根烟，故作漠然。细细的白手指颤动着，火熄了。

尤金乏腻地说："我们住口吧！我们住口吧！我们没有一个人会改变！没有一件事会好转，我们将维持现状，这些话以前都说过了。拜托，我们住口吧！妈妈，拜托你去睡觉。我们都上床睡觉，忘了这回事。"他走到她面前，怀着强烈的羞愧感亲吻她。

伊丽莎不苟言笑地慢慢说："好，晚安，儿子。我若是你，我现在就关灯上床。好好睡一觉，儿子，你不能不注意健康。"

她吻了他，不看大孩子一眼就走了。他也没看她。他们严重失和。

她走了以后，过了一会儿，本不带怒火说：

"我此生一无所获，我是失败者。我一直跟他们待在这里，现在我完了。我的肺不行了，军队甚至不肯收我碰碰运气，他们甚至不给德国人射杀我的机会。我做什么事都不成功。"他愈来愈激动。"苍天明鉴！究竟怎么搞的？尤金，你想得通吗？是真的如此，还是有人开我们的玩笑？也许这一切都是我们做梦。你想是不是？"

尤金说："是的，我想是的，不过我希望他们把我们叫醒。"他不说话，在床上仰头坐了一会儿，身子好单薄。他慢慢说："也许没有什么东西，没有什么人好唤醒的。"

本说："滚他的！我希望这场梦结束。"

尤金怀着战争的狂热回到讲坛山，大学已充作军营，满十八岁的青年获准加入军官训练团。可是他还未满十八岁，他的生日还差两个礼拜，他恳求检查人员开恩，但未能如愿。两个礼拜有什么关系呢？他生日一到，是否就能入伍？他们说不行。那他什么时候才能入伍呢？他们说要等下一次征兵。那要等多久呢？他们告诉他只要两三个月。受挫的希望又复苏了，他焦躁不安。一切并未完全失落。

运气好的话，到圣诞节他就有资格穿卡其军

服服役了；只要上帝开恩，春天他便可以尝到战壕跳蚤、芥子气、脑袋开花、肺穿孔、肚破肠流、窒息、烂泥和坏疽等令人自豪的经验了。他听见地平线传来光荣的踏步声、尖锐甜蜜的号角声。他自怜地笑一笑，想象他肩上戴着上校鹰徽的情景。他想象自己变成天上的兀鹰——"飞将军甘特"，十九岁已打下六十三个匈牙利人。想象自己走上香榭丽舍大道，鬓角微白，左手装着上等软木制的义肢，身边有一位法军统帅的俏寡妇作陪。他第一次看出断肢的魅力。他觉得童年时心目中的完美英雄太俗气了——只适宜做衣领和牙膏的广告模特。他渴望那种只有木腿、假鼻、鬓角的弹痕才能显出的微妙功勋，那种活过也吃过苦的气势。

此时他拼命吃东西，喝下一加仑一加仑的水，想增加体重。他每天称体重五六次。他甚至有条不紊做运动：拉吊环啦，弯腰啦……等等。

他曾跟教授们谈起他的问题。他认真绞脑汁，津津有味地提起十字军圣战的术语。教授们说，目前他的本分不是待在这里吗？良心是否曾叫他非去不可？他们一本正经说，若是如此，他们就不再多说了。可是他考虑过更大的问题没有？

代理院长说话很有说服力。"不是你的战区吗？你的前线不就在校园里吗？你不是该在这儿做最后的进攻吗？"他微微苦笑道，"噢，我知道，我知道走比较简单，我自己也有过那种挣扎，不过现在我们大家都是军队的一部分；我们都加入了自由军，我们为真理总动员，人人该在最有效的地方尽他的本分。"

尤金脸色苍白，似乎很痛苦："是的，我知道，我知道不对。可是，先生——我想起那些杀人的野兽，我想到他们危害到我们敬重的一切目标，我想到小比利时，还有我们的母亲姐妹——"他握拳转身，简直爱上自己了。

代理院长柔声说："是的，是的，怀着你这种精神的年轻人很难忍受。"

尤金激动地说："噢，先生，很难！我告诉你很难。"

代理院长静静地说："我们必须忍受，我们必须接受烈火的锻炼，人类的前途悬而未决。"

他们很激动，并立了一会儿，深深觉得自己英勇的灵魂美得发光。

尤金是校刊的总编辑，因为主编从军去了，整个出版工作都落在他头上。人人都从军了。除了几十位可怜的大一新生、几位残障的人和他自己，好像人人都从军了。他的兄弟会弟兄和同班同学，只要没当过兵的都在军中，还有很多从未想要上大学的小伙子也去了。"奶头"莱茵哈特、乔治·格雷夫斯、朱利叶斯·阿瑟——他们在别的大学读了一段时日，不太得意——和一群压根不知道大学校园长什么样的阿尔塔蒙特青年现在全加入了学生军。

头一段日子新秩序刚形成，有些慌乱，尤金常看见他们。等机械的齿轮转得顺利些，大学变成军事大要塞，准时操练、用餐、学习、检阅、睡觉，他发现自己孤零零的，占有一个独特又孤单的权威地位。

他继续下去，他高举火把，他尽自己的本分。他是报纸的主编、记者、审核员兼杂役。他写新闻，他写社论，他把报纸烙上火辣辣的字句。他颂扬圣战，他简直有杀人的灵感。

他照自己的意思来来去去。晚上军营转黑以后，他在校园徘徊，闪光灯和青年少尉的道歉他根本不放在眼里。他和一个脸颊凹陷、驼胸、高高瘦瘦长得像干尸的医科学生赫斯顿合住在村子里。他每星期坐车由布满印痕的公路到埃克塞特三四回，在一家小印刷店闻钢铁和油墨的芬芳。

灯光熄了以后，他就在凄凉的大街上乱逛，到希腊人店里吃东西，跟几个鬼鬼祟祟的女人眉来眼去。等十点钟镇上一片死寂，他再乘一辆公务车穿过暗暗的乡野回学校，驾车的人是一位矮矮胖胖的老醉汉，开车很大胆，名叫"酒鬼"扬。

十月到了，终日下着冰凉的小雨，地面满是泥泞和腐叶，树木不断滴水。他的十八岁生日到了，他又紧张兮兮想去从军。

他收到父亲病恹恹的短信，伊丽莎也以尖锐的措辞写了几页现实而具体的话：

"黛西和她的一大家子来过这儿。前两天她回去了，把卡罗琳和理查德留下来。他们都患了流行性感冒，我们这边受到感染，人人都有份，谁也不知道下一个会轮到谁。强壮的大人似乎先遭殃。卫理公会的牧师汉比先生上星期死了，是并发肺炎。他正当盛年，身体很健康。医生说他从开始就完了。海伦已病倒好几天，说是肾脏的老毛病。星期四晚上，他们请麦圭尔医生来。不管他们说什么，他们可骗不了我。儿子，希望你永远别向可怕的（酒）瘾屈服，那是我一生的灾难。你爸爸似乎一切如常，他胃口好，也睡得多，我看不出他和一年前有什么两样，说不定我们入土很久之后他还好端端地活在这儿。本还在这儿。他整天愁眉苦脸在家走来走去，说他没胃口。我想他需要再去工作，免得成天自怨自艾。屋里只剩几位客人，珀特太太和牛顿小姐照旧留着。克罗斯比一家回迈阿密去了，如果这边天气再冷点，我也要收拾行李到别的地方去。我猜我老了，我不像年轻时候那么耐寒，冬天来之前，我要你买一件温暖的大衣。你还得多吃营养的好食物。别乱花钱，可是……"

他一连几周没再收到信。某一个下毛毛雨的黄昏，他六点回到跟赫斯顿同住的房间，发现一封电报，上面写着："立刻返家，本患肺炎，母字。"

八

第二天才有火车。傍晚，赫斯顿用从医学实验室拿来的酒精，调了一杯杜松子酒给他喝，安抚他的情绪。尤金有时候闷声不响，有时候断断续续乱说话，全凭心情而定：他问医学院学生一百个跟病情有关的问题。

"若是双肺炎，她会说的。你说是不是？嘿？"他疯狂逼问道。

赫斯顿说："我想是吧。"他是和蔼文静的青年。

第二天早晨，尤金到埃克塞特去赶火车。灰冷冷的下午，火车隆隆驶过本州湿淋淋的大地。

后来他在一个转车站等了好几小时。天黑时又乘车向山区进发。

他躺在卧铺里，眼睛热辣辣根本睡不着，盯着黑压压的大地和山丘。午夜过后，他终于打着盹儿睡去。货车厢驶入阿尔塔蒙特围场，他被咔啦咔啦的声音吵醒了。他迷迷糊糊，衣冠不整，火车嘎的一声停下，他完全醒过来，不久便看见窗帘外卢克和休·巴顿凝重的面孔。

"本病得很重。"休·巴顿说。

尤金穿上鞋子，跳下地板，把硬领和领带塞入大衣口袋。

他说："我们走吧，我准备好了。"

他们轻轻穿过走道，两旁的旅客睡得很熟，鼾声四起。他们由空空的车站走向休·巴顿的汽车，尤金对水兵哥哥说：

"卢克，你什么时候回来的？"

他说："我昨天晚上回来，才到几小时。"

当时是凌晨三点半。丑陋的车站宅区毫无动态，看来很恐怖，恍如在梦中。突然返回更加重了他的不真实感。车站围栏外有几辆汽车，其中一辆的司机缩在毯子底下睡觉。灯火黯淡腻人，有几盏正在廉价的车站旅舍里发出黯淡的光芒。

休·巴顿驾车一向谨慎，现在起挡飞奔。他们以五十英里的时速穿过贫民区向镇上走。

卢克说："本——本——本恐怕是真的病了。"

尤金问道："怎么回事？告诉我吧。"

他们告诉尤金：他被黛西的小孩传染了流行性感冒。他发烧一两天，愁眉苦脸，没上床睡觉。

卢克脱口而出："住那该——该——该死的冷马房……如果他死了，全是因为他不——不——不能保暖。"

尤金急躁地嚷道："现在别管那些了，说下去吧。"

最后本终于上床躺着，珀特太太照顾了他一两天。

水兵说："只有她为他——出——出——出了一点力。"最后伊丽莎终于请卡蒂亚克医生来。

"那个该——该——该死的老庸医。"卢克结结巴巴说。

尤金吼道："不要紧！不要紧！现在何必翻老账？说下去呀！"

过了一两天，本似乎渐渐好转了，卡蒂亚克说，如果他想下床可以下来走走。他起床在屋里活动一天，凶巴巴骂人，第二天又发高烧躺下了。最后他们请科克尔医生来，两天前——

休·巴顿一面开车一面咆哮："他们一开始就该这么做。"

"不要紧！说下去。"尤金嚷道。

本双发肺炎，已病危不止一天了。他们想到悲哀的预言故事，想到他们荒芜、因循和毁灭的生命简史，悲剧感油然而生，一时说不出话来。他们无话可说。

威力十足的汽车隆隆开进凄凉死寂的广场，一种不真实感浮上小伙子心头。他在拥挤破旧的砖屋和石屋堆里寻找他的一生，寻找失落的亮丽日子。本和我，在这市政厅、银行和杂货店附近（他暗想道）。为什么在这儿？该在《圣经》里的古迦特或伊斯法罕城，该在科林斯或拜占庭，不该在这里，这不是真的。

过了一会儿，大汽车在"迪克西兰"前面的路栏边斜斜停下来。门厅里灯光暗蒙蒙的，为他勾起湿冷幽暗的回忆。客厅的灯光暖和些，把高窗的窗罩染成又醇又暖的橘红色。

卢克低声说："本在楼上有灯光的房间里。"

尤金嘴唇发干，望着楼上凄冷的前厢和丑恶的维多利亚式凹窗。三周前，本冲着黑夜痛咒他的一生，就是在隔壁的睡廊里。病房的灯光灰浊浊，勾画出挣扎和恐惧的情景。

三个人轻轻顺着步道进屋。厨房有微弱的响声和人声。

"爸爸在里面。"卢克说。

尤金走进客厅，发现甘特一个人坐在灿烂的炭火前面。儿子进来，他呆呆抬头望一眼。

尤金走到他身边说："嗨，爸爸。"

甘特说："嗨，儿子。"他以修剪过的胡茬脸吻他一下，薄薄的嘴唇开始别别扭扭颤动。

他用鼻音说："你听说你哥哥的事没有？想想我居然碰到这种事——我这个病重的老人。噢，耶稣啊，真可怕——"

海伦由厨房走进来。

她热烈拥抱尤金说："嗨，排骨，你好吗，甜心？"她偷笑道："他离家后又长高了四英寸。噢，尤金，打起精神来，别那么忧郁嘛，有生命就有希望。他还没走，你知道。"她突然流下眼泪，声音嘶哑，精神虚弱，激动得难以自持。

甘特坐在藤椅上前后摇摆，盯着火光，看海伦伤心，他木然呜咽道："想想我居然遇到这种事。噢——嗬——嗬！我做了什么孽，上帝竟——"

她怒火中烧对他嚷道："你闭嘴！马上闭嘴。我不想再听你说话！我的一生都花在你身上。每一件事都是为你做的，等我们都走了，你也许还好端端活在这儿。病的不是你。"她对他的感情一时转为怨恨和不满。

"妈妈呢？"尤金问道。

海伦说："她在厨房。我若是你，我会到后面打声招呼再去看本。"她又低声盘算道:"噢,算了,现在也没办法了。"

他发现伊丽莎在瓦斯炉边忙着热几壶滚水。她笨手笨脚瞎忙,看见他,显得惊讶又心慌。

"咦,究竟怎么着,孩子!你什么时候回来的?"

他拥抱她。她表面平淡,其实他看出她心中的恐惧;她那迟钝的黑眼珠发出恐惧的光芒。

"本怎么样,妈妈?"他静静问道。

她噘着嘴思索:"咦,你进来之前我才跟科克尔医生谈过。我说:'听着,我告诉你,我不相信他像外表看来那么严重。嗙,我们只要能撑到明天就好了。我相信病情会好转。'"

海伦气冲冲说:"妈妈,拜托!你怎么说得出这种话?难道你不知道本的情况危急?你永远不肯醒过来吗?"

她的声音带有神经分兮的嘶哑调调。

伊丽莎含着惨白和颤抖的笑容说:"嗙,我告诉你,儿子,你进去看他的时候,别说你知道他生病。我若是你，我会把这件事情当作大笑话。我会尽量笑着说：'看，我还以为我回来探望病人哩。咦，啐！你没有毛病嘛。一半是想象的！'"

尤金发狂说："噢，妈妈，拜托！拜托！"

他心里好难过，转身走开，用手指按住喉咙。

接着他轻轻跟卢克和海伦上楼，走近病房，心脏和四肢缩得极紧，冷冰冰地毫无血气。他进去以前，三个人停顿一会儿，窃窃私语。当着死神的面这样阴谋协商使他充满恐惧。

卢克低声说："若换了我，只待一分 —— 分 —— 分钟。待久了会 —— 会 —— 害他紧张。"

尤金打起精神，盲目跟海伦进房间。

她诚心诚意说："看，谁来看你了 —— 是'瘦高个儿'。"

尤金头晕目眩，心里又害怕，一时什么都看不清。后来他才在灰蒙蒙有罩子的灯光下看出护士贝茜·甘特，以及科克尔医生那黄黄的长脑壳 —— 医生正向他泛出疲惫的笑容，露出污斑点点的大牙，嘴里还叼着一根长雪茄。接着他在直射于床上的恐怖灯光里看见了本。霎时相认，他看出本快要死了，大家也早就看出来了。

本瘦长的身体有四分之三盖着寝具；瘦削的轮廓在被单下扭曲得厉害，似乎正在挣扎和受苦。身体好像不是他的，支离变形，活像是被砍了头的罪犯。而他的黄面孔也转灰了，死灰色点缀着两片热热的红唇，唇上长着三天的黑胡子，胡须不知怎么很吓人，叫人想起毛发的生机——连尸体都长得出毛发哩。本张着薄唇，不断显出痛苦和窒息的表情，露出一口死人样的白牙齿，一英寸一英寸将空气吸入肺里。

这种喘息声——响亮，嘶哑，急促，不可思议，传遍房间，每分钟都在响——更增添了现场的恐怖。

本躺在他们前面的床上，沐浴着灯光，活像博物学家桌上的大昆虫。当人家看他的时候，他挣扎着想保全没有人能替他保全的生命。真可怕，真残忍。

尤金走近时，本那双恐惧得发亮的眼睛第一

次落在弟弟身上。他不扶东西,轻轻抬起靠在枕头上的胸脯,猛抓住弟弟的手腕,像小孩般吓得喘息道:"你为什么回来?你为什么回家,尤金?"

小伙子惨白着脸呆站了一会,心中升起同情和恐惧。

他随即说:"本,他们放我们几天假,因为流行性感冒,他们只好停课。"

说完他突然转身对着暗处,受不了自己差劲的谎言,不敢面对本眼中的惧色。

贝茜·甘特摆出权威姿态说:"好了,尤金。出去吧——你和海伦都出去。我已经有一个姓甘特的疯子要照顾,我不希望屋里再多两个。"她厉声说话,还发出不讨人喜欢的笑声。

她今年三十八岁,瘦瘦的,是甘特的侄儿吉尔伯特的太太。她是山里人,为人粗暴、狠心、俗气,没有同情心,喜欢尝病痛和死亡的悲惨滋味。她把这些反人道的个性伪装成是专业的要求,常说:

"我若情不自禁,病人何以自处?"

他们又来到大厅，尤金气冲冲对海伦说：

"你为什么要找那个骷髅头来？有她在旁边，他怎么会好呢？我不喜欢她！"

"随你怎么说——她是好护士。"然后低声说："你觉得呢？"

他做了个痉挛的姿势，把头转开。她忍不住流下泪来，抓住他的手。

卢克坐立不安晃来晃去，大声呼吸和抽烟；伊丽莎一直动嘴唇，注意听病房门口的动态。她手上端一壶没有用处的热水。

伊丽莎问道："呃？嗯？说什么？"其实没有人说话。"他怎么样？"她的眼睛瞟来瞟去望着他们。

尤金凶巴巴咕哝道："走开！走开！走开！"他的声音扬得好高。"你不能走开吗？"

他气水兵哥哥紧张兮兮大声呼吸，一双大脚好难看。他更气伊丽莎拿着无用的水壶，徒然徘徊不去，"嗯？""呃？"乱问一通。

"你们看不出他正在挣扎喘气吗？你们想害

他窒息？真邋遢！真邋遢！你们听见没有？"他的声音又抬高了。

死亡的丑恶和痛苦害他透不过气来；而家人在门外窃窃私语，徒然闲荡，以本窒息的苦难来满足他们对死亡的饥渴，他更一阵阵又气又怜，简直要发疯了。

过了一会儿，他们犹豫不决地下楼，仍注意听病房的动静。

伊丽莎满怀希望地说："噢，我告诉你，我有一种预感，我不知道该叫什么——"她局促不安看看四周，发现没有人理她。于是她又回去煮她的一壶壶一锅锅滚水去了。

海伦在前厅愁眉不展，把尤金拉到一旁，神经兮兮地耳语。

"你看见她穿的毛衣没有？你看见没有？真脏！"她的声音愈来愈小。"你知不知道他看见她就受不了？昨天她走进房间，他的病情立刻加重。他把头转开说：'噢，海伦，拜托，带她出去吧。'你听见了吧。你听见没有？她走近他，他就受不了，他不要她进房间。"

尤金抓抓喉咙说："住口！住口！拜托，住口！"

女孩此刻恨得发狂，怒不可遏。

"说来大概很可怕，他若死了，我会恨她的。你想我忘得了她的行为吗？你想我忘得了吗？"她的声音几乎转为尖叫，"她眼睁睁让他在这儿死掉。咦，前天他体温到达华氏一百零四度[1]，她还跟多克老医生谈一块地皮的事，你知道吗？"

他发狂地说道："算了吧！她一向如此！不能怪她。你看不出来吗？噢，上帝，真可怕！真可怕！"

海伦开始落泪："可怜的老妈妈！她一辈子克服不了这次的创伤。她吓得要死！你看见她的眼睛没有？她知道，她当然知道！"

接着，她带着满脸疯狂的郁色说："有时候我觉得我恨她，我真的觉得我恨她。"她茫然拉拉大下巴。她说："噢，我们不该说这种话，这样不

---

1 约合四十摄氏度。

应该。打起精神来，我们都累了，又紧张。我相信他会好转的。”

天亮了，天气阴冷有浓雾。伊丽莎焦急地忙来忙去，赶着弄早餐。有一次她笨手笨脚提一壶水冲上楼，趁贝茜·甘特开门的时候，在门口站了一秒钟，探头看可怕的病床，面孔白惨惨皱巴巴的。贝茜·甘特阻止她进去，粗手粗脚关上门。伊丽莎慌慌张张道着歉走了。

海伦说的是真话，伊丽莎也知道。病房不需要她，垂死的儿子不想见她。她进去的时候，曾看见他心烦地把脑袋转到另一边。她的白面孔隐含这份恐惧，但她不坦白说出来，也不发牢骚。她四处瞎忙，煞有介事做些没用的事情。尤金时而为她的乐观而气得半死，时而看她迟钝的黑眼睛满怀恐惧和痛苦，又不禁满心怜恤。她站在热烘烘的火炉前面，他突然冲向她，抓住她粗糙的老手狂吻，情不自禁乱说话。

“噢，妈妈，妈妈！没什么！没什么！没什么！”

伊丽莎的伪装突然卸除了，她抱紧他，把白

皙的面孔埋在他的大衣袖子里，痛哭失声，为无法挽回的岁月虚掷而难过——相亲相爱的不朽时刻可能不会再来了，健忘和漠然的过失现在已无可弥补。她像小孩感激他的爱抚，而他的心像破裂般扭曲作一团，他不断咕哝道：

"没什么！没什么！没什么！"——心里知道并非安然无事，不可能安然无事的。

她哭道："我若早知道，孩子，我若早知道……"当年格罗弗去世，她也这样哭过。

他说："振作起来！他会度过难关的。最严重的一刻过去了。"

伊丽莎立即擦干眼泪说："噢，我告诉你，我相信如此。我相信他昨天晚上度过了转折点。我对贝茜说——"

光线慢慢加强。白昼来了，也带来希望。他们坐在厨房吃早餐，医生或护士随口给他们打气，他们立刻得到鼓舞。科克尔走了，含含糊糊表示乐观。贝茜·甘特下来吃早餐，以职业口吻鼓励他们。

"我若能把该死的家人挡在房门外，他也许有好转的希望。"

他们神经兮兮、满怀感谢笑起来，对女人的谩骂觉得很开心。

伊丽莎说："他今天早晨怎么样？你看有没有进步？"

"他的体温降低了，你是不是指这个？"

他们知道早晨体温降低没有什么大意义，可是他们从中求取安慰：不健康的情绪靠这个消息得到滋养——他们立时飞到希望的顶峰。

贝茜·甘特说："他的心脏不错，如果继续如此，他又继续挣扎，就会度过难关。"

卢克一时冲动，竟歌功颂德起来："别——别——别担心他挣——挣——挣不挣扎。那小伙——伙——伙子只要有一口气在，自会挣扎到底。"

伊丽莎说道："咦，是啊，我记得他七岁那年——我知道有一天我站在门廊上——我为什么记得呢？因为老巴克纳先生刚带着一些奶油和鸡蛋来，你爸爸——"

海伦咧嘴笑道："噢，我的天！现在我们又得听那一大套话了。"

卢克戳戳伊丽莎的肋骨，咯咯大笑："哈——哈！"

伊丽莎气冲冲说："真是的，孩子！你简直像白痴，我会感到惭愧！"

"哈——哈——哈！"

海伦偷偷笑，用手肘推推尤金。

"他是不是疯疯癫癫的？嘻——嘻——嘻——嘻——嘻。"然后含泪把尤金拉进她骨瘦如柴的怀里。

"可怜的尤金，你们老是在一起，对不对？你的感受一定比我们强。"

卢克诚心诚意嚷道："他还没下——下土哩。说不定我们坟上长出雏菊，他还在世哩。"

尤金说："珀特太太呢？她在不在屋里？"

他们局促不安地静下来。

过了一会儿，伊丽莎冷冷地说："我叫她出去，

我跟她说她是 —— 妓女。"她说话的语气像往日一般贤明,可是过了一会儿她的脸色大变,泪如雨下。"要不是有那个女人,我相信他到今天还健康强壮。我发誓如此!"

海伦发脾气说:"妈妈,拜托!你怎么敢说这种话?她是他唯一的朋友。他病倒的时候,她全心全力照顾他,岂有此理!岂有此理!"她愤愤不平直喘气。"要不是有珀特太太,他现在已经死了。没有别人为他出半点力。他没生病以前,你巴不得留她在这儿,赚她的钱。不,谢了!"她加强语气宣布:"我个人喜欢她,现在我不愿对她不理不睬。"

卢克对他的女神忠心耿耿,他说:"真可耻!要不是你和珀特太太,本就惨了。别人都不肯出半点力。他若死 —— 死 —— 死了,那是因为有效时期他没有得到适当的照顾。家里总是他 —— 他 —— 他妈的只想省一分钱,他 —— 他 —— 他妈的很少考虑到活生生的血肉。"

海伦乏腻地说:"噢,算了!有一点可以确定,我已尽了全力，我两天没上床睡觉了，无论发生什么事，这方面我绝对没有遗憾。"她的声音充满丑恶的满足感。

"我知道你没有！我知道！"水兵兄弟激动地转向尤金，比手画脚，"这个女——女——女孩做得手指只剩骨头。要不是有她——"他的眼睛润湿了。他把头转向另一边，擤擤鼻涕。

尤金由桌畔跳起来，大声吼道："噢，拜托！住口好不好！我们等等看。"

就这样，早晨那几个钟头变得好长好长，他们都想挣脱自己陷身的挫折和失落之网，弄得筋疲力尽。他们的心灵暂时飞到不正常的喜悦高空，又落入绝望和激情的黑洞里。只有伊丽莎好像始终抱着希望。水兵和尤金紧张得发抖，在下厅踱来踱去，一直抽烟，彼此一接近就怒发冲冠，身体触碰时客气得近乎讽刺。甘特在客厅或自己房间打盹儿，时醒时睡，别别扭扭呻吟，没显出什么情感，只依稀知道事情的含义，为大家突然冷落他而愤愤不平。海伦不断在病房进进出出，以她的活力控制垂死的弟弟，向他灌输希望和信心，她出来的时候，愉快的神情换成隐含的神经质反应；她有时候哭，有时候笑，有时候沉思，有时候爱，有时候恨。

伊丽莎只进过病房一次。她拿一个热水袋闯进去，怯生生，忸怩不安，像小孩子似的，以迟钝的黑眼睛打量本的脸。可是他正用力大声呼吸，亮亮的眼睛一瞥见她，鸡爪般的白手指就在被单里握起来，他好像吓得要命，用力张口喘气说：

"出去！出去！不要你。"

伊丽莎离开病房，她走路有点东倒西歪，双足好像麻痹和坏死了。她面如死灰，迟钝的眼睛亮晶晶瞪着人。门在背后关上后，她倚着墙，一只手搁在脸上。过了一会儿她又下楼去烧滚水了。

他们四肢扭曲，发狂地、愤怒地叫彼此镇定勇敢；他们坚持不走近病房 —— 可是他们好像受某一种可怕的磁石吸引，不知不觉一次又一次来到门外，蹑足屏息，怀着对恐怖事件的饥渴，聆听他张口喘气，拼命把空气吸入硬化窒息的肺脏里。他们醋劲十足想进房间，等着轮到自己拿水、毛巾、补给品。

珀特太太躲在对面的膳宿公寓，每隔半小时打一次电话给海伦，海伦跟她说话，伊丽莎由厨房走进大厅，叠着手，噘着嘴站在那儿，两眼发出憎恶的光芒。

女孩子说话又哭又笑的。

“噢……没事，胖子！你知道我的心情……我常说他在世上若有一个真朋友，那就是你了……别以为我们大家都不感激你的功劳……”

海伦不说话的时候，尤金听见电话那一头女人的啜泣声。

伊丽莎恶狠狠说：“她若再打电话来，让我跟她说话。我要训训她！”

海伦怒喝道：“老天爷，妈妈！你干的好事够多了。她为他出的力比全家人加起来还要多，这时候你却赶她出门。”她那紧张的大脸一直抽动着。“咦，真可笑！”

尤金躁动不安地在大厅走来走去，或者在屋

里各处徘徊，找寻一个他从未发现的入口，此时痛苦的灵魂像受困的鸟儿在他内部扭来扭去。这个乖巧的灵魂——他的核心，他陌生的心——一直扭头不肯正视恐怖的根源，最后才像受催眠一般，凝视死亡和黑暗的核心。他的心灵往下坠，溺在深渊里，他自觉再也不能逃避痛苦和丑恶的洪流，逃避此间的恐怖和遗憾了。他一面走路一面扭动自己的脖子，手臂像翅膀猛拍空气，活像肾脏挨了一拳似的。他觉得只要他能逃入一般强烈的——坚强、炽热、闪亮的——爱、恨、恐惧或恶心情绪中，他就会干干净净，自由自在。可惜他陷在徒劳无功的网里，透不过气来——每一刻的恨都带着十几道同情的光芒：他全身乏力，真想抓他们，揍他们，摇晃他们的身体，像对付一个烦人的顽童；同时又想抚摸他们，爱他们，安慰他们。

他想起楼上垂死的哥哥——本呼吸阻塞，他们却哭哭啼啼站在旁边——他气得也吓得喘不过气来。童年的幻想又浮上心头，他想起他坐马桶的时候，盯着满是污水的浴盆噗噗作声，冷冷的灰色肥皂水涨得好满，他觉得很不自在，好讨厌半私密的浴室。本奄奄一息，他居然想起这些。

上午，屋里传话说病人的体温降低，脉搏加强，肺充血微微减轻，他们的希望大大复苏了。可是下午一点他咳了一阵后，精神错乱，体温升高，呼吸愈来愈困难。尤金和卢克坐休·巴顿的汽车到伍德药店去买氧气筒。等他们回来，本已经快要闷死了。

他们飞快把氧气筒拿进房间，放在他的脑袋旁。贝茜·甘特抢过筒口，放在本的嘴巴上，叫他吸气。他拼命把它推开，护士要尤金抓住他的双手。

尤金抓住本热烘烘的手腕，他的心快要碎了。本由枕头上用力抬头，像小孩子拼命想挣脱双手，喘气喘得好厉害，眼神恐怖分分：

"不！不！尤金！尤金！不！不！"

尤金屈服了，放下他，面色白惨惨，转头避开那双垂死的明眸。其他的人抓住他：他暂时舒一口气，接着他又落入神智不清的状态。

到了四点钟，谁都看得出死期到了。本时而有知觉，时而无知觉，时而精神错乱——不过大抵错乱的时候多。他的呼吸顺畅些，他哼些流行歌曲的片段，都是遗忘的老歌，取自童年听来的广告；可是他静静哼着哼着，总是回到一首当时的流行歌曲——那首歌很俗气，多愁善感，现在却十分感人，叫《只是一个孩子在黄昏的祷告》：

"……当灯光黯淡。

可怜的婴儿时光。"

海伦走进暗暗的房间。

"泪流满面。"

他眼神中已没有恐惧：一面张口喘息，一面正色望着她，怒目皱眉，依旧是平日困惑的孩童眼光。有一阵子他清醒了，认出是她。他向她咧咧嘴，露出飘忽的笑容。

"嗨，海伦！是海伦！"他热烈嚷道。

她鼻歪眼斜走出房间，忍住没哭出来，下了半截楼梯才低声啜泣。

灰暗的雨天转黑了，家人聚在客厅里开死亡前的最后会议，闷声不响等待着。甘特别别扭扭坐在摇椅上晃动，对着壁炉吐口水，偶尔哀吟一两声。他们不时一个一个走出去，轻轻上楼，站在病房外聆听。他们听见本像小孩一样，不停唱道：

> "幽光里有个母亲
> 她乐于知道——"

伊丽莎叠着手呆呆坐在壁炉前。死白的面孔看来有如雕像，有一种失常的浑厚感。

她终于慢慢说："噢，天下事很难说，也许这是生死关头。也许——"她的面孔又硬得像花岗岩了，她不再说话。

科克尔医生进门，一言不发立刻走进病房。九点前贝茜·甘特走下来。

她静静地说："好吧，现在你们大家最好上楼，大限到了。"

伊丽莎站起来，表情木木地走出去；海伦跟在母亲后面，她神经分分直喘气，开始拧绞双手。

贝茜·甘特警告说："海伦，克制情绪，现在不宜太任性。"

伊丽莎稳稳健健上楼，没发出声响。但她走近病房的时候，停顿一会儿，似在注意听里面的动静。寂静中他们依稀听见本的歌声。突然间，伊丽莎抛开一切伪装，踉踉跄跄撞到墙壁，把脸埋在手里，痛心地嚷道：

"噢，上帝！我若早知道！我若早知道！"

接着母女痛哭失声，伤心得脸都歪了，两个人拥抱在一起。过了一会儿她们镇定下来，静静走入房间。

尤金和卢克拉起甘特，扶着他上楼梯。他趴在他们身上，颤抖着发出长长的呻吟。

"慈悲——的——上帝！我晚年居然要忍受这个打击。我居然——"

尤金厉声叫道："爸爸！拜托！打起精神来！垂死的是本——不是我们！我们至少要高高尚尚对待他一次。"

这一来甘特安静了一会儿，可是他走进房间，看见本临死前半昏半醒躺着，他怕自己死期将近，忍不住又叫苦连天。他们扶他坐在床尾的椅子上，他前后摇晃，哭道：

"噢，耶稣！我受不了！你为什么要让我承受这个打击？我年老多病，我不知道钱要从哪里来。我们怎么面对这个可怕——残酷的冬天呢？埋葬他得花一千美元，我不知道钱要从哪里来。"他呜呜假哭。

海伦冲向他，叫道："嘘！嘘！"她怒火中烧，抓住他的身体猛摇。"你这该死的老头，我恨不得宰了你！你儿子快要死了，你竟敢说这种话？我浪费了六年的生命来看顾你，你说不定是最后死的人！"她怒气未消，指责伊丽莎说：

"你害他落到这步田地，你该负责。要不是你吝惜每一分钱，他不会这样。而且本也会活得好好的！"她喘气喘了一会儿，伊丽莎不搭腔，她没听见她的话。

"以后我不干了！我以为你会死——走的却是本。"她的声音化为愤怒的尖叫。她又猛摇甘特的身体。"不干了！你这自私的老头，你听见没有？你样样不缺——本一无所有，现在死的却是他，我恨你！"

贝茜·甘特平平静静说："海伦！海伦！别忘了你在什么地方。"

尤金刻薄地咕哝道："是啊，这对我们很重要。"

隔着他们丑恶的争端，隔着他们神经质的摩擦和纷扰，他们听见本吐气的咕噜声。灯光重新弄暗，他像自己的影子躺在那儿，呈现各种灰凉寂寞的美。他们看见他炯炯的眼神已经死灭，变得模模糊糊了；还看见他消瘦的胸脯无力地悸动着，他生命的奇迹向他们涌出巨大的魅力。他们平静下来，他们跃入生命的残迹底下，他们满怀爱心和豪情聚在一起，超越了恐惧和慌乱，超越了死亡。

尤金满怀爱和赞叹，一时看不见东西；巨大的琴音在心中响起，他占有琴音好一会儿，成为乐音的一部分，他的生命飞离了泥沼、痛苦和丑恶。他暗想：

"这不代表一切！真的不代表一切！"

科克尔站在窗边的阴影里，叼着没有点燃的长雪茄，海伦静静转向他。

"你没有办法啦？你什么方法都试过了吗？我是说——一切方法？"

她的声音低沉有如祈祷，科克尔慢慢转向她，把雪茄夹在污浊的大手指间。他挂着疲惫的笑容，轻轻答道："一切都试过了，世上所有的御骑、所有医生和护士都救不了他。"

"你知道多久了？"她说。

他回答说："两天了，从开始就知道。"他沉默了一会儿，又精神勃勃地说："十年了！打从我第一次在凌晨三点看他待在经济小饭馆，一手拿油炸饼，一手拿香烟，我就知道了。"海伦想说话，他轻声说："亲爱的姑娘，我们不能使时光倒流。我们无法回到肺脏健全、血液温热、身体年轻的日子。我们是火花——是脑子，是心，是精神。我们也是身价三分钱的一堆石灰质和铁矿——一去不复返。"

他拿起油腻腻、软塌塌的黑帽，漫不经心戴在头顶，然后掏出一根火柴，点燃咬过的雪茄。

她又说："是不是每一种方法都试过了？我请问！还有没有值得试的方法没试过？"

他挥臂做了个疲惫的手势。

他说："亲爱的姑娘！他快要溺死了！溺死了！"

她听了他可怕的宣言，冷冰冰僵立着。

科克尔看看床上扭曲的灰影，然后静静地、伤心地、满怀柔情和惊叹说："老本，我们什么时候才能再看见他这种人呢？"

说完他就静静走出去，口中紧紧叼着长雪茄。

过了一会儿，贝茜·甘特打破寂静，冷静得几近丑恶地说："好啦，弄完这件事可以松口气。我宁愿去照顾四十个外面的病人，也不愿照顾一个和这些该死的亲戚有关的人。我困死了。"

海伦静静转向她。

她说："离开病房！现在是我们的事了，我们有权不受干扰。"

贝茜·甘特吃了一惊，愤然看她几眼，然后走出病房。

现在屋里只有一个声音，就是本嘎啦嘎啦低沉呼吸的声音。他不再张口喘气了，他不再显出清醒或挣扎的迹象。他的眼睛半合着；灰色的眼光显得很黯淡，罩着麻木和死亡的色彩。他静静仰卧着，身体很直，没有痛苦的迹象，尖尖的瘦脸往上仰，有点奇怪。他的嘴巴闭得很紧，除了微弱的呼吸，他似乎已经死了——他似乎脱离了肉体，脱离那个令人想起肉体变化的发声体，超然嘲笑错觉，嘲笑生命推移和延续的种种信仰。

他死了，只剩破旧的躯壳缓缓衰竭，只剩不

再属于他的肉体发出可怕的咕噜声。他死了。

他们默默无语,惊叹感油然而生。他们想起他一生来去飘忽,孤单寂寞,他们想起一千个早就遗忘的事迹和时刻——有些事现在看来好神秘好古怪,他像幽灵走过他们的人生;现在他们俯视他灰色的遗骸,有一种相识的兴奋,像人家想起一个遗忘的字眼,或者后人俯视尸体,初次看见一个离去的神明。

卢克一直站在床尾,他紧张兮兮转向尤金,以惊叹和怀疑的口吻结结巴巴地低语道:

"我猜——猜——猜本死了。"

甘特非常安静。他坐在床尾暗处,身体倚着拐杖向前伸,暂时逃出自己将死的幻想,进入往事的荒原,凄然回溯过去的日子,一直回忆到这个怪儿子出生时。

海伦在窗边的暗处坐着,面向病床。她的眼睛不是看本,而是看着母亲的脸。基于默契,大家都退立在阴影中,让伊丽莎重新拥有她亲生的骨肉。

现在他再也不能摒弃她了，他锐利的眼神再也不能痛苦和嫌恶地躲着她。伊丽莎坐在他旁边，用两只粗糙的手掌夹住他冰冷的手。

她对四周的生命似乎毫无知觉，她似乎被催眠了：她僵僵直直坐在椅子上，白面孔死板板的，迟钝的黑眼睛盯着眼前灰冷的面孔。

他们坐着等。午夜来了。一只公鸡喔喔叫。尤金静静走到窗边看外面，黑夜这个大野兽轻轻徘徊在房子四周。墙壁和窗户受到黑暗的挤压，似乎往里弯。病人体内的小声响好像停了，随着微弱的呼吸偶尔出现一下，几乎听不见。

海伦向甘特和卢克做了个手势，他们站起来，默默走出去。她在门口停顿一会儿，招手叫尤金，他走到她面前。

她说："你在这儿陪她，你是她的小儿子。事情过了，来告诉我们。"

他点点头，把门关上。他们走了以后，他静静地等，注意听了一会儿。接着他走到伊丽莎坐的地方，低头看她。

他低语道："妈妈，妈妈！"

她好像没听见。她的脸一动也不动，眼睛依旧瞪着前方，没有转过来。

他大声一点说："妈妈，妈妈！"

他碰一碰她，她没有反应。

"妈妈，妈妈！"

她像小孩子，一本正经地僵坐在那儿。

同情心油然生起，他不顾一切，想把她的手指轻轻地从本手中拉出来。她抓那双冰凉的手抓得更紧，然后毫无表情从右向左慢慢摇头。

面对这执拗的姿势，他退缩不前，流下眼泪。突然间，他看出她是在观望自己的死亡，她的手握紧本的手，是跟自己的肉体结合。在她眼中垂死的不是本——而是她生命、血肉、身体的一部分，尤金感到恐慌。她的一部分——年轻、可爱、美好的一部分——二十六年前在她血肉中夹着好多苦痛孕育、出生、滋长，后来却被遗忘了，如今已奄奄一息。

尤金东歪西倒地走到病床另一边，双膝落地。

他开始祈祷。他不信上帝，不信天堂或地狱，但是他怕真有其事。他不相信有面孔柔和、翅膀亮丽的天使，但他相信有黑精灵盘桓在寂寞的人头顶。他不信魔鬼或天使，但他看过本对他的守护神说过好多次话，他相信本的守护神真的存在。

尤金不相信这些东西，但他又怕真有其事。他怕本再度迷失。他觉得现在只有他能为本祈祷：他们的灵魂曾秘密交合过，所以只有他的祈祷有效。在凯尔特民族的迷信浪涛下，他由书本上读到的一切，他在哲学课上滔滔不绝讲述的宁静观，以及柏拉图、普罗提诺、斯宾诺莎、康德、黑格尔、笛卡尔等伟大的名字都离他而去了。他觉得只要他哥哥体内还有一丝气息，他就得拼命祈祷。

于是他像唱歌般反反复复咕哝道："无论你是谁，今夜请善待本。为他带路……无论你是谁，今夜请善待本。为他带路……"他失去了分秒和时辰的观念，他只听见微弱的垂死气息，以及自己狂乱的祈祷。光明由他的脑子和意识中消逝，他精疲力尽，神经衰竭，终于撑不下去了。他倒在地板上，手臂枕着床，一面打盹一面喃喃作声。伊丽莎一动也不动坐在床铺另一边，握着本的手。尤金念着念着竟忧心忡忡地睡着了。

他突然醒来，想到自己睡着过，竟有些恐慌。他真怕那一丝气息已完全停止，他祈祷的效果完全失去了。床上的人体近乎僵硬，没有声音，后来又传出一股咕噜咕噜的呼吸声，很不均匀，没有韵律。他知道大限到了，他连忙站起来，跑到门口。甘特、卢克和海伦筋疲力尽地躺在大厅对面的冷卧室里，分据两张大床。

尤金嚷道："来，现在他要走了。"

他们赶快进房间。伊丽莎坐着一动也不动，完全遗忘了他们。他们进屋的时候，听见最后的呼吸动作，很像微弱的叹息。

这几个钟头里，虚弱的病体一直发出嘎啦嘎啦的声音，好像把生命中一切值得保留的部分慢慢移交给死神，现在声音停止了。尸体好像在他们面前慢慢僵化。过了一会儿，伊丽莎慢慢抽回手。可是突然间，简直不可思议，本好像复活再生一般，用力吸了一口长气，他的灰眼睛睁开来。双目盛满生之恐惧，他似乎抛下肉身从病榻升起，成了一缕火焰，一束光，一道耀光，在死亡中与那守护他走过人生寂寞旅程的黑精灵合而为一了。他以锐利的目光谅解地看看充满廉价的亲情、迟钝的良知的房间，也看着无用的、慌乱的哑剧表演在他的视线中愈来愈模糊，他当即死去，死时跟生前一样充满不屑，什么都不怕。

我们可以相信生命是虚无的，我们可以相信死亡和来生是虚无的 —— 可是，谁能相信本是虚无的呢？跟神话中到阿德墨托斯国王家向神明忏悔的阿波罗[1]一样，他这个跛脚神明来到鄙陋的世界。他以异乡人的身份住在这儿，想寻回前世的音乐，忆起遗忘的语言、逝去的面孔、石头、树叶、门扉。

噢，阿尔米多鲁斯[2]，再会吧。

---

1 阿波罗因杀死独眼巨人，被罚到阿德墨托斯国王家为奴赎罪。
2 活跃于公元 2 世纪的古希腊占卜家、释梦家。

九

在痛苦和黑暗交融的寂静中，有些鸟儿醒了。时当十月，将近凌晨四点钟。伊丽莎把本的四肢拉直，双手叠放在身上。她抚平床上皱巴巴的被单，拍拍枕头，弄出一个光滑的枕穴来安放他的头颅。他的金发短短地贴在美丽的头颅上，像小孩的头发般又脆又鬈，发出亮亮的光芒。她用一把剪刀在不太明显的地方剪下一小撮头发。

"格罗弗的头发黑得像乌鸦毛，没有一撮是鬈的，很难看出他们是双胞胎。"她说。

他们下楼到厨房去。

甘特说："噢，伊丽莎。"三十年来他第一次叫她的名字。"你一生命苦，如果我的表现不那么差，我们也许合得来。我们尽量把握剩下的时间吧，没有人怪你，总结一切，你算是不错的。"

伊丽莎凝重地说："有好多事情我真希望重做一遍。"她摇摇头。"我们总是不够明智。"

海伦说："我们以后再讨论吧，我猜大家都累坏了。我知道自己很累，我要去睡一下。爸爸，拜托，上床睡觉！现在你没有什么事可做。妈妈，我想你最好也去——"

伊丽莎摇摇头说："不，你们孩子们去睡吧。我反正睡不着，要做的事情太多了，现在我要打电话给约翰·海因斯。"

甘特说："叫他不必节省开支，账单我来付。"

海伦说："噢，不管花多少钱，我们来为本举行隆重的丧礼。这是我们能为他做的最后一件事，我希望这方面没有遗憾。"

伊丽莎慢慢点头说："是的，我要钞票能买到的最豪华的丧礼。我跟约翰·海因斯谈谈，做个安排，现在你们这些孩子先上床睡觉。"

海伦笑道:"可怜的尤金,他活像夏日最后的玫瑰,他累坏了。甜心,你去睡一下吧。"

他说:"不,我饿了。我打从学校出来到现在,还没吃过东西。"

卢克结结巴巴说:"噢,拜——拜——拜托,你为什么不说呢,白痴?我会买些东西给你吃,来吧。"他咧咧嘴说:"我自己也不反对吃一口,我们到上城区去吃。"

尤金说:"好,我想出去一下,暂时离开家庭的圈子。"

他们疯疯癫癫笑起来。他在炉边摸索了一会儿,看看烤箱里面。

伊丽莎多疑地说:"嗯?呃?你找什么,孩子?"

他疯疯癫癫向她抛个媚眼说:"伊丽莎小姐,有什么好吃的?"他看看水兵哥哥,两个人痴痴呆呆笑起来,猛戳彼此的肋骨。尤金捡起半壶冷冷稀稀的咖啡水,闻了一下。

他说:"苍天明鉴!这方面本已脱离苦海,他再也不用喝妈妈泡的咖啡了。"

"哈——哈——哈!"水兵说。

甘特咧着嘴笑,舐舐大拇指。

海伦粗声偷笑道:"你们真该惭愧。可怜的老本!"

伊丽莎恼火说:"咦,这咖啡有什么不好?是上好的咖啡。"

他们大叫。伊丽莎噘嘴噘了好一会儿。

她说:"孩子,我不喜欢你说这种话。"她的眼睛突然模糊了。尤金抓起她粗糙的手,吻了一下。

他说:"没什么,妈妈!没什么。我不是故意的!"他伸手环抱她。她突然失声痛哭。

"没有人了解他。他从来不跟我们谈他自己的事,他是文静的人。他们两个我都失去了。"她擦擦眼泪又说:

"你们兄弟得找点东西吃,走走路对你们有好处。"她加上一句:"对了,你们何不顺道去《公民报》事务所?应该告诉他们这件事,他们每天都打电话来问他的情形。"

甘特说："他们很看重那孩子。"

他们都很累，却大大舒了一口气。这一天多的时间，人人都知道本活不成了。他们见识了窒息前不断喘气的恐怖，如今得到安宁，痛苦已结束，他们都深深欢喜。

海伦慢慢说："噢，本走了。"她的眼睛润湿，静静饮泣，满怀轻柔的悲哀，满怀爱心。"我庆幸一切都过去了。可怜的老本！我直到最后几天才了解他，他是家里最好的一个。感谢上帝，他现在脱离苦海了。"

现在尤金想起死亡，满怀爱心，满怀欣喜。死亡像一个温柔可爱的女人，像本的朋友兼情人，特意来解救他，治疗他，带他脱离人生的磨难。

他们一起站在伊丽莎又脏又乱的厨房里，一句话也不说，热泪盈眶，因为他们想起迷人美妙的死神，也因为他们彼此相亲相爱。

尤金和卢克轻轻顺着门厅走，来到户外的夜色中。他们轻轻关上大前门，走下回廊的台阶。

寂静中，鸟儿醒了。现在是凌晨四点多，风儿推动着大树枝，天色还很暗，可是几天来笼罩着大地的乌云已经开了。尤金抬头看凹凸不平的天空，看见灿烂的星星一眨也不眨。枯叶摇来摇去。

公鸡喔喔叫，报道晨间的生活开始和苏醒了。午夜啼的公鸡叫声像幽灵，它的啼声中了睡神和死神的毒：像海底传来的幽远号角，向一切快死的人和必须回家的亡魂示警。

可是早晨啼的公鸡声音尖得像笛子，等于宣布：我们跟睡眠的关系终止了。我们跟死亡的关系终止了。噢，醒来吧，复活吧，它尖如笛子的声音如是说。在巨大的寂静中，鸟儿醒了。

他又听见公鸡嘹亮的啼声，以及河边暗处凸缘轮的声音和汽笛的长鸣。他还听见马蹄咔啦咔啦重重走上荒凉的街道。在那巨大的寂静中，生命苏醒了。

他心中涌出喜悦和自得。他们已逃出死亡的牢狱；他们又和光明的生命引擎接合了。有了方向盘，永不失败的人生正开始承载各种职责呢。

一位送报生精神勃勃走下街心，脚步一拐一拐的——尤金好熟悉哟。他把折成块状的报纸准确地扔上"不伦瑞克"的阳台。他来到"迪克西兰"对面，特意走到路栏边，小心地将报纸扔过来。他知道屋里有人生病。

枯叶瑟瑟发抖。

尤金由草坪跳到人行道，他拦住送报生。

"孩子，你叫什么名字？"他说。

小男孩说："泰森·斯马瑟斯。"那张充满生机和干劲的苏格兰–爱尔兰面孔转向尤金。

"我叫尤金·甘特。你有没有听过我的名字？"

泰森·斯马瑟斯说："有，我听过你的名字，你编号是七号。"

尤金咧嘴一笑，夸张地说："那是好久以前的事了，当年我还是小孩子。"

在那巨大的寂静中，鸟儿醒了。

他把手伸进口袋，掏出一张一美元的钞票。

他说："喏，我背过那个鬼东西。我是他们那儿最好的送报生，只输给我哥哥本。泰森，圣诞快乐。"

"圣诞还没到哩。"泰森·斯马瑟斯说。

尤金说:"你说得对,泰森,不过总会到的。"

泰森·斯马瑟斯收下钞票,雀斑脸露出困惑的笑容,然后他继续顺着大街扔报纸。

枫树瘦弱凋零,腐叶撒了一地,可是树木的叶子还没掉光。树叶摇摇摆摆。几只鸟儿开始在树上叽叽喳喳。风推动着大树枝,枯叶瑟瑟发抖。现在是十月。

卢克和尤金拐上进城的那条街,一个女人走出对面的大砖房,穿过院子向他们走来。她走近了,他们才看出是珀特太太。十月天,有些鸟儿醒了。

她醉醺醺说:"卢克?卢克?是不是老卢克?"

"是的。"卢克说。

"尤金?是不是老尤金?"她轻轻笑,拍拍他的手,以蒙眬的棕色眸子向他送个好玩的秋波,身子前后晃动,带着醉鬼特有的尊严。枯叶正在发抖,正在摇摆。十月天,树叶瑟瑟发抖。

她说："尤金，他们把老胖子赶走，他们不再让她踏进家门。他们赶她走，是因为她喜欢老本。本。老本。"她轻轻摇摆，含含糊糊地集中思绪。她劝诱道："老本。尤金，老本好吗？胖子想知道。"

"我真 —— 真 —— 真遗憾，珀 —— 珀 —— 珀特太太……"卢克说。

风推动大树枝，枯叶摇摇摆摆。

"本死了。"尤金说。

她瞪着他一段时间，身子摇摇晃晃。

过了一会儿，她轻声说："胖子喜欢本，胖子和老本是好朋友。"

她转身摇摇晃晃过街，一本正经伸出一只手，保持身体的平衡。

在那巨大的寂静中，鸟儿醒了。十月天，有些鸟儿醒了。

卢克和尤金迅速往城区走，由于听见活人和破晓的声音，心里很高兴。他们一面走，一面谈起本，笑哈哈怀念快活的往事，不把他当死人，倒当作远行多年正要回家的人。他们谈起他，满怀胜利和柔情，好像谈起一个击败痛苦、欣然逃脱的勇士。尤金的心灵胡乱摸索这件事，像小孩乱找小东西。

他们彼此充满宁静的亲情：说话毫不拘束，毫不作假，颇有信心和默契。

卢克说："你记不记得有一 —— 一 —— 一次他剪了佩特舅妈收养的孤儿 —— 马库斯 —— 的头发？"

尤金尖叫说："他 —— 用 —— 一个夜壶 —— 去刨边缘的部位。"说着大声笑，笑声响遍了街心。

他们欢天喜地向前走，以讽刺的口吻奉承几个早起的行人，兄弟同心嘲笑世界。接着他们走进本服务多年的办公室，向疲倦的人员报告这个消息。

那个办公室里，许多日子的记录已经化为乌有，却留下一股遗憾，一种惊喜感 —— 对奇特的往事有一种不死的回忆。

那些人说："该死！我真难过！他是了不起的青年！"

空空的街道灰蒙蒙出现曙光，第一辆汽车咔啦咔啦驶进城，他们走进本曾吸烟喝咖啡、度过许多黎明时光的小饭馆。

尤金往里瞧，看见他们聚在那儿，跟多年前没有两样，宛如一道预言在噩梦中实现了：有麦圭尔医生、科克尔医生、疲倦的服务员，下首坐的是报界人士哈利·塔格曼。

卢克和尤金走进去，坐在柜台边。

卢克声如洪钟说："诸位，诸位。"

麦圭尔医生吼道："嗨，卢克，你看你有没有脑筋？"又对尤金说："你好吗，孩子？学习如何？"他盯着他们看了一会儿，湿湿的香烟黏在丰满下垂的嘴唇上，显得滑稽，眼神醉醺醺却很和气。

水兵说："将军，你儿子还好吧？你这些日子在喝什么——松节油还是清漆？"还用力拧他那盖满肥油的肋骨。麦圭尔闷哼一声。

科克尔医生静静说："事情过去了，孩子？"

"是的。"尤金说。

科克尔取下嘴边的长雪茄,向小伙子露出疟疾病患式的笑容。

"现在心情好一点了吧,孩子?"

尤金说:"是的,好多了。"

水兵精神勃勃地说:"好啦,尤金,你吃什么?"

尤金瞪着油腻腻的菜单:"那人吃什么?你们还有没有嫩嫩的烤鲸鱼?"

服务员说:"没有。本来有一些,可是卖完了。"

卢克说:"炖牛肉呢?有没有?"

麦圭尔说:"孩子,你不用别人替你炖牛肉,你有的是。"

他们的笑声响彻小餐馆。

卢克皱着眉头,望着菜单结结巴巴地说话。

他咕哝道:"马里兰式炸——炸——炸鸡,马里兰式?"他好像有些不解,重复一遍,又故作讲究地看看四周说:"喏,这不是挺棒吗?"

尤金说:"给我来一份这星期的肉排,煮熟一点,再来一把劈肉斧和一台绞肉机。"

科克尔医生说："孩子，你要绞肉机干什么？"

尤金说："做碎肉饼啊。"

卢克说："来两份吧，再来两杯摩卡咖啡，跟我妈泡的一样。"

他疯疯癫癫回头看尤金，哈哈大笑，还用手去戳他的肋骨。

哈利·塔格曼正在喝一大杯咖啡，他抬眼说："卢克，他们现在派你屯驻在什么地方？"

卢克回答道："目——目——目前在诺福克的海军基地，替伪善者保——保——保卫世界的安全。"

科克尔说："孩子，你有没有出过海？"

卢克说："当然有！花五——五——五美分乘电车，我就到海滩了。"

麦圭尔说："这孩子打从尿床的时候就有当水兵的天赋，我早就预言过了。"

"马脸"海因斯精神勃勃走进来，看见两个小伙子，连忙止步。

水兵咧着嘴对尤金低声说："当心！你是下一

个！他那双金鱼眼一直盯着你不放。他已经在替你量尺寸，准备做一口（棺材）了。"

尤金气冲冲回头看"马脸"海因斯，嘴里嘀嘀咕咕的。水手咯咯狂笑。

"马脸"海因斯用洗练的悲腔说："早安，诸位。"又伤心地走到两人面前说："孩子们，我听见你们的烦恼，深感遗憾。就算那个小伙子是我弟弟，我也不可能更看重他。"

麦圭尔举起四只肥手指抗议说："'马脸'，别说啦，我们看得出你心都要碎了。你再说下去，说不定会伤心得激动过度，忍不住笑起来。我们受不了，'马脸'。我们是健壮的大男人，不过我们一生命苦。我求你饶了我们，'马脸'。"

"马脸"海因斯不理他。

他柔声说："我已经把他运到殡仪馆来了，等一下天亮我希望你们弟兄进来看看他。等我为他妆扮好，你们一定看不出是同一个人。"

科克尔说："上帝啊！改善自然。他母亲一定很感激。"

麦圭尔说："'马脸'，你开的是殡仪馆还是美容院？"

水兵不大诚恳地说："海因斯先生，我们知道你会尽——尽——尽力，所以家人才会找你。"

服务员问尤金："你不把剩下的牛排吃掉？"

尤金咕哝道："牛排！牛排！这不是牛排！我知道是什么。"他跨下凳子，走到科克尔身边，粗声呢喃道："你能不能救我？我会不会死？我是不是有病容，科克尔？"

科克尔说："没有，孩子，你没病——是发疯。"

"马脸"海因斯坐在柜台另一边的位子上。尤金跳上油腻腻的大理石柜台，开始唱道：

"嘿，嗬，吃腐尸的乌鸦来啰，

得利，得利，得利，得——噢！"

水兵哥哥咧着嘴，哑声耳语道："闭嘴，你这该死的傻瓜！"

　　　　"吃腐尸的乌鸦坐在石头上，

　　　得利，得利，得利，得——噢！"

　　外面曙光初现，万物纷纷醒来。一辆电车慢慢驶入大街，司机由窗口探头用一根长竿小心移动开关，把温暖的气息吹入凛冽的空气中。脸色发青、患了肝病的外勤警察莱斯利·罗伯茨挥着警棍懒洋洋走过去。伍德药店的黑人杂工快步走进邮局去拿早晨的邮件。铁路客运经理 J. T. 斯特恩斯先生在对面的路栏边等火车站的汽车。他脸色红润，正在看早报。

　　尤金突然叫道："他们走了！活像不知道这回事似的！"

　　哈利·塔格曼由报纸上抬起头来："卢克，听到本的事，我确实很难过。他是好青年。"说完又继续看报纸。

　　尤金说："苍天明鉴！这倒是新闻！"

　　他忍不住笑起来，笑得瞠目结舌，完全控制不住。"马脸"海因斯狡黠地看他一眼，然后又低头看报纸了。

　　两个年轻人离开餐厅，在爽快的晨光里走回家。尤金脑海中一直想些小事。街道上有冻结的噼啪声和人畜咔啦咔啦走动的声音，车轮嘎嘎响，遮帘吱吱嘎嘎，珠光色的天空有冷冷的玫瑰色调。广场上，电车司机站在车厢附近大声聊天，吐出阵阵白雾。"迪克西兰"有一种疲惫和神经衰竭的气氛。屋里的人睡了，只有伊丽莎醒着，她在炉格里升起噼噼啪啪的炉火，一心只想着正事。

　　"现在你们这些孩子去睡觉，白天我们都有事要做哩。"

　　尤金和卢克走进伊丽莎用大餐厅改成的卧房。

　　水兵气冲冲说："我肯睡楼上才怪！以后绝不干！"

　　伊丽莎说："啐！那全是迷信，我可不会受影响。"

　　两兄弟熟睡到下午才醒来，接着他们又出去

见"马脸"海因斯。他们发现他两腿舒舒服服架在小办公室的写字台上，屋里有羊齿、熏香和衰败的康乃馨的气味。

他们进去，他连忙站起来，浆过的衬衫啪啪响，黑外套也发出庄重的窸窣声。他压低了嗓子跟他们说话，身体微微向前倾。

这个人真像死神（尤金暗想道），他想起可怕的葬礼——黑暗的食尸鬼仪式、淫猥的生死灵交都带点黑暗恐怖的巫术意味。他们丢尸块的垃圾桶在哪里？这附近有一家餐厅。此时他握住对方伸出的冰凉手掌，那只手病态十足，反面有雀斑，他总觉得好像碰到已涂香油的尸体似的。殡仪馆老板的态度和早上不同，变得很正式，很有专业色彩。他是机灵的丧事总司令，能干的司仪。他叫人觉得死亡有一种秩序和礼法，有一套居丧的仪节要遵守。他们深受感动。

卢克紧张兮兮耳语道："海因斯先生，我们觉得我们要先——先——先来见——见——见你，谈谈棺——棺——棺材的事。我们也请你提供意见，我们要你帮我们找口合适的。"

"马脸"海因斯郑重点头赞许。他轻轻带他们往后走，进入一个暗暗的大房间，屋里的地板上了蜡，亮晶晶的。拖轮支架上放着几口华丽的棺材，显得神气又阴森，有很浓的木头和天鹅绒的气味。

"马脸"海因斯静静地说："我知道这个家族不要便宜货。"

水兵肯定地说："是的，先生！我们要你这儿最——最——最好的货色。"

"马脸"海因斯带点温和的情绪说："我个人对这次的丧礼很感兴趣。我认识甘特家族和彭特兰家族三十几年了，我跟令尊做了将近二十年的生意。"

水兵非常恳切地说："海因斯先生，我要——要——要你知道，我们家——家——家人感激你对这件事的关心。"

尤金暗想道：他喜欢这种事。世俗的亲情，他非拥有不可。

"马脸"海因斯继续说:"令尊是社会上最德高望重的生意人之一。彭特兰家族则是最富有最显赫的。"

尤金一时有点得意。

"马脸"海因斯说:"你们不要劣等货,我知道。你们应该用格调高、有尊严的货色。我说得对不对?"

卢克断然点点头。

"海因斯先生,我们的心情就是如此,我们要你这儿最好的。本的丧事我们不吝惜小——小——小钱。"他自豪地说。

"马脸"海因斯说:"好,那我给你一个诚实的意见。"他把手放在一副棺材上说:"我可以把这件便宜货卖给你,不过我想你们要的不是这个。当然以价格而论算是好货了,物美价廉。别担心,我会替你们服务。一定值回价码——"

尤金暗想,他有主意了。

"卢克,这些都是好货。我店里没有一件劣质的东西。不过——"

卢克恳切地说:"我们要更 —— 更 —— 更好的。"他转向尤金说:"尤金,你说是不是?"

"是的。"尤金说。

"马脸"海因斯说:"好,我可以卖你这一副。"他指指屋里最豪华的一副棺材。"卢克,没有比这更好的了,这是顶尖货,我要的价码绝对实在。"

卢克说:"好吧,你内行。如果这是你这 —— 这 —— 这儿最好的,我们就买这一副。"

尤金暗想道:不,不!你千万别打岔,让他说下去。

"马脸"海因斯毫不留情地说:"不过,你们没有必要买这一副。卢克,你们追求的是庄重和朴素,对不对?"

水兵乖乖说:"是的,海因斯先生,我想你说得对。"

尤金暗想:现在我们都会赞成的,这个人从他的工作中得到不少乐趣哩。

"马脸"海因斯断然说:"好,那我向你们兄弟推荐这一副。"他把手放在身边一架漂亮的棺木上，充满爱怜。

"这一副既不太平凡，又不太花哨，简单高尚。银把手，你看——这儿还有银镶板可以刻名字。你们买这一副不会错，划得来，你们花下的每一分钱都值得。"

他们绕着棺木走，细细端详。

过了一会儿，卢克紧张兮兮说：

"这一副多少——什么——什么价钱？"

"马脸"海因斯说："这一副卖四百五十美元。"他沉吟一会儿又说："不过我跟你们说我要怎么做。令尊和我是老朋友，为了对这个家族表示敬意，我照成本卖给你们——三百七十五美元。"

水兵问道："尤金，你看怎么样？你觉得还好吧？"

提早买圣诞物品吧。

尤金说："好，就买下吧。我希望有别的颜色，我不喜欢黑色，你们有没有别的颜色？"

"马脸"海因斯瞪着他看了一会儿。

他说："黑色是经典颜色。"

沉默一段时间后，他继续说：

"你们兄弟想不想去看遗体？"

"好。"他们说。

他带他们蹑手蹑脚走过棺木房的甬道，打开一扇门，踏进后面的房间。里面黑漆漆的，他们走进去屏息站好。"马脸"海因斯扭开电灯，关上门。

本穿着他最好的一套灰黑色衣裳，僵卧在一张台子上。他的手又冷又白，交叉放在肚子上，指甲整洁干燥，像放久的苹果萎缩了一点。他的脸被人仔细刮过，仪容整修得无懈可击。僵硬的脑袋往上翘，脸上含着怪异的假笑，鼻孔里有一小团蜡，冷冷硬硬的唇间也塞着蜡块。嘴巴绷得很紧，有点突出，比本生前显得饱满多了。

屋里有一丝香醇的气味。

水兵有点迷信，紧张兮兮皱着额头看一眼。他悄悄对尤金说：

"我猜——猜——猜是本没错。"

尤金暗想道：这才不是本，只因我们迷失了

才这样认为。他望着冷亮的腐尸——拙劣的外观甚至不如一尊好蜡像传神。本的遗韵不可能埋在这儿。这具头发理得怪怪的、纽扣整整齐齐的填蜡假人没有一丝原主的遗韵。眼前呈现的只是"马脸"海因斯的手艺——他正站在旁边看，等着他们赞美呢。

不，这不是本（尤金暗想道）。这具尸骸里找不到他的任何遗迹，一点儿也不像他。他到哪里去了？这是不是他的肉体，因他独特的姿态和灵魂而有生命的肉体呢？不，他已脱离这具肉体了。这玩意儿跟一切腐尸是一样的，以后会再跟泥土混合。本？到什么地方去了？噢，失落啊！

水兵看了看说："这小——小——小伙子的确吃了不少苦头。"他突然转过脸去，用手遮着面孔啜泣起来。他那慌慌乱乱、结结巴巴的生命不再挣扎翻滚，一时落入极大的悲哀。

尤金哭了，不是因为他看见本的遗体在这儿，而是因为本走了，因为他想起一切扰攘和痛苦。

"马脸"海因斯说："现在都过去了，他安息了。"

水兵用夹克擦眼睛，恳切地说："苍天明鉴，海因斯先生，他是了——了——了不起的青年。"

"马脸"海因斯热心地盯着那张冰冷的怪脸。

他用金鱼眼专注地盯着他的杰作咕哝道："好青年，我尽量表现他的优点。"

他们默默看了一会儿。

水兵说："你的成——成——成绩不错。我得交给你办。尤金，你看如何？"

尤金小声哽咽道："好，好。"

水兵结结巴巴说："他脸色有——有——有点苍——苍——苍白，你不觉得吗？"其实他也不懂自己在说些什么。

"马脸"海因斯连忙举起一根指头说："等一下！"他由口袋里拿出一支口红，上前一步，迅速在死者惨白的面颊上抹了一道桃红，画出生命和健康的色彩。

他心满意足说："喏！"然后手持口红，头部微斜，像画家面对画布，向后退一步，再回到他们恐怖的牢笼。

"孩子们，每一行都有艺术家。"过了一会儿，"马脸"海因斯又得意扬扬说："卢克，虽然是我自己吹嘘，我倒真以这方面的成果为荣哩。"他突然面带红晕，精神勃勃惊叹道："看看他！你们可曾看过更自然的杰作？"

尤金用狰狞和血腥的目光瞪着对方热诚自负的马脸，眼神带点儿怜悯，带点儿温柔，活像被人勒住喉咙猛拉的笑面犬。

"马脸"海因斯又慢慢惊叹道："看！我不可能做得比这更好了！就算我活一百万岁都不可能！这是艺术，孩子们！"

尤金扭歪的嘴唇不自觉地发出一阵透不过气来的咯咯声。水兵连忙看他一眼，见他嘴边泛出一抹隐忍的狂笑。

他警告道："怎么回事？别这样，傻瓜！"

但尤金还是忍不住咧开嘴笑。他踉踉跄跄走到房间另一头，倒在一张椅子上哈哈大笑，长长的手臂忍不住在体侧乱拍乱打。

他张口喘气说："抱歉！不是故意的——艺——艺——术！是的！是的！对了！"他尖声大笑，指节疯狂敲打亮晶晶的地板。他轻轻滑出椅子，慢慢解开马甲的纽扣，手软绵绵松开领带。一股微弱的呻吟声由疲惫的喉咙里吐出来，脑袋在地板上软软转动，两行眼泪顺着肿胀的面孔往下流。

水兵咧着嘴说："你怎么回事？你疯啦？"

"马脸"海因斯同情地弯下身子，扶起尤金。

他自作聪明对水兵说："是过劳，可怜的家伙激动过度了。"

十

就这样，大家为已故的本付出了远比本生前更多的关心，更多的时间，更多的钞票。他的葬礼是反讽和徒劳的最后表征：大家想将他生前未付给他的酬劳——爱与慈悲——补给死者的遗骸。他的丧礼十分盛大，彭特兰家族都送来花圈，各率亲属来追悼，他们匆匆装成的守丧礼仪带点最新的商业气息。威尔·彭特兰跟男士们谈论政治、战争、贸易环境，若有所思地修指甲，噘着嘴点头，偶尔像小鸟般眨眨眼，说几句俏皮话。他自得的笑声和亨利的咯咯声融合在一起。佩特比尤金前几次看见她的时候老一点，慈祥一点，温和一点；

她穿着灰绸衣裳走来走去，衣服沙沙响，刻薄劲儿已减缓几分。吉姆来了，他太太也在——尤金忘了她的名字——还有他的四个聪明健壮的女儿，尤金搞不清她们的芳名，不过她们都上过大学，相当成功；他儿子读过长老会学院，担任校刊编辑的时候鼓吹自由恋爱和社会主义，被逐出校门，今天他也来了。现在他弹弹小提琴，喜欢音乐，平时协助父亲做生意：他是优柔寡断、装腔作势的青年，但仍属于同一品种。还有威尔的会计撒迪厄斯·彭特兰，他是三兄弟中年纪最轻也最穷的。他今年五十多岁，面孔红润怡人，胡须呈棕色，仪表温和平静。他爱说双关语，为人和气，只有引述卡尔·马克思和尤金·德布斯[1]的名言时例外。他是社会主义者，竞选议员曾得到八票。他带着啰唆的太太（海伦叫她"踌躇客"）和两个女儿来，女儿一个二十岁，一个二十四岁，都是没精打采的金发美人儿。

1　尤金·德布斯（Eugene Debs），美国社会主义者、工会领袖，是世界产业工人联盟的创建者之一。

他们来了，体体面面来了——这个奇怪的富有家族兼有成功和不切实际的特色、强硬的金钱观、幻想家的执迷。他们来了，各方面矛盾得惊人：企业家不讲究经营方法，却赚了百万美元；狂热反对金钱的人一辈子献身于他贬斥的东西；不成器的儿子具有运动家的蛮力，笑得开心、野得迷人——如此而已；爱音乐的儿子是学院的叛徒，精明热心，具有数字头脑；他们对自己吝啬得反常，却肯为子女大肆挥霍。

他们来了，各带着熟悉的家族特征——宽鼻梁、厚嘴唇、深深扁扁的脸颊、噘起的嘴巴、慢腔慢调又平板的声音、自得的笑，等等。他们来了，带来他们充沛的活力、感染病毒的血液、健康敦实的身躯、正常与不正常的性格、幽默感、迷信、小气又慷慨的作风、狂热的理想主义，不屈的物质主义。他们来了，带着世俗和高超的气味——这个怪家族只在婚礼或丧礼上聚首，却永远忠于家族，分开而不瓦解，带点忧郁，带点疯狂，带点愉快；比生命更持久，比死亡更怪异。

尤金看着他们，再度察觉命运的恐怖：他是他们之中的一分子——躲也躲不掉。他们的渴望、他们的弱点、他们的色欲、他们的执迷、他们的毅力、他们的病毒都根植在他的骨髓之中。

可是面孔消瘦灰白的本却不是他们之中的一分子，他身上找不到他们的特征。

衰老多病的甘特拄着拐杖在他们之间走动，像外国人，也像异乡人。他悲哀失措，偶尔发挥旧日的口才，大谈他的悲哀和丧子之痛。

女人在屋里哀叹不绝，伊丽莎几乎一直在哭，海伦忍不住断断续续哭。其他的女人都哭得津津有味，不时安慰伊丽莎母女几句，彼此相拥痛哭。男人穿着华服，凄然站在四周，心想这一套什么时候才结束。本躺在客厅的昂贵棺材里，屋里弥漫着丧礼花的熏香。

不久，苏格兰牧师来了：他那端庄的灵魂像一匹干净的硬羊毛布，罩在种种悲调上空。他以冷淡的鼻音为死者举行丧礼，显得遥远、单调、冷静又热心。

接着，几位跟死者最熟的报界人员和本镇青年担任抬棺人，以烟碱熏黄的指头抓着棺材把手，由"马脸"海因斯领导着慢慢走出来。丧家坐在含有臭气和旧皮革味儿的密闭马车里，依次跟上去，排得好长好长。

尤金心头又浮起死尸和冷猪肉的旧幻想，想起死人和汉堡肉排的气味——基督教葬礼的腐化、猥亵的排场、加了香料的腐尸等。他有点恶心，跟伊丽莎坐在马车上，尽量去想想晚餐的事。

队伍跟着天鹅绒马背的步履前进。吊丧的女人由密闭的马车内偷看窗外的街景。她们躲在厚面纱里哭，特别看看镇上的人有没有注意她们。在世俗的悲哀面罩里，丧家的眼睛射出一种可怕又下流的饥渴，一种无可名状的热望。

阴冷的十月天——灰蒙蒙、湿漉漉的。仪式很短，免得有人染上到处流行的毛病。送葬的队伍走进墓地，那个地方在山上，相当怡人，可以看见小镇的风光。灵车驶过来的时候，两个掘墓人走开了。女人看见敞开的墓穴，号啕大哭。

棺材慢慢放下去，架在坟墓里交叉的箍条上。

尤金又听见长老会牧师的鼻音。他心里一直想些微小之事。"马脸"海因斯依礼弯腰，抓一把土进坟墓，浆过的衬衫哗哗响。"尘归尘——"他头晕目眩，若非吉尔伯特·甘特扶着他，他会倒下去。他喝过酒。"我是复活和生命——"海伦一直嘶声痛哭。"凡信我的——"棺材跟着箍条滑入土里，女人的啜泣化为尖叫。

后来吊丧的人回到马车上，坐车走了。他们走得匆匆忙忙，十分不体面。葬礼的酷刑结束了。他们走的时候，尤金隔着马车的小玻璃窗看后面，两个掘墓人已经回去工作。他凝神望着第一铲土倒进坟墓。他看见几座粗糙的新坟和凋零的长草，发现吊丧的花圈谢得好快哟。接着他看湿淋淋的灰色天空。他希望那天晚上别下雨。

丧事结束了，马车一一离开队伍。男人在镇上的报馆、药店、香烟店门口下车，女人回家。罢了，罢了。

夜晚来了，街道光秃秃，风势狰狞。海伦躺

在休·巴顿家的壁炉前，手上拿着一瓶麻醉涂敷药。她对着炉火沉思，重温丧事一百回，痛哭一会儿又平静下来。

"我想一想真恨她，我永远忘不了。你听见她的话没有？你听见没有？她已经开始装出本很爱她的样子。你休想骗我！我知道！他不要她在旁边。你看见了吧？他一直叫我。他只让我一个人靠近他。你知道的，对不对？"

休·巴顿板着脸说道："总是你来当羔羊，我烦透了。你就是这样累垮的。他们若不让你清静清静，我要带你离开这儿。"

说完，他又继续看图表和小册子，对着雪茄皱眉，手指捏着一根短铅笔在旧信封上草草写些数目。

尤金暗想道：她把他也教乖了。

她听见呜呜的风声，又哭起来。

她说："可怜的老本，我想起他今夜孤零零在那儿，真受不了。"

她盯着火光沉默片刻。

她说："以后我撒手不管了，他们可以自己过下去，休和我有权过自己的生活。你不觉得吗？"

尤金说："是的。"他暗想，我只是和声罢了。

她继续说："爸爸不会死的。我做牛做马看护他六年，等我死了，他说不定还好端端在这儿呢。人人都以为爸爸会死，结果走的却是本，天下事很难说，以后我撒手不管了。"

她的声音含有激愤的调调。他们都觉得死神真阴险，他们在窗口等着，他却由地洞进来了。

她愤愤不平说："爸爸没有权利指望我这么做！他享受过自己的生活，他是老头子。我们也有权利过自己的生活。老天！他们难道不明白，我已嫁给休·巴顿！我是他的妻子。"

尤金暗想道："你是吗？你是吗？"

伊丽莎双手交叠，坐在"迪克西兰"的炉火前，重温一段从未存在的温柔和爱的往事。风呼呼地扫过凛冽的街道，伊丽莎编织一千个属于幽灵的寓言，小伙子光辉的灵魂却恐惧得扭来扭去，想逃出死亡屋。罢了！罢了！（它说。）现在你孤单单的。你迷路了。迷失的青年，到山的另一边去找你自己吧。

光辉的魂灵在尤金心头立起，对着他的嘴巴说话。

尤金对它说：噢，可是我现在不能走哇。（它耳语道：为什么不行？）因为她的脸好白，她的额头又宽又高，黑发向后拢，她坐在床边，真像小孩子。现在我不能走，撇下她一个人。（它说：她孤单单的，你也是。）当她噘起嘴巴瞪着眼，一本正经，若有所思时，她真像孩子。（它说：现在你孤单单的。你必须逃走，否则你会死掉。）一切真像死亡：她喂我吃奶，我跟她同睡一张床，她出门都带我去。现在这些都过去了，每次都跟死亡差不多。（它对他说：也跟人生差不多啊。每次的死亡，又会再生。你死一百次才变成大男人。）我不能走！我不能走！现在不行——以后吧，慢一点。（它说：不，现在就走。）我害怕，我没有地方去。（它说：你非找到那个地方不可。）我迷路了。（它说：你必须自己找。）我孤单单的，你在那里？（它说：你必须来找我。）

光辉的魂灵在他体内扭来扭去，尤金听见寒风在屋子四周呼号，叫他一定要离开，也听见伊丽莎喃喃回忆从未发生的美丽往事。

"——我就说：'咦，孩子，你千万得暖一暖脖子，否则你会感冒送命。'"

尤金抓抓喉咙，冲向门口。

伊丽莎连忙抬眼看他说："喏，孩子！你要去哪里？"

他以哽咽的声音说："我必须走，我必须离开这儿。"

此时他看见她眼中的惧色，像小孩遇到烦恼时的目光。他冲到她坐的地方，抓住她的手。她紧紧抱住他，把脸贴在他的手臂上。

她说："先不要走，你来日方长，陪我一两天吧。"

他跪倒在地上说："好的，妈妈。好的，妈妈。"他热烈拥抱她。"好的，妈妈。上帝保佑你，妈妈。没事，妈妈，没事。"

伊丽莎哭得好厉害。

她说:"我是老太婆,我一个一个失去了你们。现在他死了,我始终不了解他。噢,儿子,还不要离开我。你是仅存的一个:你是我的宝宝。别走!别走。"她把惨白的面孔贴在他的袖子上。

要走并不难(他暗想道),可是我们什么时候才忘得了呢?

现在是十月,树叶瑟瑟发抖,暮色开始降临。太阳下山了,西边的山脉逐渐消失在冷冷的紫雾中,可是西边的天空仍环着凹凸不平的橘红色光条。现在是十月。

尤金顺着弯弯的拉特利奇大道疾走。空气中有夜雾和晚餐的气息,住家的窗户蒙着暖暖湿湿的斑痕,并传出烹调的咝咝声。附近有幽远的人声、烧树叶的气味,以及暖暖黄黄的光斑。

他拐进山林大疗养院旁边的小泥路,他听见黑人在厨房朗声谈笑,猪油咝咝响,肺病患者在回廊上干咳。

他快步走上乱糟糟堆了些干叶的黑泥路。空气呈冷冽阴暗的珍珠色；头上有几颗白惨惨的星星出来了。小镇和房屋都在他后头。大山松飒飒吟咏。

两个女人走下山路，经过他身边。他看出她们是乡下妇女，她们穿着黑衣服，其中一位正在哭。他想起那天入土的死者，以及哭着送葬的妇女。她们会再来吗？他不晓得。

他走到公墓大门外，发现门开着。他连忙走进去，顺着环山的弯路疾走。草枯枯干干的，有一座坟上放着一个凋谢的花圈。他走近家庭墓地，脉搏加快了一点。有人在墓碑间从容不迫慢慢移动，他走过去，发现是珀特太太。

尤金说："晚安，珀特太太。"

她含含糊糊看一眼，问道："是谁？"她踏着端庄却不稳定的步伐走到他面前。

他说："是尤金。"

她说："噢，是老金？尤金，你好吗？"

他说："很好。"他笨手笨脚站着，全身发冷，不知道该怎么说下去。天色渐渐黑了，松林奏出寂寞的冬日序曲，高高的草地里风声飒飒。他们脚下的山谷中，黑夜降临了。那边有个黑人社区——名叫树桩镇。清脆的非洲嗓子唱着森林挽歌，传进他们的耳膜。

他们看见小镇在远方的另外几座山丘上，有的地方与他们等高，有的地方比他们高一点。镇上的灯光慢慢亮起来，在许多窝巢里闪烁，他们听见幽远的人声、音乐声和一个少女的笑声。

尤金说："这个地方不错。从这边看过去，小镇的风景很美。"

珀特太太说："是的，老本得到了最好的安息地，这边的风景比任何地方都要好。以前我白天来过。"过了一会儿她又说："老本会变成可爱的花。我想是玫瑰。"

尤金说："不，蒲公英——以及上面有很多刺的大花儿。"

她醉醺醺四处张望，嘴边含着暧昧的笑容。

尤金犹豫不决说："珀特太太，天色渐渐黑

了。你一个人来的？"

她说："一个人？我有老金和老本做伴，不是吗？"

他说："珀特太太，我看我们还是回去吧？今天晚上天气会转冷，我陪你走。"

她威风凛凛说："胖子可以自己走。尤金，别担心，我不打扰你。"

尤金有点狼狈说："没关系，我们是为同一个目标来的，我想。"

珀特太太说："是的，不知道明年此时谁会来这儿？到时候老金会回来吗？"

尤金说："不，不，珀特太太，我永远不再来了。"

她说："尤金，我也不来了。你什么时候回学校？"

"明天。"他说。

她谴责道："那胖子得说再见啰。我也要走。"

他讶然问道："你要去哪里？"

"我要到田纳西州我女儿家去住。"她失神地笑着说："你不知道胖子当外祖母了吧？我有个两岁大的小外孙。"

"你走了我真遗憾。"尤金说。

珀特太太沉默了一会儿，站着晃来晃去。

她问道："他们说本是什么毛病？"

"他得了肺炎，珀特太太。"尤金说。

"噢，肺炎！这就对了！"她故作精明地点点头，似乎得到了答案。"你知道，我丈夫是药品推销员，不过我老是记不住人家得的各种病。肺炎。"

她又闷声不响沉思片刻。

"他们把人放在一个箱子里，埋进地底，就像他们对待本一样，那叫什么？"她含着好奇的微笑问道。

他没笑出来。

"珀特太太，那就叫死亡。"

珀特太太点头同意说："死亡！是的，这就对了！尤金！那是一种死。还有其他种类的死亡，你知道吗？"她向他笑一笑。

尤金说："是的，我知道，珀特太太。"

她突然向他伸出双手，握住他冰冷的指头。她不再笑眯眯的。

她说："再见，孩子。我们都了解本，对不对？上帝保佑你。"

于是她转身顺着路面走开，步态堂皇却摇摇晃晃，最后终于消失在渐浓的夜色中。

大星星得意扬扬升上天际。就在他头顶上，也在小镇上空，有一颗星显得好亮好低，似乎伸手可及。本的坟墓那天才新铺上草皮，有一股冰凉的泥土味。尤金想起春天，也想起到时候新长的蒲公英那股辛辣难言的滋味。霜蒙蒙的暗夜中，有渐行渐远的汽笛声幽幽传来。

他望着镇上的灯光一眨一眨，突然间，灯光所表现的人类蜂窝生活勾起了他对一切言语和面孔的渴望。他听见遥远的人声和笑声。远远的路上，一辆大汽车绕过弯道，把车灯和生命的光芒投在他身上，也投在死寂的山冈上，历时一秒钟。他的脑子已经麻痹了，这几天一直探索小

事情 —— 只探索小事，像小孩摸索积木或小东西 —— 如今突然燃起一线光明。

他的心灵由微小事物的残骸中振作起来：世界的种种现象和道理中，他现在只记得小镇上空的大星星、山头的光线、本坟上的新草、风、遥远的声音和音乐，以及珀特太太。

风儿推动着树枝，枯叶瑟瑟发抖。现在是十月，可是树叶瑟瑟发抖。有一颗星晃动着。一盏灯亮了。风正在发抖。星星远在天边。夜啊，灯啊，灯很亮。一声吟咏，一首歌，他脑中的小事慢慢浮动。星星覆盖着小镇，灯光覆盖着山头，草皮覆盖着本，黑夜覆盖着一切。他的脑子一直思索小事。我们大家头顶都有一样东西，星子、夜、大地、灯光……灯光……噢，迷路了！……一块石头……一片叶子……一扇门……噢，幽灵！……一盏灯……一首歌……一盏灯……一盏灯浮现在山头……覆盖着我们大家……一颗星星在小镇上空发亮……覆盖着我们大家……一盏灯。

我们不会再来了，我们永远不会再来了。但

是我们大家头顶，我们大家头顶，我们大家头顶
——有一样东西。

风儿推动着树枝，枯叶瑟瑟发抖。现在是十
月，可是树叶瑟瑟发抖。

一道光线在山头摆动。（我们不会再来了。）
小镇上空有一颗星。（在我们头顶，在一去不复返
的我们头顶。）黑暗覆盖着白天，可是什么东西
覆盖着黑暗呢？

我们不会再来了，我们永远不会再来了。

黎明上空有云雀。（它不会再来了。）还有风
和遥远的音乐。噢，失落啊！（永远不再来了。）
泥土覆盖着你的嘴巴。噢，幽灵！可是什么东西
覆盖着黑暗呢？

风儿推动着树枝，枯叶瑟瑟发抖。

我们不会再来了，我们永远不会再来了。现
在是十月，可是我们永远不会再来了。

他们什么时候会再来？他们什么时候会再来？

月桂树、蜥蜴和石头不会再来了。在墓门边
落泪的女人走了，不会再来了。痛苦、自尊和死

亡会消逝，一去不复返。光明和黎明会消逝，星星和云雀的啼声会消逝，一去不复返。我们会消逝，一去不复返。

什么东西会再来？噢，春天——最残酷最优美的季节会再来。入土的异乡人会再来，入土的异乡人会化为花和叶子再来，死亡和尘土是不会再来的，因为死亡和尘土都会死啊。本会再来的，他不会再死一遍，他会化成花和叶，化为轻风和音乐回来。

噢，失落的、见风愁的幽灵，再度归来吧！

天已全黑了，霜蒙蒙的夜被灿烂的大星星照得好亮，小镇的灯亮晶晶的。尤金躺在冰凉的地面上好一段时间，才起身向镇上走。

风儿推动着树枝，枯叶瑟瑟发抖。

十一

尤金回到大学三周后，战争结束了。学生们一面诅咒，一面脱下军服。可是他们敲响大铜钟，在校园生了一团火，像伊斯兰教托钵僧围着火堆跳跃。

生活又回到平民模式，灰蒙蒙的冬天有了裂口，春天乘虚而入。

尤金在这所小型大学的校园里成了大人物。他兴高采烈投入该地的活动。他喉头吐出阵阵欢呼：全国各地，生机正逐渐复返、苏醒、复兴。年轻人回到校园，树木发出柔绿色的嫩芽，羽茎的黄水仙从肥沃的黑土里冒出来，桃花落在嫩草地上。生机正到处复返、苏醒、复兴。尤金想起本坟上的花朵，满怀胜利的喜悦。

他高兴得发狂，是因为春天击败了死亡。本的悲哀已沉入他内心深处，他浑身充满生机和活力。他不肯慢慢走，他一路蹦蹦跳跳。他参与一切从前没参加过的活动。他在小教堂、在吸烟室、在各种聚会上发表滑稽的演说。他主编报纸，他写诗和短篇小说 —— 他不停顿或考虑，猛向外发展。

有时候，他半夜乘醉客开的汽车冲过乡野，到埃克塞特和悉尼镇去，寻找格子门内的女人，在春天凌晨的幽光里向她们发出山羊般的欲望和饥渴的号叫。

莉莉！路易丝！露丝！埃伦！噢，爱情之母，生之摇篮，无论你们的几亿个名字叫什么，我来了，来当你们的儿子，你们的情人。蛰居在黑人区密网中的玛娅，请站在你敞开的房门口吧。

有时候他轻轻走过，听见别的年轻人在房间里提到尤金·甘特的名字。甘特疯疯癫癫，尤金·甘特疯了。噢，（他暗想道）我就是尤金·甘特。

这时候有一个声音说："他六个礼拜不换内衣。他的一位兄弟会弟兄跟我说的。"还有一个声音说："无论需不需要，他一个月才洗一次澡。"他们笑了。有人说他"才情洋溢"，他们都有同感。

他伸手扼住瘦瘦的喉咙。他们正在谈论我，谈论我！我是尤金·甘特——各国的征服者，大地的主人，一千具美丽形体的"破坏之神"。

他在街上闲逛，心灵赤裸又孤寂。没有人说：我了解你。没有人说：有我在这儿。以他为中心的生命巨轮转动着。

尤金暗想：我们大抵认为自己是危险人物。我就如此，我认为自己是危险人物。后来他在暗暗的校园小径听见同学们在房间里谈话，他真恨自己，伸手把脸抓得血淋淋。

我认为自己是个危险人物，而他们说我没洗澡，身体发臭。其实我就算永远不洗澡，也不可能发臭。别人才臭呢，我脏兮兮还比他们干干净净强。我的皮肉组织比较细，我的血液是微妙的精髓，我的头发、我的骨髓、我的关节和一切汁液、脂肪、肉、油、肌腱、我的唾液、我的汗水都跟珍稀元素混合，比他们那种乡巴佬的粗糙血肉精细多了，优美多了。

那年他颈后出现一个痒痒的小皮疹，显示他跟彭特兰家有血缘关系——显示他跟人生的大病毒有血缘关系。他拼命用指甲去抓那个地方，他用苯酚烫脖子，烫得脱皮起泡——可是那个斑点似乎有他血液中的麻风菌当后盾，始终留在那儿。有时候天气冷，斑点几乎消失了；天气暖和的时候又恶狠狠出现，他痒得要命，把脖子抓得赤红赤红。

他怕人家走在他后面。他尽可能背对着墙壁坐；走下拥挤的楼梯时，特意耸起肩膀，让外套的领子盖住可怕的斑痕，心里真是苦恼极了。他任由头发长得又密又乱，一方面是羞于让理发师看到他的弱点，一方面也希望头发盖住那个地方。

有时候他非常注意没有瑕疵的青年男女：面

对花哨的美国式健康，他吓慌了——那其实是一种病态，因为没有人会承认自己的憾事的。他忆起往日的英雄梦，感到畏缩：他想起布鲁斯 – 尤金，想起一千个浪漫的化名，实在受不了自己身上有个痒斑。他对自己一切真实和幻想的瑕疵十分在意：有时候一连几天只看人家的牙齿——跟人讲话，老盯着对方的嘴巴，注意补牙的地方。拔掉的缺口、假牙床和牙桥等。他一天要凝视年轻人健康洁白的白齿一百回，心里又羡慕又害怕，并露出他那口虽然整齐却因抽烟而发黄的牙齿。他用一根硬牙刷拼命刷牙，刷得牙龈都出血了；若有烂牙必须拔掉，他会沉吟数小时，绝望得要命，还用纸计算他几岁会连一颗牙都没有。

他暗想道：不过我二十岁以后如果每两年才掉一颗牙，到了五十岁还剩十五颗以上，因为连智齿算在内，我们有三十二颗牙齿。只要我保得住前面几颗，就不会太难看的。他对未来满怀希望，又想道：到那时候说不定牙医可以给我镶真牙。他阅读好几本牙医杂志，看看有没有希望装上好牙齿，换掉旧牙。后来他研究自己下唇突出的扇形嘴，发现他连微笑都很少露出牙齿，觉得很满意。

他问医学院的学生很多问题，请教遗传的血液病、性病、肠癌和腹股沟癌怎么治法，动物的腺体又如何移植到人类身上。他看电影，纯粹是去检查男主角的牙齿和肌肉；他细看杂志上的牙膏和衣领广告；他走到体育馆的淋浴室，盯着年轻人笔直的脚趾，想到自己的弯趾头，痛心极了。他赤裸裸站在镜子前面，望着自己瘦长的身躯，除了脚趾弯曲，脖子上有怪斑之外，全身倒是又白又光滑的——瘦一点，却匀称有力。

慢慢地，他开始喜欢自己的瑕疵。他认定脖子上挖不掉也烧不去的斑痕是血统作祟，而他有时候忧郁，有时候疯狂，也是血统造成的。不过他觉得自己基本上很健康，陷入寂寞，仍可好好复原。他看小说，看电影，看衣领广告，做过一千个布鲁斯-尤金的幻梦，从来没见过弯趾、烂牙、脖子有斑的男主角。而女主角无论是钱伯斯和菲利普斯笔下的社交名媛，还是梅瑞狄斯和维达笔下的美人，都没有人带着此种瑕疵。不过现在他幻想中喜爱的都是红发、紫眼睛、眼角有白膜的女人。她的牙齿又小又白，不太整齐，有一颗凹齿镶了金边，笑起来看得见。她很难捉摸，有点倦态，像孩子也像母亲，古老深邃如亚洲，却又嫩得像四月天，永远以少女、情妇、母亲、护士的身份重新露面。

就这样，借着哥哥的死和他自己天生的毛病，尤金获得了比以往更深更幽秘的智慧。他开始看出，人生一切微妙和美丽的东西都带有神圣的小瑕疵。健康要在猫狗的眼神或农夫的牙床中去寻找。他看看世间大人物的面孔——发现他们都染上美丽的思想和激情的疾病，变得好憔悴。他在一千本书上看见他们的肖像：二十五岁的柯尔律治有张松垂肉感的嘴巴，瞪着一双大眼睛，凝神想象信天翁盘桓的大海，额头又白又高——脑袋是天神宙斯和村汉的混合体；消瘦疲乏的恺撒面颊两侧都带点饥渴；忽必烈的面孔如梦似幻，双眼闪着绿色的火花。他还看见埃及图特摩斯法老、阿斯佩尔塔国王、孟卡拉法老以及古埃及的种种头像——那些光滑无皱纹的面孔含着一千二百位神明的智慧。还有那些哥特人、法兰克人、汪达尔人——在衰老疲惫的罗马眼皮底下翻江倒海。更有犹太伟人迪斯雷利脸上浮现的衰疲的精明气，伏尔泰可怕的怪笑，本·琼森怒吼的凶脸，卡莱尔执拗的苦相，以及海涅、卢梭、但丁、提格拉特–帕拉沙尔和塞万提斯等人的面孔——这些都是人生吞噬过的面孔，被"思想"这个兀鹰蹂躏过，被"美"的火焰烧灼和刳空过。

就这样，尤金深深感觉到血统的劫数。他陷在自己和彭特兰家的陷阱里，脖子上带着罪恶和黑暗的小花，永远逃避美好的一切，进入无菌者无法涉足的黑暗国度。浪漫小说的人物、电影女星邪恶的娃娃脸、广告上标准的呆相、大多数大学男女生的面孔都印上亮丽空虚的戳记，在他眼里变得很不纯洁。

国人爱用白灿灿的铅管、牙膏、贴瓷砖的餐

厅，爱理发、修指甲、整牙齿、戴兽角框的眼镜，爱洗澡，又非常怕生病，于是选民大肆宣淫再跟药商讲悄悄话——这一切看来都很下流。他们外表的整洁变成内在腐化的象征：表面上亮晶晶的，核心却枯干腐烂了。他觉得自己皮肉上虽有麻风病的污斑，身心倒是空前健康——受过残忍的伤害，却生气勃勃，生命的流泉并未萎缩；他怀着绝望和无情的心境，冷眼旁观悲剧家庭那潜在难言的激情。

但尤金并非叛徒，大多数的美国人根本没有反叛的需要，他也没有。任何制度只要给他舒适的生活、安全感、实现愿望的钞票，思考、吃喝、爱、阅读和写作的自由，他便甘之如饴。只要政府能给他这些东西，他不在乎由哪一种政府统治——共和党、民主党、保皇党、社会主义或共产主义的都行。他不想改革世界，使它成为更好的生活环境；他坚信世界上有很多愉快的地方，迷人的地方，他只要去找就行了。周围的生活已开始害他感觉拘束和恼火了，他想要逃开。他相信别的地方一定比较好。他素来相信别的地方比较好。

他是浪漫主义者，不擅于逃避人生，倒擅于投入人生。他不要虚幻国，他的幻想都是现实的延伸，他觉得没有理由怀疑埃及真的有一千二百位神祇，恰当的地点也许真能找到半人半马、半马半鹰的怪物和长了翅膀的野牛。他相信拜占庭有巫术，巫师瓶子里真的装着仙灵。自从本死后，他更相信人并非因生活沉闷而魂飞天外，反而是生命因人类太渺小而逃掉了。他觉得戏剧的激情比演员伟大，他觉得他一生从未有过符合顶峰标准的伟大时刻。失去本的痛苦压倒了他，劳拉的爱和变心更使他憔悴和困惑，他拥抱少女和妇人的时候，有一种绝望的挫折感：对她们他真希望鱼与熊掌兼得，把她们滚成圆球，把她们埋进他的血肉里，空前完整地占有她们。

而且，人家把他当怪人，他感到生气和伤心。他挂着各种别针和徽章，为自己在学校得人缘而兴奋，心脏扑通扑通跳，可是他讨厌被人当作怪人，他羡慕那些因平庸而获选任职的伙伴。他要守法，受人敬重，他相信自己是诚心诚意守旧的人——不过有人看见他午夜以后蹦蹦跳跳地走上校园小路，在月下学羊叫。他的衣服鼓鼓的，衬衫和汗衫脏兮兮，鞋子都破了——里面塞了一些纸板——帽子变形，褶皱的地方裂了孔。其实他不是故意不修边幅——只是一想到去修理就满心害怕。他讨厌行动——他希望一天能沉思十四小时。等到人家激他，他那停滞不动的躯体才一面骂人一面采取行动。

他很怕人群：参加班级聚会、吸烟聚谈或任何公共集会，他都很紧张很不自然，要等开口跟人说话，压服了人家才觉得好一点。他向来怕人开他的玩笑，怕人嘲笑他。可是他不怕单独的个体，他觉得任何人只要离开人群，就不难对付。他想起自己对人群的恐惧和憎恨，会像猫一样，狠狠捉弄一个落单的人，轻轻向他怒吼，轻轻走近他，把精神上的虎爪无声无息准备好。他们勇气全消，好像抖得叽叽喳喳叫，恨不得夺门逃走。他常找上某一个自夸的乡下佬——基督教青年会的学生主席或班长——以实事求是的态度突击他。

他用虔诚的口吻说："你不觉得——你不觉得男人应该吻妻子的肚皮吗？"

他脸上天真的表情忽然转为凝视。

"肚皮毕竟比嘴巴美丽，而且干净多了。也许你信仰没有肚皮的婚姻？"他自豪又热心地说道，"我就不信！我赞成多吻肚皮。我们的妻子、母亲、姐妹都指望我们这么做。这是对生命基地的尊崇。不！甚至是宗教膜拜的举动。我们若能使成功的生意人和其他思想正确的人关心此事，也许能达成本国有史以来最大的革命喔。五年后就可以消除离婚，重建家的威望。二十年后可以使我们国家成为文明和艺术的中心。你是不以为然，还是有同感？"

尤金有此想法，这是他的理想国之一。

有时候他心情烦闷，听见同学的房间有笑声

传来，以为人家是笑他，就向他们怒吼，痛咒他们。他承袭了父亲的信念，有时候觉得世人都联合起来，阴谋跟他作对；他四周的空气充满嘲讽和恶意，树叶沙沙搞鬼，人们在一千个秘密的地点聚会，准备羞辱他、贬斥他、出卖他。他一连几小时感到有未知的危险迫近，虽然他除了噩梦般的幻想并没什么不可告人的事，但他进屋上课、开会、与同学聚谈时，内心总是冷淡拘泥，以为人家会揭穿他不知名的罪过，判他的罪，毁了他。反之，当他看见生命像一粒梅子挂在树上等他采摘时，他又狂放起来，漫不经心，当着他们的面狂叫，喜滋滋蹦蹦跳跳的。

夜里他顺着校园小径漫步，实现他的光荣梦想，听见年轻人善意地提起他，笑他古怪，说他需要洗澡换内衣。他听得猛抓喉咙。

尤金暗想道：我认为自己是危险人物，他们却说我没洗澡，身体有臭味。我！我！"马屁精的克星"和"耶鲁大学最伟大的后卫"布鲁斯－尤金！国家救星甘特统帅！打垮里希特霍芬的老鹰

"飞将军甘特"！甘特参议员，甘特州长，然后当甘特总统，复兴及统一破碎的国家，在百万人民的抗议声中退休，像亚瑟王或巴巴罗萨·海雷丁一样，等国家危难再出马。

　　他是"耶稣"甘特，被人嘲笑，被人辱骂，被人吐口水，为别人的罪入狱，却默不作弊，宁死也不愿害他所爱的女人。他是"不知名的士兵"甘特、"殉道的总统"甘特、"被杀的收获之神"甘特、"带来丰收的神明"甘特。他是威斯特摩兰的甘特公爵、本地治里的子爵、第十二任拉尼米德爵爷，化名在德文郡追求真爱，在甜蜜的干草堆找到女学生的细白美腿。是的，他是"乔治－戈登－诺埃尔－拜伦"甘特，带着淌血的心走遍欧洲；也是"托马斯·查特顿"甘特（好伶俐的青年！），更是"弗朗索瓦·维庸"甘特、"亚哈随鲁"甘特、"米特里达梯"甘特、"阿尔塔薛西斯"甘特、"黑王子爱德华"甘特；他是"斯提里科"甘特、"朱古达"甘特、"维钦托利"甘特、"恐怖伊凡"甘特。他是"奥林匹亚野牛"甘特、"赫拉克勒斯"甘特、"诱人的天鹅"甘特；也是"亚斯他录"甘特和"亚兹拉尔"甘特、"普罗透斯"甘特、"阿努比斯"甘特、"奥西里斯"甘特和"黑人魔鬼"甘特。

尤金慢慢对着暗处说：万一我不是天才呢？他不常问自己这个问题。四周没有别人，他出声讲话，声音却很低，特意感受这句话的不真实感。那是没有月亮的夜晚，天上满是星星，没有雷也没有闪电。

他铁青着脸暗想道：万一有人认为我不是呢？啊，那些猪猡，他们喜欢这么想。他们不能像我，所以恨我，嫉妒我，所以他们尽可能藐视我。他们有胆子的话，一定会这么说，存心伤害我。他的脸一时痛苦得变了形；他伸长脖子，用手抓住喉咙。

等他的心火烧光了，他照例以批评的眼光赤裸裸看这个问题。

他冷静地想道：万一我不是天才呢？我会不

会割喉咙、吃蚯蚓或吞砒霜？他缓慢有力地摇摇头。他说：不，我不会。何况天才已经够多了。每所中学至少有一位，每个小镇的电影院管弦乐团至少有一位。有钱的艺术赞助人冯策克太太偶尔会送一两位天才到纽约去学习。依此看来，他估计我们国家至少有二万六千四百位天才和八万三千七百五十二位艺术家，商业和广告方面的还不算哩。接着尤金喃喃念出二十一位写诗的天才和三十七位剧本和小说天才的名字，感到很过瘾。这一来，他大大放心了。

他暗想道：我不当天才又能当什么呢？我当天才当得够久了。天下一定有更好的事情可做。

他暗想：越过这最后的藩篱，不是我以前相信的死亡——而是新的生命和新的国度。

他直挺挺站着，双手叉腰，圆形的脑袋朝向光明：他今年六十岁，身体又瘦又直，眉形深邃，眼睛锐利如鹰眼，苹果色的脸颊十分消瘦，蓄着修剪过硬毛的胡须。饱受"思想"吞噬的面孔露出难以捉摸的恶意、世故的笑容。

下面的学生卑卑屈屈坐在椅子上，等他嘶声说出第一句话。尤金望着那些呆板又认真的面孔——他们受诱脱离加尔文思想，走向玄学的秘境。现在他的嘲讽将会像闪电打在他们头顶四周，而他们一定看不出来，也感觉不到。他们会上街来跟他的影子厮闹，听他邪门的笑声，以他们未出世的灵魂郑重挣扎。

洁净的手举起一根磨旧了的棍子，他们的眼光乖乖跟着棍子移动。

"威利斯先生？"

白皙、困惑、温驯，正是耐心的奴隶面孔。

"是的，老师。"

"我拿的是什么？"

"一根棍子，老师。"

"棍子是什么？"

"一根木头，老师。"

停顿一下，讽刺的眉形引得大家笑起来。他们正为这只要吃他们的野狼嘻嘻偷笑哩。

"威利斯先生说棍子是一根木头。"

他们的笑声撞到墙上沙沙响。真荒唐。

威利斯先生说："棍子本来就是一根木头嘛。"

"树和电话杆也是啊。不，这样恐怕不行。同学们是不是同意威利斯先生的话？"

"棍子是一根截成某种长度的木头。"

"兰塞姆先生，那我们同意棍子不只是长度无限的木头啰？"

愣愣的农夫脸用力眨眨眼。

"我看见甘特先生坐在椅子上，身子向前倾，他脸上有我从未见过的光彩。为了思考，甘特先生晚上不睡觉？"

尤金说："棍子不只是木头，也是对木头的否定。界于木头和非木头的交会处。棍子是有限且不延伸的木头，这个事实得靠否定它自身来界定。"

他们讽刺般倒抽一口气，老教授在上面注意听。他会声援我赞美我，因为我足可和这个乡巴佬世界相抗衡。他看我带有光荣的头衔，他喜欢胜利。

尼克·马布利说："韦尔登教授，我们为他取个新名字，我们叫他'黑格尔'甘特。"

他聆听他们的笑嚷，看见他们一脸喜色转向他。这是好意，我该微笑——他们的"大怪才"，可爱的狂人，实体论的诗人。

弗吉尔·韦尔登教授认真说："他也许配用这个名字。"

老狐狸，我也能拿你的话变戏法，叫人瞧不出破绽。他们有原始的机智，我们的思想可以在他们脑里打出反讽和激情的火花。真理？现实？绝对？普通？智慧？经验？知识？事实？概念？死亡——大否定？避开再冲刺吧，老狐狸！我们不会说话吗？我们该证明一切。不过，本呢，他那飘忽的笑容呢？现在到哪里去了？

春天回来了。我看见山上的羊。挂着铃铛的母牛沿着路面走来，尘泥漫天，篷车在惨白的月光下吱吱嘎嘎回家。可是深埋的心底有什么东西蠢蠢欲动？失落的话语呢？谁在广场上看过他的影子？

"朗特里先生，如果他们问你呢？"

朗特里先生摘下眼镜说："我说的是实话。"

"可是朗特里先生，他们已生起一团大火。"

朗特里先生又戴上眼镜说："没关系。"

我们为真理而死多么高贵——动动嘴皮子而已。

"朗特里先生，那是一团烈火喔，你若不收回你的主张，他们会烧死你。"

"啊，我会让他们烧死我。"烈士朗特里隔着湿湿的眼镜说。

弗吉尔·韦尔登教授提示道："我想一定很痛，连起个小疱都痛得很。"

尤金说："谁要为理论接受火刑？我会学伽利略——撤回主张。"

弗吉尔·韦尔登教授说："我也是。"全班哈哈笑，他们俩脸上笑嘻嘻显得不怀好意。

不过确实感人。

"桌子的一边站着欧洲列强，另一边站着铁匠

364

的儿子马丁·路德。"

震人心魄的热情声音。这句话他们记住了，把它写下来。

"这种情境对于最坚强的心灵是一大考验，可是答案像闪电般出来了。Ich kann nicht anders——'我非这样做不可'。这是历史上的伟大名言之一。"

这句话已使用三十年，成为耶鲁和哈佛的遗宝：罗伊斯和明斯特贝格[1]的遗宝。这套戏法中，条顿人是韦尔登的老师，可是全班饥渴地把它舔得干干净净。他不让他们看书，唯恐有人发现他拾取从埃利亚的芝诺到康德的牙慧。三千年的东西在他的老脑袋中拼拼凑凑，不相容的也硬生生结合在一起，一切思想都摘录过了。苏格拉底衍生出柏拉图，柏拉图衍生出普罗提诺，普罗提诺衍生出圣奥古斯丁……康德衍生出黑格尔，黑格尔衍生出弗吉尔·韦尔登教授，我们到此为止吧。

---

1 应指美国哲学家乔赛亚·罗伊斯（Josiah Royce）和德裔美籍心理学家胡戈·明斯特贝格（Hugo Munsterberg）。

不会再衍生出什么了。三十篇简易课程要解答一切，他们自以为全找到了！

今夜，他们要带着迟钝的心灵走进他的书斋，做些非尘世的自白，灵魂辗转反侧，透露他们从未有过的挣扎。

"做这种事需要个性，男子汉才不肯在压力下屈服，我希望我的学生这样！我要他们成功！我要他们吸收自身的否定，我要他们像猎犬的牙齿一般干净！"

尤金打个冷战，回头看看所有决心誓死维护一夫一妻制、政党政治、照多数人意向行事的面孔。

可是浸信会怕这个人！为什么？他已剪下他们上帝的络腮胡子，此外他只教他们投票。

原来这儿有一位戴棉缎带的黑格尔！

这几年四月初或者春深时节，尤金曾在黑夜或白天离开讲坛山。他最喜欢在夜里走，在云层掩映的月光下冲过满是露珠和星光的凉爽春野。

他曾去埃克塞特或悉尼镇，有时候会到从未

去过的小城。他投宿旅社,登记为"罗伯特·赫里克""约翰·多恩""乔治·皮尔""威廉·布莱克""约翰·弥尔顿"等大名。没有人说过什么。小镇的人取过这一类的名字。有一次他在皮德蒙特高地的一个小镇投宿旅社,登记为"本·琼森"。[1]

职员挑剔地转动本子。

"这个姓不是有 h 这个字母吗?"他说。

尤金说:"没有,那是家族的另一个支脉。我有一位叔叔山姆的姓氏就那样拼法。"

有时候,他到名誉差的旅馆,登记为"罗伯特·勃朗宁""阿尔弗雷德·丁尼生""威廉·华兹华斯",心里暗暗偷笑。

有一次他登记为"亨利·W. 朗费罗"。

职员露出不相信的笑容说:"你骗不了我,那是一个作家的名字。"

他对人生有强烈的渴望。夜里他聆听百万种黑夜小音籁,黑暗的大交响曲,遥远的教堂钟声。

---

1 这些都是名作家的名字。

他的视野一圈圈扩大，越过黑暗中的月光草地、梦幻森林、大河流和千万座醺眠的小镇。他相信城镇和人脸变化多端；他相信百万栋破屋中的每一栋都藏有奇异的被埋葬的生命、破碎的传奇、不可知的事物。他走过任何房屋，都暗想道：里面说不定有人快要死了，说不定有情侣热烈拥抱，说不定有谋杀事件正要发生。

他有受挫感，总觉得他被关在门外，无法享受人生的盛宴。他不顾一切，决心违背习俗，往里瞧一眼。他受这份饥饿驱使，有时候突然奔离讲坛山。暮色降临后，他沿着小镇街道上下徘徊。有时候他实在忍不住，就走到某一家门口按门铃。无论来的是谁，他总会摇摇晃晃倚在墙上，抓抓喉咙说：

"水！拜托，水！我生病了！"

有时候屋里有女人，笑眯眯十分诱人，知道他的诡计，却舍不得放他走；有时候女人会心生同情和柔情。他喝完水，对惊骇又同情的面孔露出歉然的微笑，喃喃说：

"对不起。是突发的——我又发病了，我来不及去求救，我看见你们的灯光。"

他们会问他亲友住在什么地方。

他阴沉沉瞟来瞟去说："亲友。"然后苦笑道："亲友！没有！我是异乡人。"

他们又问他做些什么。

他怪笑说："我是木匠。"

接着他们问他是哪里人。

他深沉地说："远方，很远，我说了你们也不见得知道。"

于是他站起来，威风又怜悯地看看四周。

他神秘兮兮说："现在我要走了！我还有好长的路要走。上帝保佑你们大家！我是异乡人，你们给我庇荫。耶稣可没受到这么好的待遇。"

有时候他怯生生按铃说：

"这是不是二十六号？我名叫托马斯·查特顿。我找一位姓柯尔律治的先生——塞缪尔·T.柯尔律治先生。他是不是住在这里？……没有？真抱歉……是，我确定是二十六号……谢谢你……我弄错了……我在电话簿里查查看。"

可是尤金暗想：万一在人生的百万条街道上，我真的找到这么一个人呢？

这几年真是黄金岁月。

十二

甘特和伊丽莎来参加他的毕业典礼。他在镇上为他们找到住宿的地方：那是六月初——炎热、青翠、南方气味很浓。校园像绿色的烤箱，老校友们成双成对走来走去；从来不流汗的冰肌美女特意来看男朋友毕业，并参加舞会；爸爸妈妈们傻愣愣、怯生生由子弟带着四处参观。

这个学院很迷人，有点荒凉气氛。除了毕业班，大部分学生都走了。空气中满是新鲜肉感的热浪、树叶的绿光、千种肥泥和花香。年轻人带点悲哀，带点摸索的兴奋，带点荣誉感。

甘特已离开死亡屋三天，在这富丽的舞台上

看见儿子尤金。他走出坟墓,生机勃勃地来到这里。他看见儿子置身于华丽的毕业典礼气氛中,整颗心都由尘土里飞扬起来。尤金在绿树遮荫、同学和家属环绕的草坪上朗诵"班诗"。("噢,我们的无数希望之母。")接着弗吉尔·韦尔登教授发表演说,声音沙哑低沉,肃穆悲哀;他们内心充满"活的真理"。这是伟大的名言。要真诚!要纯净!要善良!要当男子汉!吸收否定!世界需要你们。生命从未如此高超,历史上从未有此盛况,没有一个班级像这样前程似锦。除了其他成就,报社主编还将本州的道德和智识水准提高了两英寸。大学精神!品格!服务!领导!

在迷人的荒野中,尤金得意和欢喜得满面发红。他说不出话来。世上的光荣等他去争取,人生等着他去拥抱。

伊丽莎和甘特注意听所有的歌曲和演说。他们的儿子是校园伟人。他们在班上、校园里和毕业典礼上看见他,听见他接受颁奖和表扬。老师和同学跟他们谈起他,说他"事业前途光明"。伊丽莎和甘特微微被青春的金色假光彩打动了，他们一时相信凡事都有可能。

甘特说："好啦，儿子，现在就看你自己啦。我相信你会功成名就的。"他把干干的大手搭在儿子肩头，尤金立时由父亲死气沉沉的眼睛里看见那股幽光和追寻不着的渴望。

伊丽莎挖苦般微笑说："哼！他们夸了你那么多，你会乐昏头。"说着用粗粗暖暖的手掌握住他的手。她的眼睛突然湿了。

她一本正经说："好啦，儿子，我要你勇往直前，设法当大人物。其他的人都没有你这么好的机会，我希望你好好利用。你爸爸和我已尽了心，此外就看你自己的了。"

他一时动了真情，握住她的手亲吻。

他说："我会努力，我会的。"

他们怯生生地望着他那张热情天真的古怪黑脸，对他的年轻和纯真又怜又爱。他看父母寂寞得尴尬，而且知道自己对父母寄望他拥有的头衔和荣誉已经漠不关心了，他自己渴望的一切则已超出他们的价值观，他心中涌出无限亲情和怜悯。他掉头不敢看这幅可怜、失意、孤单的情景，用瘦瘦的手勒住喉咙。

典礼结束了。甘特受到儿子毕业的刺激，本来几乎恢复了中年的活力，如今又回到牢骚满腹的晚年。天气热得叫他受不了，他想到要跋涉回山区，真是又累又怕。

他呜咽道："慈悲的上帝啊！我何苦要来呢！噢，耶稣啊，我怎么受得了再跋涉一次！我受不了，我没到家就会死掉！真可怕，真恐怖，真残酷。"他抽抽噎噎小声哭。

尤金带他们到埃克塞特，把他们舒舒服服安顿在一节普尔曼车厢上。他要多留几天，收拾东西——四年来积下好多信件、书籍、旧稿子、各种无用的垃圾……他似乎承袭了伊丽莎盲目囤积的癖好。他花钱很浪费，不知节俭，只好把别的东西存起来，精神上其实很讨厌肮脏发霉的旧东西。

离别前，伊丽莎平平静静地说："好啦，儿子，你有没有想过你要做什么？"

甘特舐舐大拇指说："是啊，从今以后你得自力更生。你已花钱受了最好的教育，此外就靠你自己了。"

尤金说："过几天我回家看你们再跟你们谈，到时候我会告诉你们。"

幸亏火车开动了。他匆匆吻别他们，跑下甬道。

他没有什么话要跟他们说，他今年十九岁，已读完大学课程，却不知道他要干什么。打从大二那年，大家看出他的人生方向不在法律方面，他父亲要他学法律和从政的计划就被人抛到脑后。家人依稀觉得他是怪人——他们说他"古怪"——而且有点不切实际的"文学"倾向。

他们不问理由，总觉得这个蹦蹦跳跳、面色黝黑狂野的人穿大礼服、结领带未免太荒唐；他不宜从商、做生意或执法律业务。他们含含糊糊把他列为书呆子和梦想家——伊丽莎说他是"好学者"，其实他根本不是。他对触及他渴望的各方面表现甚佳，其他的事项则表现得很迟钝，漫不经心的。没有人看得清他要做什么——他自己更不清楚——不过家人受他的同学影响，大谈"新闻事业"。这意味着到报馆工作。这件事虽然令人不满，但是他在大学表现出众，暂时封住了他们的嘴巴。

尤金根本没有想过目标的问题。他空前兴奋。他像一个眼神迷离、鬃毛散乱的半人半马怪兽，渴望黄金世界，弄得身心支离。有时候他几乎不能有条有理地说话。他跟人谈话谈到一半，突然对着他们的面孔哼一声，高兴得鼻歪眼斜跳开了。有时候他哇哇叫着穿过大街和小径，心怀一千种说不出的热望，喜不自胜。世界在他面前等着他采摘——到处有富裕的城市、金色的美酒、光荣的胜利、可爱的女人，到处有千种他尚未碰见的辉煌可能。没有一样东西是沉闷或晦暗的，陌生的谜岸没有人探访过。他年轻，他永远不会死。

他回讲坛山，在空荡荡的学校里享受两三天愉快孤独的日子。午夜他在春末的月光下穿过空空的校园，他呼吸树、草、花的千种芬芳，丰美迷人的南方气味；他想起自己要走了，他在月光下看见一千个明知不会再来的青年幻影，心头有一股爽快的悲哀。

白天他去找弗吉尔·韦尔登教授谈话。老头子很迷人，把他当知己，睿智又亲昵，带点幽默感。他们坐在他家院子的大树下喝凉茶，尤金想起加利福尼亚州、秘鲁、亚洲、阿拉斯加、欧洲、非洲、中国。但他提到哈佛，他觉得那不是一所大学的名字——是魔术，是财富，是文雅，是欢乐，是得意的孤寂，是丰富的藏书和可贵的研究，这个名字像开罗和大马士革一般迷人。他觉得自己狂喜就是这个原因，就是为了这个有益的目标。

弗吉尔·韦尔登赞许道："是的，甘特先生，那是你该去的地方。别人不重要，他们现在已准备好了。可是你这样的脑子不该未成熟就收割，你必须让智识成熟，在那儿你会找到自我。"

他畅谈心灵的自由生活、回廊书斋、该市的文化，以及伙食。他说："甘特先生，他们那儿供应人能吃的伙食。你的心灵可以靠那份营养工作。"接着他谈起自己的学生时代，谈起罗伊斯、埃弗里特和威廉·詹姆斯等伟大的名字。

尤金热情地望着冷静、智慧、怡人的老先生。他一时起了幻想，觉得最后的英雄就在这儿，最后的巨人就在这儿——我们对他付出青年的信心，像儿童一般相信人生的谜团可以借他们冷静的判断得到解答。他相信，而且任何经验都不会使他怀疑：当代的一位伟人正在这座小小的大学城展现自我。

他暗想：噢，我的老诡辩家。你比他们都伟大，你借用和粉饰过的一切老哲学在你心目中算得了什么？你就是思想，思想在你心目中算得了什么？万一你的一切玄学游戏都打动不了我灵魂的秘林呢？你以为你用绝对论取代了我童年的上帝了吗？不，你只是把袍下巴的胡子换成络腮胡和炯炯的鹰眼罢了。我认为你高于善，高于真，高于正义。我觉得你足以否定你自己的一切教诲。无论你做什么，只因为你做了，就是对的。现在我给你留下满腔回忆。你课堂上再也看不见我黝黑的面孔了;我的回忆会搞混会破碎;新的学生将渐渐赢得你的宠爱和赞美。可是你呢?永远不变,永远不衰,永远鲜明,永远是我的主宰。

老人说话的时候,尤金突然跳起来,紧握住他消瘦的老手。

他说:"韦尔登先生,韦尔登先生!你是伟人!我永远忘不了你!"

接着他转个身,顺着小径盲目奔去。

行李已经收拾过好几天了,他仍一拖再拖。他即将离开他享受过许多欢乐的世外桃源,内心很痛苦。晚上他在荒凉的校园里游荡,跟几个学生静静地谈到天亮,他们都跟他一样,徘徊在朦胧的建筑物之间,已消逝的青年幻影间。他无法面对最终的别离。他说秋初他要回来几天,以后每年至少来一次。

某个炎热的早晨,他一冲动就走了。六月的绿荫下,载他去埃克塞特的车子隆隆走过蜿蜒的街道，他远远听见醇美的校钟声，宛如来自梦境深处。突然间他觉得所有人行道都沙沙响起过去同学们奔赴课室的脚步声，他自己也在内。他听着听着，遥远的钟声停了，幻想中奔跑的人也叮叮咚咚消逝。不久车子驶近弗吉尔·韦尔登教授家，他坐车经过，看见老头子坐在树下。

尤金在车上站起身，挥臂告别。

他叫道："再见，再见。"

老头子站起来行了个告别礼，动作缓慢镇定，温柔得感人。

尤金站着看后面的街道，车子疾驶过山边，斜斜开入下面炎热的乡野。失落的世界由视野中消失后，尤金发出痛苦和悲哀的呼喊，他知道小精灵的门在背后关上了，他永远不会再来了。

他看见广阔的山区青翠欲滴，丰美迷人，点缀着飘浮的云影。但他知道终点到了。

遥远的森林中，号角响了。他一心想求解脱，大地的阔野在他面前展现出无限的诱惑力。

这是终点，终点。这是探寻新国度的航程起点。

甘特像死人。他活着，却像死人。他在伊丽莎家的大后房里等死，陷在回忆的半死半活状态中，迷惘又衰弱。他的生命靠一根腐丝维系着，像一具尸体只有断断续续的意识。多年来他们准备承受他突然死亡的打击，准备太久，已经没什么感觉了，他却没有死。死亡降临在最想象不到的本身上。一年半以前，尤金目睹本的死亡所产生的信念，现在变得十拿九稳。家庭的大图案已永远破损了，使他们团结的部分纪律已因兄弟死亡而破坏殆尽，衰竭和失落的噩梦毁了他们的希望。他们怀着反常的宿命观，向人生的混乱投降。

只有伊丽莎例外，她今年六十岁，身心健康极了。她仍经营"迪克西兰"，但她已不让人搭伙，只收房客，而大部分的管理责任已托付给一位住在屋里的老处女。伊丽莎大半的时间用来搞房地产。

去年她终于掌握了甘特的财产。她无视他低

声的抗议，立刻把它卖掉。伍德森街的旧房子她卖了七千美元——考虑附近的环境，她说这个价码已经够高了。可是他们一生辛劳的成果就此落空，变得光秃秃，赤裸裸，四周的葡萄树都被砍掉，土地房屋并入一个庸医开的"神经性疾病"疗养院。尤金从这件事格外看出家庭的瓦解。

伊丽莎还把一块山地以六千美元的价格卖掉，雷诺兹维尔路的五十英亩土地[1]也卖得一万五千美元，还卖了好几块小土地。最后她把甘特设在广场上的店铺以两万五千美元卖给一个房地产财团，他们打算在那个地方建该镇的第一栋"摩天大楼"。她用这笔钱当资金，开始"交易"，又买又卖的，还赌期货，十分复杂。

"迪克西兰"变得非常值钱。多年前她预测会建的街道已经建了，就在她院子后面：她家差三十英尺才邻接黄金路面，可是她已买下中间的空地，毫无怨言付了一大笔款子。后来有人出价

1　此处与前文提到的四十八英亩土地矛盾。

十万美元买她那块地，她嚷着嘴笑眯眯地拒绝了。

她着了魔，整天谈房地产。她用一大半时间和房地产业者谈话，他们像苍蝇盘旋在屋子四周。她每天跟他们坐车去看房产好几回。她的土地投资数量和总值一天天增大，她个人花钱却吝啬到极点。如果屋里有一盏灯开着不关，她就大声发脾气，说她会完蛋会穷死。除非人家送食物给她，她很少吃东西，整天端着一杯稀咖啡和一块面包皮在屋里走来走去。卢克和尤金只能固定吃一顿草率的劣质早餐，其他各餐就不敢说了。他们气得咯咯笑，挤在小食品室吃——餐厅已改建并租给房客了。

甘特由海伦喂养及照顾。她焦躁地在伊丽莎家和休·巴顿家之间来回，有时候精神勃勃，有时候心力枯竭，生气，激动莫名，疲惫又漠然……呈周期性的变化。她没有小孩，看样子永远不会生了。基于这个理由，她总有一大段一大段的变态期，猛喝一小杯一小杯的专利补药、含高量酒精的药品、自酿的水果酒和玉米威士忌。她的大眼睛变得黯淡无光，她的大嘴巴有一种神经质的调调，有时候她拉下长长的下巴，突然哭起来。她不断地讲话，语气烦躁不安，成天乱发神经，喜欢闲聊，喋喋不休谈镇民、邻居、病痛、医生、医院、死亡。

休·巴顿从容镇定的态度有时候更激得她发狂。晚上他静坐着，不理会她的长篇大论，一本正经嚼长雪茄，专心看图表或最新一期的《系统》或《美国杂志》。这种专心自处的能力她最受不了。她不知道自己要什么，可是她愤然控诉人生，他却闷声不响，她简直气疯了。她气得一面啜泣一面冲向他，打下他手中的杂志，用长手指去抓他日渐稀薄的头发。

她神经兮兮直喘气说："我说话的时候，你给我搭腔啊！我可不愿天天晚上坐在这儿，看你埋头读小说。岂有此理！岂有此理！"她哭起来。"我还不如嫁给哑巴呢。"

他板着脸抗议："噢，我愿意跟你说话，可是我的话你没有一句中听的。你要我说什么？"

说真的，她心情不好的时候，实在很难伺候。如果人家小心翼翼赞成她的每一句话，她会生气恼火；可是他们不赞成或沉默，她也同样生气。随便提提天气，或者最不引起争论的问题都会惹她不高兴。

夜里她躺在枕头上，有时候会激动得哭起来，恶狠狠骂她丈夫。

"离开我！走开！滚出去！我恨你！"

他乖乖起身下楼，可是他还没走到起居室，她又在后面惶然叫他，请他回来。

她时而狂吻他，时而痛骂他。因为没有小孩，她把母爱完全放在一只脏兮兮的杂种狗身上——那只狗是在某一个晚上饿得半死由街上溜进来的。它长着黑白相间的皮毛，叫起来很凶，对谁都龇牙咧嘴，只有对男女主人例外，可是它常吃精选的肉类和肝脏，慢慢长得肥嘟嘟；它睡一只天鹅绒椅垫，常跟他们坐车出去，一路向行人咆哮。她对这只小杂种又是拍又是吻的，猛跟它说婴儿话，谁要是不喜欢它的凶样子，她就恨谁。不过她大部分的时间、爱心和精力都用来照顾老爸爸。她对伊丽莎比以前更反感，火气不断增高，有时候几近憎恨。她常一连骂母亲几小时：

"我相信她疯了，你不觉得吗？有时候我认为我们该请个监护人来监管她。你知不知道这家人的每一口食物几乎都是我买的？你知不知道？要是没有我，她会眼睁睁看他死掉。你不知道她会吗？她好吝啬，自己也不买东西吃。咦，老天！"她激愤难平。"我本来不该做这些事。他是她丈夫，不是我丈夫！你想对不对？"她差一点气哭了。

她也曾对伊丽莎发脾气："妈妈，拜托！你要让可怜的老头因缺乏照顾而死掉吗？你不懂爸爸是病人？他必须吃好东西，得到恰当的照料。"

伊丽莎尴尬不安，随口答道："咦，孩子！你这话是什么意思？我亲手端了一大碗蔬菜汤给他当午餐，他一口气全吃光了。我说（为了给他打气）：'咦，啐！甘特先生，我不相信胃口这么好的人有什么毛病。咦……'我说……"

海伦怒喝道："噢！拜托！爸爸是病人，你永远不明白吗？本的死应该给我们一点教训才对。"
她的声音化为怒吼。

甘特像蜡黄色的鬼影，他的病已延伸到身体
各部分，身体看上去带点透明。他的心灵已脱离
人生，进入灵异世界。他漠不关心地听四周的人
吵嚷，疼痛、寒冷或饥饿时就哇哇哭叫，觉得舒
服便笑眯眯。现在他一年被带回巴尔的摩接受两
三次镭素治疗，每次去过都会活泼自在一段时间，
可是人人都知道病情只是暂时减轻而已。他的身
体已成了腐烂的纤维，不倒下去简直是奇迹。

此时伊丽莎不断谈房地产，买来卖去的。她
对自己的投机事业守口如瓶；有人问起，她便露
出狡黠的笑容，会心地眨眨眼，喉头发出一阵
笑声。

她说："我不会把知道的全部说出来。"

这一来更勾起女儿的好奇心，简直叫她受不
了。尽管海伦气冲冲嘲笑母亲，其实她和休·巴
顿也是置产狂。他们私下佩服伊丽莎的眼光，常
接受她房地产方面的忠告，把他的所有外快投入

其中。可是伊丽莎不肯透露自己的投资，女儿便怒极嚷道：

"她没有权利这么做！你不知道她没有权利吗？那是她的产业，也是爸爸的，你知道。万一她现在死了，房地产会一团糟。谁也不知道她做些什么，买了多少，卖了多少。我想连她自己都不知道。她的记录和文件都藏在各个小抽屉和小盒子里。"

她非常不信任母亲，也非常担心，所以一两年前她曾说服甘特立一张遗嘱：留给五个小孩各五千美元，剩下的产业和金钱留给妻子。伊丽莎曾经很不高兴。那年夏天她又说服他指派两个她最信赖的人休·巴顿和卢克·甘特当遗产执行人。

卢克由海军退役后，在山区替几家农庄电灯厂当推销员，现在她对卢克说：

"我们老是挂念家庭的利益，并没有得到什么。我们生性慷慨，可是到头来一切都会落入尤金和史蒂夫手中。尤金样样不缺，我们什么都没享受过。现在他说要去念哈佛。你听说过没有？"

卢克讽刺道:"老——天——天!费用要由谁来付——付——付啊?"

夏日一天天过去,甘特死亡的恐惧犹存,家人却掀起丑恶的贪欲和仇恨之争。史蒂夫由印第安纳州回来,不到四天就狠命酗酒和吸毒,弄得大发神经。他追着尤金满屋子跑,把他逼进角落,凶巴巴抓住他的手臂,对他吐出发黄的臭气,哭哭啼啼向他挑衅。

"我没享受过你这么好的机会,人人都打击史蒂夫。他若拥有某些人的那种好机会,他现在已跻身于大人物之林了,他比很多上过大学的人有脑筋。你听懂了吧?"

他一面吐臭气一面咆哮。将满是脓疱的面孔贴近尤金。

小弟咕哝道:"走开,史蒂夫!走开!"他想走,大哥却拦住他。他突然尖叫道:"我叫你走开,你这猪猡!"并用手推开那张邪恶的面孔。

史蒂夫迷迷糊糊倒在地板上,不省人事,卢克一面扑向他,一面结结巴巴诅咒,无缘无故拖着他走来走去。尤金扑到卢克身上阻止他，三个人都喃喃诅咒、哀求和指责别人，房客挤在门口，伊丽莎哭着求援。黛西带小孩由南方回来，束手无策，一直叫嚷："噢，他们会害死他，他们会害死他。我求求你们，可怜可怜我和我的小孩子。"

接着大家都感到惭愧、恶心、烦恼，女人哭哭啼啼，男人很激动。

卢克嚷道："你这丧——丧——丧心病狂的无赖，你以为爸——爸——爸爸快要死了，会留下一点钱给你，所以你才回——回——回来。你一分钱都不——不——不配得！"

史蒂夫起了疑心，尖叫道："我知道你们想干什么，你们都跟我作对！你们捏造事实对付我，想剥夺我应得的财产。"

他真的又气又怕，像斗败的孩子疑虑重重哭起来。尤金看看他，又是同情又是恶心；他真臭，醉得真厉害，真是惊慌。接着他听家人互相指控，有种不真实的恐惧和怀疑感。这种金钱和贪欲的毛病只会污染别人或书中人物，不会影响自己的家人才对呀。现在他们像野狗，为一根骨头龇牙咆哮——有个垂死的老人躺在三十英尺外呻吟，他们正在争夺他该分给他们的一笔小财产呢。

家人分成两个敌对的阵营：海伦和卢克站在一边，黛西和史蒂夫驯服而固执地守在另一边。尤金没有结党的天分，只好在星空中游弋，偶尔到地球停泊。他穿行大街，到伍德药店游荡，跟药店浪子聊天，追求膳宿公寓门廊上的避暑姑娘；他到一座高山村落去看罗伊·布罗克，跟一位漂亮的姑娘躺在森林里。他到过南卡罗来纳州，还被一位住在"迪克西兰"的牙医太太勾引过。她是端庄的丑妇人，今年四十三岁，戴眼镜，毛发稀疏。她是"南方邦联之女"，浆过的马甲经常戴着徽章。

他只是把她当作非常冷淡高尚的女人，他陪她和其他房客玩纸牌游戏——他只会玩这种——尊称她为"女士"。有一天晚上，她拉起他的手，说要教他怎么样跟女孩子调情。她搔他的手掌，把它环在她腰上，又拉起来放在她胸前，身体突然靠着他的肩膀，呼噜呼噜吐气，一再说："老天，真棒！"他冲上又黑又凉的街道，逛到凌晨三点，不知道应该怎么办才好。后来他回到酣眠的房屋，赤脚溜进她房间。不久他就觉得恐怖和厌恶。他爬山想减轻心里的痛苦，一连几小时不进屋。可是她常跟着他在大厅走来走去，或者身穿红睡衣，突然开门迎接他。她变得很丑陋很刻薄，指责他玩弄她，侮辱她，遗弃她。她说她的家乡——古老善良的南卡罗来纳州——一个男人这样对待女人会挨枪子的。尤金想到新的国度。他十分懊悔和歉疚，他拟了一篇长长的求饶文字，加入晚上的祈祷文里——他现在还祈祷，不是因为信仰虔诚，而是迷信习惯和数字，他常屏息念一套信条十六次。打从童年他就相信某些数字有神奇的功效——星期天他只照脑子里闪过的第二个念头行事，不照第一个念头——他遵守这套数字和祈祷的仪式，倒不是要讨好上帝，而是要应验人和宇宙的神秘关系，或者礼敬他头顶盘旋的守护神。晚上他不祈祷是睡不着的。

伊丽莎终于对那个女人起了疑心，跟她吵一架，把她赶走了。

没人跟他提起上哈佛的事，他自己也没有该去的明显理由，只是在九月开学前几天才决定要去。夏天他间或谈过几回，可是他跟全家人一样，事到临头才下得了决心。该州有几家报纸要雇用他，城外两英里那所山上的破军校也请他去教书。

可是他打心眼里知道他要离开。没有人极力反对，海伦偶尔对卢克痛骂尤金，在他面前却只说了几句不关心和不友善的话。甘特疲惫地呻吟道："随他爱干什么就干什么，我再也付不起他的教育费了。他若要去，得由他母亲出钱。"伊丽莎若有所思地噘噘嘴，挖苦般苦哼道：

"哼！哈佛！口气真大，孩子，你要到什么地方筹这笔钱呢？"

他含含糊糊说："我可以筹到，人家会借给我。"

她立刻一本正经提醒道："不，儿子，我不要你做这种事，你千万不能靠举债起家。"

他闷声不响，勉强由枯干的嘴唇说出一句可怕的话。

他终于说："爸爸的产业我可以分到一笔，我何不靠那笔钱自立呢？"

伊丽莎气冲冲地说："咦，孩子！你这么说，活像我们是百万富翁似的。我根本不知道有谁能分到什么。"她焦躁地加上一句："你爸爸本该有点脑筋，不应该立那张遗嘱，他是受人怂恿才这么做的。"

尤金突然用力捶肋骨。

他说："我要去！我要去！我现在就需要那笔钱！现在！"

他有一种挫折感，急得发狂。

"我不要等我腐烂了才到手！我现在就要！该死的房地产，我不要你的烂土地！我讨厌它！放我走！"他一面尖叫，一面气得用脑袋去撞墙。

伊丽莎噘嘴噘了一会儿。

她终于说："好，我让你去读一年，然后再

看看。"

　　他临走的前两三天，卢克因次日要带甘特去巴尔的摩，提早把一张打字的文件塞进他手里。

　　他疑虑重重望着文件说："这是什么？"

　　"噢，是一张小文件，姐夫休要你签名，提防有什么事发生。这是弃权书。"

　　尤金瞪着文件说："弃什么权？"

　　他慢慢读那些法律术语，发现文件的内容是承认他已收到五千美元作为大学学费和开支。他怒目望着哥哥。卢克看了他一眼，突然哈哈狂笑，猛戳他的肋骨。尤金阴森森咧嘴一笑说：

　　"你的笔拿来。"

　　他签了那份文件，交还给哥哥，心里有种悲哀的胜利感。

　　卢克没头没脑大笑道："哈——哈！你签了！"

　　尤金说："是的，你因此以为我是傻瓜。其实我宁可现在签，不愿以后再签。得到解脱的是我，不是你们。"

他想起休·巴顿严肃的狐狸脸。他不算胜利，他自己也知道。他暗想道：我口袋里总算有逃走的车票和费用了。现在我已清清楚楚完成这件事。这毕竟是好事。

伊丽莎听见这回事，厉声抗议说："咦！他们没有权利这样做。这孩子未成年，你爸爸常说他有心让他受教育。"

她若有所思停顿一下，又用怀疑的口气说："好吧，我们再看吧，我已答应让他去读一年。"

尤金在屋旁的暗处猛抓喉咙，他为一去不复回的所有可爱人物流下泪水。

伊丽莎站在门廊上，双手轻轻按着肚子。尤金正要走出家门，往镇上走。这是他临行的前一天，暮色降临了，山区笼罩着奇异的紫色幽光。伊丽莎看着他走。

她叫道："打起精神来，孩子！打起精神来！肩膀往后挺！"

暮色中他知道她正噘着嘴，颤抖着向他微笑。她听见他恼火的呢喃。

她猛点头说道："咦，是的，我若是你，就表现给他们瞧瞧！我要表现出自以为是大人物的样子。"她突然抛开挖苦的态度，一本正经说："儿子，看你这样走路，我真担心。你若驼背驼得太厉害，一定会得肺病。你爸爸有个好处：他的身子挺得像竹竿。当然啦，他现在不像以前那么挺了——人家说……"（她颤抖地笑着）——"我想我们老了都会缩一点，不过他年轻的时候，镇上没有一个人比他更挺。"

他们之间又无话可说了。她说话的时候，他郁郁对着她。她犹豫不决地停下来，鼓着一张白脸俯视儿子。她琐琐碎碎说话，他却在背后的寂静中听见了她一生的苦涩乐章。

美妙的丘陵在暮色中发出艳丽的光彩。伊丽莎噘着嘴沉思一会儿，继续说：

"好啦，等你到那边——俗称为北佬的国度——你去找你的埃默森伯父和波士顿的所有亲戚。他们南下的时候，你伯母露西很喜欢你——他们常说我们如果北上，他们很想见见我们——

你到陌生的地方，有个认识的人可以找也不错。还有——你看见埃默森伯父，不妨告诉他，他随时会见到我，不要吃惊。"（她猛向他点头）——"我想我只要有准备，随时可以收拾行李，熄灯出门——我可能打包赶去——不跟任何人说一声——我才不要整天在厨房做牛做马呢——划不来——今年秋天我若能做成一两笔生意，我会实现平时的愿望，到世界各地旅行——前几天我还跟卡什·兰金谈过——他说：'咦，甘特太太，我若有你这种头脑，五年后我就会变成富翁——你是镇上最棒的生意人。'我说：'别再跟我谈生意了，等我现有的产业脱手后，我就撒手不干，不再听人跟我谈房地产——卡什，我们死了，土地一块也带不走。寿衣没有口袋，我们只需要六英尺长的土地当坟坑——我要抽身开始享受人生——俗语说——以免后悔莫及。'他说：'甘特太太，我不怪你，我想你说得对——土地我们带不走。何况就算能带走，它在我们去的地方又有什么用处呢？'——喏（她突然改变话题，对尤金说话，照例做出男性化的手势），我打算这样——你知道我跟你说过的那块日落角的上地——"

他们之间又是一片寂静，寂静得可怕。

美妙的丘陵在暮色中发出艳丽的光彩。我们不会再来了，我们永远不会回来了。

他们一言不发，彼此面对面；一言不发却互相了解。过了一会儿，伊丽莎快步离开他，向门口走去，脚步怪怪的，不大稳，跟当年她走出本垂死的病房差不多。

他横过走道跑回来，一跃而上门廊的台阶。他抓住她搁在身上的粗糙老手，猛拉到他胸前。

他粗声呢喃道："再见，再见！再见，妈妈！"他喉咙发出一阵奇怪的狂喊，很像病痛的野兽。他热泪盈眶；他想说话，想找到只言片语来表达他们一生的种种痛苦、种种美、种种惊喜——他那不可思议的记忆和回溯她子宫居处的每一处步履。可是，他说不出话来，说不出话来；他一再粗声叫道："再见，再见。"

她明白，她知道他的一切感受和他要说的话，她的老眼也像他的一样含着眼泪，她的脸伤心得变了形，她一再说：

"可怜的孩子！可怜的孩子！可怜的孩子！"然后她微微低语道："我们必须尽可能相亲相爱。"

人终于想起这个可怕又美丽的句子，这个世间最后的智慧，却说得太迟了。这个道理分毫未受损伤，超然于我们生活的纷扰之外。无需遗忘，无需宽恕，无需拒绝，无需解释，无需憎恨。

噢，易朽的爱啊，你跟这个肉体同生，与这个脑袋同死，你的遗韵却永远萦绕着地球。

现在该出航了。去哪儿呢？

十三

广场横陈在灿烂的月光下，喷泉喷出无风的水柱，水按时啪的一声掉进池里。没有人走进广场。

尤金由北边的军校街走进广场，银行的大钟正好敲出三点一刻。

他经过防火局和市政厅慢慢走过来。广场到甘特的店铺附近猛往下斜，通向黑人区，活像边缘弯了腰似的。

尤金看见月光下的旧砖房写着父亲的名字，已经褪色了。天使像在店铺的石廊上摆着木然的姿势，它们仿佛在月光下冻结了。

人行道上方，有一个人倚着门廊的铁栏杆抽烟。尤金很不安，也有些害怕，慢慢走过去。他缓缓登上木制的长台阶，仔细端详那人的面孔，那张脸半掩在阴影中。

尤金说："那边是不是有人？"

没有人搭腔。

尤金走到顶端，发现那人竟是本。

本不说话，瞪着他一会儿。虽然在灰色毡帽的阴影下，尤金看不清他的面貌，但他知道本皱着眉头。

尤金在台阶顶踌躇不前，半信半疑说："本？是你吗，本？"

本说："是的。"过了一会儿，他闷声加上一句："你这小白痴，你以为是谁？"

尤金有点胆怯说："我不敢确定，我看不见你的脸。"

他们沉默片刻，后来尤金尴尬地咳了几声说："本，我以为你死了。"

本轻蔑地说："啊！"脑袋猛向上仰。"你听听这话！"

他深深吸了一口烟，螺旋形的烟气往外卷，融入月光下的寂静中。

过了一会儿他静静地说："不，不，我没死。"

尤金上了门廊，坐在一个上翘的灰石基座上。不久本转过来，爬上栏杆，舒舒服服低头跪坐着。

尤金伸手到口袋去掏烟，指头僵硬发抖。他不是害怕，他只是惊喜和渴望得说不出话来，唯恐对方嘲笑他的想法。他点了一根烟，未几他吞吞吐吐抱歉说：

"本，你是不是鬼？"

本没挖苦他。

他说："不，我不是鬼。"

双方又沉默下来了，尤金怯生生地找话讲。

他随即低声笑着说："但愿……但愿不是我疯了吧？"

本立刻咧嘴一笑说："怎么不是？你当然疯了。"

尤金慢慢说："那这一切都是我想象出来

的啰？"

本愤然叫道："拜托！我怎么知道？想象什么？"

尤金说："我意思是说，我们真的在这边一起谈话，是不是？"

本说："别问我，我怎么知道？"

最靠近尤金的天使像突然挪动石制的玉足，抬高手臂，发出石头挪动的沙沙声和疲惫的叹息。细细的百合花茎在她冰冷文雅的指头上硬绷绷地抖动。

尤金激动地嚷道："你看见没有？"

本发火说："我看见什么？"

尤金的牙齿咔嗒咔嗒响，用颤抖的指头向前一指。"那边的那——那——那个天使像！你有没有看见它动？它抬起手臂了。"

本焦躁地问道："那又怎么样？它有权利动吧？"他挖苦说："你知道，没有一条法律规定天使像不准抬起手臂呀。"

过了一会儿，尤金慢慢承认说："不，我想没有。只是，我常听人说——"

本恶狠狠叫道："啊，傻瓜，听来的话你全都相信吗？"过了一会儿他吸几口烟，慢慢加上一句："你若相信，你就糟了。"

他们又闷声不响地抽烟。接着本说：

"尤金，你什么时候走？"

尤金答道："明天。"

"你知道你为什么要走吗？还是说你只想搭上火车？"

尤金心慌意乱，生气说："我知道！当然——我知道为什么要走！"他猝然停下来，变得困惑又温驯。本继续向他皱眉头。尤金带点谦虚，平平静静说：

"不，本，我不知道为什么要走。也许你说得对，也许我只是想搭上火车。"

本说："尤金，你什么时候回来？"

尤金答道："咦，我想年底吧。"

本说："不，你不会回来。"

尤金觉得不安，他说："本，你这话是什么

意思？"

本柔声说："尤金，你不会回来，你知道吗？"

谈话中断片刻。

尤金说："是的，我知道。"

本说："你为什么不会回来？"

尤金伸出尖爪手，猛抓衬衫的领子。

"我要走！你听见没有！"他大叫说。

本说："是的，我也是。你为什么要走呢？"

"我在这里一无所有。"尤金咕哝道。

"你多久以前就有这种感觉？"本说。

尤金说："素来有此感，打从有记忆就开始了。不过我自己不知道，直到你——"他突然住口。

"直到我什么？"本说。

话题中断了一会儿。

尤金呢喃道："直到你死了——本，你一定死了。本，我亲眼看见你死掉的。"他的声音扬得好高。"我告诉你，我亲眼看见你死。你不记得了？牙医太太现在住的楼上前厢？你不记得了，本？

科克尔、海伦、照顾你的贝茜·甘特，还有珀特太？氧气筒？他们为你套氧气筒的时候，我想抓住你的两只手。"他的声音化为尖叫。"你不记得了？我告诉你，你死了，本。"

本恶狠狠说："傻瓜，我没死。"

一片寂静。

尤金慢声慢调说："那我想知道，我们俩哪一个是鬼？"

本不搭腔。

"本，这是不是广场？我是在跟你说话吗？我是不是真的在这里？这是广场的月光吗？一切是否真的发生过？"

"我怎么知道？"本又说。

甘特店里传来沉重的大理石脚步声。尤金跳起来，隔着詹纳度脏兮兮的橱窗玻璃偷偷往里瞧。他桌上有个手表的零件一闪一闪发出千万道蓝光。珠宝铺那一头，月光由高高的侧窗射进仓库里，天使像有如石头做的大发条玩偶，正走来走去呢。她们那冷冷长长的衣褶发出脆脆的响声，丰满端庄的乳房一摇一摆，大理石小天使更以叮叮当当的翅膀绕圈子飞行，穿透了月光。石雕的绵羊在月光甬道上吃草，发出冷冷的咩咩声。

尤金叫道："你看见没有？本，你看见没有？"

本说："看见啦，那又如何？它们有权利活动吧？"

尤金激动地说："不该在这里！不该在这里！在这边不对劲！我的天，这是广场！有喷泉！有市政厅！有希腊人的饭馆。"

银行的大钟敲出三点半。

他叫道："还有银行。"

本说："没有差别。"

尤金说："有，有差别！"

我是你父亲的亡魂，夜里注定要出没一段时间——[1]

尤金说："不该在这里！不该在这里，本！"

本乏腻地说："该在什么地方？"

---

1 出自《哈姆雷特》第一幕第五场。

"在巴比伦！在底比斯！在别的地方！却不该在这里！"尤金愈来愈激动。"有一个地方什么事都可能发生！但不是这里，本！"

我的神祇悬在天空，在阳光下发出啾啾的鸟叫声。

"不该在这里，本！这样不对！"尤金又说。

巴比伦的无数神祇。后来，尤金盯着栏杆上漆黑的人影有好一会儿，喃喃抗议和怀疑道："鬼！鬼！"

本又说："傻瓜，我告诉你我不是鬼。"

尤金非常激动："那你是什么？本，你死了。"

过了一会儿，他悄声加上一句："人会不会死啊？"

本说："我怎么知道。"

"他们说爸爸快要死了。你知道吗，本？"尤金问道。

"知道。"本说。

"有人买下他的店，他们要把它拆掉，在这边建一栋摩天大楼。"

本说："是的，我知道。"

我们不会再来，我们永远不会回来了。

"样样都会过去，样样都会改变和消失。明天我走了，这个——"他突然住口。

"这个——什么？"本说。

尤金嚷道："这个也会消失，或者——噢，上帝！这一切是否真的发生过？"

"我怎么知道，傻瓜？"本生气地嚷道。

尤金说："怎么回事，本？究竟怎么回事？你记不记得我记忆中的某些事？我忘了不少老面孔，他们哪里去了，本？他们叫什么名字？我忘了相识多年的熟人的名字，我弄不清他们的长相，我把他们的脑袋错安在别人身上了。一个人说的话，我却以为是另一个人说的。我忘了——忘了。有些事我找不着也记不得了。我想不起来，本。"

"你想记什么？"本说。

一块石头，一片叶子，一扇虚有的门扉。以及所有被遗忘的面孔。

尤金说："我忘了许多人名，我忘了许多面

孔，我只记得小事物。我记得我吞过一只桃子上的苍蝇，记得圣路易斯有几个小男孩爱骑三轮车，记得格罗弗脖子上有痣，记得港湾附近的侧轨上有一辆编号一六三五六的拉克瓦纳货车厢。有一次在诺福克，一位要去法国的澳洲军人问我该走哪一条路去坐船，我记得那人的面孔。"

他瞪着本阴暗的面孔，等他搭腔，后来又把一双亮灿灿的眼睛转向广场。

整个银色的空地霎时印着一千具他自己和本的形影。在军校街通出来的那一角，尤金眼看自己走过；他扬膝大步走过市政厅，他站在台阶的石栏边，黑夜里到处都是往日的他——一千具形影走来，过去了，无止尽变换着，却都是不变的"他"。

还有一大群"本"穿过广场，像一根线由逝去的岁月里滚出来，在不朽的纺织机里穿进穿出。一千个不同时期的本走过广场；他属于失去的岁月，遗忘的日子，想不起的时光，在月光下的建筑物前面徘徊，消失，复返，走了又来了。是一

体也是多数 —— 不朽的本正在找寻已逝的欲念、已完成的壮举、虚有的门扉 —— 不变的本幻化为无数形影，由一切砖房前面穿进穿出。

尤金看见一大列他自己和本的形体，他们不是鬼，却都已逝去。生命未诞生的黎明，他看见他自己 —— 他的儿子，他的男孩，他失去的童贞肉体 —— 由喷泉旁边走过来，背着满满的帆布袋，一拐一拐快步经过甘特家，向黑人区走去。他经过现在坐着观望的门廊，看见破帽下已逝的娃娃脸正为听不见的音乐着迷，注意听森林远方的号角，无言的口令。少年用手飞快折着新报纸，可是专心欣赏咒文的传奇面孔却过去了。

尤金跳到栏杆边。

"你！你！我儿！我儿！回来！回来！"

他的声音闷熄在喉头，少年消逝了，他只记得一张困惑、专注、转向灵异世界的面孔。噢，失落啊！

现在广场满是他们已逝的形体，往日的每一分钟都聚在那儿，静止不动。接着广场飞速往后退，顺着命运的轨道愈缩愈小，终于跟一切往事、一切属于他和本的旧日形影一同消失了。

幻想中他看见已逝的传奇都市——七座城门的底比斯，多利斯和福基斯地区的所有庙宇，通向伊特鲁里亚湾的整个奥诺屈亚——都埋在大地的淤泥里。他沉在大地的骨灰坛中，看见已逝的文化：无迹可寻的印加荣耀啦，克里特岛的克诺索斯陶片上的古叙事诗啦，孟菲斯诸王的坟墓啦，还有裹着黄金和朽布、与千位兽神同死的帝王遗骸，以及他们沉睡不醒的殉葬小人像，不一而足。

他看见大地的十亿生者，万亿死者；大海干了，沙漠发了洪水，高山被淹没；神明和守护神来自南方，掌理几百年如梭的岁月，又没落了——去找他们的北极死光，老神明的死亡幽暗。

尽管各种族盲目向死亡进发，地球的大节奏依旧存在。四季排成壮观的行列，依次过去，萌芽的春天永远会重回大地——新作物、新人、新收获、新神明也会回来。

接着该出航了，该寻找乐土了。他一时兴起恐怖的幻想，看见自己在一千个陌生的地方千辛万苦地自我追寻。他的鬼魅脸有一股暧昧而热烈的饥渴——那股渴望曾漂洋过海，曾留在宾夕法尼亚州的荷兰人群中，曾使他父亲眼神发暗，渴望雕石头和天使的头像。他被山丘附体，眼前的大地全围在山壁间，他看见金色的都市在他眼中显得病态，丰美的黑色光彩变成脏兮兮的灰色。他的脑子被百万本书弄坏了，他的眼睛被百万张图片弄坏了，他的身体也被一百种美酒弄坏了。

他由幻想中醒来说："我没在各大都市里。我曾到百万条街上搜索，最后叫声都闷熄在喉头了。我找不到以前待过的都市，以前进过的门，以前站过的地方。"

此时本由月光下的寂静处回答说："傻瓜，你为什么到街上去找呢？"

尤金说："我吃过也喝过泥土，我曾失落和挫败过，我再也不去了。"

本说："傻瓜，你想找什么？"

他答说:"找我自己,找饥渴的终点,找快乐国,我相信尽头有避风港。噢,本,哥哥,幽灵,陌生客,你从来不开口,现在给我一个答案吧!"

本想一想说:"没有快乐国,没有饥渴的终点。"

"还有一块石头,一片叶子,一扇门呢?本?"说话,继续以无言来倾吐心声,"本,我是你心灵的表象,现在谁又是我心灵的表象,我的魂魄,我的异乡心灵,像我这样已经死去,从未活过呢?说不定你的脑子不再像我这样爱做梦,反而有我缺乏的东西——反而知道答案呢?"

寂静发言了。("我不能谈航海,我属于这儿,我从未离开过。"本说。)

"本,那我是你的表象啰?你的肉体已死,埋在这片山区,我未受囚的灵魂盘旋在百万条人生的街道,过着饥渴的噩梦生活。本,在哪里?世界在哪里?"

本说:"不在任何地方,你就是你自己的世界。"

难免要借混沌的乱丝净化。机缘不偏不倚。十亿个可能性绝灭了，才造就出少数的事实。

尤金说："我将留一个国度不去探访。"我也在世外桃源里。[1]

他说话的时候，看见自己已离开百万城市的骸骨和千头万绪的街道。他单独跟本在一起，他们的脚插在暗处，他们的脸映着高寒的星光。

他站在黑阶边缘，只梦想着各城市、百万本书，以及他爱过也爱过他、他认识又失落的人的鬼怪形影。他们不会再来了，他们永远不会回来了。

他双脚踩着黑暗的巉岩，抬眼一望，看不见任何城市的灯光。他暗想道：这是强效的死亡良药。

他说："这是终点吗？我是不是把人生吃掉，找不着了？那我就不再航行了。"

本说："傻瓜，这就是人生，你哪儿也没去过。"

"各都市呢？"

"一个都没有。航程只有一个，是最初、最后，也是唯一的。"

"比日本更陌生的海岸上，比土耳其更遥远的地方，我会找到他 —— 我自己的幽灵和鬼魅。我已失去维持生命的鲜血；我已历经过一百次通往'生'的死亡。借着缓慢的鼓声，垂死都市的火焰，我已来到这个黑暗地带。这是真正的旅程，最好的旅程。我的灵魂啊，现在准备出猎吧。我将探测比信天翁盘桓的海域更为陌生的大海。"

他一个人赤裸裸地站在暗处，远离一切失落的街道和面孔。他站在灵魂的壁垒上，面对他自己失落的国度；耳朵听见前世的大海在内陆低语，还有幽远的号角奏乐。最后的旅程，最长的，最好的。

"噢，迷失在我内在丛林中难以捉摸的半人兽啊，我要追猎你，直到你不再害我满眼饥渴。我在沙漠听见你的足音，我在埋藏于地底的古都看见你的影子，我听见你的笑声传到百万条街道，但我在那儿找不到你。森林里没有一片树叶挂在那儿等我摘;我不会去掀山上的任何一块石头;我不会在任何都市找门扉。可是在我内心的城市里,我灵魂的大陆上,我会找到遗忘的语言、失落的世界、我可以进的门、格外奇特的乐章;幽灵啊,我要缠着你走遍迷宫的路径,直到——直到?噢,本,我的幽灵,有没有答案?"

他说话的时候,幻影岁月已将画面卷起来了,只有本的眼睛在暗处炯炯发光,不回答他的话。

白天到了,清醒的鸟儿开始唱歌,广场浴着清晨的珠光。广场上轻轻吹起一阵风,他抬眼一望,本像一缕轻烟,融入曙光里。

甘特门廊上的天使凝结成硬硬的大理石,默不作声。远方的人畜醒了,车轮咔咔响,马蹄也发出铿铿锵锵的声音。他听见汽笛顺着河边哀鸣。

可是,他最后一次站在父亲门廊上的天使像旁边,广场好像已经很遥远,已经不存在了;也可以说,他像一个站在山上俯临故城的人,不说"城镇近了",反而将视线对着远方高耸的山脉。

托马斯·沃尔夫年表

1900 年

10 月 3 日，托马斯·沃尔夫生于北卡罗来纳州阿什维尔市的伍德芬街 92 号，是威廉·奥利弗·沃尔夫（William Oliver Wolfe, 1851—1922）和第三任妻子朱莉娅·伊丽莎白·韦斯托尔（Julia Elizabeth Westall, 1860—1945）的第八个孩子。

1904 年

沃尔夫太太撇下其夫和女儿埃菲（Effie），举家前往圣路易斯，开设以世界博览会观光客为对象的北卡罗来纳客栈。但她钟爱的第三个儿子格罗弗（Grover）患伤寒去世，她携眷返乡，此后便移爱于托马斯。

1905 年

托马斯·沃尔夫进入罗伯茨（Roberts）校长主持的奥兰治街公立学校就读。

1906 年

8 月，沃尔夫太太与丈夫分居，在斯普鲁斯街 48 号开设老肯塔基家园客栈，托马斯随母迁居。

1907 年

沃尔夫母亲因患有风湿症，冬天常在各地旅行，携他同行。

1912 年

秋天，进入罗伯茨先生创立的北州预校就读，随玛格丽特·罗伯茨（Margaret Roberts）夫人研习文学和作文，等等。

1916 年

6 月，写了《莎士比亚其人》参加莎翁逝世三百周年纪念征文比赛，被评为全校最优者。

秋天，入北卡罗来纳州立大学就读。

1917 年

4 月 6 日，美国与德国宣战。

夏天返乡，爱上二十一岁的克拉拉·保罗（Clara Paul），尝到失恋的滋味。

想转学到普林斯顿大学，但父亲不准。其父病情恶化，住进巴尔的摩的约翰·霍普金斯医院，接受镭素治疗。

1918 年

担任学生报刊《柏油踵日报》（*The Daily Tar Heel*）的编辑。

夏天，前往弗吉尼亚州的诺福克、兰利空军基地、纽波特纽斯港口等地打工。

10 月，其兄本杰明（Benjamin）患肺炎去世。

1919 年

3 月，费德里克·科克（Federick Koch）教授指导的卡罗来纳剧坊初演沃尔夫的《巴克·加文返乡：山胞的悲剧》（*The Return of Buck Gavin: A Tragedy of the Mountain People*），由沃尔夫主演。

6 月，他写的《工业的危机》（*The Crisis in Industry*）入选哲学价值奖，以小册子形式出书。第二部剧作《拖欠的酬劳》（*Deferred Payment*）在《卡罗来纳杂志》发表。

12 月，第三部剧作《第三夜：超自然的山间戏》（*The Third Night: A Mountain Play of the Supernatural*）由剧坊公演。

1920 年

5 月，第四部剧作《正直的鲍勃》（*Concerning Honest Bob*）在《卡罗来纳杂志》发表。

大学毕业，9 月进哈佛大学念书。

10 月，参加乔治·贝克（George Baker）教授的剧作教室"47 剧坊"，又参加约翰·L. 洛斯教授（John L. Lowes）的"浪漫时期的诗人"（"The Poets of the Romantic Period"）讲座。

1921 年

1 月，大学时代写的独幕剧《群山》（*The Mountains*）在"47 剧坊"试演，10 月在阿加西剧院上演，风评不佳。

春天，开始撰写《庄园》（*Mannerhouse*）的前身《继承人》（*The Heirs*），又名《废人》（*The Wasters*，1925 年 1 月完成）。

1922 年

为《群山》公演风评不佳而失望，曾考虑担任教职。

6 月，父亲因癌症去世。

8 月，听从贝克教授的劝告，决心再留在剧坊一年。

秋天，写《黑人区》（*Niggertown*），后改名为《欢迎到本城来》（*Welcome to Our City*）。

1923 年

5 月,《欢迎到本城来》在阿加西剧场公演。

9 月,贝克教授送推荐文至纽约的戏剧协会。

11 月,收到不采用的通知,决心担任教职。

1924 年

2 月,到纽约大学担任助教。

10 月,去欧洲度假一学期。经过英国,12 月前往巴黎。当夜《家屋》(*The House*,改名《继承人》)原稿失窃,后改名为《庄园》重写。

1925 年

7 月 19 日,《阿什维尔公民报》周日版刊载沃尔夫的欧洲游记《伦敦塔》("London Tower")。

8 月中旬,在归国的船上邂逅四十三岁的有夫之妇——舞台服装设计师艾琳·伯恩斯坦(Aline Bernstein,1880—1955),双方有了感情。

1926 年

6 月，再往巴黎休假，开始记新小说的笔记。

7 月，在英国与伯恩斯坦夫人相聚。夫人归国后，他专心在伦敦写作。后来转往各地，于 12 月 29 日回纽约。

1927 年

借用伯恩斯坦夫人的阁楼房间专心写作。

7 月，与夫人共赴欧洲，继续写作，决定将小说命名为《噢，失落》(*O, Lost*)。

9 月下旬，归国写最后一章。

1928 年

3 月底，完成新小说。

春天，与伯恩斯坦夫人开始失和。

7 月，去欧洲，在慕尼黑啤酒节中卷入斗殴事件而受伤。

11 月中旬，收到斯克里布纳出版社（Scribner）的编辑麦克斯韦尔·珀金斯（Maxwell Perkins,

1884—1947）对《噢，失落》一书表示兴趣的书信。

1929 年

1 月，回到美国。

2 月初，与珀金斯见面。

春天，《噢，失落》改名为《天使望故乡》（*Look Homeward, Angel*）。

7 月，与斯克里布纳出版社签定出版合约。该书第二部的第六章以《门廊上的天使》（"An Angel on the Porch"）为题在《斯克里布纳》杂志 8 月号上发表。

10 月 18 日，《天使望故乡》出版，故乡的人比预期中更为反感，但在英国和德国成为畅销书。

1930 年

1 月，辞去纽约大学教职。

2 月，在纽约大学讲演"美国小说"。

3月，赢得了古根海姆奖学金（Guggenheim Fellowship）。

5月赴欧，与伯恩斯坦夫人断绝关系。19日抵达巴黎，立即动手写下一部作品。后来转往瑞士，10月定居伦敦。

诺贝尔文学奖得主辛克莱·刘易斯（Sinclair Lewis，1885—1951）的演说词在11月6日的《纽约时报》上刊载，12月12日在瑞典学院发表，沃尔夫甚为激赏。

1931 年

2月底归国，住在布鲁克林。

3月，伯恩斯坦夫人自杀未遂。

夏天，他开始写《自负的兄弟 —— 死亡》（*Death, the Proud Brother*）。不久对自己竟失去信心，幸赖珀金斯支持才渐渐恢复。

1932 年

1月，根据其母来访的谈话得到《大地之网》

（"The Web of Earth"）的构想，3月底完成，发表于《斯克里布纳》杂志 7 月号。

3 月，在该杂志的 4 月号发表《巴斯科姆·霍克的画像》（"A Portrait of Bascom Hawke"），又与同仁获该杂志"最好的中篇小说"首奖，得到奖金的半数二千五百美元。

1933 年

5 月，先支领未完成的第二部长篇小说的部分稿费，立下 8 月 1 日完成，秋天出版的合约。

在《斯克里布纳》杂志的 5 月号发表《火车与城市》（"The Train and the City"），6 月号发表《自负的兄弟——死亡》，7 月号发表《不得其门》（"No Door"）。

12 月，沃尔夫不眠不休地写作，过度辛劳，珀金斯叫他暂停，先整理已完成的稿件。于是他听从珀金斯的建议，将原稿分为两部分，沃尔夫结集前半部已完成的稿子。

1934 年

由于经济窘困，接连在《斯克里布纳》杂志上发表短篇小说：2 月号发表《四个失落的人》（"The Four Lost Men"），5 月号发表《太阳与雨》（"The Sun and the Rain"），8 月号发表《遥远及失落之屋》（"The House of the Far and Lost"），11 月号发表《林中的黑暗，怪如时间》（"Dark in the Forest, Strange as Time"）。又在《美国使者》杂志 5 月号发表《新兴城镇》（"Boom Town"）。

《国家的名字》（"The Names of the Nation"）在《现代月刊》12 月号发表。

1935 年

《黎明马戏团》（"Circus at Dawn"）在《现代月刊》3 月号发表。

3 月 2 日，将积存的大堆原稿放在几个大松木提箱内，托付给珀金斯和《斯克里布纳》杂志，前往欧洲。8 日抵达巴黎，月底又前往英国。

5 月初，抵达希特勒统治下的柏林。

将本来预定作为《时间与河流》（*Of Time and the River*）开场白的《老卡陶巴的男人》（"The Men of Old Catawba"）一部分命名为《波吕斐摩斯》（"Polyphemus"），于《北美评论》6 月号上发表；将另外一部分命名为《老卡陶巴》（"Old Catawba"），在《弗吉尼亚季刊》4 月号上发表；又把《时间与河流》原稿中删除的《格列佛》（"Gulliver"）送到《斯克里布纳》杂志 6 月号发表。《公园里》（"In the Park"）在《时尚芭莎》杂志 6 月号发表，《阿诺德·彭特兰》（"Arnold Pentland"）在《绅士》杂志 6 月号发表，《小路边的村舍》（"Cottage by the Tracks"）在《四海》杂志 7 月号发表。

7 月 4 日，回到纽约，12 日在五年未去的查塔姆酒吧遇见伯恩斯坦夫人。她当年企图自杀，两人似乎暂时恢复了情谊，不久感情又失和了。

在博尔德开会的科罗拉多大学作家会议邀请他参加。他于 7 月 27 日出发西行，31 日抵达，与 R. 弗罗斯特（R. Frost）和 R.P. 沃伦（R. P.

Warren）共同研讨。

8 月 6 日，以原定作为《时间与河流》序文的稿子为基础，发表"一本书的诞生"（"The Making of a Book"）的演说。归途驻足加州，曾到好莱坞，有人劝他留下来当电影剧本作家，被他拒绝。

8 月，《时间与河流》出版，大获好评，六周之内卖出两万册。

9 月底，回纽约。以美国夜晚为主题的《夜之书》（*The Book of the Night*）创作构想萌芽，后改名为《黑暗的猎犬》（*The Hound of Darkness*）出版。

10 月初，离开布鲁克林，移居东河河畔的公寓。

《日落浪人》（"The Bums at Sunset"）在《浮华世界》10 月号发表。

11 月 14 日，短篇小说集《从死亡到清晨》（*From Death to Morning*）出版。

将在科罗拉多大学发表的演讲稿缩成原来的

一半，改名为《一部小说的故事》（"The Story of a Novel"），分三次在 12 月 14 日、21 日、28 日的《周六文学评论》上发表。

1936 年

新作《斯潘格勒的保罗之幻境》（*The Vision of Spangler's Paul*）构想渐渐成熟，3 月中旬开始执笔。

4 月 25 日，伯纳德·德沃托（Bernard DeVoto）发表《天才还不够》（"Genius Is Not Enough"），批评珀金斯编辑的沃尔夫作品，给沃尔夫很大的打击。

7 月 23 日，沃尔夫前往柏林。

8 月，开始观看奥林匹克运动会，并仔细观察纳粹统治下的德国。与女画家西娅·沃尔克（Thea Voelcker）热恋。8 月 26 日，二人分别。

9 月底，沃尔夫独自回国。此时他反纳粹的意志更为坚决，写了《我有件事要告诉你》（"I Have a Thing to Tell You"），连载于《新共和》；

此后，沃尔夫的书在德国被禁。

12月26日，动身前往新奥尔良旅行，途中巧遇在里士满市召开的现代文学协会会议，与兰塞姆（J. C. Ransom）等作家同行畅谈。

1937 年

1月10日，寄出与珀金斯的诀别信（信中日期为1936年12月15日）。11日离开新奥尔良，途中到母校访问，向敬爱他的学生发表演说，但未到出生地阿什维尔市。

他一面写搁置的长篇小说，一面在1月到7月间写完《虎童》（"The Child by Tiger"，《星期六晚邮报》9月号）、《片本先生》（"Mr. Katamoto"，《时尚芭莎》杂志10月号）、《失落的少年》（"The Lost Boy"，《红书》11月号）、《奇卡莫加》（"Chickamauga"，《耶鲁评论》1938年冬季号）等许多短篇小说。

4月底，回到故乡阿什维尔，大受欢迎。曾一度回纽约，6月末再返乡，此后一直在阿什维尔住到 9 月。

8 月，决定不再经由斯克里布纳出版社出版作品。

秋天，移居位于西 23 街的切尔西旅馆，不告诉任何人他的地址，专心写作。

12 月 19 日，将《斯潘格勒的保罗之幻境》改名为《农奴多克斯的生平与奇遇》（*The Life and Adventures of the Bondsman Doakes*），几经犹豫，终于决定和哈珀兄弟出版社（Harper & Brothers）签约。此后，沃尔夫作品的编辑就由该社的爱德华·阿斯韦尔（Edward Aswell）担任。

1938 年

将《农奴多克斯的生平与奇遇》改名为《网与石》（*The Web and the Rock*），男主人公多克斯改名为乔治·韦伯。

1 月，《同伴》（"The Company"）在《新集团》杂志发表，此作后来成为《无处还乡》的第八章。

2 月，在《风格》杂志发表《美国序曲》（"A

Prologue to America")。

4月2日，寄信给《国家》杂志，要求民主国家对法西斯共同行动，舍弃孤立主义。

5月17日，应邀到普渡大学演讲。19日，到芝加哥、丹佛、波特兰旅行。到了波特兰，《俄勒冈人报》的周日版编辑爱德华·米勒（Edward Miller）和俄勒冈州汽车协会的理事长雷·康韦（Ray Conway）邀他以两周的时间全速赶往西部的国家公园一游，沃尔夫答应了。

6月21日，乘康韦的白色福特轿车出发。每天出游十六小时，一日行程平均三百五十六英里，两周间勉力前进，沃尔夫身心俱疲。不过他们仍勉强照预定计划于7月1日抵达雷尼尔山国家公园。接着，沃尔夫前往西雅图，身体出现不适。

7月11日，被医生诊断为肺炎，入院疗养。14日危机解除，烧也退了，没想到病情并未好转。

9月5日，做X光检查，疑是脑肿瘤。院方指示他到全国最权威的神经外科医师沃尔特·丹迪（Walter Dandy）所在的约翰·霍普金斯医院诊察。当夜由其姐梅布尔（Mabel）伴随东行。10 日，抵达巴的摩，火速入院检查，结果不是脑肿瘤，而是脑硬结肿，已确定毫无希望了，此后一直处于半昏迷状态。

9 月 15 日早上死亡，葬在阿什维尔市的河边公墓。

1939 年

在珀金斯等人协助下，阿斯韦尔继续整理编辑沃尔夫托付的稿件。

6 月 22 日，第三部长篇小说《网与石》出版。

1940 年

阿斯韦尔将第四部长篇小说整编出来，以《无处还乡》为名于 9 月 18 日出版。

1941 年

10 月 15 日，小说残篇《彼方之山丘》（*The*

Hills Beyond）出版。

1958 年

《天使望故乡》由克蒂·弗林斯（Ketti Frings, 1909—1981）改编为戏剧，在百老汇上演五百五十四场，获纽约戏剧批评圈奖和普利策奖。

1960 年

10 月，托马斯·沃尔夫资料展在柏林举行，存于阿什维尔市珍藏纪念图书馆的资料都被送往德国，一个月内参观者达两万人。

"傻瓜，你想找什么？"

"找我自己，找饥渴的终点，找快乐国，

我相信尽头有避风港。"

LOOK HOMEWARD,
ANGEL

Thomas Wolfe

天使望故乡
I

[美] 托马斯·沃尔夫 著

宋碧云 译

广西师范大学出版社

·桂林·

图书在版编目（CIP）数据

天使望故乡：全三册 / （美）托马斯·沃尔夫著；宋碧云译. --桂林：广西师范大学出版社，2022.7（2025.9重印）
书名原文：Look Homeward, Angel
ISBN 978-7-5598-4365-4

I. ①天… II. ①托… ②宋… III. ①长篇小说 –美国 – 现代 IV. ①I712.45

中国版本图书馆CIP数据核字（2021）第224251号

TIANSHI WANG GUXIANG
天使望故乡

作　　者：（美）托马斯·沃尔夫
责任编辑：谭宇墨凡
特约编辑：苏　骏
装帧设计：山　川
内文制作：陆　靓

广西师范大学出版社出版发行

　广西桂林市五里店路9号　邮政编码：541004
　网址：www.bbtpress.com
出版人：黄轩庄
全国新华书店经销
发行热线：010-64284815
北京启航东方印刷有限公司印刷
开本：889mm×1260mm　　1/64
印张：18　　　　　字数：458千
2022年7月第1版　　2025年9月第7次印刷
定价：108.00元（全三册）

目录

托马斯·沃尔夫
及其作品《天使望故乡》

托马斯·沃尔夫（Thomas Wolfe，1900—1938）是美国文学史上的传奇人物，也是名副其实的巨人。他身高六英尺半，体重约两百五十磅，经常每天写作十五个小时。他在世时，只出版了两本很长的长篇小说，死时不到三十八岁，留下一堆高达八英尺的原稿。

沃尔夫出生于北卡罗来纳州的阿什维尔。父亲是宾夕法尼亚出身的石工，有流浪癖，是个有艺术家气质的豪放人物；母亲是土生土长的当地人，个性偏强，欲望强烈。这两个人的性格差异，对日后的沃尔夫产生了决定性的影响。1906 年，母亲与父亲分居后，经营着一家小客栈，沃尔夫随母亲搬到那里居住。他排行老幺，特别受到家人的宠爱。但随着自我的逐渐苏醒，他开始因对未知事物之憧憬和内在自我之冲突而苦恼。从北卡罗来纳大学毕业后，为了追求更广大的世界，他进入哈佛大学（1920）。其时，他已矢志要走文学之路，并开始专心研究戏剧，自己也进行戏剧创作，可惜未获成功。

1924年，沃尔夫获得纽约大学的教职（1924—1930），开始了大都市的艰苦作家修行。另一方面，遗传自父亲的流浪癖也不放过他。第二年他启程前往欧洲旅行，在回程的船上和一名已婚妇女发生恋情，经由她的鼓励，更坚定了做一名作家的决心。再度赴欧洲时开始执笔撰写巨作，回国后也在纽约专心创作。然而，书稿不被出版社采纳，直至后来才被斯克里布纳出版社名编辑麦克斯韦尔·珀金斯赏识，1929年以《天使望故乡》为题出版，一举成名。

可是，这部小说的自传性特点引起了乡亲们的反感，又因沃尔夫本身对创作方法产生疑问，其后的数年间，他的心一直为流浪和艰苦创作所苦。在这种逆境下完成的第二部作品《时间与河流》（1935），却使他声名大噪，备受瞩目。当时，担心这本书得不到好评而逃避到德国的沃尔夫，得知自己获赞的消息后欣喜若狂。

此后，他往返于欧洲、美国各地，同时穷毕生之精力继续从事创作。后来因意见不和与珀金斯分手，开始检讨自己过去走过的路，在作品中也尝试新的方法。1938 年，沃尔夫在赴西部旅行的途中罹病，9 月 15 日死于巴尔的摩一家医院，距满三十八岁不到一个月。

他留下许多遗稿。在死后出版的《网与石》（1939）、《无处还乡》（1940）这两部作品，与前面的两部作品形成一个大长篇，构成他的文学世界。其他作品有：在未完成的长篇基础上加上数个短篇的《彼方之山丘》（1941），以及短篇集《从死亡到清晨》（1935）、习作时代的戏剧《庄园》（1948）等。又如《一部小说的故事》（1936），是谈他的创作方法的随笔，也是指出现代小说问题的真挚文章，都饶具重要性。前面提到的《天使望故乡》《时间与河流》《网与石》《无处还乡》四部长篇，是一连串的长篇自传小说。除了前两部的主人翁名字不同于后两部，以及在创作方法上或多或少的变化外，追求美国青年肉体性、精神性流浪的主题一贯性表露无遗。

沃尔夫身材魁梧，经常感受到想知道一切的巨人性"饥渴"，于是他不停地描述执着于那种欲望的自我。他的作品绝不能说十分洗练，只是给人一种拼命写下去的感觉，可是他笔下极力想在现代的荒漠世界里找到可依附之物的挣扎形象，翔实地刻画出现代精神荒凉的景象，尤其是美国人的心态。其中，赤裸裸地描述"饥渴"的《天使望故乡》和《时间与河流》都堪称他毕生最具有代表性的杰作。

《天使望故乡》常被视为沃尔夫的精神自传。作者表现的内涵彻彻底底是属于二十世纪的。菲茨杰拉德《了不起的盖茨比》里的盖茨比、福克纳《喧哗与骚动》里的昆丁·康普生与《天使望故乡》里的尤金·甘特虽有相似之处，然而他们之间也有一项极大的区别：这些小说家对他们笔下的浪漫英雄都分别加以钳制——菲茨杰拉德借一个次要人物，并以嘲讽的口吻叙述故事；福克纳利用其他人物透视他的观点；相反，沃尔夫却干脆直爽地表达，淋淋漓漓道尽他的浪漫情怀。"我打算把我的灵魂拧在纸上，把一切和盘托出。生命对我的意义也就在此：我无法摆脱这一样东西，因此我必须做下去，否则活不了。"正如盖茨比永远追寻绿光，尤金追寻的象征符号在于叶子、石头与门——一项永远无法完成的追寻，尤金追寻某种含糊且从未明述过的完美。身为一个偏僻小乡镇中成长的男孩，尤金相信他的"乐土"就在环抱的山峦之外，或者在某一个"黄金城市"中。由于火车是他逃脱的唯一工具，火车的汽笛对他有一种特殊的刺激。而他更经常在想象、梦想及艺术创作的天地里寻找他的"乐土"。虽然沃尔夫宣称尤金的追寻已告结束，虽然在小说中尤金不时瞥见他的目标，可是这位主人公常常是顿挫、沮丧的。沃尔夫认为，人的命运属于绝对的孤独，而且同时在永无休止地变化；一成不变的时间及死亡，注定要打击人们对乐土的向往。小说结尾时，尤金自称已找到他的"乐土"——"在自己内心的城市里，在自己灵魂的大陆上，我要找到被人遗忘的语言、失落的世界，以及一道可以进去的门"。也就是说，对自己的认识似乎是一把开门的钥匙，或者可以说，这道门乃是通往深藏于内的生命的唯一入口。

此外，我们特别要提到的是，沃尔夫拥有无可比拟的记忆力和敏锐的感受，这也是他的文学作品不朽的要素之一。通过他的文笔，事物的香、声、色、形、触栩栩如生地被召唤又重新展现；他对土地的描写、对倏忽无常的四季的递嬗与精确美妙的捕捉，始终让烟消云散的宇宙万物，在文字的意象中获得凝定的永恒。

这种饶具诗质和传神的表达正是沃尔夫的看家本领，而且足以掩盖他作品不可避免的小疵。福克纳曾为二十世纪的美国小说家大胆做了如下的论断："沃尔夫无疑应该名列前茅，在下居次，约翰·多斯·帕索斯第三（这位作者以总标题为"《美国》三部曲"的《北纬四十二度》《一九一九年》《赚大钱》享名于世），海明威第四。沃尔夫把人类心灵的一切经验原原本本放在一个针头上。"福克纳素来不轻易称许人，他对沃尔夫钦服到如此地步，不禁使我们想到马尔克斯的名言："广义的美洲定义下最伟大的作家，不是我，而是那位创作《白鲸》的梅尔维尔。"行家的评断真个是明察秋毫，一字不含糊！

毋庸置疑，沃尔夫已然征服了他的宿敌——时间，尽管他离开这个世界的时候，还不到三十八岁。

托马斯·沃尔夫的《天使望故乡》是一部翔实描写人在青年时代精神成长过程的珍贵人生资料，同时被称为具有"教育小说"特质的"美国生活的一大叙事诗"，也被视为天才作家的一种自传。

主要人物表

尤金

本书的中心人物。甘特家的小儿子，其父母步入中年后才生下他，并将全部希望寄托在他身上，而他则完全承传了甘特家的血脉与气质，集感性、浪漫、多情、幻想、忧郁于一身。喜好阅读，又善于体会人性中的细腻处；全心凝聚于生命的实质之感受上，却又漂浮周转于生活中；纯洁、堕落兼有，真实、虚幻并具，生命中的种种在他身上充分挥洒开来。

奥利弗

尤金的父亲。渴望流浪的甘特家的血脉使其沉溺于浪荡与酗酒，好不容易定居下来，以雕刻大理石墓碑为业，娶妻生子。但终究改不了恶习，在家中仍经常酒醉成疯，恶言苛责其妻，端赖次女才能压服得了其狂态。晚年罹患癌症，更增无谓的唠叨，叫人心烦。

伊丽莎

奥利弗之妻。一生中唯一着眼处为房地产，精打细算，颇富生意眼光，后虽不乏资产，但生性好聚敛，故家中一切开销极其俭省，惹来儿女的不平。她静静忍受其夫之刻毒言语，不轻易流露真情，唯尤金偶尔体会一二，亦随即对她那根深蒂固的贪婪感到绝望。夫妻之间的不协调状态种下全家解体的祸根。

史蒂夫

甘特家的长子。因父亲行径之感染，自幼即经常出入娼家，沉溺酒色。长年在外，有所需求时才会回家来，并引起家中一场风波。

黛西

甘特家的长女。长大、结婚、生子，平平稳稳，无甚出色处。

海伦

甘特家次女。老成世故。爱奉献自己去照顾人，却又在意他人的回报。故外表虽总是愉快、和善，内心却交织着种种复杂多端的情绪，所以并不容易捉摸，常与人似亲近又若格格不入。一生以服侍老甘特为主。结婚后多年未得一男半女，不稳定的思绪表现得更为明显。

本杰明（本）

甘特家次子，双胞胎之一。性格超然、独立，沉默寡言，正直含蓄，身上有一股力量隐隐维系着全家。与尤金之间有深深的默契，两人的生命处处交流会合着，多方面对尤金有所启发。二十多岁就因肺炎死亡，带给全家极大的震撼，特别是尤金。

格罗弗

与本杰明是双胞胎,是家中最乖巧的孩子。十二岁时在博览会场染霍乱而夭折,打破了其母欲在博览会中大赚一笔的美梦。

卢克

甘特家的三儿子。头脑简单,说话口吃,一心在事业上,当推销员,倒也蛮得人缘,发展得挺不错。与海伦较投契。后投身海军生涯。

约翰·伦纳德

尤金念小学时的校长,才气不高,但带领家人以办学为志。说服伊丽莎,让尤金在小学毕业后进入他的预校就读。

玛格丽特夫人

约翰·伦纳德之妻。疼爱尤金如己出,尤金在预校就读时,经常出入她家,并于此获得自己在家中得不到的母爱。她带着尤金徜徉于文学的世界里，为尤金提升了心灵境界，开拓了他的精神领域。

劳拉

尤金少年心灵中的爱人。二十一岁时在伊丽莎开设的度假旅馆中与尤金相识，并引出恋情。但当时的尤金才十六岁，因年龄的悬殊考虑到现实上可能遭遇的不便，而决定返乡与未婚夫成婚。此事为尤金带来深深的怆伤与失落。

珀特太太

本杰明的恋人。两人之间的默契，除了尤金之外，没有人了解。她给予本杰明的安慰和关爱总是在默默中的，不为人知的……

第一部

……一块石头，一片叶子，一扇虚有的门扉；一块石头，一片叶子，一扇门。以及所有被遗忘的面孔。

我们赤裸裸孤单单流亡至此。在母亲黑暗的子宫内，我们不知道她的长相；我们从她肉体的牢笼来到世间这个不可诉说、不可言传的牢狱。

我们之中有谁了解自己的弟兄？有谁审视过父亲的心？谁不是永远被囚禁着？谁不是永远当异乡人、孤独客？

噢，茫茫迷径，在炽热的迷宫里，迷失了，在灰烬上的星群里，迷失了！我们默默回忆，寻找遗忘了的大语言、失落了的天堂巷尾、一块石头、一片叶子、一扇虚有的门扉。在何处？在何时？

　　噢，失落的、见风愁的幽灵，再度归来吧。

一

英国人跟荷兰人结合，已经是命运足够奇异的安排了。而让一个人由英国埃普瑟姆城来到宾夕法尼亚州，又进入笼罩着公鸡啼声和天使石像笑靥的阿尔塔蒙特山区，这更加是命运的神妙机缘，将在灰浊浊的世界中产生新的奇迹。

我们每个人都是自己算不到的无数因子凑合成的：若把我们赤裸裸放回黑夜中，你就知道昨天在得克萨斯州结束的爱情始于四千年前的地中海克里特岛。

我们毁灭的因子将在沙漠里开花，治愈我们的杀菌素就生长在山岩边，我们的一生受一位佐治亚州懒妇影响，起因却是一位伦敦扒手未被处绞刑。每一时刻都是四千年的结晶。分秒决胜的日子就像苍蝇，嗡嗡飞向死亡的终点站，而每一时刻又都是开向永恒的一道橱窗。

下面就是其中一个时刻：

有一个英国人名叫吉尔伯特·冈特，后来改姓甘特（可能是迁就北佬的语音）；1837 年，他乘帆船由布里斯托港来到巴尔的摩，买下一家酒馆，不久便把赚来的利润喝光了。他向西流浪到宾州，养些斗鸡来对抗乡下晒谷场的冠军，勉强度过危险的生活，经常在乡村牢狱过夜，然后落荒而逃，斗鸡战死了，他口袋里一文不名，有时候鲁莽的脸上还留有农夫的大拳印。但他每次都逃掉了。收成时节他来到荷兰人区，看他们土地多，动心之余就定居在那儿。一年内他娶了一个结实的寡妇为妻，她有一座整洁的农场，和其他荷兰人一样，被他的旅行者的气质、夸大的言语——尤其是他学埃德蒙·基恩[1]扮演哈姆雷特的

---

[1] 埃德蒙·基恩（Edmund Kean），英国演员，以擅演莎翁名剧而知名。

调调——迷住了。人人都说他该当演员才对。

这位英国佬生了四儿一女，日子过得轻松自在，他耐心忍受妻子凌厉却正直的指责。多年过去了，他那双明亮有神的眼睛变得迟钝和浮肿，高大的身子患了痛风，走路慢吞吞的。有天早上，她唠唠叨叨叫他起床，才发现他脑溢血死了。他留下五个孩子和一份抵押状——奇异的黑眼睛瞪得好大，含着一种不死的精神：亦即一股热烈又模糊的航海欲。

我们讲完这段传奇，就不再谈这个英国佬了，改谈一位继承了上述性格的人——他的次子奥利弗。这个男孩曾站在母亲农场附近的路边，看着风尘仆仆的南军开往葛底斯堡；他听到弗吉尼亚州的大名，眸子曾为之一黑；十五岁那年南北战争结束了，他走上巴尔的摩的一条街道，曾在一家花岗石墓碑店里看见绵羊和美童的雕像，看见一座天使像四肢优雅而无力，笑得柔和又痴呆——这些都说来话长。我只知道他那双冷冷浅浅的眼睛曾闪着亡父由沼地教堂街带到费城的那股暧昧又热情的幽光。少年望着手持水仙花茎的大天使像，一股冷冷的、无以名状的激情涌上心胸。两只大手的长手指紧握起来。他觉得好想用凿刀雕刻东西，这个愿望强过一切。他想把体内一股幽暗难言的力量化为冷冷的石头，他想刻一具天使的头像。

奥利弗走进店铺，向一位手持木槌的胡须大汉求职。他当上石刻匠的学徒，在灰蒙蒙的院落里干了五年，终于变成石刻匠。学徒生涯结束时，他已长成大男人了。

他从未找到渴望的东西。他从未学过雕天使的头像。鸽子、绵羊、光滑的大理石死人拱手像、优美的字体他都刻过——就是没刻过天使像。以前他曾在巴尔的摩荒唐数载，曾工作和狂饮经年，爱看布斯和萨尔维尼[1]演的戏——他们的表演对这位石刻家有灾难性的影响。他背下每一句戏词的每一个字音，喃喃走过街道，大手迅速做出各种

---

1 布斯（Booth），指约翰·威尔克斯·布斯，是美国著名演员，暗杀了林肯总统。萨尔维尼（Salvini）是意大利名演员。

表达的手势——在所有荒废及迷失的岁月中，这几年是盲目举步和探索的阶段。当我们默默回忆，寻找遗忘了的大语言、失落了的天堂巷尾、一块石头、一片叶子，一扇门时，这正是我们饥渴的写照。在何处？在何时？

他从未找到渴望的东西，于是他摇摇摆摆横越新大陆，来到战后重建的南方。他身高六英尺四英寸，神态狂野，双目冷淡不安，鼻子大大的，口才甚佳，骂起街来滑稽又荒谬，像古典修饰词一般正式，而且用得一本正经，只是嘴角挂着一抹不安的笑容。

他到中南部某州的小首府悉尼镇开店，在挫败和敌意犹存的镇民关注下勤俭度日，不酗酒，终于建立好名声，获得接纳，并娶了一位患结核病的老处女为妻。此女大他十岁，却颇有积蓄，一心想结婚。过了十八个月，他又成了咆哮的狂人，脚整天搁在栏杆上不放下来，小生意全毁了，他的妻子辛西娅——当地人说他见死不救——有一天晚上吐血，突然死掉。

辛西娅、店铺、好不容易得来的节酒名声、天使的头像……样样都失去了。晚上他摸黑走过街道，以五韵诗痛骂南军的作风和惰性；却又满怀恐惧、迷惘和忏悔，在镇民谴责的目光下憔悴，高瘦的体型更加瘦削，他渐渐相信辛西娅的肺病已传到他身上，正找他复仇呢。

他年纪刚过三十，看起来却老多了，面孔凹陷发黄，蜡像般的鼻子简直像鸟嘴。他留着棕色的长髭须，凄然往下垂。

他酗酒弄坏了身子，人瘦得像长竿，经常咳嗽。在孤单不友善的城镇里，他想起辛西娅，开始感到害怕。他认为自己有肺病，快要死了。

奥利弗在世间找不到条理和固定的职务，又感觉孤单和失落，与脚下的大地也断了情缘，便再度浪迹美洲。他往西向大丘陵群走去，知道山背后的人不可能听过他的恶名，指望在那边找到孤独和新生，恢复健康。

憔悴的幽灵眼又像少年时代一样黑亮起来。

潮湿灰暗的十月天，奥利弗整日乘车而行，穿过广大的乡间。他凄然望着窗外大片尚未开垦的土地和零零落落的小农场——小农场在荒野中只像翻掘过的小菜园，他的心都冷了。他想起宾州的大谷仓、成熟的金色谷粒、丰足有序又俭省的人民。他想起自己如何追求条理和地位，生活却一团糟，多年来留下许多污点，荒废了青春。

他暗想道：老天！我日渐衰老！为什么来这儿？

幽灵般的岁月一一流过他的脑海。突然间，他看出自己一生的道路是一连串意外辟成的：一位疯狂的南军大唱"世界末日决战歌"，路上号角悲鸣，军队的骡蹄咚咚响；一间灰蒙蒙的店铺中有一座雪白痴呆的天使像；一位娼妇走过时猛摇屁股……这些事影响了他的一生。他已由温暖和富足的地方走进这片不毛之地。他望望窗外，看见未耕的土地，原始的皮德蒙特高冈，泥泞的红土路，张口望着车站的邋遢村民——有个瘦瘦的农夫骑在马背上，有个黑人正在偷懒，有个庄稼汉缺了牙，有个脸色发青的女人带着脏兮兮的小婴孩——命运真奇怪，使他恐惧莫名。他怎么会离开少年时代整洁繁荣的荷兰人区，来到这浩大的伛偻荒地呢？

火车继续驶过热腾腾的大地。雨下个不停。一位司炉冷飕飕地走进肮脏的丝绒车厢，将一桶煤炭倒进末端的大火炉里。一群庄稼汉趴在两张倒转的座位上，笑得高亢又空虚。除了车轮声，铃声也凄然响起。火车在山脚附近的一座交会城嗡嗡等了好久，又继续驶过绵延的大地。

暮色降临了。大片山丘朦朦胧胧显现。山腰上的小木屋里燃起烟蒙蒙的小灯火。火车走过高高的铁桥，桥身架在阴森森的溪流上。远远的高处，远远的低处，玩具般的小屋贴着岸边、山谷和山腰，炊烟缕缕。火车慢吞吞地在凿出的红色隧道间蜿蜒行进。天黑了，奥利弗在铁路终点的小小"旧栅镇"下车。一堵大山壁赤裸裸呈现在他面前。他走出冷冷清清的小车站，凝视一家小村店的油灯，觉得自己像一只巨大的野兽，正要爬到大山里去等死。

第二天早上他乘马车上路。目的地是丘陵另一端的阿尔塔蒙特小镇。马儿缓缓爬上山径，奥利弗的精神略微好一点了。那是十月末一个金灰色的日子，天气明朗多风。山气凛冽耀眼，山脉高耸在他面前，稠密、浩大，又清洁、光秃秃的。树木憔悴赤裸，几乎没有叶子。天空布满被风吹散的小白云，浓雾慢慢笼罩一座山岭。

下方有一条山涧白花花流过岩质的河床，他看见一小群一小群人正在铺铁轨，横越丘陵向阿尔塔蒙特的方向铺过去。接着勤劳的队伍一波波涌向山谷，由紫雾弥漫的山脉慢慢下坡，走向阿尔塔蒙特镇所在的高原。

就在永恒的山脉里，就在大盆地边缘，他发现有一座四千人口的小镇，乱糟糟伸展在百座丘陵和凹谷中。

那儿有新的土地。他的心情为之一爽。

阿尔塔蒙特镇是独立战争后建立的。这儿本

是赶牛人和农夫由田纳西州东行往南卡罗来纳州的一处休息站。南北战争前几十年，查尔斯顿城和南方大平原的上流人士喜欢来此避暑。奥利弗第一次来的时候，这儿不但渐渐以避暑胜地知名，也是结核病的著名疗养地。好几位北方来的富翁在丘陵间建立打猎居所，其中一位还买了大片大片的山地，从外地请来一大队建筑师、木匠和石匠，以法国布卢瓦古堡为蓝本，构筑全美国最大的乡下庄园——灰石结构，罩上石板斜屋顶，有一百八十三个房间。还有一间大型的新旅社、一座华丽的谷仓，舒舒服服立在一处居高临下的冈顶。

不过大多数人口是山区征调的土著和附近地区的乡下人。他们是苏格兰和爱尔兰混血的山民，坚强、粗鄙，精明又勤快。

奥利弗从辛西娅的房地产中保住了一千两百美元左右的残值。冬天，他在小镇广场租一间小木屋，买来一点大理石，开始营业。起先他没有多少生意可做，成天思索自己死亡的远景。凛冽孤寂的冬天，他自以为快要死了，于是全镇争谈这位喃喃自语走过街道的北佬怪人。跟他同住一栋膳宿公寓的人都知道他晚上大步在房间内走来走去，薄唇间不断吐出一种好像发自腑脏的呻吟。可是他不跟任何人谈这件事。

接着，丘陵地带美妙的春天来了，到处呈金绿色，阵阵春风劲吹，花朵香气袭人，更有一缕缕温暖的凤仙花香。奥利弗体内的大伤口渐渐复原，他的声音又出现在大地，旧伤口才恢复，往日的热切气息也出现了。

四月的某一天，奥利弗仿佛怀着新苏醒的知觉，站在店铺前打量广场奔忙的活动，听见后面有一个人走过去。那个人的声音浊浊的，拖得很长，泰然自若，他突然想起二十年前埋在他心底的一个画面。

"他来了！照我估计，他会在 1886 年 6 月 11 日抵达。"

奥利弗回头，看见这位预言家壮硕的身影慢慢消失——多年前他曾看见此人消失在尘埃飞扬的路面，正要前往葛底斯堡参加"世界末日大决战"呢。

他问一个人："那是谁呀？"

那人望一望，露出笑容。

他说："那是巴克斯·彭特兰。他是个怪人。这一带他的亲戚很多。"

奥利弗舔舔大拇指，然后微微咧嘴一笑说：

"世界末日前的大决战来了没有？"

"他现在随时等那一天到来。"那人说。

后来，奥利弗认识了伊丽莎。某一个春天下午，他躺在小办公室的皮沙发上，聆听广场的嘈杂声，浑身有一股渐渐康复的安详感。他想起肥沃的黑土和突如其来绽放的小花苞，想起啤酒的凉意，想起落地的梅花。此时他听见一个女人的鞋跟清清脆脆走过大理石堆，连忙站起来。她进屋的时候，他正在穿那件仔细刷过的黑色厚大衣。

伊丽莎噘嘴挖苦道："告诉你，我恨不得当男人，没事做，整天躺在舒服的沙发上。"

奥利弗夸张地一鞠躬说："小姐，午安。"说话时一抹笑意浮上嘴角："是的，你正好碰上我休息养病。其实我白天很少躺着，不过这一年来我身体差，做不来以前的工作。"

他沉默片刻，沮丧得拉长了脸。"啊，老天！我不知道会有什么下场！"

伊丽莎不屑地说："啐！我看你没什么毛病嘛。你高大结实，又是壮年。有一半病情只是想象。我们大抵自以为有病，一直挂在心上。我记得三年前我在霍米尼镇区教书，得了肺炎。没有人预料我能活命，我却撑过来了。我记得有一天我正坐着——照一般说法，我大概正在疗养吧，我为什么记得呢？因为弗莱彻老医生正好在场，他出门时，我看他向我的堂姐妹萨莉摇摇头。他走了以后，她说：'咦，伊丽莎，究竟怎么着，他跟我说你每次咳嗽都吐血，你一定患了肺病。'我说：'啐！'我记得当时笑得好厉害，决心把这一切当笑话。我自忖道：我不灰心，我要嘲弄他们所有人。"她机灵地向奥利弗点点头,噘噘嘴。"我说:'我不相信。何况萨莉,我们迟早都要死的,担心未来的事有什么用。死神也许明天来,也许晚一点来,反正到头来人人都有那一天。'"

奥利弗凄然摇摇头:"啊,老天!这回你说得真对!我没听过比这更中肯的话了。"

他暗暗笑着想道:老天!这样扯下去要扯到什么时候?不过她可真是美人儿。他以欣赏的目光打量她修长挺直的身材、乳白色的皮肤、黑棕色的眼睛和古怪天真的眼神、由高额往后拢紧的一头乌黑的秀发。她说话前喜欢若有所思噘噘嘴唇,喜欢慢慢诉说,东拉西扯各种回忆和题外话,大肆展示她说过、做过、感觉过、想过、看过或回答过的一切后,才说到点子上,满怀自我感觉良好的喜悦。

他看她的时候,她突然停下不讲了,一只戴手套的纤手摆在下颏,若有所思噘着嘴巴看前面。

过了一会儿她才说:"好啦,你若逐渐康复,大半的时间躺着休养，脑子里该有点事情可忙。"她打开她带来的一个皮制旅行包，抽出一张名片和两本厚书。她缓缓加强语气说："我的名字叫伊丽莎·彭特兰，我是拉金出版公司的代理。"

她傲然说出这几个字，很得意似的。奥利弗·甘特暗想：慈悲的上帝啊！书籍代理商！

伊丽莎打开一本带有标枪、旗帜和桂冠图案的大黄皮书说："我们出售一本名叫《炉边诗选》的书，还有《拉金家用医书和家居疗法》，教人防治五百多种疾病。"

甘特笑着舐舐大拇指说："噢，我应该找一首我看过的来看看。"

伊丽莎点头说："咦，没错，俗话说，读书对灵魂有好处，《拉金医书》对身体有好处。"

甘特一面翻书一面说："我爱读诗。"他看到标有《马刺和刺刀之歌》的地方，兴致勃勃停下来。"小时候我当场就会背。"

他买了那两本书。伊丽莎包好样品，以好奇又凌厉的目光打量灰蒙蒙的小店。

"做了什么生意没有？"她说。

奥利弗·甘特闷闷不乐说："很少，几乎不够糊口。我是异乡里的异乡人。"

伊丽莎快快活活说："啐！你应该出去多见人。你必须想办法解闷，别整天想自己。换了我，我一定打起精神，关心镇务的发展。我们这边具有发展为大城市的种种条件——风景、气候和自然资源，我们大家该一起努力。我若有几千美元，我就知道该怎么办。"她向他眨眨眼，说话时做出男性化的手势——食指外伸，松松握拳。"你看到这个角落——你置身的角落没有？再过几年地价会涨一倍。喏，这儿！"她随便摆个男性化的手势，若有所思地噘着嘴："有一天他们一定会在那儿修一条街。到时候，那块地就值钱了。"

她继续谈房地产，饥驱渴切。小镇在她心目中活像一张大蓝图：她脑子里塞满数字和评价表——谁有一块地，谁卖掉了，售价多少，真正值多少，未来值多少，第一次和第二次抵押多少……等她说完，奥利弗想起悉尼镇，充满反感地说：

"除了自己住的房子，我希望一辈子别再拥有房地产。徒增霉运和忧虑罢了，到头来全部被收税员拿走。"

伊丽莎以惊愕的表情望着他，活像他说出什么该死的怪话似的。

她说："咦，喂！怎么说这种话呢，你总得未雨绸缪吧？"

他沉着脸说："我现在就碰到雨天了。我只需要八英尺长的土地当坟坑。"

后来他改谈比较愉快的话题，陪她走到店门口，目送她一本正经穿过广场，在路栏边优雅地拉起衣裙。他转身回到大理石堆中，心中又浮起他自以为永远失落的喜悦。

彭特兰家是山区数一数二的怪家族，伊丽莎便是他们家的一分子。他们用"彭特兰"这个姓氏用得不明不白：革命后有一位姓彭特兰的苏格兰和英国混血儿来到山区找铜矿，他是矿业工程师，也是现任族长的祖父，曾定居多年，和一名拓荒女子生下几个小孩。他溜走后，那个女人就为儿女和她自己冠上"彭特兰"这个姓氏。

现任的族长是伊丽莎的父亲，预言家巴克斯的兄弟托马斯·彭特兰少校。另一位兄弟在七日战役中死去。彭特兰少校的军阶赢得不辉煌，却是本分得来的。巴克斯当兵最高只担任过班长，他在夏洛磨得两手起泡时，少校指挥两连家乡子弟兵，守卫本地山区。这个根据地直到战争末期才受到威胁，当时志愿军埋伏在树木和岩石后面，向谢尔曼[1]手下的一支散兵连射三阵弹雨，就静静解散，回去保卫妻儿了。

彭特兰家族在社区算是最古老的，但一向很穷，很少假装上流人士。借着婚姻，借着亲族通婚，他们可以自夸和大人物有点关系，某些人略嫌怪癖，少数有一点痴呆。不过他们的智识和骨气大抵都很优越，所以大多数山民对他们相当敬重。

1　指威廉·特库姆塞·谢尔曼（William Tecumseh Sherman），南北战争时的北军将领。

彭特兰一家的家族特性很浓。他们跟许多怪家族的人物一样，由于彼此不相同，强烈的群体戳记反而更明显。他们的鼻子宽大结实，鼻翼多肉往外掀，嘴巴富肉感，粗俗与纤细兼而有之，思考时唇部的动作极富变化。他们额头宽广，显得很聪明，两颊又深又扁，略微往下凹。男性通常满面红光，典型的身材是多肉、结实、中等高度，当然也有人瘦得像槁木。

托马斯·彭特兰少校子女众多，伊丽莎是仅存的女孩子。几年前，一位妹妹死于家人所谓"可怜珍儿患的腺病"。他们家有六个男孩：老大亨利现年三十岁，威尔二十六岁，吉姆二十二岁，撒迪厄斯、埃尔默和格里利各为十八、十五和十一岁。伊丽莎二十四岁。

亨利、威尔、伊丽莎和吉姆这四个年纪较长的孩子在战后几年度过童年时代。那些年的贫困生活太恐怖了，现在没有一个人谈起，其实他们内心受到很大的伤害，留下了永远治不好的伤痕。

那些日子使较大的儿女养成反常的吝啬习性，对财产贪得无厌，还一心想尽快逃出少校家。

伊丽莎第一次带奥利弗·甘特走进小农舍的客厅，端庄地说："爸，我要你见见甘特先生。"

彭特兰少校坐在火边的摇椅上，慢慢站起来，折起一把大刀，把正在削的苹果放在壁炉架上。巴克斯削棍子削到一半，慈祥地抬眼看人。威尔照例在修指甲，他撞头对客人点头眨眼，像小鸟似的，男士们经常玩小刀自娱。

彭特兰少校慢慢走向甘特。他年约五十几岁，身材肥短，面色红润，留一抹主教须，具有家传的沉着风貌。

"是 W. O. 甘特吧？"他油嘴滑舌慢吞吞地说。

奥利弗说："是的，没错。"

少校对观众做个手势说："照伊丽莎对你的形容，我说你该叫 L. E. 甘特才对。"

屋内响起彭特兰一家愉快的笑声。

伊丽莎把手放在宽宽的鼻翼上。"哎呀，爸！

你真该惭愧。"

甘特咧着嘴假笑。

他暗想：可悲的老无赖。他这个笑话已经装瓶一个礼拜了。

伊丽莎说："你以前见过威尔。"

威尔眨眨眼说："以前以后都见过。"

等他们的笑声停下来以后，伊丽莎说："这是——照大家的叫法——巴克斯叔叔。"

巴克斯满面春风："是的，先生，正是我本人，冒昧得很。"

威尔眨眨眼说："其他地方的人叫他巴克－厄斯[1]，我们家人则叫他贝海－厄斯[2]。"

彭特兰少校从容不迫地说："我想你当过多次陪审团团员吧？"

奥利弗笑得很僵，决心忍受最恶劣的笑话，他说："没有。怎么？"

---

1 此处原文将巴克斯（Bacchus）拆为"Back-us"，意为"支持我们"。

2 原文为"Behind-us"，意为"落在我们后头"。

少校又回头看一眼说:"因为我以为你是一个常上法庭[1]的人。"

他们正笑得起劲,门开了,另外有几个人走进来——一个是伊丽莎的母亲,平凡憔悴的苏格兰女子;一个是吉姆,红润得像白猪似的,他父亲若不留胡子就跟他一模一样了。还有撒迪厄斯,温和红润,棕发棕眼,看起来像一头牛。最后是么弟格里利,笑得傻里傻气,老爱发出奇怪的尖叫声,惹他们嘲笑。他今年十一岁,颓废软弱,患有腺病,但是一双白白湿湿的手很会拉小提琴,奏出的音乐有神秘和不教自会的特色。

他们坐在苹果香扑鼻的小暖阁里,山上吹来呼啸的大风,松林吼声如雷,幽远而狂暴,秃枝咔咔断裂。他们一面削东西一面谈话,话题由胡闹转向死亡和丧葬。他们怀着不祥的饥渴,慢声慢调地谈命运,谈新入土的故人。谈着谈着,甘特听见怪异的风声,他被迷失和黑暗所包围,灵

---

1 上法庭是"courting",又当"求爱"解。

魂坠入黑夜的深坑，他看出自己会以异乡人的身份去世 —— 除了爱谈死亡的彭特兰家人，人人都会死。

他像一个在北极夜垂死的人，想起了年轻时代的富丽草地：有作物、梅树、成熟的谷子。为什么来这儿？噢，失落啊！

二

奥利弗和伊丽莎在五月结婚。他们到费城度蜜月之后，回到伍德森街他为妻子所建的房舍。他曾用一双大手打地基，在地下挖个发霉的深地窖，又在高高的墙面抹上温暖的棕色胶泥。他的钱不多，可是他的怪房子却符合他幻想中的富丽造型：完工以后，屋舍贴着窄窄的斜坡庭院，前面有环状的高门廊，温暖的房间任人随心所欲走上走下。他把房子建在宁静的山街附近，又在黑土中种了花；通向高台阶的短径也铺上了大大的四方形彩色大理石，并筑起一道尖铁围墙，把他的房子和外界隔开。

接着他在屋后四百英尺长的院子里种树和葡萄藤。在这富丽的心灵城堡中，任何东西经他随手一碰就焕发着金色的生机：桃、梅、樱桃、苹果等果树一年年长大，结实累累。他的葡萄藤长得好粗，像棕色的绳索，爬满了高高的围墙，密密麻麻挂在格子架上，沿着他的天地绕两圈，甚至爬到屋子的门廊末端，框住了上层的窗户。院子里的花生得好艳丽——紫叶的金莲花呈现上百种茶褐色，还有玫瑰、山茶、红色郁金香和水仙花；忍冬一大团一大团垂在围墙上。只要他的大手一碰地面，大地就为他结出丰硕的花果。

他认为房子是灵魂的写照、意志的外衣，可是对伊丽莎而言，房子是产业，是她宝库的起点——地价她早就估量过了。她跟彭特兰少校的另外几个大孩子一样，从二十岁就开始慢慢囤积土地。她教书和代销书籍的薪水微薄，但她省吃俭用，已存钱买了一两块地。其中一块在广场边缘，她劝丈夫在那儿建一家店铺。他亲手建筑，请了两个黑人当助手：那是一栋两层楼的砖屋，有一道宽宽的木台阶由大理石门廊通到广场。他在木门侧面的门廊上铺了大理石，门边立一座笑嘻嘻的重型天使像。

可是伊丽莎对他干的这一行不太满意：丧事没钱可赚。她觉得人死得太慢了。她哥哥威尔十五岁就在木材厂当助手，现在拥有一家小商行，她预料哥哥会变成富翁，于是劝甘特跟威尔·彭特兰合股。可是一年后他失去耐心，自尊终于挣脱了束缚，他咆哮说，威尔整天用一截铅笔在脏信封上写数字，不然就是削指甲、眨眼点头说些俏皮话，他会害大家完蛋的。威尔静静买下他的股份，愈来愈赚钱，奥利弗则回去孤零零面对肮脏的天使像。

奥利弗·甘特的古怪形象在全城投下了阴影。镇民早晚都听见他滔滔不绝地痛骂伊丽莎。他们看见他埋首于家园和店铺，看见他低着头雕大理石，看见他边骂边叫，热心用一双大手铸造出家园的纹理。他们嘲笑他过激的语言、情感和姿势。他几乎每隔两个月要酗酒一次，历时两三天，大家面对这股狂涛，默默无语。他们在石子路上扶起脏兮兮不省人事的他，送回家去——银行家、警察、一个在甘特墓碑店分租院落一角的瑞士籍珠宝匠詹纳度都搀扶过他。他们对他老是小心翼翼，总觉得这位醉倒的空想家失落了几分特异、骄傲和光辉的气质。他在这些人眼中是异乡人，没有人叫他的名字，连伊丽莎也不例外。他始终被称为甘特"先生"。

伊丽莎忍受过什么样的痛苦、恐惧和荣华，没有人知道。他对着家人吐出一切渴望和愤怒的气息：他喝醉以后，伊丽莎那白白的皱脸和天生像章鱼般缓慢的动作使他气得发狂。此时她真的有遭受攻击的危险，她必须把自己锁在室内躲着他。打从一开始，他们之间就掀起暧昧的大决战，比爱更深，比恨更深，与不长肉的生命骸骨一样深刻。伊丽莎以哭泣或沉默来面对他的咒骂，唠叨几句来反驳他的辩才，像挨揍的枕头般顺着他的力气往里缩——慢慢地，毫不留情地照自己的意志行事。年复一年，尽管他气冲冲抗议，不知道怎么搞的，他们竟买了好几块小地产，付了可恨的税金，又用剩下的钱再买土地。超越妻子和母亲的身份，这位女产业家像男人似的，慢慢往前进发。

十一年间她替他生过九个儿女，其中有六个留存。头一个是女儿，生下二十个月就患小儿霍乱症死去；后来又有两个一出生就夭折。其他的孩子熬过了可怕的初产期。老大是男孩，1885 年生，命名为史蒂夫。老二在十四五个月后出生，是女孩子——名叫黛西。下一个也是女孩，名叫海伦，是三年后生的。1892 年她生下一对双胞胎儿子，甘特对政治素来很热心，就替他们取名为格罗弗·克利夫兰和本杰明·哈里森。最后一位名叫卢克，是 1894 年生的，和前一胎相隔两年。

这期间，甘特的周期性酒疯曾两度延长，连醉好几个礼拜，期间相隔五年。他嗜酒无法自拔。每次伊丽莎都送他到里士满去戒酒。有一次伊丽莎和四个孩子同时患伤寒症，她的身体尚未完全康复，就噘起嘴唇带他们到佛罗里达去。

伊丽莎顽强地撑过来了。她度过爱情与迷失的岁月，日子里沾满痛苦、自尊和死亡的色彩，沾满甘特那格格不入的热烈人生所具有的大狂焰，她的四肢在毁灭的铁掌下颤抖，但她熬过疾病和衰弱，终于有了求胜的力量。她知道婚姻生活曾有过光辉：虽然他往往迟钝又残忍，但她想起了他生命的迷人色彩，他灵魂中失落、受损却始终无法寻得的东西。有时候她看见那一双不安的小眼睛静下来，暗下来，怀着往日受挫的渴望，她心中不觉升起恐惧和一股无言的怜悯。噢，失落啊！

三

在甘特家族的兴衰史中，包含最多痛苦、恐惧和悲哀，注定要带来最明确结果的要数二十世纪的第一年了。甘特夫妇在前一世纪渐趋成熟，有一天发觉自己置身于 1900 年 —— 无论发生在何处，此种变化一定会给成千上万想象力丰富的人带来短暂却沉痛的孤寂感 —— 对甘特夫妇来说，这一年有几项巧合，非常明显，而他们生命中也画出了另外几道界线。

那一年甘特度过五十岁生日，他知道自己年届半百，而世间活到一百岁的人并不多。那年伊丽莎怀了一生最后的小孩，经历最后的恐惧和大危险；黑漆漆的夏夜，她平躺在床上，双手按着隆起的肚子，开始计划不再怀胎生子的岁月该如何过下去。

他们夫妇的生活已出现鸿沟，她泰然自若，开始以半生培养的耐性追寻一个大结果，与其说有先见之明，不如说具有先知的直觉。这种佛陀般的沉着气质深植在她的生命结构中，她改不掉，也藏不住，而这种气质最叫他不解，也最叫他生气。他今年五十岁了，他具有可悲的时间意识——他看出自己热情饱满的生命正在衰退中，便像愚蠢暴躁的野兽，盲目乱窜。也许她比他更有理由沉着吧，早年她受过残酷的考验，经历过疾病、衰弱、贫穷，濒临死亡的惨境，终于熬过来了；头一个孩子夭折，后来生的孩子碰到各种流行病，总算平平安安；现在她四十二岁，最后一个孩子在子宫内动来动去，她坚信自己能开出正果，这是苏格兰人的迷信，也是她家祖传的盲目虚荣心，总觉得别人会绝种，只有他们家生生不息。

她躺在床上，天空西面有一颗星星出现在她

的视线里；她幻想那颗星正慢慢爬向天顶。虽然她说不出自己一生会登上什么高峰，但她觉得自己以后拥有空前的自由，必能得到产业、权力和财富——她对这些东西的渴望已经和血脉融成一体了。她在暗处想起这些，满足地噘起嘴唇，想象自己在他人狂欢时努力工作，由放荡的人手中轻易取得他们保不住的财产。

她暗想："我会得手的！我会得手的。威尔办到了！吉姆办到了，而我比他们精明。"她想起甘特，满怀遗憾、痛苦和辛酸：

"啐！要不是我照顾他，他今天一无所有。我们的一点小成果都是我奋斗得来的，否则我们一定没有屋宇栖身，我们会一辈子租房子住。"——这是她心目中没出息的穷人最终的耻辱。

她又自语道："他每年喝酒喝掉的钱足可买一块好土地——我们若一开始就置产，现在也许已经是有钱人了。但他一向讨厌占有东西。他告诉过我，自从他在悉尼镇交易赔了钱后，就受不了置产的念头。当时我若在场，打赌不会有损失。"

她冷冷加上一句："不然就是对方赔。"

早秋的风由南山吹下来，刮得夜空中满是落叶，沙沙作响。远处的大树响声如雷，她躺在那儿，想起降生在她子宫里的异乡人，以及另一个与她生活了将近二十年，带来许多烦恼的异乡人。想到甘特，她又兴起一股锥心的惊叹，她忆起彼此间野蛮的斗争，以及他们因憎恨房地产和喜爱房地产所造成的潜在大冲突——她有把握在冲突中获胜，却免不了感到失望和挫折。

她低语道："我敢说！我敢说！我没见过这种男人！"

甘特眼看要失去感官的乐趣，知道他暴食、暴饮、纵欲的习性都得戒掉了，他想不出有什么收获补偿得了不能冶游的损失。他也感到懊悔，自觉他曾拥有强大的体能，浪费了本可获得财富和地位的机会，譬如他和威尔·彭特兰合股的事业就是其中之一。他自知生命中最好的时光已随上一世纪消逝了，更感到我们在世间的旅程如此陌生与孤单。他想起荷兰农场的童年、巴尔的摩的日子、漫游新大陆的旅程，想到自己整个一生都受意外事件所左右。意外的大悲剧像乌云笼罩着他的一生。他比以前更清楚：他是异乡里的异乡人，生活在永远格格不入的人群间。他认为最奇怪的是这段姻缘，他与自己不可能了解的女人结了婚，生儿育女，创造出一群依赖他养育的家眷。

他不知道1900年会为他标出起点还是终点；但他具有享乐家常见的弱点，决定把这一年当作终结，将体内的余火烧成蜡炬成灰的烈焰。一月上旬，他仍然信守新年洗心革面的计划，播下一个小孩的种子。春天，伊丽莎的肚子已经看得出来了，他突然开始酗酒，比1896年连喝四个月还要可怕。他一天一天愈醉愈厉害，常年疯疯癫癫；五月，伊丽莎又送他到皮德蒙特的一家疗养院去"治疗"——所谓"治疗"只是供应廉价的伙食，让他六星期接触不到酒精罢了，既解不了他的馋更解不了他的渴。六月底他回来，外表改了，体内却像熊熊的炉火。他返家的前一天，伊丽莎挺着肚皮，绷着惨白的面孔，逐一拜访镇上的十四家酒馆，找柜台里的店主或酒保，当着客人的面朗声说：

“听好，我来告诉你们，甘特先生明天回来，我要你们大家知道，我若听说你们有谁卖酒给他，我就送你们去坐牢。”

他们知道这种威胁太可笑，但她的面孔像判官似的，嘴唇若有所思地噘起来，右手像男人般握拳，食指往外伸，安详有力地强调她的宣言，使他们产生空前的恐惧感。他们目瞪口呆地接受她的宣告，至多在她走出去以后嘀嘀咕咕表示赞同。

一个山地人向痰盂吐一口棕色的汁液，但是没射准，他说：“苍天明鉴，她会这么做喔。那个女人是当真的。”

蒂姆·奥唐奈由柜台上露出猴模猴样的面孔说：“妈的，就算一夸脱能卖十五美分，我也不卖给甘特。她走了没有？”

大家醉醺醺地笑起来。

"她是谁呀？"有人问道。

"她是威尔·彭特兰的妹妹。"

好几个人嚷道："苍天明鉴，那她一定说到做到。"屋里又响起哄堂的笑声。

她走进洛克伦酒馆时，威尔·彭特兰正在里面。她没跟哥哥打招呼。她走了以后，他转向附近的一个男人，像小鸟般点头眨眼说："打赌你办不到。"

甘特回来，发现酒馆公然拒绝他，又羞又气。当然啦，他派货车车夫或黑人去买威士忌，一点都不难；但是他尽管声名狼藉，早已成为镇上儿童故事的题材，却很怕有人重新宣扬他的行径；年复一年，他对这些事愈来愈敏感；酗酒次日，他总是又惭愧又屈辱，可怜极了。他觉得伊丽莎故意损他，心里很不是滋味。回家便尖声指责她，痛骂她。

整个夏天，伊丽莎镇定地度过恐怖的生活——现在她甚至渴望那种滋味，晚上静候恐惧来临。甘特为她怀孕而气愤，几乎天天到鹰角的伊丽莎白妓院，夜夜由一群累坏了也吓坏了的妓女将他交给长子史蒂夫照顾——儿子现在对该区的每一个女人都很随便；她们脾气好，以粗俗的动作抚摸他，笑他油嘴滑舌，甚至让他打她们的屁股，他飞快跳开，她们便作势要抓他。

伊丽莎一面用力摇老甘特的脑袋，一面说道："孩子，你长大千万别学这个老公鸡。不过他想要当乖老头的时候是很乖的。"她吻吻他头上秃发的地方，把甘特一时慷慨送给她的皮夹塞进小伙子手里。她为人很正直。

少年来接父亲，通常由詹纳度和一个黑人苦力汤姆·弗拉克作陪，他们耐心在妓院的格子门外静候，等骚乱声愈来愈近，就表示甘特已经被哄着出来了。他走时若非挣扎着大骂抓他的人，就是乖乖的，一路唱着年轻时代的放荡歌曲，走上装了铁栅的弯路，穿过静静的镇区大道。

> "在那间后房里，孩子们，
>
> 在那间后房里，

> 跳蚤和臭虫成群，
>
> 我心疼你可悲的命运。"

回到家里，他可能乖乖听话，爬上高回廊的台阶，上床睡觉；也可能抗命，到处找关在房里的妻子，痛骂她，指控她不贞——因为他年纪大，又虚掷了不少精力，有点多疑。胆小的黛西吓得脸色发白，早就逃到邻居苏蒂·艾萨克斯家或塔金顿家去了；海伦年方十岁，最得他宠爱，她制住了父亲，用汤匙喂他喝滚烫的热汤，他不听话，她就用小手打他耳光。

"你喝下去！你乖一点！"

他很满意，他们父女一条心。

他又不讲理了，气冲冲在起居室升起炽烈的炉火，把一罐油淋在火上，向烈焰吐口水，配着几小节音乐反复唱一首下流歌，唱了四十分钟，直到筋疲力尽才住口：

"噢——嗬——他妈的，

他妈的，他妈的，

噢——嗬——他妈的，

他妈的，他妈的。"

——歌声大抵顺应时钟报时的节拍。

桑迪和弗格斯·邓肯、塞思·塔金顿等小孩像猿猴般排在围墙外，出声应合，有时候本和格罗弗也跟朋友们一起唱：

"甘特老头

喝醉回家！

甘特老头

喝醉回家！"

黛西在邻居家又羞又怕，忍不住哭出来。海伦瘦瘦小小的，却毫不留情地撑下去。不久他就乖乖坐在椅子上，咧着嘴喝热汤，挨女儿的巴掌。伊丽莎惨白着脸躺在楼上观望。

夏天过去了。最后几串葡萄在藤上干枯腐烂，远处风声沙沙响，九月已到尽头。

有一天，干练的医生卡蒂亚克说："我想明天傍晚之前孩子就会生下来。"他走了，留下一位中年的村妇守在屋子里。她是老练的护士。

八点钟，甘特一个人回来。史蒂夫留在家等候伊丽莎差遣，大家的注意力暂时离开了男主人。

他大声说脏话，声音传遍附近地区；她听见一股烈焰冲上烟囱，震得屋子乱响，赶忙把史蒂夫叫过来，低声说："儿子啊，他会把我们全烧焦！"

他们听见楼下有一张椅子倒地，他痛骂一声；还听见他摇摇晃晃走过餐厅和门厅，身子撞到楼梯栏杆，楼梯吱吱响。

她低声说："他来了！他来了！锁上门，儿子！"

男孩锁上门。

甘特用大拳头猛捶薄门怒吼道："你是不是在里面？伊丽莎小姐，你是不是在里面？"这种时候他爱用上述讽刺性的名称来叫她。

他尖声说了好多脏话和谩骂的话——

他半生气半打诨发挥可笑的辩才说:"十八年前我第一次看见她的时候,她在角落里对我扭腰摆臀,活像肚子上有蛇似的(他一再用这种比喻,甘之如饴)——当时我可没想到——我可没想到——会有今天这样的结果。"寂静中他默默等对方搭腔,知道她脸色苍白,正静静躺在门内,也知道她不会回答,不禁气得发抖。

"你是不是在里面?喂,女人,你是不是在里面?"他一面咆哮,一面用大指节猛敲房门。

屋里仍是一片寂静。

他自怜自艾叹气说:"啊,天哪!啊,天哪!"然后抽着鼻子哭起来,边哭边骂。他哭道:"慈悲的上帝啊!真可怕,真恐怖,真残忍。我造了什么孽,老来上帝竟这样罚我。"

没有人搭腔。

他想起前妻,突然号叫道:"辛西娅!辛西娅!"她是患结核病的老处女,据说嫁他之后,被他气得缩短了寿命。可是现在他喜欢哀叫亡妻,觉得这样可以使伊丽莎伤心和气愤。"辛西娅！噢，辛西娅！在我受困的时候低头看看我吧！解救我！帮助我！帮我对抗这个地狱来的恶魔！"

他呜呜咽咽继续说道："噢——呜——嗬——嗬！下来解救我吧，我哀求你，我恳求你，我祈求你，否则我会死掉。"

四周一片寂静。

甘特岔出正题，引了一大堆书上的话："忘恩负义，比野兽更凶猛。苍天明鉴，你会受罚的。你会受罚的。踢开老头子，打他，把他扔到街上去呀，他没有用处了。他再也不能养全家了——翻山越岭把他送到救济院去吧。他应该去那儿。把他的老骨头咕咚咕咚运过碎石堆。尔当尊崇父亲，得享长寿。啊，天主啊！

"看哪，卡西乌斯的匕首由这儿刺进去；
看善妒的卡斯卡刺出多大的伤痕；
受宠的布鲁图刺穿了此处；
他拔出可恨的钢刀时，

看看恺撒的血怎样流出来——"[1]

此时邓肯太太对她丈夫说："吉米，你最好过去看看。他又乱来了，她怀着小孩哩。"

苏格兰壮汉将座椅推开，用力挣脱固定的生活仪式，以及新烤面包的香气。

到了甘特家的大门外，他发现本找来了耐心的詹纳度。两个人就事论事谈了几句，听见楼上有撞击声和女人的尖叫，连忙奔上台阶。伊丽莎穿着睡衣开了门。

她小声说："快来！快来！"

甘特尖叫道："苍天明鉴，我要打死她！"他冲下楼梯，自己差一点摔死。"现在我要打死她，解除我的苦难。"

他手上拿一把重火钳。两个男人抓住他；结实的珠宝匠用力夺下他手中的火钳。

史蒂夫下楼说："妈妈，他碰到床栏，撞破了

1　这是莎翁名剧《尤利乌斯·恺撒》的戏词。

脑袋。"他说得不错，甘特流血了。

"儿子，去找威尔舅舅。快！"他飞奔而去。

"我想他这次是说真的。"她低声说。

邓肯关上门，不让大门外的一排邻居看热闹。

"甘特太太，你这样会着凉的。"

"别让他靠近我！别让他靠近我！"她拼命叫嚷道。

"好，我会的！"他以苏格兰口音静静地说。

她转身上楼，走到第二级楼梯竟跪倒在地。乡下护士刚才躲进浴室，锁了门，现在出来了，连忙过来扶她。于是她由护士和格罗弗搀着慢慢上楼。本在外面快手快脚由屋檐跳到水仙花坛里。塞思·塔金顿紧抓着围墙的铁条，大声跟他打招呼。

甘特在两位卫士照拂下乖乖走开，有点迷迷糊糊的：等他的大手大脚趴在摇椅上，两个人为他更衣。海伦已经在厨房里忙了好一会儿，现在端着热汤进来。

甘特一看见她，死气沉沉的眼睛马上发出亮光。

他哭哭啼啼用手臂画了个圈子，咆哮说："咦，宝贝，你好吗？"她放下热汤；他用力抱紧她的小身子，用胡茬儿去刮她的脸颊和脖子，把威士忌的臭气喷到她脸上。

"噢，他碰伤了！"小女孩差一点哭出来。

他指指伤处哭着说："宝贝，看他们怎么对付我的。"

威尔·彭特兰来了。他们家的人从不忘记彼此，但他们只在死亡、灾祸和恐怖的时候见面。

"晚安，彭特兰先生。"邓肯说。

他说："马马虎虎啦。"说着眨眼点点头，同时对两个人表示善意。他站在火炉前面，用一把锉刀修指甲。这是他做客或待客时最熟悉的动作：他觉得你若修指甲，谁也不知道你在想什么。

甘特一看到他，立刻清醒过来：他想起拆股的往事。威尔·彭特兰站在火边，那种熟悉的姿态使他忆起他最痛恨的彭特兰家的特征——泰然自若，经常说双关语，而且事事顺利成功。

他吼道："山蛮子！山蛮子！最下流的下流胚！最卑鄙的卑鄙货！"

"甘特先生！甘特先生！"詹纳度哀求道。

威尔·彭特兰正在修指甲，故作天真地抬头问道："W. O. 你怎么啦？吃错了什么东西啦？"——他向邓肯眨眨眼，又低头修指甲。

甘特哭骂道："你那可怜的老爸欠债不还，曾在广场上挨鞭子。"这事纯属想象，却和许多别的话一样，被甘特当作真的，因为这样能给他很大的满足。

威尔又眨眨眼，忍不住以这句话做引子。"在广场上挨鞭子，真的？那他们可真是会保密，不是吗？"他的表情虽然和蔼，眼神却很凌厉。他一面修指甲，一面噘起嘴唇。

过了一会儿，他以冷静却精明的口吻说："W. O. 我告诉你一件跟他有关的事。他让妻子寿终正寝。他可没打算害死她。"

甘特反驳道："不，苍天明鉴！他让她饿死。

那个老太婆一辈子若吃过一顿好饭菜，绝对是在我家吃的。有一件事十分肯定：要等老汤姆·彭特兰和她的儿子们给她吃一顿，那她已经往返地狱两三回了。"

威尔·彭特兰收起短刀，放进口袋里。

甘特想起来，又吆喝道："老彭特兰少校一辈子没干过一天诚实的工作。"

"好啦，甘特先生！"邓肯斥责说。

小女孩端汤来到他面前，凶巴巴耳语道："嘘！嘘！"她把一根冒烟的勺子塞向他的嘴巴，他转头继续骂人。她猛打他一记耳光。

她低声说："你喝下这个！"他一看到她就笑笑眯眯地开始喝汤。

威尔·彭特兰殷殷望着小女孩一会儿，又向邓肯和詹纳度点头和眨眼。他一言不发走出房间，爬上楼梯。他妹妹静静仰卧着。

"伊丽莎，你觉得怎么样？"屋里弥漫着熟梨子的浓香；炉子里燃着不常有的松柴。他站在炉火前面，开始修指甲。

她泪流满面说:"没有人知道——没有人知道我受了什么罪。"她擦擦眼皮一角的泪珠,宽大的鼻梁在白白的脸上红得像火焰似的。

他眨眨眼做出贪吃的表情说:"你有什么好吃的?"

"威尔,架上有几个梨子。上星期我放在那儿催熟的。"

他走到大卧室,立刻拿一个大黄梨出来;他走回炉边,打开折刀的小刀刃。

过了一会儿,她平平静静地说:"我敢说,威尔,我能忍的全都忍受过了。我不知道他中了什么邪。我敢同你打赌,我再也不愿忍下去了。我知道该怎么自力谋生。"她精明地点点头。他认得出这种口吻。

他差点感动得忘了形。他说:"喏,伊丽莎,你若想在某个地方建房子,我——"但他及时恢复了理智——"我算你最便宜的价钱。"他说完话,连忙把一片梨放进嘴里。

她噘嘴噘了好一会儿。

她说："不，威尔，我还没有那个打算。到时候我会告诉你。"松松的木炭在炉子里垮掉了。

她又说一遍："到时候我会告诉你。"他合起小刀，塞进裤袋。

他说："晚安，伊丽莎，我猜佩特会来看你。我去告诉她你没事。"

他静静地下楼，由前门出去。他走下高高的回廊台阶时，邓肯和詹纳度静静地由起居室顺着院子走过来。

"W. O. 还好吧？"他问道。

邓肯高高兴兴地说："啊，他现在没事了，睡得很熟。"

威尔·彭特兰眨眨眼说："正义的安眠？"

瑞士佬讨厌人家挪揄他心目中的巨人。詹纳度低声说："可惜甘特先生爱喝酒。凭他的智力，他本该大有成就。他不喝酒的时候，简直找不到比他更好的人。"

威尔在暗处向他眨眨眼："他不喝酒的时候？那他睡着的时候如何？"

邓肯以嘹亮的嗓音说："海伦一制住他，他就没事了。那小女孩对他有惊人的威力。"

詹纳度笑得喉咙咯咯响。"啊，我告诉你！那个小女孩彻头彻尾了解她爸。"

小家伙坐在起居室炉边的大椅子上。她静静地看书，等炭火熄了，便静静地铲灰去盖住余火。甘特躺在墙边的沙发上，睡得正熟。她刚才替他盖了毯子，现在又在椅子上搁一个枕头，把他的脚放上去。他浑身都是威士忌的臭味，打鼾震得窗户咔咔响。

他就这样不省人事地过了一夜。两点钟，伊丽莎开始阵痛，他睡得正香。妻子耐心忍着痛，医生护士耐心照顾，他一直沉睡不醒。

四

　　若将一句嘲讽诗倒过来形容，这孩子的分娩期真没条理。可是第二天早晨十点钟，老甘特醒了，心情很乱，想起昨夜的事不免惭愧万分，抽抽噎噎；他喝下海伦端给他的热咖啡时，听见楼上传来一阵中气十足的哭声。

　　他苦哼道："噢，我的天，我的天。"他指指声音的来源："是男的还是女的？"

　　海伦答道："我还没看见哩，爸爸。他们不让我们进去。不过卡蒂亚克医生出来跟我们说，我们若乖一点，他会抱个小男孩给我们看。"

　　锡屋顶上咔啦咔啦响，接着传来乡下护士的

叫骂声，史蒂夫像一只猫，由门廊的屋顶跳到甘特窗外的水仙花坛上。

庄主霎时恢复了健康，大吼道："史蒂夫，该死的无赖，你究竟在干什么？"

小伙子爬过围墙。

"我看见了！我看见了！"他的声音尖尖地传回来。

格罗弗嚷道："我也看见了！"他穿过房间，又兴冲冲跑出来。

乡村护士在上面吆喝道："我再逮到你们这些小鬼上屋顶，我就剥你们的皮。"

老甘特听说他新生的孩子是男的，一度很兴奋；但他此时在屋里踱来踱去，抱怨不休。

"噢，上帝呀，上帝呀！我老年还得增加这个负担吗？又有一个小孩要养！真可怕，真恐怖，真残酷！"他假兮兮哭起来。后来看附近没有人听他吐苦水，突然打住，往门口奔去，穿过餐厅，走到门厅哀叹道：

"伊丽莎！我的妻！噢，宝贝，请你原谅我！"

他一面啜泣一面上楼。

他哀求的对象拼命嚷道:"别让他进来!"

卡蒂亚克医生专心看磅秤,以平淡的口吻说:"告诉他现在不准进来。"又说:"反正我们这儿只有奶,没有酒喝。"

甘特在外面。

"伊丽莎,我的妻!发发慈悲,我求你。我若早知道——"

乡村护士粗鲁地打开门说:"是啊,猎狗若不停下来抬腿小便,它早就逮到兔子了!你走开!"她当着他的面用力关上门。

他垂头丧气地下楼,想起护士的话,不禁露齿一笑。他用舌头沾湿大拇指。

他咧咧嘴说:"慈悲的上帝啊!"接着又哀叹起来。

卡蒂亚克说道:"我想这样可以了。"他倒抓着一个红通通、亮闪闪、皱巴巴的小东西,猛打他的屁股,增强他的生命力。

在这个高动能、竞争激烈的世界上,人必须

外貌完整，肢体协调，机能统一。小娃儿初次露面，倒是样样齐全的，各种附属物、小器官、阴茎、出水口、钩环、眼睛、指甲……什么都不缺。他是完美男性的缩影，就像橡实，有一天会长成大橡树，承袭各时代的成果，接续未完成的事业，是"进步"的产物，萌芽中的黄金时代的宠儿，命运女神和仙子们差一点害他闷死在时代和家族的福佑中，现在总算保住他的性命，等待"进步"开出灿烂的花朵。

卡蒂亚克医生粗声粗气说："噢，你要为他取什么名字？"意指这位高贵的小男孩。

伊丽莎已适应了宇宙的振幅。她怀着不太精确的预感，为这个幸运儿取名叫尤金，意思是"生得好"，可是人人都能证明，这个名字从未代表"教养佳"一词。

这位特选的明星已取好名字，本史略的大多数情节都以他为中心，我们说过，他置身于历史的前锋。读者啊，也许你已经想到了？没有吗？

那我们来回忆一下历史吧。

1900 年，奥斯卡·王尔德和詹姆斯·惠斯勒[1]已说出了他们的名言，二十年后尤金注定会听到的；轰炸开始前，大多数维多利亚时代的伟人已经去世；威廉·麦金莱[2]正要竞选连任，西班牙海军已乘拖船回家了。

国外方面，1899 年，英国佬向南非送上最后通牒；英国失利几次后，派罗伯茨爵士当总司令（部下昵称他为"小鲍勃"）；1900 年 9 月，德兰士瓦共和国[3]并入大英帝国 —— 在尤金出生的那个月正式并入。两年后有个"和平会议"召开。

此时日本如何呢？我告诉你，1891 年议会首次召开，1894 到 1895 年中日发生战争，台湾在 1895 年被割让给日本。还有，沃伦·黑斯廷斯遭到弹劾和审判；教皇西克斯图斯五世来了又走了；

---

1 詹姆斯·惠斯勒（James Whistler），美国著名画家，与王尔德一样推崇唯美主义，下文指的名言应为"为艺术而艺术"。

2 威廉·麦金莱（Willian Mckinley），美国的第 25 任总统，任期为 1897 到 1901 年。

3 德兰士瓦共和国现为南非共和国的国土。

达尔马提亚被提比略征服；贝利萨留上了查士丁尼的当；勃兰登堡－安斯巴赫的威廉敏娜·夏洛特·卡罗琳和乔治二世的婚礼与葬礼正式举行，纳瓦拉王国的贝伦加丽亚和理查一世的婚礼与葬礼早就成了遥远的回忆；戴克里先、查理五世和撒丁岛的维托里奥·阿梅迪奥都放弃了王位；英国的桂冠诗人亨利·詹姆斯·派伊作古；卡西奥多罗斯、昆体良、尤维纳利斯、卢克莱修、马提亚尔和"勃兰登堡的大熊阿尔布雷希特"应了死神的召唤；陆上和海上发生过安提塔姆之役、斯摩棱斯克之役、德拉姆克洛格之役、英克曼之役、马伦哥之役、坎普尔之役、基利克兰基之役、斯勒伊斯之役、亚克兴之役、勒班托之役、图克斯伯里之役、白兰地溪之役、霍恩林登之役、萨拉米斯之役和莽原战役；希庇亚斯被阿尔克迈翁和斯巴达人逐出雅典，西摩尼得斯、米南德、斯特拉波、莫斯霍斯和品达离开尘世；美化过的尤西比乌斯、阿塔纳修和克里索斯托升天了；孟卡拉建了第三座金字塔；阿斯佩尔塔统领常胜军；遥远的百慕大群岛、马耳他群岛、向风群岛变成殖民地。而且西班牙"无敌舰队"被打败了；林肯总统被暗杀，"哈利法克斯渔业奖"颁给大英帝国五百五十万美元，取得二十五年的捕捞权。最后要提的是，三千万或四千万年前，我们最远的祖先爬出原始泥坑；大概觉得不愉快，又爬回泥里去了。

1900 年，尤金跨上人生的舞台，当时的历史情况大致如此。

我们乐于多描写他头几年的生活，以各种角度和含义来展示地板上或小床上看见的人生面貌，可是这些印象描述起来会缩水，不是因为他智能不够，而是人未满三岁或四岁前，肌肉控制力和语言能力甚差，反复出现的孤寂、疲惫、沮丧、错乱和彻头彻尾的茫然感会破坏人类脑中的秩序。

大人将他洗干净、撒上爽身粉、喂饱之后，他摸黑躺在小床里，静静想很多事情才睡着——长长的睡眠使他忘掉时间，总觉得闪亮的生命又有个日子一去不回了。这时候，他想到自己的身体未自由之前得忍受许多不舒服、衰弱、暗哑的滋味和无限的误解，吓得闷闷不乐。眼前的距离好长，他的控制中枢无法协调，膀胱又不听话，他不得不在乱笑乱抓的哥哥姐姐面前出洋相，由大人抱着他擦洗和打转，心里觉得很不舒服。

他能用的符号少得可怜，因为没有字句可用，他的思绪常常受阻。连身边的东西他都不知道该怎么称呼：他可能是用自己独有的行话来界定它们，再加上四周听来的混合语言吧——他天天用心听人说话，知道他要靠语言才能脱出困局。他很快就对图画和印刷品显出强烈的兴趣，有时候家人会带些有插图的大书给他，他就拼命唧唧咕咕，高兴得尖叫，做个夸张的鬼脸，或者做些他们能懂的事情来贿赂他们。他暗想，家人若知道他的想法，不知会作何感想；有时候他们在四周跳来跳去逗他玩，向他摇头摆脑，粗手粗脚地搔他，逼得他乱叫，他不禁暗暗嘲笑他们，笑他们错得离谱。那种情况真是滑稽又恼人。他坐在地板中央看他们进来，个个送出愚蠢的秋波，表情都变了；他听见他们改用荒谬多情的口吻叫他，对他说些他还不懂的话，但他知道大人为了让他听懂，特意把字弄得支离破碎，他忍不住又好气又好笑。

他孤零零睡在装有百叶窗的房间里，阳光一条一条映在地板上，深深的寂寞和悲哀袭上心头；他想象自己走上森林大道庄严的街景，知道他永远是悲哀的人。因在小脑壳中，因在隐秘及跳动的心脏中，他的生命注定要走上寂寞的道路。失落啊。他明白人跟人之间永远陌生，没有人真正了解别人。我们关在母亲的子宫内，没见过她的面孔便来到人间，我们以陌生人的身份进入她的怀抱，困在难解的生命牢笼里，无论抱我们的是什么样的手臂，吻我们的是什么样的嘴唇，暖化我们的是什么样的一颗心，我们永远逃不掉。永远，永远，永远，永远，永远。

他看出四周来来去去的人影、小床边媚笑的

人头、头顶断断续续的人声……这些人彼此之间并不了解，当然也不了解他，连他们的言语和动作都表达不出内心的思想或感觉，有些不但不能增进了解，反而扩大加深了不和、怨恨与偏见。

他吓得脑袋发昏。他觉得自己是不会说话的异乡人，好玩的小丑角，被这些疏远的大人逗弄着养育着。他从一处秘境被送往另一处秘境，在意识中或意识外他依稀听见一阵大铃声，仿佛在海底，听着听着，回忆的幽灵已走过他的脑海，有一阵子他自觉差一点就找回他失落的东西。

有时候他扶着床栏用力往上撑，头晕目眩地俯视地毯的图样；世界像潮水般在他脑子里涌进涌出，一下子印出整个鲜明的形影，一下子又模糊起来。他点点滴滴把感觉弄清楚，却只看见火钳上跳跃的火光，听见太阳下的母鸡在遥远迷人的世界咯咯乱叫。还有，早晨他听见它们清脆响亮的啼声，突然变成人世中一个很实在很机敏的成员；有时候他依次置身于幻想和事实的浪花中，听见黛西那嘹亮如仙乐的弹唱声。几年后他再听见那首曲子，茅塞顿开，她说那是帕德雷夫斯基的"小步舞曲"。

他的小床是一个大柳条篮子，里面放了舒服的卧垫和枕头；后来他长得壮一点，就在里面玩特技，翻筋斗，将身子弓成环状，再轻轻松松直起来；他若耐心试，可以由床缝钻到地板上去，在地毯的大图案中爬行，眼睛盯着地板上乱糟糟堆放的木块。这是他哥哥卢克的东西，上面刻有字母，字体鲜明，五颜六色。

他笨手笨脚将积木抓在小手里，盯着上面的语言符号研究好几小时，知道语言殿堂的瑰宝就在这儿，拼命想找出解题的良方，引出秩序和智慧。远处有声音飘来，大大的形影走来走去，把他举到半空中，用力放下去。海底的钟声响了。

丰饶的南国春天来了，院子里松软的黑泥地一夜间开满轻柔嫩草和湿润花朵；大樱桃树上包裹着琥珀宝石色的黏稠汁液，樱桃成熟了，一串串丰饶诱人地挂在枝头。甘特把他从高高前廊下晒着太阳的篮子里抱出来，带他由水仙花坛绕过屋角，又带他走鸟声啾啾的树荫，来到院子尽头。

这儿的泥土露在阳光下，干干的，被犁耙弄成一小块一小块。尤金看四处静悄悄的，知道是礼拜天，高高的铁丝围墙边有浓浓的割草机割过的青草气味。斯温家的母牛在围墙那一边猛吃凉凉的粗草，不时抬起头来，哞哞表达礼拜天的好心情。空气清爽又暖和，尤金听得见附近每一家后院的声音，清晰地感受整个场景，斯温家的母牛又叫了，他觉得汹涌的心门豁然开朗。他回应道："哞！"怯生生却完美地学了一声牛叫，母牛回答后，他又充满自信地叫了一声。

甘特开心极了。他快步转身往屋里走。一面走一面用硬胡须去揉尤金嫩嫩的脖子，拼命哞哞叫，每次都听见他回答。

他飞快冲下院子，伊丽莎嚷道："上帝发发慈悲！他会害死小孩的。"

他迈上厨房台阶的时候——除了地势较高的一侧，整栋房子都不着地——她来到装有格子架的回廊，手上沾着面粉，鼻子被火光熏得红红的。

"咦，你在干什么，甘特先生？"

他说："哞！哞！是的，他会叫哩！"甘特与其说是跟伊丽莎说话，不如说是对尤金说。

尤金立刻出声应和，他觉得这一切好蠢，而且他知道家人会逗他学斯温家的母牛哞哞叫个好几天，但他觉得隔阂已破除，非常兴奋。

伊丽莎也很兴奋，不过她另有一套表达的方式，她面向火炉，掩饰满腔的欢喜说："我敢说，甘特先生，我没见过对小孩这么傻气的。"

后来尤金睁着眼躺在篮子里，被安置在起居室的地板上，望着家人急切切伸手接过一碟碟热腾腾的饭菜。此时伊丽莎的烹饪技巧好极了，星期天的大餐叫人难以忘怀。打从他们由教堂回来以后，小男孩已经饥肠辘辘在厨房里外徘徊了两个钟头，本傲然皱着眉，在帘幕外故作端庄，经常穿过房子去看人做菜；格罗弗兴致勃勃进去参观，终于被赶出来；卢克那滑稽的小宽脸露出喜悦的笑容，他由房子前面冲到后面，乐得吱吱乱叫：

"咸尼！咸弟！咸基！

咸尼！咸弟！咸基！

咸尼！咸弟！咸基！

咸！咸！咸。"

他听过黛西和约瑟芬·布朗一起演的恺撒，上面那首歌是他听了恺撒的大话"我来，我见，我征服"的拉丁语，自作聪明变出来的。

尤金躺在小床上，由敞开的房门听见餐厅传来骚动声、男孩兴奋的尖叫、甘特准备切烤肉的刀叉声，还听见大家反复讲早上的大事，语气愈来愈热情。

浓浓的菜香飘进他的鼻孔，他暗想道："不久我就能跟他们一起在里面了。"他一直想着神秘甘美的饭菜。

那天下午，甘特在回廊上一直讲儿子的得意事，特意把邻居叫来，要尤金表演给他们看。那天的话尤金听得清清楚楚；他无法回答，但他看出语言是迫切需要的。

日后他回想头两年的生活，只记得一些精彩和孤立的片段。他记得第二次过圣诞喜气洋洋；到第三年圣诞，他已经习惯了。怀着小孩奇迹般的适应能力，他总觉得他已生生世世了解了圣诞节。

他对阳光、雨水、跳动的火舌、小床、沉闷的冬天有了知觉。第二年春天一个暖洋洋的日子，他看见黛西走上山坡去上学：那是午休时分，她回来吃过午饭再出门。她上的是福特小姐的女子学校，校舍位于陡坡顶转角处，是一栋红砖住宅。他望着黛西和坡下的埃莉诺·邓肯一起走。她的头发绑成两束，垂在背后。她生性端庄害羞，柔柔顺顺的，很容易脸红；但他很怕这个姐姐注意他。她重手重脚帮他洗澡，把隐藏在内心的暴烈情绪通通发泄在他身上，差一点刷掉他一层皮，他叫得好惨。她爬坡时，他想起了她的一切，看出是同一个人。

他过第二次生日已开窍不少。次年早春，他觉得有一段日子颇受冷落，屋里静悄悄的，甘特的嗓门不再绕着他打转，男孩子们蹑手蹑脚走来走去。卢克是第四个患斑疹伤寒的人，病情很重；尤金完全由一个邋遢的黑人少女照顾。他记得她身材高高壮壮的，双脚懒洋洋地拍动，白袜子很脏，体味重，皮肤黑，胆子小。有一天她带他到侧廊上去玩，那是早春的清晨，大地刚刚解冻。黑女人坐在台阶上打哈欠，他则穿着脏兮兮的小衣服沿着小径和水仙花坛乱走。不久，她倚着柱子睡着了。他由围墙的铁丝缝钻出去，走进后通斯温家、上通希利亚德公馆的煤渣小巷。

希利亚德家是小镇最高级的贵族，来自南卡罗来纳州的"查尔斯顿附近"，光是这一点就使他们威望超群了。他们家是胡桃木色的大山形墙建筑，看起来有很多角，找不出平面的格局。房屋建在一座小山巅，山坡下侧就是甘特家，屋前的台地种有高大的橡树。下面的煤渣路正好在甘特的果园外，一路有高高的松树沙沙响。

希利亚德先生家是镇上公认的好住宅。附近地区算中等，但是环境很棒，希利亚德家人摆出堂皇的姿态，活像是降临小村庄的堡主爵爷，不和村民来往。他们的朋友都是远道乘马车来的。每天两点整，一个穿制服的老黑人驾着两匹棕马拉的马车走上蜿蜒的巷道，侧立在车道入口等男女主人出来。五分钟后，他们乘车出去，过两小时才返家。

尤金由父亲的起居室窗口看到这个仪式，醉心了好几年：隔壁人家的生活方式比他高级多了。

那天上午，他终于来到希利亚德家的巷道，觉得好开心，这是他第一次翘家，居然走到不可侵犯的圣地。他在路中心乱闯，对劣质的煤渣路很失望。法院的大钟敲了十一下。

根据这个大家宅的规定，每天上午十一点过三分一定有一匹大灰马慢慢跑上山坡，今天当然也不例外；马后面拖着一辆重型的载货篷车，载满希利亚德家的粮食，散放出各种杂货的辛香味。车夫是一个年轻的黑人，每天上午十一点过三分一定睡得正香。不可能出毛病的。就算路上铺满燕麦，马儿也不可能受诱失职。它乖乖小跑上山，转入巷道，重重往前走，突然觉得右前脚被一个陌生的小东西卡住了，它低头看一眼，慢慢提起马蹄，放开一个小男孩的面孔。

然后它小心地跨起大步往前走，拖着篷车越过尤金的身体，停了下来。两个黑人同时醒了，屋内传来尖叫声，伊丽莎和甘特冲出门外。吓慌了的黑人抱起尤金，把他交给麦圭尔医生，医生痛骂车夫，而尤金对自己突然获救一无所觉。医生以敏感的粗手指迅速摸摸血淋淋的小脸蛋，发现骨头没有裂伤。

他向绝望的大人点点头说："他大难不死，必成大器。W. O. 啊，你运气坏，头倒蛮硬的。"

车主松了一口气，向车夫嚷道："你这该死的黑流氓，我要为这件事送你去坐牢。"他由围墙内伸手去掏黑奴，黑人喃喃祷告，不知道他会有什么下场，只知道他已成为骚动的核心。

黑人少女哇哇大哭，逃回屋里去了。

麦圭尔医生把小主角放在躺椅上说："外表看起来比实际上严重。拜托拿点热水来。"他花了两个钟头才把尤金救醒。人人都称赞那匹马。

甘特舐舐手指说："它比那黑人更懂事。"

可是照伊丽莎的看法，这全是"邪恶女魔"作祟。尤金的内脏早就被女魔编织及研判过。保护生命的脆头壳差一点像蛋壳般破裂，幸亏没有损伤。可是多年来尤金一直带有半人半马兽的特征，只是得在恰当的光线下才看得出来罢了。

他年纪稍长，有时候暗想他扰乱了庄园的秩序时，希利亚德家人不知是否曾降尊下来。他没问过，但是他猜没有，他想他们至多站在紧闭的窗帘边，心想不知出了什么事，只觉得不太愉快，带有血腥味儿。

此事发生后不久，希利亚德先生就叫人在那块空地上立了"不准擅入"的告示牌。

五

卢克一连痛骂医生、护士和家人好几星期，终于康复了。这是很难治的斑疹伤寒。

甘特现在是大家庭的家长，儿女由小婴儿到青春期的史蒂夫——他已十八岁了——和大闺女黛西，呈阶梯状排列。黛西今年十七岁，正在中学读最后一年。她是个胆怯敏感的姑娘，人如其名——读书用功又彻底，老师们认为她是拔尖的好学生。她不太热情，也不太叛逆。大人的指示她乖乖听从，人家对她付出多少，她就回报多少。她弹钢琴，对音乐却没有什么热烈的感受；但是她指法优美，而且一练就是几个钟头。

史蒂夫显然没有读书的天分。十四岁那年，他曾被校长叫到小办公厅，因逃学和抗命等罪名挨了一顿鞭打；可是他天生不肯顺服，竟抢过校长手下的棍子，折为两半，并痛殴校长的眼睛，然后笑嘻嘻由十八英尺高的楼上跳下地面。

这是他最得意的行为之一，其他方面的举动可就没那么幸运了。很早很早，当他多次逃学，又被逐出校门，愈变愈坏以后，小伙子和甘特之间的敌意就日渐明显和剧烈。甘特看出儿子的恶行大抵和他差不多，却不像他事后会懊悔改过。史蒂夫的心肝早就变成一团板油了。

兄弟姐妹就数他习性最坏，他没忘记从小目睹过的父亲最荒唐的放荡行径。而且他是长子，伊丽莎一心照顾小儿女，任他自生自灭。史蒂夫已经开始拿两美元去鹰角嫖妓了，她还在喂尤金吃奶呢。

他常被甘特痛骂，心里很懊恼。他并非不知道自己的缺点，可是被人称作"一无是处的懒鬼""不肖的坏东西""赌场混混"加强了他的反抗心，连外在的态度也强硬起来。他穿着耀眼的廉价服装，黄色的大包鞋，鲜艳的条纹裤，戴一顶系着黄带子的宽边帽，东倒西歪走下街道，装出自信的笑容，涎着脸向每一个肯注意他的人行礼。若有阔人跟他打招呼，虚荣的他便抓住这点余泽，在家可怜兮兮地夸口道："他们都认识小史蒂夫！他已获得镇上所有大人物的敬重，好吧，好吧！除了自己家的人，人人都夸赞小史蒂夫。你们知不知道今天 J. T. 科林斯对我说什么？"

伊丽莎正在缝缝补补，忙抬头问道："说什么？谁呀？谁呀？"

"谁？——J. T. 科林斯呀！他的财产有二十万左右。他说道：'史蒂夫，我如果有你这种脑筋……'"——他就这样扬扬自得扯下去，想象自己将来功成名就，瞧不起他的人都来争相吹捧他。

他说："噢，是的，到时候他们会急着来握小史蒂夫的手。"

他被赶出校门的时候，甘特气冲冲痛揍了他

一顿。他永远忘不了。最后父亲要他去工作谋生。他零零散散当过搅苏打水的酒保，或晨报的送报生。有一次，他和一位铸造工的儿子格斯·穆迪出去见世面。他们流浪一阵子，浑身脏兮兮，在田纳西州的诺克斯维尔爬下一辆货车，用随身带的一点钱买食物和逛妓院，花得精光，两天后回来，身体像黑炭，却大吹他们的成果。

伊丽莎发急道："真是的！我不知道这孩子会变得什么样儿。"她的毛病就是太晚才看出生死交关的契机，她若有所思噘着嘴，已经走错了方向，等灾祸来临便伤心痛哭。她老是慢慢等。而且她内心深处对长子有一份特殊的亲情，就算不超过其他的儿女，至少性质不太一样。他油嘴滑舌乱吹牛，偏偏对了她的胃口。她觉得这是他"精明"的表现，忍不住常常夸赞，使她那两个用功的女儿非常生气。有时候她会望着他的笔迹说：

"有一点是错不了的，尽管你们上学上这么久，他的字却比你们每一个人漂亮。"

史蒂夫很早就尝过酒的滋味，少年时他跟着

父亲过荒唐日子，曾偷喝一个圆瓶里的烈性威士忌；味道害他恶心，但是那次经验成了他向朋友吹牛的好资本。

十五岁那年，他跟格斯·穆迪在一位邻居的谷仓里抽烟，发现屋主藏了一瓶酒，用燕麦袋包着，提防太太搜查。后来那人来找他秘藏的好酒，发现瓶子空了一半，就在余酒中加巴豆油[1]，害两个小伙子病了好几天。

有一天，史蒂夫冒用父亲的名字签了一张支票，甘特过了好几天才发觉。金额只有三美元，但是他非常生气。他在家训儿子，大谈坐牢的问题，说要把他送进监狱，又自叹老年丢脸，声音好大好大，等于向邻居传播儿子的罪行——其实甘特还未进入老年，吵架时却喜欢将"老"字挂在嘴边。

他当然付了支票款，可是后来骂人，又多了一个新词汇——"伪造文书犯"。史蒂夫蹑手蹑脚

---

1 巴豆油是一种泻药。

进出家门，独自吃饭吃了好几天。他和父亲碰面，彼此都很少讲话；两个人眼露凶光，把对方的底细看透了；他们知道什么事都瞒不了对方，父子身上带有相同的疮疤，血液中沾染着同样的欲念和胃口。他们知道这些，只好愧然避开。

甘特痛骂伊丽莎的时候，把这笔账算在她头上：小伙子的一切缺点都是母亲传给他的。

他嚷道：“山地的血统！山地的血统！他简直是格里利·彭特兰的翻版。你听着！”他在屋里踱来踱去，喃喃自语，终于闯进厨房说：“你听着，他总有一天会坐牢。”

她鼻子被油溅得通红，听了只是噘噘嘴，很少说话，发火了就回几句，存心激他。

“得了，要不是他奉命到镇上每一个下流的地方去找他爸，也许他会好一点。”

“你说谎，女人！苍天明鉴，你说谎！”他吼声如雷，却根本没逻辑。

甘特喝酒的次数比以前少，每隔七八周才酗

酒一次，害他们担心两三天，这一点伊丽莎没有什么可抱怨的。不过他一天天骂人，让她十足的耐心也愈来愈弱了。现在他们在楼上分睡两个房间；他六点或六点半起床，穿衣下楼去生火。他在铁灶中点了火，又在起居室燃起炽烈的火焰，一面弄一面喃喃自语，等措辞够流利够强烈了，他便突然出现在厨房里，像杂货店的黑人送猪排、牛排来似的，站在她面前说：

"女人，要不是有我，你今天有房子栖身吗？你能靠你那没出息的老爸汤姆·彭特兰给你房子住吗？你哥哥威尔或你弟弟吉姆肯给你一间房子吗？你可曾听过他们给谁什么？你可曾听过他们关心别人的事？你听过没有？他们会不会给饿肚子的乞丐一点面包皮？苍天明鉴，不会的！就算他们开面包店都不可能！老天哪！我来这个可恶的地区真是不幸，我不知道会有什么下场。山蛮子！山蛮子！"就此达到高潮。

有时候她想顶嘴，竟忍不住流下眼泪。这一来他更开心，他喜欢看她哭。不过她通常唠唠叨叨反驳；在两个盲目敌对的心灵间，一场丑恶又惨烈的战争发生了。可是，那时他要是知道这些每天的攻击将会带来的后果，他定会大惊失色。他只是想表达精神的不满，本能上需要一个谩骂的对象而已。

而且，他对秩序的感受极强，非常讨厌邋遢、混乱、散漫的东西。有时候他看她小心翼翼地保留旧绳子、空罐空瓶、纸张、各种废物，气得不得了。伊丽莎有占有狂，虽未充分发挥，但他看了就生气。

他真的生气说："老天！老天！你为什么不把这些垃圾丢掉？"他走过去拿那些东西。

她尖声答道："不，不行，甘特先生！你不知道这些东西哪一天会派上用场。"

喜爱秩序，注重礼仪，连每天骂人都讲究规矩的人却有很深的探索欲；而讲实际的家常型人物反而事事一团糟，一心只想占有东西，这也许违反一般的习俗吧。

甘特具有流浪者的热情，喜欢由一个定点往

外游荡。他需要"家"的秩序和安定 —— 他是顾家的男人,四周的暖意和力量就是他的人生。每天早上他准时向伊丽莎长篇大论一番,然后去叫醒酣睡的儿女。说来滑稽,早上只有他一个人起床走动,他觉得受不了。

他的叫声有一定的公式,由楼梯脚粗粗暴暴传来:

"史蒂夫!本!格罗弗!卢克!你们这些该死的无赖,起来!老天爷,你们会变成什么样子,你们一辈子不会有成就。"

他一直在下面对他们穷吼,只当他们眼睁睁在楼上洗耳恭听。

"我像你们这个年纪,现在已经挤好四头牛的奶,做好各种杂事,还在雪地上走完八英里了。"

说真的,他描述早年上学的经过,让人以为大地永远积了三英尺深的雪,冻得硬邦邦的。除了冰雪天,他好像没上过学校似的。

过了十五分钟他又吼道:"你们这些一无是处的懒鬼,你们永远不会有成就!就算一面墙垮了,你们也会滚到另一边继续睡。"

不久楼上传来咚咚的脚步声，他们一一下楼，手抱着衣服赤身露体冲进起居室。他们在父亲生的炉火边穿衣服。

早餐时分，甘特心情蛮好的，只是偶尔哀叹几声。他们的餐点很丰富，他把大块大块的炸牛排、麦粉炸蛋、热饼干、火腿、炸苹果堆在家人盘里。九点钟，学校的校钟传来警号，男孩子们一面吞咽热烘烘的食品和咖啡，一面冲出去，甘特也离家到店里去。

他回家吃午饭——他们称为大餐——喋喋不休地报道早上的消息。晚上家人再度团聚，他回来生火，郑重地骂骂人，这个典礼得花半小时构思，三刻钟反反复复发表。接着大家快快乐乐吃晚餐。

冬天过去了。尤金已满三岁，他们给他买了字母书和动物图片，下面还附着寓言诗。甘特不屈不挠念给他听，六个礼拜他就完全背熟了。

冬末和春天，他为邻居们表演了无数次，手

拿书本，假装念出书上的内容，其实他早就背熟了。甘特很开心，他怂恿儿子骗人。人人都觉得这么小的孩子认识字实在了不起。

春天，甘特又开始酗酒，不过他的酒瘾两三个礼拜就消失了，他羞愧地恢复生活的常规。可是伊丽莎正准备变换生活方式。

时值 1904 年，圣路易斯正准备举办世界博览会。那是看得见的文明史，空前壮大和精彩。很多阿尔塔蒙特的人打算去参观，伊丽莎想到旅行还可以赚钱，非常着迷。

有一天晚上她放下报纸说："你知道吗，我有意打包出发。"

"出发？去哪里？"

她答道："去圣路易斯呀。咦——如果一切顺利，我们说不定会搬走，到那边定居。"她知道，完全瓦解既定的生活，到新的地方去，重新探求财富，如此种种一定能迷倒他。多年前他跟威尔·彭特兰拆伙的时候，就曾谈过这种事。

"你打算到那边干什么？孩子们怎么活下去呢？"

她若有所思地噘噘嘴，笑得很狡猾，沾沾自喜说："咦，先生，我只要买一间大房子，让从阿尔塔蒙特来的旅客寄宿搭伙就行了。"

他凄然大叫："慈悲的上帝呀，甘特太太！你千万别做那种事，我求你。"

"啐，甘特先生，别这么傻。收些搭伙的房客没什么不对嘛。镇上有些最高尚的人也这么做。"她知道他的自尊心很强，他不愿意人家以为他养不起家眷——他最爱吹嘘的就是"擅于抚养妻小"。而且不是亲骨肉住在他家会污染空气，弄坏他城堡的城墙。他特别反对收房客还有一个理由：接受他所谓"贱房客"的轻蔑和金钱，借此谋生，他觉得万分屈辱。

她知道这一点，却不理解他的感受。拥有房地产并从中赚钱，这是她家的信仰，她比家人更进一步，连自己住的家都肯分租给人。事实上，彭特兰家的人只有她愿意放弃家庭的小堡垒，只有她好像不看重墙里的私密性。而彭特兰家只有她穿裙子，只有她是女人。

尤金吃奶吃到三岁多，冬天断奶。她体内的某种资源停掉了，另一种却开始滋生。

伊丽莎终于实现了自己的愿望。有时候她会详细跟甘特谈起世界博览会之行。有时候他在傍晚长篇大论，她就回嘴，以上述计划威胁他。她不知道能取得什么成果，可是她觉得这是她的新起点。最后她终于如愿以偿了。

甘特受了新乐土的诱惑，举起白旗。他先留在家里，如果一切顺利，他稍后再赶去。他为暂时解脱而兴奋。青年时代的刺激深深打动了他。他被撇在后头，可是对于寂寞的男人来说，世界暗藏着看不见的阴影。黛西在学校读最后一年，她留下来陪父亲。他看小女儿海伦走，心里很难受。她快满十四岁了。

四月初，伊丽莎带着兴奋的儿女，手抱尤金出发了。尤金为突来的骚乱手足无措，却又很好奇很活泼。

塔金顿家人和邓肯家人鱼贯进来，大家流泪相吻。塔金顿太太对伊丽莎相当敬畏，附近的人则对最近的改变有点着慌。

伊丽莎含泪泛出笑容，享受她造成的轰动，她说："噢，噢——世事难料。若一切顺利，我们也许会定居在那儿。"

塔金顿忠心耿耿说："你会回来的。没有一个地方比得上阿尔塔蒙特。"

他们乘街车到火车站。本和格罗弗笑嘻嘻坐在一起，守着一大提篮的午餐。海伦紧张兮兮抱紧一个包袱。伊丽莎猛盯着她的长腿一眼，想起半票的事。

她用手遮着嘴巴笑，推推甘特说："嘿，她得弓起来，对不对？他们会觉得你不满十二岁，个子未免太高了一点。"后面这句话是向女儿说的。

海伦紧张兮兮地乱动。

"我们不该这么做的。"甘特咕哝道。

伊丽莎说："啐，没有人会注意她。"

他送妻儿上火车，由热心的车厢茶房安置妥当。

"乔治，好好照顾他们。" 他说着，给了那人一枚硬币。伊丽莎嫉妒地看了一眼。

他用长满胡须的嘴吻了所有人，却用大手拍拍小女儿瘦削的肩膀，紧紧拥抱她。伊丽莎心如刀割。

他们一度感到尴尬。整个计划有点奇怪，有点荒唐，全家人又瞎摸瞎弄的，害他们说不出话来。

他说："噢，我想你知道自己要干什么。"

她撇撇嘴，望着窗外说："噢，我告诉你，你不知道会有什么成果。"

他依稀感到安慰。火车跳了几下，慢慢开动。他笨手笨脚地吻她。

他说："你一到那儿就通知我。"说完急忙走下甬道。

伊丽莎抓起尤金的小手对月台上的高大人影挥别。"再见，再见，"她说，"孩子们，跟你们的爸爸挥手道别。"他们都挤到窗口。伊丽莎哭了。

尤金望着太阳转红，落在一条嶙峋的河面上，落在田纳西峡谷的彩色岩石上，迷人的河川永远缠入他童年的记忆里。几年后，画面在梦中出现，美得如此神秘且古怪。他惊喜得说不出话来，随着车轮的节奏慢慢睡着了。

他们住在街角的一栋白屋子里。前面有块小草坪，侧面有一片狭长的空地，毗邻人行道。他依稀觉得这边离市中心和吵闹声很远——好像听人说相隔四英里或五英里吧。河川在哪儿？

两个孪生男孩骑着三轮车不断地在屋前的人行道上逛来逛去，金发直直的，面孔瘦瘦的，看起来很凶。他们穿着蓝领的白色水手装，他很讨厌他们。他依稀觉得他们的父亲是坏人，由电梯坑摔下来，跌断了腿。

房子有后院，整个用一道红木板篱笆围起来。末端是一座红色谷仓。几年后，史蒂夫回家，曾经说："现在那边全部建起来了。"什么地方呢？

有一天，两张小床和卧垫摆在热烘烘、光秃秃的后院晾晒。他舒舒服服躺在一张小床上，闻热垫子的气息，懒洋洋弓着小腿。卢克睡另一张床。他们正在吃桃子。

一只苍蝇黏在尤金的桃子上。他把苍蝇吞下去了。卢克哈哈大笑。

"吞下一只苍蝇！吞下一只苍蝇！"

尤金觉得很恶心，忍不住呕吐，好一段时间吃不下东西。他想不通自己看得见苍蝇为什么还会吞下去。

夏天热得灼人。甘特光临几天，把黛西也带来了。有一天晚上，他们到德尔马花园喝啤酒。空气燠热，他坐在小几旁望着水珠点点、冒白泡的啤酒壶。他暗想，他恨不得把脸埋进凉凉的泡沫中，啜饮幸福的滋味。伊丽莎让他尝一口，大家看他一脸诧异的苦相，忍不住笑起来。

几年后，尤金想起甘特胡须沾满泡沫，大口大口喝啤酒的样子，那股子兴致，那股子瘾头，他真想好好学学。他不知道啤酒是否全是苦的，人是否要有一段开窍期才能享受那种了不起的饮料。

不时有几张面孔由半遗忘的旧世界浮现出来。

阿尔塔蒙特有人来此地，寄宿在伊丽莎家。有一天，尤金仰望吉姆·莱达刮过胡子的面孔，突然想起往事，恐惧不堪。他是阿尔塔蒙特的警长，住在甘特家下方的山脚。尤金两岁多的时候，伊丽莎曾到皮德蒙特出庭当证人。她离开两天，把尤金交给莱达太太照顾。他忘不了头一夜莱达开起玩笑来有多么残忍。

有一天，这个怪物像魔鬼般出现了，尤金仰视他那张邪恶的面孔。他看见伊丽莎站在吉姆旁边，小脸蛋露出恐惧的表情，吉姆作势要打她。他又气又害怕，大声叫喊，他们俩都笑了；尤金第一次恨起母亲来，却无能为力，过了一两分钟才恢复正常。

伊丽莎打发史蒂夫、本和格罗弗这几个男孩子去打工，晚上他们由博览会场回来，兴奋地大聊白天的事。他们一面偷笑，一面谈"霍奇·库奇曼舞"，尤金听出那是一种舞步。史蒂夫哼着单调迷人的曲子，扭得很肉麻。他们唱一首歌，哀怨缥缈的乐声萦绕在他心头。他学会了：

"到圣——路——易斯来见我，

到博览会来见我，

你若看见小伙子和姑娘们，

跟他们说我会上那儿。

我要跳霍奇·库奇曼舞——"

诸如此类。

有时候尤金躺在向阳的被窝里，发觉有一张脸温温柔柔地偷窥自己，声音也柔柔的，和别人不一样，肉嫩的橄榄色皮肤，头发很黑，眼睛黑得像野李子，表情优雅悲哀，和和气气。那人把柔柔的面孔贴近尤金，抱着尤金爱抚。他那棕色的脖子上有一个树莓样的胎记：尤金一再伸手去摸，觉得很惊奇。此人是格罗弗——是家中最温婉、最哀伤的男孩子。

伊丽莎有时候让他们带他去远足。有一次他们乘河上的汽艇航行，他到舱底去，由侧舷窗望着"大黄蛇"慢慢卷曲，毫不抵抗地漂过去。

男孩子们在博览会场打工。他们到一处名叫

"内幕酒馆"的地方当仆役。店名使他着迷，经常闪过他的脑海。有时候他姊姊，有时候母亲伊丽莎，有时候哥哥们会拖着他穿过热闹的人潮，浏览富丽多彩的博览会活动。他们走过东印度茶馆，他看见戴头巾的高个子男人在里面走动，第一次闻到徐徐飘动的东方熏香，叫人永远难忘，他简直迷住了。有一次在一栋闹嚷嚷的大建筑物里，他站在一个大火车头前面一动也不动，他从来没看过这么大的怪物，车轮恐怖兮兮地在凹槽内转动，灼热的鼓风炉吐出热烘烘的煤炭，落在下面的坑洞里。有两个脏兮兮、浑身通红的司炉不断添煤。这个画面像地狱的火光在他脑子里燃烧着，他又是害怕又是着迷。

还有，他站在慢慢转动的摩天轮边缘，顺着混乱炫目的游乐场往下转，觉得受惊的心灵无可奈何地融入狂欢会的幻景中。他听见卢克谈起吃蛇人的怪事，他们说要带他进去，他吓得尖叫起来。

黛西外表平静，暗地里却残酷如猫，有一次

94

她发了阴狠，带他体验"游览铁路"的恐怖滋味。他们由亮处猛冲进黑漆漆怒号的深渊，车速刚慢下来，他的第一阵尖叫刚刚停止，车子就轻轻驶入一处点了灯的幽光里，那儿有大幅大幅的怪画，画着恶魔头和红红的大嘴巴，以及死亡、噩梦、疯狂等情景。他心里缺乏准备，顿时吓得发狂。火车走过一处又一处点了灯的洞窟，他的心脏都快停止了，只听见四周的人大声笑，他姊姊也笑起来。他的心灵刚刚挣脱儿童的幻想世界，在此次博览会中完全垮了。他一时相信自己的人生只是个荒唐的噩梦——后来还常常这么想——借着某种诡计，他将一切希望、信仰和信心交给人皮下的恶魔去蹂躏。他半昏半睡，吓得脸色发青，好不容易才回到温暖真实的阳光下。

他对博览会的最后回忆是早秋的一个夜晚留下的。他跟黛西坐在一辆机动车的驾驶座，第一次聆听车子的噗噗声，冒雨绕着亮亮的路面行走，到了"人工瀑布"边，他们在一栋装有万盏灯光的白色建筑物前面往下倒水。

夏天过去了。秋风飒飒，悄然谈着已去的狂喜；狂欢会快要结束了。

现在屋里变得静悄悄。他很少看见母亲，也不踏出家门，由两位姊姊照顾，他们不断叫他闭嘴。

有一天，甘特又回来了。格罗弗患了斑疹伤寒症。

伊丽莎反复讲过一百遍："他说他在博览会场吃了一个梨，他回来觉得不舒服，我伸手摸摸他的头，烫得像火烧。我说：'咦，孩子，究竟——'"

她的黑眼睛在白白的脸上发出幽光：她害怕了。她噘着嘴，说些充满希望的话。

甘特信步走进房间说："嘿，儿子。"他看见小男孩，心脏不觉一冷。

医生来过以后，伊丽莎的嘴唇一次噘得比一次紧；她逮住一点点鼓励的话，予以扩张，其实心里很痛苦。有一天晚上她突然撕下面具，迅速由男孩的房间走出来。

她噘着嘴低声说："甘特先生。"她对丈夫默默摇着雪白的面孔，似乎说不出话来。然后匆匆下了结论："他完了，他完了，他完了！"

尤金半夜睡得正熟，有人摇摇他，慢慢将他摇醒。不久他发现自己躺在海伦怀里，海伦抱着他坐在床上，变形的小苦脸紧贴着他。她压低了嗓门慢慢说话，说得很不清楚，却认真得可怕。

她低声说："你要不要见见格罗弗？他在凉板上。"

他不知道"凉板"是什么；屋内充满危机。她抱他来到灯火朦胧的厅堂，来到屋子前侧的房间。他听见门里有人低声说话。她静静打开门，灯光亮闪闪照在床上。尤金看了，霎时吓得像毒药流遍血管似的。床上躺着一具憔悴的小躯壳，他突然想起那张温和的棕色面孔，曾经俯视他的柔和眼神。他像一个发疯又突然恢复理智的人，忆起他好几星期没看见的脸，忆起一去不回的孤寂滋味。噢，失落的、见风愁的幽灵，再度归来吧。

伊丽莎坐在椅子上，心情沉重，面孔侧趴在

手上。她正在哭，脸上现出滑稽丑恶的怪表情，完全扭曲，远比静静的哀容可怕多了。甘特手足无措地安慰她，但他不时看看病逝的儿子，走到大厅，痛苦地伸出双臂，心慌慌的。

殡仪馆的人把尸体放进一个篓子里带走了。

伊丽莎一遍又一遍说："他才满十二岁零二十天。"这一点似乎叫她特别难过。

她突然下令说："你们小孩子去睡一下。"她说话时眼睛望着本，他则一脸困惑，怒目看人，眼神和他老爸的一样古怪。她想起双胞胎生死两隔，他们出生的时间只相隔二十分钟，现在她想到这孩子孤零零的，忍不住满心痛惜。她又哭了。孩子们上床睡觉。伊丽莎和甘特继续在屋里坐着。甘特用大手托着面孔，喃喃说道："他是我最好的儿子。苍天明鉴，他是最好的。"

他们默默地想念他，两个人都觉得恐惧和遗憾，因为他天生静静的，家里孩子多，他不怎么受重视。

伊丽莎低语道："我永远忘不了他的胎记，永远，永远。"

他们立刻想到彼此，突然觉得四周的环境如此恐怖与陌生。他们想起远山中爬满藤蔓的房子，想起轰然作声的炉火、喧嚣、咒骂，想起那份痛楚，想起他们盲目和纠缠不清的生活，想起命运使他们来到这遥远的所在，狂欢会过后竟面对了死亡。

伊丽莎想不通她为什么来这儿，她循着热热的迷宫寻找答案。

她说："如果我知道，如果我知道会这样——"

他说："不要紧。"说着笨手笨脚地抚摸她。过了一会儿他又蠢蠢地加上一句："苍天明鉴，想起来实在很怪。"

现在他们静静坐着，怜恤自心中生起——不是自怜，而是怜惜对方，怜惜人生的荒芜、混乱和意外。

甘特想起五十四年的岁月、已逝的青春、日渐衰退的体力和种种丑恶与危险。他像那些明知铸好的铁链不可能解开，串好的图案不可能拆掉，既成事实不可挽回的人一样，内心充满平静的绝望。

伊丽莎说："我若早知道，我若早知道……"然后又说："对不起。"但他知道此刻她不是为丈夫难过或为自己难过，甚至不是为被命运害死的男孩伤心，而是她那千里眼般的苏格兰灵魂突然燃烧起来。她第一次不作假，明明白白看出"命运"的浪涛多么冷酷，她为所有以前活过、现在活着或将来要活的人难过——他们以祷告来煽起无用的圣火，以满怀的希望来恳求一个无知觉的神灵，拿小小的信仰去对抗永恒，指望靠旋转的地球余烬获得天恩、指引和解脱。噢，失落啊。

他们立刻返乡。每一站甘特和伊丽莎都不眠不休走到行李车去。时当灰蒙蒙的十一月晚秋，山上的树林罩着干枯的黄叶。树叶在阿尔塔蒙特的街道上飞舞，落在小路和沟渠中。

车子闹哄哄驶过山顶的弯道。甘特一家下车了，尸体已经由车站运过来。伊丽莎慢慢走下山坡，塔金顿太太一面啜泣一面由家里跑出来。她的长女上个月死了。两个女人一见面，冲上去抱作一团，大声哭泣。

甘特家的客厅里，棺材已经用支架撑着摆好了，邻居满面哀容低声说着话，聚在一起问候他们。如是而已。

六

格罗弗夭折给伊丽莎带来一生最可怕的创痛，她的勇气尽失，缓慢却有力的自由历程也猝然中止了。她想起遥远的城市和博览会，肉体似乎渐感虚弱；面对击败她的隐形对手，她胆战心寒。

她伤心得要命，整天关在屋内陪家人，重拾她准备摒弃的生活，一天天辛苦过下去，借操劳来遗忘一切。可是亡儿黑黑的脸像不可捉摸的淘气妖精，突然出现在回忆的丛林里，她想起他脖子上的胎记，忍不住痛哭。

凛烈的冬天，阴影慢慢散开了。甘特重新带来隆隆的炉火、丰美的三餐、爆炸性的日常生活仪式。他们的生活又有了往日的风味。

冬天渐渐过去，尤金脑子里的暗影也慢慢消除了，一天一天，一周一周，一个月一个月开始连贯和鲜明起来；他的心智已脱离博览会的混乱：人生实地开始了。

家有充分的力量保护他，他很放心，也深有感觉；现在他吃得饱饱的，躺在生机勃勃的炉火前，猛读书架上一本又一本的大书，享受书页的霉味儿和炽热辛辣的书皮味儿。他最喜欢三卷牛皮大书，名叫《里德帕思世界史》。厚厚的书页附有几百张图片、版画和木刻，他还不认识字，就顺着图片浏览过各世纪的进展。打仗的图片他最喜欢。他爱听屋宇四周飒飒的风声和大树的怒吼，将自己交给黑暗的暴风，发挥人人都有的魔鬼欲——也就是对黑暗、风和超速度的渴求。历史化为孤立的大画面呈现在他眼前，他凭埃及王乘马车飞奔的图片编出无尽的传说。当他望着寓言中的怪物、亚述王的乱须兽身像、巴比伦的城墙时，脑中似乎兴起无限古老的回忆。他的脑子里充满图象——居鲁士的领军图、马其顿的矛枪方阵、裂桨图、数不清的萨拉米斯战船、亚历山大的盛筵、骑士混战图、断矛图、斧剑图、密集的枪兵、围城图、天梯上军士受攻仰跌的画面，以身挡矛的瑞士人、人马杂沓图、阴森森的高卢森林和恺撒征战图……甘特远远坐在后面，在一张结实的摇椅上前后晃动，越过儿子的脑袋把一口又一口烟汁响亮又用力地吐进火堆里。

有时候，甘特会读几段响亮优美的莎士比亚作品给他听，其中他最常听的是马克·安东尼在葬礼上的演说、哈姆雷特的独白、《麦克白》剧中的宴客场面，以及奥赛罗勒死苔丝狄蒙娜之前的对话。他对诗有广大持久的记忆力，偶尔会朗读诗篇。他最喜欢下列几首："噢，凡人的心灵何必自负"[1]（他喜欢说"这是林肯心爱的诗"）、"船长蹒跚下楼嚷道'我们迷路了'"[2] "我记得，我

1　出自苏格兰诗人威廉·诺克斯（William Knox）的作品《凡人的心灵何必自负》。

2　出自美国诗人詹姆斯·托马斯·菲尔茨（James Thomas Fields）的作品《暴风雨的歌谣》。

记得我出生的房子"¹"九十九人随上尉去杀敌，骑马踏入清晨的曙光，只有九位回来""男孩站在滚烫的甲板上"²"一英里半，一英里半，前进一英里半"³。

有时候他叫海伦背"校舍静立在路边，有个衣衫褴褛的乞丐晒太阳；黄栌木静静生长，黑莓藤到处蔓延"⁴。

她描述女孩子坟上的青草长了四十年，白发男子尝遍人生的苦辣，才明白只有寥寥几人不愿先他而去，因为他们爱他。甘特重重叹了一口气，摇摇头说：

"啊，老天！这句话再真实不过了。"

家人团聚的生活达到最精纯最成熟的地步。

---

1 出自英国诗人托马斯·胡德（Thomas Hood）的作品《我记得，我记得》。

2 出自英国诗人费利西娅·赫门兹（Felicia Hemans）的作品《卡萨比安卡》。

3 出自英国诗人阿尔弗雷德·丁尼生（Alfred Tennyson）的作品《轻骑兵的冲锋》。

4 出自美国诗人约翰·格林利夫·惠蒂尔（John Greenleaf Whittier）的作品《求学岁月》。

甘特成天骂人，对家人表示亲昵，也让他们享受丰美得吓人的衣食。他们热切盼望他进屋，因为他随身带来生活和礼仪的情趣。傍晚他快步走过下面的转角，大家望着他，仔细凝视他的每一个动作，看他把食品扔在厨房的料理台上，重新生火——他一进门总是看炉火不顺眼，猛添木柴、煤炭和煤油。这件事完成以后，他脱下大衣，到洗手盆盥洗，用大手猛揉刮过的硬胡茬脸，像砂纸虎虎作声。接下来他身子顶着门柱，用力扭来扭去，挠背上的痒。这一招完成了，他又在火堆上添半罐煤油，一面喃喃自语，一面拼命倒油。

接着他咬下一口放在壁炉架上的强力苹果烟，在屋里踱方步，构思他的长文，根本忘了家人正咧着嘴兴冲冲注意这些仪式。最后他冲进厨房去找伊丽莎，狂吼一声，直接骂到重点。

他的辩才未受训练，但是经常使用，已经像名家名言一样流畅易懂了。他的比喻很可笑，带点粗俗嬉闹的精神，家人的喜剧才能——连最小的孩子都有——天天受到震撼。傍晚时分，孩子们兴奋地等他回来。说真的，伊丽莎好不容易才慢慢治好她的大创痛，也从中得到一点鼓舞。然而她仍然担心他的酗酒期，私底下总忘不了旧事。

不过那年冬天，死亡的阴影被孩子们的热闹气氛冲淡了，她心中又燃起希望。他们过着自足的日子——他们不知道自己多么孤单，人人都认识他们，却几乎没有一个人和他们交朋友。他们的身份颇为特殊——若要分阶级，他们大概可以算中产阶层，可是邓肯一家、塔金顿一家、所有的邻居、所有镇上的熟人都接近不了他们，未曾分享他们生活上奇特富丽的色彩，因为他们扭曲了一切规律生活的图案，因为他们有一种疯狂、原始、扰人的特性，自己却不曾察觉。同样的，就算他们有天赋或者有意愿跟希利亚德家之类的特等人物为伍，也是不可能的。何况他们并没有那种意愿。

甘特是了不起的人，却并不卓越——卓越不见得对人生有不屈不挠的热忱呀。

他在屋里横冲直撞，猛发雷霆时，孩子们兴冲冲跟在他后面。他告诉伊丽莎，当初曾看她"在屋角扭腰摆臀，活像肚皮上有蛇似的"，或者大寒天回来，借着天气痛骂她和彭特兰全家，孩子们大喜，尖声怪叫。

他吆喝道："这种地狱般可咒的、残酷的、上帝遗忘的天气，我们会冻死，我们会冻死。你哥哥威尔会在乎吗？你弟弟吉姆会在乎吗？你那可怜的老爸爸'老阉猪'会在乎吗？慈悲的上帝啊！我落入比野兽更野蛮、更残酷、更可怕的恶魔手里了。他们是地狱的恶犬，他们会幸灾乐祸看我受罪，直到我死掉。"

他快步在隔壁的盥洗室内外踱了一会儿，喃喃自语，卢克咧着嘴在一旁观望。

他突然冲到厨房门口，大叫说："可是他们真能吃！别人出钱喂他们——他们很能吃喔。我一辈子忘不了'老阉猪'。嘎吱嘎吱嘎吱（咀嚼声）。"——他脸上露出疯狂的馋相，大家都爆笑起来。他继续用缓慢的哭腔说话，想学已故的少校老丈人:"'伊丽莎,你若不介意,我要再吃一点鸡肉',老无赖太快把肉吞下喉咙,我们只好带他离席。"

他损人损到夸张的顶点,男孩子们笑不可遏,甘特暗自得意,嘴角挂着笑容环顾大家一眼。伊丽莎自己也笑一笑,然后粗声粗气嚷道:"滚开!我今晚看你胡闹看够了。"

有时候他的兴致很高,竟笨手笨脚想去抚摸她,一只手臂僵僵地环在她腰上,她觉得很尴尬,昂起头想逃避:"滚开!不要烦我!现在来这一套太晚了。"她那窘迫苍白的笑容变得痛苦又滑稽,泫然欲泣。孩子们看到这种罕见的、不自然的亲昵动作,笑得很拘谨,坐立不安说:"噢,爸爸,不要嘛。"

尤金第一次注意到这种事,已经满四岁多了。他羞得血液凝结,喉咙作痛,脖子扭来扭去,拼命露出笑容;日后他在戏院里看见卖劲的打诨或调笑,也会如此。后来他看父母亲热触摸,总是羞辱得透不过气来:他们太习惯咒骂、吵闹、粗手粗脚，温柔起来反而像残酷的伪装。

可是哀愁的年月明显过去以后，伊丽莎强大的置产本能和自由本能日渐觉醒，他们本性潜在的冲突又开始了。孩子们渐渐长大——尤金已找到哈利·塔金顿和马克斯·艾萨克斯这两个玩伴。她的性欲则像将熄的炭火。

一季又一季，产权和税金的老纷争又开始了。甘特回家，手持收税员的报告，总是气得发狂。

"女人啊，我们会落得什么下场？明年没过完我们都会到救济院去。啊，天哪！一切结果我看得明明白白。我会去坐牢，我们的每一分钱都会落入骗子税吏的口袋里，剩下的资产则会被警长拍卖。我咒骂自己买第一块地的那一天。听着，这个可怕可恶的冬天还没过完，我们就会住进施粥济贫所。"

她若有所思地噘着嘴看税单，他则一脸苦相望着她。

她说："是的，看来真糟糕。"然后说："甘特先生，去年夏天我们有机会用一文不值的老欧文贝住宅换卡特街的那两栋房子，可惜你不听我的话。若是那样，我们每个月可以收四十美元的租金。"

他嚷道："我这一辈子绝不想再拥有一英尺土地。我穷一辈子，等我死了，他们得在贫民坟场给我找个六英尺长的坟地。"他说话渐渐充满哲理，大谈人类徒劳无功，无论贫富都要葬身尘土，我们反正"带不走什么"，最后也许还说"啊，老天，到头来总是一样"。

有时候他还引述格雷的几段《挽歌》[1]，使用库存的忧郁资料，用得恰不恰当就很难说了：

"——同样等着不可避免的时刻到来，
光荣之路只不过通往坟茔而已。"

可是伊丽莎冷冷守着他们的资产。

甘特尽管讨厌当地主，却以自己有房子住为

1　指英国诗人托马斯·格雷（Thomas Gray）的名作《墓园挽歌》。

荣；说真的，任何可以使用、能使他过得舒舒服服的东西，他都喜欢拥有。他喜欢手头宽裕——银行和口袋里放大量现金，能体体面面去旅行，大大方方在人前露面。他喜欢在口袋里装很多钱，伊丽莎不以为然，常为此训斥他。他喝醉酒曾失窃一两次；在威士忌的刺激下，他会挥舞一大卷纸币，大把大把送给孩子——每个人十美元、二十美元、五十美元，还哭声哭调吩咐说："都拿去！都拿去，该死！"可是第二天他就缠着叫孩子们还给他。通常都由海伦向心不甘情不愿的弟兄收回来，隔日再交给父亲。她今年十五六岁，身高将近六英尺，又瘦又高，大手大脚，骨头粗大，轮廓明显，经常激动得神经兮兮。

父女的感情一天比一天浓厚，她跟他一样紧张、热情、暴躁、爱骂人。她仰慕父亲。他怀疑父女的感情愈来愈叫伊丽莎不满，更爱予以夸张和强调，尤其是他喝醉酒，讨厌妻子的时候，常常对女儿百依百顺，与他对妻子的牢骚形成一大对比。

伊丽莎知道，此时她的每一个动作都会激怒丈夫，此时他的本色表露无遗，心里更难过。她被迫躲着他，锁在房间里不敢出来，小女儿却治得他服服帖帖的。

海伦和伊丽莎之间的摩擦往往很尖锐，她们彼此说话简慢得很，在局促的空间看彼此在场总是很难受。除了暗暗争夺甘特，女儿也受不了伊丽莎天生不同的脾气——看她噘着嘴慢声慢调说话，沉着稳健，声调平平的，又天生有耐心，海伦有时候会气得发狂。

他们吃得棒极了。尤金开始注意到食物和季节。秋天，他们把带霜的大苹果装桶藏进地窖。甘特向屠夫买整头整头的猪肉，提早带回家腌。他罩上一件围裙，卷起袖子，露出瘦削多毛的手臂。餐具室挂了好多熏肉，大谷物箱装满面粉，黑黑的凹架排满樱桃、桃子、梅子、榲桲、梨等蜜饯。凡事经他一摸就充满丰富辛香的生命力，他的春菜园辟在果树下的黑湿土里，长出好多脆脆的大生菜，由肥泥里拔出来，茎上还粘着小黑泥块呢；还有肥肥的深红色萝卜，重重的番茄。熟梅子裂开撒在草地上，大樱桃树渗出宝石般的汁液，苹果树挂着累累的青苹果。对他而言，大地像一个大块头的女子般丰饶多产。

春天的早晨往往清凉有露珠，风也一阵连一阵，花儿开得醉人，心荡神驰间，尤金第一次感到孤寂的痛楚和四季的希望。

早上他们起床，屋里弥漫着煮早餐的香味，他们坐上热气腾腾的餐席，桌上摆满动物的脑浆、蛋、火腿、热饼干、浸着糖浆的炸苹果、蜂蜜、金黄色奶油、炸肉排、滚烫的咖啡。否则就是奶糊蛋糕、酒红色的糖蜜、棕色的香肠、一碗水渍樱桃、梅子、肥美多汁的腌肉、火腿。午餐他们吃得很丰盛：一大块烤牛肉、奶油煮扁豆、连穗烘烤的嫩玉米、厚厚的红番茄片、味道很浓的菠菜、热烘烘的黄玉米面包、薄饼干、一钵加了肉桂的桃子，还有苹果杜松子酒、嫩卷心菜、玻璃盘盛装的蜜饯水果——樱桃、梨、桃子。晚上他们吃炸牛排、加蛋和奶油炸的粗麦粉方块、猪排骨、鱼，炸仔鸡，等等。

为了庆祝感恩节和圣诞节，他们买下四只大火鸡，自己养几个礼拜。尤金每天用一罐罐脱壳的谷子喂它们几次，可是他不忍见它们挨刀，因为它们快活激动的叫声已深印在他心里了。伊丽莎预先烘焙了好几个礼拜；家人的精力完全集中在大宴上。过节前一两天，杂货店送来一箱一箱的奢侈品——除了家常菜，更有特殊的食物和水果：油亮亮黏糊糊的枣子，冷冷的无花果……一小盒一小盒装得好满，灰蒙蒙的葡萄干、各色坚果——杏子啦、大胡桃啦、多肉的"黑人趾"啦、小胡桃，等等；还有一袋袋什锦糖，一堆堆黄澄澄的佛罗里达柳橙、橘子，味道浓辛，叫人勾起乡愁。

甘特坐在烤肉或鸡鸭鹅前面，开始吭啷吭啷切割，把大块大块好肉堆在每一个人的盘里。尤金坐在父亲旁边的一张高椅上，吃得肚皮像小鼓似的，直到甘特用大指头戳一戳，证实他的胃实在装不下了，才准他停下来。

他可能会吼道:"这边有个地方还软软的。"又在小儿子的盘里堆上一大块牛肉。他们身体机能承受得住如此强硬的款待,多亏他们体力好,伊丽莎的烹调技术又很高明。

甘特狼吞虎咽,而且不太当心。他爱吃鱼,常常被鱼刺卡住喉咙。这种事发生过几百次,每次他都是突然哀叫一声抬起头,大哭大嚷,家人的五六只手拼命去捶他的背脊。

他终于张口喘气说:"慈悲的上帝啊!这次我以为我完了。"

伊丽莎十分恼火。"哎呀,甘特先生,你为什么不当心一点呢?你若不吃这么快,就不会老是哽住啦。"

孩子们瞪着眼,却松了一口气,慢慢坐回各自的位子。

他有荷兰血统,喜欢事事丰足。他一再描述宾州积谷满仓、物产充足的情景。

他前往加利福尼亚州的途中,在新奥尔良看到热带水果又多又便宜,简直迷住了。有一个摊贩卖他一大捆香蕉，只讨价二十五美分，甘特立刻买下来，后来他们继续旅行，他才担心要怎样处置这些香蕉。

七

　　加州之旅是甘特此生最后一次远行。伊丽莎由圣路易斯回来两年后，他前往加州，时年五十六岁。大躯体已出现病痛和死亡的神秘作用。他依稀知道自己终于陷入生命的陷阱，不得不固定下来；妻子一心想拥有土地，不想各处探险，他坚决反对，如今他在争斗中渐渐失利。古老的渴望曾使他的灰色小眼睛为之发黑，曾引导年轻的他走入新的国度，追寻天使石像的笑容，此时旧热情只剩最后的火花了。

　　他游历九千英里，在冬末的一个阴天回到凛冽不毛的山区牢狱。

他和伊丽莎一起度过八千多个日夜，有几次他能在凌晨一点和五点间醒着，并能清醒冷静地意识到周围世界的存在？加起来不超过十九次——有一次是因为伊丽莎生第一个女儿莱斯莉；有一次是长女二十六个月后患小儿霍乱症死亡；有一次在 1902 年 5 月，伊丽莎的父亲汤姆·彭特兰少校死了；有一次是卢克出生；有一次是坐西行的火车去圣路易斯，要去接受格罗弗的死讯；有一次是因为忠心耿耿的老黑奴撒迪厄斯·埃文斯叔叔在剧院死亡（1893）；另一次在 1897 年 3 月，他和伊丽莎为艾萨克斯老少校守灵；1897 年 7 月底他曾熬夜三天，当时伊丽莎瘦得像皮包骨，患斑疹伤寒，大家都以为她快要死了；还有一次是 1903 年 4 月，卢克眼看就要死于斑疹伤寒；另外一次则是内弟格里利·彭特兰死亡——他年方二十六岁，患腺肿痛和肺病，是小提琴家，具有彭特兰家爱说双关语的才华，曾伪造支票，坐过六个月的牢——1905 年 1 月 11 日到 14 日，甘特自己右侧风湿痛，晚上睡不着，痛骂自己和上苍，一连闹了三晚；1896 年 2 月，为十一岁的桑迪·邓肯守灵；1895 年 9 月，在该市监牢里关了一夜，羞得睡不着；1896 年 6 月 7 日，在北卡罗来纳州皮德蒙特市的基莱会馆房间里失眠；1906 年 3 月 17 日，他到加州旅行七周回来，坐车由田纳西州的诺克斯维尔到阿尔塔蒙特，醒着没睡着。

　　当时流浪者甘特眼中的家乡是什么样子呢？曙光灰蒙蒙浮现，在嶙峋的河面融解，引擎的烟像冷冷的气息吐进黎明中，山丘很大，却远比他想象中近多了。阿尔塔蒙特在山里灰灰缩作一团，呈一个凄冷的小圆点。他小心翼翼在邋遢的"玩具城"下了车，像《格列佛游记》的主人公踏入小人国，觉得样样都很低，很近，很小。他怀着从屋顶看阴沟的高眼界，小心缩着手肘坐上暖洋洋的"玩具城"电车，吃力地盯着毗斯迦旅社脏兮兮的磨石子招牌、仓库街的红砖木板廉价仓库、弗洛伦斯（铁路员工）旅社那生锈的挡泥墙——那儿正发生酒醉肉饱的淫行呢。

他暗想道：好小，好小，好小。我不相信，连这儿的山丘都好小。我眼看要六十岁了。

他那瘦削的面孔显得灰心和害怕；他绷着脸凝视藤皮座位，此时电车吱嘎一声换了车轨，司机含着烟雾，把门往后推，拿着曲柄进来，关了门，坐下来打哈欠。

"甘特先生，你上哪儿去了？"

"加利福尼亚州。"甘特说。

"难怪没见到你。"司机说。

车上有暖和的电气味和钢铁烧热的气味。

才过两个月！才过两个月！啊，天主啊！竟到这步田地。慈悲的上帝啊，这么可怕可咒的天气。死亡，死亡！来不及了吗？迁往生命之土，开花的土地。蓝澄澄的大海多清爽啊，还有好多鱼游来游去。圣卡塔利娜岛。东边的人永远往西走。我怎么会来这儿呢？南下，南下——永远南下，我哪知道是什么地方？巴尔的摩，悉尼镇——究竟为什么？玻璃底的小船——让你能往下看。她下船时拎起裙子。如今在哪里？两个美人儿。

电车司机说:"你出远门的时候,吉姆·鲍尔斯死了。"

甘特大声说:"什么!慈悲的上帝!"他凄然叫了一声,并且问道:"他生什么病死的?"

电车司机说:"肺炎。他被送下山,四天就死了。"

甘特说:"咦,他是健康的大汉,正当壮年。我走的前一天还跟他说过话哩。"他说谎,却骗自己是真的。"他看起来就像一辈子没生过病似的。"

电车司机说:"某个星期五晚上,他回家着了凉,隔周的星期二就死了。"

车轨上有嗡嗡的声音。他用戴了手套的指头刮刮罩满冰屑的玻璃窗,眺望红红的陡坡。另一辆电车骤然在道路末端出现,猛摇几下换了车轨。

电车司机把门往后推说:"不,先生,谁知道下一个走的是谁。今天还在这儿,明天就死了。有时候大个子先倒。"

他由背后把门带上，摇摇摆摆打开三度电源。电车像上了发条的玩具，向前疾驶。

甘特暗想：正当壮年。有一天我自己也会那样。不，别人先。母亲快满八十六岁了。奥古斯塔写信来说，她的食量大得像马儿。得寄二十美元给她。此刻在冷冷的土屋里，冻得半死。等到春天吧。雨呀，滚你的，雨呀。谁得到那份工作？是布罗克还是索尔·古杰尔？由我口中抢去的粮食。把我整得半死——那个异乡人。用佐治亚大理石，沙石基座，四十美元。

> "一位慷慨好友离我们而去，
> 我们爱听的声音永远消失，
> 但信心和回忆领着我们前进，
> 他长存；永垂不朽。"

一个字母四美分。天知道，花了那么多工夫，实在太便宜了。我的文字最好，本来可以当作家。也喜欢画图。而我的身体！若有什么，我会听到

的 —— 他会告诉我。我不会那样死掉。腰以上还
好。如果有病，一定是下身，被腐蚀光了，整个
肠道都是威士忌蚀出的孔。卡蒂亚克医生的办公
室有癌症患者的图片。好几位医生看法相同，否
则真是大罪过。不过，万一最坏的情况发生 ——
全都在外部。趁它没侵蚀你内部前治疗，还能活
着。海特老头肚子里有块赘肉，用勺杯舀出来吧。
麦圭尔医生 —— 该死的屠夫。不过他什么事都会
做喔，这里切掉一块，那里缝好一块。用胫骨替
那个霍米尼镇的人做个假鼻子。难说。应该有可
能。切掉一切筋腱，再重新绑起来。你等着。给
麦圭尔医生一点事做 —— 坚强，准备好。有一天
他们会做的。等我死了以后。病情照旧不清楚 ——
说不定会要了你的命。公牛太大了，春天眼看就
要到了。你会死。你还不够大。母牛脑子里血淋
淋的。牛奶都满出来了。公牛叫朱庇特，母牛叫
什么来着？

　　他现在往西走，瞥见毗斯迦旅社和西边的山

脉。那边比较宽敞。山丘向着太阳，一座比一座高。视野宽阔，被阳光映得白茫茫的；世界一层层往西转，有山丘有平原。西边是欲望的乐土，东边是家。东面又矮又近的小山丘立在小镇上空。鸟眼山，落日山。毗斯迦大道较高级的地区，有一股直直的炊烟由巴克·塞维尔法官的污白色隔板屋浓浓飘出来，下面溪谷里的黑人破寮则升起稀薄的烟丝。早餐炸脑浆和蛋，加上薄薄的五花腌肉片。醒来，醒来，醒来，你们这些山蛮子！她还在睡，不通风的寒天穿着三件旧披风。干裂的手抹了甘油，甜得发腻。橡皮盖的瓶子、发夹、束带。现在没有人会进去，羞死人。

现在电车停下来，有一位"七号"送报生送完了藤蔓街转角的报纸，由毗斯迦大道往东拐向小镇的中心。他灵巧地把报纸折好再抹平，斜斜扔到三十码外珠宝商希尔兹家的门廊上；报纸打到隔板，扑的一声往回弹。接着他松了一口气，走回二十世纪的时光里，觉得右肩还斜斜的，重量却减轻了，他满心谢意。

甘特暗想：大约十四岁。我那个年纪该是1864 年春天吧。在哈里斯堡赶骡子扎营。一个月三十美分，外加食宿。人的体味比骡子还难闻。我睡第三床上铺。吉尔睡第二床。你天杀的臭脚别放在我嘴巴里——这只脚比骡蹄还要大。是那个人。吉尔说，你这杂种，踩在你身上，你会以为是骡蹄呢。后来他们碰上劫难。妈要我们走。她说年纪够大，可以干活儿了。生在世界的中心，为什么来这儿？离葛底斯堡十二英里。他们由南方来——事先偷了高顶的礼帽，没有鞋子穿。孩子啊，给我喝点东西。那是菲茨休·李。第三天我们过去。魔鬼洞。公墓岭。一堆一堆手臂和小腿都发臭了。有些是用肉锯锯下来的。现在土地是不是肥沃了些？大谷仓比房子还大，我们都是贪吃鬼。我把牛藏在密林里。贝尔·博伊德——美丽的叛军间谍，被判四次枪毙。他们跳舞，她由他口袋里摸走了快信。说不定是个小骚货哩。

电车仍旧往上爬，登上薄板钉成的、脏兮兮呈棕灰色的天境街。

美国的瑞士。美丽的天堂乐土。耶稣啊！老鲍曼说他有一天会发财。一路建房子建到帕萨迪纳。算了，来不及啦。以为他爱上她。没关系。太老了。在那儿想要她。最傻的莫过于——白白的鱼肚。找个灵泉洗洗身吧，再度像婴儿一样干净。新奥尔良，那天晚上，吉姆·科比特打倒了约翰·L. 沙利文。那人想抢劫我——抢我的衣服和手表。穿着睡衣顺着运河街走五个街区，凌晨两点，把他们都甩成一团——手表落在最上面。在我房间里打架，城里满是骗子和扒手，等着捞一票。可以作为故事题材。半个钟头后警察才来。她们出来求你进去，法国女人，南美的白人佳丽，美丽的南美富家千金。汽船比赛。船长，他们赢了。我不会输的。走出树林，她傲然说用腌肉。发生可怕的爆炸。她第三次沉下去的时候，他抓到她，游上岸。她们在窗前抹粉，向你咂嘴唇。也许对老年人比较适合。现在那边谁抢到生意？把人都埋在地面上，灌两英尺的水，泡烂他们。怎么不行呢？全是大差事。意大利。卡拉拉和罗马。不过布鲁图是正直的人。南美白人佳丽是什么？法国人和西班牙人。她有没有黑人血统呢？问卡蒂亚克医生？

电车在车棚前停下来，马厩里的弟兄看得清清楚楚。接着车身勉强走过电力和灯火公司附近，呆呆驶入灰蒙蒙的冻僵的哈顿街，轻轻上坡，快要到终点站——寂静的广场了。

啊，主啊！我记得好清楚。我来三天后，那个老头要把整块地卖给我，讨价一千美元。那我今天就是百万富翁了——

电车上坡八十码到广场去，半路经过龅牙会馆；那边入口两侧各有一排新擦过的铜制痰盂，光滑的旧皮椅排在痰盂之间，后面是一块块厚玻璃板，几乎伸展到人行道来了，看来近在眼前。

很多胖子的肥臀摆在皮椅上，像玻璃缸里的鱼。旅人咬湿的雪茄软软叼在滑腻腻的嘴唇上，盯着所有的女人，不会回顾太久。给人机会。

一位黑人侍者睡眼惺忪地用一块灰抹布擦擦皮椅。屋里的柴火很旺盛，夜间职员趴卧在炭火前的皮沙发上。

电车到达广场，颠簸着横越南北车道，在北侧停下来，面向东边。甘特在白茫茫的窗子上刮掉一点霜花，凝视外面。早晨灰蒙蒙的寒天里，广场围着他，简直小得出奇。他突然觉得广场局促，渺小，但这是他在这个不断扭动、旋转、变化的世界中安身的中心。他觉得好害怕，心脏冰凉——他生活的中心看上去萎缩得如此厉害。他总觉得只要一伸手，就会碰到广场两侧那些三四层砖造小楼房的墙壁。

他终于在世间停泊，却突然想起这两个月累积的见识和行动、吃喝和作为。一望无际的土地、森林、田野、丘陵、草原、沙漠、高山、海岸在他眼底飞过，各站的土地在他眼前飞舞，叫人忘不了的秋葵、牡蛎、旧金山大鱼排、充满生机的热带水果、不停溅起浪花的大海。只有此处，在不真实的真实中，在他看着二十年来熟悉事物的陌生目光下，生活才好像停止了变化，失去了色彩。

广场像梦境一般坚实。他看见自己的店铺在

远远的东南边。屋顶附近的砖块上漆着白色的大名字，已脏兮兮剥落了："W. O. 甘特——大理石、墓碑、墓地设备"。一个人发现自己的名字由魔鬼的岩架上俯视他，真像地狱的噩梦；真像死亡之梦，仿佛他去吊丧却发现自己在棺材里，或者断头台上的死刑犯目睹别人处绞刑。

一位受雇在庄园旅社工作的黑人睡眼惺忪，笨笨重重爬上来，跌坐在后面黑人区的位子上。不一会儿他就嘟着厚嘴唇打起鼾来了。

广场东端，大比尔·梅斯勒穿着半敞开的马甲，肚子上围着腰带，慢慢走下市政厅的台阶，悠然步上冷硬的人行道。喷泉四周罩着一圈粗粗的冰环，喷水的力量只及原来的四分之一，正在吐纳亮晶晶的冰蓝色泉水。

电车分别驶入焦点位置；司机跺跺脚，说话时冒出水烟，有一种生命初始的气息。市政厅旁边有消防队员在马车顶睡觉，自动门后面传来兽蹄踢打木头的闷响。

一辆运货马车咔嗒咔嗒驶过市政厅前的广场

东侧，老马小心翼翼往后仰，下坡穿过东南边的那条分开甘特的铺子和市场、监狱的石子斜路，走进货运市场。电车又向东开，甘特瞥见那条路对面的黑人区。那个住宅区有一百股小炊烟冉冉升起。

现在电车飞快驶下军校街，到了山谷上侧黑人区和白人区交界的地方，就拐进常春藤街，顺着一条磨石子洋房和大橡树夹道的市街向北走，鲍曼老教授的女子学校旧址荒凉地立在那儿。电车转个弯，在伍德森街顶端 —— 也就是常春藤旅社废弃的大谷仓旁边 —— 停下来。那座旅社始终不赚钱。

甘特用膝盖顶着前面的大行李，走过通道，未下山前，暂时把它搁在路栏边。未铺石板的冻土路坡度很陡。路面比他记忆中更陡、更短、更近。只有树木看起来大一点。他看见邓肯只穿衬衫到门廊上捡早报。待会儿再跟他说话，现在话太长了。不出所料，苏格兰人的烟囱冒出一大股早餐的炊烟，他家却没有。

他下了坡，轻轻打开自家的铁条大门，由庭院绕到侧门边，不想爬陡陡的前廊台阶。葡萄藤光秃秃的，像粗绳绕着屋子。他静静走入起居室，屋里的冷皮革味很浓，炉格子里撒着薄薄的冷灰。他放下行李，由盥洗室走进厨房。伊丽莎穿着丈夫的旧外套，戴一双无指的羊毛手套，正在小火堆里拨呀拨的。

"好了，我回来啦。"甘特说。

不出所料，她叫道："咦，怎么会！"说着竟慌乱起来，两只手臂乱动。他笨笨拙拙把手搭在她肩膀上一会儿，两个人尴尬地站着不动。接着他抓起油罐，在木柴上猛浇煤油，火焰轰隆轰隆冒出炉格外。

伊丽莎说："拜托，甘特先生，你会把我们烧焦！"

他抓起油罐和一把木柴，气冲冲地走向起居室。

等浇过油的松柴冒出熊熊的火焰，他见烟囱隆隆颤抖，又开心起来。他带回满脑子的回忆：

沙漠宽宽广广；河流像大黄蛇，积有陆地冲来的采掘物；载满货物的船只壮观，桅杆超过海面，叫人想念外面的世界；船只带有过滤和浓缩的土地味，黑人的甜酒和糖蜜味，柏油味、热带船上的熟番石榴、橘子和凤梨味，如懒洋洋的赤道土地和女人一样廉价、豪爽、丰裕；他还记得路易斯安那州、得克萨斯州、亚利桑那州、科罗拉多州、加利福尼亚州等伟大的名字；沙漠像凋萎的恶魔世界，大树干被钻出一个个可怕的大孔，供马车通行；有一处高山顶无声无息流下冒气的水圈，几个内部沸腾的湖因地热而准时喷出冲天的水浪；各色花岗岩由峡谷刻凿而成，一望无际，在天空超凡的珠光下，日日现出超人力、超自然、颜色瞬息万变的珠光。

伊丽莎还很兴奋，但是说得出话来了；她跟着丈夫走进起居室，说话时两只干裂、戴手套的手握紧在腹前。

"昨天晚上我还对史蒂夫说：'如果现在你爸爸走进来，我不会吃惊的。'——我就是有一种预感，我也不知道叫什么。"她突然编故事，面孔往内缩。"不过想起来真奇怪，前几天我在加勒特家订购东西——香草精、苏打和一磅咖啡——亚历克·卡特过来找我说：'伊丽莎，甘特先生什么时候回来——我有事要请他做。'我说：'咦，亚历克，我想他不到四月初不会回来。'咦，先生，你知不知道——我一走到街上——我猜我大概在想别的事，我记得埃玛·奥尔德里奇走过来跟我打招呼，我好像没回答，等她走过去，我才大声叫道'埃玛！'——我突然起了一个念头——就跟此刻站在这儿一样肯定——'你认为如何？甘特先生已踏上归途了。'"

甘特暗想：耶稣上帝啊！又来了。

她的记忆像大章鱼爬过海底，盲目摸索到每一处海穴、细流和河湾，谈到她做过、感觉过和想过的每一件事，怀着彭特兰家特有的意向，总觉得太阳为他们升起或落下，雨为他们下，人类出现、说话、死亡都为他们，是从虚空适时走进彭特兰的核心、模式和目的中的。

他一面把大块大块的煤炭放在木柴顶，一面喃喃自语，构思华丽的演说词，句读均衡又恰当，愈到后面愈精彩。

是的，发霉的棉花一捆捆堆放在铁路侧线的长棚里；南方平原的松林浸满棕色的幽光，间杂着又高又直的无叶树；运河街有个女人文文雅雅提起裙子爬上车（说不定是法国人或南美佳丽哩）；一只白白的手臂伸过去拉百叶窗，法国橄榄树被窗户映得亮亮的，睡在他上铺的佐治亚医生夫人走出去；懒洋洋、慢吞吞、蓝湛湛的太平洋充满鱼类；而河流像贪饮的黄蛇，把陆地都吸干了。他的人生就像那条河，富于自藏的、向上的胶着力，沉淀物好多，不断补充生命以便更丰富，而这个怀有江河般大目标的生命，他已将其倾入家园的避风港，自足的安息所在了——多节的藤蔓为他绕屋三圈，大地为他生出丰盈的果实和鲜花，炉火为他疯狂燃起。

他对伊丽莎说："早餐有什么可吃的？"

她若有所思地噘噘嘴说："我看，你要不要吃点蛋？"

他说："好，再来几片薄薄的咸肉和两根猪肉腊肠。"

他大步穿过餐厅，走到门厅去。

"史蒂夫！本！卢克！你们这些该死的无赖！起来！"他喝道。

他们立刻踩得地板咚咚响。

"爸爸回家了！"他们尖叫道。

邓肯先生望着奶油渗入新烤的面包卷内。他隔着窗帘斜斜看下去，发现甘特家上空冒起浓浓辣辣的炊烟。

他心满意足地说："他回来了。"

这时候油漆匠塔金顿望了一眼说："W. O. 回来了。"

他就此回来啦——西行游历的"流浪者甘特"。

八

现在尤金无拘无束地徜徉在知觉的大草坪上，他的感官设备太完整了，一察觉某件事物，立刻建立起颜色、暖度、气息、声音、味道等完整的资料，日后闻到热热的蒲公英，就会忆起春暖草长的堤岸，忆起某一天、某一个地方，嫩叶的悸动或一本书的某一页，忆起橘子的异香，冬天大口大口咬苹果的滋味，或者一看《格列佛游记》就想起亮丽有风的三月天，万物滋长的温暖时刻，雪融的滴答声和烟气，炉火的感觉。

他第一次获准挣脱家园的束缚——还没满六岁，由于他自己坚持，终于上学了。伊丽莎不想

让他去，可是他唯一的密友马克斯·艾萨克斯比
他大一岁，正要去上学，他唯恐自己又要孤孤单
单度日。她告诉儿子不能去；她察觉到学校已开
始慢慢瓦解他们母子之间最后的关系。可是九月
的某一天，她看见儿子巧妙地溜出大门，快步跑
到街角——另一个小男孩正在等他，她没有去拉
他回来。内心有一条绷紧的弦啪嗒一声折断了；
她想起儿子怕被发觉时，警惕回望的眼神，忍不
住哭出来。她不是为自己哭，而是为他：他出生
时，她曾凝视他的黑眼睛，看见一种神色，知道
他的心灵将陷入一种深不可测和难以捉摸的孤寂
中；她知道自己黑暗悲哀的子宫曾孕育一个异乡
人，他失去了永恒的讯息，成为他自己的幽灵，
家园的鬼魅，面对自己和世界都感到孤单。噢，
失落啊。

　　他的哥哥姐姐忙着感受自己成长的痛苦，难
得有时间理他。他比最小的哥哥卢克小了六岁左
右，不过他们偶尔对他玩玩大孩子对小孩子玩的
残酷小把戏，看他由梦想中被惹火或骂醒，尖叫

着发起疯脾气来，抓一把餐刀追他们，或者用头去撞墙壁，他们觉得很有趣很刺激。

他们觉得他"怪怪的"——其他男孩的残忍被人发现时，反而宣扬孩子王的懦夫行动，辩解说他们要把小弟弟塑造成"真正的男孩"。不过他对本渐渐产生亲情，本偶尔轻轻穿过屋舍，怒目或恶声守护弟弟的秘密活动。本像一个异乡人，基于某一种本能很喜欢这个小弟弟，他当送报生收入微薄，但他拨出一部分来买礼物给尤金，带他出去玩，偶尔绷着脸训斥他甚至揍他，却在别人面前保护他。

甘特看小儿子一连几小时坐在火光前看图画书，认定这孩子喜欢书，依稀想要培养他当律师，送他去参政，想象他当选州长、参议员、总统。他一次又一次跟他说些乡下小男孩因为出身农家，贫困又勤劳，所以才当上伟人的美国传奇故事。不过伊丽莎认为他会当学者、学问家、教授，而且还满怀信心说，小儿子爱读书是她精心设计的成果，这些话甘特听了很生气。

她说："他出世前的那个夏天，我一有机会就拿起书来读。"然后露出安详自信的笑容。甘特知道她又要提娘家的人了，她说："我告诉你，说不定会在第三代显出来喔。"

"第三代个鬼！"甘特气冲冲答道。

她伸着食指若有所思地说："喏，我要告诉你，人家常说他的外公本来可以当学者，假如——"

甘特突然站起来，挂着讽刺的笑容在屋内走来走去地说："慈悲的上帝啊！我早就知道会有这种结果！"他舐舐大拇指，激动地嚷道："若有什么功劳，我一定得不到。你不会领情！你宁死也不会承认！不，我知道你会干什么，你会吹嘘那个一辈子没认真工作过的老骗子。"

伊丽莎快速掀动嘴唇说："喏，我若是你，我说话不会这么肯定。"

他在屋里冲过来冲过去，照例不关心辩论合不合理的问题，大声嚷道："耶稣基督啊！耶稣基督啊！真滑稽！真荒唐！地狱找不到一个怨灵像受蔑视的女人这么泼辣！"他的话不清晰，却十分凶猛，说完大步走来走去，硬吐出一阵响亮尖刻的笑声。

就这样，尤金幽囚在黑暗的灵魂中，面对着一本被火光照亮的书沉思，有如异乡人置身在热闹的旅店。人生的大门紧闭着，不许他接触生活的知识，巨大的幻想世界遂构筑起香喷喷、不真实的纹理。他以川流的幻象来滋润灵魂，在书架上猛找图片，发现了《与斯坦利游非洲》等宝藏——书中有许多丛林的奥秘，描写肉搏、邪术战、矛枪、爬满蛇的大森林、茅草村落、金子和象牙，栩栩如生；还有斯托达德的《讲义集》，漂亮的厚书印有欧洲和亚洲最著名的风景；另一本《奇事录》则有迷人的古今奇事图——阿尔贝托·桑托斯－杜蒙特乘氢气球飞行，有一个水壶倒出液化空气，一盎司镭可以使地球上所有的海军在水面上升高两英尺（威廉·克鲁克斯[1]爵士），

---

1 威廉·克鲁克斯（William Crookes），英国物理学家、化学家，铊元素的发明者和命名者，也是真空管研究先驱。

还有埃菲尔铁塔、熨斗大厦、以方向杆操纵的汽车、潜水艇，等等。旧金山大地震发生后，有一本书专门描写那件事，廉价的绿色封面上阴森森浮出倒塌的高塔、摇摇欲坠的尖楼、多层的楼房跌入熊熊烈焰中的画面。还有一本书名叫《罪恶之宫》，又名《社会的魔鬼》，据称是一位虔诚的大富翁写的——他耗尽资财揭露高层的疮疤，书上有动人的图片，图中的作者戴着丝绸礼帽走下一条充满罪恶华邸的街道。

由这些奇奇怪怪的图画拼凑成的世界，在他的想象力之下扩大不少：多雷绘制的弥尔顿作品中失落的黑天使飞越高塔，机械奇迹，穿盔甲执大槌的浪漫冒险，猛冲入洞窟形的地狱。他一想到将来能自由进入这个史诗世界，想到只要离开家，一切人生色彩都是无限光明，不禁兴奋得面红耳赤。

星期天晚上，他已经听见遥远的教堂钟声响遍了乡野，也聆听过大地浸在黑夜中，百万种夜中生物发出音籁；他听见远处山谷有汽笛哀鸣，渐去渐远，还有铁轨上的隆隆声；他觉得黄金世界无限深广，千种神秘的气味和感觉盲目交织，灵气焕发，异常诱人。

他还记得博览会上的东印度茶馆：檀香木、头巾、长袍、凉爽的室内、印度茶的香味；如今他好想念带露的清晨、樱桃香、凉凉的晚上、潮湿结块的花园肥泥、辛香的早餐和雪絮一般飘浮的花儿。他知道中午在嫩草中发现热带蒲公英的兴奋；认得出地窖、蛛网、合成泥土的气味；七月里，西瓜摆在一个农夫的篷车里，垫着甜甜的干草，还有甜瓜和板箱装的桃子，那些气味他都熟悉，更有橘子皮摆在炭火前那种甜中带苦的气味。他认得出父亲起居室的男人味儿，旧皮革沙发绽线露出马毛的气味，漆木在炉子上的香味，受热的小牛皮书套味儿，苹果味口嚼烟那潮湿的味道；十月的柴烟和烧树叶味儿，棕色大地秋天的气味，夜里的忍冬香，暖暖的金莲花香；有个整洁红润的农夫每星期带印花包装的奶油、鸡蛋和牛奶来，他认得出他的体味；也认得出肥肥软软的嫩咸肉和咖啡香，风里的烤炉香；大串豆子加盐和奶油烤熟的香味，老松木房间堆放书本和地毯又长期关闭的异味，以及白色长篮里的大紫葡萄香。

是的，还有粉笔和漆木桌那令人兴奋的气味，夹了冷炸肉和奶油的厚三明治，马鞍店的新皮革或皮椅味，蜂蜜和未磨咖啡的香气，桶装的甜泡菜和乳酪香，以及杂货铺的各色气味；地窖中贮存的苹果，果园里的苹果或榨过的果酱味，梨摆在向阳的货架上催熟或熟樱桃加糖放在热炉子上等着腌制的香气；还有削木片、新木材、锯屑和刨花的气味，桃子沾紫丁香放在白兰地里浸泡的味道，松汁和绿松针的香味，马蹄修剪过的气味，炸板栗、核桃和葡萄干的气息，热热的脆猪皮和烤乳猪香，奶油和肉桂融在糖渍番薯上的滋味。

是的，还有缓慢的臭河水，以及西红柿烂在藤上的臭味，淋过雨的梅子和水煮榅桲的气味，睡莲的腐叶味，绿沼泥中的烂草臭味；南国的气味干净淡雅，像一个高大的妇人；还有大雨后树木和地面那湿润的气味。

是的，还有早晨雏菊田的气味，翻砂厂熔铁的气味，冬天马厩关着马、粪便热腾腾的气味，老橡树和胡桃木的气味，屠夫身上的肉味儿、绵羊尸体味儿、肥肝味儿、绞腊肠馅和红牛肉味儿；以及红糖搅银白色巧克力粉的滋味，榨薄荷叶和湿紫丁香树的气息，山茱萸、月桂和月下木莲的香味，旧板烟和波旁城黑麦摆在橡木桶中醇化的气息，烟草的浓香，石炭酸和硝酸的气味，狗身上那种粗劣又真实的体味，尘封已久的旧书味，春天快到时的冷羊齿味，以及大块乳酪切开的味道。

是的，还有五金店的气味，尤其是铁钉好闻的气味，摄影师暗房里显影药水的气味，油漆和松节油的嫩香，荞麦糊和黑高粱的滋味；还有黑人和马儿的混合体味，煮软糖的味道，大泡菜桶的盐水味，南山的青灌木味儿，黏糊糊的牡蛎罐子和开肠破肚的冷冻鱼味儿，厨房的黑女仆浑身热烘烘的气味，煤油和油毡味；菠萝和番石榴香，秋天成熟的柿子香，风、雨和雷的气味，冷冷的星光和脆叶草味，迷雾和冬阳的气味，播种时节花儿和作物的气味。

他受了往日知觉的刺激，如今在学校里开始接触丰饶的传奇——地理学，从中呼吸大地的混合气味；看到码头上堆积的小圆桶，总觉得每一个都藏有金色的朗姆酒、风味丰富的波特酒、醇厚的勃艮第红葡萄酒；他闻着热带丛林的植物，大农场的浓香、港口的咸鱼味，在浩瀚迷人却不复杂的世界中航行。

现在无数群岛串连起来，他牢牢站在未知却等着他探险的陆地上。

他几乎马上就学会了阅读，以强烈的视觉记忆力印出字形；不过他过了好几周才学会写字或描字。幻想的碎渣和失落的世界仍旧不时飘过早晨上学时的脑袋，虽然他准确遵行老师的其他指示，但是人家练字时，他却幽居在不可知的古世界里。孩子们照一行模范字体学写字母，他的纸上却只画出一行锯齿状摇摇摆摆的矛尖，他高高兴兴一写再写，看不出也不了解其间的差别。

他暗想："我学会了写字。"

有一天，马克斯·艾萨克斯做练习做到一半，突然抬头看看尤金的纸张，看到那行锯齿。

"那不算写字。"他说。

他以长了痣的油腻小手抓住铅笔，把练习抄在纸上。

尤金看见同伴笔下流出活生生的一行字，美丽的语文结构体，师长再三训示都斩不断的死结突然割开了，他立刻抓起铅笔，写出比友人更优美的字。他喉头闷叫一声，忙翻到下一页，毫不犹豫地抄下来，然后再抄下一页，下一页。他们怀着小孩领受奇迹的赞叹，彼此对望一眼，后来却从未提起这回事。

马克斯说："现在这算是写字了。"不过他们一直守着这个秘密。

后来尤金想起这件事时，总能感觉他从前内心中有一扇敞开的大门，潮水自如奔涌又退去，可唯有这件事是某一天里突然发生的。他离活生生的地表依然很接近，看到许多事情，怯生生摆在心底，知道一说出来就会惹人嘲笑。春天的某一个星期六，他跟马克斯·艾萨克斯停在中央街的一个深洞上方，那儿有市政工人正在修一根破裂的大水管。深坑的土壁远比他们的脑袋高，他们背后有个宽宽的裂缝，通向一个黑黝黝的地下道。两个小男孩看了，突然抱作一团，因为有一条大蛇正由裂缝中伸出扁扁的脑袋；蛇身粗得像人体，布满鳞片，它由工作人员背后爬进深土里，爬了好久才消失，那些人毫无感觉。他们吓得发抖，连忙走开，当时和日后曾压低了嗓门谈起它，却从未向别人透露过。

现在他轻轻松松适应了上学的仪式，每天早上跟哥哥们一起囫囵吞下早餐，咽下烫人的咖啡，听到最后的铃声，连忙抓起一纸袋沾满油污的食物冲出去。他跟在哥哥们后面吃力地往前赶，心脏兴奋得快要跳出来了，等他跑进中央街山脚下的凹地，紧张得全身发软，正好听见钟声停了，发出微弱的回音，绳索啪啪摇晃。

本凶巴巴咧嘴皱眉，伸手去推他的腰，弄得他尖声叫，却抵挡不住后面的冲力，终于上了山。

他气喘吁吁进来，班上同学各就各位，正好唱到一首晨歌的末段，他喘着气跟着唱：

> "——愉快的，愉快的，愉快的，愉快的，
> 生命只是一场梦。"

下霜的秋天早晨则唱道：

> "醒来吧！快活的爵爷和贵妇，
> 曙光已浮上山顶。"

或者唱"西风和南风比赛"。也唱"磨坊主之歌"：

　　"我不羡慕谁，不，我不羡慕，
　　也没有人羡慕我。"

　　他阅读得又快又轻松，拼字拼得很正确，算数也做得很好，可是他讨厌图画课，只喜欢一盒盒的蜡笔和颜料。有时候全班进树林，带回花叶等标本——红艳如火的枫叶、褐色的松果、棕色的橡树叶，他们常画这些；春天则画一枝樱花、一朵郁金香。他恭恭敬敬坐在最初教他的胖女人前面，感受着她的威仪，生怕自己会做出她瞧不起的事。

　　班上的学生不停地蠢动，小男孩们想出坏把戏或写脏话来欺负女孩子。野一点的则找机会离开教室，例如："老师，我能不能去方便一下？"他们出去上厕所，嘻嘻哈哈偷懒乱逛。

　　他却说不出口，那样会向她显露出本性的耻辱。

　　有一次他身体不舒服，恶心想吐却闷声不响，终于掬起双手吐在掌心上。

他对休息时间又怕又讨厌，看小孩乱哄哄在操场上吵闹，胆战心惊，自尊心却不容许他溜进教堂或躲开他们。伊丽莎把他的头发留长，每天早上用手指去梳那头"小伯爵"式的鬈发，这一招给他带来可怕的屈辱和烦恼；但是她无法体察也不愿体察，无论尤金怎么求她，她硬是噘着嘴反对剪掉。她保全本、格罗弗和洛克的一撮撮鬈发，用小盒子存起来；有时候她看见尤金的鬈发，忍不住流泪，认为那是他年纪还小的象征。她悲哀的心最怕变迁，硬是舍不得他剪头发。即使后来哈利·塔金顿的头虱传到尤金头上来，她也不肯让他剪掉；她每天两度把儿子蠕动的身体夹在她的膝盖间，用一把细齿梳猛刮他的头皮。

他颤声向母亲哀求，她总是装模作样露出慈祥的笑容，喉咙发出嗡嗡的嘲笑声说："咦，嗯——你还不能长大，你是我的小宝宝。"尤金认识到她毫不妥协的本性，除非不断受到叫人发疯的刺激，否则绝不肯改动，于是气得尖叫发狂。他这才了解了甘特狂怒的原因。

他在学校像一只被追猎的小动物。那群人凭着明确的本能，一眼就看出异乡人闯进来了，便毫不留情地追猎他。午餐时间到了，尤金抓着油腻腻的大纸袋，常常被呜呜乱叫的学生群追得逃到操场。领袖是两三个心态不正的超龄大孩子，他们围着他紧追不舍，大声哀求道："你认识我的啊，尤金，你认识我。"他一面向操场那头跑，一面打开纸袋，把一个大三明治丢给他们，这一来他们会暂停片刻，扑过去攻击得手的人，把一个三明治抓得破破烂烂；可是过一会儿他们又追上来了，哇哇乱叫，比刚才更顽强，把他逼进围墙角，一面哀求一面伸手来抢。他只得把手上的东西交给他们，有时候气不过也会抢回半个三明治吞入口。他们看他没有东西可抢才走开。

他依旧相信圣诞节的大幻想。甘特是他不眠不休的同志。秋末和冬初，他夜夜向圣诞老人请愿，列出一大堆他最想要的礼品，满怀信赖对着烟囱倾诉。每当火焰吞下他手里的纸张，轰隆一声烧得干干净净，甘特总会陪他到窗口，指着北面乌云密布的天空说："到那边去了！你看到没有？"

他看到了。他看到自己的祈祷文随风飘去，往北飘到古雅的"玩具国"，进入冻结的仙窟，听见小银砧铮铮响，小人儿朗声大笑，仙鹿在厩房里啼叫，甘特也看见和听见了。

圣诞日里，家人送给他一大堆色彩鲜明的小玩意儿，他打心眼里讨厌那些鼓吹"实用"礼品的人。甘特给他买马车、雪橇、鼓、号角——其中最好的是一辆小救火云梯车，附近地区的人先是惊叹不已，后来则视为祸根。他没事做的时候，一连几个月和哈利·塔金顿及马克斯·艾萨克斯待在地窖里，他们把云梯串在车子上空的铁线上，一碰就稳稳掉成几堆。他们学救火员在总部打盹儿，由某一个人模仿警铃"叮当——当——当"，大家便突然起而行动。说来不大讲理，哈利和马克斯充任救火队员，尤金坐上驾驶台，三个人竟跃出窄门，飞快冲到邻居家，架起云梯，打开窗户进去，扑灭想象中的火灾，然后跑回来，任由家庭主妇在后面尖叫告状。

　　他们一连几个月活在这种幻想中，以镇上的救火员和詹纳度为典范——詹纳度是助理队长，得意得要命。他们曾看他一听到警铃就把手表零件放在桌子上，疯也似的跃出甘特店里分租的橱窗，赶去执勤，此时大救火车正全速驶进广场。救火员喜欢在目瞪口呆的镇民面前表演最大胆的动作：他们戴着华丽的头盔，以体操选手的姿势吊在救火车上，一个扶着另一个，第二个人则凌空抓住瑞士佬的身子——他跃向栏杆，差一点摔断脖子。他们喜滋滋地摆姿势，速度有如火箭——镇上的人兴奋若狂。

　　晚上，警铃声由风中传来，他的恶灵竟冲进心里，截断了他和尘世的一切关系，任他遗世独立，主宰海洋和陆地，长住在黑暗中。他俯视黑黝黝的森林和原野，由沙沙作声的松树顶滑进一座乱城，拿起炉格内的火去攻该城的屋顶，夹着暴风雨猛扑向他们遇劫起火的墙壁，在他们头顶狂笑，又尖声在疾风里号叫。

要不然就掌握暴风、黑暗和一切邪术力量，露出食尸鬼的面容，由暴风雨下的窗户偷看室内，害屋里的一群人吓得半死；或者只做个凡人，心脏充满恶魔的狂喜，蹲在暴风时节的孤宅外，由淌水的窗户偷看女人或仇人，庆幸自己在暗处什么都看得真，觉得有人拍拍你的肩膀，回头一看，竟望见死神那惨绿的腐脸，真是做鬼反遭鬼祟，追人反被人追。

是的，还有许许多多睡着的女人，在暗夜里泛出幽光，而狂风吹动了屋宇，他随着芬芳的光柱穿越世界。她们身体的奥秘在他的心中成了疑问，但是他已在学校找到欲望的名师——就是满脸生毛的双日区乡巴佬。天性斯文的小男孩对他们又怕又佩服，因为双日区是城镇里长大的登山者横行的地区，他们晚上鬼鬼祟祟出没，万圣节更用石头武器打破其他帮派成员的脑袋。

有一个男孩名叫奥托·克劳斯，鼻子像乳酪，脸上有毛，眉毛长一英寸，是德国裔的孩子，两腿瘦瘦的，跑得很快，声音嘶哑，整天笑得像白痴，他向尤金展示喜悦的乐土。有个女孩名叫贝茜·巴恩斯，黑发，高个儿，身材醒目，今年十三岁，动作像模特儿。奥托·克劳斯十四岁，尤金只有八岁；他们都上三年级。德裔少年坐在他隔壁，曾在他书上画过下流的图画，还偷写字条递给甬道那一侧的贝茜。

少女总是扮个淫荡的鬼脸，蔑然翘一翘臀部，奥托觉得这等于以身相许，欢喜得哧哧闷笑。

贝茜老出现在尤金脑海中。

他跟奥托在学校曾鬼鬼祟祟在地理书上画些下流的图片，为热带土著添上下垂的乳房和大器官。他们还在小纸片上写些下流小诗来骂老师和校长。他们的老师是个瘦削的红脸老处女，眼神很凌厉，常令尤金想起军人、火绒或路上碰见的狗——眼睛像茶碟，像风车，像月亮。她叫作格鲁迪小姐，奥托就像一般小男生，粗俗傻气，写诗描述她说：

"格鲁迪老小姐，

　今天身上有好东西。"

尤金则向校长开火——此人姓阿姆斯特朗，
长得胖胖软软的，年纪轻，衣着很时髦，外套里
老是戴一朵康乃馨；他鞭打过犯错的小孩后总习
惯将康乃馨拈在指间，垂着眼皮以敏锐的鼻孔闻
花香——尤金文兴大发，创造几十句诗，侮辱阿
姆斯特朗本人、他的门第，以及他跟格鲁迪小姐
的关系。

他简直着了魔，现在整天写诗——用一个主
题写出各种淫荡的作品。他实在舍不得毁掉。有
一天上地理课，他桌上塞满写字的小纸团，女老
师当场逮住他。她凶巴巴瞪着他，搜出他夹在书
里的小字条，他的骨头都快化成橡皮了。休息时
间她清理尤金的书桌，读到那一串作品，平平静
静地叫他放了学去见校长。

他对奥托·克劳斯耳语道："这是什么意思？
你猜这是什么意思？"

奥托·克劳斯粗声笑道:"噢!你会挨鞭子!"

班上同学傻里傻气地折磨他,一接触他的目光,立刻猛揉屁股,装出痛苦的表情。

他感到肠胃不舒服。他素来讨厌身体上的羞辱,不是基于恐惧,但一辈子改不过来。有些男孩脸皮厚,冥顽不灵,他羡慕却学不会;他们受罚就大声哭嚎,以便减轻痛苦,过了十分钟就满不在乎了。他自认为受不了戴花的胖校长鞭打他;三点钟,他惨白着脸走到校长室。

尤金进门时,阿姆斯特朗眯着眼,抿着嘴唇,开始挥动手中的棍子。可恶的损人诗堆放在他后面的书桌上。

他问道:"这些是你写的?"说着把眼睛眯成一条缝,想吓吓受难的学生。

尤金说:"是的。"

校长又用藤条猛打空气。他曾拜望黛西好几回,也应邀吃过甘特家丰美的大餐。他记得很清楚。

他突然变得宽宏大量起来:"孩子,我什么地方对不起你，你竟有这种感觉？"

尤金说："没有。"

他又凶起来："你想你会再犯吗？"

尤金轻声说："不，不会了，先生。"

操生杀大权的"上帝"扔掉藤条，大大方方说："好吧，你可以走了。"

尤金一直跑到操场，双腿才肯听他指挥。

噢，秋天真漂亮，他们唱了许多歌；收获时节，叶子变了颜色，他们唱"今天半假日""高高的晴空"和另一首描写火车的歌——"车站呜呜往后退"；醇美的日子，欲望之门打开了，太阳烟茫茫，枯叶啪嗒啪嗒落地。

"每一片雪花的形状各不相同。"

"老天！全都不一样，普拉特小姐？"

"每一片出现过的小雪花都不同。大自然从来不重复的。"

"噢！"

本的胡子长出来了：他开始刮脸。他把尤金
摔倒在皮沙发上，跟他玩上几小时，用胡茬儿密
布的下巴去刮弟弟的嫩脸。尤金尖声怪叫。

本说："等你能这样做，你就是大男人了。"

他以细嗓音哼道：

> "啄木鸟啄校舍的门，
> 啄呀啄呀，啄得尖嘴都酸了。
> 啄木鸟啄校舍的钟，
> 啄呀啄呀，啄得尖嘴又好了。"

他们笑了——尤金大声笑得乱晃，本则静静
地闷笑。他的灰眸子水汪汪的，皮肤血色差，凹
凸不平；头形很好看，额头高高瘦瘦的。他的头
发整洁，呈枫红色；脸小小的，常年怒目看人，
下巴很尖，特别敏感的嘴巴常露出短暂、飘忽、
内向的笑容——像刀刃上的一道闪光。他老是以
拳头代替抚摸，心里充满傲气和柔情。

九

是的，春神回来的那个月份，大地女神重燃起熄灭的心火，所有的树林都烟蒙蒙的，跟小嫩芽一般大小的鸟儿飞过沙沙作响的树梢；街上的柏油变得软乎乎的，男孩子在舌尖上滚柏油球，街上满是他们的陀螺和玛瑙纹的弹珠；晚上春雷一阵连一阵，大雨倾盆落下来，早晨只见天空阴沉沉的，乌云像失事的船骸；山上的男孩送水给砌围墙的亲戚，春风徐徐钻过草地，他听见远处的山谷有汽笛长鸣，铃声模模糊糊响着；蓝色的大丘陵显得更近更亲，他已听见一声含糊的许诺；他已被春天的利刃刺穿了。

生命剥除了锈蚀的表皮，大地涌出无穷的力量，人心溢出没有日期的企盼、无声的诺言、难以言说的心愿。有东西哽在喉头，泪水蒙住了他的眼睛，微弱的英雄号角响遍大地。

小女孩梳着双马尾辫乖乖上学，年轻的男孩却吊儿郎当地磨时间，他们到处听见芦笛声、麦笛声，更在多孔的木头中听见奔驰的羊蹄声。他们偷懒、聆听、静候的时候调子最快，模模糊糊继续传到他们家，因为大地充满古老传闻，他们找不到路。所有的男孩都迷途过。

但是他们守护着自己的财宝，不让野蛮人抢去。尤金、马克斯和哈利是附近地区的孩子王，他们跟黑人和犹太人作对，觉得很好玩；也跟猪尾巷的人作对，讨厌他们，瞧不起他们。黑夜里，他们像猫四处游荡，有时候坐在街灯照耀下的墙顶，灯光不时热热闹闹眨几下。

要不然他们就蹲在甘特庭院的灌木丛里，等浪漫的黑人情侣上坡回家，一看受害人走到现场，立刻以细绳拉动一条很像蛇的黑长袜。黑人滑稽的大嗓门先是结结巴巴，然后顿一顿，尖叫起来，暗处便传来大笑声。

有时候市场的黑童子骑车拐进巷道，他们用石子打他。他们并不恨黑人，小丑就是黑色的。他们还知道：好心揍揍这些人，高高兴兴骂他们几声，宽宏大量养他们都是正当的。人对摇尾乞怜的忠狗很仁慈，可是它不能习惯用两条腿走路。他们知道自己"不得拿黑人的东西"，吵架时用棍子打破人头来镇压最有效，只是你不能打破黑人的脑袋。

他们高高兴兴对犹太人吐口水。水淹犹太人，拳打黑人。

男孩子们常跟踪犹太人，口嚷着"鹅油！鹅油！"尾随到对方家，他们相信鹅油是闪族食谱的主要成分。他们像一般小男孩，盲目接受某种传统的、混合的或虚构的骂人行话，常跟在喃喃受苦的犹太人后面大喊："维香马代！维香马代！"[1]

1　此处为孩子们模仿希伯来语的发音在胡乱咒骂。

自以为已向犹太人吐出最不堪的侮辱。

尤金对大屠杀[1]不感兴趣，马克斯倒迷得很。他们主要的折磨对象是一个表情鬼鬼祟祟的小男孩，名叫艾萨克·利平斯基。他出现时，大家像猫儿一样扑上去，一路折磨他，走过巷道，翻过围墙，穿过庭院，走进谷仓、马厩和他家；他蹑手蹑脚地飞快前行，逃得很巧妙，故意逗他们追，向他们翘起指头，咧着嘴露出犹太式的嘲笑。

否则他们就像猫儿沉迷在黑暗的鬼影里，在附近地区游荡，默默挤在犹太人的屋檐下，嘻嘻闷笑着拥在一起，听女人激动爽朗的声音，浓浊的腔调；或者观赏犹太家庭夜夜发生的神经质口角，捧腹大笑。

有一次，他们跟着一对吵架的犹太翁婿穿过大街小巷，笑得前仰后合——翁婿俩一个被追打，一个追打对方，互有胜负。还有一天，一个由大学回来的犹太人路易斯·格林伯格喝石炭酸自杀，

---

1 种族屠杀（pogrom），特指俄国或东欧其他地区对犹太人的大屠杀。

他们好奇地站在暗蒙蒙的丧家门外，忽然看见死者的父亲——留着胡须的正统犹太教徒——身穿油腻腻、褪了色的黑衣，头戴疤痕累累的礼帽，奔上坡回家，两手在空中摇晃，照着节拍哭嚷道：

"噢，哟哟哟哟，

噢，哟哟哟哟，

噢，哟哟哟哟。"

但他们对猪尾巷的白头小孩憎恨到极点，毫不留情。猪尾巷是一条泥泞的车道，由伍德森街下侧往山脚延伸，到一处绿沼泽地就不明不白地断掉了。这条臭路旁有一列刷了白粉墙的破屋，住着贫苦的白人，他们的小孩几乎老是顶着一头白发，口含鼻烟的瘦女人和下巴粘着烟草的男人趴在粗木板门廊上晒太阳，闻臭气。晚上，黑漆漆的屋里燃起烟蒙蒙的灯，传出炸点心和臭肉的气味、刺耳的泼妇叫嚷声、男人酒醉发狂拖长的声调：不是尖叫就是骂人。

樱桃成熟时，甘特的大"白蜡"挂满一簇簇果实，柔软耐压的树枝上密密麻麻地爬满了附近的小孩，包括犹太人和异教徒，他们在卢克率领下蜂拥上树，每摘四夸脱果实可以留一夸脱归自己所有，有一位白头儿也哭丧着脸犹豫不决地走进庭院。

十五岁的卢克用诚恳的语气叫道："好吧，孩子，拿一个篮子爬上来。"

小孩像猫儿爬上黏黏的树干，尤金在最高的细枝上前后摇摆，很高兴他身体轻，树木有弹力，早晨后院的世界爽快又芬芳。猪尾巷小孩飞快摘好一篮，伶伶俐俐爬下地面，把水果倒进愈来愈高的盆子里，再往上爬，正爬到一半，他那骨瘦如柴的母亲跑进院子，向他走过来。

她尖叫说："你，里斯，你在这边干什么？"她粗手粗脚把他拉下地面，用藤条猛抽他棕色的小腿。他大哭大叫。

她又抽了他一下说："你回家去。"

她一路逼他走，以刺耳的声音训斥他，不时

用藤条抽他一下；他因自尊受辱而发起狠来，故意慢慢走，甚至执拗地停下来，等藤条抽上他短短的小腿，他再哭几声，加速走几步。

树上的男孩子哧哧偷笑，但是尤金发现妇人严酷的瘦脸充满痛苦，冒火的眼睛含着同情，他心里像脓疮裂开般难受。

他对哥哥说："他的樱桃没拿走。"

有一天，他们围攻一个猪尾巷的男孩，他慢吞吞、怯生生、愤愤不平地退进一堵臭墙里，马克斯·艾萨克斯的弟弟威利·艾萨克斯一面偷笑一面指手画脚说：

"他母亲收衣服来洗。"

他差一点笑弯了腰，又说：

"他母亲收一个老黑人的衣服来洗。"

哈利·塔金顿哑着嗓门大笑。尤金漠然走开，脖子伸得很长，猛抬起一只脚。

他突然对着大伙儿震惊的面孔尖叫道："她没有！她没有！"

哈利·塔金顿的父母是英国人。他比尤金大三四岁，笨手笨脚，体态沉重，肌肉发达，身上老带着他父亲的油漆味和油味，五官粗，下巴多肉，鼻子和嘴巴看起来像鼻膜炎患者。他最会煞风景，最爱出坏主意。某一个黄昏，在甘特庭院凉爽的草丛里，大家躺着说话，他把圣诞的魅力砸得粉碎；反之，他带来粗人的油漆味、热体味，汗涔涔的质朴热劲儿。可是尤金无法领悟他的农舍激情，一闻到强烈的鸡臭味、塔金顿家的油漆味和后院屠场隐含的臭泥潭味，他就裹足不前。

有一天下午四顾无人，他和哈利搜遍甘特家楼上的空房，找到半瓶生发油。

"你肚子上有没有毛？"哈利问道。

尤金嗯了一声，暗示有软毛，然后坦白招认没有。他们解开扣子，油腻腻的手猛搽腹部，欣喜若狂等着金毛生出来。

哈利说："长了毛，你就算大男人了。"

春深以后，尤金常到甘特的广场店铺去。他爱那种景观，山里的阳光凉爽亮丽，喷泉溅出水花，多嘴的救火员冬天结束后又露面了，货车车夫懒洋洋地趴在他父亲的木台阶上，灵巧地把皮鞭横拖过车道，狠命玩些坏把戏。詹纳度戴着单眼镜片，在脏兮兮有蝇斑的窗子里专心检查手表零件，甘特的古怪砖房烟蒙蒙地长了青苔，前面的大房间灰尘很多，被墓碑压得陷下去——墓碑包括佐治亚来的上釉小石板、钝钝丑丑的佛蒙特大花岗岩，有些纪念碑带有骨灰坛、小天使像、抬头伏卧的绵羊、他高价买来却不肯卖的意大利卡拉拉大理石天使像——这些是他最心爱的东西。

他的栈房用木板隔开，落满石粉——里面有个他刻碑文用的粗木头支架，工具架则摆满凿子、钻子、大槌等物；有一个带踏板的钢砂磨轮，尤金猛摇了好几个钟头，听到隆隆声愈来愈大，觉得很开心；此外还有一堆堆砂石基座、一个小铸铁鼓风炉，煤炭和木柴则随意堆放着。

在工作室和栈房之间，也就是一进门的左侧，便是甘特的办公厅，面积很小，积有二十年的尘垢，摆着一张老式书桌、几捆装订过的脏纸头、一张皮沙发、一张摆着圆形和方形大理石及花岗岩样品的小桌子。脏兮兮的窗户从不曾打开，面向着有坡度的市场——市场由广场斜斜偏出去，驻满货车夫的篷车和县里的摊贩，再下去是几家穷苦白人的住宅，再过去则是威尔·彭特兰的仓库和办公厅。

尤金有时候发现父亲颤巍巍倚着詹纳度的脏橱窗或者两人之间的小破围墙，大谈政治、战争、死亡和饥荒，痛骂民主党，还提到坏天气、税制、他们管理下的济贫施粥所，大肆颂扬老罗斯福的政策。詹纳度说话带喉音，很讲理，善于系统化辩论，对于有争议的问题总是去查书——一套三年前买的脏兮兮的《美国年鉴》，翻了一会儿，得意扬扬说："啊——我所料不差，1909 年民主党治下的密尔沃基城，税率是一百美元抽两美元二十五美分，是历年来最低的。我想不出总岁收为什么没写出来。"他辩论起来生动活泼，一面笑甘特不讲理，一面用黑指头挖鼻孔，宽宽的黑脸露出松弛的皱纹。

甘特好像不知道有人打断他的话，也没听见跟他不同的看法，继续说："听着，他们若再当选，我们会去施粥所，银行会破产，一冬没过完你就饿得肚子贴背脊了。"

有时候，尤金发现父亲在工作室的台架上埋头工作，小心用重木槌敲打凿子，凿出碑文。他从不穿工装，干活儿总是穿着刷洗整洁的黑衣，脱了外套，前面罩一件长长的条纹围裙。尤金看见他，觉得他不是普通的工匠，而是一位艺术大师，拿起工具准备雕一件杰作。

尤金暗想："这方面全世界没有一个人胜过他。"一想到父亲的作品不会随岁月消逝，反之，人类的骨架在地里化成灰，埋没在乱树丛里，埋没在被人遗忘的荒冢里，这些碑文还历久不衰，他心里就暗暗浮现出一些远景。

他想起杂货商、酿酒商和呢绒商，不禁充

满同情——他们来了又去了，易腐的作品很快就变成排泄物或破纤维，被人忘得精光；他也想起马克斯父亲之流的铅管匠——他们的作品在地底被锈光；或者想起哈利父亲之流的油漆匠——他们的作品随着季节剥落，或被更新更艳的油漆抹掉了。他非常担心死亡和湮灭，担心生命、回忆和欲望都在坟土里瓦解。他哀悼一切没来得及将名字刻上岩石，没将痕迹铸上峭壁，没找出世界上最不易腐朽的东西印上一些纪念象征因而消逝的人。

尤金也曾发现甘特大步穿过屋宇，在栈房摆列的大理石像之间狂奔，念念有词，双手背在后面，情绪一起一伏。尤金静候着。父亲在店里狂奔八十次左右，突然跳起来，狂吼一声冲到前门，跑到门廊，对得罪他的货车车夫们发表哀歌：

"你们是最下流的下流胚，最卑鄙的贱货。你们这些一无是处的懒鬼；你们害得我眼看就要挨饿了，你们把本来可以赚钱供我糊口、供我防身的一点生意也吓跑了。苍天明鉴，我恨你们，你们的体臭连一英里外都闻得到。你们这些下流的颓废货，你们这些可咒的恶棍；你们说不定连死人眼珠里的零角子都肯偷，就跟你们偷我的钱一样。你们真是可怕、狠心的山蛮子！"

他念念有词走进店内，马上又折回来，故作平静，最后却忍不住大吼道：

"现在我要告诉你们，我只警告你们这一回。我如果发现你们再上我的台阶，我就送你们去坐牢。"

他们怯生生散到他们的篷车边，在路边随手乱挥皮鞭。

"苍天明鉴，老头一定有什么事情不开心。"

过了一个钟头，他们像嗡嗡的苍蝇，又回来坐在宽台阶上。

他由店铺走进广场，他们高高兴兴问候他，带着某种情谊。

"甘特先生，你好。"

他心不在焉，客客气气回礼："你好，年轻人。"然后快步走开。

尤金进门的时候，甘特若忙着刻石头，就粗声粗气说："嘿，儿子。"说完继续干活儿，直到用浮石和水将大理石表面磨得光溜溜才歇手。此时他会脱下围裙，穿上外套，对一旁闲逛等待的孩子说："来吧，我猜你渴了。"

于是他们走到广场对面的药店，站在旋转的木扇下，对着饮料机喝杯冰凉的汽水、冷得叫人头痛的酸橙汁、冒泡的冰激凌苏打，喝完打嗝，气体回冲到尤金柔嫩的鼻孔里。

接着尤金收下父亲给的二十五美分，告别了甘特，下半天就泡在广场的图书馆里。现在他看书看得又快又轻松，喜欢读浪漫和冒险故事。在家他猛啃卢克书架上的廉价小说，着迷于每周的《西部荒野》传奇；夜里躺在床上，幻想他与美人儿阿列塔建立贞洁、英勇的关系，跟着尼克·卡特接触大都会的种种罪恶，追随弗兰克·梅里威尔在运动场上求胜利，追随弗雷德·菲尔诺，还有追随《七六年自由少年》一次次战胜可恶的红袄帮。

起先他在乎实质上的成功，不在乎爱情；少年小说里的女人像稻草，蓄着长发，眼神活泼，思想贞洁，总是善良又空洞，他觉得这样就够了；她们是英雄行动的大奖品，等着在千钧一发之际被人救出魔掌，连同一笔丰厚的收入，供男主人公享用。

到了图书馆，他大搜少年小说书架，热心看完千篇一律的阿尔杰[1]作品——《勇气与运气》《沉溺或游泳》《砂砾》《杰克的病房》《贫民院少年杰德》等数十本书。他津津有味地阅读这些书里的发财故事（这是少年小说未被充分注意到的一个主题），书中有各种幸运的法宝：铁轨松了，发出信号的火车，英雄事迹得到大酬赏；不然就是捡到皮夹，物归原主；或者本来以为没价值的证券居然颇有价值；或者书中人在大都市找到一个有钱的赞助人……这一切都根植在他的欲望中，此后他一直改不掉。

1　小霍雷肖·阿尔杰（Horatio Alger Jr.），美国儿童小说家，作品大多讲述穷孩子通过勤劳与诚实获得成功。

他仔细品味一切和金钱有关的细节 —— 譬如监护人父子侵吞掉的地产值多少，他大略估算不交出或交出的收入总额，把年收入计月按周分成一小份一小份，幻想能买多少东西。他的欲望可不小喔 —— 二十五万美元以下的财产不能满足他，他觉得十万美元以年息百分之六计算，收入不够痛痛快快花；如果美德的酬赏只是两万美元，他觉得很懊恼，认为生活不安稳，安慰只是目前的温暖罢了。

他跟同伴们养成经常换书的习惯，向马克斯·艾萨克斯和"大鼻子"施密特 —— 屠夫的儿子，有好多《流浪少年》系列冒险故事 —— 等人借书，也借给他们，形成一个错综的网。他在家猛搜甘特的书架，阅读《伊利亚特》和《奥德赛》的译本，同时也读《钻石迪克》、《水牛比尔》和阿尔杰的作品，都为了同一个理由。头几年过去后，爱欲的追寻比较明显了，他转而阅读各种浪漫传奇，寻找血气汹涌、气息如蜜，摸起来像在喷火的女人。

他这样搜掠藏书，不自觉牢牢嵌在新教小说的可笑模式中；这种小说舍弃酒神的酬赏，推崇约翰·加尔文的教义，喘气和祈祷连成一体，以圣坛之火保卫做官的门路，以信教的浪女凌驾异教的娼妓。

他暗想：是的，他也希望有糕饼吃——却是结婚蛋糕。他一心想做好男人，他只愿将爱情献给处女，他只愿娶纯洁的女人。他由书本中发现，这样不会降低快乐，因为好女人的外貌最迷人。

他不自觉地学到酒徒色鬼花了很多工夫才发现的道理——没有一种生活情境比遵从礼规的生活更动人。他是小孩子，对社会法则忠贞不渝，"主日学长老会教义"的精髓已见出成果。

他幽居在一千个小说人物的血肉中，将心爱的书中人延伸到书本外，扛着他们的旗号进入真实人生，把自己当作好战的青年教士，在贫民窟的环境中武装起来，对抗上流社会教堂有钱人的敌意，在最困苦的时候，一位百万富翁的美丽千金挺身相助，他终于为上帝、为穷人、为自己赢得了胜利。

······他们在圣托马斯教堂的大中堂里默默站了一会儿。远在大教堂深处，老迈克尔正用细细的双手轻抚琴弦。夕阳的最后几道光芒由西窗射进来落在梅因沃林的倦脸上，光彩夺目，宛如天赐的恩宠。

"我要走了。"过了一会儿他说。

她耳语道："走？上哪儿？"

风琴曲更浓了。

他比一比西方："那边，那边——到他的手下那边。"

她掩不住颤抖的嗓音："去那边？去那边？单独去？"

他露出悲哀的笑容。太阳下山了。渐浓的夜色遮住了他眼里的泪光。

他说："是的，单独去。一千九百年前不是有一个比我更伟大的人单刀赴会吗？"

"单独去？单独去？"她开始抽泣，喉头

都哽住了。

过了一会儿，他强装出稳健的腔调，却依然发颤说："临走之前，我要告诉你——"他停顿片刻，拼命控制情绪。

"怎么？"她耳语道。

"——小女孩，我一辈子忘不了你。永远忘不了。"他猛转身离去。

"不，不要单独去！你不能单独去！"她突然哭着阻止他。

他像挨了枪子似的，天旋地转。

"你这话是什么意思？你这话是什么意思？"他哑着嗓子喊道。

"噢，难道你不明白！难道你不明白！"她伸出小手哀求他，声音都变了。

"格蕾丝！格蕾丝！天哪，你是说真的！"

"你这傻子！噢，你这盲目的傻小子！你不知道好久好久以前——打从我第一次听你在墨菲街的牧师住宅布道那天就……？"

他紧紧将她抱在胸前；当他低头看她的时候，她苗条的玉体柔柔顺顺地贴着他，圆润的手臂偷偷环着他的宽肩膀，搂住他的脖子，把他的黑脑袋拉过来，他则热吻她闭着的眼睛、她的脖子、她微张的樱唇。

他郑重答道："永远永远，所以上帝请帮助我。"

现在风琴曲演变成胜利颂，喜气洋洋的旋律传遍黑暗的大教堂。老迈克尔全心奏乐，枯萎的面颊沾满泪珠，他以一双老眼看见两个年轻人重演历久弥新的青春爱情戏，竟含着泪泛出笑容，喃喃地说：

"我是复活和生命，是始也是终，是第一个和最后一个，起点和终点……"

尤金眼眶湿湿的，他望望图书室窗口射进来的光线，迅速眨眨眼，吞一口气，用力擤鼻涕。啊，是的！啊，是的！

……那群土人看现在已没什么好怕的了，心里又为自己的损失而气愤，就开始慢慢向峭壁脚边走去，由陶米领头；他身上抹着可怕的油彩，气得浑身乱颤，一直怂恿他们上前，尖声鼓动他们。

格伦迪宁低声咒骂一句，再看看空子弹带，一面盯着下面吆喝的土人，一面把剩下的两发子弹放进柯尔特自动手枪的枪膛里。

她静静地说："找我们的？"他点点头。

"完了？"她低声耳语，却毫不恐惧。

他又点点头，把头偏开一会儿。不久他抬起灰白的面孔望着她。

他说："死亡在眼前，韦罗妮卡，现在我要说几句话。"

她柔声说："好的，布鲁斯。"

这是他第一次听女方叫他的名字，心里好兴奋。

他说："我爱你，韦罗妮卡，打从上次我在沙滩上发现你奄奄一息的身体，后来几夜我一直躺在你的帐篷外，聆听你平静的呼吸，那时候我就爱上你了。如今面对死亡，我们再也不该沉默不响了，这一刻我尤其爱你。"

"亲爱的，亲爱的，"她低声地说，他看见她泪流满面，"你为什么不说呢？我从一开始就爱你了。"

她向他靠过去，嘴唇半开，轻轻颤抖，呼吸很急促，他用双臂猛搂住她，两个人的嘴唇紧贴在一块，享受片刻的狂喜，最后的生命与欢愉；在死亡前的胜利时刻，他们一生郁积的热望都找到出口，都达到极致了。

远处有一阵轰隆声喧天巨响。格伦迪宁迅速抬起头，讶然地揉揉眼睛。岛屿的小港口那边，有一艘驱逐舰慢慢转身，他望着望着，又有一阵火焰和烟花冒起来，一枚咻咻作响的五英寸炮弹在土人聚集处四十码外爆炸了。他们又是害怕又是生气，吆喝一声，转身向独木舟逃去。驱逐舰旁边已驶出一艘

小艇，船上坐着一队穿蓝袄的水兵，向岸边
驶过来。

格伦迪宁大叫："得救了！我们得救了！"
他一跃而起，向驶近的小船发信号。突然间
他停顿下来。

他苦叹道："该死！噢，该死！"

她问道："怎么回事，布鲁斯？"

他用冷淡又刺耳的声音回答。

"一艘驱逐舰刚刚进港。我们得救了，
马林斯小姐。得救了！"他苦笑道。

"布鲁斯！亲爱的！怎么回事？你不高
兴吗？你的表现为什么怪怪的？以后我们就
可以长相厮守了。"

他笑得好刺耳说："厮守？噢，不，马
林斯小姐，我知道自己的身份。你以为 J. T.
马林斯肯将女儿嫁给一事无成、什么都干不
好的国际浪人布鲁斯·格伦迪宁吗？噢，不。
一切都已成过去，我想从此要告别了。"他
苦笑说："有一天我会听说你已嫁给某公爵或

大老爷，或者某一个外国绅士。好啦，再见
吧，马林斯小姐，祝你好运。我们得各奔前
程了。"他把脸别开。

她一把搂住他的脖子，紧紧抱住他，柔
声劝骂："你这个傻小子！亲爱的傻小子！你
想我现在肯放你走吗？"

他张大了嘴巴："韦罗妮卡，你是真
心的？"

她想迎接他爱慕的眼光，却不敢看他，
一抹红晕浮上她脸颊。他欢天喜地把她拉过
来，两个人的嘴唇再度贴在一起，只是这回
有丰足恒久的一生等在面前……

啊，老天！啊，老天！尤金心里充满喜悦和
悲哀——悲的是小说已看完了。他由口袋里抽出
结块的手帕，内心又是赞叹又是伤感，涕泗横流，
他忙把鼻涕擤在手帕上。啊，天哪！了不起的布
鲁斯－尤金。

他凭幻想飞入高超的内在世界，痛击人生的一切污点：他跟贞洁动人的角色活在英雄世界中。他想象自己志得意满伴着贝茜·巴恩斯，她那纯洁的眼睛含满泪水，甜蜜的嘴唇因热情而颤抖；他觉得她哥哥"正人君子杰克"用力握紧他的手，友谊忠贞不渝；当他们泪眼相望，想起以前的危机，想起他们曾并肩经历死亡和恐怖的记忆，为此默默契合，他们勇敢的灵魂永远交缠在一起。

尤金想要一切男人都要的两样东西：一是希望被爱，一是希望出名。他的名声像变色龙，可是成果却在家乡，在阿尔塔蒙特乡亲之间。这座山城在他眼中有巨大的权威：他怀着小孩的自我观，总觉得这是地球的中心，规模小却生机勃勃的人生核心。他想象自己像拿破仑一般打胜仗，带着精兵像雷霆攻入敌军的侧翼，诱陷敌人，把他们消灭；他想象自己是年轻的工业巨子，超群，得意，非常有钱；想象自己是刑事律师，以辩才说动法庭——反正他总是看见自己远行归来，额上戴着世人颁给他的大冠冕。

　　世界是一个空幻的仙窟，远在多雾的丘陵圈外，有大反射灯，有仙灵守卫的果园、暗色的大海、裂口状的奇幻都市 —— 他要从那边带回黄金战利品，回到故乡，回到真实的生活中心。

　　他面对诱惑，微微颤抖 —— 受迷的道义几经最痛苦的考验，终于保全了。譬如富家太太打扮得仪态万千，偏偏被野蛮的丈夫当众羞辱，布鲁斯－尤金挺身保护，她那寂寞的芳心竟对他滋生爱苗，在烛光摇曳、富丽却亲切的餐桌畔对他吐露生命的悲哀。灯火黯淡，她身穿华美的天鹅绒长袍，热情地向他靠过去，他会轻轻把缠在他脖子上的玉手拉下来，推开紧缠着他的玉体。要不然就是巴尔干半岛的金发公主、"玩具国"的女皇和轻骑兵娃娃 —— 他会在边疆的大场面中拒绝她奉献的好意，吻她的红唇道别，等革命使她失去财产，和他成了平等的人，他再娶她，让她享有自由的公民权。

　　他沉迷在没有人暗暗想到遗嘱和证书的古神

话中，成天泡在金色草地或森林的绿光下，为异教爱情而憔悴。或者当个国王，看见一位宽臀多产的犹太妇人在屋顶上洗澡，便占有她；或者当个有城堡有山岩的男爵，在一间狂风怒吼、大圆木疯狂燃烧照明的大卧室里，对封邑内最美的太太和姑娘执行"领主权"！

不过更常见的是，道德的外衣被欲望击得粉碎，他演出学童们的荒淫寓言，想象自己和漂亮的教师谈恋爱。四年级的时候，他的老师是一位年轻、生嫩、身材很好的女人，头发呈胡萝卜色，笑起来很鲁莽。

他幻想自己长到有体能的年纪，是强壮、英勇、聪明的青年，在一个尽是龅牙小孩和毛面乡巴佬的偏远学校，他成了大明星。秋深了，她对他的兴趣愈来愈浓，常找个虚构的罪名"留他"，心慌意乱叫他做功课，眼睛死盯着他，以为他没看见。

他便假装功课做不出来，她连忙过来坐在他

身边，探着身子，几丝胡萝卜色的头发揉搓着他的鼻孔，他感觉对方的手腕很白，手臂暖烘烘的，裹在裙子里的大腿也鼓起来。她长篇大论地向他解释问题，他假装找不到在什么地方，她就以温暖潮湿的手引导他的手指头，然后柔声斥骂他说："你为什么这样淘气呢？"或者柔柔地说："你想你以后会不会乖一点？"

他故作天真，腼腆地说："唉，伊迪丝小姐，我不是故意的。"

后来太阳红通通下山，屋里只有粉笔味和十月苍蝇的嗡嗡声，他们准备离开了。他漫不经心披上外套，她会斥骂他，把他叫过来，替他整整衣领和领带，抚平他的乱发说：

"你是俊美的男孩。我打赌所有的女孩子都为你疯狂。"

他脸红得像大姑娘似的，她好奇得要命，逼问他说：

"说嘛，你的女朋友是谁？"

"我还没有女朋友，说真的，伊迪丝小姐。"

她油嘴滑舌说："尤金，你不能要这些蠢兮兮的小女孩。她们配不上你——你比实际年龄成熟多了。你需要成熟的女人来了解你。"

于是他们在夕阳下漫步，走上松林边缘，经过枫红遍地的小径，经过渐熟的南瓜田，享受柿子金黄的秋韵。

她一定是跟又老又聋的母亲住在一间小茅屋里，房子和路面隔一段距离，后面是一片孤寂的松涛林，落叶满地的后院有几棵大橡树和枫树。

他们穿过田野到她家之前，可能得爬过一道梯磴；他自己先过去，再扶她下来，热情地望着她那双弧度很美、穿着丝袜的长腿。

白昼渐渐短了，他们会摸黑回家，或者在低垂的秋月下行走。他们走过树林时，她会假装害怕，紧贴着他，听见想象的声音便抓着他的手膀子。有一天晚上他们过梯磴，她大胆下定决心，假装下不来，他就抱她下地。她会耳语说：

"尤金，你真壮。"他仍旧抱着她，手在她膝下移动。他把她放在冻结成块的地面时，她会再三热吻他，把他拉近来，爱抚他，更在结霜的柿子树下向童贞的他献出身子。

甘特在城里到处夸耀说："那孩子看书看了好几百本，图书馆里的书他全读过了。"

"苍天明鉴，W. O.，你得栽培他当律师。他天生适合当这个。"利德尔少校一面用高亢的嗓门说话，一面向车道吐口痰，然后回到图书馆窗前的椅子上坐好，还用麻痹的手摸摸尖形的白胡须。他是一位退伍的老军人。

十

不过这种自由，这种隐遁在印刷品中的生活，这种无限制的幻想时光……并未完整持续下去。甘特和伊丽莎都滔滔不绝拥护经济的独立：每一个男孩年纪很小就被送出去打工赚钱。

甘特说："这样可以教男孩子独立，自力更生。"他觉得以前听过这种理论。

伊丽莎说："啐！这对他们没有害处。他们现在不学，以后一点工作都不肯干。何况他们可以自己赚零用钱。"这无疑是最重要的考虑。

所以男孩子们年纪很小就在课余和假日出去打工。不幸甘特和伊丽莎都不肯费心去考察孩子们做哪一种工作，只含含糊糊认定一切赚钱的工作都是诚实的，都值得赞美，都可塑造品格。

此时本愁眉不展，沉默又孤单，个性比以前更深沉，他在热闹的屋子里来来去去，家人想起他，总觉得像鬼影似的。每天凌晨三点，他单薄的弱体本该享受睡眠，却浴着晨光爬起来，默默走出酣眠的家，到隆隆作响的早报社去，闻着他喜欢的墨香，开始送报。上完八年级，在甘特和伊丽莎几乎没有考虑过他之时，他已悄悄辍学，在报社担任额外的职务，靠自己的收入过日子，并深深引以为荣。他在家睡觉，一天大概在那儿吃一餐，晚上憔悴地慢跑回家，阔阔的步子和宽宽的肩膀都跟父亲很相像，因为长年背着重重的报纸袋，背都弯了，一副可怜又饥渴的甘特家模样。

他身上带有他们悲剧性过失的证据：他在黑暗中独自步行，死亡天使和黑暗天使盘旋在四周，没有人看见他。凌晨三点半，他跟别的送报生一起坐在便餐室里，身旁摆个满满的背包，一手端咖啡，一手拿香烟，笑得轻轻柔柔，几近无声，嘴角飘飘忽忽显得很敏感，灰眼睛凶巴巴瞪人。

他在家的时间总是静静陪尤金，跟他玩，偶尔用白白的粗手搂他几下，跟他建立一种秘密的沟通方式，那是家人无法接近也无法了解的。他由微薄的薪金里拨一笔零用钱给弟弟，生日和圣诞节等特殊场合还买贵重的礼物给他，觉得自己对尤金真像"天才的守护神"，而自己那微薄的救助在弟弟眼中又是多么深厚，多么取用不竭，这令他内心很感动很开心。他赚的钱，他离开家的整个生活史，他都保密不肯公开。

伊丽莎好奇逼问，他就绷着脸生气地说："不关别人的事。苍天明鉴，我没向你们要求什么。"他对他们大家有一股愁闷闷的亲情：从不忘记他们的生日，总是在他们找得到的地方放个礼物，礼物小巧便宜，却是他敏锐的眼光特意挑选的。每当他们加强口气赞扬他，以华丽的辞藻感谢他，他总是把头转向旁边，活像旁边有听众似的，焦躁地笑一笑说：

"噢，拜托！听听这话！"

本的脚趾向内弯，身上穿着刷洗干净、褶纹烫平的白领衫，在街上慢跑；或者在屋里坐立不安徘徊时，他的黑暗天使大概哭了，可惜没人看见，也没有人知道。他是一个异乡人，当他在屋里穿梭时，总是偷偷寻找人生的入口、光明和友谊的秘密门径——一叶一石都好。他对家园的热情是基本的，在闹嚷嚷的家眷中，他那阴郁文静的气息对他们的神经有安抚作用，他怀着静静的权威，以一双巧手设法修补旧疤痕，接合破裂的东西，技巧比得上木匠，到处看看有没有电线短路、插座不灵之类的。

甘特说："那孩子是天生的机械工程师，我有意送他去上学。"他描述少校的好儿子查尔斯·利德尔先生怎么发财，怎么凭电器魔法赚几千美元，奉养父亲。谈到自己的功劳和儿子的不肖，他狠狠骂他们说：

"人家的儿子在父亲晚年会奉养他——我的儿子不会！我的儿子不会！啊，天哪——等我必须依靠某一个儿子时，可就苦啰。前几天塔金顿告诉我，雷夫从十六岁起每周交五美元的伙食费给父亲。你们想我能指望孩子这样待我吗？能吗？除非地狱冻结——不可能！"接着他大谈年轻时代多艰苦，从小——他曾说六七岁，也曾说十一岁左右，依照他的脾气而变动——就自力谋生，以孩子们享受的奢侈生活和他幼年的贫困相对照。

他号叫说："没有人为我做过什么。而我样样都为你们做得好好的。我得到什么感恩的表示？你们可会想到老头子在冷冰冰的店铺做牛做马，让你们有吃有住？你们想过没有？忘恩负义，比野兽更狠！"悔恨的食物卡在尤金的喉咙里。

尤金开始知道成功的伦理学。工作是基本的，可是人工作还不够；赚钱更重要——他若想成功，就得赚很多钱，否则也至少要能"养活自己"。对甘特和伊丽莎来说，这是身价的基础。他们提到别人，总是说：

"用子弹杀他还嫌不值得呢，他一向连自己都养不活。"伊丽莎可能还会加上这么一句（甘特则不会）：

"他名下连一点房地产都没有。"这表示他已
达到最可耻的地步。

现在碰上清新可爱的春晨，尤金六点半就
被父亲叫起来，走到凉爽的菜园，由甘特协助采
满一小篮一小篮脆脆的生菜、萝卜、梅子和青苹
果——后来也采樱桃。他把这些东西装在一个有
盖子的大提篮内，到邻近地区叫卖，一小篮卖五
美分或十美分，卖得轻松快活，那时候四周弥漫
着早餐的香味。他笑嘻嘻提着空篮子回家，正好
赶上吃早餐。他喜欢这种工作，喜欢菜园和新鲜
蔬菜的芳香，喜欢浪漫的土地为他赚得满口袋叮
叮当当的零钱。

他奉准留下卖菜钱，不过伊丽莎气呼呼叫他
别乱花，该到银行开户，以便将来创业或者买一
处房地产。她给他买了一个小存钱罐，他勉强把
一部分收入投进去，不时贴在耳边摇一摇，热心
计算小宝库里他享受不到的购买乐趣，得到某种
凄凉的满足。存钱罐有钥匙，由伊丽莎保管。

时间一个月一个月过去，他内部发生变化，肥短的幼儿体态迅速拉长，变得瘦弱苍白，但是比同龄的孩子高。伊丽莎开始说："那孩子块头够大，可以干点活儿了。"

现在上学的几个月间，他每星期四下午到星期六奉命上街去卖《星期六晚邮报》——该报的地区分销处由卢克主持。尤金恨死了这份工作，一看星期四快到了就吓得半死。

卢克从十二岁起就当分销主管，他的推销术在镇上远近驰名；他总是咧着嘴走过来，生气勃勃，油嘴滑舌的，将一切精力投入反常的外向活动。他活得热热闹闹，没有秘密，没有什么保留和防卫心——天生怕孤独。

他尤其希望受人敬爱，家人的亲情和敬重对他是不可或缺的。对他而言，令人作呕的赞美、手和舌头的诚意、情绪的表达都像呼吸一样重要。他坚持出去喝饮料由他付账，经常带盒装的冰激凌给伊丽莎，带雪茄给甘特；甘特当众夸他慷慨，他的心理需要更强了——他把自己想象成"好伙伴"，机智，不自私，人家都笑他却喜欢他——是"心胸宽大不自私的卢克"。大家对他确实抱这种看法。

后来几年，尤金的口袋空虚时，卢克多次粗手粗脚塞个硬币给他；不过弟弟尽管需要钱，场面却总是很尴尬——因为他看出哥哥渴望敬重和感激，总觉得自己会因欲望而牺牲独立的人格，遂窘迫地推辞，显得心慌意乱。

他接受本的恩惠，从来不觉得羞耻。他知觉敏锐，早就知道这位哥哥恼了可能会骂他，气了可能会揍他，却不会向他提起过去的恩情，本这个人甚至想起过去送人东西都会暗暗羞惭哩。这一点尤金跟本很像：他想起自己送人东西带有自我恭维的含意，总是很不舒服。

就这样，尤金不满十岁就苦思"真实"与"表象"的复杂性了。对于使他困惑和生气的难题，他说不出口，也找不到答案。他讨厌带有道德戳记的东西，受不了人家认为高贵的言行。他八岁就碰到"不慷慨的慷慨""自私的不自私""高贵的低贱"等矛盾，无法理解或界定人性这种假借德行求取赞美的欲望；他认定自己如此，不禁万分苦恼。

他这人诚实得近乎残忍，每当涉及感情或思想时，这种本性就完全主宰了他的行动。他若参加一个跟自己不太亲密的远亲或家族故旧的葬礼，聆听牧师诵经或歌者悲吟时，万一他脸上显出虚伪的悲哀，他就感到很难为情；结果他竟动来动去，交叠着脚，漠然凝视天花板，或者含笑看着窗外，直到自己的举动吸引了别人的注意，人家正用不悦的表情打量他，他才感到一种阴森森的满足，仿佛他失去人家的敬重，却忠实记录了自己的人生。

反之，卢克在村里的一切哑剧中表演得大胆极了：他强调每一个亲情、悲哀、同情、善意和道德的刺激——样样都做得很过火，而世人的冷眼对他却颇有好评。

他无止尽地向外发展，真心诚意地投入。他心里没有困苦的罗网挡住他，也没有平衡或限制的力量——他精力无穷，性喜群居，有与人共同生活的热劲儿。

家属间若只用一个简单的标签来赞美各种良知美德，本可以说是"文静的人"，卢克是"慷慨不自私"，尤金则是"学者"。很贴切。慷慨的卢克一辈子无法专心看书或演练算术一个钟头。当他两腿动来动去，嘴里结结巴巴，以口哨来代表卡在喉咙的字眼时，最看不惯小弟弟沉思得入神。

他会结结巴巴地讽刺道："得了，现在不是做白日梦的时间。早起的鸟可以抓到虫吃——我们该到街上去啦。"

虽然他提白日梦只是混用的语法，尤金却大吃一惊，心慌意乱，觉得他小心保卫的幻想世界变成哥哥的笑柄了。卢克在学校的表现一向很差，他看语言对尤金有神秘的魔力，认定尤金内向的心灵、隐秘的思绪不但是一种怠惰——卢克认为只有拼命出力或汗流浃背地嚼舌根才算工作——更是"自私"不顾家的精神表现。他决定独享美德的宝座。

尤金依稀以为同龄的男孩子早就自力谋生，而且当电气工程师、银行总裁或议员，赚钱让老父母享受荣华富贵了。事实上，甘特对小儿子说过各种夸张的话——他早就感觉到那个曲调万千的小乐器（舌头）颇有震撼力，他喜欢看孩子打个寒噤、吞一口气、悔恨得不得了的样子。所以他把好吃的肉堆在儿子盘里的时候，总是多愁善感地说：

"我告诉你，像你这样好命的男孩子并不多。等你老爸死了，你要怎么办呢？"他描述自己冷冰冰死掉，永远进入潮湿的土里，被埋葬、被遗忘的情景——他暗示那种日子不远了。

他常说："到时候你会记得老头子。啊，主啊，不等水井干掉，你不会想念水的。"他发觉小孩的喉咙暗暗颤抖，眼睛眨呀眨的，面孔紧张收缩，因此觉得很高兴。

伊丽莎也很满意，她昂首说："真是的，甘特先生，你不该这样吓孩子。"

否则他就说"小吉米"的故事——吉米是一个没有腿的小男孩，甘特常常指给尤金看，说他住在"河边"儿童乐园的对岸，并编出一套可悲的贫苦孤儿寓言，如今这个故事在他儿子脑中已栩栩如生了。尤金六岁的时候，甘特随口说要买一匹小马给他当圣诞礼物，其实没打算实践诺言。圣诞节快到了，他开始大谈"小吉米"，大谈尤金多好命，小男孩几经挣扎，终于写了一张潦草的信函到仙窟，决心放弃小马，捐助小跛子。尤金忘不了这件事，甚至后来长大了，还想起"小吉米"的骗局，他没有怨尤，不觉得丑恶，只是为种种盲目的损耗、愚蠢的伪证、轻率的谎言、差劲的骗术而痛心。

卢克学父亲训人，却没什么脑筋，缺乏甘特的幽默、狡诈，只是跟他一样多愁善感。他活在粗大俗气的象征世界里，那儿有糖和蜜做成的"父""母""家园""家人""慷慨""光明正大""不自私"等标签，以泪珠形的糖浆粘贴着。

邻居们说："他是好孩子。"

女士们说:"他真可爱。"她们看他说话口吃,有急智,本性好,又肯对她们献殷勤,都被他迷住了。

镇上的人都说:"那个男孩有手腕。他会出头的。"

他希望人家把他当作笑眯眯、有手腕的人。他勤读柯蒂斯出版公司寄给代理商的各种传单,摆出各种可能会增进业务的姿态——恰当的"入门"法,怎么样由袋中抽出刊物才有说服力,怎么样真心阅读,了解内容,再描述给读者听——传单上说:"好推销员对自己卖的文章应该里里外外弄清楚。"——卢克避免这方面的知识,代之以他发明的法宝。

他把这些指示融会贯通,竟产生有史以来最古怪的印刷品销售展示会。他脸皮奇厚,又奉行"好推销员绝不接受否定的答复",遭受拒绝还应该"死缠着有希望的买主",该"设法猜出顾客的心理"等箴言,有时候竟和毫无戒心的行人并肩走,当着那人的面打开《星期六晚邮报》,以结结巴巴和打诨讨好的语气说了一大堆话，快得叫人无法接受也无法拒绝，跟着他走过长街，把他逼入墙角，那人为求得自由，只好交出五美分。

"是的，先生。是的，先生。"他常用响亮的声音说话，放慢步履来迁就"有希望的主顾"。"本周的《星期六晚邮报》，售价只一个镍币——五美分，每周有两——两——两百万读者购买。本周版新闻和故事有八十六页，广告更不——不——不用说了。你若不——不——不识字，光看图——图——图片也值回买报钱了。本周的第十三页有篇很好的文章，是名——名——名旅行家兼政治作家艾——艾——艾萨克·F. 马科森写的；二十九页有个短篇小说是最——最——最伟大的幽默家欧文·S. 科布写的，还有杰——杰——杰克·伦敦写的一个拳击新小说。你若买单行本，得花——花——花一美元——元——五——美分。"

除了这些偶然的牺牲者，镇上也有不少人光顾他的生意。他大摇大摆走下街道，到处问候人，巧妙回答人家的话，结结巴巴用男中音乱给人加头衔：

"上校，你好！少校——喏，刚出机房的周刊。上尉，那孩子如何？"

"你好吗？年轻人？"

"再好不过了，将军——滑得像小狗的肚皮！"

他们会喘着气，红着脸，用南方腔笑着说：

"苍天明鉴，他是好孩子。喏，年轻人，给我一份那玩意儿吧。我不想要，我只是想听你说话才买的。"

他粗俗、爽快又刺激，比家中的任何人更有拉伯雷式的土气，精力无穷，常常说出预料不到的类比、高康大式的隐喻。[1] 还有一点，无论伊丽莎怎么发牢骚，他仍夜夜尿床：他除了说话结结巴巴，爱吹口哨，个性愉快、活泼、滑稽外，更有尿床这一大绝事——他是独一无二的卢克，无可比拟的卢克。尽管他爱说话，紧张得叫人不

1　拉伯雷是法国讽刺作家。高康大是他笔下的小说人物，体型巨大，食欲奇佳。

安，他仍然相当讨喜——而他确实有无尽的亲情。他要人多赞美他的举动，但他为人真的恳切又温柔。

每星期四，他总要在甘特灰蒙蒙的小办公室里召集向他买《晚邮报》的小男孩，长篇大论一番再打发他们去执行任务：

"好啦，你们有没有想到要跟他们说什么？你们总不能干坐着等人找你们吧。你们编好一套话没有？你们怎么跟他们打交道，呃？"他猛转向一个苦恼的男孩说："说话呀，说话呀，该——该——该死。别站在那儿看着我。"他突然傻笑起来："哈！你看那张脸。"

甘特跟詹纳度咧着嘴，远远打量他们开会。

卢克和和气气往下说："好，克里斯托弗·哥伦布，你怎么告诉他们，孩子？"

小男孩怯生生清一下喉咙说："先生，您要不要买一份《星期六晚邮报》？"

小男孩偷笑，卢克装出娇柔的口吻说："噢，废话，废话，甜蜜的废话！说这种话，你指望他们买？老天，你的脑子呢？毅然攻上去，缠往他们，不接受否定的答案。别问他们要不要买。攻进他们心里：'喏，先生——刚由印刷厂出来的。'"他突然动了一下，看看遥远的法院大钟嚷道："耶稣基督啊，我们一个钟头前就应该出发了。走吧——别站在那儿，你们的报纸在这里。小犹太佬，你要多少？"——他雇了好几个犹太人，他们崇拜他，他也很疼他们——喜欢他们的热心、好玩、幽默。

"二十份。"

他吼道："二十份！你这小懒鬼——你拿五十份。走吧，你今天下午就可——可——可以全部卖完。"他看到甘特走进办公室，指着犹太人说："苍天明鉴，爸爸，简直像最后的晚餐，不是吗？好吧！"他拍拍一个弯身拿报纸的小男孩的屁股。"别把屁股停在我面前。"他们捧腹大笑。"现在去向他们进攻吧，别让他们走掉。"他兴冲冲笑着把他们送上街。

现在尤金开始担任新职，学这种销售技巧。

他非常非常恨这种工作。他一心想到要销出货物，必须使自己变成小讨厌鬼，让人出一本杂志的钱来打发他，他就非常懊恼。他觉得惭愧和屈辱，但是他死命坚守任务，当一个热心的鬈发小孩，跟吃惊的猎物并肩行走，说出一大堆话。人家看小男孩竟有这么奇妙的口才，就向他买了。

有时候，大腹便便的联邦警官或者律师、银行家会带他回家，叫他表演给他们的妻子和家人看，等他表演完再给他二十五美分，打发他走。他们说："你有什么感想？"

他在城里最近的地方卖出第一批报纸，再转往山区和树林边绕一绕，拜访结核病疗养院——照卢克的说法，"像卖热糕似的"——轻轻松松把杂志卖给医生和护士、敏感留须的犹太人、对着勺杯吐痰的浪子、偶尔轻咳一两声的美少妇——她们坐在椅子上对他微笑，付钱给他的时候暖暖的嫩手轻轻碰着他。

有一次在山腰的一家疗养院里，两个纽约犹太青年把他带进其中一位的房间，关上门攻击他，把他翻倒在床上，其中一位抽出一把小刀，说是要为他动阉割手术。他们这两个年轻人对山区、小镇和死气沉沉的治疗法感到厌烦，几年后他才明白他们是日子过得无聊，事前好几天就策划好这件事，想勾起他的刺激和恐惧，借以自娱。他的反应远比他们期待的更剧烈，他吓得发狂，疯狂尖叫和反抗。他们身体弱得像猫，他拳打指抓，挣出他们的掌握，跳下床，气冲冲乱打乱咬。有一个护士开门解了围，带他到阳光下，两个年轻的痨病鬼又惊又累，留在房间里。他一方面害怕，一方面为自己猛搂过他们的病体而难过，觉得好恶心。

不过小堆的镍币、十美分银币、二十五美分银币在他口袋里叮当作响，好动听喔。他两腿发酸，精疲力尽，站至亮晶晶的饮料机前面，把热烘烘的脸埋在冰水里。有时候他觉得良心不安，就偷懒一个钟头，由街上溜进图书馆，享受一段着迷和忘却的时光：常常被奔波监视的哥哥发现，痛骂一顿，赶出去干活儿。

"醒一醒！你不是在仙境里。去找顾客呀。"

尤金的脸藏不住情绪，像一个黑池塘，每一个思想或情绪的石子都会留下涟漪——即使他努力掩饰，但谁都看得出他羞于干这个差事，不喜欢这个差事。家人指控他虚荣，说他"怕干一点诚实的工作"，还提醒他慷慨的父母已给他很大的恩惠了。

他绝望地向本求援。有时候本在小镇街上慢跑，看他又热又累又脏，挂着满满的帆布袋，忍不住对他瞪眼睛，骂他仪容不整，并带他到餐馆去吃点东西——浓得冒泡的牛奶啦，热腾腾的肥蚕豆啦，厚厚的苹果馅饼啦。

本和尤金是天生的贵族。尤金开始察觉到社会地位问题——也可以说自觉没有社会地位；本好几年前就感觉到了。这种内心的感觉竟化为一种欲望，他们想和高雅迷人的妇女为伍，两个人都不能也不敢承认这一点，尤金更无法承认他对社交上的怠慢很敏感，为身份而自卑。他只要暗示跟高雅人士为伍比陪伴塔金顿之流的人物和他们的女儿强，家人就狠狠嘲笑他，说这又证明他的想法太虚荣，太不民主。他们会叫他"范德比尔特先生"或"英国皇太子"。

本倒没被他们的行话吓倒，也没被他们的废话骗倒。他看他们看得很透彻，听了他们的主张只是挖苦般笑一笑，向上点点头，或者向旁边的对象表达一切轻蔑的想法——也就是对他的秘密讽刺天使说："噢，老天！你听听这话。"

他静静瞪人的眼睛含有一种古怪、凶猛、直率的神色，他们都吓慌了。何况他已取得他们最重视的自由——经济的自由——他敢说出心里的感觉，以轻蔑来回报他们的道德谴责。

有一天他浑身烟油味，站在炉火前，怒目瞪着尤金；尤金身上又脏又乱，肩上扛着重袋子，准备出门。

他说："来，你这小瘪三。你多久没洗手了？"他瞪着眼，突然作势要打尤金，没打出手，却轻手轻脚替他重结领带。

他气冲冲对伊丽莎说："老天，妈妈，你没有干净的衬衫给他穿吗？你知道，他应该每个月左右有一件。"

伊丽莎正在补袜子，她飞快地抬头说："你这话是什么意思？你这话是什么意思？那一件是我上星期二才给他的。"

他双眼含悲冲尤金怒吼道："你这小暴徒！"又说："妈妈，拜托拜托，你为什么不叫他到理发店把那一头糟头发剪掉？苍天明鉴，你若舍不得花钱，我来出。"

她气冲冲地噘着嘴，继续补袜子。尤金默默望着他，满怀感激。等尤金走了以后，文静的小伙子闷闷抽了一会儿烟，把香香的烟雾吞进肺里。伊丽莎想起他刚才的话，心里不痛快，继续干活儿。

他沉默一会儿，才用冷静严苛的口吻说："妈妈，你打算怎么对待你的孩子？你想把他变成游棍吗？"

"你这话是什么意思？你这话是什么意思？"

"你认为打发他上街和镇上的每一个小暴徒为

伍是对的吗？"

她不耐烦地说："咦，孩子，我不知道你在说什么。男孩子做点诚实的工作并不丢脸，没有人会觉得丢脸。"

他对秘密天使说："噢，老天，听听这话！"

伊丽莎噘着嘴，好一段时间不说话。

过了一会儿她才说："人骄傲就会没落，人骄傲就会没落。"

他说："我看不出这对我们有什么差别，我们没什么可没落的。"

她带着威严说："我自认为不比别人差，我碰到谁都昂首阔步。"

本对他的秘密天使说："噢，老天。"又说："你根本没碰见任何人。我没看过你高雅的兄弟或嫂嫂、弟媳妇来看你。"

这是真话，而且很伤人。她噘着嘴。

他停顿片刻又说："不，妈妈，只要你们认为能省一分钱，你和老头才不管我们干什么呢。"

她答道："咦，我不知道你在说什么，孩子。

听你说话的口气，你似乎以为我们很有钱。乞丐是不能挑剔的。"

他苦笑说："噢，老天，你和爸老喜欢说自己是贫民，其实你们有一大笔钱。"

她气冲冲地说："我不知道你这话是什么意思。"

他闷声不响，然后用惯有的否定句子说："不，镇上有些人财产不及我们五分之一，享受却比我们多一倍。我们这几个从来没得到什么，但我不想看小弟变成小暴徒。"

双方沉默好久。她猛补袜子，经常噘噘嘴唇，眼见要流出眼泪来了。

过了好久，她面露苦笑说："我没想到有一天我儿子会对我说这种话。"她暗示说："你最好当心报应来临，只要你活着一定逃不掉。你会因不孝而受到三倍的惩罚。"她的声音化为带泪的耳语："你这种不孝的行为！"她痛快哭了一场。

本仰起消瘦、灰白、苦涩、凹凸不平的面孔，向聆听他的天使说："噢，老天，你听听这话！"

十一

伊丽莎不把阿尔塔蒙特看成山丘、建筑物和居民的混合体，她把它当作大蓝图。每一块有价值的土地她都知道来龙去脉——谁买了，谁卖了，1893年的地主是谁，现在地价多少钱。她小心观察交通的流量，她知道一天或一小时多数人走过什么角落，她对小镇成长的每一种伤痛都很敏感，年年估计它的发展，并推算未来发展的可能方向。她严格判断距离，立刻看出什么地方通往重要枢纽的路线太迂回，忙找一条穿越房舍和空地的直线说：

"总有一天那儿会开一条街。"

她对土地和人口的眼光十分清楚、露骨和精辟——这没什么技术性可言，可以说格外直接和强烈。她凭直觉贱买人爱去的地方，避免死角和死巷，专找通向中心区，可以延伸的街道买土地。

就这样，她开始想到"迪克西兰"。那儿离广场有五分钟的路程，位于一条陡街上，附近都是中产阶级的小住宅和膳宿公寓。"迪克西兰"是一栋造价低廉的木屋，有十八到二十个房间，通风良好，天花板很高；外表看来杂乱没计划，由三角墙构成，漆着脏兮兮的黄色。前院绿油油的，不深却很广，边缘植有一排粗干小枫树：纵深一百九十英尺，面宽一百二十英尺。伊丽莎往镇上看一眼说："总有一天他们会在那后面开一条街。"

冬天，冷风一阵阵由"迪克西兰"裙脚飕飕吹过，房子后部不着地，以湿湿的腐砖柱支撑着。大房间靠小火炉取暖，一生火楼下房间便干热逼人，楼上房间亮亮的，却冷得刺骨。

那个地方要出售。屋主是一个长脸的中年士

绅，名叫韦灵顿·霍奇，是个牧师。他起先在阿尔塔蒙特当卫理公会牧师，相当顺利，后来同时侍奉天主和啤酒－威士忌神，麻烦就来了——某一个冬夜，街上满是雪花，他的布道生涯突然结束。凌晨两点，韦灵顿只穿一件冬衣由"迪克西兰"出击，宣布上帝的王国到了，要驱除魔鬼，并长跑过街道，气喘吁吁停在邮局前面。此后他就靠妻子协助，经营膳宿公寓勉强度日。现在他身体衰弱，颜面尽失，对小镇已经厌倦了。

何况"迪克西兰"的护身墙使他恐惧——他觉得自己垮台都是这栋房屋害的。他是敏感的人，在房地产四周漫步，走到禁地就不敢再走了：有个房客某一天黎明在长廊的飞檐上吊自杀，有个痨病鬼在大厅的某个地方吐血倒地，有个老人在某一个房间割断自己的喉咙，这些地方都是他的禁地。他想回草长、马壮、酒好的家乡——肯塔基州。他打算把"迪克西兰"卖掉。

伊丽莎噘嘴的样子愈来愈深沉，走清泉街进城的次数愈来愈多了。

她对甘特说：“有一天那儿会变成值钱的房地产。”

他没有发牢骚，他突然觉得要对抗一种坚决的欲望是不可能成功的。

“你想要？”他说。

她噘嘴噘了好几次才说：“值得买。”

房地产代理人迪克·古杰尔说：“W. O. 你一辈子不会后悔。”

甘特乏腻地说：“迪克，那是她的房子，文件用她的名字吧。”

她看看丈夫。

甘特说：“我一辈子不想再拥有房地产。房地产只会带来灾殃和忧虑，到头来你的一切都落入税务员手中。”

伊丽莎噘着嘴点点头。

她以七千五百美元的价格买下那个地方。她有足够的钱付首付的一千五百美元。余款分期付，每年一千五百美元。她知道这大抵要靠房屋的收益来偿还。

早秋枫树还绿叶成荫，迁居的燕子偷偷在树上吵闹，傍晚黑压压俯冲下来，像落叶般躲进各自选的烟囱，伊丽莎就在这个时候迁进"迪克西兰"。家人为这笔生意扰攘、兴奋、好奇，却不太清楚究竟是怎么回事。甘特和伊丽莎虽然觉得他们的人生已到决定性的关头，谈起计划却模模糊糊的，只诿称"迪克西兰"是笔"好投资"，不把话说清楚。事实上，他们凭本能知道彼此快要分开了。伊丽莎的人生受一种半盲目的引力吸向欲望的核心——她无法明确说出此举的意义，当年这种摸索的欲念曾害她在圣路易斯丧子，但她自信这回将走上正确的方向。她的一生已上轨道了。

尽管他们迷迷糊糊、慌慌乱乱、随随便便等着共同的生活完全瓦解，热闹的家连根消失，但是分离的一刻来临时，大致的原则很快就确定了。

伊丽莎带尤金走。他是伊丽莎和育儿生涯的

最后一道连接；晚上他还跟她一起睡，她像一个游泳的人，大胆游进黑暗危险的大海，不完全信赖自己的体力和命运，就用一条细绳绑住身子，另一端仍旧通往陆地。

连一句话都不用说，仿佛从远古时就已知道，永远不会改变——海伦当然留下来陪甘特啰。

黛西的婚期快到了。有一位个子高高的中年保险代理人追求她——此人穿着鞋罩，五英寸高的硬领浆得笔挺，说话滑嘴滑舌，调子低得反常，偶尔会无缘无故由喉咙里发出咯咯的笑声。他被称作麦克吉森先生，追她追得很猛，她私底下嫌他不正常，终于鼓起勇气拒绝他。

她答应嫁给一个年轻的南卡罗来纳人，他依稀和杂货业有点关系。此人额头低，头发中分，声音柔柔慢慢，很亲切，诚恳好强，大方慷慨。他来访的时候带雪茄烟给甘特，带大盒大盒的什锦糖给男孩子们。人人都觉得他前途光明。

至于其他的人——只有本和卢克——就让他们两头漂好了。史蒂夫从十八岁起就很少在家，总是流浪数月，在新奥尔良、杰克逊维尔或孟菲斯打打零工，伪造父亲的支票度日；过了好一段时间，突然打电报说他病得很重，或者透过一个假冒医生的骗子当媒介，说他快要死了，如果家人不接他回来，他就会躺在棺材里返乡，就这样又出现在灰心的家属面前。

因此尤金未满八岁就换了一处新寓所，永远失去那个喧嚷、不快乐却很暖和的家园。每天，他虽然确定会有东西吃，有地方住，却无法预知将食宿于何处：他凑巧在哪儿脱帽歇脚，就在哪儿吃饭。有时候在甘特家，有时候在母亲家；偶尔也跟卢克睡在三角墙夹成的后凹室里——那儿抹了粗白粉，有高台阶通向厨房的走廊，满室旧书箱的气味和甜蜜的果园香。里面有两张床，他独占整个床垫，梦想大男人的私生活，非常开心。可是伊丽莎不准他常常这样：他是她的心肝宝贝哩。

白天事情忙，她根本忘了他，晚上才打电话

找人，叫他回来，骂海伦不该留他。伊丽莎母女暗暗争夺尤金，她白天忙着管理"迪克西兰"，突然想起他好几餐没回来吃饭，就气冲冲打电话去找。

海伦生气说："老天爷，妈妈。他是你的孩子，不是我的。我不想看他饿死。"

"你这话是什么意思？你这话是什么意思？餐点摆在桌上，他自己跑走了。我这儿为他准备了好吃的餐点。哼！好吃的餐点。"

他站在旁边偷笑，海伦用手遮住话筒，向他做鬼脸，学彭特兰家的态度、口吻和吃相。

"嗯！咦，不得了，孩子，是的——真是好汤。"
他默默笑得半死。

她又出声说："噢，这要你自己当心，不能靠我。他若不想留在那边，我也没办法呀。"

他回到"迪克西兰"，伊丽莎利嘴利舌盘问他；故意刺激他的自尊心，努力把他留在身边。

"你这样跑到你爸爸家是什么意思？换了我，我会有一点自尊心，不随便过去。我会惭愧的！"

她脸上浮出伤心的笑容，"你不能为海伦添麻烦。她不要你烦她。"

可是甘特家的大魅力、新奇感、男性气味、四周的葡萄藤、沾满汁液的大树、火光熊熊的幽居、起泡的洋漆、热热的小牛皮、舒适和丰裕的气氛……轻轻松松就把他诱离"迪克西兰"的冷坟墓，尤其冬天更是如此——因为伊丽莎太节省煤炭了。

甘特已经把那儿叫作"马房"了。现在他早晨在家里吃过丰盛的早餐，总会摇摇摆摆从清泉街进城，一路构思他以前在起居室骂人的话。他大步穿过寒冷宽敞的"迪克西兰"大厅，突然出现在伊丽莎和两三个黑女仆面前，她们正忙着为门廊上饿着肚子摇来摇去的房客备早餐。她买这个地方的时候，他没提出反对，没有骂人，现在都倾吐出来了。

"女人，你离开我的床铺和餐桌，害我变成人家的笑柄，让孩子们自生自灭。你真是恶魔，你不惜做各种事情来折磨我，羞辱我，损我。你在我晚年离我而去，你任由我孤零零死掉。啊，主啊！你的眼睛一看见这栋可恶的、可怕的、害人的、血腥的'马房'，我们大家就惨了。你只要能捞一分钱进口袋，什么羞耻你都不在乎。你太贱了，连你自己的兄弟都不肯接近你。'没有一个畜生，没有一个人像你堕落到这种程度'。"

黑女仆清脆的笑声由食品室的火炉上一路传进餐厅里。

"那个人可真会说话！"

伊丽莎和黑女仆合不来。她像一般山地人，不喜欢她们也不信任她们。而且她没请过用人，不知道该如何管理她们。她经常唠唠叨叨斥骂满脸不高兴的黑人女仆，怀疑她们偷了她的日用品和设备，而且领钱不做事，偷闲混日子。她付工钱付得很勉强，一次付一枚或两枚硬币的薄薪，还要啰啰唆唆骂她们又懒又笨。

"这些时间你在干什么？你打扫好楼上那几间后房没有？"

黑女仆绷着脸说："老板娘，没有。"她拖着扁平足在厨房走动。

伊丽莎恼火了："真是的，我一辈子没见过这种一无是处的笨黑人。你虚耗时间，休想要我付钱给你。"

一整天都这样。结果伊丽莎第二天早上连一个用人都找不到。女仆们晚上嘀嘀咕咕离开，第二天就不来了。而且她唠叨又小气的名声传遍整个黑人区，找一个愿意替她工作的人愈来愈困难。她醒来发现自己没有帮手，心慌意乱，立刻打电话给海伦，对她诉苦和求援：

"孩子，我真的不知道怎么办才好。我恨不得扭断那个烂黑人的脖子。我孤零零在这儿，房客却住满一屋子。"

"妈妈，老天爷，怎么回事嘛？你屋里就留不住一个黑人吗？别人都留得住。你到底怎么对待她们的？"

她尽管生气，还是乖乖离开甘特家，到母亲这边来，诚恳、紧张、和蔼地端饭菜上桌。所有房客都很喜欢她，说她是好姑娘。人人都这么说。

她有一种特别慷慨的气度和超群的活力，使她孱弱的身子更加衰弱，微薄的体力更加不足，于是她经常歇斯底里发神经，有时候甚至快要崩溃了。她身高接近六英尺，手大脚大，小腿又细又直，面孔的骨头粗大，表情慷慨，饱满的长下巴微微下垂，露出镶金边的上牙。不过她尽管消瘦，面貌倒不显得严厉或瘦削。她脸上充满挚情和诚意，显得敏感、热心、不悦、凄苦、神经兮兮，有时候却亮得透明，十分俊秀。

她有一种精神和身体上的需要，必须竭尽己力服务他人，而且必须接受大量的赞美，还自觉她的努力未受到恰当的回报。打从一开始她就发狂陈述自己的悲哀，声嘶力竭地说明她为伊丽莎做了多少事情：

"只要出一点小事，她就打电话来。以我的身份，不该到那儿干黑人女仆的工作，服侍低贱的老房客们。你知道吧，是不是？是不是？"

尤金乖乖当听众，他说："是的，姐姐。"

"可是她宁死不承认这一点。你可曾听她说过一句感谢的话？"她突然笑起来，反常的情绪一时与幽默交杂在一起。"我可曾听到，我可曾听到'滚他的'之类的感激？"

"没有！"尤金一阵又一阵痴笑起来。

"咦，不得了，孩子。嗯！是的，真是好汤。"她学样学得棒极了。

他扯开衣领，松开长裤，笑得在地上打滚。

"停一停！停一停！你会害我笑死！"

她继续说："嗯！咦！不得了！是的……"并向他咧咧嘴，似乎希望能成功。

然而，不管伊丽莎手头有没有用人，海伦每天中午都去帮忙上菜；晚上，甘特和男孩子们若不在家吃，改到伊丽莎那儿吃饭，她也常常去帮忙。她去那儿，是因为渴望伺候人，因为付出超过所得可以满足她的需要，尽管她出言嘲讽，其实跟甘特一起到"马房"陪陪"贱房客"，看大家吃得津津有味，听杯盘吮吮响，谈话热热闹闹，她觉得很刺激很兴奋。

她像甘特，也像卢克，需要生命的延伸，需

要活动和刺激。她想控制人，款待人，成为团体的命脉。有人略微要求，她便为房客们唱歌，以凝重和精确的指法弹那架廉价钢琴，以响亮而略嫌刚硬的女高音唱出各种古典歌曲、抒情歌曲和诙谐曲。尤金记得凉爽的夏夜，房客聚在一起，甘特一再要求她唱《不知现在谁吻她》，还有《爱我，世界便属于我》《待黄沙转冷》《亲爱的老太婆，知更鸟在你头上唱歌》《完美的一天已到尽头》《亚历山大的爵士乐队》——这首歌卢克曾在屋里苦练几星期，在中学吟游会上演唱，非常成功。

后来天色暗暗的，很凉快，甘特就在门廊上发表他的国是良方和偏激却大胆的时事评论，大嗓门传遍安详的社区，滔滔的辩才更迷住了房客们。

"——诸位，我们怎么办？我们出征二十分钟，以枪炮轰击，打沉他们的海军，泰迪率领骑兵占领圣地亚哥的山冈——你们都知道，几个月就结束了。我们宣战时没考虑将来的利益，只因为少数人反对，搞得多数人愤愤不平，我们就打了。然后我们好大方，不愧为世界上最伟大的民族，竟付给战败的敌人两千万美元。啊，主啊！可真是慷慨大方！你们想别的民族不会这样吧？"

"不会的，先生。"房客们加强语气说。

他们不见得老赞成他的政治主张——他认为罗斯福是恺撒、拿破仑和林肯无懈可击的后裔——但是他们觉得他脑筋好，假如从政，一定大有可为。

房客们说："那人真该当律师的。"

然而，世界的大冲击像涨潮般涌进这特选的山区，懒洋洋带来拍岸的潮水，然后退回到源头，力量愈来愈大，准备更往内陆冲。

伊丽莎的推论有一个要点，她认为受不了沙漠的男女自会去找绿洲，渴的人自会去找水喝，在平原上热得气喘吁吁的人会往山区寻求安慰和解脱。她看东西像牛眼般准确，从获利以后就远近驰名，被称作"有眼光"。

十年前的黏土街现在要铺起来了，甘特面对该缴的铺路金，气得发狂，痛骂土地，痛骂自己出生那一天，痛骂撒旦儿女的奸谋。可是尤金跟在箱形的柏油车后面，看大压路机碾碎地上铺的石头——夜里做噩梦，曾梦见压路机把他压扁——看见铺好的地面不断延长，心里好高兴。

偶尔有豪华的凯迪拉克轿车由"迪克西兰"面前驶上山，它踌躇不前的时候，尤金念个咒，祝它成功——有一位年轻的花花公子吉姆·索耶来找匹兹堡佳丽卡特勒小姐，他打开红车身的一扇后门，他们上了车。

有时候伊丽莎在早上发现用人走了，就派尤金到黑人区去找新用人。在那伛偻的住宅区，他搜寻他们的臭破寮，经过缓慢的泥潭和污水小沟，走进臭气冲天的地窖，穿行在山丘住宅的迷宫。在封闭的地牢般的房间里，他见识了他们躺在床上的狂野姿态，他们响亮的笑声夹杂着油炸食品和热馊水味的热带气息。

"你要不要找工作？"

"你是谁的孩子？"

"伊丽莎·甘特太太的。"

一片沉默。过了一会才说："这条街的考潘宁小姐家有个女孩子要找工作，你去见见她吧。"

伊丽莎以一双鹰眼提防用人偷窃。有一次她带侦探搜查黑人区一位离职女仆的房间，在那儿找到她家失窃的衬衫、毛巾、汤匙。那个女仆坐了两年牢。伊丽莎喜欢打官司，喜欢法庭的气味和气氛。她有机会诉诸法律，就一定不放过，她控告别人或人家控告她，她都很高兴。她打官司老是打赢。

房客们如果拖欠食宿费不还，她就以胜利者姿态没收他们的财产，尤其喜欢十一点到火车站去抓人，由一队听话的警官协助执行，四周围满小镇的垃圾。

尤金以"迪克西兰"为耻，又怕表现出惭愧的心情。他感到受阻，受挫，受困，就跟他卖《星期六晚邮报》的心境差不多。他恨自己的生活不高尚，失去尊严和隐私，觉得家本该用来阻挡暴民，却成了暴民的天地。他不凭理解力而凭感觉知道他们的生活贫瘠、混乱又悲惨——他的心灵被拘在失望和挫败的刑台上。他愈来愈相信，就算他们存心弄乱脉络，扭曲生活的模式，他们的生活也不会比现在变形、扭曲、受残得更厉害，更远离单纯的舒适、安宁与幸福。他愤怒得透不过气来：一想到伊丽莎慢声慢调说话的样子，无止尽地追忆，气人的噘嘴表情，他就气得脸色发白。

此时他看得很清楚，父母成天叫穷，说要进贫民院，以后会埋骨在贫民公墓……这些都是愚蠢的囤积借口，他为父母的贪婪而愤慨，愤怒像烙铁在心中燃烧。没有一个地方是外人不得侵犯的，没有一个地方留来自己住，没有一个地方禁止房客乱闯。

房子客满的时候，他们由普通房间转入小房间，生活品质一再降低。他觉得这样会伤害他们自己，使他们变得粗鲁下贱；他当时已对食物、住宅、舒适的生活有了强烈的信仰——觉得文明人必须由此起步，他知道无论心灵从何萎缩，绝不会是因为吃得好、住得好而萎缩的。

夏天房子客满，他必须等房客吃饱了才找得到地方坐，于是他绷着脸在"迪克西兰"后门廊的柱脚下散步，到黑黑的地窖或两个没有窗户的阴湿房间去探险——租得出去的时候，伊丽莎会把那两个房间租给女黑人。

现在他觉得邻里的等级十分残酷。多年来，他星期天总是梳洗干净，在身上抹油，穿一套干净的内衣裤和衬衣，热热闹闹去上长老会主日学。以前有几个老处女教他教义问答、上帝的善行、天上建筑的要素，等等，此时她们已经完成了对他的教诲。以前他心不甘情不愿交出五美分的硬币，心里想着蛋糕和淡啤酒，现在他高高兴兴捐出去，因为剩下的钱通常还够他在苏打饮料机前喝几口汽水。

清新的周日早晨，他兴冲冲到圣坛去执行任务，到了教堂附近会停顿一会儿——那边的军校男生已排列成浸信会、卫理公会、长老会等新兵队伍。

孩子们聚集在教堂隔壁的大房间，房间左右各有小教堂，等基本仪式完成后，他们就走进小教室里。监管人在讲台上向他们训话，他是一位苏格兰牙医，留着花白的胡子，四周的皮肤抹了香油，皮肤的细胞、组织和化学液似乎永远浮在那儿，过十年也不显得老化。

他读读经文或者那天要学的格言，简简单单解释一番，就让一位戴眼镜、面貌像威尔逊的苏格兰助手替他做礼拜。那人穿着发光的高领衫，向他们露出冷静、亲昵的笑容。他们走近唱歌席的时候，他带大家唱圣诗，举起手臂以眼神鼓励他们。一位强健的老处女用力弹钢琴，破琴像叶子摇摇晃晃。

尤金喜欢小孩子清脆的高音，后面有大男孩、大女孩的醇美嗓音当后盾，更有少年及青年男女《圣经》研究团的强大音量为基础。早上为传道工作募捐时，他们唱道：

"抛出生命线，抛出生命线，

今天有人快要沉下去了——"

他们还唱道：

"我们聚集在河边，

美丽的，美丽的河。"

他很喜欢这一首，以及高贵的《基督教士兵，前进》。

后来他跟班上同学走进一间小教室。四周的滑门轱辘轱辘关起来，不久整栋大楼都响起嗡嗡声。

现在他们班上全是男孩子。老师年纪轻，个子高，脸色白白的，瘦削驼背，别的男孩子都知道他是基督教青年会的秘书。他患了结核病，不过他以前棒球和篮球打得很好，男孩子都崇拜他。他说话的声音凄凉甜腻，带点哭腔；他长得实在像基督，亲亲切切跟他们谈当天的课程，问他们在日常生活、孝道、友爱之道、责任、礼节和基督教慈悲方面得到了什么启示。他还叫他们在对自己的言行感到疑惑时，应该问耶稣会怎么说。他常用忧郁、稍带不满的口气谈到耶稣——他说话时，尤金也忧郁起来，想起一种软软的、毛毛的、舌头湿湿的东西。

尤金紧张又拘泥，别的男孩子彼此熟识——他们住在蒙哥马利街，那是镇上最高级的街道哩。有时候某一个同学会咧着嘴问他："先生，你要买《星期六晚邮报》吗？"

平常尤金从未接触他们的生活，他觉得他们高高在上，而且特别夸大这一点。本镇是由稀落的村庄迅速扩展成的，像彭特兰家那么古老的家族并不多，而本地跟所有名胜一样，阶级组织变化无常，大抵看财富、野心和胆识而定。

哈利·塔金顿和马克斯·艾萨克斯是浸信会教徒，除了苏格兰人，甘特家附近的居民们大多属于浸信会。在社会天平上，浸信会教徒的人数最多，被看成最普通的人，他们的牧师长得丰满高大，脸色红润，穿一件白马甲，说话的效果甚佳，像狮子对他们狂吼，像鸽子对他们呢喃，常常在布道中介绍自己的太太，以达到亲切、好笑的效果。社会地位最高的主教派教友和不太时髦却很正经的长老会教友都嫌他讲道不够高尚。卫理公会则介于粗俗和端庄之间。

星期日早晨，这个衣衫笔挺的长老会世界看起来高高尚尚、拘拘谨谨，叫人想起安稳的财产、结实的身份、井然的仪式、幽静的住宅，宁静得叫他感动。他深觉自己和它无缘，每星期从又乱又吵的生活环境闯进来一次，看看它，又和它分手，多年来总怀着异乡人凄凉的心境。从教堂圆满的幽光、遥远清润的风琴声、苏格兰牧师的鼻音、连续的祷告，以及小时候他奉老处女指示收集的基督教神话小图片中，他略微推断出宗教的痛苦、奥秘和感官美，推断出比高尚的气氛更深刻更伟大的内涵。

十二

他在"迪克西兰"最恨的是冬天和沉闷的秋末——灯光弱得像苍蝇屎，他在屋里可怜兮兮寻找暖意，伊丽莎邋邋遢遢穿一件旧毛衣，戴一条脏围巾，披一件废弃的男用外套。她用甘油去抹冻裂的双手。冷冷的墙壁湿得发霉，他们由四周吸进死亡的空气，有个女人患斑疹伤寒去世，她丈夫匆匆到大厅来，垂下双手。他们是俄亥俄州人。

楼上一处睡廊里有个面孔消瘦的犹太人整夜咳嗽。

海伦气冲冲说："老天爷，妈妈，你为什么要收容他们？你看不出他有病虫吗？"

伊丽莎噘噘嘴："咦，没有，他说他只是支气
管有毛病，我问过他，他咧着嘴大笑说：'咦，甘
特太太'——"她接着说一大堆奇闻，加上许多
曲折的插曲。女孩子气得要命：只要是赚钱的事，
伊丽莎一定盲目维护到底。

那个犹太人生性慈祥。他用白白的手掌掩着
嘴咳嗽，吃奶蛋糊炸的面包。尤金渐渐喜欢吃那
种东西，天真地说是"犹太面包"，吃了还想要。
里钦菲尔轻声笑笑，咳了几声——他太太的笑声
好精明好响亮。尤金为他干点小差事，他每周给
尤金一枚硬币。他是新泽西州一个小镇来的呢绒
商。春天他转往疗养院，后来死在那儿。

冬天，几个怕冷的房客在客厅火炉前连坐几
个钟头——那些面孔、那些特征因为反复出现，
变得十分平凡——他们不断摇晃，声音和姿势都
呆呆的，自己过得乏腻，住"迪克西兰"也住腻了，
而尤金对他们更是厌烦。

他比较喜欢夏天，夏天有体态迟缓的女人由

炎热富庶的南方来此避暑，有新奥尔良来的黑发白肤女孩，佐治亚州来的金发女郎，南卡罗来纳州来的黑人尤物。还有密西西比州来的疟疾患者，皮肤泛黄，牙齿却白得吓人。有一位红脸的南卡罗来纳人手指被烟熏得泛黄，天天带尤金去打棒球；有个瘦瘦黄黄的农场主人患了疟疾，由密西西比州来此，常跟他去爬山，游遍芬芳的山谷。晚上，他听见女人清脆的笑声由暗暗的走廊传来，温柔又残酷；也听见男人流畅的喉咙音，看见南方佬偷偷摸摸的淫行——午夜他们的身子隐在黑暗中，早晨则一派天真纯朴。欲望的尖喙像醋劲十足的道德观，撕咬着他的心；对于自己不能享受的一切，他是很重道德的。

　　早上他跟海伦留在甘特家，和马克斯的堂弟巴斯特·艾萨克斯玩球，这个小男孩长得胖嘟嘟的，住在隔壁；后来海伦煮软糖，香味把尤金引进去。她派他到街上的犹太小杂货店去买她最喜欢的酸味素，早晨过完一半，他们吃酸泡菜和抹蛋黄酱的厚番茄片，喝琥珀色的滴滤咖啡，吃无花果和手指状海绵蛋糕，撒了核桃并裹上奶油的香热软糖、软熏肉和黄瓜三明治，喝冰凉冒气的无酒精饮料。

他相信姐姐拥有甘特家的财宝，对她信心十足，丰足的乐趣从无尽的泉源不断涌现。早上，温暖活泼的母鸡在附近高高兴兴叫着，强壮的黑人用铁钩把淌水的冰块由烟腾腾的篷车卸下来，他站在锯子下面，伸手去抓飞舞的冰层，他吸进黑人的体味和冰冻的气味，以及餐厅油毡布的油味儿；中午，马毛和橡木构成的客厅有好闻的钢琴味和漆木味，她弹琴给他听，教他唱《威廉·退尔》《我的心闻见你甜美的声音》《无言之歌》《绝世美人阿伊达》《失去的弦》，她发颤抖音时，长长的脖子往外伸，肌腱明显。

她非常喜欢他，给他吃一大堆酸的和甜的点心，闲不下来的时候就把他翻倒在甘特的长沙发上，反钳他的双手，用大手掌猛捆他蠕动的脸蛋儿。

有时候她情绪乱作一团，就凶巴巴地攻击他，讨厌他阴沉的黑脸、扇形的下唇、冥想失神的样子。她像卢克也像甘特，从世间不断找法子发泄活跃的精力，她看别人专心想心事，总是气得半死——有时候她自己的心弦乱了，看见他沉着一张黑脸看书或幻想，她竟恨起他来。她夺下他手里的书，打他的耳光，利嘴利舌地痛骂他；也曾噘起嘴，面孔转来转去，装出一副傻相狠狠讽刺他。

"你这个小怪人——走到哪儿都摆出一张傻脸。你真是标准的小彭特兰后代——你这滑稽的小怪人，人人都在笑你哩。你不知道吗？你不知道？我们要把你打扮成女孩子，让你这样来来去去。你一点都没有甘特家的血统——爸爸就这么说过嘛——你浑身都像格里利舅舅，你真怪。你浑身散发着彭特兰家的怪样子。"

有时候她实在太生气，竟把他甩在地板上，猛踢猛踩。

他不怕肉体挨打，比较怕她恶毒的舌头，她说话是很伤人的。他意外地由天堂跌入地狱，吓得发狂，怒号几声，眼看宽宏的天使瞬间变成蛇发女妖，他对"爱"和"善"的信心完全崩溃了。他像发疯的小羊奔到墙边，一次又一次尖叫着用头去撞墙壁，巴不得受制和超载的心脏能够裂开，他的某一个脏腑能够破裂，他能血淋淋逃出生命的牢笼。

这一来她满足了，她内心正希望如此——她残忍地攻击他，已抒解了满腔怨气，现在她可以大大方方表现亲情、净化自己了。她抱起尖叫挣扎的他，吻遍他愤怒的红脸，改用第三人称的口吻痛痛快快谄媚他一顿。

"咦，他不会以为我是真心的吧？他不知道我只是开玩笑吗？咦，他壮得像小公牛，不是吗？他是标准的小巨人，真的。咦，他可真野，不是吗？眼珠子都快跳出来了。我以为他会在墙上撞出一个洞哩——是的，女士。咦，不得了，是的，孩子。真是好汤。"最后一两句话是学老外公说的，旨在逗他笑。他常常一面啜泣一面忍不住笑出来，心里却很难过，与其说是因为挨骂，不如说是这种亲情与和解叫人苦恼。

等他静下来以后，她会打发他去店里买泡菜、糕饼、瓶装的冷饮。他出门时眼睛红红的，脸颊上有一道道泪痕，一面走下街道，一面惊叹怎么出这种事，心里惭愧得半死，脚板猛抽离地面，脖子伸得好长。

海伦讨厌单调，讨厌端庄。其实她内心是非常保守的人，只偶尔显得粗俗，那只不过证明她有坐立不安的活力罢了，她甚至对村里的恶行都是天真无邪的。她身边有几位忠实男友——全是坦率爱喝酒的乡下人，有一位土生土长、瘦削红润、爱喝酒的市府测量员十分仰慕她；另一个魁伟的金发碧眼男人来自田纳西煤场；还有一个年轻的南卡罗来纳人与她姊姊的未婚夫是同乡。

这几个年轻人——休·帕克、吉姆·费尔普斯和乔·卡思卡特都深情款款，他们喜欢她精力无限，利嘴利舌，待人诚恳又好心。她弹琴唱歌给他们听——耗尽精力来款待他们。他们则带盒装的糖果和小礼物给她，私底下争风吃醋，却一致肯定她是"好姑娘"。

她偶尔叫吉姆·费尔普斯和休·帕克带威士忌给她，她开始靠少量酒精来刺激体力——只要一小杯就够活血了，能使她精神抖擞，体力充沛，暂时有一股狂热的活力。所以她虽然一次不多喝，喝了只觉身心一爽，没有酒醉的迹象，但她常常喝一点儿。

她说："每次有酒喝，我就喝一点。"

她喜欢年轻放荡的女人，喜欢她们狂热的生活乐趣、冒险观，她们的幽默和自由。她深受已婚妇人的艳事吸引——夏天，那种事躲过南方村落的星期日清规和丈夫星期六的色欲，移到阿尔塔蒙特来了。她喜欢所谓"不反对偶尔喝一杯的人"。

她喜欢一个高大、快活、年轻的肯塔基娼妇玛丽·托马斯，此女在阿尔塔蒙特旅社担任修甲师。

玛丽说："我要看两样东西，公鸡的那个和母鸡的那个玩意儿。"她笑起来好大声。她在楼上的前厢租了一间带睡廊的小房间。尤金替她买过一次香烟，她穿着薄薄的裙子站在窗前，两腿分开，长腿被灯光一映，轮廓很清楚。

海伦穿戴过她的衣服、帽子和丝袜。有时候她们还一起喝酒。海伦幽默多情，常常袒护她。

"好啦，她不是伪君子，这一点是毋庸置疑的。她不在乎谁知道。"

或者说："如果把真相揭开，她不会输给许多贤妻良母。她只是比较公开罢了。"

有时候人家批评她不该和那个女人交朋友，她就气冲冲说：

"你对她知道多少？你议论人最好当心些。总有一天会惹上麻烦。"

不过她在众人面前会小心回避那个姑娘，莫名其妙恼火起来时还会攻击伊丽莎：

"妈妈，你为什么要收留这种人住在你屋里？镇上每个人都知道她的底细。你这儿已经被全镇公认为标准的婊子窝了。"

伊丽莎气冲冲噘着嘴。

她说:"我不理他们,我自认高高尚尚,比得上任何人。我抬头挺胸,希望你们大家也这样。我没跟他们来往。"

这是她的心理防卫法之一。只要能赚钱,她假装看不见可恨的情况。结果"迪克西兰"在荡妇的宣传下,渐渐传进观光城镇的暗娼耳里——她们偶尔会搬进来。

海伦已经和中学时代的大多数朋友疏远了——譬如一位勤奋、相貌平庸的校长千金吉纳维芙·普拉特,还有"袖珍"邓肯和格特鲁德·布朗,等等。她现在的伙伴都是比较活泼,有点粗俗的小姐——格蕾丝·狄沙耶是水管匠的女儿,金发碧眼,丰满迷人;珀尔·海因斯是一位浸信教派马鞍匠的女儿,身体和面孔都很笨重,唱起爵士乐来歌喉却威力十足。

不过她最亲密的同伴是一个名叫娜恩·古杰尔的女孩子。此人活泼、苗条、精力旺盛,腰部用胸衣束得好紧,男人的两只手可以完全环住它。她在一家杂货店当会计,颇受信赖,办事精确,从来不犯错。她大部分的收入用来养家——她妈妈的脖子上长一个甲状腺肿瘤，尤金看了就起鸡皮疙瘩；还有一位跛脚的姊妹，得靠肩膀的力量和丁字杖在屋内走动；两个弟兄年届二十和十八岁，身上老有新的刀伤、青紫和肿包，以及他们在贫民院或妓院打架的各种痕迹。他们住在克林曼街一栋两层楼的破木屋里，女人毫无怨言地供养两个男人。尤金常常跟海伦去那边，她喜欢他们那种粗俗、幽默、刺激的生活——听玛丽说些猥亵的俗话，她尤其觉得好玩。

每月一号，娜恩和玛丽会拨出一部分收入给两位弟兄，供他们零用，每个月到鹰角去找一次女人。

海伦不相信地说："噢，不会是真的吧，玛丽？老天爷！"

玛丽慢吞吞咧嘴一笑，由嘴角拿出她的鼻烟棒。"咦，真的，甜心，我们固定给他们钱，让他们一个月去找一次女人。"

海伦笑着说："噢，不，你是说笑话。"

玛丽对着火炉吐口水，没吐中目标："老天，孩子，你不知道吗？这样对他们的身体有好处，否则他们会生病的。"

尤金笑得在地板上打滚，他立时想象出一幅幽默和迷信的情景——女人基于卫生和健康的理由，竟把自己赚来的钱交给两个笑眯眯、毛茸茸、满身烟味的小伙子去放荡。

他躺在地上喘气，玛丽粗手粗脚戳他的肋骨说："孩子，你笑什么？你连尿布都还没有完全撤开呢。"

她具有山地人野蛮的热情，自己跛脚，对兄弟的情欲很热心。他们是粗鲁、和善、无知、凶残的人。娜恩品行端庄，颇有礼貌，她的嘴唇像黑人的一样往外翻，笑起来颇有热带风味。她把家里声名狼藉的家具全换成亮晶晶的"大急流"牌新桌椅。屋里有一个漆过的书架，永远锁着，里面有几套没人读的书——"哈佛古典名著"和一套廉价的百科全书。

　　赛尔伯恩太太首度由炎热的南方来到"迪克西兰"的时候，年方二十三岁，看起来却老一点。她各方面都很成熟，是高挑结实的金发碧眼女郎，保养甚佳，仪态优雅。她优哉游哉地走动，肉感地摆动身躯，笑起来很温柔，充满暧昧的诱惑力，声音柔和，唐突的笑声常在半夜传来，好清脆好饱满。她出身于南卡罗来纳州的一个好家庭，家里的几个姐妹都很漂亮，爱喝酒。她十六岁嫁给一个体型厚重、肤色红润的男子；他回妻子的餐桌畔用餐，吃完就走，吃得又快又多，被逼急了，就说几句害羞的话，然后到他开设的马车行小办公室去闻皮革和马儿的气味去了。她为他生过两个小孩，都是女孩；她偷偷摸摸在南卡罗来纳州的一个磨坊城附近活动，小心翼翼跟一位磨坊主、一位银行家、一位木材商通奸，白天小心走过窃笑的镇民和商旅门前，自知脚下的大地已布了地雷，她的名字已成为店员和商人的秘密笑柄。当地人——尤其是男人——对她比南方城镇人对一般女人恭敬，可是他们的眼睛在礼貌的面具掩饰

250

下，却亮晶晶提出了性邀请。

尤金初次看见她、认识她的时候，觉得人家永远逮不到她，却始终知道她的底细。他对她的爱慕简直疯狂，她是活生生的情欲象征——爱情和母性的模糊肖像，成熟却永不衰老，发色如麦，乳房很深，四肢雪白，在收割田里等待着——是大地女神，是古代美人海伦，是反复新生的无尽能源，是疲惫和觉醒的保姆。在春天的利刃、暗处少女的声音、青春的期望冲击下，他的欲望燃烧不熄，不知道怎么搞的，他素来偏爱年纪较大的女人。

赛尔伯恩太太初到"迪克西兰"的时候，她的大女儿七岁，小女儿五岁。她每星期收到丈夫的一张小额支票和木材商一张面额较大的支票。她随身带一个黑人女仆，她对黑女仆和孩子们出手都很大方。这种阔绰劲儿、这种安适的生活和清脆迷人的笑声迷住了海伦，使海伦愿意和她接近。

晚上，她跟旅行推销员或镇上的生意人坐在黑漆漆的门廊上，尤金注意听她那甜甜低低的嗓音，听见她一阵阵笑得好肉感，不禁热血沸腾，觉得嫉妒，也觉得不应该，他难受极了，想起她酣眠中的孩子，也存着兄弟情怀想起她那戴绿帽子的丈夫。他梦想自己是救难英雄，在危险时刻拯救她，责骂她，叫她忏悔，然后纯纯洁洁地接受她的爱情。

早上，她经过他身边，他闻到沐浴过的体香，拼命凝视她柔和肉感的面孔，暗想这张喜怒不形于色的面孔在黑暗中不知会有什么变化，总觉得恍如梦中。

史蒂夫流浪一年，又从新奥尔良回来了。他发现家人接纳他，又吹起荒谬的牛皮来。

他说："史蒂夫用不着工作，他很精明，会叫别人替他干活儿。"这等于公然藐视他伪造甘特票据的记录。他自以为是聪明的骗子，其实除了他父亲，他才不敢骗别人呢。民众正在读"发横财的沃林福德"系列故事，很多人佩服浪漫的歹徒。

史蒂夫已长成二十多岁的小伙子了。他身材中等偏上，面孔凹凸不平，皮肤发黄，嗓门属男中音，听来很讨人喜欢。每次大哥回来，尤金就觉得恶心和恐怖，他知道体力上最无法自卫的人——包括伊丽莎和他自己——会首当其冲成为史蒂夫诉苦、威吓和酒醉说脏话的对象。他不太在乎身体上的欺负，倒怕怯懦鬼祟的行为、软弱的表现、一把眼泪一把鼻涕的和解。

有一次，甘特想叫大儿子安于工作，就派他到一处乡下坟场去立个小纪念碑。尤金也奉命同行。史蒂夫在艳阳下苦干一小时，由于天气热，坟场的杂草很臭，他自己又讨厌工作，就愈来愈焦躁。尤金知道哥哥一定会打自己，专心等着。

"你站在那边干什么？"老大哥终于尖叫起来，愤怒地抬起头。他用手上拿的重扳头猛打弟弟的胫骨，把他打倒在地上，一时没办法走路。大哥看了，全身都软了，倒不是后悔，而是怕自己伤他伤得太厉害，会被人发觉。

他把污秽的黄手放在尤金的身上，颤声说道："你没受伤吧，好兄弟？你没受伤吧？"他试图和解——尤金最怕这一招——哭哭啼啼，对着弟弟涩缩的皮肉吐臭气，求他回家别提这件事。尤金觉得恶心，史蒂夫的体臭、黏黏的夹着烟味的冷汗、腐肉的触感……使他恐惧万分。

不过他头部的姿势和风采、夸张的步态仍有少年时代的余风：女人有时候还受他吸引。所以赛尔伯恩太太来"迪克西兰"的第一年夏天，他有幸变成她的情人。晚上，暗暗的门廊响起她清脆的笑声，他们穿过落叶纷飞的街道，一起到河边，走过灯光灿烂的地区，进入河边暗暗的砂石小径。

可是，她和海伦的交情愈来愈深，她看出甘特姐弟都讨厌他们的大哥，而且她和这位吹牛大王幽会，他却到镇上每一家赌场乱说她的名字，吹嘘自己的魅力，给她带来极大的损害，于是她静静地、狠心地、温柔地抛弃了他。现在她每年夏天回来，听他出言嘲讽，威胁，甚至在背后揭发丑事，她总是报以天真无邪、什么都不知道的笑容。她对海伦是真心亲昵，不过她觉得这也有战略上的用途。海伦会介绍她认识英俊的小伙子，在甘特家和伊丽莎家为她开宴会，等于是她的同谋，保证守密，缄默，故作不知，万一有人说坏话，还气冲冲袒护她。

"你对她知道多少？你不知道她做什么。你议论人最好当心一点。她有丈夫保护她，你知道。总有一天你的脑袋会挨枪子。"

或者用疑惑的口吻说："好啦，我不管人家说什么，我喜欢她，她真甜。毕竟我们能确定什么呢？没有人能证明那些议论她的话。"

现在她冬天偶尔会到南卡罗来纳州赛尔伯恩太太住的小镇去玩，回来热烈描述她所受的接待、"以她为主客"的宴会、餐食和大方的款待。赛尔伯恩太太和黛西的未婚夫乔·甘贝尔住在同一个小镇。乔谈起那个女人，总爱说些暗示的话，在她面前却是谄媚有加，心慌意乱又毕恭毕敬的，他和黛西结婚后，她赠送食品和衣物，他倒毫无怨言地收下来。

伊丽莎买下"迪克西兰"之后，黛西在六月结婚。婚礼相当铺张，在那栋房子的大餐厅举行。

甘特和两个大儿子不习惯穿晚礼服，怯生生咧着嘴笑，彭特兰家人固定参加婚礼和葬礼，这回送了礼物，人也来了。威尔和佩特送了一套很重的钢制餐具。

威尔一面剥手皮，一面向乔·甘贝尔眨眼说："但愿你经常有东西要用这一套餐具切割。"

尤金记得他们疯狂地准备了几星期，制衣啦，排演啦，黛西神经兮兮瞪着指甲，直到指甲都发青了。最后两天更是壮观——礼物一一到来，屋里布满华丽的地毯和鲜花；到了他们结合的一刻，餐厅挤满了人，长老会牧师的苏格兰腔嗡嗡响，最后杂货店小店员接过新娘，音乐达到高潮。黛西在一位远亲贝丝·彭特兰怀里忍不住啜泣——此人的丈夫红润诚恳，是南卡罗来纳州某城镇的小杂货连锁店主人，他也来了，还带来礼物和一个大西瓜。婚礼后她发现事前缝了好几周的衣服居然穿反了，也忍不住伤心起来。

后来几年，黛西算是彻底走出尤金的生活了，探亲时他偶尔看见她一下，次数却愈来愈少。杂货店店员做出一生少有的大胆决定：他挣脱了自己生活一辈子的棉花城，挣脱杂货店那种懒散冗长的工作，以及他听惯的棉花农人和镇民的闲话。他到一家食品制造公司担任旅行推销员，总部设在佐治亚州的奥古斯塔，不过他必须到遥远的南方去出差。

他彻底离开原来的生活，到新土地去冒险，努力改善财务和地位，这是他给妻子的结婚献礼——很大胆，但他对新场面、新面孔、新变迁，以及一切和家乡不同的事物都感到担心、害怕与怀疑，所以新尝试很快就已岌岌可危了。他忠贞得恼人地说："世上没有一个地方比得上亨德森。"那个他生长的软弱、无知、爱毁谤、迷信的红土避风港。

但他仍前往奥古斯塔，在一间出租公寓里和黛西开创新生活。她年方二十一岁，苗条、爱脸红，弹钢琴弹得准确又好听，指法流利，却缺乏想象力。尤金始终不太记得她。

她婚后那年的初秋，甘特到奥古斯塔，带尤

金同行。两个人内心都很兴奋：大热天在困乏的斯帕坦堡交会站等候，再搭残破的日间普通火车走奥古斯塔支线道路；秋天的大地像火烤过似的，山麓小丘和松林绵延不断……他们以探险的眼光把每一处风景的细节收进心底。甘特最近很少旅游，漂泊精神都快干枯了。圣路易斯在尤金眼中是虚幻的，可是他心中燃烧着一幅南方的美景，比冬天想念的北国雪景更陌生——阿尔塔蒙特的短暂积雪、陡坡上滑雪和坐雪橇的罕见时光勾起了他的北国欲望；他渴望黑暗、暴风雨、呼啸的冷风和墙里的安慰，那份渴望大概只有南方人能懂吧。

起初他看奥古斯塔城没什么真实感，倒像人家扯破窗户看花彩游行；像犯人住在监狱，发现人生和大地泛着玫瑰色的曙光；像某人活在书本的虚构世界里，出门旅游，发现外界只是书本世界的延伸和证明罢了——他看奥古斯塔也是如此，以小孩新洗过的眼睛来看，满怀光彩和迷惑。

他们去了两个礼拜。他记得地板因最近淹水

而留下的棕色痕迹，记得宽宽的街道、引起各种遐思的芳香药店、南卡罗来纳州艾肯城的山丘和田野；他听说一位传奇的王子约翰·D.洛克菲勒到那儿做运动，刻意去找，竟没有找到。他惊讶于两个州居然能连在一起，毫无明显的标记；还看见轧棉机的大压板把生棉包轧成比原来小一半的棉花来，对轧棉机永志难忘。

有一次，街上的小孩笑他留长发，他气得要命，出口骂人；还有一次他和姊姊吵架，一怒就出门去闯荡世界，气冲冲沿着河边和棉花田附近的乡村道路走了几小时，甘特雇马车四处找他，终于把他逮住了。

他们还去看戏，那是他最早看的几出戏之一，属于圣经剧，以索尔和乔纳森的故事为基础，他一场一场低声向甘特说明后面的情节概要——父亲为他的早熟而兴奋，向人家提了好几个月。

就在他们返家之前，乔·甘贝尔突然闹起别扭来，辞掉工作，宣布要回亨德森城。他的新事业历时三个月就结束了。

十三

后来几年，尤金年年到富足又神秘的南方去旅行，到了十一岁或十二岁不能半票乘车，就很少去了。伊丽莎搬到"迪克西兰"的头一年冬天，风湿症严重发作，跟肾病颇有关系，身体浮肿，医生诊断为布赖特氏病，于是她以比较省钱的方式到佛罗里达州和阿肯色州各地旅行，一方面疗养身体，一方面也想去寻找财富。

她无论在那边或在阿尔塔蒙特，总是满怀希望说要在热带的避寒胜地开一间膳宿公寓。现在她冬天把"迪克西兰"租出去几个月，有时候出租一年，不过利润较高的夏季她实在舍不得让那个地方溜出手掌心，她通常把房子交给适合营租一两个月、无力长久经营的分租冒险家。等她远行回来，就以拖欠租金或违反合约条款为由，来势汹汹，带着警察、便衣人员、传票、拘票、禁令等法律武器，得意扬扬收回她的房地产。

但她总是到南方去——虽然她常常也说要去北方探险，私下却疑虑重重；她倒不是为过去那场战争而怀有敌意，主要还是心怀恐惧、不信赖和隔阂感——她以幽默口吻提到的"北佬"，其实很陌生很遥远。所以她总是去南方，南方像黑美人在尤金的热血里汹涌，伊丽莎总是带他去。他们母子还睡在一起。

他对南方的感觉不太偏重历史方面，只感受到浓重浪漫主义的内核和欲望——那边的人无限制酗酒，令人费解；有些人血液带有磁性，像《古舟子咏》的作者[1]一般，能迅速进入炎热的中心，甚至进入南极青翠的寒地里——超越那种境界就

1　指英国浪漫主义诗人柯尔律治，《古舟子咏》是其代表作。

一无所有了。由于他读过也幻想过好多事，由于学校的历史课给这地区罩上浪漫的色彩，当时大家误以为南方人都住"华厦"，蓄奴是慈善的制度，那边的人整天弹五弦琴，上校大大方方赏钱，眷属们慢慢吞吞跳舞，一切女人都纯洁温柔美丽，一切男人都侠义又勇敢，南军则全是时髦又不怕死的骑兵……他的欲望自然被勾起来了。多年后，他一想到那心灵的荒野，一想到南方誓死反对一切新生活的作风——此时他们廉价的神话、风采迷人的传闻、贵族式的生活文化、古雅的慢腔都使他痛苦——他一想到要回复他们那种生活和迷信，心里就感到乏腻和害怕；但他很怕流言，怕跟他们作对，所以还假装忠于南方，假称他住在北方是基于需要，不是渴望住那儿。

最后，他想起南方人没给他什么，他们的爱或恨都伤不了他，他对这些人无所亏欠，才决定说真话，以咒骂来回报他们的侮辱。他真的这么做了。

他对南方达到入迷的程度——独个儿荒唐地

赞叹着，偏偏伊丽莎吝啬又现实，在堂皇的世界表现得一点也不堂皇。他们在脏兮兮的房间里吃甜面包卷、牛奶和奶油，午餐以鞋盒拿上车，在餐车里打开，审视菜单老半天之后只点咖啡，每到一处都要为价格和费用大吵一架，车掌查票的时候则叫尤金"弓起来"，因为他又瘦又高，半票资格会引起争议……这些事把一切惊喜都破坏了。

甘特由奥古斯塔回来后，她冬末带尤金去佛罗里达州。他们先去坦帕，过几天再转往圣彼得斯堡。他踩遍街上的散沙，跟快活的老头子在长码头上钓鱼，在母亲租的私人住宅房间里发现一大堆廉价小说，读个痛快。后来他们收到黛西一封神经兮兮的信，说是要母亲"立刻赶来"，出租房子的白人穷老头认为一季最好的收租期落了空，宾主大吵一架，他们母子就匆匆离开了。他们在三月底到达黑蒙蒙的小城，那儿泥泞不堪，下雨下得湿湿黏黏的：黛西前一日生下第一个孩子，是个男孩。伊丽莎认为假期平白被打断，十分恼火，抵达一两天后和女儿吵得很厉害，动身回阿尔塔蒙特的时候还宣布永远不回来，黛西以讽刺的口吻赞许。不过伊丽莎后来还是去了。

次年冬天，她在"四旬斋前的周二"狂欢季前往新奥尔良，带小儿子一起去。尤金记得玛丽姑妈家后院有一个大雨水槽，晚上玛丽的鼾声震得窗户咔咔响；运河街上有壮观的狂欢节行列，彩绘展览车啦，笑眯眯的美人儿啦，行进的军队啦，古怪的面具，等等。他在运河街底下再度看见停泊的船只，高高的龙骨俯临防波堤后面的街道；公墓所有的坟坑都高出地面，甘特的外甥欧儿说："因为水会泡烂尸骨。"

他还记得法国市场的气味，他在那儿喝的咖啡的香气，以及星期日都市生活的异趣——戏院开着，铁锤和锯子齐鸣，群众喜气洋洋。他去拜访住在旧法国区的"迪克西兰"老房客博伊尔夫妇，晚上则和弗兰克·博伊尔睡在一间暗蒙蒙点着小蜡烛的大房间里。他们有个黑人老厨娘，只会说法语，大清早由市场提着一大篮青菜、热带水果、家禽和肉回来。她煮些他从来没尝过的美味食品——有浓汤、调味肉排和酱鸡鸭等。

他俯视黄色的大河，梦见遥远的河岸、充满热带植物的无数江湾、边缘各农场和田地的浪漫生活，梦见月光，梦见堤防上跳舞的黑人，梦见镀金河舫上的灯光，以及黑发女人的体香、幻影树下的乐魂。

他们过完"四旬斋前的周二"狂欢季，刚回来不久，某一个狂风怒号的冬夜，他在甘特家睡觉，全家突然被他父亲的狂叫声惊醒。甘特那时每天醉酒醉得好厉害。下午尤金曾奉命到店里去接他回来，日落时分则跟詹纳度合力用黑人的马儿驾车拖他回家。喂汤、脱衣、制止他的例行场面又重演一遍，最后麦圭尔医生来了，把针深深插入甘特青筋暴露的手膀子里，留下一些催眠粉，告辞而去。海伦累得半死，甘特自己耗光了体力，风湿痛两三回，终于倒下了。

现在他摸黑躺着睡不着，又是害怕又是痛苦，整个右半身痛得发麻，以前他从来没有这种经验。

他一会儿痛得咒骂上帝，一会儿又吓得哀求上帝。医生和护士与他缠斗数日，希望发炎不会蔓延到心脏。他患了发炎性风湿，全身红肿变形，直不起来。等他康复，可以旅行了，就由海伦伴护着到温泉去。她凶巴巴赶走一切帮忙的人，分分秒秒守在他身边照顾他。他们去了六个礼拜——偶尔寄来明信片和信函，描写旅社生涯、矿泉澡、病痛和残疾、活血运动，等等，使尤金的天地增添几分新色彩。他们回来后，甘特又能走路了，四肢的风湿症已熏好，只有右手红肿僵硬，永远伤残。此后他一辈子不能握起右手，而他的仪态改善很多，眼中有敬畏和恐惧的神采。

甘特父女的结合终于达到极致。甘特眼前的道路充满痛苦和恐惧，通向死亡，可是他体力渐衰，跟跟跄跄走上那条路的时候，海伦寸步不离陪着他，超越生命，超越死亡，超越记忆，缝接出他们之间的链锁。

他一遍又一遍说："要不是这个女儿，我早就死了。她救了我的命，没有她，我活不下去。"

他一再吹嘘她的孝心和忠心，旅途的费用，他们俩见识过的旅馆、财富和活动。

海伦的善行和孝心被他愈说愈了不起，他对她的依赖也流传得更广，伊丽莎噘嘴噘得愈来愈深沉，有时候对着油锅哭，红鼻子下面挂着伤心的苦笑。

她哭道："我要让他们瞧瞧，我要让他们瞧瞧。"她若有所思地揉一揉那年她左手背出现的一块红痒斑。

那年冬天她到温泉去。母子俩在孟菲斯逗留一两天，史蒂夫在那边的一家油漆店工作，他带尤金逛市区，在沙龙里飞快地溜进溜出，把弟弟撇在外头，说是要"进去看一个伙伴"——尤金暗想，这种"伙伴"打发他以后，总会使他的大话更轻浮几分。

他们头昏眼花过河，晚上他看见阿肯色州的小暗寮罗列在疟疾盛行的野地里。

伊丽莎送尤金到温泉的一家公立学校去读书，他全心投入使他惊慌的新世界——表现甚佳，赢得年轻女老师的喜爱，却也像一般的异乡人，受到全班同学的敌视。一个月还没过完，他已经因为不懂他们的习俗而吃了大苦头。

伊丽莎天天去泡温泉澡，有时他也一起去。为了让母亲享受独立的感觉，他到男人区，在一个凉爽的房间脱光衣服，然后走进一间有躺椅的热室，把自己关在蒸汽橱里，觉得自己霎时化为脚下的一摊汗水，然后两脚发颤走出来，坐进大盆中，由强壮的黑人替他按摩。此时全身无力，却有一种净化的感觉，他躺在一张卧榻上，在男人世界享受自主的滋味。他们各自躺在卧榻上谈天，或者身披浴巾，挺着大肚子走来走去——有说话慢吞吞的南方疟疾患者，有眼睛浮肿的酒鬼，有皮肤发青的赌徒，有落败的赏金拳击家。他喜欢蒸汽和男人流汗的气味。

伊丽莎立刻打发他上街去卖《星期六晚邮报》。

她说："你放学后做点小工作不会有害的。"他脖子上挂着袋子垂头丧气地出门，她就在后面嚷道：

"打起精神来，孩子！打起精神来！肩膀向后缩。让人家觉得你是有分量的人。"她给他一口袋的名片卡，上面印着：

请到"迪克西兰"避暑

位于美丽的阿尔塔蒙特，

美国的瑞士。

价格合理——欢迎短期住户和观光客，

请找业主伊丽莎·E.甘特。

她说："孩子，我们若要活下去，你得帮我拉些生意。"她噘着嘴巴，故做滑稽状，他心里很难过，觉得这只是掩饰她的虚伪罢了。

他发现自己终于成了伊丽莎世界的厚皮动物，难过极了——他得打起精神，傲然挺胸，使人"以为他是有分量的人"，人家介绍他，他就坦白抽出一张卡片，鼓吹阿尔塔蒙特和"迪克西兰"的乐趣，利用每一个社会关系"拉生意"。他讨厌这一行的术语——很久以前她不知道从哪儿听来这句话，用得心满意足，说到"短期住户"或"拉生意"时，嘴唇就咂咂作声。尤金和甘特一样，讨厌把自己餐桌上的面包和家里的栖身处租售给客人、异乡人、外地来的陌生朋友，租售给病人、疲惫的人、寂寞的人、破产的人、无赖、娼妇和傻瓜。

就这样，他迷失在遥远的欧扎克山脉里，走上冈丘林立的中央街，在他心目中，两侧的陡坡就是迷幻的疆界，永恒仙境的入口。他不断喝由地底冒出的热腾腾的泉水，希望洗清自己所受的一切污染，幻想神泉或及颈的灵土浴，把血管中的每一滴污血吸掉，熏干体内的癌组织，吸走脓疱，去除一切坏血的污点，啃掉、吸掉和排掉各种疾病的纤维糊，使他恢复动物的完美皮肉。

他一连几小时盯着高级旅社的大门，凝视回廊上贵妇的美腿，望着大人物休闲解闷，满怀赞叹暗自想道：钱伯斯、菲利普斯和一切社会小说家所描写的人物就在这儿，过着神仙下凡的日子，留下动人的故事。他对这些书的豪华风格敬爱有加，尤其爱英国作品的风味：书中人物相爱，却爱得优雅，和别人不一样；他们说的话微妙、雅致、精美绝伦，连热情的时候，也不表现粗野的色欲或强烈的胃口——他们不可能有一般人那种下流的念头或肉欲。他望着马背上太太小姐的美腿，发现她们跨坐在体味香浓的骏马身上，简直心荡神驰，不知道马背温暖的震动会不会刺激她们，不知道她们的爱情是什么样子，她们在书中优雅得荒唐，使他十分敬畏，他觉得小羊皮手套加上巧妙的问答最诱人了。他怀着这种想法，不禁自惭形秽——他想象这些人的爱情超乎自然法则，一碰手指，一眨眼睛，一吟诵某句话，就获得动物或凡人的那种快感——真细腻，真清高。

他们望着尤金漠然的怪脸——现在鬈曲的刘海剪掉了，那张脸显得更怪——总会向他买东西，怀着豪客们懒洋洋的悔意，给他好几倍的钱。

饭店橱窗里的大鱼在玻璃墙内游来游去——鳝鱼像蛇盘卷着，白肚鱼转个方向往下沉；他梦想着屋里奇特的豪华食品。

有时候男人由遥远的河边乘马车而来，载满

大鱼，他暗想自己此生不知道会不会看见那条河。他四周的一切近在眼前，他却没探险过，心里充满渴望和憧憬。

后来他跟伊丽莎顺着佛罗里达沙岸走到圣奥古斯丁的窄巷，在代托纳海滩上奔驰，在棕榈滩旅社前的草地上捡椰子——伊丽莎想带些椰子回去当纪念品——他们装满一麻袋，扛着袋子走上庞希安娜皇家旅社或白浪旅馆的长甬道，饱受富豪和奴仆的轻视、批评和取笑；不然就横越半岛上宽宽的棕榈大道，趴在沙地上观赏贵妇们的美腿、褐色的男性瘦身躯、无涯碧海中的跳水镜头——以前他听父亲谈起过，念念不忘，久困山区的心灵颇为向往，却从来没看见过。公主和爵爷们坐车在平滑的步道上旋转，沿着棕榈间洒下的阳光，装有格子窗的酒吧厅内电扇嗡嗡响，男人用高脚玻璃杯喝酒。

他们再次到杰克逊维尔去，在佩特和格里利家附近住了几星期；他向一位哈佛毕业的跛脚小男人学习课业，曾跟老师一起去吃自助午餐，那边的男人都喝啤酒，吃扭结饼。伊丽莎临走时抗议学费太贵；跛汉耸耸肩，收下她勉强付的数目。尤金扭动着脖子，举步离开。

就这样，他这个整天面对青山和天空，以山为主子的山地人第一次来到奇异的南方。闪烁的田野、树林和山丘的画面永远留在他心底，他迷失在黑暗的国度，整夜躺在卧铺上，望着虚幻朦胧的南方闪过去，后来终于睡着了，却又突然醒来，看见曙光下的佛罗里达诸湖静静呈现在那里，仿佛亘古以来就等待着这次相见。凌晨，火车驶入萨凡纳，他听见月台上陌生的男声静静说话，车站传出微弱的回音。破晓时分，他看见幻影般的树木、布满车辙的巷子、一头牛、一个男人、一个睡眼惺忪倚着屋门的浪女，在飞逝的时光中被他匆匆瞥见，一切活动仿佛都是为此刻而设计的，映在窗户上随即消失。

他记得世间万物都有共通性，熟悉得出奇：

他梦见静静的道路、月光下的林地，认为某一天他会步行至此，发现样样都没变，一眼就认得出来。他觉得那些景观从古代就存在，直到永远永远。

尤金此时快要满十二岁了。

谁不是永远被囚禁着？

谁不是永远当异乡人、孤独客？

Thomas Wolfe

Or whether thou, to our moist vows denied,

Sleep'st by the fable of Bellerus old,

Where the great vision of the guarded mount

Looks toward Namancos and Bayona's hold:

Look homeward Angel now, and melt with ruth;

And, O ye dolphins, waft the hapless youth.

——John Milton, "Lycidas"

LOOK HOMEWARD,
ANGEL

Thomas Wolfe

天使望故乡

Ⅱ

［美］托马斯·沃尔夫 著

宋碧云 译

GUANGXI NORMAL UNIVERSITY PRESS

广西师范大学出版社

·桂林·

目
录

第二部

一

黑脆脆的梅枝在冬风里硬僵僵摇摆，百万根小枝丫冻结在冰雪中。到了春天，整棵树变得又软又重，被累累的果实和花儿压得弯了腰，又年轻起来了。红梅成熟，在小茎干上乱摇乱晃，裂开掉在肥沃温暖的湿地上，果园里春风一吹，空中满是落梅；夜里到处听到梅子落地的声音，满树小鸟唱着歌，像鲜花绽放，使空中充满暖洋洋如落梅的鸟叫声。

冰冻的坚硬丘陵地融化变软了，倾盆大雨落下来，毛发般的嫩叶草稀稀疏疏生长，呈条纹状点缀着大地。

尤金暗想：我哥哥本的脸真像一根发黄的象牙，高额上现出老头子皱眉的神采，嘴巴像一把刀，笑容像刀刃上的闪光。他的面孔有如利刃，有如刀，有如闪烁的光影，雅致锐利，永远皱着眉，他将白白的硬指头和一双怒目对准一样东西时，尖鼻子总会专心嗅几下。女人看了，对他那尖削、凹凸不平、愁闷的面孔会生出一种柔情。他的头发亮得像小男孩——又皱又脆如生菜。

本走入四月凌晨的街道。夜空星光点点，凉爽又温柔。果树在清风中摆动。本轻轻走出酣眠的房舍。他那精明的瘦脸在果园内显得黑黑的。嫩花下有尼古丁和皮革的气味，他那双脚趾内弯的鞣皮鞋吱嘎吱嘎踏上空空的街道。广场喷泉的水懒洋洋流着，救火员都睡着了——可是下腭如猪、脸色通红的警察大比尔·梅里克正在尤尼达经济餐馆里低头吃碎肉饼，喝咖啡。温暖的墨香一阵阵传入街道，一列火车呜呜驶向春天的南国。

送报生摸黑走过凉爽的果园。黑巢里的黑女

人动一动古铜色的小腿。小溪清清爽爽往前流。

新来的"六号"听见小伙子们谈到"老狐狸"。

"老狐狸是谁？""六号"问道。

"'六号'，老狐狸是杂种。别让他逮到你。"

"上星期那杂种逮到我三次。每次都在希腊人的店里。他们干吗要砸我们的饭碗呢？"

"三号"想起星期五早晨——他负责黑人区的路线。

"多少份——'三号'？"

"一百六十二份。"

兰德尔先生讽刺说："年轻人，你有多少不付钱的订户？"然后又翻翻薄册说："你可曾向她们试收报费？"

"老狐狸"咧着嘴说："他在媾和中讨回代价。免费订一星期，可以享受一次。"

"三号"以好战的口吻问道："你有什么话说？你六年来一直降价卖给她们。"

兰德尔说："你尽管跟她们胡闹，不过钱要收。

本，星期六我要你跟他转一圈。"

本默默对空中露出讽刺的笑容。

他说："噢，老天！你指望我查核这个小暴徒？六个月来，他一直低价卖给你呀。"

兰德尔恼火道："好吧！好吧！我就是要你查查看。"

本一脸不屑说："噢，拜托，兰德尔，死了五年的黑人登记在他那本薄子上呢。这是你随意收留小骗子的结果。"

"'三号'，你若不用点劲儿，我要把你的路线让给别的小伙子。"兰德尔说。

"三号"粗声粗气说："去你的，另外找小伙子送呀。我不在乎。"

本微微一笑，对他的天使点点头，脑袋朝"三号"扭一扭说："噢，拜托！听听这话。"

"三号"火药味十足地说："是啊，听听这话！我就这么说嘛。"

本皱着眉头转向他，凝视他一会儿才说："好吧，小男孩，现在去送报纸吧，省得挨揍。"他深表嫌恶地说:"啊,你这小骗子,我有个弟弟,他比你强六倍。"

春天像香气扑鼻的纱巾撒在大地,春夜则像一碗凉凉的黑紫丁香,充满清新的果园味儿。

甘特睡得很沉,鼾声震得松垮的窗框咔咔响,鼻息如雷,吹皱了丁香夜;三十六号车开始爬萨卢达,像一只公羊猛冲过去,车轮在铁轨上转动。汤姆·克莱因一本正经地俯视白浊浊翻腾的小溪,静静等待。车子滑下去,打个转,停下来,像吃力的骡子慢慢爬入夜色中。他心满意足,探头出去看:星光微微照着铁轨。他吃一客厚厚的冷奶油炸肉三明治,以黑黑的大手指撕成一片片,都弄脏了。凉爽无聊的路面有山茱萸和月桂的气味。车厢吭啷吭啷驶过横岭,扳闸夫站在依山的危屋前,浴着炽热的黄光,绷脸面对转辙器。

汤姆两只手臂搭在帽缘上,若有所思地嚼着东西,眼睛骨碌碌转动,正小心翼翼俯视他。他们从来没有交谈过。他默默转身,拿出他的消防员同伴送的半瓶冷咖啡。他悠然地大口大口喝饮料，把食物吞下去。

到了山谷街十八号门前，黏糊糊粘着黄黑土的红色木廊烂兮兮地颤抖着。"三号"那折得四四方方、墨痕尚新的报纸撞到门板，像一块轻木头僵僵地落在门廊上。屋里的梅·考潘宁赤裸裸动一下，嘴巴喃喃自语，似乎吃过麻药，在腐臭的床铺里挪动沉重的古铜色小腿，发出丝绸磨擦的声音。

哈利·塔格曼点起一根骆驼牌香烟，深深地将烟雾吸进墨迹点点的大肺里，望着印刷机转动。光秃秃的手臂跟印刷机一样结实。他舒舒服服坐进破软椅中，身体往后靠，漫不经心地浏览温热刺鼻的纸张，鼻孔慢慢喷出烟雾，他把那张纸扔开。

他说："基督啊！好棒的版面！"

本皱着眉下楼，往冰箱走去。

他打开冰箱门，怒目对排版的人叫道："老天爷，马克，你们就只有麦根啤酒和酸奶酪吗？"

"你究竟要什么？"

他带刺地说："我偶尔想喝杯可口可乐。你知道，亚特兰大的坎德勒老头还制造这种东西。"

哈利·塔格曼扔掉香烟。

他说："本，这边还没有得到消息哩。你得等李将军投降的兴奋慢慢平息。"他猝然站起来说："走吧，我们到廉价餐馆去。"

他把大脑袋伸到深深的水槽里，用温水冲一冲宽阔的脖子和苍白、憔悴、粗韧、幽默的睡脸。他以浓浓的肥皂水洗手，肌肉像大蛇慢慢扭动。

他用四重唱的男中音嗓门唱道：

> "当心！当心！当心！
> 许多勇敢的心沉睡着，
> 所以要当心！要当心！"

他们舒舒服服在宁静温暖的印刷室里休息，楼上的办公室浴着青黄色的灯光，有点像下班休息的男子。小伙子们送报去了。这个地方似乎慢慢吐纳疲倦的气息。黎明的甜空气凉凉地拂上他们的面孔。地平线的天际微微泛着珠光。

说来也奇怪，生命零零落落在丁香夜里苏醒了。高德比尔特太太的棕色母马"六号"咔啦咔啦慢慢走上街道，免不了要靠近奶瓶叮当响、堆满高价牛奶的乳黄色货车。车夫是皮色清爽的乡下青年，浑身散发着新汗和牛奶的气味。他们穿过星光点点的毕特本原野和森林，走八英里路，由高高的砖造英国城门进了城。

车站对面的毗斯迦旅社轻轻关上最后一扇门，夜的足音停止了；伯尼斯·雷德蒙小姐给黑人门房八张一美元的钞票，吩咐下午一点以前不准打扰她，就上床睡觉了。院子里有一架活动的机头发出噪声；汤姆·克莱因经过毕特本平交道，口哨吹得更平缓更凄凉。此时，"三号"已送完一百四十二份报纸；他只要登上鹰角河岸的破木

梯，送完鹰角的八家就行了。他焦急地望着东端
乱糟糟散落在山冈和谷底的黑人住宅：鸟眼峡那
一端的天空呈珠灰色——星星像浸在水里。他暗
想，时间不多了。他金发碧眼，面孔多肉、苍白，
长满嫩嫩的金毛，下巴长长肥肥的，往后斜进去。
他用舌头舔一舔丰满的下巴。

一辆1910年份的四汽缸七人座赫德森轿车由
车站驶出来，吼声愈来愈大，东倒西歪驶进黑人
酣睡的南涯街，救火员正在比赛:汽车往城内驶去，
几乎开到五十迈。车站由酣眠中静静醒来，空空
的棚屋下传出微弱的震动声，车轮发出清脆的锤
击声，铺了瓷砖的候车室则传出脆脆的鞋跟声。
一个黑女仆睡眼惺忪在瓷砖上倒水，懒洋洋用一
块灰色的湿抹布擦地板。

现在是五点三十分。本三点二十五分就由
住宅走进果园。再过四十分钟甘特会醒来穿衣和
生火。

他们走出收工后的办公室，哈利·塔格曼说："本，如果吉米·迪安再把我的印刷房搞得一团糟，就叫他们另外找人印他们的烂污报纸。滚他的！只要我想跳槽，我随时能在《亚特兰大宪章报》找到工作。"

本问道："他今天晚上下楼没有？"

哈利·塔格曼说："来了又出去了。我叫他夹着尾巴上楼去。"

本说："噢，拜托！他说什么？"

"他说：'我是主编！我是这份报纸的主编！'我说：'就算你是总统的手绢儿，我也不在乎。你若希望今天有报纸出刊，就滚出印刷房。'相信我的话，他竟走了！"

在凉爽的珠蓝色夜空下，他们绕过邮局末端，斜穿过街道，前往尤尼达三号餐馆。那是一家经济小饭馆，店宽十二英尺，夹在一家眼镜行和一家希腊鞋廊之间。

店里头，休·麦圭尔医生正耐心坐在一张凳子上，用叉子刺蚕豆，一次只叉一颗。他四周的威士忌酒味很浓。他执刀叉的手厚厚的，十分灵活，手背上毛茸茸，用叉子用得巧妙极了。面孔和厚重的下巴有一大块一大块棕色的斑痕。本走进来，他回头瞪眼，圆圆的红眼睛终于转到本身上。

他以慈祥的口吻说："嗨，孩子，我能为你效劳吗？"

本轻蔑地笑一笑，转头对塔格曼说："噢，拜托，听听这话！"

他们坐在下首。这时候殡葬业者"马脸"海因斯进来了，人虽不瘦，穿着黑罩袍却像骷髅似的。他那长长的灯笼嘴泛出职业性的笑容，古板的白脸上露出一口大大的马齿。

他无缘无故说："诸位，诸位。"并猛搓双手，似乎很怕冷。手掌的肉像老骨头咔咔作响。

"肺鲨"科克尔医生一直用嘲讽的眼光看麦圭尔医生叉豆子，现在拿出嘴里的长雪茄，夹在污迹斑斑的手指间，伸手拍拍他的同伴。

他朝"马脸"海因斯点头咧嘴说："我们出去

吧，人家看我们一起在这边露面，似乎不太好。"

"马脸"海因斯坐在本的下首说："本，早安，家人都好吧？"

本怒目斜睨他一眼，然后回头向着服务员，唇边浮出一抹苦笑。

哈利·塔格曼对医事人员毕恭毕敬说："医生，您动手术收多少钱？"

麦圭尔医生叉了一粒蚕豆说："动什么手术？"

哈利·塔格曼说："咦——盲肠炎。"——他只想得起这种手术。

麦圭尔医生说："开肚子三百美元。"他呛到了，向旁边咳几声。

科克尔医生咧着嘴笑："你会被自己的分泌物淹死，像斯莱登老夫人一样。"

哈利·塔格曼想到漏网的新闻，炉火中烧说："老天爷！她什么时候死的？"

"今天晚上。"科克尔说。

哈利·塔格曼松了一口气说："老天，我真遗憾。"

"马脸"海因斯柔声说:"我刚刚为老夫人做好入殓的准备。只剩皮包骨。"他叹息一声,眼睛不觉湿润起来。

本怒目回头,显得很恶心。

"马脸"海因斯带点专业口吻说:"乔,给我来一杯那种防腐液。"他向咖啡壶扭一扭他的马脑袋。

本喃喃表示厌恶:"噢,拜托。"并气冲冲说:"你进这儿之前可曾洗过那双倒霉的手?"

本今年二十岁。大家不会想起他的年龄。

科克尔的黄脸挂着恶意的笑容说:"年轻人,你要不要来点冷猪肉?"

本喉咙里发出作呕的声音,用手按着胃肠。

"怎么啦,本?"哈利·塔格曼大笑几声,拍打拍打他的背脊。

本由高凳上站起来,端起咖啡杯和他点的碎肉饼,移到哈利·塔格曼的另一边。人人都笑了。接着他向麦圭尔医生扭扭头,迅速皱了一下眉。

他说:"塔格曼,苍天明鉴,他们把我们困死在中间了。"

麦圭尔医生对科克尔医生说:"听听他说的话,简直像透了他老爸,对不对?我接他来到人世,帮他熬过斑疹伤寒的危机,帮老头克服七百次酒醉,至今已挨他们骂过十八种不同腔调的'杂种'。可是他们家只要有人肚子痛,马上就跑来找我。对不对,本?"他转向他说。

本说:"噢,听听这话!"他气恼地笑一笑,把尖脸对着咖啡杯。他那苦涩的风味使店里充满生机,充满柔情,充满美感。他们以慈祥的醉眼望着他——望着他轻蔑的灰脸和寂寞阴惨的笑容。

麦圭尔医生转向科克尔说:"我说,如果他家有人要开刀,这差事归谁?你说呢,本?"

本说:"苍天明鉴,麦圭尔,你如果要为我开刀,我得先确定你动手前走路走得直,否则不干。"

科克尔戳戳麦圭尔医生的肩膀下方:"算了,休,别在盘子里叉豆子了。爬出去,不然就滚下那张倒霉的高凳——两样随便你。"

麦圭尔医生醉醺醺地想心事想得出神,呆呆望着蚕豆盘叹气。

科克尔站起来说:"走吧,你这傻瓜,你再过四十五分钟就要动手术。"

本由咖啡杯上抬起面孔:"噢,老天爷,受害人是谁?我要送花去。"

麦圭尔医生鼓着嘴唇咕哝道:"……我们大家迟早有么一天,贫富都一样。今天还在这儿,明天就走了。没关系……一点都没关系。"

本气冲冲对科克尔说:"老天,你要让他这样子去动手术?何不干脆枪杀病人?"

科克尔拔出嘴里的雪茄。

他说:"咦,年轻人,他刚刚才开始来劲儿呢。"

珠光模模糊糊在紫丁香色的黑暗周围浮动,丘陵上缀着明暗有致的滚边。曙光像珠灰色的浪潮冲过原野,冲上山翼,迅速流入易溶的夜色中。

18

年轻的杰斐逊·斯波医生将别克牌汽车停在路栏边，下了车，派头十足地脱下手套，轻轻弹一下餐宴服的丝质领边。他脸色通红，骨架高，相貌英俊，唇形直直的，显得残酷和肉感。他身体四周有一种遗传的山田灵气，无臭无味却感觉得出来；他是打扮过的山地人，带有几分乡村俱乐部和宾州大学的光彩。人在费城待上四年，难免会改变。

他漫不经心把手套塞进大衣内，踏进店门。麦圭尔医生粗粗鲁鲁地滑下小凳，集中视力盯着他，接着用胖手做个召唤和环抱的手势。

他说："你们看看，有谁知道那是什么？"

科克尔说："是柏西。你认识柏西·范德古尔德吧？"

斯波医生文文雅雅地说："我在希利亚德家跳舞跳通宵。浑球！这双新的漆皮舞鞋害我的脚痛死了。"他坐上一张凳子，斯斯文文展示他的乡下大脚丫，一双脚在鞋子里大得丢人，有棱有角的。

麦圭尔医生起疑道："他做什么？"并转向科克尔求解答。

科克尔装腔作势说："他在希利亚德家跳舞跳通宵呢。"

麦圭尔医生羞答答地用手遮住醉脸。

他说："噢，把我榨成汁吧！我是一粒葡萄！你这该死的山蛮子，你在希利亚德家跳舞？你是到黑人区去参加男女媾合野宴。你骗不了我们。"

大家中气十足，曙光下笑声雷动。

麦圭尔医生说："漆皮舞鞋！夹痛脚。苍天明鉴，科克尔，十年前他第一次到镇上，膝盖以上从来没洗刷过。大家得把他按倒，才能为他穿上鞋子哩。"

本对着守护天使微微一笑。

斯波优雅地对服务员说："两片奶油吐司，请不要烤太焦。"

"你这杂种，你是指一团猪肠加高粱吧。你是吃咸猪肉和玉米面包长大的。"

科克尔说："休，我们太卑贱，太粗鲁，已经不配跟他往来了。现在他跟上流家族喝酒，社交上颇受欢迎。大家对他的评价很高，他已成了受孕处女的法定助产士。"

麦圭尔说："是啊，他是她们的朋友，帮她们解决问题。他不但帮她们解决问题，还帮她们惹难题哩。"

斯波说：有什么不对？肥水不流外人田嘛。"

他们的笑声闹哄哄飘进曙光里。

"马脸"海因斯由凳子上站起来，开玩笑说："话说得愈来愈粗了，我听不惯。"

麦圭尔医生说："'马脸'，跟科克尔握握手再走。他是你今生最好的朋友，你该付他版税。"

现在大地的光线柔柔的，倒有点像大鱼游来游去的卡塔利娜海底。外勤警员莱斯利·罗伯茨腰子痛，衣服没扣好，垂头丧气穿过海水似的珠光，停在门前，身后轻拖着一根警棍，把病恹恹的凹脸转向敞开的店门。

科克尔柔声说："你的病人来了。便秘的警察。"

他们诚诚恳恳地说:"你好吗,莱斯利?"

警察哀声说:"噢,马马虎虎,马马虎虎。"他的胡子拖拖拉拉,人也拖拖拉拉走过去,对着阴沟吐一口黏痰。

"马脸"海因斯作势要走:"好啦,诸位,早安啦。"

"'马脸',记住我的话,善待你的好朋友科克尔。"麦圭尔医生向科克尔挥挥大拇指。

"马脸"海因斯表面快活,心里却不是滋味。

殡葬业者正色说:"我记得,我们干的都是高尚的行业,死亡的一刻,饱受风雨摧残的船只进入安息的避风港,我们便是上帝的托管人。"

科克尔惊呼道:"咦,'马脸'!真有口才!"

"为死人的遗体合上眼睛,摆好四肢,准备安葬等仪式是我们神圣的天职,我们这些生者应该为悲哀破碎的心抹上香油,安慰寡妇的创痛,为孤儿拭去泪水;我们这些生者该确定——"[1]

1　这段话套用了林肯葛底斯堡演说的句法,所以麦圭尔医生接着背出林肯的演说词。

休·麦圭尔医生说："——民有民治民享的政府……"

科克尔说："是的，'马脸'，你说得对，我很感动，而且我们不收酬劳。"他一本正经加上一句："至少我安慰寡妇的创痛，从来不收钱。"

麦圭尔医生问道："抚慰悲哀破碎的心呢？"

"马脸"海因斯冷冷说道："我是说抹香油。"

哈利·塔格曼一直兴致勃勃听着，他说："嘿，'马脸'，去年夏天你在殡葬业会议上演讲，讲的不就是这些话吗？"

"马脸"海因斯踏出店门说："当时的真理现在还是真理。"

哈利·塔格曼说："耶稣啊！我们惹他生气了。医生，你挑出抚慰悲哀破碎的心……那段话，我想我的肚子都要笑破了。"

此时拉夫纳尔医生将赫德森轿车停在对街的邮局前面，一面脱长手套，一面快步走过来。他没戴帽子，高贵的银发稀稀乱乱的，善于动手术的灰眸子在厚眼镜下面转来转去。他的面孔是出了名的，安详多虑，刮得很整洁，又白又瘦，偶尔显出一丝幽默感。

科克尔说："噢，基督啊，老师来了！"

他进门说："休，你要不要再受训去疯人院工作？"

麦圭尔医生用好客的口吻吼道："看谁来了！是爱好文学的外科医生'死眼'迪克，他私下收集的胆石举世无双。孩子，你什么时候回来的？"

拉夫纳尔医生用长手指夹着一根香烟说："似乎正好来得及。"他看看手表。"我想你再过半个钟头左右要在拉夫纳尔医院动个小手术。对吧？"

麦圭尔医生热心吆地喝道："苍天明鉴，迪克，你永远是对的。小伙子，你跟那边的人说什么？"

迪克·拉夫纳尔医生的情谊像墙后的小花，他说："我告诉他们，有一个人清醒时是全美国最好的外科医生，他名叫休·麦圭尔，可他老是醉醺醺的。"

麦圭尔举起厚厚的手掌说："等一下，等一下，等一分钟！迪克，我抗议。孩子，你的用意很好，但是你搞错了。你意思是说，此人醉酒时是全美国最好的外科医生。"

"你有没有看到你的一篇报告？"科克尔说。

迪克·拉夫纳尔说："有，我看到一篇肝癌的报告。"

麦圭尔说："脚指甲化脓的那篇呢？你看了没有？"

哈利·塔格曼不知道为什么笑得很厉害。麦圭尔对着静悄悄的空气打嗝，一时茫然失措。

他猝然恢复原状："文学啊，文学啊，迪克，文学更毁掉不少杰出的外科医生。你看书看得太多了，迪克·卡修斯在那儿眼露憔悴的饥色。你的知识太丰富了。文学害死心灵，你知道的。我——迪克，你可曾看我拿出什么东西不放回去？我不是总会留些东西给他们接下去吗？我不是学者，迪克，我没有你这么好的机遇。我是自学的屠夫。迪克，我是木匠。我是内部装潢家。我是机师、铅管匠、电器师、屠夫、裁缝、珠宝匠。迪克，我是一枚珠宝，一粒宝石，一粒未雕琢的钻石。我是讲求实际的人。我取出他们的内脏，吐点口水，剪掉脏兮兮的外缘，就打发他们上路了。迪克，我很节省，我丢掉一切不能用的东西，却又把扔掉的一切捡回来用。谁用教皇的指节替他造一根尾椎骨？谁使狗呜呜叫？啊哈——难怪州长看起来这么年轻。迪克，我们浑身装满没有用处的器械。效率，经济，威力！你家有没有一个小仙女？你没有！那就让'金粉双胞胎'来效劳！问问本——他知道！"

本微微笑道："噢，老天爷！你听听这话！"

相隔两户的邮局前方，彼特·马斯卡里轰隆轰隆拉起水果店的铁卷门。珠光凉凉爽爽落在水果堆上，落在堆成金字塔形的艳红大苹果上，落在黄黄的佛罗里达柳橙上，落在垫着木屑的紫色大葡萄上。店里传出熟香蕉、板箱苹果的霉味和辛辣的粉味；橱窗摆满罗马蜡烛、十字冲天炮、针轮、蹲坐的"快乐阿飞"绿玩偶和组合的黑烟榴弹、红色大爆竹，还有小包小包会飞溅的纸炮。光线一时照上他死灰的面孔和他眼里水汪汪的毒光。

"别掐葡萄。掐香蕉好了!"

一辆新漆成绿色的电车往广场方向驶过去。

麦圭尔医生稍稍清醒地说:"迪克,你如果愿意,接下这份差事吧。"

拉夫纳尔医生摇摇头。

他说:"我站在旁边,我不操刀,我怕这种手术。无论你是醉是醒,这方面你最在行。"

科克尔说:"替妇女去除肿瘤是吧?"

迪克·拉夫纳尔说:"不,是替肿瘤去除那位妇人。"

"打赌肿瘤重五十磅。"麦圭尔医生突然带着职业的兴味说。

迪克·拉夫纳尔微微打了个寒战。一阵清爽的凉风由他身旁吹过。麦圭尔多肉的肩膀反缩了一下,活像突然被冷水淋湿似的。他好像醒了。

他对迪克·拉夫纳尔说:"我想洗个澡,刮刮胡子。"说着用手揉揉满是疙瘩的茸毛脸。

杰夫·斯波说:"休,你可以使用我在旅馆订的房间。"并以恳切的目光看看拉夫纳尔。

他说："我要用医院。"

"你正好来得及。"拉夫纳尔说。

他颇不耐烦地说："拜托，我们动身吧？"

麦圭尔问道："你在霍普金斯医院有没有看见凯利动这种手术？"

迪克·拉夫纳尔说："有，祈祷老半天才开刀——为了给他的手肘带来力量。结果病人死了。"

麦圭尔说："祈祷个屁！对这个病人没什么用处。昨天晚上她骂我是下流、好吃、酗酒的杂种。如果她仍有那种感觉，她会好的。"

杰夫·斯波说："这些山地女人不容易死。"

麦圭尔医生问科克尔："你要不要一起来？"

他回答说："不，谢谢。我要睡一下。老太婆真是不慌不忙。我以为她奄奄一息的时间永远没完没了呢。"

他们动身走了。

麦圭尔医生恢复原先的态度说："本，告诉老头，他若不让海伦休息，我就痛揍他。他现在没酗酒吧？"

本气冲冲说："老天，麦圭尔，我怎么知道呢？你以为我没事可做——整天守着你的酗酒病人吗？"

麦圭尔医生多愁善感道："她真是了不起的姑娘，百万人里挑不出一个。"

迪克·拉夫纳尔嚷道："休，拜托，快走吧。"

四位医生走到珠光下。城镇由暗夜里显现出来，清新极了。全世界都像春天一样年轻。麦圭尔走到拉夫纳尔的轿车旁，舒舒服服坐进凉凉的皮椅，觉得好爽快。杰夫·斯波猛发动引擎，像骑士般挥挥手，绝尘而去。

哈利·塔格曼转脸目送休·麦圭尔的身影，一脸佩服的神色。

他夸赞说："苍天明鉴！我打赌他做过有史以来最棒的手术。"

服务员忠心耿耿说："咦，浑球，他没喝下一夸脱玉米酒以前，简直一点用处都没有。让他喝点酒，他能把你的脑袋割下来再装回去，你甚至不知不觉哩。"

杰夫·斯波开车走了，哈利·塔格曼妒火中烧说："看看那个杂种。范德比尔特先生。他自以为很罩得住是不是？野牛一个。本，你猜他今天晚上是不是真的在希利亚德家？"

本恼火说："噢，拜托，我怎么会知道！这又有什么差别呢？"

哈利·塔格曼说："我猜明天小毛蒂会在专栏里写些废话。她称之为'青年社交圈'！基督啊！从穿衬裤的小浪女到雷德蒙老头都算。本，如果索尔·古杰尔属于青年社交圈，那你我还在念三年级哩。"他似乎要对笑眯眯的服务员证明什么："咦，浑球，真的，西班牙和美国爆发战争时，他的头就秃得像猪蹄了。"

服务员大笑。

哈利·塔格曼说得口沫横飞：

"昨夜青年社交圈的成员参加克拉伦斯·弗金斯夫妇在华邸为其幺女格拉迪丝初入社交界而举行的参宴舞会，宾主尽欢。弗金斯先生和夫人由爱女陪伴在门口迎接每一位客人，其风采重振了南方贵族最高雅的旧传统。弗金斯太太的妹妹凯瑟琳·希普吉斯小姐多才多艺，被本地青年社交圈的成员昵称为'咆哮的凯瑟'。她负责监督核查大衣、晚宴披风、运动护套和首饰。

"晚宴八点整开席，八点四十五分端上咖啡和矿泉水。著名的糖果商、酒席包办家兼比菇绅士淑女咖啡馆店主阿尔塔薛西斯·帕帕多波洛斯备置了九道菜的大餐，美味可口。

"经最红的杜松子酒生态家杰斐逊·雷金纳德·阿方索·斯波医生彻底检查过之后，客人们前往跳舞厅，齐克·巴克纳的《上霍米尼弦乐四重奏》已经开始演奏，巴克纳先生本人负责机动鼓和小手鼓。

"在场跳舞的有艾琳·蒂茨沃思小姐、莉娜·金斯特小姐、奥菲利娅·莱格小姐、格拉迪丝·弗金斯小姐、贝雅特丽齐·斯卢茨基小姐、玛丽·怀特塞斯小姐、海伦·肖克特小姐和洛芙塔·巴恩斯小姐。

"还有 I. C. 博顿先生、V. B. 福利莱先生、R. U. 雷迪先生、O. I. 洛维特先生、卡明斯·斯特朗先生、萨姆森·霍尼先生、普雷斯顿·厄普代克先生、道斯·威克特先生、佩蒂格鲁·比格斯先生、奥蒂斯·古德先生和 J. 布罗德·斯特恩先生。"

本不出声地笑起来，尖尖的面孔又埋进饮料杯了。接着他伸出细弱的手臂，伸个懒腰，张口打哈欠，把夜里堆积的疲惫、厌烦和不满吐出去。

"噢——天哪！"

清纯的日光一道道射入街心。这时候甘特醒了。

他在起居室怡人的微光下仰卧一会儿，聆听鸟声啾啾的清晨音籁。他打个哈欠，伸出右手去搔搔多毛的胸脯。

肉感的母鸡咯咯叫。来打劫我们吧，主人，整夜都为你。像犹太女人抗议又顺从的声音。动手吧，不要动手。打个蛋在里面。

他睡不着，精神却很好，腿上盖着被单，聆

听母鸡抗议性的邀请。

它们由温暖的泥地站起来，抖一抖羽毛丰润的胖身躯，嘴里抗议，心里却很满足。为了我，大地和葡萄藤也为我生长。湿湿的新土一碰到犁耙就裂开，像切猪肉，也像水面被船划开。软草皮一铲就起来，像皮肉往后卷。泥土松开，轻轻堆在樱桃树根四周。大地接纳我的种子，为我长出大棵生菜，像女人一样脆软多汁。密密的葡萄藤——八月长满一串串葡萄——怎么？像乳房流出的乳汁，或者像藤蔓滴血，使葡萄又肥又大。

果树的花儿通宵往下落。不久樱桃树"白蜡"就要结果了。五月底长绿苹果。艾萨克斯家的六月苹果有一半悬在我这边。咸肉和炸青苹果。

他肚子饿了，想起早餐。他利利落落推开被单坐起来，将痨病鬼似的白足搁在地板上，轻轻站起身，走到皮摇椅前面，穿上一双干净的白袜子。接着他由头顶脱下睡袍，打量梳妆镜里骨头粗大的身躯、手臂上的长肌肉和扁平多毛的胸脯。他的肚子肥嘟嘟往下垂。他连忙把松弛的白膝盖伸入连身内衣的裤管里，挺一挺双肩，把衣服撑平扣好，然后穿上宽宽的厚长裤，套上软皮无带皮鞋。他把吊带交叉套在肩膀上，大步走进厨房，三分钟内煤油和松柴就在炉格里熊熊燃烧了。抖擞的春晨，他感到振奋，生机勃勃。

鸟眼峡对面，带露的伦恩小海湾里，飞黄腾达的贵族公司顾问（已经退休，偶尔提出诤言）韦伯斯特·泰洛法官在红桃木寝宫醒来，戴上墨镜，傲慢的长脸显得比暴民高级多了。他隔着镜片欣赏自己的一个苦力由第三牧场提着一桶鲜乳走过来，另外一个正在旭日下磨镰刀，还有一个正在车棚里学马儿拉着轻型马车慢慢往后退。

他以赞许的目光望着黑白混血的儿子懒洋洋走过草坪，看他动作优美迅速，躯干苗条有力，骨头小，弹性足，觉得很满意。还有，他的头形优美睿智，黑眸子表情认真，椭圆脸显得很敏感，皮肤美得像橄榄。他真像出身高尚的西班牙人。十全十美。这样的融合，也许男人会更像男人吧。

这河边有芦笛、艺术女神庙、神圣的树林。怎么不呢？在这个小海湾里，我也住世外桃源呀。

他脱下眼镜，看看下垂的左眼睑，和左脸颊的大斑痣。戴了墨镜恍如戴半个面具，使他那狡猾、肉感、精明的面孔多了一分无迹可寻的神秘感。这时候黑人男仆来告诉他洗澡水备妥了。他脱下薄长袍，精神勃勃跨进温水中。浴罢他躺在一张长几上，由黑人替他沾水、刮身体、按摩十分钟。他穿上新洗的内衣裤和新烫的黑衣服；在浆过的领子下系一条黑带子，并扣好一件及膝的大衣。他由桌上的烟盒拿起一根烟来点上。

一辆廉价小汽车叮叮当当开上镇区通往鸟眼峡的弯路，隔着树叶看去一闪一闪的。车上坐着两个人。他露出不以为然的神色，望着车身驶过他家大门外的路面，扬起一阵灰尘。他依稀看见那两个人红润的山胞面孔，想象他们一定汗淋淋穿着楞条花布衣。还有他们在镇上的亲戚。砖块，灰泥，郊外居民的白色小湿疹。联邦的世界混血儿。

接着该带剪草机到我的山谷和草坪去了。他在烟灰缸里按熄香烟，由窗口计算马儿、驴、牛、猪和母鸡，以及大谷仓储存的货物，田地和果园的果实。有一个人一手拎蛋桶，一手拎奶油桶向房子走来；每个糕饼都印有一束小麦，用干净的白麻布松松裹着。他冷冷泛出笑容，万一受攻击，他经得起长期围城。

"迪克西兰"公寓内，伊丽莎在一间窗口开向后门廊的小暗室里睡得正熟。她的房间挂满了乱糟糟的绳索吊饰，旧报纸和杂志堆放在屋角，每一个架子上都摆着半满的药瓶，各贴有标签。空中弥漫着薄荷膏、维克肺炎药和甜甘油的气味。黑女仆来了，走到房屋下面，懒洋洋爬上陡陡的后梯。她敲敲门。

伊丽莎立刻醒了，走到门口叫道："谁！"她身上穿着本丢弃的厚羊毛衫，外罩灰色法兰绒睡袍。她开门的时候，绳索吊饰轻轻飘来飘去，像海底漂浮的海草。楼上带睡廊的小前厢住着二十四岁的密苏里女孩比莉·爱德华兹，她是约翰尼·L.琼斯马戏团的驯狮员，这阵子在梅街学校后面的山丘空地表演。隔壁转角的大房间住的是四十一岁的玛丽·珀特太太，她丈夫是巡回药品推销员，经常不在家，她喝了酒，睡得正香呢。壁炉架两头各有一张放在银框中的小照片——一张是她远行的十八岁女儿路易丝，一张是本杰明·甘特；照片里他躺在屋前的草坪上，用手肘支起上半身，头戴一顶宽边草帽，整张脸都遮住了，只露出嘴巴。另外几间前房和后房住的是约翰尼·L.琼斯马戏团巡回表演的糖果商康韦·理查兹先生、二十六岁的护士莉莉·曼根小姐、患疟疾的密西西比州哈蒂斯堡籍的五十三岁棉农兼金融家威廉·H.巴斯克特夫妇；楼梯口的大房间住的是十九岁的佐治亚州瓦尔多斯塔人安妮·米切尔小姐、二十一岁的南卡罗来纳州弗洛伦斯人特尔玛·切希尔小姐，以及二十八岁的伊利诺伊州芝加哥人露丝·莱文太太——她们全是由皮德蒙特娱乐代理行在佐治亚州亚特兰大注册的蜜糖埃文斯百老汇佳丽合唱团的团员。

"噢，姑娘们！戈尔贡佐拉公爵和林布格尔伯爵动身来这儿了。他们来到以后，我要你们对他们好一点，让他们度过快乐时光。"

"我们一定会的。"

"注意小的那一个——他有钱。"

"我们一定照办。万岁，万岁，万岁！"

"我们是有趣的姑娘，

个个活泼又快乐；

我们热闹快活，

随时准备玩耍，

所以我们说——"

上谷街的（黑人）青年会馆对面有一块贴了招纸的围墙板，墙内便是拥挤的阿尔塔蒙特黑人娱乐和商业中心，二十六岁的黑人青年摩西·安德鲁斯正在屋里睡最后的懒觉。昨天晚上当铺老板索尔·斯坦给他一大笔钱，换取他从律师乔治·罗林斯先生家拿来的几样东西（一块 18K 金的金表和重重的金链，罗林斯太太的钻石订婚戒指、三双上好的丝袜、两条男用衬裤），他把钱放在口袋里，现在口袋已经空了。他临睡前带半瓶"草叶牌"保税肯塔基黑麦威士忌进屋，现在那瓶酒还安安稳稳在他左手里。他的喉管整个被割断，是二十八岁的死对头杰斐逊·弗拉克用剃刀割的，如今凶手正安安详详躺在松树街他们共同的女友莫莉·菲斯克小姐家，没有人怀疑他，也没有人追捕他。摩西是在月光下遇害的。

一只饿猫轻轻走过上谷街的围板，法院的钟敲了六下，八个黑人劳工像动物般走过去，工装的臀部黏着硬水泥，每个人手上都拎着一小桶午餐。

此时附近地区同时发生下列几件事：

五十八岁的第一长老教会牧师 H. M. 麦克雷博士洗过他的苏格兰身躯，穿上僵僵的黑袍和浆过的白衬衫，刮一刮不显出岁月的净脸，走出坎伯兰街住宅的卧室，吃一顿麦片、烤面包和煮牛奶的早餐。他心思纯洁，思想正直，信仰和生活都像砂石磨过的木板，光光洁洁的。他祈祷三十分钟，未唐突任何人和任何事。他是一团不灭的火焰，照耀着爱情和死亡；他的演说像钢铁一般响亮，带有稳定的热忱。

自由街弗兰克·恩格尔医生的疗养院兼土耳其澡堂里，富翁运动员兼《阿尔塔蒙特公民报》的发行人 J. H. 布朗先生在蒸汽室泡五分钟，浴盆里泡十分钟，干燥室待三十分钟，由安德鲁斯"上校"（恩格尔医生的黑人按摩师被人如此昵称）替他从脚板按摩，直按到微紫的面部，现在他安安静静睡着了。

对面自由街和联邦街的转角，也就是炮台山山脚下，一个穿白袄的黑人睡眼惺忪地把阿尔塔蒙特商务俱乐部楼上大厅桌上乱摆的猪肉片重新放回盒子里。几个客人刚走，分别是吉尔伯特·伍德科克先生、里夫斯·史泰克里德先生、小亨利·彭特兰先生、俄亥俄州克利夫兰市（已退休）的悉尼·纽贝克先生，以及上面提过的 J. H. 布朗先生。

　　此时哈利·塔格曼从尤尼达三号餐馆走出来说："本，耶稣啊，他们把老头子由小私室揪出来，我差一点吐血。他刊行过好多净化本镇的文章。"

　　本说："如果说塞维尔法官派人攻击他，我不会吃惊的。"

　　哈利·塔格曼不耐烦地说："咦，本，这确实有可能，不过鸨儿伊丽莎白'女王'也有份。你不会以为她没听到消息吧？耶稣救救我，已经一星期没听见他找碴儿了。他不敢在办公室外露面。"

　　圣克莱门特路的圣凯瑟琳修院学校里，院长特蕾莎修女轻轻穿过宿舍，拉起每张小床边的窗罩，让果园的樱桃花、苹果花柔柔映入少女安睡的房间。她们微张着嘴轻轻吐气，光线粉粉照着她们的玉臂、她们苗条的身躯和粉红的小乳房。房间另一头有个胖女孩四平八稳仰卧着，手臂和小腿向外伸，鼾声由厚嘟嘟的嘴唇传出来。她们还可以睡一个钟头。

特蕾莎院长由一张床头上捡起一本昨夜不慎留在那儿的书，瘦削的面孔浮出静静的笑容，她看看书名——罗伯特·W.钱伯斯的小说《习惯法》——手上抓一支铅笔，以男性化的笔迹匆匆写道："无聊作品，伊丽莎白——不过你亲自看看吧。"接着她以轻柔有力的步子下楼，走进书斋——路易丝修女（法文老师）、玛丽修女（历史老师）和伯尼丝修女（古代语言老师）正在那儿等着开晨间会议。她们走了以后，她坐在书桌前，看一本为学生编的《生物学》原稿，忙了一个钟头，后来人家赞美其高贵的文句，她因此大大出名。

宿舍的大钟响了，她听见少女的笑声，站起来一看，一位年轻的修女阿格尼丝正手捧鲜花由墙边的梅树那儿走过来。

下面的毕特本洼地传来隆隆的火车声和呼啸的汽笛声，画面隐在树荫中。

市政厅大地窖的市场摊位开门了。穿围裙的屠夫用大菜刀剁新鲜的大肉块，把厚厚的肉片摆在杂色纸片上，大略包扎一下，就扔给一旁等待的黑人送货员。

自尊自重的黑人 J. H. 杰克逊站在方形菜摊里，两个表情凝重的儿子和戴眼镜的女儿陪立在旁边。四面的宽架子摆满水果和蔬菜，闻起来有大地和清晨的幽香——货色包括爽口的大生菜、黏着黑泥的胖萝卜、菜园新摘的羽茎嫩洋葱、新芹菜、春洋芋和佛罗里达州的剥皮佛手柑。

鲜鱼和牡蛎商索雷尔由一个珐琅冰桶里舀出一勺勺滴水的牡蛎，倒进厚厚的纸板盒里。宽腹的厚鱼——鲤鱼啦，鳟鱼啦，鲈鱼啦，鲱鱼啦——挖空了肚肠摆在冰块上。

屠夫迈克尔·沃尔特·克里奇吃完牛肝、火腿蛋、热饼干、咖啡等丰盛的早餐，对一旁等候的黑人小男孩打个手势。那一排小孩像猎犬般跳过来，他咒骂一声，举起大菜刀阻止他们。中选的幸运儿上前接过托盘，盘里还有小块小块的食物和半壶咖啡。因为他现在要出门送货，就把东西放在长凳末端的木屑里，在上面吐些口水，免得贪婪的同伴抢去吃。接着他得意扬扬大笑着跑开，克里奇先生阴森森望着手下的黑人男仆。

镇上的人已忘记克里奇先生也有非洲血统（占八分之一，是他父亲老沃尔特·克里奇由"黄珍妮"那儿传下来的），打算给他政治上的偏爱；但克里奇先生自己可忘不了。他狠狠看他弟弟杰伊一眼，杰伊不知道仇恨能污染兄弟的心胸，正在自己的大砧板桌上剁排骨，还用男高音唱《西方的灰色小家园》第一小节：

> "……一双蓝眸闪闪发亮
> 只因为接触到我的目光……"

克里奇先生恶狠狠望着杰伊的黄下巴、悸动的黄脖子、鬈曲焦焦的头发。

他暗想道：苍天明鉴，人家也许会以为他是墨西哥人吧。

杰伊的金嗓子唱到最后一节，略带拘谨达到高峰，改用甜蜜高亢的假嗓子唱了二十多秒。屠夫们全部停下手中的工作，其中好几个儿女已大的壮汉居然直擦眼泪呢。

观众们神魂颠倒。没有一个人乱动，连狗和马儿都静止不动。等最后一个甜蜜的音符化为游丝般的颤音，四周静得像坟墓，哦不，静得像死亡——这代表了艺术家在世上的最高成果。群众间有女人呜泣晕倒。两个凑巧在场的童子军立刻将她扶出去，在休息室里为她急救，其中一个人摩擦两块燧石，匆匆用松柴升火，另外一位将手帕打了好几个结，权充止血器。此时天下大乱，女士脱下手上的戒指，脖子上的项链，胸衣上的菊花、风信子、郁金香和雏菊，附近摊位上打扮入时的男子则不断投掷番茄、生菜、新马铃薯、牛油、猪蹄、鱼头、蛤蜊、大肉块和猪肉腊肠。

阿尔塔蒙特的膳宿公寓主人眼明手快鼻子尖，正在市场摊位间走动。她们的年纪和体型各不相同，却都有斤斤计较的决心和斗嘴的本事。她们打听鱼和蔬菜的价钱，掐掐卷心菜，掂掂洋葱的重量，剥剥生菜叶子。你得监视生意人，否则他们会剥削你。你若把事情交给懒惰没用的黑人去办，那她浪费掉的东西比煮出来的更多。她们绷着脸对望——格罗夫纳的巴雷特太太望着观峡庄的内维尔太太；侨民庄的安布勒太太望着乌鸦岭的玛米·费瑟斯通小姐；瞭望塔的莱德贝特太太——

她追根究底说："科尔曼太太，听说你那边客满了。"

科尔曼太太说："噢，我那儿一向客满。我的房客都是长期性的，我不想跟短期过客瞎搞。"

莱德贝特太太酸溜溜说："得了，我若肯收那些隐瞒病情的痨病鬼，随时会客满，可是我不要。前几天我才说——"

橡木庄的麦克乐夫太太望着韦弗利庄的贾维斯太太；里吉蒙庄的考恩太太——

六月、七月、八月是旅游旺季，涌进山城的大观光团人数极多，镇民正严阵以待。除了八家最高级的豪华旅社，1911年贸易局登记在案的两百五十家私人旅社、膳宿公宿和疗养院都设法迎合那些生意人、游客和疗养者的种种需求。

到车站去截他们的行李吧。

此时"三号"送完了报纸，轻轻踏上山谷街那栋房子的脏门廊，柔声敲敲门，静静打开，摸黑走到床边。梅·考潘宁正躺在床上。他用手碰她，她活像吃了迷药似的喃喃自语，面孔转向他，睡眼惺忪醒来，拉着他用力爱抚，把他紧搂在她古铜色的臂膀下。汤姆·克莱因手提锡桶，踏上巴特利特街住宅的台阶；本跟哈利·塔格曼回到报社；尤金在伍德森街的后房里睡觉，突然听见甘特从楼梯脚发号施令，猛一回头，正好看见泛红的青天和慢慢飘向地面的花儿。

二

　　山岳是他的主人，框住了整个人生，承载着现实的经验，不会成长，也不会挣扎和死亡。万事随时变迁，只有这些山岳是绝对统一的。许多眼神鬼祟的老面孔在他脑海中浮现。他想起斯温家的母牛，想起圣路易斯，想起死亡，想起摇篮中的自己。他是自己的鬼魅，想重温往昔一刻钟。他不了解变迁，他不了解成长。他瞪着客厅里他婴儿时期的照片，恐惧得掉头走开，却又拼命想触摸、回忆和把握自己一刻钟。

　　这些无形的人生影像清楚得可怕，活像真的在眼前。消失五年的东西来到伸手可及的地方，他一时不相信自己的存在。他期待有人来唤醒他，他听见甘特的大嗓门由果实累累的葡萄藤下传来，便睡眼惺忪从门廊凝视低垂的月亮，乖乖上床。不过他还有更早的回忆和假设——总之因果相袭，绵绵不断。

他听见自己生命的嘀嗒声。他有千里眼，是由伊丽莎那儿承袭的苏格兰本能，能向内省察幻影般的岁月，由鬼影中找出百万道幽光——黎明时的某座小火车站啦，薄暮松林分岔的小路啦，铁桥下烟蒙蒙的室内灯光啦，小牛群中奔跑的小男孩啦，门框里嘴巴黏着鼻烟、头发扎成一束束的懒妇人啦，把卡车上的一袋袋面粉卸到库房的黑女人啦，在圣路易斯开博览会公车的男子啦，一个凉爽的黎明小湖啦……

他的生命像一条双股的电线，卷回过去的黑暗中；由于机缘、一时的得失、心灵的倾向、福祸的大冲击，他心中产生过百万种感觉；他特意给那些感觉一种生机、一种模型、一种动力。他的脑子挑出经验的精华，白灼亮丽，因此其他事情就像阴影，显得更可怕。种种感受飞回心中，勾起幻想和回忆，而许多感觉都是由火车车窗看见飞逝的风景造成的。

他敬畏的就是那种情景——"常"与"变"怪异结合，恐怖的停滞时光印着永恒的戳记，人们快速经过活动的画面，观者和受观者似乎都冻结在时光里了。有一阵超时光的中止期，大地不动，火车不动，门口的懒妇人不动，他也不动。上帝仿佛对着无尽的大海高举指挥棒，永恒的动作停止了，悬在"绝对"的永恒结构体中。或者像描绘泳将潜水、马儿跳栏的影片——动作突然冻结在半空中，理当完成的举动被截住了。后来悬在空中的身体再沿抛物线扑通跃下水。只是这些形象在他脑中没有起点或终点，没有基本的时间结构。懒妇人固定不动，没有推移半下就消失了。

他的不真实感源自时间和动作，因为他想象火车过去以后，那个女人走回屋里，从火炉上拿起一壶茶。就这样，生命变成幻影，活生生的光线又鬼鬼怪怪起来。小男孩跟小牛在一起。后来呢？现在呢？

他暗想道：我就是由我所触摸和触摸过我的一切构成的。那些事物独立于我便不存在，而且正因为与曾经的我接触，而变得跟原来不同；又与如今的我交融，而持续不断地变化着，并成为我种种变化的累积。为什么在这儿？为什么在那儿？为什么在此刻？为什么在当时？

两个强烈的自我——伊丽莎的内省和甘特的外向——交融，使他成为"机缘"的盲目信徒。超越一切虐待、耗损、痛苦、悲剧、死亡、混乱，不变的必然性始终顺着一定的轨迹；每一只凌空落下的燕子都是对他生命的反弹，而黎明落在大海的幽光唤醒了海洋的变化，洗净了他的生活。鱼是由水底向上游的。

我们毁灭的因子将在沙漠里开花，治疗我们的杀菌素就生长在山岩边，我们的一生受一位佐治亚懒妇影响，起因却是伦敦的一名扒手未被处绞刑。透过"机缘"，我们每个人在别人心目中都是鬼影，在自己心目中则是唯一的实体；透过"机缘"，我们每个人都是世界的大铰链，也是一粒尘土；是发动山崩的石块，是在大海激起涟漪的鹅卵石。

就这样，他自以为处在世界的中心点，他相信这片山区框住世界的核心，他相信种种意外的乱局一定会在确切的时刻产生某种必然的结果，增加他的人生分量。

倚着层层隐秘的山峦，大世界像朦胧的大海哗啦哗啦流动，充满他想象的大鱼。那个没有人探访过的世界变化无穷，却有固定的秩序和目标：那儿不会有无谓的浪费 —— 勇气将被视为美，才华被视为成功，一切优点都得到应得的重视。那儿也要冒险，也要操劳，也要奋斗，但不会有混乱和虚掷，不会有盲目摸索。命运就像梅子，会在特选的时刻落下来。迷人的东西也不紊乱。

春天遍及全世界的花园。山丘那一头，大地连着别的山丘、金色的城市和富丽的草坪，连着密林和大海……永远永远。

山丘那一头有所罗门宝藏、中美洲的玩具共和国，还有一座叮叮当当的小喷泉；再过去则是月夜下的巴格达屋顶，撒马尔罕的格子小遮帘，月夜下的比提尼亚骆驼，排成三个"Z"形的西班牙牧场房舍；还有 J. B. 蒙哥马利和他美丽的女儿乘私家轿车驶上西行旅程；更有格劳斯塔克的堡垒巉岭、蒙特卡洛的吐财赌馆、永恒的"帝国之母"地中海。还有拍在电报纸上的横财新闻、埃菲尔铁塔第一层的饭店、火烧胡子的法国人、德文郡的农场、白奶油、棕色淡啤酒、冬日烟囱的乐趣、《洛娜·杜恩》；还有巴比伦的空中花园、与王后共享的落日大餐、尼罗河的平底船。或者月夜蹲在大阳台上的埃及妇女的娇躯、国王的马车声、半夜遭劫的墓宝，以及有大批美酒的法国别庄和稻草中的女学生美腿。

古希腊美人海伦王后躺在色雷斯的一处原野，

迷人的玉体在阳光下斑斑驳驳。

　　此时生意相当好。头几年伊丽莎生病，经营
"迪克西兰"赚钱的能力颇受影响。现在她身体复
原，房子的尾款也缴清了。产业整个属于她，此
时大概值一万两千美元左右。此外她曾以二十年
期的五千美元寿险当抵押，借了三千五百美元，
现在寿险再过两年就到期了。她大肆改建，楼上
添一个大睡廊，一侧加盖两个房间、一间浴室和
一个门厅，另一侧把门厅加大，另添三间卧室、
两间浴室和一间盥洗室。楼下则把游廊加宽，在
睡廊下建一个大日光浴室，打掉餐厅的拱道，准
备在淡季把它当大卧房，又剜掉家人吃饭的小餐
具室，在厨房边添个小房间供她自己使用。

　　建筑完全由她自己设计，材料都是最便宜的，
永远带着生木头、廉价漆和粗白粉的气味，她只
花三千美元就添了八个或十个房间。去年她存下
将近两千美元——银行存款已接近五千美元了。
此外，广场的店铺由她和甘特共有，店面宽三十

英尺，估计值两万美元，他每个月可收六十五美元租金——詹纳度付二十美元；麦克莱恩铅管公司租地下室，付二十五美元；J. N. 吉莱斯皮印刷公司租用整个二楼，付二十美元。

此外，梅里恩街有三块很好的建筑用地，估计各值两千美元，三块加起来可卖五千五百美元；伍德森街的住宅值五千美元；另有一百一十英亩的山坡林地，上面有一间农舍、几百株桃树、苹果树和梨树，以及几亩可耕地，甘特每年收到一百二十美元租金，他们估计一英亩值五十美元，总共值五千五百美元。卡特街的一栋房子和邓肯街的一栋房子租给铁路局的人，每个月各收二十五美元租金，他们估计总共值四千五百美元；毕特本洼地上方两英里处有四十八英亩土地，位于重要的雷诺兹维尔路，估计一英亩值两百一十美元，总共值一万美元；黑人区有三栋房子——一栋在下谷街，一栋在博蒙特角，也就是黑人约翰逊的大宅下方不远处，一栋在短橡街，估计分别值六百美元、九百美元和一千六百美元，每月各收租八美元、十二美元和十七美元（共值三千一百美元，收租三十七美元）；河流对岸有两栋房屋，离这边有四英里路，属阿尔塔蒙特西区，估计一栋值两千七百五十美元，一栋值三千五百美元，每月收租金二十二美元和三十美元；阿尔塔蒙特西区还有三块蔓草丛生的山坡地，离大公路有一英里远，值五百美元；还有一栋没人住的房屋，天天遭甘特诅咒，位于下哈顿街，值四千五百美元。

此外，甘特在新成立的忠信银行有十个股份，每股已值两百美元（总共值二千美元）；他储存的石头、纪念碑和蝇斑点点的天使像代表两千七百美元的投资，只是现在不可能马上卖掉，而他在忠信银行、商人银行和炮台山银行共有三千美元的存款。

就这样，1912 年初，南方工业尚未密集和快速发展，阿尔塔蒙特的人口尚未暴增三倍，土地也尚未大增值，甘特和伊丽莎的财产已达十万美元左右，大部分是伊丽莎选购的好地产，每个月可收两百美元以上的租金，加上他们经营店铺和"迪克西兰"的盈余，他们一年共有八千美元或一万美元的收入。虽然甘特常常埋怨自己这一行，不攻击房地产的时候就宣称他从未靠墓碑糊口，但他很少缺现金。他经常接到乡下人的一两笔小生意，荷包老是满满的，装有一百五十到两百美元总值的五美元和十美元钞票，他准许尤金经常算一算，感受儿子的喜悦和自己的富足感。

伊丽莎投资也赔过一两回，都怪她起了浪漫情怀，暂时抛掉精明和审慎的作用。她曾拿一千两百美元去投资一位侨民的"密苏里乌托邦"，结果一无所获，只是每周收到那人的报告、几份未来远景的企划书、一尊八英寸高的泥土塑像——塑的是大哥哥带着小妹妹珍妮和凯特，凯特还含着大拇指。

甘特狠狠嘲笑这件事："苍天明鉴，她应该明白了。"

本嗤之以鼻，猛扭头说：

"她的一千两百美元就在那儿。"

可是伊丽莎准备独资继续买地。她看出和甘特合买土地一年比一年困难。她眼看着许多好地落入别人手中，或者无人购买，心里好难受好想要噢。她觉得再过不久地价就会涨到她买不起的程度。她准备在人家"分饼"的时候准备好。

"迪克西兰"的对门是一栋建得很好的红砖房，名叫"不伦瑞克"，共有二十个房间。大理石墙面是甘特二十年前做的，硬木地板和橡木横梁则是威尔·彭特兰的杰作。那栋房子属于维多利亚式的山形墙房间，看起来很丑，是一位阔北佬给女儿的嫁妆，那个女人患肺结核去世了。

甘特说："镇上没有一栋房屋建得比那栋好。"

可是他不肯跟伊丽莎合买，她眼睁睁看着有钱的旧物商格林伯格先生以八千五百美元的价格买去，心痛极了。一年内他卖掉后面靠扬西街的五块空地，各卖得一千美元，留着房屋，准备卖两万美元。

伊丽莎恼火说："我们若买了，现在可以收回三倍的资金。"

当时她的钱不够做重大的投资。她一面存钱一面等待。

此时威尔·彭特兰的财产大概在五十万到七十万美元之间。主要是房地产，大部分都是仓库和楼房，位于铁路客车站附近。

有时候阿尔塔蒙特的人——尤其是在科利斯特药店附近徘徊，成天估计土财阀财产的年轻人——叫威尔·彭特兰"百万富翁"。此时美国的百万富翁是很引人注目的。全国也不过六千或八千人左右。威尔·彭特兰不是其中之一。他其实只有五十万左右的财产。

高德比尔特先生是一位百万富翁。他乘帕卡德大轿车进城，但是他下车，跟别人一样在街上行走。

有一次，甘特将他指给尤金看。他正要进银行。

甘特低声说："喏，他在那边，你看见没有？"

尤金呆呆点头，他说不出话来。高德比尔特先生矮小精悍，黑发黑衣，胡子也是黑的。他的手脚都很小。

甘特说："他有五千多万美元，看他的样子，你想象不到吧？"

尤金幻想着这些财主的生活富丽时髦。他指望他们乘纹章马车上街，前后有穿制服的卫兵骑马随行。他指望他们的手指挂满宝石，衣服镶貂皮边，女人都戴着紫水晶、绿玉、红宝石、黄宝石、蓝宝石、蛋白石、翡翠镶成的冠冕，戴着厚厚的珍珠项圈。他指望他们住在雪花石膏列柱的宫殿里，在巨型大厅用奶油色的餐桌和旧银器吃饭——吃些古古怪怪的东西：怀孕母猪的奶头啦、油泡香菇啦、产仔的鲑鱼啦、瓦钵炖野兔啦、加香辣酱的白鱼触须啦、鲫鱼舌啦、睡鼠和骆驼蹄，等等；使用镶钻石和红玉的琥珀汤匙，镶翡翠、风信石和红宝石的玛瑙杯子——事实上每一样东西都是财神老饕渴望的。

尤金只碰到过一位在公开场合的表现令他满意的百万富翁，不幸他却是疯子。他叫西蒙。

尤金第一次认识西蒙的时候，西蒙快要满

五十岁了。他中等身材，壮壮的，面孔棕黑瘦削，脸颊陷下去，胡子老是刮得干干净净，有时候却被自己的指甲刮出一道道疤痕，长长薄薄的嘴唇微微往下弯，显得细致敏感，偶尔笑起来满面春风。他的头发又多又直，呈灰白色，梳到旁边压扁。他的衣服松松的，剪裁甚佳：灰色法兰绒灯笼裤配一件深色大衣，内着宽条纹的丝衬衫，戴上硬领和一条松松的领带。他的马甲是红棕色的格子图案。他看起来十分出众。

西蒙和他的监管人在阿尔塔蒙特的好几家旅社待不下去，只得转往私人疗养院，这才首度来到"迪克西兰"。他们住两个房间和一个睡廊，付钱很大方。

伊丽莎理直气壮对海伦说："咦，啐！我不相信他有什么毛病。他文文静静，举动很规矩。"

此时楼上传来尖锐的叫声，接着是一长串大笑。尤金高兴得在大厅跃上跃下，喉咙里发出小小的尖叫声。本怒目皱眉，嘴角一闪，迅速举起白白的大手，作势要打他弟弟。结果没打下去，却扭头看伊丽莎，以不屑的口吻轻笑道："苍天明鉴，妈妈，我不懂你为什么要收他们。家里的疯子已经够多了。"

海伦气冲冲说："妈妈，以上帝之名——"这时候甘特由暮色中大步走进来，手拿一个包着猪排骨的油迹斑斑的纸包，正滔滔不绝地自言自语。上面又传来一长串笑声。他突然止步，吓一跳，抬起头来。卢克在楼梯口注意听，忍不住哈哈大笑，海伦立刻变成又好气又好笑，向一脸好奇的父亲走过去，戳了好几下他的肋骨。

他骇然说："嘿，那是什么？"

她看父亲惊骇，觉得很好玩，哧哧笑道："伊丽莎小姐楼上收了一个疯子房客。"

甘特狂喊："耶稣上帝啊！"他迅速舔舔大拇指，灰色的小眼睛露出夸张的哀求神色，大鼻子往上一翘，仰头对着造物主。接着他以手臂拍拍体侧，做出挫败的手势，开始前后踱步，大声求饶。伊丽莎木然站着，依次看看每个人，嘴唇快速掀动，白面孔显得伤心和不满。

上面又传来一长串大笑。甘特停下来，接触到海伦的目光，突然怯生生咧嘴一笑。

他咯咯笑着说："上帝对我们发发慈悲，下回她会让这个地方住满巴纳姆[1]手下的畸形人。"

此时，西蒙跟侍伴吉尔罗伊先生和弗拉纳根先生一起下楼，仪表显得文静、端庄又出众。两名卫士满脸通红，大声喘气，似乎刚刚出力过。西蒙倒保留他一贯的那种清净斯文的风采。

他和蔼地说："晚安。但愿我没让你们等太久。"他一眼瞥见尤金。

他客客气气说："过来，孩子。"

吉尔罗伊先生鼓励说："没关系，他连苍蝇都不忍伤害。"

尤金走到他面前。

西蒙露出迷人的诡异笑容说："小伙子，你叫什么名字？"

"尤金。"

1　巴纳姆（Barnum），美国著名的马戏团老板，1871 年成立马戏团。

西蒙说："这是很好的名字,永远别玷辱它。"他漫不经心把手伸进大衣口袋,在尤金讶然的目光下抽出一把亮晶晶的五美分和十美分硬币。

西蒙说："孩子,永远善待鸟儿。"他把钱倒在尤金手上。

人人都以疑惑的目光看看吉尔罗伊先生。

吉尔罗伊先生欣然说:"噢,没关系!他不会发现少了这一点钱。他手里钱多得很。"

弗拉纳根先生得意扬扬解释说:"他是千万富翁。我们每天给他四美元或五美元零钱乱挥霍。"

西蒙第一次看见甘特。

他嚷道:"当心黄貂鱼。记住缅因州。"

伊丽莎笑着说:"我告诉你吧,他不像你们想的那么疯。"

吉尔罗伊先生注意到甘特的笑容,他说:"对,黄貂鱼是一种鱼,他们佛罗里达州有。"

西蒙说:"朋友们,别忘记鸟儿,要善待鸟儿。"说完就跟侍伴出去了。

渐渐地,他们非常喜欢他。不知怎么搞的,

他竟颇能顺应他们的生活模式。没有人在疯子面前感到不舒服。花朵绽放的春夜，他关在房里，怪笑声突然传出来，尤金仔细听，很兴奋，终于睡着了，他忘不了那邪门的笑容，满口袋叮叮当当的硬币。

黑夜，万千微小羽翼沙沙作响。他听见内陆海的涛声。

—— 空中将充满温暖的、落梅般的鸟叫声。他快满十二岁了，童年已经过去。春深时节，他第一次充分感觉孤独的乐趣。他穿着薄睡袍，摸黑站在甘特家后房面向果园的窗口，饮下甜美的空气，心喜自己暗夜独处，听见奇怪的汽笛声往西移动。

自我的狱墙完全围住了他，他完全被创新的想象力给封住了——此时他已学会在世人面前露出自己的假象，免得人家干扰他。他不再受苦受难到僻静处去逃避和探索。他现在读文法学校的高年级，算是"大孩子"了。九岁那年他硬说服伊丽莎，头发总算剪掉了，他不再为鬈发受罪。可是他像野草般蹿高，已经比母亲高一两英寸；身体的骨骼大，却很瘦弱，一点肉都没有；两腿又长又细又直，蹦蹦跳跳大步走路的时候，整个人看来像剪刀。

他的细脖子尚未发育，脑袋大，额头宽，头发由婴儿期的浅枫红色慢慢变成深黑褐色，面孔小小的，轮廓细致，似乎和身体很不相称。加上他经常陷入沉思，每一道念头都一览无遗地在黝黑脸庞上留下清晰的印迹：就像粼粼波光闪过池面，或像犁耙耕过潮湿松软的黑土；而呆滞的目光中也骤然折射出猫眼石般璀璨的神采，于是那张脸更显得奇异和幽远。他的嘴丰满肉感，活动力非凡，下唇凸出往外噘。由于他全心做白日梦，脸上往往有一副几近绌脸沉思的表情；他想起某些夸张的创作或荒谬的回忆，第一次完全体会出来，往往暗暗微笑，很少笑出声。他微笑是不张口的——嘴巴迅速闪动一下。浓浓的弯眉一直长到鼻梁顶。

那年春天他比往常更寂寞。三四年前伊丽莎搬到"迪克西兰"，甘特家的生活瓦解了，他跟邻居小孩哈利·塔金顿、马克斯·艾萨克斯等人的交情开始转弱，现在几乎完全和他们分开了。他偶尔再看见这些小孩，偶尔再跟他们来往，不过现在他没有固定的友伴，只是断断续续跟"迪克西兰"房客的孩子们交往，跟"不伦瑞克"庄园经营者的小孩蒂姆·奥多伊尔交往，四处结交暂时勾起他兴趣的小孩。

过了一段时间，由于他们的生活、心思、娱乐太无聊太丑恶，他对他们很厌倦，不禁陷入乏腻和恐惧的毒潭。他最怕枯燥无味的人，自己生活沉闷他还不太怕，别人生活沉闷可就吓坏他了——他想起中央街的旧房子、热室中的熟苹果味和药味、外面的风声、大人谈不完的"病""死""苦"话题，不禁勾起当年他对佩特·彭特兰和那些落伍舅妈的厌恶。可怕的低气压令他作呕，她们却活得健康兴旺，他对她们感到恐惧和气愤。

就这样，整个风景、整个生活的背景都带着喜欢或不喜欢的偏见，或带着思想、情感和主观意识的无形亲和力。就这样，某一条街在他眼中可能是"好街"——带有愉快、富裕、果敢生活的色调；另一条是"坏街"，不知道为什么使他觉得恐惧、无望、沮丧。

也许记忆中的某一个冬天下午，冷冷的红光在操场上慢慢消逝，嘲笑着春天，而屋里的灯光烟蒙蒙燃起，小孩脏兮兮地进来吃饭，吵吵闹闹的，男人回到沉闷却温暖的家庭牢笼，面对油灯（他十分讨厌）就寝……他因此讨厌那个地方，后来造成憎恨的感觉消失了，那份厌恶却依旧存在。

或者秋末他到乡间散步回来，由小湾或山谷沾回一鼻子露珠，满皮靴泥块，一膝盖柿子捣烂的气息，手掌上也有湿泥和青草味，心里对去过的地方感到讨厌和怀疑，对那儿住的人也满心害怕。

他非常非常喜爱白热光。他讨厌黯淡的光线、烟蒙蒙的光线、柔柔的光线。晚上他想待在灯火绚丽刺目的房间里。然后整个陷入黑暗。

　　他对运动很有兴趣，成绩却很差。远在他对马克斯·艾萨克斯这个人不感兴趣以后，还佩服他的运动技能。马克斯·艾萨克斯擅于打棒球，他通常当外野手，球打到他这边的时候，他轻轻松松在自己的防区跑来跑去，速度快得像豹子，优优雅雅接住难接的球。他打击力棒极了，随随便便往本垒一站，机机灵灵，厚肩膀一扭就打中球了。尤金想模仿他精确有力的动作，把球呈弧形打出去，结果学不来，他笨手笨脚乱往下挥，打个高飞球，被守垒员接去。他防守也不行，老学不会团队打法，无法成为整体动作中的一环。他参加队伍通常紧张兮兮，过度兴奋，而且乱走动，不过他常常和另一个男孩单独玩几小时，或者在午餐后跟他哥哥本前后传球。

　　他练成惊人的速度，弯曲着瘦长的身体追球，球哗的一声进入棒球手套，或者飞起来往下掉，他高兴极了。本为球落得太快而吃惊，痛骂他一顿，气冲冲把球扔回他的手套里。春天和夏天，他根据自己的财力和时间参加镇区俱乐部好手们的棒球赛，有时候是应邀参加，幻想自己成为拯救大局的英雄。

但他无法服从纪律，辛苦练习，忍受好运动员必经的失败过程；他老是想赢，老是想当将军，想当胜利的前锋；渴望受爱戴。胜利与爱。幻想时，尤金把自己看成打不倒和饱受爱戴的人，可是他的种种挫败和悲哀呈现在眼前的时候，他恢复了清明的眼光。他看出自己身材瘦长难看，表情阴冷不踏实，太像一朵暗色的怪花，他自认为不可能吸引同伴和亲人的感情，只会招来不悦、讽刺和嘲笑；他想起自己在学校、家庭和世人面前忍受的无数实质和口头的羞辱，心里好难受；想着想着，胜利的号角便在林间消逝，胜利的战鼓停了，骄傲的锣声也慢慢静下来。他的老鹰飞走了，理性时刻他认为自己只是扮演恺撒的狂人罢了。他侧过头去，用手遮住面孔。

三

春深了。正午阳光下有一种困倦的气氛。温暖的春风微微在屋檐边呼啸[1]，嫩草弯腰，雏菊一晃一晃的。

他把膝盖顶着书桌底部，开始做起美梦来。贝茜·巴恩斯和他相隔两排，正在草草写字，露出修长丰满的玉腿。为我打开欢乐之门吧。她后面坐的女孩子名叫露丝，头发黑，皮肤白，眼睛好柔好柔，头发中分。他想象自己和贝茜荒唐一阵子，然后悔过，陪露丝过纯洁神圣的生活。

---

1 "微微……呼啸"，原文如此。

有一天午休后，老师要高年级三班的全体学生排队，到楼上的大集会厅去。他们很兴奋，一路低声聊天。他们从未在此时此刻被叫上楼。各门厅的钟声倒常常响起 —— 他们赶忙排队，呈两路纵队走出去。那是防火演习，他们喜欢那一套。有一次，大楼四分钟内就空无一人。

今天这种事是头一回。他们走进大集会厅，坐在各班指定的区域，每个人中间空一个位子。不久，左侧的校长室 —— 小男孩挨打的地方 —— 门开了，校长走出来。他绕过屋角，轻轻上了讲台，开始讲话。

他是新校长。年轻的阿姆斯特朗先生爱闻花香，拜访过黛西，有一次还差点为打油诗鞭笞尤金，如今他走了。新校长年长些，年约三十八岁。他是一个壮汉，身高略低于六英尺，出身于一个大家庭，在田纳西州的一个农庄上长大。他父亲很穷，却让儿女受教育。这些事尤金已经知道了，因为早晨校长常对他们长篇大论训话，自称没享受过他们的好待遇。他得意扬扬指着他自己，他还用顽皮恳切的口吻劝小男孩"别像被赶的笨牛，要当战斗英雄"。那是朗费罗的诗句。

校长的肩膀厚重有力，手臂白白的，很难看，露出乡下人特有的大肌肉。尤金曾看他在学校院子里锄地；每个学生都配到一棵植物，自己栽种。他的肌肉是在农场上练出来的，男孩子们说他打人很用力。他走路的步履笨拙鬼祟 —— 实在尴尬又好笑，可是他能无声无息地来到男孩子的背后。奥托·克劳斯叫他"爬行的耶稣"。这个绰号在恶棍群中叫开了。尤金有点震惊。

校长的白面孔像蜡像一般透明，深深扁扁的脸颊像彭特兰家族的，鼻子的色调比面孔略微深一点，嘴巴薄薄的，略呈弓形。他的手又短又干燥，老是罩着厚厚的粉笔灰。他由附近走过时，尤金闻到粉笔和校舍的气味：心脏兴奋和恐惧得发冷。粉笔和学校的尊严笼罩着此人的血肉，他可以碰人而不被碰，揍人而不挨揍。尤金幻想要抵抗，想到还手的可怕后果，忍不住战栗，那就像上帝的闪电出击。于是他小心翼翼回头看有没有人注意他。

校长姓伦纳德。他每天早晨先祈祷十分钟，然后向学生训话好久。他的声音高亢响亮，后面常拖个滑稽的尾音。他很容易失神发呆，说话说到一半停下来，张着嘴巴傻愣愣瞪眼，不一会儿才傻笑几声，继续讲眼前的事，心思仍然很散漫。

他每天早上漫无目标向孩子们说二十分钟的大话，老师们小心用手遮住嘴巴打哈欠，学生们偷偷画图或传字条。他跟他们大谈"高超的生活"和"心灵的事物"，告诉学生他们是明日的领袖和世界的希望，然后引用朗费罗的句子。

他是好人，是枯燥的人，是君子，天生含有粗鄙的世俗野性。除了学校，他最爱的就是农田。他在小镇外围的一个橡树林租了一栋大破屋，跟妻子和两个小孩住在那儿。他有一头奶牛——他一向少不了奶牛，晚上和早晨出门去挤奶，哈哈大笑，用力踢牛肚子，要它就位。

他是个出手很重的师长，以田间地头的暴力来镇压反叛的人。如果有学生对他不礼貌，他就用力把对方由座位上抓起来，拖着扭动的小身躯到办公室，一面快步走，一面轻蔑地说："咦，你这傲慢的小鬼，我们来看看谁是这里的主人。孩子，我要你瞧瞧我是不是该受每一个四英尺高、两英尺宽的小冒失鬼指挥。"一旦进了办公厅，关上漆光门，他大声喘气，猛挥藤条，小俘虏痛得也吓得大叫大嚷，他就此颁布正义的警告。

那天他召集学生，叫大家写一篇作文交给他。他杂乱无章地解释题意，孩子们呆呆坐着凝视他。最后他宣布奖额。写得最好的人他会自掏腰包赏五美元。这一招勾起了他们的兴趣，大家窸窸窣窣发出声响。

他们必须写一篇文章分析法国画《云雀之歌》的含义。图中的法国农家女打赤脚，一手拿镰刀，在田野的晨光下仰起面孔，聆听鸟啼声。他要学生描述他们由少女的表情中看出什么含义，这张画对他们又有什么含义。他们的课本上刊印过这张图。现在大复印版挂在讲台上供他们阅览。校长发黄色的纸张给他们。他们瞪着眼，若有所思咬铅笔。最后屋里一片寂静，只有轻微的刮纸声。

暖风在屋檐四周流动，草儿弯腰，微微作响。

尤金写道："少女正在听第一只云雀的歌声，她知道这表示春天来了。她大约十七或十八岁。她家很穷，她什么地方都没去过。冬天她穿木鞋。她作势要吹口哨，却没让鸟儿知道她已听见鸟叫声。她的亲友在她背后，正走下田野，但是我们看不见他们。她家有父亲、母亲和两位哥哥。他们一生非常勤苦。少女是家里最小的孩子。她好想出远门去见见世面。有时候，她听见开往巴黎的火车汽笛鸣叫。她此生还没有坐过火车呢。她想去巴黎，她想要几件好衣裳，想要旅行。也许她想到'机遇的国度'美国开创新生。这位少女过得太苦了。亲人不了解她。他们如果看她听云雀叫，会嘲笑她。她没有机会受好教育，家里实在太穷了，不过她若有机会，一定获益良多，远超过某些人。你看她就知道她脑筋很好。"

现在是五月初，再过两个礼拜，考期就到了。他想起来就极其兴奋——他喜欢抱佛脚，长时间复习，然后把储存的知识全都倾泻在考卷上。集会厅有大功告成的气味，有紧张狂喜的气味。整个夏天那儿暖得叫人昏昏欲睡；如果只有智慧女神的大石膏像陪伴，只有他和贝茜·巴恩斯小姐多好。

玛格丽特·伦纳德说："我们要这个学生。"她把尤金的文章递给丈夫。他们正要开设一家男生预校，他叫学生写作文就是为了这个原因。

伦纳德接过文章，假装读了半页，茫茫然凝视虚空，开始揉下巴，留下一层薄薄的粉笔灰在脸上。他瞥见妻子的目光，傻笑说："咦，那个小鬼！呃？你想——？"

他精神涣散，笑嘻嘻低头拍膝盖，留下粉笔印痕，嘴巴发出垂涎声。

"上帝发发慈悲！"他瞠目说。

她好玩般轻笑道："喏！你别管那些。打起精神来，拜见这位学生的家长吧。"她深爱丈夫，丈夫也深爱她。

几天后，伦纳德再度召集学生。他杂乱无章

地演讲一番，主要是告诉他们有一个人得奖了，却不说出得主的姓名。他离题好几次，终于宣读尤金的文章，公布他的名字，叫他到前面去。

粉笔脸接触粉笔手，尤金心跳得好厉害。号角响了，他尝到光荣的滋味。

整个夏天，伦纳德耐心围攻甘特和伊丽莎。甘特坐立不安，随口乱说话，最后才说：

"你得见见他母亲。"私下他颇为不屑，大声鼓吹公立学校的好处，说公立学校是公民的培育所。家人都心存轻蔑。私立学校！范德比尔特先生！这会永远毁了他！

这一来，伊丽莎倒暗暗沉思了。她有点势利眼。范德比尔特？她比得上他们。他们瞧着吧。

她问道："你们要收谁？你们已经招徕学生了没有？"

伦纳德提到几位时髦的阔人——眼耳鼻喉医生基钦先生、协会律师阿瑟先生、主教管区的雷珀主教——的儿子。

伊丽莎更加深思熟虑了，她想起佩特。哼，

她用不着摆架子。

"您要收多少钱?"她说。

他说学费一年一百美元。她噘嘴好久才搭腔。

她看看尤金,嘲笑道:"哼!这可是一大笔钱呢。"又抖抖颤颤微笑说:"套句黑人的口头禅,我们是穷人呢。"

尤金坐立不安。

伊丽莎以玩笑的口吻说:"孩子,怎么样?你自认为值得花这么多钱吗?"

伦纳德先生把干干白白的手搭在尤金肩上,爱怜地抚摸他的背部和腰部,到处留下白粉笔印。接着,他多肉的手掌紧紧钳住男孩的瘦膀子。

他轻轻摇动尤金的身体说:"这孩子值得。真的!"

尤金笑得好辛苦。伊丽莎一直噘着嘴唇,她觉得跟伦纳德有一种强烈的心灵关系。他们都慢慢来。

她揉揉宽阔的红鼻子,微笑说:"嘿,我以前当过老师。您不知道吧?不过我没收过您这么高的价钱。我若有吃有住，每个月领二十美元薪水就很幸运了。”

伦纳德很感兴趣地说：“是吗，甘特太太？好！”他含含糊糊一笑，更用力地拖着尤金摇来摇去，尤金的手臂被抓得发麻。

伊丽莎说：“是啊，我记得家父。”又转向尤金说：“孩子，那时候你还没出生，我还没看上你爸爸——照一般的说法，你还是挂在天上的一块抹布哩——那时候人家跟我提婚事，我就嘲笑他——哎，我告诉你哟（她噘着嘴摇摇头），当时我们好穷，我不妨告诉你——前两天我还想起来呢——我们家里常常连下一餐的粮食都没有——哎，我就说嘛，你外公（她转向尤金）有天晚上回来说——听着，怎么样——你猜我今天看到谁了？——我记得好清楚，活像他就站在眼前——我有一种感觉——（她笑着跟伦纳德说）我不知道这该叫什么，不过想起来很奇怪，不是吗？——我刚帮简姨妈摆好餐桌——她老远由扬西县来看你外婆——我突然想到——（转向伦纳德）告诉您，我没看窗外，可是他来的时候我清清楚楚——
我叫上天发慈悲——他来了——你外婆说：伊丽
莎，你究竟在说什么？——我记得她走到门口，
看看小路——没有人哪——我说他来了——等着
瞧——你外婆说：谁呀？——我说：爸呀——他
肩上扛着东西——我一说出口，他就在小路上出
现了，背上扛着一麻袋的苹果——看他走路的样
子就知道他有消息要报告——千真万确——他没
有停下来寒暄——我记得他还没进屋就开始说
话——我叫道：噢，爸，你带苹果回来了——那
是我差一点死于肺炎的第二年——后来就常常吐
血——曾经大吐过喔——我叫他带点苹果回来给
我吃——妈对他说：唉，先生。我告诉你，她看
来很古怪哟——那是我听过的最怪的消息——她
把发生的事情告诉他——哎，他一脸严肃说——
是的，我忘不了他说话的样子——我猜她看见我
了。当时我不在场，但是我正走上小径——他说
有好消息——你猜今天我看见谁了？——我说我
不知道——咦，是杜鲁门老教授——他在城里冲

下来找我说：喏，伊丽莎在哪儿？我有个差事给她干，今年冬天在海狸坝教书——你外公说：啐，她这辈子没教过书——杜鲁门教授笑着说没关系——伊丽莎想做什么，一定做得成——咦，先生，就这么回事。"她有点伤心，停顿一会儿，白皙的面孔斜映出多年前的往事。

伦纳德先生揉揉下巴，含糊地说："噢，先生！"并拉了尤金一下："你这小鬼，你！"又自怜般笑起来。

伊丽莎慢慢噘嘴。

她说："好啦，我送他到你那儿读一年。"这是她办事的方法。藻海里浪潮深深。

所以，基于思绪万端下的一线冲动，尤金的人生又改变了。

伦纳德先生租了一栋战前的房子，位于树木苍郁的小山上；面向西边和南边，对着毕特本洼地，笔直下去就是南涯街和延伸向车站的黑人住宅。九月初的某一天，他带尤金去那儿。他们边谈政治边走过城区，走过广场，顺着哈顿街往前走，向南拐入教堂，又朝西南走上弯道，道路末端就是山顶的校舍。

他们走进庭园的时候，大树发出悲凉的秋声。在一栋杂乱旧屋的大厅堂里，尤金第一次看见玛格丽特·伦纳德。她手持扫帚，穿着围裙。可是他第一个印象是"她真脆弱"。

此时玛格丽特·伦纳德三十四岁。她生过两个小孩，儿子六岁，女儿两岁。她站在那儿，细长的手指斜握着扫帚柄；他发现她右手食指的指尖扁扁的，好像被铁锤敲过，再也医不好了，他一时有点恶心。几年后他才知道有些结核病人的手指也会那样。

玛格丽特·伦纳德属于中等身材，大约五英尺六英寸左右。窘迫的感觉过去以后，他看出她的体重不超过八十磅或九十磅。他听说过那两个孩子。现在他想起他们和伦纳德肌肉发达的白躯体，未免觉得恐怖。脑筋立刻转往性关系方面，他暗自痛苦，心存疑惧。

她身上穿一件起皱的灰洋布衣裳，不至于松垮垮悬在瘦躯上，却盖住她身体的每一道曲线，像布衣里的木棍似的。

这种印象带来的痛苦减退后，尤金听见她的声音，心里仍觉得羞愧，他抬眼看她的脸蛋儿。他从来没见过这么宁静这么热忱的面孔。皮肤血色不好，带点死灰色，脸部和头部的骨形优美清晰：垂死的人那种枯槁的紧绷感受到了抑制。她刚刚好转，界于生病和复原之间。她做每一件事都必须衡量轻重。

由于她鼻梁挺直，下巴弧线长，瘦瘦的面孔遂显出几分精明果断。在泛青凹陷的脸颊和嘴角四周，不时有神经抽动一两下，微微牵动皮肤，却无损于她内在流露的热忱和宁静美。这张脸是冲突的战场，几乎永远平平静静，却老是反映出不断的挣扎，好像有几千个病魔想要扯裂她，她体内的大元气却获胜了，这些情形都反映在脸上。她脸上永远写着美的史诗和挣扎后的宁静——他总觉得她手握心脏的缰绳，执掌着吃力的线缆和倾轧的肌腱，只要放手，这些都会散掉。事实上，他觉得只要勇气的巨涛流出她体外，她会立刻瓦解。

她像一位安详的名将，受伤致死，手指还紧按着割断的动脉，让生命再延续一小时 —— 在战场上发号施令。

她的头发呈暗棕色，又粗又多，略微带点灰白，整整齐齐梳到中间，后面紧紧绑成一个发髻。她浑身干净极了，像刷过的大理石。她跟尤金握手，他觉得她的手指结实、紧张、有活力，还注意到她操劳过度的瘦手纯纯净净的。如果现在他发觉她憔悴，也只感到清纯罢了。他自觉不是跟病人为伍，而是跟有史以来最健康的人为伍。她在他心里奏出高超的音乐。他的心飞扬起来。

伦纳德先生轻抚他的腰部说："这是尤金·甘特先生。"

她说话的声音很低，像细弦乱颤："噢，先生，很高兴认识你。"那语气含着安详的赞叹 ——尤金听过那种声音，有时候人们看见或听见奇怪的事变或巧合，觉得超乎人世，超乎自然，就会发出这种语调——一种认命的调子。突然间，他知道一切人生活动对这个女人而言都是陌生的，她直接查阅心灵的美、奥秘和悲剧。她觉得他很美。

她的脸色泛红，显出一股不留痕迹的热力，像人生一样没有形体；她的棕色眸子转成黑色，活像一只鸟儿飞过，留下翅膀的影子。她看见尤金瘦长的身躯配上一张冷淡的小脸，脸色通红；看见他直直瘦瘦的小腿、内弯的大脚丫、长袜膝部的污斑、不合身的廉价袄子里伸出的细手腕；看见他微驼的肩膀线、乱糟糟的头发——她没有笑出声。

他仰起脸来看她，就像恢复光明的囚犯，就像久困暗处的人沐浴曙光，就像盲人觉得有一团白影和一线光明映入眼睛。他的身体吸入她的大光辉，宛如饥民吸入暖雨，他闭上眼睛，让大光辉滋润他，等他再睁开眼睛，发现她的眸子亮亮湿湿的。

接着她笑道："咦，伦纳德先生，究竟怎么着！他都快跟你一样高了。来，孩子，站在这边，我来量一量。"她让他们俩背对着背站好。伦纳德先生比尤金高两三英寸。他哈哈大笑。

他说："咦，这小鬼，这小伙子。"

她问道："你几岁，孩子？"

"我下个月满十二岁。"他说。

她惊叹道："咦，你知道怎么着！我告诉你，我们得让这身骨头长点肉。你不能这样下去。我不喜欢你的样子。"她摇摇头。

他不太自在，依稀有点愤慨。听说自己太"纤弱"，他觉得尴尬和害怕，这种话伤了他的自尊心。

她带他到左侧一个布置成起居室兼书斋的大房里。尤金看见一千五百到两千本书分列在各处书架上，不禁容光焕发，显得十分渴慕，伦纳德太太一一看在眼里。他粗粗鲁鲁坐在桌旁的一张柳条椅子上等她，她端了一盘三明治和一杯他没喝过的酸凝乳回来，请他享用。

等他吃完，她把椅子拉到他旁边坐下。刚才她打发伦纳德去仓库空地办点事情；他们听见他偶尔用威风的粗嗓门对牲口吆喝几声。

她说："孩子，告诉我，你读过哪些书？"

他小心回忆自己读过的书刊，说出他觉得对方会赞许的作品。镇上图书馆的每一部好书和坏书他都读过，所以他的表现十分突出。有时候她打岔询问某一本书的内容——他详细诉说，使她非常满意。她很兴奋很焦急——发觉自己可以大量满足他知识、经验、智慧上的需求。而他也立刻尝到服从的快感：无知的摸索、盲目的捕猎、冒险的欲望，如今都可以获得导航、指引和控制。他从未找到去往印度之路，如今将有航海图供他阅览。他告退之前，她给他一本九百页的厚书，里面有好多爱情和战争的版画——他最喜欢那一时期的作品。

半夜他醉心研究杀熊的人、烧风车的人和盗匪等人的命运，研究中世纪的道路和酒馆生涯，研究天才的种子、伊拉斯谟之父、英勇英俊的杰拉尔德。尤金认为《修院和炉边》是他读过的故事中最好的一本。

阿尔塔蒙特预校是他们一生最大的冒险。伦纳德年轻时梦想的成就迟迟未来，他希望现在能实现。在他心目中，这所学校代表独立、自主、权力，他希望还代表繁盛。对她来说嘛，教书本身就是一大酬报——是她的情诗，她的生命，她顺应美而建立的仁善世界，也是她身体衰弱后给予她精神生活的灵魂主宰。

尤金的脑海像残酷的火山，他崇拜的偶像则如石楠花间的小飞蛾，摇摇晃晃扑向他们古怪的婚姻，被烧得粉碎。无情的岁月逐一砍掉了他崇拜的神明和英雄。什么能符合他的希望呢？什么能抵抗成长和记忆的折磨？黄金为什么变得如此晦暗？他的一切生活，他的一片忠心似乎都由真人开始，却以画像结束。他倚仗的活人被他压融了，他低头一看，原来抱的只是一具雕像而已；可是，最先为他的盲眼注入光明，最先进驻他心灵的"她"却一直留在他心坎，历久不衰，在鬼影幢幢的心田里成为胜利的实体。"她"留了下来。

　　噢，把我们亲友化为石头的行尸走肉生涯啊！噢，打垮我们心中神明的变迁啊！只要有一个人在岁月的余烬中屹立不倒，灰烬不就应该重燃，死去的信念不就应该复苏，我们不就该像当年大清早在山上一样，再度看见上帝吗？祂曾陪我们在山丘上漫步啊。

四

尤金在伦纳德预校读了四年。与"迪克西兰"的凄凉恐怖相比，与甘特开始步上的痛苦和死亡暗路相比，与饥饿般折磨他的孤寂和困境相比，伦纳德预校的四年光阴就像金苹果一般亮丽。

他从伦纳德那儿没学到多少东西 —— 只是苦读一些没用的拉丁散文，枯燥极了。先是死板地记诵文法规则，害他无端受惊和迷惑，让他很多年后还一直讨厌句法，对语言构成的规则怀有荒谬的成见。然后他们读一年恺撒，研究其精简的文风，壮丽的结构 —— 因为伦纳德每天分段讲解、分析，以卖弄学问的口吻翻译，使简明的架构变得死气沉沉：

"做完一切必要的准备，现在的季节也适于战争，恺撒开始安排军团的阵法。"

高卢战争的各种阴森排场、罗马矛枪穿透盾牌的情形、与野蛮人在森林中的谈判、胜利的锣鼓 —— 伟大的教师若能在讲课时注入一丝热情，恺撒的故事原该有这些内容才对，可惜竟没有。

反之，车轮却只是亦步亦趋地遵循着理论与记忆的深辙，四平八稳地行驶。去年3月12日 —— 三天后。"Cogitata" —— 分词的中性复数当作实名词。若是后面有比较级，就以"Quo"表示目的，不用"ut"。留八十行明天再讲。

他们花了两年时间研究西塞罗沉闷的《谈老年》《谈朋友》。他们略过维吉尔不谈，因为约翰·多尔西·伦纳德不善于导航 —— 他不确知维吉尔的航道。他讨厌探险，他不敢放心航行。他说：明年吧。还有仙灵和地精之主、《爱情三论》的狂放笛手奥维德，以及充满潮水韵律的卢克莱修他都不讲。黑夜是无穷的。[1]

伦纳德先生慢声慢调说："呃？"他空空洞洞笑起来。他从下巴到鼠蹊沾了好多粉笔指印。斯蒂芬·"奶头"莱茵哈特身子微微向前倾，用笔尖去戳尤金·甘特的左臀。尤金痛得哼了一声。

伦纳德先生摸摸下须说："咦，不，那是另一类的拉丁文。"

汤姆·戴维斯穷追不舍："哪一类？是不是比西塞罗的作品艰深？"

伦纳德先生含含糊糊说："噢，不一样。目前对你们来说太难了一点。"

"——是无穷的，必须把它睡掉。日夜有月光。"[2]

尤金说："拉丁诗是不是很难读？"

伦纳德先生摇摇头说："噢，不容易。贺拉斯——"他说话小心翼翼的。

汤姆·戴维斯说："他写过颂诗和长短句歌谣。

1　原文为拉丁语。

2　原文为拉丁语。

伦纳德先生，什么是长短句歌谣？"

伦纳德先生沉思道："咦，那是一种诗。"

"奶头"莱茵哈特跟尤金悄悄说粗话："妈的！这我没缴学费之前就知道了。"

伦纳德先生笑眯眯用指头摸摸身体，继续上课。

他说："现在我看看……"

尤金大嚷道："卡图卢斯是谁？"这个名字像矛枪穿过脑海。

伦纳德吓一跳，连忙随口说："他是一位诗人。"说出来又懊悔了。

尤金问道："他写哪一种诗呢？"

伦纳德没搭腔。

"文风是不是像贺拉斯？"

伦纳德先生沉思道："不，跟贺拉斯不见得一样。"

汤姆·戴维斯说："是什么样子？"

"奶头"莱茵哈特耳语道："像你奶奶的肚肠。"

伦纳德先生随口说："咦——他写些他的当代

人感兴趣的题目。"

尤金用颤抖的声音说："他写不写恋爱题材？"

汤姆·戴维斯面带惊讶望着他。

过了一会儿，他惊呼道："妙！"然后笑起来。

尤金突然激动地说："他写恋爱题材。他描述他跟一位名叫莱斯比亚的女士恋爱。你若不相信，问问伦纳德先生。"

他们仰起渴望的面孔看着他。

"咦——不——是的——我不知道这些事，"伦纳德先生疑惑道，"孩子，你是哪儿听来的？"

尤金说："我在书上看到的。"却想不出是哪儿。那个名字像矛枪射过脑海。

——她的舌头像毒蛇的尖牙，扔出狂喜和热情的矛枪。

我恨我也爱；我为什么如此……[1]

伦纳德说："噢，也不见得。有些是。"

……也许你正在追寻。我不知道，反正我觉

---

1 原文为拉丁语。

得生米已成熟饭，我非常痛苦。[1]

汤姆·戴维斯说："她是谁？"

伦纳德先生漫不经心说："噢，那是当时的一种习俗。就像但丁和贝雅特丽齐。是诗人向人致意的一种方式。"

毒蛇咻咻响。他热血沸腾。服从、卑屈、敬畏等精神像破布掉在他四周。

尤金大声说："她是有夫之妇，这就是她的身份。"

现场静得可怕。

伦纳德先生说："咦——呃——谁告诉你的？"他感到不解，却又把她已婚当作荒唐和危险的神话。"孩子，谁告诉你的？"

汤姆·戴维斯直截了当地说："那她是谁？"

伦纳德先生揉揉下巴咕哝道："咦——不清楚。"

尤金说："她是坏女人。"然后不顾一切说：

1　原文为拉丁语。

"她是一个小淫娃。"

"奶头"莱茵哈特猛吸一口气。

伦纳德先生起先一愣，等他说得出话来，连忙嚷道："这算什么？这算什么？这算什么？"他怒火中烧，由椅子上一跃而起。"孩子，你说什么？"

可是他想起玛格丽特，忽然瘫软下来，低头看看尤金白惨惨的面容。有点过火了。他又坐下，身体直发抖。

——他污浊的叫嚷夹着热情，最伟大的音乐由秽物里开花——

"没有一个女人获得的真爱
堪称比我对你莱斯比亚更真诚。"[1]

伦纳德先生柔声说："尤金，你说话应该小心一点。"

他猛转向书本，突然叫道："看这边！这样办

---

1 原文为拉丁语。

不成正事的。继续上课吧!"他吐些唾液在手上,看见汤姆·戴维斯笑嘻嘻,便说:"你们这些小鬼,你们!我知道你们追求什么——你们想占去整节课。"

汤姆·戴维斯大笑,笑得呜呜作响。

伦纳德先生精神勃勃说:"好,汤姆,四十三页第六段第十五行。由这个地方开始。"

这时候钟响了,满屋子都是汤姆·戴维斯的笑声。

只教课本上的常规内容他是够格了。但要他写出一页不是多年来讲得很熟的拉丁散文和拉丁诗,可能就有困难了。希腊文方面他的缺陷更明显,但他可能知道第二不定过去式或暗藏的祈祷式(如果他以前见过的话)。最后两年学希腊文,他们读的是《长征记》。

汤姆·戴维斯议论道:"这些东西有什么用呢?"

这方面伦纳德先生的理由很充分。他明白古

典名作的价值。

"可以教人欣赏精致的东西，给他立下通识教育的基础，训练他的脑袋。"

"奶头"莱茵哈特说："他就业的时候，这对他有什么用呢？又不会教他怎么样多种些谷子。"

伦纳德先生抗议般笑道："噢——我不敢确定。我想会有用处的。"

"奶头"莱茵哈特滑稽地歪头看老师。他的脖子歪歪的，给了幽默和善的面孔一种挖苦的成熟。

他的声音很粗，生性幽默，经常嚼烟草。他父亲相当有钱。他住在小海湾的一个大农庄上，经营一家乳酪场，在城里有一家翻砂厂。他们不虚饰门面——是德裔家庭。

"奶头"莱茵哈特说："啐，伦纳德先生，你会跟农场工人说拉丁文吗？"

汤姆·戴维斯笑着用拉丁腔说："它要啄食谷子。"伦纳德先生茫然露出激赏的笑容。这个笑话是他说的。

他说:"古典名作训练脑子应付各种问题。"

汤姆·戴维斯说:"照你的说法,学过希腊文的人当铅管匠比没学过的人强啰。"

伦纳德先生聪明地点点头说:"是的,先生,你知道,我相信如此。"他高高兴兴跟学生一起笑,笑得口水直流。

他的立论饱受践踏。他们常跟他辩论老半天;午餐时刻,他手拿热饼干晃来晃去,企图证明希腊文和杂货之间的关系,滔滔不绝,好像十分有理。雅典的大风一点都吹不到他。他绝口不提希腊人的审美才华、希腊女性的优雅、他们的组织力和微妙的智慧、他们不安稳的性格,他们形体的结构、桎梏和完美。

他曾在一所美国大学管窥世上最有建筑美的语言结构,他觉得希腊文的"女人"这个词像雕像一般完美,可是他的意见带有粉笔、课堂和一盏破灯的气味——希腊文好,是因为它古老、标准又有学术气息。东方的气味,使诗人和军人的生命带点反常、邪恶、奢侈气的东方暗潮离他的生命好遥远，简直跟爱琴海的莱斯沃斯岛差不多。他只是拾人牙慧，说出一个他自己并不真心信仰的公式罢了。

"在陆地在海洋"[1]云云。

数学兼历史老师是约翰·多尔西的姐姐埃米。她身强力壮，身高五英尺十英寸，重一百八十五磅；头发又密又黑，又直又油，眼珠子很黑，给面孔带来几分秀色。粗粗的下臂长了浅色的绒毛。她并不胖，但是胸衣穿得很紧，壮壮的手臂和厚厚的肩膀由白罩衫里面鼓出来。天气暖和的时候，她汗流浃背，腋窝到腰部沾了大块大块的汗斑；冬天她在炉边烤火，浑身散发出粉笔味和健康的动物浓香。某一个冬日，尤金走过风萧萧的后廊，往她的房间看一眼，她的小侄女正好开门走出来。埃米洗过澡坐在炭火前面穿丝袜。他心荡神驰地望着她红红的宽肩，她的大躯体正像野兽般直冒

---

1 原文为希腊语。

水汽呢。

她喜欢炉火和暖光，睡眼惺忪端坐在火炉畔，两腿往前伸，吸取热气，比她的弟弟更具肉体性的活力。她受了缓缓的热力刺激，漠然对所有的男孩子微笑。没有男人来看过她，她像一潭水，渴望人沾唇。她谁也不追求。她懒洋洋暖烘烘地对世界微笑。

她是很好的数学老师，天生有数字头脑。她懒洋洋接过他们的写字板，懒洋洋计算答案，笑起来和和气气却带点儿不屑。杜兰德·贾维斯在她背后猛抓书桌盖，对尤金苦哼，扭来扭去。

第二年年底，席芭女修士和她的痨病鬼丈夫来了——外形枯槁，嘴唇上有血斑，时年三十七岁。有人说他四十九岁——因为生病，看起来显得很老。他个子很高，有六英尺三英寸，留一把又长又直的胡须，脸色蜡黄，很憔悴，像中国玩偶似的。他常作画——属印象派——画过金雀花山冈的羊群，码头的渔船，以暖洋洋的红砖建筑为背景。

格洛斯特古城、云石岬、鳕鱼岬的乡亲、勇士船长——这些带盐水味的名字散发出柏油绳的气味、阳光下腐坏的干鱼头味儿、堆满渔获的小渔船味儿、港口的大海浓香，以及海员那种茫然的表情——表示他和大海已结合成一体了。春天黎明的大海是什么样子呢？冷冷的海鸥随风睡觉，天空却起床了。

他们看见脸色蜡黄的"中国玩偶"蹒蹒跚跚地在路面走上走下三次。时当春天，大树间有南风吹来。他以泛青的瘦手拄着拐杖慢慢走。他的眼睛苍白泛青，活像溺过水似的。

席芭为他生过两个小孩——都是女孩子。她们是奇异的娇花，发色漆黑，肤色雪白，像春神一般奇异和迷人。男孩子们好奇地探索原因。

汤姆·戴维斯说："他应该比外表健壮，小家伙才两三岁嘛。"

尤金说："他看来很老，其实不见得。因为生病才显得老，他只有四十九岁。"

"你怎么知道？"汤姆·戴维斯说。

尤金天真地说："埃米小姐说的。"

"奶头"莱茵哈特向尤金歪歪头，把舌尖上的烟丝卷到另一边的嘴角。

他说："四十九岁！老弟，你最好去看看医生。他跟上帝一样老。"

尤金坚持道："是她说的。"

"奶头"莱茵哈特说道："咦，她当然这么说嘛！你想他们总不会泄露真相吧？他们是办学校哩。"

杰克·坎德勒说："老弟，你一定很单纯！"他以前没想过这一点。

朱利叶斯·阿瑟说："妈的，你是他们的宠儿。他们知道说什么你都会相信的。""奶头"莱茵哈特打量尤金几眼，然后摇摇头，摆出不可救药的样子。他们都笑他太相信人。

尤金说："咦，他如果这么老，拉蒂摩女士为什么要嫁给他？"

"奶头"莱茵哈特看他迟钝，很不耐烦地说："咦，当然是因为她找不到别人嘛。"

汤姆·戴维斯好奇地说:"你想她是不是得养他?"他们都感到纳闷。尤金看见两个可爱的小孩像花瓣由母亲怀里落下来,看见脸色蜡黄的艺术家颤颤巍巍步向死亡,听见席芭谈话,滔滔不绝发表她的意见。尤金面对难解的谜题——死亡竟能繁衍生命,粗糙的烂土竟能开出鲜花——再度感到迷惑。

他的信仰超越信念。他常常尝到幻灭的滋味,内心感到怀疑,偶尔也刻毒、鄙俗、残忍和微妙地自嘲一番,由于他觉得痛心,这一切也就显得更灼人。他不知不觉在内心筑起一张浩大的神话网,他自知是虚假的,反而更喜欢。他依稀觉得人不是为真理而生——有创造力的人是为谬误而生。有时候,他那未餍足的脑子似乎非自己所能主宰:像一只可怕的鸟儿,以尖嘴啄他的心,以利爪猛撕他的肚肠。这个不眠不休的恶灵绕着某个目标回旋、猛扑、打转,飞走之后又不怀好意地飞回来,将他赞叹的一切剥得赤裸裸,变得卑贱又俗气。

但他满怀希望地看出，自己从不长记性——看出剩下的是闪亮的装饰和黄金。由于他心里深信不疑，说话就尖刻起来。

无情的脑子像一条蛇，盘起来警戒着：他看见师长们在他头顶做手势，使眼色，假意接待他。可是他觉得这些人活在不会犯错的世界里。他将一扇心窗开向玛格丽特，与她共同进入神圣的诗林；可是一切秘密的欲望、虚荣的梦、家居生活的悲惨、迷醉和紊乱，他都藏在心中不说出来。他怕人家听见。他暗暗怀疑有多少同学听人说过。凡是将玛格丽特贬到世俗人生，扔进人生污流的事，他都觉得像噩梦一样虚妄，一样可怕。

她曾患结核病，差一点死掉；多嘴的席芭嫁了一个老头子，生下两个小孩，他现在快要死了；整个小家庭的凝聚力甚强，暗暗养伤，在学生面前筑起逃避和伪装的藩篱，躲避他们的利眼和利舌……这一切都给他一种不真实感。

尤金信仰光荣和纯金。

现在他常住在"迪克西兰"。自从他开始读伦
纳德预校，他和伊丽莎就亲近多了。甘特、海伦
和卢克瞧不起私立学校。孩子们愤愤不平 —— 有
点嫉妒。现在他们发脾气多了一个新话题。他们
会说：

"打从你送他去念私立学校，就把他完全毁
了。"或者是："现在他离开公立学校，已经不屑
于沾污双手了。"

伊丽莎自己也一直提醒他受了多少恩惠，她
常常说她交尤金的学费好吃力，成天叫穷。她说
尤金应该用功，课余尽量帮她做事。夏天他还得
帮她的忙，到车站向观光客"拉生意"。

卢克冷笑说："拜托！你怎么啦？你不会是羞
于干一点诚实的工作吧？"

先生，这边走，到"迪克西兰"去。业主是
伊丽莎·E.甘特太太。上尉，离广场只有几步路。
具有一切现代化的设施。饼干和家常馅饼就像母
亲做的一样。

那个小伙子真有手腕。

尤金在伦纳德预校读完第一年，伊丽莎告诉约翰·多尔西·伦纳德，她付不起学费了。他跟玛格丽特商量，回来答应只收一半的费用。

伊丽莎说："他可以帮你吸收新顾客。"

伦纳德同意道："是的，正是。"

本买了一双新鞋，是鞣皮制品，他花了六美元，他老是买好东西。不过这双鞋弄得他的脚跟痛得要命。他气冲冲跑到房间，把鞋子脱掉。

他嚷道："该死！"然后把鞋子往墙上扔。伊丽莎来到门口。

"孩子，你这样乱花钱，永远存不下一分钱。我告诉你，想起来真糟糕。"她凄然噘着嘴摇摇头。

他咆哮说："噢，拜托！听听这话！苍天明鉴，你没听我要求过什么吧？"他气冲冲说。

她拿那双鞋去给尤金穿。

她说："丢掉一双好鞋子太可惜了，孩子，试穿看看。"

尤金试了一下。他的脚已经比本大了，他忍痛走了几步。

伊丽莎问道："怎么样？"

他存疑说："我猜没问题吧，有点紧。"

他喜欢那种力量感，皮革的香味。这是他此生最好的一双鞋。

本走进厨房。

他说："你这小畜生！你的脚像骡子。"他皱着眉，跪地摸摸鞋尖。尤金痛得闪缩一下。

本气冲冲嚷道："妈妈，拜托，如果太小，就别叫小弟穿。你舍不得花钱，我买一双给他。"

伊丽莎说："咦，这双有什么不好？"她用手指压一压说："咦，啐！没什么不好嘛。鞋子起先都有点紧，不会夹伤他的。"

可是他穿了六星期，只得放弃。硬皮并没有拉松，他的脚一天比一天痛。他跛着脚走来走去，木然踏出每一步，活像踩高跷似的。他的脚整个麻痹，脚掌肿起来。有一天本发火了，硬推倒他，把鞋子脱掉。他又过好几天才能走动自如。不过从小长得又直又壮的脚趾被压成肉团，骨头弯曲生瘤，脚指甲整个坏死了。

伊丽莎叹口气说："丢掉那么好的鞋子真可惜。"

不过她偶尔也会慷慨一下。他想不通。

有一位少妇由西部到阿尔塔蒙特来，她自称是塞维尔山城的人；她块头大，皮肤呈褐色，黑发，眼睛有切罗基印第安人的特色。

甘特说："你们听着，那个女子有切罗基族的血统。"

她租了一个房间，一连几天坐在客厅炉火前的一张椅子上摇来摇去。她害羞，害怕，而且有点忧郁——仪态端庄，带点乡气。除非人家跟她说话，她从来不开口。

有时候她身体不舒服，躺在床上不起来，伊丽莎会端食物给她，对她好极了。

整个阴雨的秋天，少妇就这样摇来摇去。尤金听见她的大脚按着节拍敲地板，不停地晃动摇椅。她叫作摩根太太。

有一天，他正把噼噼啪啪的大煤团摆在火红的煤堆上，伊丽莎走进房间。摩根太太呆呆摇晃着。伊丽莎在火边站了一会儿，心事重重地噘着嘴，静静把手交叠在腹部。她望着窗外阴沉沉的天空和秋风里空无一人的街道。

她说："我告诉你，今年冬天穷人大概难过啰。"

摩根太太绷着脸说："是的，老板娘。"她继续摇晃。

伊丽莎又沉默了一会儿。

她随即问道："你丈夫呢？"

摩根太太说："在塞维尔，他是铁路员工。"

伊丽莎忙用滑稽的口吻说："什么？什么？你说铁路员工？"

"是的，老板娘。"

伊丽莎故作平静说："噢，他居然没顺道来看你，我觉得很奇怪。我说这样的人真差劲。"

摩根太太一言不发，漆黑的眸子在火光中闪闪发亮。

伊丽莎说:"你有没有钱?"

摩根太太说:"没有,老板娘。"

伊丽莎木然站着,噘着嘴享受暖意。"你的孩子什么时候会出生?"伊丽莎突然问道。

摩根太太好一段时间不说话。她继续摇摆。

她回答说:"我想产期再过一个月就到了。"

她的肚子一周一周大起来。

伊丽莎弯身拉起裙子,露出穿着棉袜、垫着厚法兰绒的膝盖和小腿。

她发现尤金瞪大眼睛,便羞答答嚷道:"哎呀!"一面偷笑,一面用指头揉鼻子,命令说:"孩子,把脑袋转过去。"丝袜里露出青青的钞票卷。她抽出钞票。

伊丽莎拿出两张十美元的钞票,交给摩根太太说:"噢,我想你必须有一点钱。"

摩根太太接下钞票说:"谢谢你,老板娘。"

伊丽莎说:"你可以住到能工作再搬走。我认识一位好医生。"

海伦发怒说："老天爷，妈妈，你到底从什么地方弄来这些人的？"

甘特说："慈悲的上帝啊！瞎子、跛子、疯子、娼妇和私生子——你全都收齐了，他们都来这个地方。"

不过现在他看见摩根太太，老是深深一鞠躬，彬彬有礼说：

"久仰，女士。"

然后侧头对海伦说："我告诉你——她是漂亮的姑娘。"

海伦用假嗓子笑道："哈哈哈哈。"并戳戳他说："你自己不反对收留她，对吧？"

他舔舔大拇指，对伊丽莎笑道："苍天明鉴，她可收了一两个漂亮房客喔。"

伊丽莎对着起爆的油苦笑。

她不屑地说："哼！我不在乎他勾搭多少女人，天下最傻的莫过于老傻瓜，你最好别太精明，那是两个人可以玩的把戏。"

海伦细声笑道："哈哈哈哈哈！现在她气疯

了。"

海伦常常带摩根太太到甘特家，煮大餐给她吃。她还由城里带糖果和香皂回来送给她。

孩子出生时，他们请麦圭尔医生来。尤金在楼下听见楼上房间乱作一团，女人痛得低声哀叫，最后更传出一阵又高又尖的哭喊。伊丽莎很兴奋，一壶接一壶在炉子上烧开水。她不时提一壶开水上楼，过一会儿再慢慢下来，一步一停的，注意听屋里的声音。

海伦在厨房心绪不宁地把水壶弄得咚咚响。"你对她到底知道多少？没有人能说她没有丈夫吧？他们最好当心！人没有权利说这种话。"她气冲冲反驳不知名的毁谤者。

当时是晚上，尤金走到屋外的游廊。空气霜茫茫的，很清爽，不太凉。黑黑的东山顶，遥远的星星在空中闪烁如珠宝。附近人家的屋里，火光明亮且轮廓清晰，活像是宝石刻成的。院子对面飘来碎牛肉和炒洋葱的暖香。本倚着游廊的栏杆站立，一只腿斜跷着，用力抽香烟。尤金走过去，站在他旁边。他们听见楼上的哭声，尤金咪咪偷笑，仰头看那张薄薄的象牙色面孔。本举手想打他，却没有下手，只不屑地咆哮一声，泛出笑容。他们前面的鸟眼山上，犹太富人的堡垒闪着微微的灯光。附近有晚餐的烟气和幽远的人声。

深深的子宫，暗暗的花朵，隐藏在里面的人，秘密的红心果实靠印第安血液滋长。子宫暗处偷开出生命的花朵。

孩子出生两星期后，摩根太太走了。那是个褐肤的小男孩，长了一圈怪怪的黑头发，眼睛很黑很亮。他像小印第安人。她临走，伊丽莎给了她二十美元。

"你要去哪里？"她问道。

摩根太太说："我在塞维尔有亲人。"

她提着一个便宜的仿鳄鱼皮旅行包走上街道。婴儿在她背上晃着小脑袋，明亮的黑眼睛欣然回头望。伊丽莎向他微笑挥手，然后红着眼睛抽抽噎噎走进屋里。

尤金暗想：不知道那个女人为什么到"迪克西兰"来。

伊丽莎对一位矮矮小小的胡须汉很好。他有太太，还有一个九岁的小女儿。他当过旅馆的膳务员，失业后住在"迪克西兰"，欠了她一百多美元。不过他劈柴劈得很棒，还会搬煤上山，木工也做得不错，把屋里生锈的地方都油漆过了。

她很喜欢他，此人是她所谓"居家型的好男人"，她喜欢居家型的人，喜欢待惯家里的男士。这位小个子非常和气，非常驯良。尤金喜欢他，是因为他泡的咖啡很好喝。伊丽莎从来不催他还钱，后来他在一家客栈找到工作，长住在那儿，就把欠伊丽莎的钱全部还清了。

尤金在学校逗留很久，下午三四点才回家。有时候他回到"迪克西兰"，天都快黑了。伊丽莎看他迟归，很懊恼，晚餐在炉子里温太久，又脆又干，她端出来给他吃。黏黏糊糊的卷心菜、豆子和番茄，上面浮着一层大油泡。还有温过的牛肉、猪肉或鸡肉，一满碟冷扁豆、饼干、卷心菜沙拉和咖啡。

不过学校已变成他心境和生活的核心——玛格丽特·伦纳德则成了他精神上的母亲。下午，同学们走了，他最喜欢待在学校，这时候他可以自由地在老屋四周和大树下徘徊，独享美妙的山冈、清爽的飘风细雨、烧树叶的气味。他常常猛啃书本，等师母玛格丽特来找他，把他赶到屋外的树荫下，或者赶到雷珀主教住宅后面的院子——现在那儿充作篮球场。西天泛红时分，他奔向篮网，把球传给同伴，为自己动作渐趋敏捷、射篮渐渐准确而得意。

玛格丽特·伦纳德对他的身体非常非常关心，简直有点反常，总是警告他身体转坏的结果有多可怕，得花多少年才能恢复不小心弄坏的底子。

她常用不祥的口吻说："听着，孩子！进来一分钟，我要跟你说话。"

他有点害怕，非常紧张，乖乖坐在她身旁。

她问道："你睡眠时间有多少？"

他满怀希望地说一夜九小时。这大抵还算正确。

她严格命令道:"噢,加到十小时。尤金,听着,你不能拿健康来冒险。孩子,我知道自己在说什么。告诉你,我付出过代价。失去健康,你在世界上什么都干不来,孩子。"

他吓慌了,拼命抗议说:"不过我很好啊,我没什么毛病。"

"孩子,你并不强壮,你的瘦骨头得长点肉才行。我告诉你,我担心你的黑眼圈。你的生活规不规律?"

不规律。他讨厌规律的生活。甘特家和伊丽莎家的刺激、活动和不断出现的紧急场面使他适应了那种鼓舞。他从未体验家居生活的秩序和传统。他很怕规律,觉得那样太沉闷太空虚。他喜欢午夜时刻。

但是他乖乖答应生活要有规律 —— 定时吃、睡、用功和运动。

他还没学会跟同伴一起玩,他仍然怕他们,

讨厌他们，不信任他们。

他害怕男生间的体力冲突，但是他知道师母的眼睛盯着他，就拼命参加他们的活动，柔软的身体跟强壮的躯干和结实的双腿撞击，身体青一块紫一块地站起来，内心好难受，却重新投入凶猛的活动。日复一日，他除了身子发疼，精神也感到痛苦和羞愧，但是他嘴上挂着苍白的笑容，由衷羡慕和惧怕别人的好体力。他乖乖学约翰·多尔西·伦纳德说的"公平比赛精神""运动员精神""为游戏而游戏""含笑接受输赢"等话，却不是真心相信或了解。这些词汇在学生之间很流行——他们太拘泥于这一点，有时候他听了，会勾起往日莫名的耻辱——他伸长脖子，一只脚猛由地面抬起来。

尤金发现，在这张扬、强健且极具侵略性的男子汉气概面前，大家大喊的那些"公平竞争"和"运动员精神"的口号，在伦纳德预校不过是让强者名正言顺欺负弱者时的祈祷词罢了。这又勾起他往日的屈辱了。伦纳德斗智或辩论若输给学生，会出手打人，肯定自己的话有理。这些场面好丑恶，叫人恶心，尤金看了，感到迷惑和不悦。

伦纳德这个人并不坏——他相当有品格，待人和善，富于正直的决心。他爱家人，以前他在卫理公会的教堂当执事，曾鼓起勇气对抗卫理公会的陈规陋习，最后更因为对达尔文理论的看法而被迫离开。就这样，他成了乡村自由主义的可悲典范——卫理公会中的先进思想家，在中午执火炬的人，为呼吁宽容那些五十年前的旧观念而奔走的辩护家。他尽量忠于教师的职守，但他属于尘世——重手重脚的暴力都带点土气，带点不自觉的天然兽性。虽然他自称对"心灵方面的事务"有兴趣，其实他对尘土的兴趣更大，大学毕业后就很少增进新知。他才思不敏捷，缺乏其妻玛格丽特那种敏锐的直觉；其妻忠心耿耿爱着他，在世人面前赞同他的一切举动。有一个学生曾对她丈夫顶嘴，尤金听见她颤抖着尖叫说："咦，我恨不得把他的脑袋捆扁！我恨不得打他。"小伙子看她这样，害怕和恶心得发抖。不过他知道爱可以改变人的个性。伦纳德自以为行事精明妥当，他成长的环境中，子弟必须严格服从师长，不能反对师长的管教。他父亲是田纳西州的一位族长，平时经营农场，星期天布道，家里有人反抗他，他一概用马鞭和祈祷来镇压，伦纳德由父亲那儿得知"身为上帝"的好处！他认为抗命的小男孩都该挨棍子。

对于最有钱最显赫的富豪子弟和他自己的小孩，伦纳德尽量不体罚，这些学生知道自己免疫，也就常常抗命和侮慢师长。主教少爷贾斯廷·雷珀今年十三岁，个子高高瘦瘦的，黑发，单薄的面孔凹凸不平，嘴唇别别扭扭绷着。他曾用打字机打了一首下流歌谣，以一张五美分的价格卖给同学。

"夫人，令千金真漂亮，
上等货色！
夫人，令千金真漂亮，

上等货色！"

不但这样，某一个春天下午，伦纳德还在东丘一棵山茱萸下面的草丛里发现他和黑兹尔·布拉德利小姐性交；这位小姐是一个小杂货商的女儿，住在下面的毕尔本大街，城里已争传她的淫名了。伦纳德经过考虑，没去找主教。他去找杂货商。

布拉德利先生拂一拂嘴上的长胡子说："噢，你该立一块不准擅入的告示牌。"

约翰·多尔西·伦纳德和学生都爱欺负一个犹太人的儿子，名叫爱德华·麦克乐夫。他父亲是珠宝匠，姿态花哨，肤色红润，手指细细的。他的柜台摆满旧别针、宝石纽扣、旧硬壳表。爱德华有两位姐姐——已长成高头大马的美人儿。他母亲死了。一家人看起来都不像犹太人，外表都是柔柔黑黑的。

十二岁那年，他长得又高又瘦，五官如琥珀，像老处女一般优柔。他在同学面前感到害怕，一受嘲弄或威胁，种种尖刻、恶毒的老处女气质就表露无遗，他会发出难听的笑声或流下神经质的眼泪。他走路像女孩子拉着大衣的下摆，声音高亢刺耳，有种女性的味道，所以立刻就招来同学的厌恶。

大家叫他麦克乐夫"小姐"，存心激他，弄得他神经兮兮，人家一走近，他就像小猫般咆哮，用长指甲去抓人；师生害他变得讨人嫌，然后为此而讨厌他。

有一天放学后，他被留在教室，哭哭啼啼，突然跳起来向门口奔去。伦纳德呼哧呼哧喘气，笨手笨脚去追他，不久便拖着尖叫的小男孩的衣领走回来。

约翰·多尔西·伦纳德把他甩在一张椅子上，嚷道："坐下！"他余怒未消，却又不敢过度体罚小孩，遂漫无逻辑地说："站起来！"再把他拉起来。

他喘气说道："你这傲慢的小鬼！你这小冒失鬼！孩子，我们来看看我是不是该受你这种人摆布。"

爱德华感到嫌恶，尖叫说："把你的手拿开！伦纳德老头，我要向我爸告状，他会来这儿，追着踢你的大屁股。看他会不会。"

尤金闭上眼睛，不忍看小生命被摧残。他的心脏冰冷，觉得好难受。可是他睁开眼睛，爱德华还站在原来的地方，红着脸啜泣。什么事都没发生。

尤金等上帝降罚给这个倒霉的亵渎者。他看约翰·多尔西·伦纳德及埃米女修士面无表情，猜想他们也在等待。

爱德华活得好好的。此外没发生任何事——什么都没有。

几年后，尤金想起这个犹太小孩，心里十分惭愧而痛苦，就像一个大男人想起往日不勇敢不光荣的举动。他不但曾跟别人一起折磨过这个小男孩——还因为有人比他弱，大家的嘲笑转向那个人而私心窃喜。几年后，他才明白那个犹太人的窄肩上扛过他原该承受的重担，心灵承受过原该属于他的苦难。

伦纳德先生的"未来主人翁"成绩不错。他们不懂公道的精神，光明正大的精神，可是他们的口号喊得很响。人人都怕东窗事发，人人都会吹牛，爱充门面，大声表明主张，保护自己——温和、勇敢、荣耀的男性大花朵死在污潭中。学生群里出现许多野心家——讲话夸大，姿势狂猛，内心枯萎苍白——"男子汉"上路啰。

现在尤金完全封在幻想的墙内，每天忍受挫败，尽量模仿同伴的语言、姿势和风采，以行动或精神跟大家一起攻击比他弱的人，有时候听师母玛格丽特说他是"精神高尚的男孩"，瘀伤便得到了补救。她常常说这句话。

多亏甘特和伊丽莎，把他生成昂昂男子，不过他此生无论在家或在学校都很少获得胜利。他深知恐惧的滋味。日后他觉得这种体力的暴政没完没了，二十多岁他的骨架长出肉来以后，他听见周围响亮的声浪、狂暴的主张、空洞的威胁，仍会忆起往事，勾起发狂的怒火，把吹牛的人甩掉，把抢先的人推开，狠狠瞪着人家又惊又怕的面孔，痛骂他们。

他忘不了那个犹太人，他老是想起他，满怀羞愧。可是他过了很多年才了解，那个敏感阴柔的人会萦绕在他心里，是因为他暗觉自己不光明正大，那人本身可没有什么变态、不自然、堕落的地方。他像女人也像男人，如此而已。童子军没有阴阳人容身的余地——阴阳人属于帕尔纳索斯[1]。

---

1 指拉于希腊的帕尔纳索斯山，在神话中被认为是太阳神阿波罗和仙女的居所。

五

伊丽莎搬到"迪克西兰"之后的几年间，由于缓慢无情的分合作用，甘特家的阵线发生了深远的变化。尤金早期由海伦监管，后来慢慢改由本照顾。姐弟分开是难免的。他小时候，海伦疼他不是因为心灵相似，而是基于她的母爱。一股柔情和凶性由她体内泉涌而出，发泄在幼嫩可塑的小弟弟身上。

如今她再也不能在床上打他亲他，捏他摸他，吻咬他的嫩肉了。他的外表并不迷人 —— 不像幼儿期圆滚滚的，反而像野草般长大，四肢又瘦又长，脚大肩瘦，头又大又重，脖子骨瘦如柴向前弯。

而且他愈来愈孤独和退缩，脸上阴森森浮出古怪的野性，海伦跟他说话的时候，他眼中充满大船和大都市的阴影。

这种她接触不到也无法了解的内心世界使她气得半死。她必须把人生抓在指节发红的大手里，任意捶打、抚爱、逗弄、爱怜和役使，她的活力攻向阳光下的每一种生命，她必须掌握和奴役一切，而她的种种美德——强烈的服务欲、奉献欲、照拂欲、取悦欲——都源自主宰一切的需求。

她自己是很难驾驭的，她讨厌一切不服她管的东西。如果尤金能换回他莫名其妙丧失的姐弟之爱，寂寞时他也许会心甘情愿受束缚，可惜他无法向姐姐透露心中的激情，幽暗难言的幻想。她讨厌隐私，一切神秘的气氛、会心的缄默或其他深不可测的境界都会惹她发火。

她若一时起了恨意，就会讽刺他噘嘴、低头、走路像袋鼠一跳一跳的样子。

"你这小怪人，你这卑鄙的小怪人，你连自己是谁都不知道——你这小杂种。你不是甘特家的

人。谁都看得出来，你没有一滴爸爸的血统。怪
人！怪人！你简直是格里利·彭特兰再世。"

她老是回到这一招——她爱分党分派，已经
神经兮兮把家人分为甘特派和彭特兰派了，她把
史蒂夫、黛西和尤金列为彭特兰派——认为他们
"冷静又自私"。她能将姐姐和小弟列入罪恶的一
方，觉得十分欣慰。她和卢克结党，如今简直分
不开，这是难免的。他们是甘特家的人——慷慨、
和善、正直。

卢克和海伦姐弟的感情好极了。他们发现彼
此都充满活力，性格外向爽朗，嗓门大，需要付
出和服务他人——"服务"等于他们的生命，他
们互相鼓舞，不过他们的感情是不带牢骚的，常
常瞎吹瞎捧。

她好斗地说："我想批评他自然会批评，我
有权利这么做，但我不准别人批评他，他是慷慨
和气的小伙子——是这一家最好的，这一点毋庸
置疑。"

只有本似乎不属于任何一派，他像鬼影在他

们之间活动 —— 对于他们结党漠不关心。不过海伦觉得他"慷慨"——断言他是"甘特家的人"。

海伦和卢克虽然很讨厌彭特兰家的人，但他们承袭了甘特在社交上的伪君子作风。他们尤其爱在世人面前装出好面孔，讨人喜爱，结交很多朋友。他们经常说谢谢，拼命赞美人，奉承话说得好甜。他们大量使出这一招，坏脾气、紧张、急躁都留在家里表现。面对舅舅吉姆·彭特兰或威尔·彭特兰家的人，他们的仪态不只是友好，简直有点婢膝奴颜。金钱叫他们感动。

这段时间，家里活动频繁。史蒂夫一两年前娶了一位印第安纳州南部某小镇来的妇人。她三十七岁，足足比他大十二岁，属德裔，矮矮胖胖的，鼻子很大，面孔丑陋却显得很有耐心。某一年夏天，她跟一个认识很久的老处女来到"迪克西兰"，临走前竟受史蒂夫诱奸，发生关系。那年冬天，做烟草小生意的父亲死了，留给她九千美元的保证金、房子、小额银行存款和四分之一的公司股权，公司本身则交给两个儿子掌管。

这女人名叫玛格丽特·卢茨，次年早春回到"迪克西兰"。某一个困倦的下午，尤金发现他们在甘特家。屋里空空的，只有他们两个人，他们俯卧在甘特床上，手搂着彼此的屁股；他看他们悄然无声，睡得昏昏沉沉，满屋子都是史蒂夫的黄色体味，尤金气得发抖。春天暖和又可爱，空气弥漫着花香，还有柔柔的柏油味。他本来喜滋滋到空屋来享受迷人的宁静，室内清爽的霉味儿，想独自看看大牛皮书。如今世界顿成泥沼。

凡是史蒂夫碰过的东西没有不受污染的。

尤金讨厌他，因为他身体有臭味，因为他碰过的东西都会发臭，因为他到什么地方都勾起恐惧、羞耻和嫌恶；因为他吻起人来比骂人更臭，哭嚷比威吓更下流。他看见女人的头发被他哥哥的臭气吹得轻轻晃动。

他尖叫道："你们在爸爸床上干什么？"

史蒂夫呆呆下床，抓住他的手臂。女人坐起来，愣愣瞪着眼，短腿显得更粗了。

史蒂夫满怀不屑一面打他一面说："我猜你要

去当小告密鬼，你马上要去告诉妈妈，对不对？"
他的黄手指紧抓着尤金的手臂。

尤金奋不顾身说："滚下爸爸的床。"他硬把
手臂挣开。

史蒂夫诱骗道："好兄弟，你不会去告状吧？"
同时对着他的脸吐出臭气。

他觉得恶心。

他咕哝道："放开我。我不会。"

史蒂夫和玛格丽特·卢茨不久就结婚了。尤
金看他们每天早晨由"迪克西兰"的房间下楼吃
早餐，又想起往日的耻辱。史蒂夫乱吹牛，怡然
微笑，在镇上到处暗示他有一大笔财产。有人传
言财产达到二十五万美元哩。

哈利·塔格曼用力拍拍他的肩膀说："史蒂
夫，就算这么多吧。苍天明鉴，我常说你会有这
一天的。"

伊丽莎听他吹牛和夸口，露出自得、满意、
颤抖而悲伤的笑容。他是最大的儿子嘛。

他说："小史蒂夫再也不必担心了，他已走上

安适街。那些满口'我告诉你'的聪明人哪里去了？小史蒂夫上街的时候，他们都乐于对他微笑，跟他握手。每一个打击我的人现在都支持我了，好吧，好吧。"

伊丽莎引以为荣地笑着说："我告诉你，他不是傻瓜，他只要想当聪明人，就跟其他人一样聪明。"心中暗想，比别人更聪明哩。

史蒂夫买新衣服、鞣皮鞋、绸布条纹衬衫，以及一顶有红白蓝束带的宽边草帽。他走路时双肩摆动的弧度很大，漫不经心弹手指，人家跟他打招呼，他报以降尊纡贵的笑容。海伦又好气又好笑，忍不住笑他摆架子。她对玛格丽特·卢茨倒很关心，叫她"蜜糖"，一看见那张忍耐、困惑、受惊的德国面孔，眼睛就雾蒙蒙泛出难以解释的泪光。她搂着她爱抚。

她说："没关系，蜜糖，他若对你不好，你告诉我，我们来整他。"

玛格丽特说："史蒂夫不喝酒的时候很乖，他清醒时，我没有什么好抱怨的。"她忍不住哭起来。

伊丽莎凄然摇摇头:"可怕,可怕,全是酒精惹的祸。毁在酒精的家庭远比其他因素来得多。"

海伦私下对伊丽莎说:"噢,她绝对赢不了选美奖,这一点可以确定。"

伊丽莎说:"真是的!"又说:"他做这种事究竟是什么意思?她比他大十岁。"

海伦恼火道:"跟你说,我觉得这件事他做对了。老天爷,妈妈!听你的口气,好像以为他是人人争取的目标。镇上谁都知道史蒂夫是什么货色。"她气冲冲讽笑着。"不,真的!他已经抓住最好的机缘,玛格丽特是正经的女子。"

伊丽莎满怀希望说:"好吧,也许他现在会振作起来,重新起步。他已答应试试看。"

海伦凶巴巴说:"好吧,但愿如此,但愿如此。该是振作的时候了。"

她天生讨厌他,把他列为彭特兰家的后代。其实他比谁都像甘特,他具备甘特的种种弱点,却不像甘特那么纯净,那么斯文,犯了错误会后悔。她心底明白这一点，更加讨厌他。她感染了甘特对长子的敌意，但是她偶尔会一反常态，变得友善、慈悲和容忍。

她问道："史蒂夫，你要怎么打算？你知道，现在你有家眷了。"

他轻轻松松笑道："小史蒂夫再也用不着操心了，他让别人去操心。"他把黄黄的手指放在嘴边，深深吸一口烟。

她气冲冲说："老天爷，史蒂夫，振作起来当一次男子汉吧。玛格丽特是女人，你总不指望她养你吧？"

他提高嗓门说："关你什么事？没有人要你提出忠告吧？你们全都跟我作对。我潦倒的时候，你们没有人说我的好话，现在看我发达了，你们又受不了。"多年来他一直相信自己受迫害——在家失利，他归因于家人恶意待他，嫉妒他，背叛他；在外面失利，则是他所谓"世人"的恶意和嫉妒造成的。

他又长长吸一口烟说："不，别为史蒂夫担

心，他不需要你们任何人给他什么，你们也不会听他要求什么。你明白吧？"他由口袋里掏出一卷钞票，抽出几张二十美元的。"噢，钱还多得很。我告诉你，小史蒂夫不久就要当大人物了。他做成几笔买卖，可以让镇上的胆小鬼知道该从什么地方发迹。你懂吧？"

本一直坐在钢琴凳上，怒目瞪着琴键，反复哼一首曲子，并用指头弹出来；现在他转向海伦，嘴角含笑，向旁边扭头。

"我听说范德比尔特先生吃醋了。"他说。

海伦粗声粗气讽笑着。

史蒂夫说："你自以为是聪明人，对吧？不过我看不出你能有什么成就。"

本转脸看他，不自觉哼了一声。

他压低嗓门，用亲昵的怪口吻说："喏，'洛克菲勒先生'，但愿你不忘记老朋友。如果仍有空缺，我想当副总裁。"他转身回去看琴键，弓起指头摸索。

史蒂夫说："好吧，好吧，你们俩若觉得滑稽，尽管笑吧。不过你们发现小史蒂夫不是薪水十五美元的报社小职员了吧？他也用不着在电影欣赏会上唱歌。"

海伦的瘦脸涨得通红。她最近跟马鞍匠的女儿结伴公开演唱。

她说："史蒂夫，你没找到工作，还在鬼混，最好别说大话。你只会吹牛，成天花你太太的钱泡舞厅和咖啡铺。咦，真荒唐！"

本转身怒吼道："噢，拜托！你听他的话干什么？难道你看不出他疯了？"

夏日加长，史蒂夫又开始酗酒了。他的烂牙拖了几年，现在也痛起来，牙疼和廉价的威士忌害他发疯。他觉得母亲伊丽莎和妻子玛格丽特多多少少得为他的痛苦负责——她们落单的时候，他天天找她们，对她们尖叫，骂些下流话，说她们毒害他的身体。

凌晨两三点，他常醒来在屋内走动，哭哭啼啼叫痛，伊丽莎叫尤金陪他到旅社去找斯波医生，或者到麦圭尔医生家。医生们半睡半醒，脾气暴躁，掀起他的衣袖，在他的上臂打一针吗啡。这一来他痛苦减轻，又睡着了。

有一天晚餐时刻，他双手捧着下巴回到"迪克西兰"，看伊丽莎站在火红的炉边，锅里油花四溅。他骂母亲不该生他，不该让他长牙齿，骂她缺乏同情心、母爱和人间的善意。

她的白脸在热气上空默默抽动着。

她说："滚出去，你不知道自己在说些什么。可恶的酒精害你变得这么下贱。"她哭起来，用手去擦宽宽的红鼻梁。

她说："我没想到我会听见我儿子说这种话。"她伸出食指，摆出威风的姿态。

她又说："现在我告诉你，我再也不容忍你了。你若不马上离开，我就打电话给三十八号，叫他们带你走。"她是指警察局。这句话勾起不愉快的回忆——他曾在类似的情况下坐了两次牢。他比刚才更凶暴，尖声骂她，还举手要打她。此时卢克走进来，他正要去甘特家。

两兄弟之间的敌意很深，已经有几年的历史。

现在卢克气得发抖，过来保卫母亲。

他不知不觉学甘特训起人来，结结巴巴地说："你这丧——丧——丧心病狂的坏——坏——坏东西。你应该挨——挨——挨鞭子。"

他今年十九岁，雄赳赳的，但他深知兄弟间的种种禁忌，没料到史蒂夫会攻击他。史蒂夫恶狠狠冲过来，醉醺醺地用双手打他的脸。他目瞪口呆由厨房这一头被赶到厨房那一头。

总是不该得势的人得势。

尤金听见本正漠然地哼一首歌，还慢声慢调弹钢琴，又害怕又生气。

他抓着一把铁锤跳来跳去，尖叫说："本！"

本像猫儿一般走进来。卢克流鼻血了。

史蒂夫对自己打赢很高兴，摆出幻想的拳击姿态说："来吧，来吧，你这大杂种。"接着又故作怜恤说："现在我跟你对阵。本，你一点胜算都没有。老弟，你一点胜算都没有。我要把你的脑袋扯下来。"

本静静瞪了他几眼，轻轻跳来跳去，照警察

公报上的姿势出拳；文静的他怒火突然爆发了，扑向业余的拳手，一拳就把他打倒在地上。史蒂夫的脑袋在地板上弹了几下，尤金欢呼一声，高兴得发狂，乱跳乱蹦，本喉头发出几声小怒吼，跃向大哥的身躯，拿他青紫的脑袋去撞地板。他发起火来真彻底——事后再管起因。

尤金狂笑道："好棒的老本，好棒的老本。"

伊丽莎刚才大声求救，叫警察，叫大家出面，现在和卢克一起阻止本出拳，叫他放开头晕目眩的对手。她满心痛苦和悲哀，哭得很厉害。卢克忘了自己流鼻血，只为兄弟打架伤心和惭愧，忙过去扶起史蒂夫，替他刷掉污垢。

每个人都感到惭愧——不敢正眼看彼此。本的瘦脸无比苍白，他抖得厉害，看了史蒂夫的肿眼泡一眼，喉咙发出作呕声，走到水槽边喝了一杯冷水。

伊丽莎哭道："内部分裂的房屋不可能屹立不倒。"

海伦由镇上回来，带回一大袋暖烘烘的面包

和蛋糕。

她一眼就看出情况不对，忙问道："怎么回事？"

伊丽莎脸色激昂，摇头摇了好一会儿才开口说话："我不知道。看来上帝的审判对我们不利。我一生实在太悲惨了。我只想清静一下。"她小声哭，并用手背去擦红肿的眼睛。

海伦静静地说："好，算了。"她的语气漫不经心，显得疲倦又凄凉。她问道："史蒂夫，你觉得怎么样？"

他哭声哭调地说："海伦，我不会给人惹麻烦的。"又用盘算的口吻说："不，不！他们从来不给史蒂夫一点机会，他们都打击他。海伦，他们扑到我身上哩。我病成这样，我的弟弟还扑到我身上打我。没关系，我要到别的地方去，想办法忘掉这些。史蒂夫不怀恨任何人，他天生不会那样子。"他多情兮兮地转向本，伸出黄色的手指说："好兄弟，伸出手来吧。我乐意跟你握手。今天晚上你打我，可是史蒂夫愿意忘掉这回事。"

本按着胃肠说："噢，我的天。"他浑身无力地倚着水槽，又喝了一杯水。

史蒂夫再说一遍："不，史蒂夫天生不——"

他眼看要扯个没完，海伦断然阻止他。

她说："好了，忘掉这件事——你们大家，人生苦短啊。"

人生真的很短。此时战役结束，他们生命的一切纠纷、对立和紊乱都在冲突里爆发出来了，他们获得片刻的安宁，含悲静静自我检讨。他们像一群拼命冲向海市蜃楼的人，一回头，看见自己的足印在沙漠上不断延伸到远处；或者像疯子，以后还会再发狂，只是大清早暂时清醒，目光哀伤而平静地照镜子。

他们的表情很悲哀，心境不觉衰老起来，突然觉得自己走了好远的路，活了好大的岁数。他们尝到片刻的团结，片刻惨痛的亲情和融洽，像一小股一小股火焰凑在一起，对抗生命的虚无。

玛格丽特畏畏缩缩走进来，她的眼睛红红的，宽宽的德裔面孔白惨惨沾着热泪。一群兴奋的房客在大厅耳语。

伊丽莎发急道："现在我的房客会走光，上回走了三个。一星期二十多美元，钱很难赚哩。我不知道我们大家会有什么下场。"她又哭了。

海伦不耐烦地说："噢，拜托，偶尔忘掉房客的事情吧。"

史蒂夫愣愣地坐在长几边的一把椅子上，他不时多情地自言自语。卢克殷殷站在他身边，轻声对他讲话，端水给他喝，表情显得敏感和伤心，嘴角更含着愧意。

海伦急躁地嚷道："妈妈，给他喝杯咖啡吧。拜托，你得帮他一点忙。"

伊丽莎笨手笨脚冲到瓦斯铁灶边，点燃生火器物："咦，在这儿，在这儿，我没有想到——再过一分钟就弄好了。"

玛格丽特坐在乱桌子另一头的椅子上，用手托着脸哭。她粗糙的皮肤抹了厚厚的胭脂和白粉，被眼泪一冲，现出一道道沟纹。

海伦笑道："打起精神来，蜜糖，圣诞节快到了。"她拍拍嫂子宽阔的德国背脊。

本打开破烂的隔板门，到后廊上去。凉爽的八月底，天上繁星点点。他以颤抖的指头夹着火柴，点了一根烟。夏日的廊台上传来微弱的声音，有女人娇笑，远处有舞会的音乐声。尤金出去站在他身边，他以惊叹、兴奋和悲哀交集的目光看了他一眼，半惧半喜伸手去戳他。

本轻轻咆哮一声，突然作势要打他，却没有出手。他唇边闪过一丝笑意，静静抽烟。

史蒂夫跟德裔妇人到印第安纳州去了，起先传来生活富裕、发了福、安安适适穿皮草大衣的消息（还寄来照片），后来据说和她那两位正直的弟兄吵架，协议要离婚，又团圆改过了。他在妻子玛格丽特和母亲伊丽莎这两大支柱间来来去去，每年夏天都要回阿尔塔蒙特嗑药和酗酒，闹得家庭起纠纷，他自己坐牢，然后到医院去戒酒。

甘特吼道："他一回家，地狱就出现了。他带来灾祸和忧愁，他真是最下流的下流鬼，最卑贱的贱人。女人啊，你生了一个怪物，他不害死我绝不罢休，他真是可怕、残忍、可咒的恶棍！"

伊丽莎定期写信给长子，还不时寄点钱去，一再重燃起希望，违反自然，违反理性，违反人生的纹理。她不敢公开维护他，坦白透露长子在她心中的地位，但是儿子来信吹嘘自己多成功，宣布一个月一度的自新，她总会拿出来，念给无动于衷的家人听。那些信虚浮又愚蠢，引号特别多，字体又大又怪。她为夸张的内容骄傲和得意，觉得那文句不通的华丽辞藻更证明他智力超群。

亲爱的妈妈：

你十一日的信到手了，我很高兴知道你又在"活人的国度"，上回收信到现在，我觉得"好久没过过瘾"了。（伊丽莎抬头偷笑说："我告诉你们，他不是傻瓜。"伊丽莎继续往下念，海伦嘴边挂着半猥亵半气愤的笑容，向卢克做了个鬼脸，耐心抬眼看上帝。甘特身子往前倾，脑袋向上仰，含笑注意听。）噢，妈妈，上次写信给你到现在，我运气不错，看样子"浪子"总有一天会乘自己的私家车返乡。（甘特说："嘿，什么？"她再读一遍给他听。他舔舔大拇指，含笑看看四周。卢克问道："怎——怎——怎么回事？他买——买——买下铁路啦？"海伦哈哈大笑，说："我可不上当。"）妈妈，我花了很长一段时间起步，可是运气不好，小史蒂夫在"眼泪谷"里没别的要求，只求公平的机会。（海伦哈哈假笑，笑得很难听。卢克气得脸色通红说："小史——史——史蒂夫要的是整个鬼——鬼——鬼世界，外加几个金矿。"）不过妈妈，现在我终于站起来了。我要向全世界证明，我没忘记"匮乏"时是谁支持我，母亲是一个人在世界上最好的朋友。（本静静偷笑说："这吹牛鬼在什么地方？"）

甘特激赏道："这孩子的信写得不错，他如果有心，不能当世界上最精明的人才怪。"

卢克气冲冲说："是啊，他好精明，说什么鬼话你们都相——相——相信。可——可——可是顺境逆境都忠于你们的人却一点功——功——

功劳都没有。"他意味深长看看海伦。"真他——他——他妈的丢脸。"

她乏腻地说:"算了吧。"

伊丽莎两手交叠按着信,凝视别的地方说:"好吧,现在他也许会改过自新,天下的事很难说。"她冥想出神,噘着嘴凝视虚空。

海伦乏腻地说:"但愿如此!你得证明给我看。"

私下则神经兮兮地对卢克说:"你看到了吧?有谁承认我的功劳?我可以替他们忙到手指只剩骨头,而我这番心血可曾得到一声'滚他的'感激?"

这几年,海伦跟马鞍匠的女儿珀尔·海因斯前往南方发展,她们在乡下小镇的电影院唱歌,在亚特兰大的一家戏剧事务所登记注册。

珀尔·海因斯身材结实,面孔多肉,嘴唇像黑人的,个性活泼生动。她唱爵士曲和黑人歌曲感情十足,扭胸摆臀的。

"现在我爸——爸——爸爸来了。

噢，爸爸，噢，爸爸，噢——噢，爸爸。"

有时候她们一周可以赚一百美元。她们在佐治亚州的韦克罗斯、南卡罗来纳州的格林维尔、密西西比州的哈蒂斯堡、路易斯安那州的巴吞鲁日等小城表演。

她们披着纯真的大盔甲，她们是热情得体的女孩。小村镇以为"演艺女郎"私生活一定不检点，偶尔会有乡下男子出言侮辱，不过大体上人家待她们还不错。

她们觉得到新地带冒险颇有前途，南卡罗来纳州或佐治亚州的乡下人在充满泥土味和汗酸味的戏院里听珀尔唱歌，笑嘻嘻，闹嚷嚷，她们不觉得难受，反而很满意很热心。她们知道自己是这一行的成员，十分兴奋；定期买《综艺》杂志，想象她们有一天会变成大都市"日演两场"的高薪名搭档。珀尔要"唱红"流行歌曲，以动感十足的节拍介绍爵士乐，海伦则给节目带来歌剧的尊严。观众鸦雀无声，粉红色的聚光灯照在她身上，她唱些高格调的小曲——托斯提蒂的《再会》啦，《完美的一天已到尽头》啦，《念珠》啦。她的声音响亮，饱满，清脆。她舅妈路易丝是金发女郎，和舅舅艾默·彭特兰分居后，曾在阿尔塔蒙特住过好多年，海伦受过舅妈的训练。路易丝教音乐，跟英俊的小伙子享受将逝的青春。她正是海伦喜欢的那种成熟、有钱、富于危险性的女人。她有一个小女儿，等别人议论纷纷的时候，她就带小孩到纽约去了。

她说过："海伦，这种嗓门应该接受训练，去唱大歌剧。"

海伦忘不了，她幻想法国和意大利："歌剧生涯"光彩夺目，乐声优美，一列列看台珠光宝气，观众为精纯的主唱喝彩，使她在心里暗唱赞美诗。她认为在这种场面她一定会发出光芒。甘特和海因斯合唱队（名叫"迪克西韵律二重唱"）在南方巡回表演，这种灿烂、浓烈、无形的愿望似乎实现在即了。

她经常写信回家，大抵写给甘特。词句像宽阔的脉搏，充满新城市的刺激、富裕生活的预感。她们到每座小城都碰见"可爱的人"——事实上，到处都有好妻子、好母亲、文雅的青年受这两位得体、快乐、动人的女孩子吸引。海伦有一股正经的气质和纯洁的活力，总能慑服好人，击败坏人。她麾下有一二十个小伙子——雄赳赳，红脸，爱喝酒，很害羞。她跟他们的关系有如母子和官民，他们来听歌，也来受她管；都仰慕她，却很少人试图吻她。

尤金对这些乖如绵羊的狮子感到惊慌和不解。他们在男人群中凶巴巴，大胆好斗，在她面前却变得笨手笨脚很害臊。其中有一位是城市测量员，瘦瘦的，骨头突出，爱喝酒，经常卷入治安法庭的口角；另外一位是铁路警探，年纪轻，块头大，曾喝醉酒打破几个黑人的脑袋，又枪杀数人，最后在田纳西枪战中被杀。

她走到任何地方都不缺朋友和卫士。珀尔快乐、活泼、肉感，曾以天真的调调恳求：

"哪一个甜蜜的好老爹

　来捧我的场吧！"

偶尔会有乡下浪子估计错误。讨人嫌的男子叼着湿雪茄，请她们痛饮威士忌，称她们为"姑娘"，提议到旅馆房间或汽车上去幽会。这种场面发生时，珀尔连话都说不出来；她一筹莫展，难为情极了，只好求助于海伦。

海伦的大嘴巴绷得好紧，嘴角含悲，眼睛比平时更亮，她说：

"我不知道你们这句话是什么意思，我猜你们误会我们了。"对方听了这种话，一定会结结巴巴道歉。

她天真无邪，生来就无法相信任何人最坏的一面。她饱尝谣言和联想的刺激，总觉得那些引她兴奋的浪女不可能真的"任意胡来"。她很会说闲话，也爱听闲话，却不大知道村里生活复杂和卑贱的一面。就这样，她跟珀尔·海因斯充满自信地欣然在火山壳上行走，只闻到自由、变化和冒险的香味。

　　不过她们的合伙关系不久便结束了。珀尔·海因斯的意图坦白又明显，她想结婚，她素来想在二十五岁以前结婚。对海伦而言，合伙唱歌、探险新地带是一种自由的表示，是探索一个能发挥精力的生活中心和目标，是盲目渴求变化、美和独立。她不知道要如何安排自己的一生；说不定她连自己的目标都掌握不住，时候到了，她会被身心的大需求所支配。那份需求就是奴役人和侍候人。

　　海伦和珀尔靠旅行演唱自力谋生两三年，通常在冬天最沉闷的时候离开阿尔塔蒙特，春天或夏天回来，带回来的钱够她们用到下一个表演季。

　　这段时间，珀尔小心应付好几位小伙子的追求。她最喜欢一位球员，就是阿尔塔蒙特队的二垒手兼经理。他强健、英俊、年轻、野性十足，球赛中老是绝望得扔下手套，冲过去找裁判理论。她喜欢他的自信、他急促的鼻音、他晒黑的苗条躯体。

但她没爱上谁——也永远不会爱上谁。她为人谨慎，知道把终身寄托在小棒球队的球员身上太冒险了。最后她嫁给一位泽西市来的年轻人，这个人重手重脚，声音浓浊，经营卡车和马车行的生意，才开张不久，生意却相当兴隆。

就这样，"迪克西韵律二重唱"拆伙了。海伦落了单，离开凄凉单调的小城，转往大都市，希望在那儿找到欢乐和变化，实现她的梦想。

她很想念弟弟卢克。没有了他，她总觉得不完满，甲胄尽失。他已在亚特兰大的佐治亚技术学院注册两年，选修电机课程，几年前甘特赞扬年轻的电器专家利德尔，卢克的人生方向就此成形。他功课不及格——他从来不逼自己专心读书，他的目标被一千种冲动阻隔，舌头结结巴巴，脑子也结结巴巴；他焦躁地面向对数表时，嘴巴呆呆念着页数，脚跟着地，不断地震动小腿。

他的商务才华在于推销术；他具有美国演员和企业家所谓的"个性"——精力充沛，粗俗土气，有快速问答的本能，说话具有催眠的力量，滔滔不绝空话连篇，疯狂而带点福音意味。他什么都卖得出去，套一句推销员的术语，他连自己都能卖。美国生意的弹性很大，各种怪行业的俱乐部应有尽有，发横财机会多，这是他的机运所在。他若蛮干起来，可以把乡下人哄得迷迷糊糊，割掉他们大衣的纽扣，骗倒每一个人，最后连自己都骗倒了。他不是电机工程师——他本身就是电力。他没有读书的天分——尽管他努力收心，拼命应付，仍被微积分和机械科学累得惨兮兮。

幽默感像光由他身上涌出来，不认识他的人看见他，总是忍不住想笑，等他开口说话，他们更笑得前仰后合。不过他的体态美得惊人，他的头像野天使的——金发一圈圈一卷卷亮晶晶的，五官端正大方，有男性气概，更有一种痴喜的笑意映得满面生春。

他的大嘴巴总是喜滋滋往上翘，连生气、口吃或面带紧张的时候都是如此——含着古怪、自得、痴傻的笑容。他有一股邪神般焕发的气质，一种不来自大脑的智慧。这位邪神渴望赞美，渴望公众的敬爱，善于逢迎，在最意外的时刻和最端庄的场合，当他全力保持大家的好评时，邪神却完全占领了他的身心。

就这样，他聆听教堂的一位老太太用心讲述长老会的教条时，会向前探身，装出夸张的敬意，一手放在膝上，喃喃同意她的话：

"是吧？……是吧？——是吧？——是吧？……对不对？……是吧？"

突然间，邪神的魔力在心中爆发了。他自己连声同意，老太太又那么恳切平和，加上整个场面虚假夸张，他脸上不禁洋溢着狂喜，他用充满暗示的声音说：

"是吧？……是吧？……是吧？……是吧？"

等她发觉这套邪门的废话泛滥成灾，停下来，猛将惊骇的面孔转向他，已经来不及了，他没来由地"哈——哈——哈——哈"大笑，发出古怪的喉音，粗手粗脚去搔她的肋骨。

伊丽莎长篇大论追忆往事，噘着嘴冥思时，

他常开这种玩笑，她气冲冲打他的手，对他晃动气愤的面孔，满怀不屑说："孩子，真的！你的举动真像白痴。"惹得他又哈哈笑起来，于是她凄然摇摇头，故示怜悯说："换了我，我会惭愧的！真惭愧。"

他的资质不同凡响，有一种比智慧更佳的特性，他以滑稽剧的眼光来看世界，对于种种伪装、虚假和阴谋，偶尔报以傻乎乎的"哈——哈"。不过他并未掌握心中的邪神，反而是邪神偶尔掌握他。如果邪神一年到头完全主宰他的身心，那他的生活一定诚实得吓人，严谨得吓人，但他的思维有时像小孩子——带有小孩的伪善、多情和不诚实的伪装。

他的面孔是美和幽默的结合——陌生与熟悉合为一体。人们看见卢克，总有一种相识得心惊的感觉，仿佛看见一个从来没听过却又早就知道的东西。

冬天和春天海伦跟珀尔·海因斯巡回演唱时，曾到亚特兰大去看卢克一两次。春天他们观赏"大歌剧周"的表演。他曾在《阿伊达》剧中找机会当一夜的枪兵，其他日子由守门员身边经过就自称是"剧团团员——卢克奥·甘特奥"。

他穿着凉鞋，一双大脚直往外伸，护胫内的膝盖布满长毛，他在舞台边厢乱逛，身体倚着矛枪，满面春风，锡制的盆帽下露出浓浓的鬈发。

卡鲁索等着上场，不时对他露出南欧人特有的大笑容。

卡鲁索走过来打量他说："你叫什么名字，呃？"

他说："咦，你看见手下的士——士——士——兵，居然认不——不出来吗？"

卡鲁索说："你是差劲的士兵。"

卢克笑道："哈——哈——哈！"他好不容易才忍着没用手指去戳人。

夏天，他回到阿尔塔蒙特，在一家土地拍卖行任职，帮他们卖整笔或分批的土地。他在群众头顶的篷车上走来走去，劝他们投标，一手放在嘴边，滔滔不绝地恳求或说笑话。这种工作令他着迷，大家咧着嘴满怀期盼挤在车辆四周，他以又粗又高的声音对他们喊道：

"上来啊，诸位，十七号土地，在美丽的家林中——我们备置树林，你们备置家园。诸位，这块好建地纵深一百七十九英尺，有很多空地可辟建花园和后屋（在美丽的家林自己种小玉米），面宽一百一十四英尺，临接一条很棒的碎石路。"

"路在什么地方？"有人嚷道。

"上校，当然是在蓝图上嘛。白纸黑字印得清清楚楚。喏，诸位，人生的机会等不及你们去把握。你们是不是有远见的人？想想福特、爱迪生、拿破仑和恺撒会怎么做，照那股冲动去做吧。你不会亏本的，小城正往这边发展。仔细听，你们听见了没有？膨胀。新的法院要建在那座小山上，殡仪馆和面包厂会设在你们上方的漂亮砖楼里。噢，是的，是的，是的。你们出价多少？你们出价多少？在美丽的家林拥有自己的房舍。离铁路、汽车和飞机联络网都很远。隔不了多远就有自来水,管线多得很。我们的篷车队接得上各线的火车。诸位,这是你们发财的机会。地底的矿藏很丰富——树根下会发现大量的金、银、铜、铁、烟煤和石油。"

"牛奶午餐大王"哈洛伦先生嚷道:"卢克,灌木呢?"

四周闹嚷嚷,卢克答道:"在灌木丛中,油就是从那儿喷出来的。好吧,少校,看你面子,出价多少?出价多少?"

不拍卖的时候,他就在车站的围栏边迎接观光客,凭三寸不烂之舌请人到"迪克西兰"去住,声音清脆有力,叫人心服口服,压倒一切汽车司机、旅馆门房和膳宿公寓的男主人。

伊丽莎说:"你每拉一个客人,我给你一块美金。"

"噢,没关系。"噢,好谦逊,好慷慨。

甘特说:"他连身上的衬衫都肯脱下来给你。"

真是好孩子,夏夜她忙完了,歇手乘凉,他

会由镇上带回一小盒一小盒的冰激凌给她吃。

他有手腕，曾挨家挨户推销专利洗衣板、削马铃薯机和杀蟑粉。他向黑人推销可弄直头发的发油和宗教石版画——画面上有黑白肤色的大天使和小天使在大公无私的救主膝盖四周翱翔，名叫"上帝兼爱两者"。

这些东西销路好极了。

否则他就开甘特的汽车出门——1913 年的五人座福特轿车，是甘特一时兴起买的，现在整天挂在嘴边，时而辱骂，时而吹牛，时而诅咒一番。当时汽车不是人人都有的。甘特对他鲁莽的举动又惊又怕，为漂亮的座驾洋洋自得，却又为开销担心。每一笔汽油费、修理费或设备费都惹来他一阵咆哮，车子爆胎、失灵，出一点小事故都让他疯疯癫癫大步绕圈子，又哭又骂又祷告的。

他吼道："自从我买了这辆车，就没有片刻的安宁，它真是血腥的怪物，要吸干我的血，赔掉我的房屋，把我送进贫民公墓才甘心，慈悲的上帝啊，我晚年受这种罪，真可怕，真恐怖，真残忍。"他突然转向一旁局促不安的儿子说:"账单多少,嘿?"他的眼睛骨碌碌乱转。

卢克两脚乱动,安慰他说:"别——别——别激动,爸爸,只有八美元九十二美分。"

甘特尖叫说:"耶稣上帝啊!我完了。"他大声啜泣,开始走来走去。

不过黄昏或凉爽的夏夜还是惬意极了:伊丽莎或一个女儿坐在他身边,他口含烟草,乘车到乡下或镇上暗蒙蒙的长街兜风,长长的躯体贴在后座上。别的车子开过来,他便大声示警,或骂或求,提醒儿子当心。卢克开车很紧张,很古怪,很狂——焦躁的双手和膝盖结结巴巴向小汽车传达不安的情绪。车子出故障时,他气冲冲咒骂,猛踩刹车,还恼火地喊出"嘟——嘟——嘟——嘟"的声音。

夜深了,街上静悄悄,他野性大发,驶过树木夹道、绿荫遮天、平台林列的山陵长街,有时候突然狂笑起来,俯视驾驶盘,拉开节气阀,傻傻的"哈——哈"声传遍夜空,甘特则尖声咒骂他。

他们以死亡的速度疾行，穿过十字路口，卢克对诅咒和祈祷都报以狂笑。

甘特吼道："你这该死的无赖！停车，你这山蛮子，否则我送你去坐牢。"

"哈——哈。"——他的笑声转为假笑。

黛西原本只是回娘家避暑几星期，此刻她吓得脸色发青，把最小的孩子抱在胸前，苦哼道：

"我求你，为了我的家人，为了我那几个天真无邪、母亲不在身边的孩子——"

"哈——哈——哈！"

甘特哭起来："他是地狱来的恶魔，他真是残酷凶暴的怪物，他会撞树，压扁我们的脑袋，自己也完蛋。"此时车子一歪，咻咻超越另一辆车子，对方惊得紧急刹车，像受惊的马儿停在街角。

甘特向前靠，伸出大手去扼卢克的喉咙，大吼说："你这暴徒！你停不停车？"

卢克加速前进。甘特惊吼一声，仰跌在后座上。

星期天，他们到乡下长途兜风，他们常驶到

二十二英里外的雷诺兹维尔。那是一个丑陋的小名胜，车子来来去去吵得很，大街上汽油和油污味很浓。好几个州的旅人熙熙攘攘。南行的是南卡罗来纳州和佐治亚州的棉农和小生意人，他们开着红泥点点的破车携眷来此，下午到大膳宿旅馆吃一顿丰盛的炸鸡、玉米、串豆子和番茄片，再到兼卖咖啡的药房吃一客巧克力核桃圣代，看一群群夏日观光客和冰肌玉肤的处女走过人行道，消磨一小时，然后草草参观小城，就继续赶往炎热的南方去了。那是新鲜的国度。

夏日的门廊有好多南方来的姑娘，说话慢吞吞，曲线玲珑。

卢克是小亲亲，是好孩子，是慷慨的伙伴，最可爱的人。女人喜欢他，嘲笑他，亲昵地扯他的金色鬈发。他对小孩子很温柔——十四岁左右的女孩子。他对赛尔伯恩太太的大女儿迪莉娅·赛尔伯恩有一股浪漫的情愫。他买礼物给她，有时候很温柔，有时候焦躁。有一次在甘特家的门廊上，他浴着八月的月光和葡萄的香味爱抚她，海

伦则在客厅里唱歌。他轻轻抚摸她，把头靠在她
身上，说要枕在她胸口。尤金酸溜溜望着他们，
心里好难过，他自己想要这个女孩子，她笨笨的，
却承袭了其母美妙的身材和笑容。他更想要赛尔
伯恩太太，至今仍然热烈幻想她的一切，但是她
的形象在女儿迪莉娅身上复苏了。结果他面对她
们母女反而显得自负、冷淡、轻蔑和愚蠢。她们
不喜欢他。

　　他看卢克对赛尔伯恩太太献殷勤，非常羡慕。
卢克服侍她太专情太过分，连海伦都恼火和吃醋
了。尤金夜夜听见她的笑声由甘特家或伊丽莎家
的某一个角落里，或者屋前的汽车上传来，充满
柔情、屈服和神秘的意味。凌晨一两点，他曾在
伊丽莎家的楼梯上摸黑等着，觉得她由旁边走过
去。暗夜里她碰到他，会吓得低叫一声，他就咕
哝一声要她别害怕，然后红着脸，心脏扑通扑通，
爬上床。

　　他怀着惨绿的道德观，眼看哥哥享尽笑语和
柔情，不禁暗想：是的，你这大傻瓜，你——你

只是乳臭未干的生手！你瞎卖弄，故作大方，花钱买冰激凌给她们——可是你得到了什么？她在暗处跟浑蛋旅人或者养黑人情妇的梅毒客斯混完了，凌晨两点走下汽车，你觉得如何？"我能不——不——不能把头枕在你胸口？"你叫我恶心，你这笨蛋。女儿也好不了多少，只是你不懂罢了。她让你为她花钱，下半夜却跟花花公子乘汽车跑了。是的，就是如此。你希望有什么结果吗？你这大愣人。到后院来啊……我指给你看……注意……还有……还有……

他用力出拳，把幻影打败，把自己弄得精疲力尽。

卢克停工上学的时候，手头有在《星期六晚邮报》任职期间存下的几百美元。他很少用甘特的钱，他去当侍者，为学院的膳宿公寓拉客人，还替一位做"潇洒校园装"的裁缝当代理商。甘特常吹嘘他勤俭。镇民吸一口烟，点头吐口水说：

"那个小伙子会出头的。"

卢克像一切白手起家的人，辛辛苦苦赚取教

育费。他做过各种牺牲，什么都做，就是不读书。

他实在很成功，很得人缘，非常出众，自有其特色。学校推崇他，主动找他。足球赛后他两度登上灵柩台，对佐治亚大学发表葬礼演说。

但他尽管努力，第三年过完，仍在读大学二年级，而且很可能重修。春季的某一天，他写信给甘特说：

"管——管——管这个地方的浑——浑——浑蛋存心跟我过不去。我上——上——上当了。他们收了你辛苦赚的钱——钱——钱，剥削你。我要去读——读——读一个真正的学校。"

他前往匹兹堡，在西屋电气公司找到工作。每周到卡耐基技术学院去上三个晚上的课，交了不少朋友。

战争爆发了。他在匹兹堡待了十五个月，转往戴顿城，在一家制造战争物资的锅炉工厂任职。

夏天他偶尔返乡几星期，圣诞节则回来几天，陪家人度假。他老是带一行李箱的啤酒和威士忌给甘特。这孩子"对父亲很孝顺"。

六

初夏的某一天下午，甘特倚着栏杆和詹纳度交谈。他快六十五岁了，挺直的身躯往下沉，有点驼背。他常常谈起晚年，因为双手僵硬，现在说着说着就哭起来。他自怜自艾，自称为"必须养一大家人的瘸老头"。

他已显出年老和衰颓的迹象。现在他晚一个钟头起床，准时到店铺，大半时间躺在办公室的旧皮椅上，或者跟詹纳度、老风流利德尔、卡蒂亚克医生和法格·斯路德聊天——斯路德把资金投进广场的两栋大楼中，此刻正舒舒服服斜坐在防火局前面的一张椅子上，和棒球俱乐部的会员聊得起劲——俱乐部的主要支柱就是他。此时已过五点，球赛结束了。

黑人劳工身上黏满白白的水泥块，下坡经过店门口走回家。货车车夫慢慢散去，一位邋遢的警员一面剔牙一面走下市政厅的台阶；靠市场那一侧，偶尔有黑人女酒鬼的咆哮声由格子窗内传出来。人声像苍蝇嗡嗡响。

太阳稍稍转红，山上飘来凉爽的微风，疲惫的大地松弛下来，空中满是希望和黄昏的喜气。喷泉的水花慢慢冒起又落下，懒洋洋拍打着水池。一辆篷车枯燥地驶过大圆石路；救火队那一头，杂货商布拉德利正吱吱嘎嘎慢慢把布篷卷起来。

广场对面的另一边，城东的闺女们正三五成群一面聊天一面走回家。她们下午四点到镇上，沿着小街上下踱几回，到店里去买点小东西证明来意，然后到大药店去——镇上的花花公子正一群群在那儿闲逛，慢声慢调交谈呢。那是他们的俱乐部，他们的啤酒馆，两性交流的论坛。小伙子们含着自信的笑容，脱离团队，逛到摊位和餐台边。

"嘿！你们是哪里人？"

"小姐，过来。我想跟你说话。"

湛蓝如南部天空的眸子抬起来迎接笑眯眯的灰色明眸，迷人的酒窝更深了，南方最甜的小马尾在光溜溜的餐台上轻轻滑动。

现在甘特和一群老不休终日闲聊，觉得很有趣味——他们的荤话噼噼啪啪在广场上爆出来。晚上他回家，带回一肚子低级趣味的传闻，一面舔大拇指，一面笑眯眯问海伦：

"她不过是一般的小浪女吧——呃？"

她嘲笑道："哈——哈——哈——哈，你不希望自己见识一下？"

岁月带来几项好处，几项报偿。晚上她带女友回家，总会诚心诚意地让他拥抱客人。他像慈父般嚷道："咦，保佑她的心！来亲亲老头子吧。"说完就以刺人的胡须嘴去亲她们白白的颈项、柔软的樱唇，轻轻抓着她们结实的手臂，摇呀摇的。她们叽叽呱呱笑得好厉害，因为实在太——

太——太痒了。

"噢，甘特先生！哈——哈——哈！"

她们说："令尊真亲切，真有礼貌。"

海伦一直盯着他们。她笑一笑，声音兴奋得发哑。

"哈——哈——哈！他喜欢这一套，不是吗？老头，不坏吧？不要再胡来了。"

他跟詹纳度说话，眼睛鬼鬼祟祟瞟着广场东端。镇上的美妇由市场来到店门前。她们看见他，不时笑一笑，他深深鞠躬。真有礼貌。

他说："英国国王只是傀儡，他不会有美国总统这么大的权力。"

詹纳度以喉咙音说："他的权力受到习俗而非法令的限制。其实他仍是世界上最有权威的君主之一。"他黑黑的粗手指小心地伸进手表的表心。

甘特舔舔大拇指说："已故的爱德华国王尽管有错，却是聪明人。现在继位的家伙微不足道，而且是笨瓜。"他咧嘴一笑，为自己的大话沾沾自喜，还瞟了瑞士人一眼，看那些话有没有奏效。

妓院老鸨伊丽莎白"女王"由店门外走过，他小心打量她那衣着考究的身材。她欣然微笑，盯着大理石墓碑、绵羊和天使雕像看几眼。甘特优雅地一鞠躬。

"晚安，小姐。"他说。

她走远了。不久她下决心折回来，踏上宽宽的台阶。他看她走近，脉搏加快不少。十二年了。

他献殷勤说："小姐，你好吧？伊丽莎白，我刚才跟詹纳度说，你是镇上最时髦的女人。"

她用冷静的口吻说："噢，甘特先生，你真讨人喜欢。你对每个人都说好话。"

她怡然向詹纳度点点头，詹纳度转过阴森森的大脑袋，对她咕哝几声。

甘特说："咦，伊丽莎白，十五年来你一点都没变。我看你丝毫不显老。"

她今年三十八岁，对此有愉快的自觉。

她笑道："噢，是的，你说这话只是要我心里好过些。我已经不是漂亮的姑娘了。"

她的皮肤苍白洁净，有雀斑，头发呈红萝

卜色，嘴唇很薄，颇富幽默感。她的身材匀称强壮——不年轻啰。她精力充沛，仪态出众又文雅。

他客客气气问道："伊丽莎白，姑娘们好吗？"

她的表情变得很悲哀，她开始脱手套。

她说："我就是为这件事来看你，上星期有一个姑娘死了。"

甘特一本正经地说："嗯，我真遗憾。"

伊丽莎白说："她是我手下最好的姑娘，我为她尽了力，凡是能做的事情，我们都做了。这方面我没什么可遗憾的。我请了一位医生和两位训练有素的护士，一直守着她。"

她打开黑色皮皮包，把手套塞进去，然后抽出一块蓝边的小手帕，静静哭起来。

甘特摇摇头说："呃——呃——呃——呃——呃，真遗憾，真遗憾，真遗憾。到我的办公室来吧。"他们进去坐下。伊丽莎白擦擦眼睛。

他问道："她叫什么名字？"

"我们叫她莉莉——全名是莉莲·里德。"

他惊叹道："咦，我认识那位姑娘。两周前我还跟她说过话。"

伊丽莎白说:"是的,她就这样去了——一次又一次出血,在这边。"她拍拍腹部。"直到上星期三才有人知道她生病,星期五她就死了。"她又哭起来。

他惋惜地咯咯叫道:"这——这——这——这,真遗憾,真遗憾,她美得像是画中人。"

伊丽莎白说:"甘特先生,就算她是我的亲生女儿,我疼她也不过如此。"

他问道:"她年纪多大?"

伊丽莎白又哭了。"二十二岁。"

他表示同感:"真可怜!真可怜!她有没有亲人?"

伊丽莎白说:"没有人会为她尽力。她十三岁时母亲就去世了——她是在蜂树角出生的——"她愤然加上一句:"她父亲是卑鄙的老浑蛋,永远不会为她或任何人做什么。他甚至没有来参加她的葬礼。"

甘特恶狠狠说:"他会受罚的。"

伊丽莎白同意道："天堂有上帝，他一定会在地狱得到报应。老浑蛋！"又用道德口吻说："但愿他烂掉！"

他冷冷地说："放心好了，他会的。啊，主啊。"他带点遗憾地摇摇头，沉默了一会儿。

他咕哝道："真可怜，真可怜，这么年轻。"他跟所有的人一样，听见别人死亡，一时有点得意，也有点害怕。六十四周岁了。

伊丽莎白说："就算她是我亲生的女儿，我疼她也不过如此。那么年轻，大半生还在眼前。"

他说："想起来真可悲。苍天明鉴，真的。"

伊丽莎白轻泣道："甘特先生，她是很好的姑娘。前程似锦。她的机会比我多，我猜你知道，"——她说话很谦虚——"我干什么。"

他吓一跳说："咦，你是富婆，伊丽莎白——我若不相信你有钱才有鬼哩。你在镇上各地都有房地产。"

她回答说："我不敢这么说，但是我的钱够我吃一辈子，不必再工作。我这一生很辛苦。从此以后我不想再干活儿。"

她含羞带喜对他笑笑，用小手摸摸一撮鬓发。他专心看她，打量她未穿束裤的丰臀包在考究的衣衫内，小腿跷起，斯文的双脚穿着秀丽的小拖鞋。她身子结实，强壮，梳洗整齐，形态优雅——散发出微弱的丁香气味。他望着她坦率的灰眸子，觉得她是了不起的女人。

他说："苍天明鉴，伊丽莎白，你是漂亮的女人。"

她说："我日子过得不错，挺照顾自己。"

他们素来了解对方——打从一认识就如此。他们不找借口，不发问，不回答。世界渐渐远离他们。寂静中他们听见喷泉的水声，广场的浪笑声。他由书桌上拿起一本塑像集，翻弄光滑的书页。纸上浮现一块块佐治亚大理石和佛蒙特花岗岩。

她焦躁地说："我不要那些，我已经打定主意了。我知道我要什么。"

他讶然抬头。"要什么？"

"我要前面的那天使像。"

他脸上显出震惊和不愿意的表情，咬咬薄唇角。没有人知道他多么喜欢那尊天使像。在大众面前他称之为"白象"。他咒骂它，说他订购这尊石像太傻了，这尊石像在门廊上站了六年，任凭风吹雨打，现在已经变成棕色，上面有蝇斑。不过那是从意大利的卡拉拉运来的，天使手上斯斯文文拿一朵石刻的百合花，另外一只手举起来祈福，一只脚像瘸病鬼，身体呆立着，傻愣愣的白脸上挂着痴呆的笑容。

甘特生气的时候，偶尔会痛骂天使像。他吼道："地狱来的恶魔！你害我受穷，你害我完蛋，你害我晚年困苦不堪，现在你要害死我，你真是可怕又没天理的怪物。"

可是，有时候他喝醉酒后会跪在天使像面前哭，叫它"辛西娅"，求它疼爱、宽恕和保佑有罪肯悔改的男子。广场那边有笑声传来。

伊丽莎白说："怎么回事？你不想卖？"

他规避说："伊丽莎白，要花很多钱喔。"

她断然答道："我不在乎，我有钱。你要多少？"

他闷声不响，思索天使像立足的地方。他自知没有东西可以遮住那个地方或湮灭原来的痕迹——心里只留下光秃秃的台座。

他说："好吧，我照原来买的价钱卖给你——四百二十美元。"

她从荷包里掏出厚厚的一沓钞票，算出他要的数目。他往回推。

"不，等工作完成，石像立好再给我。你要碑文吧？"

"要。这儿有她的全名、年纪、出生地，等等，"说着交给他一个草字信封，"我还要几句诗文——适合薄命少女的。"

他由分类架上抽出破破烂烂的小碑文集，一面翻一面念些四行诗给她听。每一首她听了都摇头拒绝。最后他说："伊丽莎白，这首怎么样？"

他念道：

"她在娇花里消逝，

红颜未老；

还未能享受生活和爱情，

上帝召唤她，她便启程。

但信仰在风中低语：

不必为她悲伤。

她撇下你的爱，

到天堂中找寻更深沉的大爱去了。"

她说："噢，真迷人——迷人，我要这一首。"

他同意道："是的，我想这首最合适。"

小办公室里有凉爽的霉味，他们站起身。她身高到他的肩膀。她戴上小羊皮手套，扣好纽扣，环顾四周。他的旧沙发占满一面墙的宽度，皮革椅面印出他长长的体痕。她抬眼看他。他的表情悲哀凝重。他们回忆往事。

他说："伊丽莎白，好久了。"

他们慢慢穿过大理石堆，走到前面。天使像

立在木门外，茫然俯视下方。詹纳度的大脑袋像乌龟头更往肩膀的肉峰里缩。他们走到门廊上。

月亮已挂在清爽的夜空里，像幻影似的。一个小男孩背着空报纸袋走过去，因为肚子饿，幻想晚餐的香味，布满雀斑的鼻子上，鼻孔张得好大。他过去了，他们站在门廊边，有一段时间所有人畜仿佛冻结在图画里。救火员和法格·斯路德已看见甘特，交头接耳，现在正朝他这边望过来；一位警员站在治安法庭的侧廊上，倚着栏杆凝视前方；喷泉下的中央草坪边，有一位农夫低头去掬喷泉水，湿淋淋站起来瞪眼看人；肥硕的扬西穿着衬衫，从市政厅楼上的税吏办公室往外看。那一瞬间喷泉水静止不动，各种活动暂停，活像照片里捕捉到的姿势，甘特觉得只有他在表象的世界中步向死亡，像一个人在 1910 年看见自己二十岁胡子漆黑时在芝加哥博览会拍摄的照片，当时奔忙的妇女和临时义勇军在刹那间被定住了，他想起死寂的一刻，不禁到相框外去找当时存在（他知道）的实景；或者像一个老兵，在南北战争的图片里看见自己出发前和格兰特将军并肩支颐，还看见死去的人骑马的英姿；或者不妨说像一位功成名就的先生，看见自己年轻时代在苏格兰营帐前的照片，发现一根早就遗失和遗忘的曲棍球棒、一位已故诗人的面孔，也像一群师生每天苦读九小时准备"学位大考"，望着长假的照片……

如今在何处？后来在何处？当时在何处呢？

七

这几年，甘特最疼爱的海伦和卢克经常不在家，他的日子分别在自家和伊丽莎那儿度过。他讨厌又害怕孤零零的日子，但习惯已养成，他不愿放弃自家的舒适，忍受伊丽莎那儿的凄清和阴冷。她也不要他，她虽然愿意弄东西给他吃，可是现在女儿远行，他晚上经常到她那儿逗留很久，长篇大论，她比以前更受不了。

她发躁说："你自己有地方，为什么不待在那儿？我不要你在这儿惹麻烦。"

他哀叹道："打发他上路吧，打发他上路吧。他的骨头咔啦咔啦在路上颠簸，他只是个无主的乞丐。啊，主啊！老马的盛年过去了，它已跑完一生的路程。把他踢出去呀，老瘸子不能再养他们了，他们要把他丢到垃圾堆，他们真是丧尽天良的怪物。"

只要有人肯听他说话，他就留在"迪克西兰"不走，给冬天的一小群房客带来奇迹。客厅升起炉火，他坐在火边的大摇椅上前后晃动，津津有味诉说他经历过的传奇，说了又说，找一件他们感动的事情，编织和润饰一番，他们听得好入迷喔。他们瞪大了眼睛注意听，整个神话呈现在眼前：

李将军在一个农家子面前勒马要水喝，喝完把橡木桶里的水倒掉，细细问他前往葛底斯堡的捷径，还问他有没有看见敌兵，又在小本子上记下他的姓名，临别对僚属说："这孩子会出头的，教养出这种少年的敌人不可能打败仗。"

他骑驴到新墨西哥找一座古要塞，曾和和气气由印第安人身边走过，后来印第安人骑马追他，一路呜呜狂喊。他狂奔过红人村，千钧一发之际，有两个牧人保护他。有个小偷在新奥尔良深夜潜入他房间，偷走他的衣服，他在地板上和小偷搏斗，赤裸裸沿着运河街追了十七个街区（不是五个喔）。

他一周去看好几次电影，带尤金同行，弯腰驼背看完两场。他们通常十点半或十一点出来，跨上冰冷有声的人行道，进入白茫茫的世界——店铺关门了，橱窗整整齐齐，女帽商和呢绒商的蜡像模特儿默默摆着姿势，全城一片死寂。

广场上喷泉流速减缓，螺旋形的冰柱掉进愈来愈厚的水池面。夏天蓝蓝的水雾喷得半天高。水量关小就衰颓了——这一点正像喷泉。没有风。

甘特盯着整洁的水泥人行道，大步向前走，一路喃喃说话，复述影片的故事。大缝纫机的冷钢微微发亮。胜家大楼，全世界最高的。伊丽莎的缝纫机嗡嗡响，缝衣针不知不觉就刺到人的手指头。他闪缩了一下。他们经过广场角边的斯路德大厦向左转，光是这里的办公室租金每个月就可以收到七百美元。转角的橱窗摆满橡皮注射器和热水瓶。喝可口可乐吧。据说处方是由一个山地老太婆那儿偷来的，现在值五千万美元喔。大桶里有老鼠，不如在伍德药店里喝，这儿劲道不足。最近他特别喜欢喝饮料，一天喝个四五杯。

斯特恩医生曾在街角的旧棚屋住了二十年，直到法格买下它。曾归帕斯顿地产所有。当时花点小钱就可以买下来。若是如此，现在已是富翁了。现在斯特恩医生迁到北场。犹太人发了财，从小钱发迹。好烫，好烫，是个开口坑。我若有时间，就作一首小诗。十三个孩子 —— 她一年生一个。体宽和身高差不多。他们都发福了，每个人干活儿。儿子付膳宿费给父亲。告诉你，我的儿子一个都不付。犹太人真有办法。

驼子 —— 大家叫他什么来着？"大自然的残忍玩笑。"啊！主啊！老约翰·邦尼[1]怎么样了？

---

1 约翰·邦尼（John Bunny），美国著名电影演员，于 1915 年去世。

我一向喜欢他的片子。噢，是的。死了。

尤金暗想道：片尾男主角吻女主角的样子好
纯洁。随后是更温暖的场面。她鬈曲的长睫毛盖
着润湿的眼睛。她不敢迎接他的目光，甜蜜的嘴
唇上颤抖着欲望，他用力抱紧她，俯身热吻她的
樱唇。此时阳光射下来，割开了黎明的紫天幕。
"异乡人"说第二天早上可不行。他们脸上都罩着
厚厚的黄油彩。而且是古老的英国。不知道他们
彼此说些什么。我看他们真是无法无天。

一股信念使他心里平静下来。另一部好一点。

他想起"异乡人"。钢灰色的眼睛，坚定的
面孔，拔枪比别人快八分之一秒。"双枪比尔·哈
特""艾森尼的安德森"，全是安静的强人。

他用手拍拍屁股，手腕一动，用扣板机夺命
的食指敲击烟灰桶、燃柱和理发店的招牌杆。甘
特正在构思文章，吓了一跳，迅速瞄他一眼。他
们继续往前走。

有一天，春神又在大地长出鲜花了。不，
不——不是这样。接着一切都暗下来。下一幕：

一朵百合花被踩在地下，这表示他弄大了她的肚子。艺术。让她怀一个孩子。现在你不能走了。为什么？因为——因为——她害羞地垂下目光，脸上慢慢浮出红晕。他茫然瞪着她一会儿，接着困惑的目光——（噢，好！）——落在她紧张兮兮摸弄的小东西上，突然恍然大悟。她满面通红，想把小袄子藏在背后。老天！他完全明白了！你是说真的？她半哭半笑走到他面前，把滚烫的面孔埋在他颈窝里。你这傻小子。我当然是说真的（你这杂种！）小舞女。法罗·吉姆色眯眯笑着，玩弄湿湿的雪茄。他慢慢洗牌，兀鹰般的眼睛盯在她身上。皮靴内有一把刀，褶袖里有一把短筒手枪和三张一美元钞票，他起了杀意。不过"异乡人"冷冷的灰眸万无一失，他神色自若地喝下苏格兰威士忌，由镜子前面转过身来，手上的自动手枪比赌徒早六分之一秒发射。法罗咳嗽一声，慢慢倒在地板上。

现在拥挤的"三Y室"鸦雀无声。大家愣愣地站着。"坏比尔"和两个墨西哥人的面孔变成污灰色。警长本来望着锯屑地板上的尸体，如今恭恭敬敬转过头来。

他叫道："苍天明鉴，异乡人！我不知道世上有人能打败法罗。你叫什么名字？"

异乡人慢声慢调地说："伙伴，家谱上写的是尤金·甘特，不过这边的人大抵叫我'迪克西幽灵'。"

群众吓得张口喘气。

有人耳语道："老天！是'幽灵'！"

"幽灵"冷冷地回头继续喝酒，这才发现他和小舞女面对面。她那纯洁的眼睛流出两行热腾腾的珠泪，暖暖滴在他古铜色的手背上。

她嚷道："我要怎么样谢你才好！你使我免于落入比死更惨的命运。"

"幽灵"多次面对死亡，睫毛眨都不眨一下，现在看到她那棕色的大眼睛含情脉脉，却感到吃不消。他脱下墨西哥宽边帽，怯生生摆在大手上旋转。

他笨拙地吞声说："咦，没关系，小姐，随时乐意为淑女服务。"

此时两名酒保已经用桌布盖住法罗·吉姆的尸体，把它扛到后面的房间，回到吧台内站好。群众三三两两站成一堆，兴奋地谈笑，不久钢琴家开始弹那架破钢琴，大家竟跳起华尔兹来了。

当年的西部情绪很原始，复仇迅速，报应也快得很。

她的贝齿外浮出两个梨涡。

她劝诱道:"'幽灵'先生，你不跟我跳舞吗?"

他深思爱情的奥秘——虽然纯洁，却热烈。表面情势对她不利，这是真的。闲话伤人。她在妓院工作，但她的心是清白的。除了这一点，谁还能批评她什么?他欣然想起命案，以孩童的目光打量已死的仇人。电影里的人暴死，却死得干干净净。砰砰。再见，小伙子们，我完了。穿过脑袋或心脏——干净的洞，没有血迹。他保持天真无邪。他们的内脏或脑浆会不会流出来?面孔血肉模糊，下巴都被射掉了。或者那边的另一个——他的手臂像翅膀猛拍空气，身体辗转翻腾。你若失去那个呢？完蛋，死亡。他痛苦得抓抓喉咙。

他们由广场东北角的小尾巴向右转，沿着军校街东行。尤金满脑子鲜明的影像，亮得像宝石，静得像变色龙。他的人生是影子的影子，戏中的戏。他幻化成主角明星，银幕偶像，美丽红星的爱人，摆出英勇的姿势，每次伪装都真实得出奇。他是"幽灵"，也是扮演"幽灵"的人，因此才能将传奇化为事实。

他成了自己崇拜的英雄，俊美、高贵、有为的胜利者，超越那些老是胜利、永远善良、受女人喜欢而被他瞧不起的人。他受一群国际知名的佳丽垂青，那些佳丽有的是坏胚，有的是纯洁的甜姐儿，由金发女郎领队，竞相争取他的好感，某些冒失的女孩子还暗中耍手腕，想赢得他的欢心。她们总是合着眼皮仰视他，他热吻她们的樱唇，冲突结束了，凶案获得认可，美德大受表彰，他带着妖妇走向落日余晖。

他满脸热辣辣，斜睨了其父甘特一眼，脖子扭来扭去。

对街的角灯射出石炭光，冷冷浸润着奥菲姆戏院的砖造楼面。"格斯·诺兰和佐治亚佳丽"本周演出。还有"皮德蒙特喜剧四杰和鲍比·杜坎小姐"的表演。

戏院黑漆漆的，第二场演出结束了。他们由对街好奇地打量海报。寂静中"佳丽"们在哪里？正在广场的雅典咖啡屋里呢。她们演完总是去那边。甘特看看手表，十一点十二分。大比尔·梅斯勒在外面挥着警棍打量他们。十几位花花公子和浪荡儿坐在柜台前的高凳上。我有车停在外面。在困境中调情。然后到自由街的吉纳维芙旅社。她们都住那儿。耳语。足音。被警察搜捕。

甘特暗想：我猜某些女孩子是好家庭出身的。

浸信会教堂对面，有一辆灵车停在戈勒姆殡仪社门前。羊齿间依稀有灯光映出来。是谁呢？他暗自奇怪。安妮·巴顿小姐病得很重，她已经八十多岁了。几个纽约来的痨病鬼，一个尖脸的小犹太人，随时有人就对了，大家同样等着那不可避免的一刻。啊，主啊！

他想到殡葬仪式和殡葬业者，尤其想到戈勒姆先生，饥渴完全消失了。他是金发碧眼、白眉毛的汉子。

等着有钱又年轻的古巴佬去世，准备娶她，到哈瓦那去度蜜月。

他们由浸信会教堂转往清泉街。尤金暗想道：真像一座死城。小镇白霜点点，在朦胧星光下冻住了。生命的一切活动暂停，什么都不会老，什么都不会坏，什么都不会死。这等于战胜时间嘛。如果一个巨魔弹弹手指，让世上的各种活动停止片刻，也就是一百年，谁会知道其间的差别呢？人人都是睡美人。亲爱的妈妈，你若醒来，早点叫我吧，早点叫我吧。

他想看看墙背的人生和活动，却看不到。他和甘特是唯一有生命的东西。房子不会透露什么，平静的外表可能藏有凶杀案哩。他想古特洛伊城就是这个样子——完美不朽，和赫克托耳[1]死亡那天没有两样，只是他们焚了城，发现古城未毁的面目——那情景叫他心醉。消失的亚特兰蒂斯神秘岛。Y城。沉到海底的古都。空茫茫不腐的道路在他寂寞的脚底发出回音；他徘徊在大拱廊，他穿过古中庭，他的鞋子在庙院的石板地上咚咚回响。

他沉思道：或者单独和一群美女留在一座城内，因为瘟疫、地震、火山或其他大难，大家都逃光了，只有他免疫不受影响。他懒洋洋伸舌头，想象自己淫逸地在一流糕饼店和杂货店流连，像蟒蛇般大吃进口的美食：俄国、法国、萨丁尼亚来的精美小鱼啦，漆黑的英国火腿啦，还有成熟的橄榄、泡白兰地的桃子、酒香巧克力糖。他要到古地窖去搜掠香醇的勃艮第红葡萄酒；对着墙壁敲破"宝禄爵"的金色瓶颈，享受窖藏得沁人的美酒滋味；或者猛喝泉涌的桶装慕尼黑暗色酒，

1　赫克托耳（Hector），史诗《伊利亚特》中的勇士。

解解中午的渴。衣物弄脏了，他就换上丝质内衣和最好的衬衫。一周七天，他每天戴一顶新帽子，高兴的时候就换新衣裳。

他要每天住一栋新房子，每夜睡不同的床，再选一栋最豪华的住宅永久居住，把市内每一座图书馆最富丽的收藏一起搬进去。有一群女人留下来，整天为他编织新的迷网，他要某一个人的时候，只要按一按宫铃上他为她编的号码，就可以召她来。

他渴望丰裕和孤独。他暗暗想象海底的王国、多风的堡垒和地心的灵异世界。他搜寻没有门的仙境，树叶下或石头下渺茫的鬼国。而且没有鸟叫喔。

有时候他较重实利，就想象地面的大厦、埋在冈丘深处的洞窟、棕土大房间任他掠夺。隐藏的凉槽会带给他空气；他可以从山腰的窥孔俯视蜿蜒的路面，看见武装人员找他，或者听见他们在上面瞎搜索。他要从地下水塘抓肥鱼来吃，他的大土窖摆满老酒，他可以享受世间的宝藏——

包括最漂亮的女人 —— 永远不被抓。

所罗门王的宝藏。她。春神。阿里巴巴。俄耳甫斯和欧律狄克[1]。我赤裸裸由母亲的子宫出来，我将赤裸裸回去。让大地的子宫吞没我吧。赤裸裸的，一个健壮的人被卷入棕色的大子宫里。

他们走近伊丽莎家上面的转角。尤金第一次发觉他们的步伐已经加快，他几乎得小跑才跟得上甘特笨拙的冲锋步。

父亲吐气直发抖，轻轻呻吟，一只手按着痛的地方。小伙子傻愣愣笑得唾沫横飞。甘特用责备和痛苦的眼光看他一眼。

他哀叫道："噢 —— 噢 —— 噢 —— 噢！慈悲的上帝，痛死我了。"

尤金突然感到怜悯，他第一次看出伟大的甘特老了。苍白的脸变成黄色，肌腱尽失。薄薄的

---

1 俄耳甫斯是希腊神话中的人物，曾追随亡妻欧律狄克到阴间，获准带她回阳，条件是"未抵阳间前不得回头看她"，但他在最后一刻忍不住回头，遂永远失去她。

嘴唇显得别扭。衰老的过程已留下痕迹。

不，此后就一去不复回了。尤金看出甘特正慢慢走向死亡，往日的弹性和无限的威力都消失了。大骨架像搁浅的船只，逐渐解体。甘特病了，甘特老了。

他患了一种生活无节制的老人很常见的毛病——前列腺肿。这种病不见得会害死人，却往往是衰老和死亡的旗帜，很丑陋很不舒服。动手术通常能治好——手术的危险性并不大。但是甘特讨厌动刀，害怕动刀，他听从各种反对的意见。

他没有哲学天分，不能以好玩和超然的态度面对知觉退化、情欲降低、体能衰退等事实。他爱听各种诱奸的新闻，眼神饥渴，呼吸热烘烘的。富于哲思的人会嘲笑自己不能再享受的荒唐事，他却办不到。

甘特是不认命的，他具有最灼人的欲念——回忆的欲念，一心想用意志唤醒死去的东西。他已到达猛看报上讣闻的年纪。朋友和熟人死了，他用老人那种忧郁又虚伪的口气说："他们一个个走了。啊，主啊！下一个就是我这个老头了。"
其实他不相信如此，死神找的仍是别人，不是他。

他老得很快，他在大家面前逐渐死亡——老
得快，死得慢，变得无能和衰颓。由于他一生体
力过盛，暴饮暴食，闹哄哄沉迷酒色，现在的衰
老就显得格外恐怖。看见这个大躯壳衰老，实在
太怪异，太可怕了。他们以恐惧的目光观察他生
病的过程，活像观察一只断腿的狗死前慢慢活
动——比人受同样的伤更可怕，因为人没有腿还
能活命。狗只是一层皮包着躯体而已。

现在他年老易怒，很少长篇大论了。他有时
候骂人，有时候哭哭啼啼。他曾在半夜起来，又
痛又怕，一会儿臭骂上帝，一会儿又狂乱地求饶。
议论间夹着疼痛的尖叫——真真切切，叫人推拒
不了。

"噢——噢——噢——噢！诅咒我出生那一
天！……我诅咒天上的血腥怪物赐给我生命的那
一天……噢——噢——噢——噢！耶稣啊！我求
你，我知道自己不好，原谅我吧，发发慈悲可怜

我！以耶稣之名，再给我一次机会……噢——
噢——噢——噢！"

尤金面对父亲的表现，有时候非常愤慨。他
气甘特吃足了甜糕，现在因胃疼而咆哮，却又讨
着要再吃。他认为父亲一生吞掉了为他服务的万
事万物，世上很少有人比他享受过更多肉欲的快
乐。很少人对别人的需索比他更无情。父亲这样
出丑，这样痛骂上帝，又卑贱地向他们健康时不
理不睬的上帝求情，他觉得丑陋又可怕。甘特和
伊丽莎不断思索别人的死期，变态地传播某一熟
人的死讯；听到饱受褥疮折磨的无牙老妇在八十
岁时终于平静地去世了；世上其他地方有大火，
有饥荒，有屠杀，他们充耳不闻；他们迷信当地
不重要的小事，认为某一农夫死亡是上帝插手的，
他们自己若死了，则是神律和自然秩序停摆……
这一切都使尤金气得要命。

现在伊丽莎境况甚佳，有心情考虑别人的生
死。她的身体好极了，她今年五十多岁；中年多
病，现在反而强壮起来。她的身体白皙结实，比

以前肥重，每天做苦工，维持"迪克西兰"的业务——这种工作连强壮的黑人都会累倒，她倒好好的。她很少在凌晨两点之前上床，早上不到七点就起来了。

她不太愿意承认身体健康，她夸大每一种病痛，甘特若叫苦，她就提出自己的毛病来反击，搞得甘特很生气。海伦若怪她忽视病人（甘特），或者只专心注意父亲，害她妒火中烧，她就苦笑着暗示说：

"先走的可能不是他，前几天我有一种预感——我不知道还能叫什么。我告诉你——也许过不了多久——"她泪汪汪的——噘起嘴唇颤抖，为自己的葬礼而哭泣。

海伦气冲冲说："老天爷，妈妈！你没什么毛病。爸爸才是病人！你不明白吗？"

她不明白。

她说："啐！他没什么大毛病。麦圭尔医生告诉我，男人过了五十岁，三分之二有那种病。"

他身体有病，最恨妻子健健康康。看她这么

壮简直气死人。他无能,受困——想发泄他对妻
子的愤怒,有时候竟尖叫起来。

他不良于行,要人家多注意他,多多为他服
务。妻子对他的身体漠不关心,他气得发狂,一
心要人同情,为他落泪。有时他喝醉了,装死来
吓她,有一次装得好成功,本在门厅俯视他僵硬
的身体,以为他死了,霎时脸色发白。

他紧张得嘴唇发颤说:"我摸不出他的心跳,
妈妈。"

她慢条斯理说:"夜路走多了总会遇见鬼的,
我就知道迟早要出这种事。"

他眯着眼睛凶巴巴看她,她交叠着双手审慎
打量他,平静的双眼瞥见他偷偷呼吸。

她指示说:"儿子,取出他的钱包和文件,我
去叫殡仪馆的人。"

死人气冲冲大叫一声醒过来。

她泰然自若说:"我想这句话会使你苏醒。"

他赶快爬起来。

他吼道:"你这地狱犬!你巴不得喝我心脏的

血液。你没有慈悲，没有同情——你真是没有人性的血腥怪物。"

伊丽莎说："你叫'狼来了'太多次，总有一天狼真的会来。"

他每星期到卡蒂亚克医生的诊所去治疗三次。戒酒医生老了，表面上节制，举止威风，其实也变得衰老淫荡。他有一笔能让他过得舒舒服服的小财产，执业不怎么热心，客人日渐减少。他仍是出色的细菌学家，一天花几小时看细菌玻璃片，生病的妓女喜欢找他；他为她们服务，成效好极了。

他劝甘特不要动手术。他专心医甘特的病，嘲笑手术疗法，坚称他可以操纵感染的部位，使用导尿管，为甘特止痛。

两个人变成好朋友。医生整个早上只医甘特的病，患腺病的山民在候诊室呆呆看《生活》杂志，诊疗室里却传出他们俩的奸笑声。医生为甘特按摩之后，甘特趴在诊疗台上，兴致勃勃听浪女们的故事，或者听假科学风月志上的诊闻，医生有很多这一类的书。

他恳切地问道："你说僧侣们向大主教陈情？"

医生说："是的，大热天他们很难受，他在陈情书上批了个'准'字。这是文件的照片。"他用整洁干焦的手指举起敞开的书页给他看。

甘特瞪眼说："慈悲的上帝啊，我猜那些炎热的国家很糟糕。"

他舔舔大拇指，自顾淫笑着。已故的王尔德[1]就是一个例证。

1　王尔德是同性恋者。

八

生病的头几年，甘特体力稍减，却未严重衰退。在医生的治疗下，起初他会平静过一段时间，几乎以为自己康复了。有些时候他却成了牢骚满腹的老糊涂，一连卧床好几天，默认自己有病。这些高潮通常在闹饮之后发生。酒店已关闭好几年，本镇是最早"投票自决酒类能不能买卖"的地区之一。

甘特曾投票赞成纯洁派。尤金记得几年前的某一天，他跟父亲一起去投票，深深引以为荣。好战的禁酒派说好在衣领内佩戴白绸巾，宣传自己的意见。白巾代表纯洁，大胆的反禁酒派则戴红巾。

　　基督教教堂号角声大作，训练有素的禁酒派精兵宣告悔罪日的来临。经得起健康压力和教会压力的反禁酒派——他们人数很少——带着偷来的荣光，大摇大摆就义，活像要去抵抗暴民，战死沙场。

　　他们不知道自己的主张多么勇敢，他们只知道自己是对抗牧师主宰的社区意志——也就是村里最伤人的力量。没有人说过他们是拥护自由，他们只是带着鼻孔中的耻辱气味，固执地拥护口含啤酒、充血、红鼻、荷包松松的"酒馆守护神"。所以他们头发里插着葡萄叶，呼吸含有威士忌味儿，果断的唇边含着勇敢的笑容露面了。

　　他们走近投票所，像被围的骑士，四顾找战友，此时镇上的教会妇女像女猎人拉着拴狗绳似的，正对主日学的学生们下命令呢。小鬼头身穿白衣，小手紧抓着一面面美国小国旗，显得非常古怪——儿童若是呆呆喊起口号，鼓吹某一运动，尖声攻击他们的格列佛[1]，就是那副怪样子。

"孩子们，他在那边，去找他吧。"

他们围着中选的男士回旋乱舞，茫茫然大声唱道：

> "我们是慈母的宝贝，
> 明日的男女主人翁，
> 为了片刻空虚的欢乐，
> 你要害我们终生哀愁？
>
> 想想姐妹、妻子和母亲，
> 想想贫民窟里无助的婴儿，
> 别想自己，想想别人，
> 投票反对甜酒守护神吧。"

尤金打个冷战，骄傲地抬头看看甘特的白巾标志。他们高高兴兴由可怜的酒鬼身边经过，陷

---

1 格列佛是斯威夫特作品《格列佛游记》的主人公。

在天真的浪涛里，低头笑看几位"慈母的宝贝"。

他们私下暗想：这些娃儿若是我的小孩，我会打打他们的小屁股。

到了仓库的波纹铁板墙外面，甘特停下一会儿，有一群第一浸信教堂来的女士——塔金顿太太、法格·斯路德太太、C. M. 麦克唐纳太太和W. H.（佩特）彭特兰太太——向他道贺，他殷殷答礼。W. H.（佩特）彭特兰太太脸上敷着厚粉，长长的灰绸裙拖在地上沙沙响，脖子上戴着鲸鱼骨硬框领，斯斯文文轻笑着。她很喜欢甘特。

"威尔呢？"他问道。

她以基督徒的激烈口吻说："他应该到这儿来为天主服务，却跑去填卖酒业的口袋去了。甘特先生，除了你没有人知道我多受罪。"又意味深长说："你在家也得忍受彭特兰家祖传的怪癖。"

他懊恼地摇摇头，凄然瞪着水沟。

"啊，主啊，佩特！我们都备尝辛酸——我们两个人。"

一股晒草根和黄樟的气味由仓库里传出来，

飘入他细长的鼻孔。

佩特向几位女士宣布："该为正义发言的时候，你们会发现威尔·奥利弗·甘特等着献出一份力量。"

他以高瞻远瞩的政治家风范，往西看看毗斯迦旅社。

他说："酒是祸根也是忧虑的根源，曾给几百万人带来痛苦——"

塔金顿太太摆动宽宽的臀部，轻轻吟诵道："阿门，阿门。"

"——酒曾经给数以万计的家庭带来贫困、疾病和痛苦，害妻子和母亲心碎，夺走了小孤儿口里的粮食。"

"阿门，弟兄。"

甘特说："酒曾经——"这时候他瞥见蒂姆·奥多伊尔那宽宽的红脸，还有安布罗斯·内瑟索尔少校的络腮胡下巴——他们是出色的酒店老板，正站在相隔不到六英尺的入口附近听他说话。

内瑟索尔少校用牛蛙般响亮的声音怂恿道："说下去！说下去呀，W. O.（甘特），可千万别打嗝！"

蒂姆·奥多伊尔擦擦嘴角的一小股烟草汁说："老天！我看过他向门口走，却跨窗出去。我们看他来，总要多雇两个人开酒瓶。他以前常给酒保赏金，叫他们早起哩。"

甘特痛切地说："女士们，我求你们别理他们。他们是最下流的下流胚，被威士忌搞昏了头的败类，他们堕落得太厉害，简直不配称做人。"

他挥挥下垂的帽子，走进仓库。

安布罗斯·内瑟索尔赞许道："苍天明鉴！W. O.（甘特）能将英语的尾巴打个结。真的。"

可是两个月不到，他就为喉咙发干叫苦了。几年间他不时向巴尔的摩的商家订购指定的配额——每两周一加仑威士忌。那是瞎眼虎（非法卖酒处）的日子，镇上有好多那种店铺，劣质黑麦威士忌和走私的玉米酒最流行。他老了，他病了，他仍然喝酒。

欲望的沟渠已干涸，只剩下一小股情欲，化为枯燥的淫行。他送钞票、内衣裤和丝袜给夏天到"迪克西兰"度假的漂亮小寡妇，在阴暗的小办公厅替她们的美腿穿上丝袜。赛尔伯恩太太含着冷静温柔的笑容，慢慢伸出肥腿，哗的一声套上他送的绿绸提花袜带。他狡點地笑一笑，舐舐大拇指，他的行为奏效了。

海伦不在的时候，一位四十九岁的离婚妇人租下伍德森街的二楼，她染过头发，胸部穿乳褡，臀部突出呈斜角，手臂多肉，斑斑驳驳，凹脸松弛无弹性，抹了亮丽的化妆品。

甘特满怀希望说："嘿，她看来像女冒险家吧？"

她有一个儿子，今年十四岁，生就一张圆圆的橄榄脸，身体柔嫩白皙，小腿瘦瘦的。他专心咬指甲。他的头发和眼珠子呈黑色，脸上有一种悲哀和鬼祟的表情。他很识相，在恰当的时候就躲起来不露面。

甘特提早回家，寡妇在门廊上摇晃，他深深一鞠躬，叫她"女士"。她倚着吱吱嘎嘎的楼梯扶手，淘气地俯身跟他说话，懒洋洋向他抛媚眼，她自由进出他现在睡的起居室。有一天傍晚，他刚进房间，她由浴室走出来，浑身带着上等香皂味儿，身上裹一件火红色的日式晨衣。

他暗想：还是挺漂亮的女人嘛。晚安，女士。

他从摇椅上站起来，推开晚报（《共和党人报》），取下鼻梁上的钢边眼镜。

她轻轻盈盈走到空空的火炉边，用青筋暴露的双手紧紧扣住晨袍。

她抛了一个媚眼，飞快掀开衣服，露出穿丝袜的细腿和裹着蓝绸内裤的丰臀。

她暧昧地说："不是挺漂亮吗？"他大步上前，她却像酒神的女祭司引诱酒神一般，轻轻溜走了。

他淡淡地说："上等货色。"

后来她煮早餐给他吃，伊丽莎在"迪克西兰"冷眼旁观。他不善于隐瞒，他早晚来逗留的时间缩短了，口舌也厚道些。

她说："我知道你在那边搞什么鬼，别以为我不知道。"

他羞怯地咧嘴一笑，舐舐大拇指。她想说话，嘴唇默默动了一会儿。她又起一块正在煎的肉，翻到生的一面，在油腻腻的蓝烟里露出报复的笑容。他用僵硬的指头粗鲁地去戳她；她又好气又笑，尖声抗议，昂首跨出他伸手可及的范围。

"滚开，我不要你在我身边！现在来这一套太迟了。"她唠唠叨叨讽笑着。

她想说话，噘嘴噘了几秒钟，才继续说："你巴不得能来一下吧？真是的，换了我，我会觉得丢脸，人人都在你背后笑你。"

他生气，大吼说："你撒谎，苍天明鉴，你撒谎！"真像掷锤的雷神。

他对新欢很快就厌倦了，他身心疲乏，觉得空虚和害怕。有一段时间他送小钱给寡妇，不向她收房租。当他看出家宅的自由已经失去，他无端惹上一个专横的巫婆，就把谩骂的箭头转到她身上，在店铺里走来走去喃喃自语。有一天晚上他喝醉回家，把她由寝室逼出来，她没穿罩袍，没有牙齿，没有化妆，手上抱一件晨袍，被他追得到处跑，最后来到院子的大樱桃树下，他绕圈子咆哮，疯狂扑向她，她吓得发抖，眼睛瞟瞟四周的听众，忙穿上皱皱的晨袍，半遮住起伏的胸部，向人求援。没有人来救她。

他尖叫道："你这母狗！我杀了你。你喝掉我心脏的血，你害我濒临毁灭，你幸灾乐祸看我倒霉，欣然听我死亡的挣扎声，你真是血腥的、没天良的怪物。"

她灵活地用大树护身，趁他专心思索骂人的话时，飞快逃走，上街到塔金顿家去避难。她在塔金顿太太怀里休息，神经分分地流泪，粉白的脸留下一道道沟纹，这时候他们听见甘特屋里乱糟糟的脚步声、家具的碰撞声和他跌倒的咒骂声。

她嚷道："他会害死自己！他会害死自己！他不知道自己在干什么。噢，天哪！"她哭道："这一生还没有男人跟我说过那种话。"

甘特在家里跌得很重。一片沉寂。她惶然站起身。

她低语道："他不是坏人。"

初夏，海伦回来后的一天早晨，尤金听见混乱的脚步声和激动的叫声由房屋上侧通往游戏厅的小木板路传来，顿时被吵醒了——游戏房是发霉的小松木建筑，只有一个大房间，他由后房窗外的斜屋顶几乎摸得到那栋房子。游戏房是甘特手下的另一夸张奇景：在孩子们小时候为他们建的。那儿封闭多年，幽静怡人，里面的空气凉爽发霉，终年带着旧松板、书箱和脏杂志的气味。

最近几星期，赛尔伯恩太太的厨娘安妮暂住在那边，她是南卡罗来纳的黑人，长得丰满标致，今年三十五岁，皮肤呈古铜色。此女到山区来避暑，她烹调手艺甚佳，指望在旅馆或膳宿公寓工作。海伦付周薪五美元雇用她，真是足以自豪的壮举。

那天早晨甘特提早醒来，瞪着天花板若有所思。他起床更衣，穿上皮拖鞋，轻轻由木板路走到游戏房。海伦被安妮的抗议声惊醒，她预感不对劲，走下楼梯，发现甘特在盥洗室走来走去，一面拧绞双手一面呻吟。隔着敞开的房门，她听见黑人厨娘大声发牢骚，砰砰拉抽屉，收拾东西。

"我不习惯这种勾当，我是有夫之妇，真的，我不要在这栋房子里多待一分钟。"

海伦气冲冲转向甘特，猛摇他的身体。

她叫道："你这下流的老东西，你！你好大胆！"

他像小孩猛跺脚，踱来踱去哭诉说："慈悲的上帝啊！为什么我老来会遇到这种事！"他假意用鼻音说："喔——喔——喔！噢，耶稣啊，你害我受这种罪，真可怕，真残忍。"他不讲理是出了名的，他怪上帝揭发他的丑事，他哭自己被逮着了。

海伦冲出门外，走到游戏房，比手画脚恳求安妮别生气。

她劝诱道："算了，安妮，你若肯留下来，我每周多付一美元薪水。忘了那件事！"

安妮执意说："不，小姐，我不能再留在这儿了，我怕那个人。"

甘特走来走去，不时停下一会儿，伸长耳朵偷听。安妮每拒绝一次，他就呻吟一声，再度叫苦。

卢克下楼了，两只大光脚丫子紧张兮兮动来动去。现在他走到门口看热闹，瞥见黑人厨娘端庄的表情，突然哈哈大笑。海伦一脸慌张和愤怒走回屋里。

她说："她会到镇上各处去告状。"

甘特的呻吟一阵阵拖得好长。尤金起先又惊又怕，疯狂地踏过厨房的油毡布，像猫儿一般跌坐在光脚板上。本怒目进来，轻蔑地闷笑，尤金向他尖声叫嚷。

海伦说："她一回亨德森镇，当然会一五一十告诉赛尔伯恩太太。"

甘特哭道："噢，天哪！我为什么这么倒霉——"

她用滑稽的口吻说："噢，滚你的！滚你的！"

她的愤怒突然化为一抹粗鄙的笑容，几个人捧腹大笑。

"我会死。"

尤金笑得直打嗝，说不出话来，轻轻顺着厨房和盥洗室共用的门柱往下滑。

本举起白白的大手吼道："啊，你这小白痴！"他含着闪烁的笑容走开了。

这时候，安妮来到门外的小径，表情悲痛又端庄。

卢克紧张兮兮看看父亲，又看看黑人厨娘，两只大脚动来动去。

安妮说："我是有夫之妇，我不习惯这种事。我要领钱。"

卢克哈哈大笑。

"哈——哈！"他弓起手指去戳她脂肪下的肋骨，她气冲冲避开，嘴里念念有词。

尤金全身无力赖在地板上，活像被人斩首似的，一只小腿轻轻往外踢，还盲目摸摸睡衣的领子。他张着嘴巴，不时发出微弱的笑声。

他们忍不住狂笑，把心里积压的紧张兴奋全化为疯狂的笑声，霎时洗净人生的一切恐惧和不幸，衰老和死亡的痛苦。

甘特奄奄一息，走到他们之间，一面哀叹上帝整天监视他，一面打量他们的笑脸，哀号的嘴巴偷偷浮现一抹笑容。

早晨，厨房的空气由门缝钻进她房间，一晃一晃吹动了旧绳子编的吊饰，伊丽莎的生命在浪涛中摆荡，像马尾藻似的。她揉揉衰弱的小眼睛，消除睡意，迷迷糊糊想起古老的失落感，微微露出笑容。她的手指头轻轻摸索旁边的床位，发现床上空空的，她清醒过来，想起来了，我的幺儿，我最后的苦果，噢，心灵晦暗的你，噢，幽远而寂寞的你，到什么地方去了？噢，想起他的脸啊！死神之子，我冒险的伙伴，我肉体的最后一个创作，曾温暖我体侧，贴在我背脊的幺儿啊。走了？离开我了？什么时候？在什么地方？

遮帘门砰砰响，市场的差童把碎肉香肠倒在

桌上，一个黑人女仆在炉边摸索。现在伊丽莎完全醒了。

本静静走动，却不是偷偷摸摸的，他不承认也不否认什么。他那细细的笑声穿透了黑暗，盖过木制秋千椅的吱嘎声。珀特太太笑得轻柔柔，令人欣慰。她已四十三岁，块头大，仪态斯文，喝酒喝得不少。她喝醉酒后声音低低柔柔的，不太清脆，笑声很轻很含糊，走路带有醉后的凝重感。她衣着很考究，身上多肉却不肉感。她的轮廓不错，头发软软呈橡树色，眼睛蓝蓝的，有点蒙眬。她笑起来咯咯响，很动人很开心，大家都很喜欢她，海伦叫她"胖子"。

她丈夫是药品推销员，在肯塔基州、阿肯色州和密西西比州巡游，每四个月回阿尔塔蒙特住两星期。她女儿凯瑟琳年纪和本差不多，每年夏天到"迪克西兰"来避暑几星期，她在田纳西州的一个村子里当老师。本同时当母女二人的护花使者。

珀特太太跟他讲话的时候轻轻笑，叫他“老本”。他坐在暗处谈谈话、哼哼歌，偶尔发出细细短短的笑声，象牙色的手指夹着一根香烟，深深吸几口。有时候他会买一瓶威士忌，静静同饮。他们的话大概多了一点，却从不大声喧哗。他们半夜偶尔会由秋千上站起来，由树下出去，走入街心。他们夜里不回来，伊丽莎在厨房里烫一大堆皱衣物，注意听。接着她上楼偷窥珀特太太的房间，噘着嘴唇下楼。

她得跟海伦谈这些事，她们之间有一种古怪的默契，一起笑或一起心酸。

海伦不耐烦地说：“咦，当然，我早就知道了。”她好奇地看看门外，张口露出大金牙，瘦脸上显出儿童那种信任、惊叹、怀疑和痛心交杂的表情。

“你想他真的那样？噢，不会的，妈妈，她的年纪足可当他的母亲。”

伊丽莎一脸沉思和责备的表情，现在泛出笑容了。她用手指揉揉宽鼻翼下方，掩饰她的笑意，并嗤嗤偷笑。

她说："我告诉你吧，他完全像他父亲，简直是他爸的翻版，祖传的毛病。"

海伦嘶声笑一笑，抓抓下巴，凝视外面野草丛生的花园。

她说："可怜的老本！"她的眼睛不知怎么竟泪汪汪的。"哎！'胖子'是淑女。我喜欢她——我不在乎谁知道。"又大无畏加上一句："反正那是他们自己的事。他们静静不说，你也不能代他们说太多。"

她沉默片刻。

她说："女人为他痴狂，她们喜欢文静的男人，对不对？他是绅士。"

伊丽莎一本正经地摇头摇了好一会儿。

她低声说："你作何感想？"噘起的嘴唇又发抖了。"每次都大十岁以上。"

海伦又说："可怜的老本！"

"文静的人，悲观的人。我告诉你！"伊丽莎摇摇头，说不出话来。她的眼睛也湿了。

她们想起儿子和情人，彼此的默契更深了。她们想起甘特家的男人永远觉得饥渴，永远是大地的异乡人，是迷路的不知名过客，她们饮下了奴隶生活的苦酒。哦，失落啊！

女人的手巴不得去摸他的鬈发，她们到报社登广告的时候，指名要找他。他皱着眉头，两脚交叉倚着柜台站立，像文盲似的平平板板念她们写的广告词。多毛的瘦腕由浆过的白袖口伸出来，被烟碱熏成象牙色的指头抚一抚皱褶。他皱眉低头，一面擦一面排字。太太小姐们的纤指抽动几下。"这样如何？"她们盯着他整洁的头发，含含糊糊说："噢，好多了，谢谢你。"

征求：成熟有同情心的女人征求皱眉的青年脑袋供她触摸。婚姻不幸福。姓名、地址：邮政信箱七十四号，B. J. X. 太太。一个词八美元。"噢（温柔地）谢谢你，本。"

广告经理杰克·伊顿的胖脸伸入本市主编的办公室："本，你的一位后宫佳丽来了。我要接下广告，她想杀掉我。你看看她有没有朋友。"

本对本市主编说："噢，听听这话。"又说："伊顿，你入错了行，你该跟'蜜童'埃文斯一搭一档打诨说笑才对。"

他皱着眉，把手上的香烟扔掉，走进办公厅。伊顿留下来跟本市主编说笑。噢，怪人本·甘特！

拥挤的夏季，他有时候深夜回到伍德森街，跟尤金睡在他们兄弟姐妹出生的楼上前厢里。他坐在头尾画了水果圆徽的奶油色旧床上，用枕头高高垫起身子，朗读林·拉德纳的棒球故事，小心摸索发音。阿尔，你了解我。窗外的游廊平顶还暖暖的，带有白天沥青黏在锡片上的气味。密密的葡萄挂在叶簇间。我不想把儿子养成左撇子。我想揍格利森的眼睛一拳。

本念得很辛苦，后来又停下来偷笑。就这样，他像小孩似的，皱眉念书，探索一切词意。女人喜欢看他这样皱眉苦读。唯有生气时，以及和天使谈话时，他才会显得生猛。

尤金十四岁那年，伊丽莎又前往佛罗里达州，让他在伦纳德夫妇家寄宿搭伙。海伦在东部和中西部各都市漂流，愈来愈感到疲惫和害怕。她在巴尔的摩的一家小酒馆演唱几星期，转往费城，在一家小店的音乐柜台里弹破钢琴，演奏流行歌，伸着舌头苦苦研究新乐谱。

甘特每星期乖乖写两封信给她——长篇大论地报道悲哀的生活。他偶尔会寄上小面额的支票，她都留着没去兑领。

他在信上说："你妈又到佛罗里达州追野雁去了，撇下我孤零零在这儿面对噪声，挨饿受寒。天知道这个可怕的、地狱般可咒的冬天结束前我们会有什么下场，不过我预言会进克利夫兰治下的那种贫民救济院和施粥所。民主党当选时，你不妨开始数一数自己的肋骨。银行没有钱，民众失业。你相信我的话没有错，在我们死前，一切都会落在收税员手里。今天早上我看气温，华氏七度，煤炭一吨上涨七十五美分。晴朗的南方啊。

比尔·奈说：别践踏草地。耶稣上帝啊！昨天我
经过南方燃料公司，看见老瓦格纳在窗边目睹孤
儿寡妇受苦，幸灾乐祸微笑着。他们都冻死，他
也不在乎。鲍勃·格雷迪星期二由市民银行出来，
竟倒地死亡。我认识他二十五年了，他这辈子没
生过病。熟悉的老面孔都去了，下一回就轮到老
甘特啰。你妈走了以后，我在塞尔斯太太家吃饭。
你一辈子也没看过她那样的盛餐——水果堆成一
座座小金字塔，还有炖枣子、桃子和蜜饯，大块
的烤猪肉、烤牛肉、烤羊肉，冷大腿和舌头肉，
还有五六种叫人形容不出的蔬菜。我不知道只花
三十五美分，她怎能弄得这么丰富。你妈出门期
间，尤金住在伦纳德夫妇家。我一星期带他到塞
尔斯家一两次，让他打打牙祭。他们看见一双长
腿进来，表情好凝重喔。天知道他把东西吃到哪
儿去了——他的食量抵得上三个人，我想他在学
校吃得不好，露出甘特家特有的单薄饥色。可怜
的孩子，他等于没有妈妈了，破产前我会尽力帮
助他。伦纳德每星期来夸奖他，他说很少人比得

上尤金，镇上每一个人都听过他的名字。前几天，普雷斯顿·卡尔（他一定会当下一任州长）还跟我谈起他。他要我把尤金送到州立大学的法学院，让他在那边跟同州的人结成终生的好友，然后投身政治。我应该这么做的。我要让他受良好的教育，其他的就靠他自己了，也许他会为这个姓氏增光。打从他穿长裤，你就没见过他。圣诞节你妈在摩尔的店里选购一套漂亮的西装。他到黛西家过圣诞节，把新衣服穿上了。我在球拍店买了一条便宜的裤子给他日常穿。好衣裤可以留到星期天再穿。你妈把旧谷仓租给雷维尔太太，等她回来再收回。前几天我进去，发现那边第一次显得暖洋洋。炉子整天有火光，她不怕多烧煤。一周又一周我几乎看不到本。他凌晨一两点才回来，在厨房四周走动，而我起床走了好几小时，他还没醒呢。问他是问不出结果的——他说话从不超过五六个字，你客客气气问他话，他会打断你。有时候我看见他深夜跟珀特太太待在城里，他们非常亲密。我猜她是坏胚。全是时代造成的。星期天晚上，约翰·杜克在白石旅社被探员开枪打死。他喝醉酒，说要射死每一个人。这对他太太而言是一件惨事，他留下三个孩子。今天她来看我。人人都喜欢他，可是他喝醉酒就可怕了。我的心为她滴血，她是一个漂亮的小妇人。酒精造成的灾害超过世上一切祸根，我诅咒人类发明酒的那一天。内附一张小额支票，你自己买一份礼物吧。天知道我们会有什么结果。你挚爱的父亲，W. O. 甘特。"

她细心保存父亲所有的来信——他用那残疾的右手，以哥特体草草写在漂亮的厚信纸上。

此时，伊丽莎在佛罗里达州的海岸线徘徊，若有所思地盯着未发展的迈阿密城，觉得棕榈滩的物价太贵，代托纳的租金太高，终于转往内陆的奥兰多，那儿湖泊和果树很多，彭特兰夫妇正在等她去，佩特脸上有冷冷的战斗欲，威尔则一面剥手上的皮疹，一面摆出发痒和紧张的怪表情。

九

尤金在伦纳德预校读了两年以后，本替他找到一份送报的工作。伊丽莎曾埋怨他懒惰，她说尤金只肯替她帮点小忙，甚至一点忙都不帮。其实他并不懒，只是讨厌膳宿公寓的各种日常琐事。母亲派给他的活儿不算重，但很频繁。他觉得在"迪克西兰"出力徒劳无功，每天操劳会被一笔抹杀，感到很沮丧。她若肯给他一份职务，每天负责固定的工作，他可以兴致勃勃完成。可惜她自己的方法也很杂，她要儿子随时待命跑腿，他又对母亲的利益漠不关心。

"迪克西兰"是她生命的核心，占据她整个心力，尤金却为之胆寒。她派他到杂货店去买面包时，他感到厌倦：面包会被陌生人吃掉，他们今生的种种努力无法得到更新、更好、更美的成果，全都融化在每天的馊水中。她派他到茂密的菜园去除草——她随手乱种，青菜倒长得不错哩。他懒洋洋砍下去，知道艳阳下杂草还会长出来，而母亲的青菜不管有没有杂草都长得很肥，可供房客们食用，也知道只有她的生命能够持久。他望着她的时候，感到时间烦人又可怕，除了她，人人都会死在遮天蔽日的马尾藻丛里。他醉酒般敲打结块的土地，突然听见她由高高的后门廊上发出刺耳的尖叫，这才苏醒过来，知道自己把一整排玉米全部毁掉了。

她面对乱糟糟的洗衣盆、晾晒的长袜、未洗的空奶瓶和生锈的油桶，突然俯视他，气冲冲地说："咦，究竟怎么着，孩子！"哈蒂斯堡的棉商巴斯克特先生满脸大胡子，正向下微笑，伊丽莎转向他说："真是的，我该拿他怎么办？他把那一排玉米全都砍掉了。"

巴斯克特先生看一看说："是啊，杂草倒是一株都没砍。"他裁夺道："孩子，你需要在农场上待两个月。"

我买的面包会被陌生人吃掉。我搬煤炭，砍木柴，生火给他们取暖。烟，烟，烟，我们生命中的一切都化为云烟。没有结构，没有创造性，连烟蒙蒙的美梦都没有。下凡吧，天使，对我们说几句悄悄话。我们随云烟消逝，昨日劳苦半天，今天收不到任何酬劳，只是疲劳而已。我们该如何自救呢？

报社派他走黑人区——那是最辛苦、利润最薄的区域。他每周送报，一份两美分，每周收款可抽十分之一，拉到一名新订户可以得十美分的佣金。就这样，他每星期可赚四五美元。他那发育不良的瘦躯最贪睡，可是现在他得在凌晨三点半起床——黑暗和寂静中，满耳尽是不真实的嗡嗡声。

古怪的仙乐由黑暗中流出来，交响乐的大波

涛扫过他慢慢清醒的感官。美丽的魔鬼鼾声传过黑暗和光明，勾起了古老的回忆。

他在泛白的强光下蹒跚前行，慢慢睁开睡眼，等于由黑暗中再生，割断了脐带。

鬼耳少年，醒来吧，醒入黑暗中。幻影，醒来吧，醒入我们心里。试试，试试，噢，试试这条道路。打开光墙。幽灵，幽灵，谁是幽灵呢？噢，失落啊。幽灵，幽灵，谁是幽灵？噢，悄然的笑声。尤金！尤金！这儿，噢，来这儿，尤金。这儿，尤金。道路在这儿，尤金。你忘了吗？树叶、岩石、光墙。尤金，掀起岩石、树叶、石头，打开虚有的门扉。回来呀，回来呀。

一个不知睡眠为何物的大嗓门说话了，永远是那么近又那么远。

尤金！

说说，停停，无言地继续诉说。在他体内发言。儿子啊，黑暗存在的地方就有光明。孩子，试试你记得的字眼吧，混沌初开，远在无边的绿林地那一头。昨天，记得吗？

远处林木苍苍，喇叭曲响了。海洋林木苍苍，水色浩渺，洞窖珊瑚的喇叭调。面如女巫、穿绿袍的贵妇坐在马鞍上摇摆。美人鱼剥了鳞，在海底的柱廊内好迷人。岩石下的隐秘国度，飘飘忽忽长在树皮里的木精姑娘。他醒来的时候，她们幽远地寻他，飕飕声愈来愈低。接着是深邃的歌声，像恶魔唱的，乘风而来。兄弟啊，兄弟啊！他们像子弹随风飘，顺着黑暗的边界飞行。噢，失落的、因风愁苦的幽灵，回来吧。

他换好衣服，轻轻下楼到后廊去。凉爽的夜空布满湛蓝的星光，他发个抖醒过来，可是他沿着寂静的街道走向城区时，耳朵里仍旧有奇怪的响声。他像幽灵，聆听自己的脚步，听见远处的街灯一眨一眨，如海洋般深邃的眼睛望见了城镇。

他心里响起庄严的音乐，充塞于大地、空中、整个宇宙，不响亮，却无所不在，向他道出死亡和黑暗，告诉他古往今来的人全都向一处平原集中。世界上充满默默前进的人：没有人说什么，可是每个人心中都知道一个字眼——那是人人知道却又忘了的字眼，失落的牢门钥匙，通往天堂的窄径——音乐翱翔，弥漫他的身心时，他嚷道："我会记着，等我走到那个地方，我会知道的。"

炽热的光芒由办公室的门口和窗口流出来。大印刷机发挥能量，楼下的印刷房愈来愈吵。他走进办公室，吸入空中暖暖的钢铁和油墨味，突然清醒过来，麻醉的四肢猛然一抖，变得结结实实，活像空中飘荡的仙灵一碰到地面，霎时长出血肉来。送报生吵吵闹闹排队直排到发行经理的书桌前，等着寄存他们收来的一把一把油腻腻的硬币。经理坐在一盏加了绿罩的电灯下，迅速查阅他们的账册，核算数额，数一数五美分镍币、十美分硬币和一美分的硬币，放进抽屉的小托盘中。接着他潦潦草草写一张今天早上的派报令给他们。

他们跑到楼下，像赛犬般急着出发，对绷着脸的出纳员猛挥手上的字条，出纳员以黑黢黢的手指正确算出一大叠纸张。他容许他们"多拿"两份。送报生若马虎一点，他就在账册里记下五六个不续订的客户姓名，增加剩报的份数。这些剩下的报纸可以跟便餐店的人换咖啡和馅饼，或者送给他喜欢的警察、救火员或电车司机。

机房里，哈利·塔格曼在别人的注视下优哉游哉闲逛，鼻孔里喷出一股股烟圈。他老练又漫不经心地浏览一下机房，汗衫沾满汗水，多毛的大胸脯朦胧浮现，一大片黑压压的。一位助理印刷工在轰隆轰隆的活塞和圆筒间爬来爬去，手上拿着一个油罐和一捆破布。一大条白纸不断由圆筒内流出来，跃入乱糟糟的碾压机里，不一会儿就切好、印好、折好、堆好，顺着板子滑出来，跟另外几百份一起堆在架子上。

机械奇迹！人怎么不这样？医生、外科大夫、诗人、牧师——分类堆好、折好、印好。

哈利·塔格曼摆出夸张的苦脸，把湿湿的香烟蒂扔掉。送报生恭恭敬敬打量他。有一次，一名印刷副手坐他的椅子，被他打倒在地上。他是上司。他周薪五十美元。他若不满意，随时能到《新奥尔良五美分时报》《路易斯维尔快报》《大西洋宪章报》《诺克斯维尔守望报》《诺福克飞行员报》找到工作。他可以旅行。

不一会儿，送报生就来到街上，照例背着满满的帆布袋，一拐一拐迅速往前赶。

他最怕失败。他缩着面孔听伊丽莎训斥。

"打起精神来，孩子！打起精神来！让人觉得你是有分量的人！"

他对自己没什么信心，一想到被解雇的耻辱，先就畏缩起来。他怕利刃般的话，事关自尊心，他踌躇不前，心里很害怕。

他陪快要退休的送报生走了三天，努力打起精神，回忆送报的每一个固定动作，反复查访黑人街的迷宫，在乱糟糟的臭土街做出计划；把订户的房子看成白灼灼的，其他的房子则抛到脑后。几年后，他孤零零待在黑暗中，早已忘了这迂回的地段，但是还记得他在哪一个转角爬陡坡失落了背包，爬下哪一个堤岸送报到三栋破寨，准确地将报纸扔到哪一栋高廊屋里。

即将退休的送报生是个健壮的乡下小伙子，今年十七岁，已在报社谋得更好的差事。他名叫詹宁斯·韦尔。他身体壮，脾气好，爱冷眼看人生，抽烟抽得很凶。他富有活力，舒适快活。他告诉门徒尤金何时何地会遭"老狐狸"窥探，在餐厅的柜台边如何避免被发觉，如何折报纸，像扔球一般扔得又快又准。

清爽的凌晨，他们出发了，由山谷街的陡坡走进酣眠的世界，越过马厩里熟睡的黑人，越过黑人街一切非法的爱欲，无数的奸情。硬硬的一团报纸打在破屋子的门廊上，或者砰的一声敲到松松的门板，总有人报以一声不满的长吟。他们嘻嘻偷笑。

詹宁斯·韦尔说："下次你若收不到钱，停掉这个人的报纸。她已经积欠六周了。"

他静静把报纸扔到一处门垫上说："这个人每次都付清报费，他们是好黑人，你每星期三会收到钱。"

他咻的一声将报纸扔向另一扇门，里面传出少妇愤恨的叫嚷，他狞笑说："这儿有一个混血儿。你若有意，可以来一手。"

尤金嘴角浮现一抹恐惧的笑容。詹宁斯·韦尔精明地看看他，却没逼他。詹宁斯·韦尔是好心的小伙子。

他说："她是挺不错的姑娘。你有权利要几份不收费的报纸。拿出来零售嘛。"

他们顺着未铺石板的暗街继续前进，趁送报的空档飞快折报纸。

詹宁斯·韦尔说："这是糟糕透顶的路线，下雨天好可怕，烂泥淹到膝盖那么高，而且有一半杂种不付报费。"他恶狠狠把报纸扔出去。

过了一会儿他又说："不过，老弟，你若要'肉冻卷'，你可就来对地方了。我不骗你！"

尤金舔舔干燥的嘴唇，低声说："什么——跟黑人？"

詹宁斯·韦尔面带讽刺，回过头来对着他。

他说："这一带你看不见社交名媛吧？"

尤金小声问道："黑人好不好？"

"哇！"这句话像炸药由詹宁斯·韦尔嘴里爆出来。他沉默片刻。

他说："再好不过了。"

　　起先，帆布做的背包肩带刺痛了他的瘦肩膀。东西重，他的身体一直往下坠，但他用力挺起来。头几周简直像噩梦，他每天向自由之路挣扎。他知道负重者的一切悲哀，也天天体验到解脱的狂喜。他愈走担子愈轻，瘦肩膀轻轻快快翘起来，吃力的四肢也逐渐放松，苦役快要完成时，他的身体有点疲倦，轻轻由地面弹起。他是被重物束缚的神使，被包裹压弯了腰的水精，一旦获得释放，带翅的双足便踩着光明。他在空中翱翔，星星一闪一闪照见他的奴隶生涯；曙光则红艳艳照见他解脱的情景。他像一个淹在船舱的水手，由舱口摸索求生，寻找清晨；也像一个困在章鱼触手里的潜水家，逐步挣脱死亡，慢慢由海底升到亮处。

不到一个月，他肩上就长出厚厚的硬肉峰，他喜洋洋奋力工作，现在他不怕失败了。他的心像一只有鸡冠的公鸡，得意扬扬。他落入同伴群中，未受偏爱，却超越了他们。他是黑暗的王者；他喜欢这份工作的孤单和完满。他走进乱糟糟的住宅区，为睡觉的人发射新闻。他快手快脚把窸窸窣窣的纸张折成硬块，像甩皮鞭一样甩出瘦瘦的膀子。他看见苍白的星子沉下去，山上泛出锯齿形的曙光。他像唯一的活人，走过遮帘密闭的窗口，听见热带的长鼾声，为人揭开了一天的序幕。他在浓浓的睡意间行走，再次听见自己鬼魅般的脚步和黑夜的乐音。曙光的灰浪潮向西涌的时候，他醒了。

尤金眼看四季慢慢融合，看见十二个月堂堂皇皇列队出现，看见夏日的光线像河流侵吞黑暗，也看见黑暗再度得势；他看见分秒争胜的日子像苍蝇，嗡嗡飞回死亡的故乡。

夏天他还没送完报纸就天亮了，他在逐渐清

醒的世界里走回家。他通过广场时，头几辆电车的车厢已聚在广场上，新漆的绿漆使它们看起来像新玩具一般怡人。撞得凹凹凸凸的牛奶巨桶在朝阳下闪闪发光。阳光亮灿灿照着雅典咖啡屋的夜班工人乔治·查卡莱斯那黑黑油油的身子。希腊似的黎明。尤金坐在广场上的尤尼达一号餐厅里，猛吞几口浓咖啡，把夹蛋的三明治咽下去，四周坐满和善的电车司机、警察、轿车司机、石膏匠和泥水匠。世人正要开始工作，他的工作却完成了，他觉得很愉快，他在满树啼鸟下走回家。

秋天，泛红的月亮直到凌晨还挂在天空，空中满是落叶，山丘上的大树沙沙响，悲哀的空幻耳语和浩大的教堂音乐深深植入他心底。

冬天，他高高兴兴走进黑漆漆怒号的冷风里，风儿吹上山，他用力迎着呼呼吹来的风墙；早春，小寒雨由云空落下，他满心欢喜。四处只有他一个人。

他不屈不挠，缠着厚脸皮的订户收钱。人家

随口答应，他不质问半句，硬是到他们的房间或邻舍的房间找到他们，执意催讨，最后他们绷着脸孔或和气气付了一部分债务。这项成果远超过他的前辈，但他还是紧张兮兮为账目烦恼，后来才发现他已变成发行经理叫懒童学习的榜样了。他把收到的"鸡食"倒在经理桌上，雇主总会对一位不尽职的小伙子说：

"你看看，他每星期收到钱！连黑人订户也不例外！"

他那苍白的面孔泛出喜悦和得意的红光。他跟这位大人物说话，声音发抖，简直说不出话来。

冷风在暗夜中怒吼，他大声狂笑。他欢呼一声跃起半天高，喉咙学野兽呜呜作响，用力将报纸扔进破寮的板墙内。他是自由的。他孤单单一个人，他听见火车的汽笛声，离此并不远。他摸黑向铁轨上的男士伸出手臂 —— 那人戴着眼镜，一直盯着铁轨。

在家族拳头的淫威下，他并未十分退缩。他对自己不成材比较不介意了。

他跟三四位送报生聚在餐厅里，学会了抽烟，在春天迷人的蓝天下，他下山送报，渐渐认识了"烟碱夫人"的魅力——她像迷人的鬼魂，盘在他脑部，把辛辣的气息留在他鼻孔里，把香吻印在他唇上。

他是一个狡黠的浪子。

春神把一根棘刺插入他的心脏，他吐出一阵狂喊声。对于此中滋味，他无话可形容。

他知道饥饿，他知道渴望，他体内燃起大火焰。夜里他用水冲凉火热的面孔。身边没有别人的时候，他会痛苦和激动得流下眼泪。他童年时代的沉默受到了抑制。他像出赛的马儿被圈在铁丝网里。此时愤怒会像火箭般在他体内蹿起，不一会儿他就疯狂骂起人来了。

海伦坐在伊丽莎的厨房里，问道："他怎么啦？是不是彭特兰家族的疯性子显现出来了？"

伊丽莎闭着嘴唇好一会儿，慢慢摇摇头。

她诡笑道："咦，你不知道吗，孩子？"

他需要找黑人。下午放学后，他心绪不宁在

黑人区的地窖蜂巢里穿进穿出。臭臭的小河将棕色的污水注入一处废卵石河床；黑铁锅散发出柴烟和煮衣物的气味，还有朦胧光线的抑扬顿挫，许多形影在交奏的小音响下滑开，坠地，消失。幽暗中肥腻的语言，猪油炸鱼的哐哐声，凄凉的五弦琴音，幽远的脚步声，宛若尼罗河的那种呜咽声，还有破寮和公寓里四千盏烟蒙蒙的灯火发出的油光。

七点到凌晨两点，社区中心的孤峰上，受难基督浸信会教堂不断传出气喘吁吁的声音，疯狂泣诉着罪孽、爱和死亡。黑暗积满肉欲和神秘。到处有笑声。猫样的形影溜掉了。事事都含蓄。事事都遥远。什么都摸不到。

在黑夜的古老魔术中，他开始认识罪恶的无邪，古民族的青春；他龇牙咧嘴，他在黑暗中徘徊，手臂晃呀晃的，眼睛闪闪发光。羞耻和恐惧在他心中汹涌，他无法面对心中的疑问。

他大部分的订户是高尚勤劳的黑人——理发师啦，裁缝师啦，杂货商、药商和穿花格布的黑人主妇，等等。他们每星期固定一天准时付钱，笑眯眯跟他打招呼，夸张地尊称他为"先生""上校""将军""长官"之类的。他们都认识甘特。

可是另外一部分——叫他渴望和惊奇的部分——却是"无业游民"，生活朝不保夕的青年男女，他们神秘兮兮由这个小房间溜到那个小房间，晚上干点偷偷摸摸的勾当。他找这些鬼影找了几星期，硬是找不到，后来发现只有星期天才找得到他们——他们五六个青年男女在黑漆漆的出租房间里痛饮威士忌，胡乱交媾，累得像布袋叠成一堆，正呼呼打鼾呢。

某个星期六傍晚，夏日余晖红艳艳的，他到一个出租房间去找人，那栋三层楼的木屋东倒西歪，下面两层楼架在一个高土堤西侧，和白人住家相距不远。有二十几个男女住在那儿。他要去找一个名叫埃拉·考潘宁的女子。他一直找不到她，而她已好几星期没付报费了。今晚她的房门开着，暖暖的空气和菜香迎面飘来。他爬下堤岸的烂阶梯。

埃拉·考潘宁坐在一张摇椅上，面向门口，懒洋洋享受小炉灶的红光，粗粗的小腿怡然伸在地板上。她是二十六岁的黑白混血儿，体型像亚马孙女战士，长得很漂亮，皮肤光滑呈茶褐色。

她穿着以前某一位女雇主的棕色羊毛裙、漆皮鞋、麂皮绒钉珍珠扣子的上衣，以及灰色丝质长筒袜。长长粗粗的手臂由一件新洗的软料白罩衫里露出来，胸口有一圈廉价的蓝缎花边闪闪发亮。

炉子上炖着一锅滚烫的卷心菜煮肥猪肉。

尤金说："送报生，来收报费的。"

埃拉·考潘宁懒洋洋挪一下手臂，慢声慢调说："你就是送报生？我欠你多少？"

他答道："一美元二十美分。"他意味深长看看她伸出的一条腿，膝盖下面夹着一张钞票呢。

她说："这是我的房租，不能给你。一美元二十美分！"她盘算一下，怡然哼道："呃！呃！不应该这么多吧。"

他打开账册："没有错。"

她说："账册上这么写，一定是吧。"

她沉思片刻。

"你星期天早上来不来收钱？"她问道。

"来。"他说。

她满怀希望地说："那你明天早上过来一下，到时候我一定有钱给你，现在我要等一位白人绅士，他会给我一美元。"

她慢慢移动庞大的四肢，向他笑一笑。又状脉搏在他眼睛附近跳动。他干咽一口气，两腿兴奋得发软。

他用几乎听不到的嗓音喃喃问道："他——给——你一美元干什么？"

"买'肉冻卷'。"埃拉·考潘宁说。

他动了两次嘴唇，说不出话来。她由椅子上站起身。

她柔声问道："你要什么？'肉冻卷'？"

他张口喘气说："想看看——看看！"

她把面向堤岸的外门关好锁上。炉膛敞着，

盛灰盘中散发出暖暖的柔光。红煤渣纷纷落到凹洞里。

埃拉·考潘宁打开炉子后面的一扇房门，房间里有两张又脏又皱的床，唯一的窗户上了螺栓，而且盖着一块绿色的旧窗罩。她点起一盏烟蒙蒙的小灯，把灯蕊调低。

屋里有一张破旧的小梳妆台，镜子斑斑驳驳，洋漆都剥落了。壁炉用帘子遮着，矮矮的炉架上有一个结着粉红色缎带的小娃娃，一个边缘带凹槽的花瓶，里面插着镀金花朵，是某次狂欢节赢来的，还有一排发夹。此外有一份阿尔塔蒙特煤炭和冰块公司送的日历，印着一位印度少女在月光小河划独木舟的情景；还有一个橡木框，裱着一句书写流丽的宗教格言："上帝兼爱两者（黑人和白人）。"

她面向他耳语道："你要什么？"

他依稀听见自己鬼魅般的声音。

"把你的衣服脱掉。"

她的裙子滑落在脚边，她脱下浆过的马甲。

过不了多久她就赤裸裸站在他面前，只剩长筒袜没有脱。

她呼吸转急，丰满的舌头舔一舔嘴巴。

他嚷道："跳舞！跳舞！"

她轻轻呻吟，黄褐色的大躯体起伏颤动；臀部和圆圆的乳房慢慢扭着，节奏很肉感。

她那油光光的直头发密密散在脖子四周。她伸出手臂保持平衡，眼皮合着，遮住大大的黄眼珠。她走到他身边，他觉得对方的热气喷到他脸上，乳房闷得人透不过气来。他像小木片在她热情的巨浪中翻腾。她有力的黄手像手镯紧紧套着他的瘦膀子。她慢慢摇晃他的身躯，让他紧贴着她的皮肉。

他整个被她抱在怀里，顶着门用力挣扎。

他一直喘气："滚开，黑人。滚开。"

她慢慢放开他，不张开眼睛，一面呻吟一面退开，把他当作一棵小树。她以短促的哭腔反复地唱道：

"肉冻卷！肉——冻——卷！——"

歌声每次都化为低吟。

她的面孔、她宽阔的颈柱和大胸脯的躯干都是汗淋淋的。他盲目摸索房门，走过外厅，喘着气来到空气新鲜的地方。他走了，她的吟咏并未中断，一直跟着他爬上破阶梯。他直走到市场广场边才停下来喘气。孤峰那一侧的山谷里，烟蒙蒙的黑人区灯火在暮色中摇曳。蜂巢般的暗处响起清脆狂野的笑声。他听见失落的音符，远处规律的步履；更高更远的地方传来教堂悔罪者的悲鸣，比一切声音微弱，也比一切声音幽远。

十

"Ἐντεθεν ἐξελαύνει σταθμοὺς τρεὶς παρασάγγας πεντεκαίδεκα ἐπὶ τὸν Εὐφράτην ποταμὸν." [1]

他没告诉伦纳德夫妇他大清早起来工作。他知道他们一定反对他任职，而且会压低他的分数来证明反对有理。他还知道玛格丽特·伦纳德会预言他健康受损，未来的前途完蛋，早上少了几小时的睡眠，永远无法弥补。其实他现在比以前健壮，体重增加，体力也加强了。不过他有时候好想好想睡觉，中午昏昏欲睡，下午复原，可是

1　出自色诺芬《长征记》："从此地他进军两站、十帕拉桑，抵达普萨鲁斯河。"

晚上八点以后脑子就昏沉沉，无法专心看书。

他没有学会守纪律，在伦纳德夫妇的照拂下，他甚至浪漫得瞧不起纪律。玛格丽特·伦纳德像伟人，对"精髓"最有眼光。她随时看见主色，却未必看得见层层色晕。她是灵感丰富的感伤主义者。她自以为"了解男孩"，以熟识他们为荣。其实她对他们不太了解。如果她知道青春期的尴尬，妙龄的性噩梦，男孩思索情欲世界所感到的悲哀、恐惧和羞耻，她会吓坏的。她不知道每个男孩子都因恐惧而不敢招供，觉得自己是怪物。

她没有这方面的知识，却有智慧，很快就发现一个人的本质。男孩是她心目中的英雄，她的小神祇。她相信其中一位将来会拯救世界，补救人间。她看出每个人心中的火焰，便细心守护着。她设法触摸鲁钝者、痴愚者、羞怯者暗寻光明和语音的过程。她对颤抖的良驹静静说一句话，他就缄默不语了。

所以他无法招供，他仍被幽囚着，但他永远朝向玛格丽特·伦纳德，宛如朝向光明。她看出他脸上飞舞的邪火，看出他的饥渴和痛苦，遂以诗篇来满足他——好堂皇的罪行！

无论什么恐惧或羞耻使他们审慎无言，无论什么高尚的礼规监守着他们的舌头，他们都在感人的诗篇象征里得到了发泄。由此看来，玛格丽特已跟好天使断了联系。如果我们能以尘世井然的歌声来偷取一个人的心——使一个失落的灵魂瞻仰诗歌的高超罪愆，那么撒旦的使节又在乎什么字句和言语的贞节呢？

她滴酒不沾，但诗歌的美酒却溶在她的血液里，埋在她的骨肉里。

尤金十五岁，几乎已读过每一首重要的英文抒情诗。他读得十分道地，不只散散乱乱引用名言，几乎每一句都记得。他的渴慕醉醺醺永不满足，他自学席勒的德文诗剧《威廉·退尔》，把整场整场内容记起来，还读了海涅的抒情诗和几首民谣。他背诵《长征记》中的"胜利的希腊人"段落——那段诗文描写"万人军"的残众饥渴交迫，终于来到海边，大声欢呼，叫出大海的名字。

此外，他喜欢西塞罗演说词的音韵，曾背下他的一些巨作，也背了一些恺撒的简明文章。

彭斯的抒情巨作他由音乐和书本中学来，也听甘特朗诵过。玛格丽特·伦纳德读《汤姆·奥桑特》给他听，阅读时双眼亮晶晶满是笑意：

> "在地狱里，他们会烘烤你，
> 像烤一条鲭鱼。"

较短的华兹华斯名诗他在文法学校读过。"我的心飞跃起来"、"我流浪如一朵孤云"和"看她孤单单在田野"[1]他已经知道好几年了；玛格丽特读十四行诗给他听，叫他背'我们是这世界的负累'。她读诗的时候，声音激动得颤抖，十分低沉。

莎翁名剧的歌曲他都会，但是最令他感动的

1　分别出自华兹华斯的名诗《我的心飞跃起来》《我流浪如一朵孤云》《孤独的割麦女》。

有两首，一为《噢，我的情人，你要去往何方？》[1]
这首歌在他心田吹出幽远的号角，另一首是《辛
白林》里的伟大歌曲：《别再畏惧太阳的光热》。他
想自学所有的十四行诗，结果读不成，因为内容
浓密，远非他的经验所能领会。但他读过其中的
一半，大抵忘得精光，只记得几首像灯火般突然
跳入他眼帘的作品。

　　他记得的一些是："虚度光阴的记录""好友，
我觉得你永远不老""别让我赴真心的婚礼""茫
茫愧意中的精神损耗""参加冥想会时""我该将
你比作夏日？""春天我不在你身边""你将在我
身上看到那个季节"[2]——最后这一首最伟大，是
玛格丽特引导他阅读的，当他读到"荒弃的空唱
诗席，以前曾有鸟儿歌唱"，他几乎无法静心读下
去，这首诗使他浑身像触电般激动到极点。

　　除了《雅典的泰门》《泰特斯·安德洛尼克

1　出自《第十二夜》。
2　分别为莎士比亚十四行诗第 106 首、第 104 首、第 116 首、第
　129 首、第 30 首、第 18 首、第 98 首、第 73 首中的诗句。

斯》《泰尔亲王佩力克里斯》《科利奥兰纳斯》《约翰王》，所有莎翁名剧他都读过了，但是只有《李尔王》从头到尾勾起他的兴趣。著名的演说段落他几年前就听甘特朗诵过，非常熟悉，现在有点厌烦。书中小丑的一切俏皮话，玛格丽特都报以笑声，引为莎翁急智的证明，他却觉得无味。他对莎士比亚的幽默感没有信心——他的"试金石"们不但是吹牛的傻瓜，也是乏味的傻瓜。

"至于我，我宁可宽恕你也不愿背负你。可是我若真扛你，就不会扛十字架，因为我认为你荷包里没有钱。"[1]

这种话使他想起彭特兰家族，感到很不愉快。唯有《李尔王》剧中的傻瓜，他觉得了不起——一个悲哀神秘的傻瓜。他为其他的丑角编出诙谐模仿诗，咧着嘴自认为会笑破子孙的肚皮。譬如："是啊，叔叔，如果忏悔星期二[2]上星期三来，我要阉掉你的公鸡，汤姆·奥路德盖特发现黄花九

1　出自《皆大欢喜》。

2　忏悔星期二是圣灰星期三的前一天。

轮草不见时也对牧羊人这么说过。地狱的门犬，你用两个喉咙狂吠吗？下来，孩子，下来！"

受人景仰的书中佳丽他往往很厌烦，也许因为他听见的次数太多了，而他觉得莎士比亚原可说简单的话，却把话说得荒谬又浮华，叫人受不了。例如有一场戏里，雷欧提斯听见王后告知其妹淹死的消息，曾说：

"你泡了太多水，可怜的奥菲利娅[1]，
所以我不准自己落泪。"

其实逃不掉（他认为）。是的，本！愿他泪下一百行！一千行！

但是朗诵家错过的段落他倒钻研甚深，例如《李尔王》中埃德蒙的恐怖祈祷，开头一句是：

"大自然，你是我的女神。"

1　奥菲利娅为莎翁名剧《哈姆雷特》的女主角，雷欧提斯为其兄。

最后一句是：

"众神明，起而维护私生子吧。"

这段文字像黑夜一般幽暗，像黑人区一样邪门，像山上咆哮的狂风一样浩大；凌晨他工作时，曾对着黑暗和夜风吟咏。他了解，他喜欢那股邪气——那是大地之恶、非婚生之恶；是向没有身份的人呼吁，代围墙外的人、反叛的天使和一切个子太高的人呼求。

除了莎士比亚的剧本，他对伊丽莎白女王时代的戏剧一无所知。但是他很早就看过一点本·琼森的诗，玛格丽特认为本·琼森是文学上的福斯塔夫[1]，她怀着女学究的弱点，把他过火的文风视为无伤大雅的天才怪癖。

她笑嘻嘻地享受文学的盛筵，活像浸信会大学的教授读到袋酒、黑啤酒和大杯大杯冒泡的陈

1　福斯塔夫是莎剧《亨利四世》中的人物，富机智，爱吹牛。

年啤酒时，嘴唇咂咂作声，满面红光望着班上的学子。这些全是自由传统的一部分。见过世面的人比较开明。看看芝加哥大学的艾伯特·索恩代克·弗金斯教授在苏活区的老鹰酒店就知道了。他勇敢含着笑，坐饮半品脱的苦啤酒，与一位赛马探子、一位后背宽宽牙齿可调整的酒吧女侍、三位共饮两品脱黑啤酒的莱尔街妓女为伍。他正心焦地等两位饱学之士赴约呢。

玛格丽特·伦纳德轻笑着叹一口气说："噢，奇才本·琼森！啊，主啊！"

席芭吼道："我的天！"她一面凭空捕捉谈话的主旨，一面舔着油腻的手指头。"上帝保佑他！"她那多毛的面孔，红得像马车，布满血丝的眸子含着泪光。"上帝保佑他，尤金！他像烤牛肉和陈年啤酒一般，充满英国味儿！"

玛格丽特叹道："啊，主啊！他真是天才。"她以雾蒙蒙的眼睛凝视远方，嘴上有一抹笑意；轻声笑道："哗！老本！"

席芭身子往前倾，一只肥手抓着膝盖说："嘿，尤金！你知不知道赞诵莎翁天才的最伟大献辞是他写的？"

玛格丽特的眼珠子转黑了，她说："啊，我告诉你，孩子！"她的声音沙哑。尤金生怕她会哭出来。

席芭吼道："可是那些傻瓜！那些两英尺宽两英尺高、专喝残汤的胆怯小傻瓜——"

玛格丽特轻轻呻吟："哗！"约翰·多尔西·伦纳德将满是粉笔灰的面孔转向尤金，茫茫然表示激赏，猛摇脑袋。啊，心不在焉！

"——他们算什么，居然厚脸皮说他嫉妒。"

玛格丽特焦躁地说："呸！这算不了什么。"

席芭突然笑眯眯转脸看他。"咦，他们不知道自己胡说些什么！这些傲慢的小鬼！尤金，我们得告诉他们。"

他渐渐由柳条椅子滑到地板上。约翰·多尔西·伦纳德拍拍多肉的大腿，弯身狂笑，嘴巴微微淌口水。

他张口喘气说:"天主发慈悲!"

席芭说:"前几天我跟一个家伙说话——他是一位律师,你想他总该懂一点事情吧——我引述每一个小学生都知道的《威尼斯商人》中的句子'慈悲不是处于勉强'。那个人愣愣看着我,似乎以为我疯了!"

玛格丽特用平静的嗓音说:"老天爷!"

"我说:'喏,某某先生,你也许是精明的律师,你也许真的有一百万美元,但是你不知道的事情多着呢。年轻人,世上有很多金钱买不到的东西,重礼规的男女社交圈就是其中之一。'"

伦纳德先生说:"咦,呸!这些爱摆架子的年轻人哪知道心灵方面的事?你等于指望荒野的无知黑人评析荷马的作品。"他端起桌上的半杯酸乳酪,特意斜握在粉白的指间,舀出一大匙乳酪,抖抖颤颤送入口中。他笑道:"不!他们在收税员的账册上可能是大人物,但他们若想跟教育程度高的男女交往,正如俗话说的,'他们——他们'。"他开始呜呜笑。"'咦,他们算不了什么。'"

席芭说:"这样对人有什么好处呢——如果他获得全世界,却失去——"

玛格丽特闪动那双漆黑的眸子,叹气说:"啊,主啊,我告诉你!"

她一一道来。她谈起"天鹅"[1]对人心有深刻的了解,刻画人物圆熟又具宇宙性,而且颇富幽默感。

她笑道:"依照什鲁斯伯里城的大钟,整整大战一小时!这个胖无赖,想想人居然会计时!"

又小心翼翼说:"尤金,那是当时的习俗。事实上,你读他同代作家的剧本,就看得出他比那些人纯洁多了。"但是她随处省略某个字眼或句子。略有污点的"天鹅"——稍稍被习俗染污了。《圣经》也是。

冒烟的时光烛蒂。西奈山上看到的帕尔纳索斯山。长老会学院的麦克塔维什教授(神学博士)用幻灯片演讲。

---

1 莎士比亚的别号是"埃文河的甜蜜天鹅"。

　　她说："注意，尤金，他从来不把坏人写得很可爱。"

　　他说："怎么没有？有福斯塔夫啊。"

　　她答道："是的，你知道他的下场吧？"

　　他考虑一下说："咦，他死了！"

　　她得意扬扬警告说："你明白了吧？"

　　我明白了吧？罪恶的报应。对了，美德的报应是什么？好人都早死。

　　　　"嗬——嗬！嗬——嗬！嗬——嗬！
　　　　我真觉得悲哀！
　　　　我陷身于罪恶，
　　　　八十二岁的盛年
　　　　就夭折了。"

　　她说："还有，你看看他笔下的人物没有一个停滞不动。你看得出他们从头到尾都在成长。没有一个人结尾时和开头一样。"

　　起先只是口号。我是第一个字母和最后一

个字母。李尔王的成长。他衰老发疯了。人会成长的。

这一套评论是她在大学的几门课里听来，或在书本里看来的。当时学究们爱用这套术语——现在也许还爱用哩。对她倒没有什么害处，只是人云亦云罢了。她觉得授课必须加上这些装饰品，她怕自己能教的东西不够多。她能教的是一种很深刻、很正确的心得，她不可能把卑劣的诗念得很美，也不会把伟大的诗念得很差。她具有上帝追寻的嗓音，她是狂喜的芦笛。她不知怎么入了迷，但她知道自己入迷的时刻。在她的嗓门召唤下，全世界的歌喉又被唤醒了。她着了魔，她精疲力尽。

她踏着神灵的大步子，穿过他们受阻受困的青春期。她打开他们的心，像打开带锁的箱子。他们说："伦纳德太太真是一位淑女。"

他知道几首本·琼森的诗，包括《月神颂》——

"贞洁美丽的女王兼女猎人"，以及给莎翁的献礼，
当他读到：

"……将雷霆般的埃斯库罗斯、

欧里庇得斯和索福克勒斯唤到我们跟

前——"

简直毛骨悚然，读到：

"他不是一朝一代，而是千秋的才子！

一切缪斯女神仍在盛年……"

更觉得喉咙发紧。

献给小演员萨拉西埃尔·佩维的哀歌是狮子
嘴里吐出的蜂蜜，可惜太长了。

对于被列为本·琼森族类的赫里克，他熟悉
多了。诗篇自己发出音韵。日后他觉得那是最完
美、最没有缺陷的英语抒情诗——清洁、甜美、
专心的小调，像灵感丰富的小孩轻轻松松写成的。

我们这一世纪的青年男女想重拾其神韵，也想重
拾布莱克和多恩的神韵——后者比较成功。[1]

> "我以一介童子站在此处
> 举起两只手，
> 小手却冷如蟾蜍，

> 我向你举手
> 祈求福佑
> 降临我们的佳肴和身心。阿门。"

没有一首诗超越这一首——没有一首比这更
简明、精细和完满。

他们的名字像清脆的鸟啼穿过晴朗的稚嫩世
界，他像先知一般思索他们名字的甜美音韵，知
道他们永远不会复返了。赫里克、克拉肖、卡鲁、
萨克林、坎皮恩、洛夫莱斯、德克尔。噢，甜美

1　本段提到的后三位诗人分别指罗伯特·赫里克（Robert Herrick）、
　　威廉·布莱克（William Blake）和约翰·多恩（John Donne）。

的内容，噢，好甜好甜的内容啊！ [1]

他阅读满架的小说：萨克雷的一切作品、爱伦·坡和霍桑的所有短篇小说，梅尔维尔的《奥姆》和《泰比》——这些是在甘特家找到的。《白鲸》他没有读过。他读过库珀 [2] 的六本小说，马克·吐温的全部作品，豪威尔斯或詹姆斯的书他却一本也没办法读完。

他读了司各特的十二本小说，最喜欢《惊婚记》，因为书中描写的食物丰美可口，胜过他读过的任何一本书。

1　本段提到的后六位诗人分别指理查德·克拉肖（Richard Crashaw）、托马斯·卡鲁（Thomas Carew）、约翰·萨克林（John Suckling）、托马斯·坎皮恩（Thomas Campion）、理查德·洛夫莱斯（Richard Lovelace）、托马斯·德克尔（Thomas Dekker）。

2　应指美国作家詹姆斯·费尼莫尔·库珀（James Fenimore Cooper），代表作为《最后一个莫希干人》。

十一

约翰·多尔西·伦纳德若有所思用沾满粉笔灰的手揉揉腰部到下巴之间的部位。

他从容不迫说："现在我们看看这一段他怎么解释。"他找注解。

汤姆·戴维斯将泛红的脸蛋儿转向窗口，抿着嘴低声笑。

盖伊·多克一本正经看尤金，叉开手指摸摸他苍白的面孔。

尤金压低了嗓门说："Entgegen（介词，'反'或'向'之意），跟在宾语后面。"

约翰·多尔西·伦纳德含含糊糊笑着摇摇头，

还在找注解。

他说："我不太确定。"

他们的笑声像获释的猎犬流窜出来。汤姆·戴维斯对着书桌笑得前仰后合。约翰·多尔西·伦纳德抬头看一眼，犹豫地嘿嘿假笑。

他对德语完全外行，不管他要不要学，学生不时会教他一点德语。这种课程已变成他们每天的热望，他们认真下功夫，快速推敲译文，存心看他手足无措。有时候他们故意念错书上的内容，有时候他们插入一段段荒唐的文字，喜滋滋等他补上一个不存在的字眼。

"月光慢慢爬上老人坐的椅子，照见他的膝盖，他的胸脯，最后竟——"盖伊·多克狡猾地看看老师，"揍了他的眼睛一拳。"

约翰·多尔西·伦纳德揉揉下巴说："不——不，不太对。我想'正照着他的眼睛'比较能表达原意。"

汤姆·戴维斯对着书桌咯咯笑起来，等老师找台阶下。台阶立刻出现了。

约翰·多尔西·伦纳德翻翻书本说:"我看看这一段他怎么解释。"

盖伊·多克用一张皱皱的便条纸草草写一句话(德文夹英文),塞到尤金桌上。尤金看内容:

> "给我一张纸,
>
> 免得我打你耳光。"

他由纸簿撕下两张纸,写了回条(德文):

> "你是浪荡儿。"

他们读甜腻腻的小故事,感人落泪的德国作品:《比教堂崇高浩大》啦,《破瓮》啦,然后读《威廉·退尔》。海妖对渔家少年唱的开场诗节奏优美,他们心中念念不忘那股仙乐。某几场悲喜剧他们也觉得新鲜:他们热心读射苹果和乘船逃脱等场面。至于其他各场嘛,他们发现是伟大的文学作品,却有些乏腻。他们看出作者席勒先生像帕特里克·亨利、乔治·华盛顿和保罗·里维尔，深受"自由"之美感动。他笔下受困的瑞士人在巉岩间来来去去，以空泛的演说文召唤自由。

约翰·多尔西·伦纳德对此处的才思十分感动，他说："高山素来是自由的基地。"

尤金转头望着西边的山脉，他听见遥远的汽笛声和铁轨上的隆隆声。

伊丽莎出门期间，他跟盖伊·多克共住一间房。

盖伊·多克比他大五岁，是新泽西州的纽瓦克人，说话带着北佬的鼻音，态度也像北方人爽爽快快。他母亲经营一家膳宿公寓，一两年前到阿尔塔蒙特来养病；她是结核病人，冬天有一段时间住在佛罗里达州。

盖伊·多克中等身材，体形修长又神气，眼睛黑黑亮亮的，椭圆脸洁白光滑——尤金看了就想起鱼肚子——下巴过度饱满，使面孔下半部显得比上半部大。他衣着时髦整洁，大家说他是漂亮的小伙子。

他的朋友并不多。伦纳德预校的学生觉得这位北佬比有钱的古巴少年曼努埃尔·克瓦多更生疏——克瓦多笑声清脆,说话断断续续,全是为女孩子而发的。他属于更富庶的南方,但是大家了解他。

盖伊·多克没有他们那种花俏气,也缺乏他们那种开心的猛劲儿。他不大声笑,他的心思敏捷,伶俐,肤浅,十分教条化。同伴们都是蹩脚的南国浪漫主义者,他却是虚妄的北方现实派。就这样,他们殊途同归,都到达迷信的境地。盖伊·多克已养成美国都市人的幼稚冷嘲癖。他偶尔跟同学们一起笑闹,就像都市人陪庄稼汉似的。他有脑筋。最重要的,他有脑筋。他觉得只要认定"真理永远受折磨,谬误永远得势",一定错不了。他不但不因无辜者受戮而难过,反而觉得好玩。

除此之外,盖伊·多克倒是好青年——伶俐、固执、不敏感,颇以自己的机智为荣。他们住在伦纳德家的楼下,晚上他们在隆隆的炉火边细听树木沙沙响，听校长蹑手蹑脚下楼梯，站在他们门口。他们和玛格丽特、约翰·多尔西·伦纳德、埃米小姐、九岁的小约翰·多尔西、五岁的小玛格丽特，以及伦纳德的两位田纳西州籍的侄儿同桌吃饭——两位侄儿中，泰森·伦纳德今年十八岁，面孔像雪貂，害羞，说话下流；德克·巴纳高高瘦瘦，今年十七岁，面孔凹凸不平，眼珠子呈棕色，脾气很急。用餐时，约翰·多尔西·伦纳德祈祷，他们偷偷交谈，做动作，用叉子去刺邻座的人，然后哧哧闷笑。晚上他们敲地板和天花板传递消息，溜到通风的暗厅里笑嘻嘻地聚会，约翰·多尔西·伦纳德冲下来找他们，他们就假装没事回床上去了。

伦纳德努力维持这家小预校。头一年他收到的学生不到二十名，第二年不到三十名。他的收入只不过三千美元，还得付埃米小姐一份薄薪——人家是由中学辞职来帮他的。山上的老房舍水管已老化，走廊有隙罅风，租金很便宜。可是三十个男孩子粗手粗脚使用，每年都得整修。

伦纳德一家固执勇敢地为生存而奋斗。

伙食量少质差，早餐是一碗水汪汪泛蓝的麦片，加上蛋和烤面包；午餐是稀稀的汤、热热的酸玉米面包和肥猪肉煮的青菜；晚餐是热饼干、一小块肉、白煮马铃薯或油膏马铃薯。谁都不准喝咖啡或茶，不过浓浓的鲜奶倒是很多。约翰·多尔西·伦纳德养一头母牛，亲自挤奶。餐桌上偶尔有玛格丽特做的面包皮馅饼、蛋黄松饼或辣姜饼。她是烹饪好手。

晚上，盖伊·多克常悄悄由窗口溜到侧廊，在树叶声掩护下沿着路面溜出去。他不到两小时就由城里回来，喜滋滋带回一大包热肠三明治，上面厚厚抹着一层芥末、碎洋葱和热热的墨西哥酱。他咧着嘴打开两根廉价雪茄，两个人抽个痛快，感受大胆的刺激，把烟圈喷进烟囱里，提防校长闯进来。盖伊黑夜出门，还带回街头和店铺的闲话、镇上的消息、药店侠客的豪语。

他们抽烟，把可口的三明治塞进嘴巴时，总爱相顾偷笑，奏出疯狂的笑曲：

"咯咯咯咯——幸灾乐祸的笑。"

"嘻嘻嘻嘻嘻嘻——偷偷摸摸的笑。"

"嘶嘶嘶嘶嘶嘶——贪吃的笑。"

屋里烧着柴火，满室暖洋洋，漆黑的大风呼呼吹过屋顶，吹遍大地。噢，饱受庇荫的爱，暖暖抗拒着冬夜。噢，暖烘烘的美女啊，无论你在森林小屋，或是海上巉岩的小镇，我乘风来矣。

盖伊·多克的右手轻轻抚弄肚皮，左手慢慢摸下巴。

他呜呜笑道："现在我看看这一句他怎么解释。"

他们的笑声绕着墙壁回响。太迟了，他们听见校长鬼祟的脚步声由大厅移过来。过了一会儿——静悄悄，黑漆漆，只有风声。

埃米小姐合上整洁的成绩簿，伸个懒腰打哈欠。尤金满怀希望看着她，又看看屋外被夕阳染红的操场。他狂暴难驯，心神不安，在课堂上乱讲话。他无法静默一整天，害他们十分惊讶。他们疼他，以虔敬和爱怜的态度惩罚他，放学时刻从不放他走，他永远"被留下来"。

约翰·多尔西·伦纳德仔细在一本簿子上做记号，记下谁违反纪律交头接耳，谁没有预习功课。他每天下午念出犯规学生的名字，宣布处罚，学生嘀嘀咕咕抗议。有一天，尤金从早上到晚上都没犯规，伦纳德查记录的时候，尤金得意扬扬站在他面前。

约翰·多尔西·伦纳德傻笑几声，他亲昵地抓住尤金的手臂。

他说："咦！一定有错。我要照一般规则把你留下来。"

他发出一长串笑声。尤金眼里流下愤怒和吃惊的眼泪。他永远忘不了这一刻。

埃米小姐打个哈欠，带着爱怜和不屑的表情对他微笑。

她以懒洋洋的壮阔声调说："走吧！我不想再陪你胡混了，用炸药炸死你都嫌不值得。"

玛格丽特走进来，漆黑的双眼中间有一道道

深纹，充满温柔的厉色和隐含的笑意。

她问道：“这小鬼怎么啦？他学不来代数吗？”

埃米小姐慢声慢调说：“他学不来！他什么都可以学。他只是懒惰罢了，就是懒惰。”

她用尺打他的屁股。

她慢慢朗笑道：“我用这个来替你暖暖身，你就肯学了。”

玛格丽特摇头抗议说：“喏！你别为难这孩子，不必检查牧神的耳背。喏，别为代数操心，那是穷人学的。二加二等于五的地方用不着代数。”

埃米转过一双俊俏的吉卜赛眼看着尤金。

“走吧，我懒得再跟你面对面了。”她做了一个乏腻的手势，打发他走。

他没戴帽子，欢呼一声，由门口跳下走廊的栏杆。

玛格丽特叫道：“喏，孩子，你的帽子呢？”

他咧着嘴跑回来，捡起一顶脏兮兮的绿色破毡帽，盖在乱蓬蓬的头发上，一撮撮鬈毛由裂孔里露出来。

玛格丽特一本正经说:"过来!"她紧张兮兮用手指替他把磨损的领带拉到正前方,马甲拉直,大衣扣紧,他笑眯眯偷看她。突然间她颤声笑起来。

她说:"老天,看看那顶帽子。"

埃米小姐带点睡意漠然对他笑一笑。

她说:"尤金,你要整顿仪容,女孩儿才会开始注意你。"

他听见玛格丽特奇异的笑声。

她说:"你能想象他出去向女孩献殷勤的样子吗?可怜的姑娘会以为她的男朋友是邪神哩。"

> "下弦月下有妇人
>   为邪神男友号哭。"

他的眼睛热辣辣盯着她的面容,流露出阴暗神秘的美。

她吩咐道:"走吧,你这顽皮鬼!"

他喉咙里发出一声怪叫，转身沿着马路蹦蹦跳跳走开。

暮色在她眼里模糊起来。

她自言自语说："让他独自一人！让他独自一人吧！"

四月的轻风吹过山头，学校四周有烧树叶和瓦砾的气味。屋后的山坡田有一位农夫正赶着马儿用拖索犁一块休耕旱地。马儿，遏！他也举步跟上去。大犁头往下啃，一路掘出一畦畦湿湿的嫩土。

约翰·多尔西·伦纳德如醉如痴地看窗外一年一度的泥土回春过程。小仙女当着他的面剥下干干硬硬的女巫衣。金色时光回来了。

路面上有一排学生零零落落走进亮光世界。农夫汗流浃背，在转弯口停下来，用蓝色的衣袖去擦汗珠点点的额头。此时聪明的畜牲趁机慢慢抬起尾巴，拉了三团湿湿的燕麦屎，为土地施肥。约翰·多尔西·伦纳德看着看着，咕哝一声表示赞许。它们光是站着干等也能发挥作用哩。

尤金小心选择时机说:"拜托,伦纳德先生,我能不能走?"

约翰·多尔西·伦纳德茫茫然抚摸下巴,瞪着书本视而不见。别人肯听我们问话,你是自由的。

他含含糊糊说:"呃?"然后空空洞洞笑几声,突然转身说:

"你这小鬼,你!看伦纳德太太有没有找你。"他用力抓尤金的瘦膀子。四月是最残酷的月份。[1]尤金闪缩一下,往旁边挪,后来想起往日对威仪的反感,就静静站着。

他发现玛格丽特在图书馆读《水娃娃》给孩子们听。

"伦纳德先生叫我问你,我能不能走?"他说。

她的眼珠子整个变黑了。

她说:"可以,你这小无赖,走吧。"又轻轻

1　T. S. 艾略特《荒原》开头。

哄道："孩子，告诉我，你不能乖一点吗？"

他随口答应："好，师母，我试试看。"别提那一点用处都没有的冲突。

她含笑望着他神气又紧张的样子。

她轻声说："地狱的恶鬼会拉你上烤架，像烤鲭鱼似的。走开吧。"

他蹦蹦跳跳地离开心胸纯洁、思想宁静的修女院。

他三步两步下楼，走进院子，听见德克·巴纳在浴缸里一面泼水一面唱歌。甜蜜的泰晤士河轻轻流，直到我唱完我的歌。泰森·伦纳德走到哪里都是笑眯眯的，他装满一帽子新鲜的蛋，由谷仓走出来。母鸡发现人类阴险，已经来不及了，气得跟在他后面咯咯咯抗议。谷仓边的车棚下，"奶头"莱茵哈特拉紧他那匹棕色母马的肚带，用力爬上马鞍；马蹄吃力地爬坡上山，拐进房屋背后，在尤金身边停下来。

他拍拍母马的宽臀，邀请道："跳上来，尤金，我带你回家。"

尤金咧着嘴仰视他。

他说:"你不会带我上哪儿,上回我整整一星期不能坐。"

"奶头"哈哈大笑。

他说:"咦,啐,老弟!那只是小慢跑。"

尤金说:"慢跑个你奶奶,你想害死我。"

"奶头"莱茵哈特歪着脖子看尤金,严肃却带点幽默感。

他粗声粗气说:"来吧,我不会害你,我教你骑马。"

尤金讽笑道:"谢了,'奶头',我老了还想多利用我的屁股哩!我不希望年纪轻轻就把它磨坏。"

"奶头"莱茵哈特很开心,大声笑,回头把嘴里的一口烟吐在马屁股后面,脚跟一夹,就绕过屋脚奔上路面。马儿像一只跳跃的狗,拼命飞奔;四蹄隆隆作响,敲打着地面。马蹄敲打脆土,四足发出声音。[1]

1　原文为拉丁语。

　　到了跟主教家交界的两根门柱边，放学的学生纷纷回头，退到两侧，尖叫着催促骑士快走。"奶头"弓着身子，两手在马颈上空拎着缰绳，像一根石弩咻咻穿过大门。接着他在马背上往后一拉，刹住马蹄，等同学们跟上来。

　　"嘿！"尤金喜滋滋走下路面，加入他们的阵容。鲁钝的范·耶茨不回头，焦躁地举手向后面看不见的同学打招呼。其他的人都回头了，讽刺般向他道喜。

　　"博士"海因斯滑稽地皱起小脸说："瘦高个儿，你怎么能准时出来呢？"他的假嗓音高高的，慢慢的，有点像黑人。他说话时一只手放在外套口袋里，抚弄一条装满铅弹的皮带。

　　尤金说："J. D.[1] 得犁田春耕。"

　　朱利叶斯·阿瑟说："咦，这可不是老'韩生'[2]吗。"他眯着眼睛笑，露出一口戴铁丝套的

1　指约翰·多尔西·伦纳德。
2　韩生·哈尔是尤金心爱的冒险故事主人公，同学们以此作为尤金的绰号。

牙齿。他脸上布满黄黄的小脓疱。怎么得来，怎么滋长的？

拉尔夫·罗尔斯对他的死党朱利叶斯说："要不要唱我们的小歌给韩生·哈尔听？"他戴一顶家常礼帽，乱糟糟顶在雀斑脸上。他一面说话，一面由口袋拿出一撮烟草，咬下一大口，嚼得津津有味。

他说："朱利叶斯，要不要嚼一口？"

朱利叶斯拿起那撮烟，笑着擦擦嘴巴，塞了一大口到嘴巴里。

他带给我甜美的根。

他咧着嘴问尤金："瘦高个儿，要不要？"

我讨厌在世界的刑台上把我拉得更长的人。

拉尔夫·罗尔斯说："浑球，韩生如果嚼一口，他会憔悴死掉。"

春天，我的敌人像冬眠的蛇苏醒了。

到了教堂街转角的仿都铎式主教会教堂对面，他们停下来。卫理公会教堂和长老会教堂的尖塔耸立在他们上方的小冈头。古老的尖顶，遥远的塔楼啊！

朱利叶斯·阿瑟说："谁跟我同路？来吧，尤金，汽车在这儿，我载你回家。"

尤金说："谢谢你，不过我不回家，我要到上城区。"我下车的时候，他们会用奇异的眼光盯着"迪克西兰"。

"维拉，你回家？"

"不。"乔治·格雷夫斯说。

"好吧，别让哈尔遇到麻烦。"拉尔夫·罗尔斯说。

朱利叶斯·阿瑟粗声笑，用手去摸尤金的头发。他说："九死一生的哈尔。锯齿缝里逃出来的暴徒！"

范·耶茨脸色安详愉快，他转向尤金说："小子，别让他们爬到你头上去。你如果要人帮忙，通知我。"

"再见，同学们。"

"再见。"

他们过了街，开始恶作剧，顺着一条通往车

库的下坡路经过教堂。乔治·格雷夫斯和尤金继续上山。

乔治·格雷夫斯说："朱利叶斯是好男孩，他父亲赚的钱比镇上别的律师多。"

尤金说："是的。"他仍然想着"迪克西兰"和他蹩脚的谎言。

一位清道夫赶着垃圾车慢慢往山上走。他不时拦住步态缓慢的马儿，用一根长扫帚把街道和阴沟的垃圾扫进一个灰盆内，满了再倒进车中。他们的苦差事造福世人，野心家可别笑他们喔。

三只麻雀绕着三团新鲜的马粪跳来跳去，啄食珍肴，挺讲究口味哩。车子一来，它们就逃开，跃到堤岸上，发出懊恼的叽叽喳喳声。真像你，性子野，敏捷又骄傲。

乔治·格雷夫斯以沉重的步调走上山，郁郁瞪着地面。

他终于说："嘿，尤金！我不相信他赚那么多。"

尤金认真想了一会儿。有必要跟乔治·格雷夫斯再讨论三天前撇下的问题。

他说:"谁?约翰·多尔西·伦纳德?"他咧着嘴加上一句:"有,我想有。"

乔治·格雷夫斯郁郁说道:"总之不会超过二千五百美元。"

他以哽咽的声音说:"不——三千,三千!"

乔治·格雷夫斯向尤金露出困惑的笑容。他问道:"怎么啦?"

尤金张口喘气说:"噢,你这浑蛋傻子,你这浑蛋傻子,你一直在想这件事。"

乔治·格雷夫斯有点窘,怯生生大笑。

左边的小山顶,卫理公会的琴声由唱诗坛传过来,夹着葬礼很需要的女低音。陪着我吧。

最富音感的丧家,再哭一次吧!

乔治·格雷夫斯回头看看帕斯顿街的四栋黑色大房子,登上通往教室的平台。

他说:"尤金,那是一处很好的产业,属于帕斯顿庄园。"

暮色飞快降临。自傲的娼妇挺起她的大乳房,唱起错综的辛劳歌。

乔治·格雷夫斯带着道德上的遗憾说："将来都会落入吉尔·帕斯顿手里。他没一点用处。"

他们已来到山顶，教堂街只差一排房舍就到尽头，就在大街的窄溪中。他们看见城镇慢慢发达，脉搏加快了。

一个黑人在长老会教堂院落的黑土花坛里挖泥土，不时俯身用粗手指掏掏树根周围。带尖塔的老教堂像一个好人的生命，保持着高尚和兴隆慢慢腐朽，连潮湿带苔藓的砖块都坏了。尤金霎时有点骄傲，激赏地望着它阴暗端庄的仪态，结实的苏格兰风格。

他说："我是长老会的，你呢？"

乔治·格雷夫斯笑得很不礼貌："我上教堂的时候是主教派。"

尤金摆出文雅傲慢的表情说："滚它的卫理公会！他们太俗了，不适合跟我们交往。"圣子圣父圣灵——三位一体。他又用滑溜溜的口吻说："格雷夫斯兄弟，星期三晚上的祈祷会我没看见你。以耶稣之名，老实说，你在什么地方？"

他摊开手掌，用力打乔治·格雷夫斯的肩背。乔治·格雷夫斯朗声大笑，像喝醉酒一般踉踉跄跄。

他说："咦，甘特兄弟，我跟一位好姐妹在牛棚里有个小约会哩。"

尤金伸手抱着电话柱，一只腿架在第二块踏脚板上。乔治·格雷夫斯肩膀倚着柱子，笑得四肢发软。

对街的阿巴拉契亚洗染店飘出一股烟腾腾的热气，洗衣房办公室的门开了，他们瞥见黑人女工把湿淋淋的手臂伸入浸泡的衣物中。

乔治·格雷夫斯擦擦眼睛，他们笑累了，走到街道对面。

乔治·格雷夫斯责备说："尤金，我们不该说那种话，真的！那样不对。"

他突然变得一本正经，认真说："镇上最好的人全是教会成员，这是好事。"

尤金好奇地说："为什么？"

乔治·格雷夫斯说："因为你会认识一切高尚

有为的人。"

他暗想：有为个鬼，怪念头。

他虔诚地加上一句："对你的事业有帮助，他们会认识你，尊敬你。尤金，没有他们，你在这镇上不会有什么发展的。当基督徒划得来。"

尤金肃然表示同感："是的，你说得对。"跟优良的友伴一起到苏格兰教会去吧。

他想起自己不像往日那么严谨，想起以前他曾走上苏格兰教会街，心里有点难过。往事突然浮上心头：剃过须的生意人各领家眷乖乖做礼拜，他们求上帝垂爱他们的事业，或者让他们贞洁的女儿得到好姻缘——他们的面孔、他们朝拜时的静默笑容、拘谨的信仰热忱使人忘不了。尤金的心灵深处浮出他不知道名字的大鱼，游向渴慕的岸边——那些名字贮藏着千本书的魔力，从只知其名的奥古斯丁到英国玄学家杰里米·泰勒，不一而足……而这些名字会唤来光、电、磷质，以其神妙的内涵照亮礼仪和宗教的大奥妙。他们来了——巴多罗买、希拉里乌斯、赫里索斯托莫斯、波利卡普、安东尼、圣杰罗姆和小亚细亚卡帕多西亚古国的四十位逐波烈士——他们像影子般卷起的一刹那，就被大浪吞没了。

乔治·格雷夫斯说："何况人总该走的，诚实是最好的政策。"

对街有一栋三层楼的小砖房，住着好几位法律界、医药界、外科界人士和牙科医生，H. M. 斯马瑟斯医生正在二楼用右脚踩泵，从助手劳拉·布鲁斯手上接过一团棉花，低下优美的光头，把棉花塞进看不见的病人口中。一阵微风吹开了薄窗帘，露出他穿白夹克、手持钢钻的身影。

尤金柔声说："你有没有感觉？"

"咕噜咕噜！"（漱口声）

"吐掉！"跟你说话，我把时间都给忘了。

乔治·格雷夫斯若有所思地说："我想他们替人镶牙用的金子很值钱吧。"

尤金觉得这念头很有意思，就说："是的，如果每十个人中有一个镶金牙，单单美国就有一千万人。每一个可以算五美元吧？"

乔治·格雷夫斯说:"简单,不止这个数目。"他斟酌片刻说:"真是一大笔钱。"

罗杰斯–马龙殡仪馆的办公厅内,丧家聚在一起,"马脸"海因斯斜靠在旋转椅上,两脚伸出去架在窗台顶,懒洋洋地和文静的股东 C. M. 鲍威尔先生聊天。躺下休息的勇者安睡了。别忘记。

乔治·格雷夫斯说:"殡葬业有钱赚。鲍威尔先生挺有钱的。"

尤金的眼睛盯着"马脸"海因斯的灯笼脸。他手臂痉挛,在空中乱挥,手指掐着喉咙。

"怎么啦?"乔治·格雷夫斯说。

"他们可别活埋我。"他说。

乔治·格雷夫斯说:"难说,有过这种先例。他们事后把尸体挖出来,发现尸体翻过身。"

尤金打了个冷战,他痛苦地提示道:"我想他们为人抹香油的时候应该掏出内脏。"

乔治·格雷夫斯抱一点希望说:"是的,反正他们用的填料会把人弄死。他们在你体内灌那种东西。"

尤金胆战心惊地考虑这些事，多年来的恐惧浮上心头。

以前他幻想死亡，曾看见自己被活埋，如活尸苏醒，慢慢试着推开闷人的落土，可惜推不开。最后僵硬的手指由地下伸出来求援，像溺水的泳客朝空中乱抓。

他们呆呆地由遮帘门凝视暗暗的中廊，那边摆着一坛坛湿羊齿。凉爽的空气中飘来甜甜的康乃馨和杉木香味。他们依稀在中央的隔板内看到一副重重的棺材摆在拖轮架上，装有富丽的银把手，罩着天鹅绒。光线到那边就转暗了。

乔治·格雷夫斯压低了嗓门说："尸体在后面的房间入殓。"

化为鲜花，化为大树，跟尚未埋葬的孤单活人在一起。

此时，耶稣会的詹姆斯·奥哈利神父落泪致哀后，由礼拜堂走出来，以轻快的步伐踏上软软的通道地毯，来到亮处 —— 在一切没有信仰的信徒中，唯有他不动摇，不受诱惑，不受惊。他的浅蓝眸子迅速眨了一两下，没有皱纹的胖脸露出安详慈善的笑容；他头戴一顶保养甚佳的黑绒小帽，向大街走来。他走过尤金身边的时候，尤金轻轻往后闪，矮小的黑衣身影背负着圣母的荣誉，那张光滑的面孔听过不可说的话，见过不可知的场面。在大教会的这个前哨点，他是真信仰的领袖，上帝的圣体。

乔治·格雷夫斯伤心地说："他们不收酬劳的。"

尤金问道："那他们怎么生活？"

乔治·格雷夫斯自作聪明笑着说："你别担心！落在他们手上的东西都归他们。他不像饿肚子的人吧？"

尤金说："不，不像。"

乔治·格雷夫斯说："靠大地的财宝过活，餐餐喝酒，本镇有不少富裕的天主教徒。"

尤金说："是的，弗兰克·莫里亚蒂有一整坛钞票，是他卖酒赚来的。"

乔治·格雷夫斯阴笑道："可别让他们听见，

他们已经有家谱和纹章了。"

尤金说："啤酒瓶在干酪田崛起的图案？红色的。"

乔治·格雷夫斯说："他们正设法让'抹大拉公主'[1]进入社交界呢。"

尤金咧着嘴叫道"浑球！如果她只希望如此，就让她进来嘛。我们属于青年社交圈，不是吗？"

乔治·格雷夫斯笑得前仰后合说："你也许是，我可不是。我不希望人家发现我跟小皮条客在一起。"

"昨晚尤金·甘特先生在其母伊丽莎·甘特太太的美丽古宅'迪克西兰'设下烤热肠大会，招待本地的青年社交圈。"

乔治·格雷夫斯笑得跟跄跄跄跄。他喘着气说："尤金，你不该这么说。"他责备地摇摇头。"令堂是高尚的女人。"

"晚宴间，一个富裕世家切斯特菲尔德·格雷

---

1 据说《圣经》中的抹大拉（the Madeleine）是从良的妓女。

夫斯家族（周薪十美元以上）的子孙乔治·格雷夫斯公子用口琴吹了几首恰当的曲目。"

乔治·格雷夫斯从容止了笑，擦擦流泪的眼睛，擤擤鼻涕。在拜恩衣帽店的橱窗里，一个蜡制的模特儿发际插一撮漂亮的羽毛，手指假分分往前伸，摆出优美的姿态。贵妇的帽子。那两片樱唇若能讲话多好。

这时候，附近传来马儿慢跑的嗒嗒声，罗杰斯–马龙殡仪馆的灵车飞快由大街拐进这条路，驶过他们身边。他们好奇地转身，看车子驶近路栏边。

乔治·格雷夫斯说："又一个红皮人[1]吃土去了。"

优美的死神，来吧，静静来临，来临。

"马脸"海因斯伸着一双长腿，快速下车，打开后面的车门。在驾驶座的两位男子协助下，他不一会儿就轻轻放下柳条篮子，肃然走进殡仪馆

---

1 指印第安人。

的暗香中。

尤金看着看着，古老的地方宿命感又浮上心头。他暗想道：我们每天经过日后死亡的地方，我死后是否也会乘车到某个未知的陋屋去呢？这具被幽囚在山间的躯体会不会死在一栋未建的住宅里呢？这双眼睛浸润着还看不见的画面，储存着连绵不断的黎明大海、未实现的世外桃源等景观，最后会不会像此人在某一个炎热的平原村庄里瞑目呢？

他抓住刹那，加以整理。一名电报信差精神抖擞地骑脚踏车由大街弯进来，快速拐进他右边的小巷，猛提起车轮，跨过路栏，骑到送货员专用的入口。邮件翻山过海不休息。[1] 弥尔顿啊，你真该活在此刻。

名律师托马斯·海维特（属于阿瑟－海维特－格雷联合事务所）的艳妻海维特太太慢慢走下医院大楼的楼梯，拐进亮处，慢慢向大街走。她丈

1　出自英国诗人约翰·弥尔顿（John Milton）的第 19 首十四行诗。

夫的同事亨利·T.梅利曼（梅利曼联合事务所）和罗伯特·C.艾伦法官脱帽向她致意。她笑一笑，飞快瞄他们一眼。这个皮囊真讨人喜欢。她过去以后，他们目送她一会儿，然后继续讨论案件。

右转角的第一国立银行三楼，五十六岁的弗格斯·帕斯顿一脚架在敞开的窗台上，望着二十二岁的伯妮·鲍尔斯小姐过街。连我们的灰烬中都燃着他们习惯的火花。

对面的转角，罗兰·劳尔斯太太正由珠宝商阿瑟·N.莱特店里走出来——她丈夫是无双纸浆公司（第三厂）的经理，她父亲则是该公司的老板。她扣好银色钩针提袋，上了她的派克轿车。她个子高高的，黑发，今年三十三岁，身材很不错，面孔扁平枯燥，有中西部的风味。

乔治·格雷夫斯说："有钱的是她，她的丈夫什么都没有，财产全在她名下。她想当歌剧演唱家。"

"她会不会唱？"

乔治·格雷夫斯说："不怎么样，我听她唱

过。尤金，你的机会来了，她有个女儿年纪跟你差不多。"

"她做些什么？"尤金说。

乔治·格雷夫斯笑道："她想当演员。"

尤金说："你得为钱辛辛苦苦工作。"

他们已走到银行边的转角，现在犹豫不决停下来，抬头看看下午凉凉的山溪。街上有人闲逛，很热闹，处女的面孔红艳艳出现又消失，像枝头的花瓣。尤金看见埃弗里老先生麻痹的身躯向他走来，跟他相隔十英尺。他是伟大的学者，耳朵聋了，今年已七十八岁。他单独住在公立图书馆楼上的房间，没有朋友也没有亲戚，他是神话般的人物。

尤金说："噢，我的天！他来了！"

来不及躲了。

埃弗里先生向他打招呼，双足用力挪动，拐杖咚咚响，四十秒后才越过中间三码的距离。

他喘气说："好，小伙子，拉丁文如何？"

尤金对着他的耳朵尖叫："还行。"

埃弗里先生用拉丁文说："诗人是天生的，不是塑造的。"说着，呵哧呵哧笑起来，竟咳得憋了气。他两眼突出，粉红的皮肤变成艳红色，带着痰嘎嘎惊吼，鹅白色的手抖抖颤颤找手帕。一群人围过来，尤金连忙从老人的口袋里抽出一条脏手帕，塞进他手里。他从痉挛的声带扯出一团污物，迅速喘息，群众有点失望地散开了。

乔治·格雷夫斯暗笑说："真糟糕，尤金，你不该笑的。"他别过头去咯咯笑。

埃弗里先生张口喘气说："你会不会动词变位？我是这样学的：

Amo, amas,

我爱一位少女

Amat,

他也爱她。"

他笑得全身乱颤，又开始往前走。因为他只能一英寸一英寸地离开他们，他们就朝路栏走了几码。陪我老去吧！

乔治·格雷夫斯目送他，摇摇头说："真可悲，他要去哪里？"

"吃晚餐。"尤金说。

乔治·格雷夫斯说："吃晚餐？才四点。他在什么地方吃？"

不是到那儿吃东西，而是被人吃。

尤金开始透不过气来："在尤尼达经济餐馆，他要走两个钟头才能到那儿。"

乔治·格雷夫斯笑起来："他是不是每天去？"

尤金尖叫说："每天三次。他一早上慢慢走过去吃午餐，一下午又慢慢走过去吃晚餐。"

笑声由他们疲惫的嘴巴吐出来，他们像莎草幽幽叹气。

这时候，矮胖红润的阿尔塔蒙特商会秘书约瑟夫·贝利从人群里钻过来，一路问候大家，走到他们面前还热心做个手势。

他叫道："嘿，孩子们！他们好吧？"他们俩还没搭腔，他就继续往前走，摇头以示鼓励，并赞美道："这就对了。"

"什么对了？"尤金说。

乔治·格雷夫斯还没开口，出身于弗吉尼亚世家的肺脏专家费尔法克斯·格林德医生由教堂街开车过来，六英尺八英寸的健美体魄弓在大别克轿车里。他泛泛诅咒联邦和北佬战后一团糟，还特别提到犹太人和黑人，就全速向男用设备商乔·查姆席尼克的矮胖身子开过去（该店离广场只有一小段路）。

约瑟夫离法定的安全距离还差两码，尖叫一声往路栏躲。他四肢着地，好在还行动自如。

尤金说："可恶！又失败了。"

不错！费尔法克斯·格林德医生毛渣渣的上唇往后缩，露出黄黄的大牙。他猛踩刹车，长臂一转，就把车子回转过来了。接着他在散乱的人车间呼啸而走，扬起一阵油腻腻的蓝烟。

乔·查姆席尼克用一条丝手绢猛擦光头，大声呼吁民众做证。

乔治·格雷夫斯有点失望，他说："他怎么啦？他如果不能在街上逮到他们，通常会上人行道去追。"

在街道另一边，威廉·詹宁斯·布赖恩议员停在 H. 马丁·格兰姆斯书店的橱窗前面，微风轻吹着他著名的头发，只有几位当地闲人懒洋洋注视他。那些头发像仙女的烦恼丝。

这位下议员仔细望着橱窗里摆的书，包括好几本杰克·伦敦的《在亚当之前》。他走进去，选了十二张阿尔塔蒙特和四周山陵的风景画片。

乔治·格雷夫斯说："他也许会到这儿来定居，多克医生主动提出要在多克公园给他一栋房子和一块地。"

尤金说："为什么？"

"因为宣传作用对本镇很有价值。"

就在他们前面不远处，勇敢的"欲望之女"伊丽莎白·斯克拉格小姐由伍尔沃思平价商店走出来，往广场走去。白石旅社的合伙人大杰夫·怀特向她打招呼，她笑眯眯答礼——怀特当年不肯把九万美元信托款还给盗用公款的同志迪克森·里斯出纳员，才开始发财的。狗咬狗，黑吃黑。钱不会像树木一天天成长，一整批却能使人发财。

他那六英尺半的身影慢慢在他们前面闪动。他穿着十二号的鞋子，两腮光滑，体型巨大，大肚子上围一条宽腰带。

对街的范·耶茨鞋类公司橱窗前，阿默斯特来的J.布鲁克斯·高尔神父停下脚步，自言自语。他一片忠贞，年届七十三岁，看起来却只有六十岁：有三位童子军跟他在一起——十七岁的路易斯·蒙克、十三岁的布鲁斯·罗杰和十四岁的马尔科姆·霍吉。没有一个人像他这么了解男童的心。看来他以前也是童子军。所以他一连讲了五六个趣闻逸事，他们恭恭敬敬笑着听，望着他白髭须下面闪亮的假牙。他带着粗鲁和亲昵的友谊，不时停下来说声："老马尔！"或"老布鲁斯！"并牢牢抓住听者的手臂，轻轻摇晃。他们脸色白惨惨，双足动来动去，满面笑容，斜睨着眼打算偷偷逃开。

东方地毯商布斯先生从自由街绕过他们下方的转角走过来，他那宽宽黑黑的面孔含着波斯式的笑容，我遇到一位古国来的旅客哩。

在比茹绅士淑女咖啡馆内，服务员麦克把毛茸茸的手臂靠在大理石板上，正垂首看一本上周的《大西洋神秘岛》周刊。今天吃炸鸡加甜薯。爽快的精灵，万岁，幸亏你不是一只小鸟。一只苍蝇绕着一个油腻腻的玻璃保湿盒盒罩飞舞，罩子下面摆了四分之一个韧韧的碎肉饼。春天到了。

这时候，克丽丝汀·波尔小姐、维奥拉·鲍威尔小姐、艾琳·罗林斯小姐和多萝西·哈泽德小姐在广场和邮局之间上下逛两回之后，来到伍德药店门外，十七岁的汤姆·弗伦奇、十九岁的罗伊·邓肯和十八岁的卡尔·琼斯上前搭讪。

汤姆·弗伦奇霸气十足说："你们自以为要去哪里？"

她们高高兴兴齐声说：

"嘿——"

罗伊·邓肯说:"干草[1]一吨七美元。"说完立刻咯咯笑了起来,大家也怡然大笑。

维奥拉·鲍威尔柔声说:"你们疯了!"商人的女儿啊,告诉我,你们可见过像她这么优美和精明的可人儿。

汤姆·弗伦奇将阴沉傲慢的面孔转向他的好朋友说:"邓肯先生,我要你见见我的一位朋友罗林斯小姐。"

艾琳·罗林斯说:"我想我以前见过这个人。"他嘴上又叼着一根"光辉"牌香烟。

罗伊·邓肯说:"是的,我常去那边。"

他又咯咯笑起来,淘气的雀斑小脸皱成一团。我永远不可能有那些身份。他们踏进店里——隔着一群懒散的喷泉客,口渴的邻居在这儿会合。

亨利·索雷尔先生("可以这么办")和约翰·T.豪兰先生("我们卖出很多很多很多")从

---

1 英文中,"干草"(hay)与"嘿"(hey)同音。

格鲁纳大楼的暗处出来，站在珠宝商阿瑟·N.莱特那一头。他们细查对方的心思；眼睛望着圣灵守护的山丘，迅速拐进教堂街，索雷尔的赫德森轿车正停在那儿。

第一浸信会教堂的圣职人员约翰·斯莫尔伍德牧师重重走上街道，热情地问候教区信徒，想会见他的"带路员"；他穿着白色法衣，肚子有点胖，两腿又大又宽，红红的圆脸刮得干干净净，头发很多，颜色像太妃糖。他没见到想见的人，却碰见威廉·詹宁斯·布赖恩议员慢慢由书店走出来。两位密友亲亲昵昵打招呼，行个握手礼，互相帮对方驱魔祈福。

斯莫尔伍德牧师说："我正要找你。"他们默默握手几秒钟。沉默是怡人的。

下议员带点幽默说："我想那是大美国国民在三种场合跟我说的话。"这句俏皮话颇受欢迎——饱含智慧，随岁月日渐成熟，却又有个人的特色。他嘴唇边的深沟展成一副笑颜。我们的大师——出名，沉静，然后是死亡。

蒙哥马利大街三号的初级学校校长 L. B. 邓恩教授轻手轻脚由长长暗暗的书店里走出来。他眯起眼镜下的双目，冷冷地对他们微笑。他口袋里露出《新共和》的封面。长满雀斑的瘦膀子下夹着诺曼·安杰尔写的《大幻象》和欧文·威斯特写的《旧怨》新版本。他终生鼓吹两个说英语的大国合并，一起追求和平、真理和正义，以仁善和坚定的权威督导文明中不太负责的各分子。现在他走过去了，这位天主教人士欣然献身于心灵的冒险和人类的救赎工作。啊，是的！

约翰·斯莫尔伍德牧师说："你好吗？在天境城有幸招待你居留的好女人好吗？"

下议员说："我们遗憾只能在这边做客几天，不能住几个月，甚至几年。"

二十六岁的《公民报》记者理查德·戈曼快速走上大街，善于挖新闻的鼻子翘得好高，他那沉着的笑容带点奴性。

约翰·斯莫尔伍德亲昵地握紧他的手，捏捏

他的手臂说:"啊,噍,迪克¹,我正要找你,你认识布赖恩先生吗?"

下议员说:"迪克和我是新闻同业,曾是多年的密友——老弟,多少年啦?"

戈曼先生满面通红说:"先生,我想三年了。"

斯莫尔伍德牧师说:"迪克,真希望你能在这儿听听布赖恩先生对我们的看法,本镇的好人听了一定感到骄傲。"

理查德·戈曼说:"布赖恩先生,在你走之前,希望你再说句话。据闻你将来可能会定居在我们这儿。"

《公民报》的记者发问,布赖恩先生不肯证实也不肯否认上述的传闻。

他意味深长笑着说:"以后我可能会发表谈话,目前我只能说,我若能选择出生的地点,我实在找不到比这个自然奇境更美的地方。"

下议员暗想:人间乐园。

---

1 迪克(Dick)是理查德(Richard)的昵称。

曾经被某大党三度选为最高荣耀候选人的议员继续说："我曾旅游各地，从缅因州的树林到佛罗里达州的沙滩，从哈特勒斯到哈利法克斯，从落基山脉到密西西比河，我都去过，可是我很少见到跟这座山城一样美的地方，超过它的简直没有。"

记者迅速记下来。

借着滔滔的口才，光荣的日子又回到他心中——第一次十字军时代，有钱的爵爷在"金十字"的阴影下颤抖，布赖恩！布赖恩！布赖恩！布赖恩！这个名字像彗星红遍全国。当年我还没老。1896年。啊，可悲的"当年"，这表示我已不再年轻了。

预知"新纪元的诞生"。

记者逼问他未来的计划，布赖恩先生答道："最近几个月，我的日程完全排满了，我应邀在全国各地演说，努力争取裁减军备，因为军备是世界和平、人际善意的主要障碍。再下去的事情谁知道呢？"他露出家喻户晓的笑容："也许我会回到这个美丽的地区，和好朋友们共同生活，就像一个奋战过的人，有资格在看得见乐土的地方，甚至在乐土境内欢度残年。"

记者问他能不能明确说出退休的日期，下议员引了朗费罗的美妙诗句作为解答：

> "当战鼓不再悸动，
> 当战旗收起，
> 在人类的议会，
> 世界的联邦。"

神妙的音乐房——阿尔塔蒙特最红的阿贾克斯电影院浅廊里，电动钢琴的琴音突然刹住，嗡嗡几声，又无端响起。《到蒂珀雷里还很远》[1]。世界回荡着行军战士的脚步声。

玛格丽特·布兰查德小姐和药商的妻子 C. M. 麦克雷迪太太走出戏院，往伍德药店走去——麦

---

[1] 蒂珀雷里是爱尔兰的一个地方；这首歌是第一次世界大战期间流行的军歌。

克雷迪太太皮肤苍白，布满坑洞，眼睛像受了催眠，大大亮亮的，一看就知道蜜露吃得太频繁，有药物中毒迹象。

今日上映：莫里斯·科斯特洛和伊迪丝·M.斯托里主演的《抛出生命线》，维塔格拉夫制片厂首映片。

铅笔商威利·戈夫眼睛骨碌碌转动，呆呆的大脑袋懒洋洋搭在瘦脖子上，头上戴一顶冬天夏天都不换的宽边帽，残疾的右足向内一拐一拐走过去。他学人家的排场，踢踢跶跶走路时，萎缩的手臂硬僵僵朝向自己，指挥他的身躯，触碰着他的身躯。他身穿腰部有带子的夹克，胸袋里露出一条蓝黄红图案的花手帕，绸领子宽宽松松，眉部有红色和橘红色的条纹。他的领襟别了一朵红色大康乃馨，他的脑袋凸出呈球形，瘦脸经常露出开朗的、层叠的、即将消失或重新出现的痴傻笑容。就算他活一千年，他也不会心情不好。他对路人叽里咕噜，路人也好意对他咧咧嘴。他走到伍德药店，一群在喷泉边游荡的年轻人大声为他欢呼，哈哈大笑。他们闹嚷嚷围在他四周，捶他的背，把他拖到喷泉边。他心情愉快，用感激的目光看着他们。他又感动又快乐。

"威利，你要喝什么？"托比亚斯·波特尔先生说。

威利·戈夫对笑眯眯的饮料机服务员说："给我来一杯可乐——可乐加青柠。"

政治家的儿子布吉·卡尔笑道："威利，要一杯可乐加青柠？"还重重拍拍他的背脊，他那肥厚的笨脸显得很镇定。

他向威利·戈夫递上一包烟说："威利，抽根烟吧？"

服务员对托比（亚斯）·波特尔说："你呢？"

"也给我一杯可乐吧。"

布吉·卡尔说："我什么都不要。"这种饮料使他们带点高贵的野性，却疯不起来。

布吉·卡尔燃起一根火柴为威利点烟，慢慢向一位又高又俊的黑发长脸青年布雷迪·查默斯眨眨眼。威利·戈夫把香烟凑近来，嘴唇咂咂作声，把它给点着了。他咳嗽一声，拿起香烟，夹在大拇指和食指间，好奇地看着它。

他们叽叽咕咕笑起来，陷在烟雾里，庄稼汉、仆役和车夫正在大吃大喝呢。

布雷迪·查默斯轻轻抽出威利口袋里的彩色手帕，拿给他们看，然后仔细折好放回去。

他说："威利，你盛装要干什么？你一定是要去会女朋友。"

威利·戈夫狡黠地笑一笑。

托比·波特尔鼻孔里喷出一大股烟圈。他今年二十四岁，打扮得很整齐，金发滑溜溜的，粉红的面孔仔细按摩过。

他殷勤地说："得了，威利，你有女朋友吧？"

威利·戈夫会心地抛个媚眼；二十八岁的蒂姆·麦考尔在柜台末端，正用捧成杯状的拳头将碎冰往嘴里送，突然跌倒，把"冰雹"哗哗弄在大理石架上。

威利·戈夫说："女朋友我有好几个。人得来点男女关系，不是吗？"

他们笑得满面通红，看到托特·韦伯斯特小姐、玛丽·麦格劳小姐和玛莎·科顿小姐等青年社交圈较老的成员，忙露出笑容，脱帽致敬。他们要更强的酒、更响的音乐。

"久仰。"

布雷迪·查默斯对玛丽·麦格劳小姐说："啊哈！啊哈！当时你在哪里？"

她大声说："你永远不会知道。"这是他们之间的小秘密，他们会心笑起来。

她们的护花使者尤斯顿·菲普斯说："让开，布吉。你也一样，布雷迪。"他送小姐们回去——他爱喝酒，肺却不错，个子高，胆子大，喜欢吹牛，高尔夫球打得很好。

冒失的小伙子从拥挤的摊位和餐台冲到喷泉边，步子跨得很大。他们粗声粗气点东西，唠唠叨叨骂服务员。

"好吧，小子。两杯可乐，一杯薄荷青柠汁，快点。"

"小伙子，你是不是在这边工作？"

饮料机服务员照爵士乐的拍子走动，调饮料，舀出一勺勺冰激凌甩到空中，再用玻璃杯接住，还用勺匙迅速打拍子。

衣帽商特尔玛·贾维斯太太一个人坐着，棕色的明眸凝视麦管，正哧哧吸食杯底的甜饮料。以你的明眸饮我吧。她慢慢站起来，敞开钱包照镜子。她四肢着黑绸衣，小心穿过拥挤的餐台，喃喃表示歉意。她的声音柔柔的，轻轻的，低低的——女人这样实在太棒了。她走过的时候，餐台的谈话声静下来。拜托你闭嘴，让我爱吧！她摆动琥珀色的四肢，慢慢走上甬道，经过香水、信纸、橡皮制品和盥洗用具摊位，最后停在雪茄柜台付账。她那圆圆的乳房轻轻跳动。诗人若和这么畅快的伴儿在一起，岂能不浪荡。

可是——进门处，《可靠生活》杂志的保罗·古德森先生站在杂志架旁边的凹处，突然止住笑容，不再说话。他不带感情地脱下帽子，他的同伴——家具商科斯顿·斯马瑟斯也是如此（"你备置姑娘，我们布置房屋"）。他们俩都是浸信会教徒。

特尔玛·贾维斯太太转身望着他们，张开丰满的小嘴笑一笑，就走过去了。她走了以后，他们彼此对望，静静咧着嘴。我们在河边等。他们飞快看看四周，幸亏没人看见。

常赞助各种艺术，尤其支持音乐的"天女"弗朗茨·威廉·冯策克太太从名品市场的门口走出来，由路易·罗沙尔斯基先生扶她登上凯迪拉克轿车——她丈夫是肺病专家，也是冯策克血清的发现者。她客气却疏远地对罗沙尔斯基先生笑一笑，他那张白白的波兰面孔露出奴颜婢膝的笑容，浮在灰灰的大鼻翼四周。冯策克太太将下颏搁在胸架上，梦想着遥远的慈善事业，眼睛已经看不见忠心的商人了。*谁若知道那份渴望，必了解我的痛苦。*[1]

罗沙尔斯基先生走回店内。

米尔德丽德·舒福德小姐、海伦·彭德格斯

---

1 原文为德语。

特小姐和玛丽·凯瑟琳·布鲁斯小姐像整串樱桃般挤在舒福德小姐的里奥轿车前座上，第三次飞驶过去。她们的眼睛盯着人行道，对她们自己神气的样子很满意。她们第四次兜风时，转上自由街。威利，再带我跳一次华尔兹嘛。

尤金问道："乔治，你会不会跳舞？"他心里又是自豪又是恐惧。

乔治·格雷夫斯心不在焉地说："会一点，我不喜欢跳。"他抬起沉思的目光。

他又说："嘿，尤金，你觉得冯策克医生有多少财产？"

尤金大笑，他也报以困惑和胆怯的笑容。

尤金说："来嘛，我跟你喝一杯。"

下午的交通量逐渐加大，他们躲躲闪闪穿过窄街。

乔治·格雷夫斯说："交通情况愈来愈糟，设计本镇的人没有远见，十年后会是什么样子？"

尤金说："可以拓宽街道吧？"

"不，现在不行。得把所有的楼房往后挪，不知道要花多少钱？"乔治·格雷夫斯若有所思说。

L. B. 邓恩教授的声音冷冷传来："如果我们不行动，他们下一个行动会针对我们。你有生之年也许看得见军国主义的铁蹄踏在你背上，德国皇帝的军队在这条街上踢正步。等那一天来临——"

鲍勃·韦伯斯特先生失礼地说："我不信这种鬼话。"他个子小小的，脸色凶暴灰白，显得刻薄和暴烈。慢性肠炎似乎在他脸上留下了印痕。"依我看，这全是宣传。德国人太棒了，他们比不过，如此而已。他们开始找牵牛绳。"

邓恩教授毫不留情继续说："等那一天来临，记住我告诉你们的话。德国政府对全世界有帝国主义的野心。他们等着全人类受哮喘症和德国文化钳制，文明的命运岌岌可危。人类已到岔路口，我祈求上帝别让人家说我们没脑筋。我祈求上帝别让这个自由的民族遭受小比利时那种苦难，我们的妻女不必受奴役或屈辱，我们的小孩不必受残害和屠杀。"

鲍勃·韦伯斯特先生说："这不是我们的战争，

我不想把儿子送到三千英里外的大海那一端去为陌生人送命。如果德国人打到这儿来，我会跟大家一样荷枪卫国，可是他们还没来以前，尽管由他们去打个明白。对不对，法官？"他说着转向联邦巡回法庭的瓦特·C. 耶特法官，他曾是格罗弗·克利夫兰的朋友，祖先曾预言会打仗。

尤金问乔治·格雷夫斯："你认不认识惠勒家的男孩子——保罗和克利夫顿？"

乔治·格雷夫斯说："认识，他们大老远参加法国军去了，他们在外籍兵团。"

尤金说："他们在空军部门——拉法耶特空军训练团。克利夫顿·惠勒已经射倒六个以上的德国人了。"

乔治·格雷夫斯说："这一带的男孩子不喜欢他，大家觉得他娘娘腔。"

尤金怕听这个字眼。

他问道："他年纪多大？"

乔治说："他是成年人，二十二或二十三岁。"

尤金很失望，思忖自己争光的机会（我仍是

小孩子)。

瓦特·C. 耶特法官从从容容往下说:"——幸亏白宫有一个人富于远见和政治才华,我们可以信赖他。让我们信赖他的领导,切实服从中立的原则,除非万不得已绝不采取激烈措施,使本国陷入战争的苦难和悲剧。"他的声音化为耳语:"那是上帝所不容的!"

佩蒂格鲁军校(1789年成立)校长詹姆斯·布坎南·佩蒂格鲁上校乘着由老黑人驾驶、两匹棕色母马拉的四轮敞篷马车走过去,心里想着他自己参加过的一次战争。四周有马儿的体味和汗迹斑斑的皮革味。老黑人用皮鞭轻轻打光滑的马屁股,小声咕哝着。

佩蒂格鲁上校裹着一件厚军毯,直裹到腰部,肩膀上盖一件灰色的南军斗篷。他身子向前倾,长满斑的双手紧抓着洋漆拐杖的银把手,把全身的重量倚在拐杖上。他喃喃自语,骄傲的老脑袋晃来晃去,眼睛四下瞄流动的人群。他曾是非常完美、非常有风度的骑兵。

他喃喃自语。

"大人？"黑人说着，拉起缰绳，回头看他。

佩蒂格鲁上校说："继续走！继续走，你这无赖！"

黑人说："是的，大人。"他们继续前进。

伍德药店门槛边站着一群游手好闲的年轻人，佩蒂格鲁上校瞥见他自己的两个子弟兵也在场。他们脸上长满粉刺，下巴松弛，仪表邋遢。

他喃喃表示不满。时代不同了！时代不同了！样样都不一样！佩蒂格鲁上校年轻时，正发生唯一重要的战争，他曾率领子弟兵出征。长官，一共一百一十七名，由十九名军官带队。他们勇敢前进……直到最后一名高级军官阵亡……三十六个人回来……自 1789 年……必须继续下去！……长官，十九名……带一百一十七名……必须……继续……下去！

他那松垮的面颊轻轻颤抖。马儿绕过街角，消失得无影无踪，橡皮车胎隆隆响。

乔治·格雷夫斯和尤金走进伍德药店，站在

柜台边。年纪较大的饮料服务员皱皱眉头，用一条湿抹布去擦大理石板上的一摊污水。

他急躁地说："你要什么？"

尤金说："我要一杯巧克力牛奶。"

乔治·格雷夫斯说："来两杯吧。"

噢，能来一口地窖中冷却多时的上等葡萄酒多好！

十二

是的，大罪行发生了。将近一年来，尤金严守中立。其实他的心不是中立的。看来文明的命运岌岌可危。

战争在盛夏爆发。"迪克西兰"客满了。当时他最亲近的朋友是一位吓得胆战心惊的老处女，她在纽约市的一家公立学校当了三十年的英语教师。奥匈帝国皇储被杀后，他们天天看着血腥和凄凉的潮水淹遍全世界。克兰小姐的红鼻子愤然颤动着，灰色的老眼含着怒火。岂有此理！岂有此理！

英语系的民族中，没有人比教授那高贵语言

的美国淑女更敬爱大不列颠岛。

尤金也忠心耿耿,他对克兰小姐摆出遗憾的表情,心里却敲着咚咚的战鼓。空中充满长笛短笛声,他听见大炮隆隆响。

玛格丽特·伦纳德说:"我们必须公正!我们必须公正!"可是她读到英国参战的消息,眸子为之黯淡,喉咙像小鸟般颤抖着。她抬起眼睛,眼睛湿湿的。

她说:"啊,天主,现在你会监督一切了。"

席芭吼道:"小鲍勃茨[1]!"

"上帝保佑他,你有没有看见他要到什么地方打仗?"

约翰·多尔西·伦纳德放下报纸,哈哈大笑。

他张口喘气说:"上帝发慈悲!现在让那些流氓来吧!"

啊,好的——他们来了。

整个夏天,尤金在学校和"迪克西兰"之间

1　指英国战地司令罗伯茨伯爵。

来来回回，一心想着可能有的荣耀，手脚实在静不下来。他阅读每一则新闻，赶着和伦纳德夫妇或克兰小姐分享。只要拿得到的报纸，他一定详加研读，看德国打败仗退回去，他就很高兴。他由各种刊物看出匈牙利战况不利。他们在蒙斯遇到英国炮兵，吓得逃走；在马恩河沿岸受法国攻击，倒地求饶；这儿撤退，那儿投降，到处逃走。有一天早晨，按理说他们该在科隆市才对，没想到他们已在巴黎的城墙外列队了。他们跑错了方向。世界天昏地暗。他拼命想其中的道理。想不通，德国人凭着撤退战略，居然会抵达巴黎，真是新奇的战略。几年后，尤金才了解德军扎扎实实地奋战过。

约翰·多尔西·伦纳德无忧无虑。

他信心十足说："你等着！孩子！你等着。霞飞[1]知道该怎么办。他就等着这一天。现在他已在他希望的地方逮到他们了。"

尤金想不通法军统帅基于什么微妙的理由竟

希望德军抵达巴黎。

玛格丽特正在看报,她抬起担忧的目光。

她说:"看来相当严重。我告诉你!"她沉默片刻,一股激情自喉头升起。她颤声低语道:"如果英国完蛋,我们就完了。"

席芭嚷道:"上帝保佑英国!"

她拍拍尤金的膝盖说:"上帝保佑她,尤金。上回我踏上亲爱的英国故土,实在情不自禁。我不在乎别人怎么想。我跪倒在尘土里,假装系鞋带,嘴里却说" ——她的眼睛泪光闪闪——"上帝保佑她,我情不自禁。你知道我干了什么?我低头吻英国的土地。"大滴大滴的眼泪滚下她的红脸颊。她大声哭,却继续说下去:"我说,这是莎士比亚、弥尔顿、济慈的土地,苍天明鉴,也是我的土地!上帝保佑她!上帝保佑她!"

眼泪静静地由玛格丽特·伦纳德的眼睛里流下来。她的脸湿湿的。她说不出话来。大家都深深感动。

约翰·多尔西·伦纳德说:"英国不会完蛋的,

这一点我们都可以保证。她不会完蛋！你们等着看吧！"

尤金的幻想中出现两双大手隔着海洋相握、绿野开遍鲜花、伦敦仙境层层包卷等画面——伦敦浩大、淘气、古老，像浪漫的迷宫，有拥挤的古道路、高高瘦瘦的房子、豪华的食物和饮料，古雅的怪人群中更有天才的疯眼炯炯发光。

战事一天天发展下去，战争小说开始出笼，玛格丽特·伦纳德一本接一本拿给他看。那是年轻人的小说——描写年轻人用鲜血洗清世界的罪孽。她以颤抖的嗓音朗读鲁珀特·布鲁克的十四行诗给他听——"万一我死了，只回想我这一件事"——她还给他一本唐纳德·汉基的《戎装的学子》说：

"读读看，孩子，你会受到前所未有的激励。那些男孩看到了远景！"

他读了这一本，也读了许多别的书。他看到了远景，他变成骑兵团的一员——"圆桌小武士尤金"——正义的先锋。他曾盛接圣血。他写了

数十篇回忆文章，静静地、幽默地将十字圣战的
热情倾吐出来，颇具英国人的节制作风。有时候
他想象自己安然撑到和平期，少了一只手臂、一
条腿或一只眼睛，虽然伤残却显得高贵；有时候
他想象自己阵亡前夕的话被人写下来。当编者记
录他的遗言，加以解说时，他以亮晶晶的眸子读
自己的后记，享受身后的哀荣。于是他成为自己
殉国的证人，在自己的遗体上洒两滴热泪。为国
殉身是甜美又体面的。[1]

　　本皱着眉头，从伍德药店门口慢慢跑过去，
他经过门口闲逛的人堆，突然不屑地瞟了他们一
眼，然后凶巴巴轻笑几声。

　　他说："噢，我的天！"

　　他皱着眉在转角等珀特太太从邮局过街。她
一摇一摆慢慢过来了。

　　他和她约好等一下在药店碰头，就过马路拐

1　原文为拉丁语，引自古罗马诗人贺拉斯的诗作。

到邮局后面的联邦街。到了内外科医生大楼的第二个入口，他拐进去，开始爬吱吱响的暗梯。不知道什么地方有一滴水落进水槽的黑盆里，听来十分单调。他在一楼的宽走廊上停顿一会儿，控制紧张的心跳。然后他走半截路，进入 J. H. 科克尔医生的候诊室。里面空空的。他皱着眉头吸吸气。整栋楼房都有消毒水的味道，一堆杂志——《生活》杂志、《判断》杂志、《文学文摘》和《美国人》——乱糟糟摆在黑色的斑纹木桌上，一看就知道很多人乱翻过。内门开了，医生的助手雷小姐走出来。她头上戴着帽子，正准备离开。

她问道："你要看医生？"

本说："是的，他忙不忙？"

科克尔医生来到门口说："进来吧，本。"他取下口里的湿雪茄，咧着嘴笑。"劳拉，今天到此为止，你可以走了。"

劳拉·雷小姐说："再见。"说着告辞而去。

本走进科克尔的办公厅，科克尔关上门，坐在又脏又乱的桌子前面。

他咧着嘴说:"你躺在诊疗台上比较舒服。"

本以厌恶的目光打量诊疗台。

他问道:"死在那玩意儿上面的病人有多少?"他紧张兮兮坐在桌畔的一张椅子上,点了一根烟,把余焰凑在科克尔伸出的雪茄蒂上。

科克尔问道:"好啦,小伙子,什么事要我效劳?"

本说:"我在这边掘坟墓掘厌了,我要到别的地方去掘。"

"本,你这话是什么意思?"

本带点侮慢静静地说:"科克尔,我想你已听说了,欧洲正在打仗。我是说,如果你懂得看报的话。"

科克尔慢慢吐烟圈:"不,我没听说过。我读一种报纸——早上出的报纸。我想他们还没有得到消息。"他存心不良地笑一笑。"本,你想干什么?"

本说:"我想到加拿大去参军,我要你说说看我能不能入伍。"

科克尔沉默片刻，他由嘴边抽出嚼过的长雪茄，若有所思望着他。

他说："本，你为什么要这样做呢？"

本突然站起来，走到窗口。他把烟扔进庭院，烟蒂轻声落在水泥地上。他回头的时候，黄黄的面孔转白了，表情很激动。

他说："科克尔，一切究竟怎么回事？你能告诉我吗？我们究竟在这边干什么？你是医生——你应该知道吧。"

科克尔仍旧看着雪茄，雪茄又熄了。

他从容不迫说："为什么？我凭什么该知道？"

"我们来自何方？我们将往何处？我们为什么在这儿？一切究竟怎么回事？"本提高嗓门气冲冲嚷道。他控诉般望着年长的医生。"科克尔，拜托，说话呀。别像裁缝的木偶呆坐在那儿。说句话好不好？"

科克尔说："你要我说什么？我是什么人？读心专家吗？巫师吗？我是医生，不是你的牧师。我看他们生，我看他们死。他们生前或死后的境遇如何，我可不知道。”

本说：“该死！他们生死之间有什么际遇？”

科克尔说：“本，这方面我并不比你专精。年轻人，你要的不是医生而是预言家。”

本说："他们生病就来找你吧？他们都想复原，对不对？你尽全力为他们医病，对不对？"

科克尔说："不，不见得。不过我承认应该如此。这又怎么啦？"

本说："你们一定都认为有点用处，否则你们不会这么做！"

科克尔露齿一笑说："人总得活下去吧？"

"科克尔，我就是问你这个，人为什么得活下去呢？"

科克尔说："咦，为了每天在报社工作九小时，睡九小时，另外六小时漱洗、剃须、更衣，到小饭馆用餐，到伍德药店门口游荡，偶尔带个风流寡妇去看弗朗西斯·X. 布什曼的表演。这个理由还不够吗？如果一个人勤奋正经，每周将钱投入房地产和债券，不乱花钱抽烟、喝可口可乐、买库本海默的衣服，有一天他也许会拥有一个小家园。"科克尔的声音慢慢低下来，充满敬意。"他甚至会有自己的轿车哩，本，想想看！他可以上车，坐啊坐啊坐个痛快，他可以坐车逛遍这一带的鬼山陵，他可以非常非常快乐，他可以按时到基督教青年会运动，只想些清纯的念头，他可以娶个纯洁的好女人，爱生多少儿子和女儿都可以，全部照浸信会、卫理公会或长老会的方式教养成人，让他们到州立大学去读经济、商业法和美术。本，生活的目标很多，每一刻都有事让你忙。"

本皱眉说："科克尔，你真是妙语如珠，滑稽得很。"他怏怏地挺一挺微驼的双肩，用力吸气。

他紧张兮兮咧嘴笑笑说："好啦，怎么样，我适不适合去？"

科克尔从容不迫打量他说："我看看，脚——脚趾外弯，但是脚底的弧度很好。"他细查本的黄皮肤。

本说："怎么回事，科克尔？开枪要用脚趾吗？"

"年轻人，你的牙齿怎么样？"

本的薄唇往后缩，露出两排坚硬的白牙齿。这时候，科克尔漫不经心用粗壮的黄手指迅速戳他的太阳穴。他的胸膛垮下去，弯身大笑，干咳了几声。科克尔转身面对桌子，拿起雪茄。

本说："怎么回事？科克尔，你打算干什么？"

"这就行了，年轻人，你检查完了。"科克尔说。

"好，怎么样？"本紧张兮兮问道。

"什么怎么样？"

"我是不是没毛病？"

科克尔说："你当然没毛病。"他捏着燃烧的火柴转过身子。"谁说你有毛病？"

本眉头深锁，用恐惧得发亮的目光瞪着他。

他说："科克尔，别开玩笑了，你知道我已二十一岁，我适不适合去？"

科克尔说："急什么？战争还没结束，不久我们也许会参战，何不等一等？"

本说："这表示我不适合。科克尔，我到底有什么问题？"

科克尔小心翼翼说："没什么，你太瘦了一点。稍嫌衰弱，不是吗，本？你的骨头需要长一点肉。坐在小饭馆的凳子上，一手拿烟，一手端咖啡，不可能发福的。"

"科克尔，我到底有没有毛病嘛？"

科克尔的长骷髅脸露出一抹笑容。

他说："你没有毛病，本。我认识几个最没有毛病的人，你是其中之一。"

本望着科克尔那双疲惫的血丝眼，看到了真实的答案。他的目光中充满了病态的恐惧，但他讽刺说：

"多谢，科克尔，你可真帮了大忙，我感激你的帮助，以医生来说，你真是最佳一垒手。"

科克尔咧咧嘴。本走出办公室。

他走到街上，遇见哈利·塔格曼正要去报社。

哈利·塔格曼说："怎么啦，本？身体不舒服？"本怒目对他说："是啊，我刚打了一针606

药剂 [1]。"

他沿街过去找珀特太太。

1　指治疗梅毒的 606 盘尼西林。

十三

尤金十五岁那年——也就是他在伦纳德预校的最后一年——秋天，他到查尔斯顿去远足。他找了人替他送报。

他偶尔还和马克斯·艾萨克斯见面。马克斯·艾萨克斯说："来嘛！老弟，我们一定会玩得很痛快。"

女导游的儿子马尔文·鲍登说："是啊，老弟。"又抛了个浪荡的媚眼说："查尔斯顿还买得到啤酒喔。"

马克斯·艾萨克斯说："棕榈岛可以下海游泳。"然后又恭恭敬敬说："还可以到海军造船厂去看船。”

他等不及长大，想去投效海军，他看海报百看不厌，征兵事务所的海军人士他全部认得，小册子他全部读过——对航海知识钻研很深。他知道二等司炉、无线电报报务员和各等下级军官的薪酬，连人家赚几美元他都清清楚楚。

他父亲是铅管匠，他不想当铅管匠。他要投效海军，见见世面。海军薪水高，有机会受良好的教育；可以学一门专长，吃得好，穿得好，全是免费的。

伊丽莎带着挖苦的笑容说：“哼，咦，孩子，你去搞那个干什么？你是我的宝宝！”

尤金早就不是小宝宝。她笑得好厉害。

尤金说：“是的，妈妈。我能不能去？只有五天，我自己有钱。”他伸手去掏口袋。

伊丽莎噘嘴笑道：“我告诉你！今年冬天没过完，你就需要那笔钱。天气冷了以后，你需要买新鞋，买一件暖和的大衣。你一定很有钱，我巴不得我也有钱去参加那种旅行。”

本急促地笑一声："噢，老天！"他把烟扔进今年初生的火堆里。

伊丽莎一本正经说："儿子，我告诉你，你得知道每一分钱的价值，否则你一辈子买不起自用的房屋。孩子，我要你玩得痛快，但是你千万别乱花钱。"

"是的，妈。"尤金说。

本嚷道："拜托！那是小弟自己的钱，让他爱怎么花就怎么花，他若想把钱扔到该死的窗外，那也是他自己的事。"

她心事重重两手叉腰，噘着嘴看别的地方。

她说："好，我想不会出问题。鲍登太太会好好照顾你们。"

这是他初次单独到陌生的地方。伊丽莎仔细收拾好一个旅行包，准备了一盒三明治和蛋。他是晚上走的。他全身梳洗整齐，站在背包旁边，表情很兴奋，母亲流下眼泪。她觉得儿子又有点疏远了。他一副渴望航海的表情。

她说："乖一点，别在那边惹上麻烦。"她仔细想了一会儿，把脸别开。接着她低头摸长袜，抽出一张五美元的钞票。

她说："别浪费钱，这是额外的，你也许用得着。"

本说："过来，你这小暴徒！"他皱着眉迅速替弟弟整理细长的领带，替他拉好马甲，把一张折叠的十美元钞票塞进尤金口袋里。他说："举止要庄重，否则我揍死你。"

马克斯·艾萨克斯在街上吹口哨。尤金出去会他们。

鲍登太太一行共有六个人：马克斯·艾萨克斯、马尔文·鲍登、尤金、两个名叫乔茜和路易丝的女孩子，以及鲍登太太本人。乔茜是鲍登太太的侄女，住在她家。她个子高高瘦瘦，嘴巴尖尖的，长了一口大龅牙，今年二十岁。另外一个女孩子路易丝是餐馆女侍。她娇小丰满，是褐发褐眼褐肤的女孩。鲍登太太个子小，皮肤泛黄，头发呈鼠棕色，眼珠子是棕色的，显得很疲乏。她是裁缝，她丈夫生前当木匠，春天死了，留下一点保险金，她才能来旅行。

晚上，尤金再度乘车到南方。普通车很热，弥漫着红色旧丝绒的气味。旅客辛辛苦苦打瞌睡，老是受汽笛声和嘎嘎的停车声干扰。有一个婴儿细声哭。母亲是山地人，面容憔悴，头发稀疏，她把椅背朝前翻，铺上报纸让小孩躺着。脏袄和红缎带束成的襁褓中露出婴儿干巴巴的小脸。婴儿哭着哭着就睡着了。车厢前面有个骨架突出、脸色红润的山地青年，身穿灯芯绒衣服，打着皮绑腿，一直在剥花生，把壳扔进甬道。人们踩来踩去，发出咔咔的声音。男孩子们烦躁起来，列队到车厢末端去喝水。地板上有一堆压扁的卫生杯，厕所也传来臭味。

两个女孩子在翻转的椅子上睡得正熟。个子小的那一位微张着湿润的嘴唇，呼吸暖暖香香的。

夜晚的倦意压着他们疲惫的神经，也压着他们又干又热的眼球。他们把鼻子贴在脏兮兮的窗板上，望着大地往后移——茂密的林地、广阔的田野、起伏的山冈、眩人的循环交叉线——这就是美国土地，粗糙，巨大，混沌，难以测量。

尤金一直想着车轮的奥秘。咔啦咔特——咔啦咔。咔啦咔特——咔啦咔。咔啦咔特——咔啦咔。他想起自己的生活，像是好久以前发生的事。他终于找到失乐园的通路了。究竟是在他前面还是在他后面呢？他是正要离开，还是正要进去？听着车轮的节奏，他想起伊丽莎笑谈古老事物的样子。他仿佛看见一个久已忘记的手势，看见她白白的宽额头，看见她眼中含悲的鬼影。本、甘特——他们那失落的怪声音。他们悲哀的笑。他们都由幻想的绿墙向他飘过来。他们抓住他的心脏拧绞。他们面孔的绿光消失了。失落啊。失落啊。

马克斯·艾萨克斯说："我们去抽根烟。"

他们往后走，挤站在封闭的车厢踏板上，他们点了烟。

东方泛出一点亮光，含含糊糊的。远处的黑暗被消蚀一空。地平线的天空出现一道道光芒。

他们仍在暗夜里，望着远方触摸不到的白昼。他们由掀起的窗帘下窥视亮光，他们和光明硬生生分隔两处，后来光线像露水轻轻溶遍大地，世界一片灰白。

东方爆出锯齿形的火焰。车厢里小女侍深呼吸，叹一口气，张开清澈的眼睛。

马克斯·艾萨克斯笨手笨脚掏香烟，看看尤金，怯生生笑着伸长脖子，长满茸毛的面孔做了一个紧张的鬼脸。他的头发又密又直，颜色像太妃糖，眉毛是金黄色的，他为人非常和善。他们温柔地对望一眼，想起伍德森街的往事。他们看出青春期的尴尬，带点儿惊喜。岁月的大门迎着他们开了，他们感到一种孤单的荣耀，他们开口道别。

查尔斯顿城像忘忧码头上生根的野草，活在另一个时代。几个钟头就像几天，几天就像几星期。

他们早上抵达。到了中午，仿佛过了好几周，他真希望一天赶快结束。他们住在国王街的一家小旅馆——是商店楼上的老屋，房间相当大。午餐后他们出去参观本城。马克斯·艾萨克斯和马尔文·鲍登立刻往海军造船厂走去，鲍登太太与他们同行，尤金累了想睡觉，他答应等一下跟他们会合。

他们走了以后，他脱下鞋子、外套和衬衫，躺在一个黑黑的大房间睡觉，温暖的阳光由百叶窗缝里射进来。时间像困倦的十月苍蝇嗡嗡响。

五点钟，小女侍路易丝来叫他，她也想睡觉。她轻轻敲门，他不搭腔，她就静静开门走进来，把门带上。她走到床边看了他一会儿。

她低语道："尤金！尤金。"

他睡眼惺忪地"嗯"了几声，身体动一动。小女侍笑眯眯坐在床边。她低头轻轻搔他的肋骨，看他抖动，就咯咯笑起来。接着她又搔他的脚底。他慢慢醒了，打个哈欠，揉揉眼睛。

他说："什么事？"

"该去那边了。"她说。

"去什么地方？"

"海军造船厂。我们答应跟他们会合的。"

他呻吟道："噢，该死的海军造船厂！我宁愿睡觉。"

她表示同感："我也是！"她打了个大哈欠，把丰满的手臂伸到头顶。"我好困，随便什么地方都睡得着。"她意味深长看了床铺一眼。

他立刻醒了，感官变得很灵活。他用一只手肘支起上半身，血液涌上面颊，脉搏跳得好厉害。

路易丝微笑说："这上面只有我们，整层楼归我们独享。"

他问道："你若困了，何不躺下来小睡一下？"他带点侠气说："我会叫醒你。"

路易丝说："我的房间好小，又热又闷，所以我才起来。你的房间真大真好！"

他说："是啊，床也很大很好。"他们沉默片刻。

他低声说："路易丝，你何不躺在这儿？"他坐起来，连忙加上一句："我起来。我会叫醒你。"

她说："噢，不，我觉得不好。"

他们又闷声不响了。她以赞佩的目光望着他细细的手臂。

她说："我打赌你很壮。"

他弯起长长的肌腱，并扩展胸脯。

她说："你几岁，尤金？"

他才刚刚十五岁。

他说："我快要十六岁了。你几岁，路易丝？"

她说："我十八岁。尤金，我打赌你害很多女孩子伤心过。你有多少女朋友？"

他说真话："噢，我不知道。并不多。"他想说话——说些疯狂的话，诱惑的话，不正经的话。他要以高尚、正直、踏实的口吻说出最有情爱的话，使她兴奋。

路易丝说："我猜你喜欢个子高的女孩吧？高的人不会要我这么矮小的女孩子，对不对？"她连忙加上一句："天下事也很难说，听说相反的人会互相吸引。"

尤金说："我不喜欢个子高的女孩，她们太骨感了。我喜欢和你这么高，身材又好的女孩子。"

路易丝伸起手臂笑着说："我身材好不好，尤金？"

尤金恳切地说："好，你的身材很漂亮，路易丝——身材很棒，正是我喜欢的类型。"

她以诱人的口吻说："我的脸不漂亮，我的脸好丑。"

尤金坚决地说："你的脸不丑，你的脸相当漂亮。"又巧妙地加上一句："反正我觉得面孔不重要。"

路易丝问他："尤金，你最喜欢什么？"

他认真想了一下。

他说："咦，女人应该有漂亮的小腿。有时候女人面孔丑，腿却很漂亮。我见过的最漂亮的一双腿长在一个混血儿身上。"

女侍随和地笑一笑说："是不是比我的漂亮？"

她慢慢交叠两腿，露出丝袜包裹的足踝。

"我不确定，路易丝，"他目光灼灼，"我看见的不够。"

她说:"这样够不够?"说着把紧身裙拉到小腿肚上方。

尤金说:"不够。"

"这样呢?"她把裙子拉到膝盖上,展示一双丰满的大腿——腿上套着丝袜带和红色的蔷薇花饰。她伸出小脚,脚趾往里缩。

尤金兴致勃勃瞪着袜带说:"天主啊,我以前没见过这样的画面,真漂亮。"他大声吞口水。"路易丝,那些东西不会勒痛你的腿吗?"

她似乎有些不解:"呃——呃,怎么会?"

他说:"我想那些东西会勒进皮肉里。如果我束得太紧,我知道会勒人,看。"

他拉起裤管,露出束着袜带的小腿,上面长有细毛。

路易丝看一眼,用丰满的小手去摸他的袜带。

她说:"我的不会勒痛我!"她啪的一声拉拉松紧带。"看!"

他说:"我看看。"他伸出颤抖的手指,轻轻去摸她的袜带。

他颤声说："是的，我明白了。"

她那圆圆的玉体靠在他身上，温馨的嫩脸仰起来看他。他像喝醉酒，头晕目眩，笨拙地用嘴去吻她微张的樱唇。她往后靠在枕头上。他又吻她的嘴巴、她的眼睛，绕着脖子和面孔吻一圈。他伸手去找她颈部的钩子，可是手指抖得太厉害，解不开。她昏沉沉举起双手，替他解开。

这时候他抬起通红的面孔，颤声低语，自己也搞不清他在说什么：

"你是好姑娘，路易丝。漂亮的女孩。"

她慢慢用粉红的手指去抚弄他的头发，把他的面孔拉进她怀里。他吻她的时候，她哼了几声，抓紧他的头发。他搂住她，把她拉过来。他们拼命热吻，不满足，不快乐，似乎想在拥抱中一起成长，以一吻来吸出最后一滴欲望的精华。

他趴卧着，热烈得六神无主，无法集中他的热力。他听见欲望无言的呼喊，无路可抒发的狂喜。但他也害怕——不是畏惧道德陈规，而是害怕自己毫无经验，怕她发现真相，他担心自己无能，他以浓浊的嗓音对她说话，却听不见自己的声音。

"路易丝，你要我……？你要我……？"

她把他的面孔拉下来，喃喃地说：

"你不会伤害我吧，尤金？你不会做出伤害我的事吧，蜜糖？如果出了任何事情——"她困倦地说。

他抓住她的一线暗示。

他胡言乱语说："我不会是第一个，我不会是首先动你的人，我从未动过处女。"他依稀觉得自己正道出一条骑士规则。"看这边，路易丝！"他摇摇她——她似乎服了麻药。"你得先告诉我——我不会那样做！我也许是坏胚，可是没有人能说我做过那种事。你听着！"他的声音提得很高，表情很激动，几乎讲不出话来。

"我说，你听到没有？我是不是第一个？你一定得回答！你以前——可曾？"

她懒洋洋看着他，露出笑容。

"没有。"她说。

"我也许是坏胚，但我不做那种事。"他说话含糊不清，后来简直像无言的鸟叫。他张口喘气，结结巴巴，面孔都歪了，拼命找话讲。

她突然站起来，伸出温暖的手臂环抱他，一面爱抚，一面把他拉到胸前。她摸摸他的头，静静跟他说话。

"我知道你不会的，别说话，什么都别说。咦，你好激动。喏。咦，你抖得好厉害，好紧张，蜜糖，真的，你紧张极了。"

他无声无息在她怀里饮泣。

他略微安静下来。她笑眯眯轻吻他。

路易丝说："把你的衣服穿好，如果我们要去那边，应该启程了。"

他心慌意乱，拿起一双鲍登太太扔掉的高跟鞋来穿，路易丝笑得好清脆，用手去捣他的头发。

到了海军造船厂，他们找不到鲍登母子，也找不到马克斯·艾萨克斯。一位年轻的水手带他们爬上一艘驱逐舰。路易丝的美腿一起一落，爬上有扶手的铁梯。她露出小腿，又冒冒失失盯着《警察公报》剪下来的合唱女团员的照片。年轻的水手向上翻眼睛，摆出天真又浪荡的表情，然后用力向尤金眨眨眼。

"俄勒冈号"的甲板。

路易丝指着铁钉钉成的海军总司令杜威的脚型说："那是做什么用的？"

水手说："那是他打仗时站的地方。"

路易丝把纤足放在大脚印中，水手向尤金眨眨眼。你准备好就可以发射了，格里德利。

尤金说："她是好姑娘。"

马克斯·艾萨克斯说："是啊，她是迷人的女子。"他笨拙地伸伸脖子，斜眼看人。"她大概多大年纪？"

尤金说："十八岁。"

马尔文·鲍登瞪着他。

他说："你疯了！她今年二十一岁。"

尤金说："不，她十八岁，她告诉我的。"

马尔文·鲍登说:"不关我的事,她才不是呢。她今年二十一岁,我想我应该知道,我的父母认识她五年了,她十八岁的时候生下一个小娃娃。"

"噢。"马克斯·艾萨克斯说。

马尔文·鲍登说:"真的,一位旅人害她怀了身孕,后来却跑了。"

马克斯·艾萨克斯说:"噢!没娶她之类的?"

马尔文·鲍登说:"他没为她想过任何办法,他跑了,现在小孩由她的亲人抚养。"

马克斯·艾萨克斯慢慢说:"哎呀!"然后厉声说:"干这种事的男人应该枪毙。"

马尔文·鲍登说:"你说得对!"

他们沿着炮台,沿着卡默洛特宫的废墟边缘闲逛。

马克斯·艾萨克斯说:"那是优良的古迹,当年算是好房子。"

他望着锻铁门框百看不厌,童年时对铁片的喜好又复苏了。

尤金恭恭敬敬说："这些是古老的南方巨邸。"

海湾静静的，绿色的死水发出阵阵臭味。

马尔文·鲍登说："他们任由此地衰退，这儿的规模不比南北战争前大。"

不，老兄，苍天明鉴，只要有真正的南国心灵存在，还记得阿波马托克斯[1]、战后南方重建和黑人议会，我们就会以鲜血保卫我们受危的神圣传统。

马克斯·艾萨克斯说："他们需要一个北方式的都城。"他们都如此。

一位戴着小女帽的老太太由黑人女仆扶着从一栋房屋来到高廊上。她坐上门廊的摇椅，盲目盯着太阳。尤金满怀同情地注视她。孝顺的儿女可能没告诉她战争已打败结束了。他们联合起来欺骗她，省吃俭用让她享用以前习惯的奢侈生活。她吃什么？一定是鸡翅和淡雪莉酒。所有值钱的传家宝都当掉或卖掉了。幸亏她几近全瞎，看不

---

1 阿波马托克斯是南北战争时期南军投降的地点。

见财产耗尽。真悲哀。但她有时候不会想起当年美酒和玫瑰的日子吗？当时骑士风度正盛行哩。

马尔文·鲍登悄悄说："看看那位老夫人。"

马克斯·艾萨克斯说："一看就知道她是贵妇人，我打赌她从来没动手做过事。"

尤金轻声说："古老的家族——南方贵族。"

一位脸上留着白络腮胡的黑人老头走过来。和善的老人——南北战争前的黑人。天主啊，当今这种人不多了。

尤金想起美丽的奴隶制度，他母系的祖先没养奴隶，却英勇战斗，想保全这种体制。上帝保佑，主人！老摩西不想当自由的黑人。没有主子，他怎么活下去？他不想跟自由的黑人一起饿死。哈！哈！哈！

博爱，纯博爱。他擦掉一滴眼泪。

他们到港口对面的棕榈岛。小船经过萨姆特堡[1]的砖造圆柱，马尔文·鲍登说：

1　萨姆特堡是查尔斯顿港内的一个要塞。南军炮轰此处，才引发南北战争。

"大部分兵力在他们手里。如果实力相当，我方会打败他们才对。"

马克斯·艾萨克斯说："他们没打败我们。我们打他们，把元气耗光了。"

尤金静静地说："我们输了，却不是被打败的。"

马克斯·艾萨克斯愣愣看着他。

"噢！"他说。

他们下了小船，乘市内电车向海滩走。漫漫长夏，土地变得又干又黄。叶片罩着尘土，他们咔啦咔啦经过廉价的夏季住宅，房子晒得起泡，懒洋洋立在沙地中；狭小脆弱，像各色各样的害虫——都挂着小木牌。"忘忧屋""海景""休憩避风港""大西洋客栈"——尤金看看这些字，以乏腻的目光阅读发白的名字。

他说："世上的膳宿公寓可真不少。"

早秋的热风在矮棕榈的长叶片间沙沙作响。他们前面耸起一副生锈的摩天轮骨架。圣路易斯啊，他们已经到海滩了。

马尔文·鲍登欢欢喜喜跳下车。

他叫道："最后进来的是臭蛋！"说着往浴室跑。

马克斯·艾萨克斯叫道："大包的香烟！我有大包的香烟。"他伸起交叉的指头。海滩空空的，两三个租户懒洋洋开门营业。天空罩在头顶，像一个无云的蓝色圆碗。离岸较远的大海则像翡翠。大浪涌进来，被阳光一照，又有物体沉淀，转成金黄色，愈来愈浓浊。

他们慢慢顺着沙滩走向浴室。宁静无止尽的海涛声在他们心底奏出孤寂的音乐。他们往大海那边瞧，探索翻腾的亮光。

马克斯·艾萨克斯说："尤金，我要去投效海军。跟我去嘛。"

尤金说："我年龄不足，你也是。"

马克斯·艾萨克斯辩护说："十一月我就满十六岁了。"

"不够大。"

马克斯·艾萨克斯说："我要隐瞒年龄入伍。

他们不会烦你，你可以进去。来嘛。"

尤金说："不，我不能。"

马克斯·艾萨克斯说："为什么？你要做什么？"

尤金说："我要上大学，我要受教育，读法律。"

马克斯·艾萨克斯说："来日方长，你可以等退伍再上大学。海军会教人很多事，他们给你良好的训练，让你胜任一切事情。"

尤金说："不，我不能。"

但是他听见孤寂的海涛声，脉搏跳得好厉害。他看见陌生又忧郁的面孔、棕榈叶，听见亚洲的小叮当声。他相信大海尽头有港口。

鲍登太太的侄女和小女侍由另一辆车下来了。尤金想完心事，躺在海滩上吹风，身体微微颤抖。他嘴上有盐味儿。他舐一舐干净的嫩肉。

路易丝出了浴室，慢慢向他走来。她扬扬自得，泳装裹着温暖的曲线，腿上穿着绿丝袜。

远处的圈绳外，马克斯·艾萨克斯正举起白

白的手臂，由汹涌的绿水墙里滑出来。他的身体霎时泛出绿光；他站直了，用手擦眼睛，把耳朵的水抖掉。

尤金拉起小女侍的手，带她下水。她慢慢走，叽叽喳喳叫。一阵起伏的浪花打过来，突然涨到她的下巴底，害她一时透不过气来。她一面喘气一面抓紧他，得到窍门后，他们冲过一道怒吼的水墙，尤金趁她还闭着眼睛，抱紧她一吻。

他们很快就出来了，由湿湿的海滩走进暖暖松松的沙地，淌水的身体倒在暖沙中。小女侍打了个寒噤；他把沙子堆在她的小腿和臀部，她半个人都埋在沙里。他吻她，在她唇上平息他嘴唇的颤抖。

他说："我喜欢你！我真喜欢你！"

她说："他们对你说我什么？他们是不是谈起我了？"

他说："我不在乎，我不在乎那些，我喜欢你。"

"等你开始交女朋友，你就不记得我了，你会把我忘得干干净净。有一天你看见我，甚至不认识我，你不会认我的，你会一言不发走过去。"

他说："不，路易丝，我永远忘不了你——只要我活着。"

他们心里充满孤寂的海涛声。她吻他。他们是山里人。

他在九月底回家。

十月，甘特带本和海伦到巴尔的摩去。手术拖了太久，现在非动不可了。他的病情一直恶化，有一段时期疼痛不止，他身体变得很衰弱。他简直吓慌了。

他半夜爬起来，大叫大嚷把家人吵醒，又用以前那种声势吓得大家胆战心寒。

"我看见了！我看见了！刀！刀！……你看见它的影子没有？……那边！那边！那边！"

他学名演员布斯的气度，身子往后一弹，指着虚空。

"你看见他站在阴暗中没有？你终于来带老

头子啦？……他站在那边——狰狞的死神——我就知道他会来。耶稣啊，垂顾我的灵魂吧！"

甘特躺在约翰·霍普金斯医院尿道学会的一张长床上。每天有一个活泼的小个子轻轻快快进来看他的病历卡，高高兴兴说几句话，然后走开。他是全国最伟大的外科大夫之一。

护士鼓励道："别担心，死亡率只有百分之四。以前达到百分之三十，被他降低了。"

甘特苦哼一声，把大手放进女儿手里，由她紧紧握住。

她说："别担心，老头！手术后你会跟往年一样健康。"

她以自己的生命、希望和爱来喂养父亲。他们推他去动手术的时候，他算是相当平静的。

可是灰发小男人看了，遗憾地摇头，修剪伤口。

四分钟后，他对助手说："好了！把伤口缝起来吧。"

甘特患了癌症，快要死了。

甘特坐在五楼回廊的一张轮椅上，隔着亮丽的十月天空看城市向远方伸展。他显得很干净，几乎有点脆弱。薄唇边浮出一抹快乐和解脱的笑容。他吸一根长雪茄，感官又恢复了功能。

他比画道："那就是我少年时代住过的地方，老杰夫·斯特里特的旅社就在那儿。"

海伦咧着嘴说："往下挖吧！"

甘特想起当时到现在的岁月，以及恼人的命运。他的日子似乎很陌生。

"等你出院，我们去看看那些地方。他们后天就准你出院了，你知不知道？你知不知道你快要好了？"她笑着嚷道。

甘特说："出院后我就是健康的人了。我觉得年轻了二十岁！"

她说："可怜的老爸爸！可怜的老爸爸！可怜的老爸爸！"

她的眼睛湿湿的，她把一双大手搁在父亲脸上，将他的头拉进她怀里。

十四

　　我的莎士比亚，复活吧！他复活了。诗人复活，活跃在新世界的整个时空。他不属于某一时代，他是永恒的。他逝世三百周年纪念只有一次 —— 就是三百年的末尾。从马里兰州到俄勒冈州，大家虔诚庆祝。文学记者问众议院的八十一名议员最喜欢什么诗，他们立刻引波洛涅斯[1]的戏词说："最重要的是：对你自己忠实。"全国每一所学校都演出莎翁的作品，穿剧中人的服装游行，每所学校都布置学生写莎翁的文学评论。

1　波洛涅斯是莎翁名剧《哈姆雷特》中的人物，女主角奥菲利娅的父亲。

尤金由《独立》杂志上撕下钱多斯画的像，钉在后房的石灰墙上。他心里一直想着本·琼森赞美莎翁的诗句，就草草在下面写道："我的莎士比亚，复活吧！"丰满的大脸——"真是我所见最笨的脑袋"——画中人的眼睛骨碌碌瞪着他，山羊胡带点虚荣的乡气。尤金被画像勾起灵感，连忙去写桌上散列的论文。

他的秘密曝光了。他曾离开片刻，把莎翁留在墙上。等他回来，本和海伦已读过他的草字。后来大家叫他吃饭、接电话、跑腿，都用诗人的口气。

"我的莎士比亚，复活吧！"

他气冲冲红着脸站起来。

本皱着眉头对他说："我的莎士比亚肯不肯把饼干传过来？"或者"我能不能麻烦我的莎士比亚拿一下奶油？"

海伦说："我的莎士比亚！我的莎士比亚！你要不要再来一块馅饼？"然后又懊悔般笑一笑说："真可耻！我们不该这样待小弟。"她笑着拉拉又大又直的下巴，凝视窗外，心不在焉地笑着——
一副悔悟的样子。

不过——"他的艺术是宇宙性的，他看生命
看得清晰，看得完整。他像智慧的大洋，波浪触
及思想的每一片海岸。他样样兼备，集律师、商
人、军人、医生、政治家于一身。科学界人士曾
为他的博学大吃一惊。在《威尼斯商人》一剧中，
他以律师的技巧处理最专门的问题。《李尔王》剧
中，他为李尔王的疯病大胆开出睡眠疗法。'睡眠
可理好忧愁的乱丝。'他早在三百年前就预知最
新的现代科学研究。他带着同情和完满的角色观，
与剧中人同笑，而非嘲笑他们。"

尤金得到奖牌——是青铜的，或者用比青铜
更耐久的材料做的，上面蚀刻着莎翁的侧像。"W.
S. 1616—1916"，好长好有用的生命。

戏装表演的结构美丽又单纯。作者乔治·B.
罗克汉姆博士据说曾是本·格里特剧团的团员，
他力求简单完美。台词全是乔治·B. 罗克汉姆博

士写的，因此也就等于为他而写。乔治·B. 罗克汉姆博士是"历史之声"，阿尔塔蒙特学校的天真小孩就是那个声音的图解。

尤金扮哈尔王子。戏装表演的前一天，行头从费城运来了。他照约翰·多尔西·伦纳德的指示穿上去，然后怯生生在约翰·多尔西·伦纳德面前上了学校的回廊，摸摸锡剑，半信半疑望着长度只到他小腿四分之三的粉红丝质长筒袜——紧身衣下面露出六英寸大腿，上下脱节。

约翰·多尔西·伦纳德一本正经端详着。

他说："来，孩子，我瞧瞧！"

他用力拉毛病百出的长筒袜，结果竟扯出一道道大裂纹。约翰·多尔西·伦纳德忍不住笑起来。他趴在走廊的栏杆上，默默笑弯了腰，接着发出高亢的呜呜声，唾沫四溅。

他张口喘气说："噢，我的天主啊！"他看尤金满脸愤怒，便喘息说："对不起！我从来没见过这么滑稽的——"这时候他笑得麻痹，声音渐渐停了。

埃米小姐说："我来帮你打扮，我有你需要的东西。"

她给他一套绿麻布做的袋形小丑装，是一次万圣节前夜的宴会留下来的，宽宽的褶纹卡在他脚踝四周。

他一脸困扰和疑惑，转向埃米小姐。

他说："不对吧？他没穿过这种衣裳吧？"

埃米小姐看了一眼，她发出女低音的笑声，胸部一起一伏。

她嚷道："是的，没错！很好！反正他就是这个样子。没有人会发觉的，孩子。"她笑倒在一张柳条椅子上，椅子吱嘎一声往外张。

她脸上湿湿的，呻吟道："噢，天主！我不相信我见过——"

戏装表演在庄园公馆的绿荫草坪演出。乔治·B. 罗克汉姆博士站在一块绿色凹地里——那是天然的半圆形剧场。观众坐在四周高起的草地上。一大列诗歌和戏剧的角色朝他蜿蜒走来，乔治·B.罗克汉姆博士便用五韵脚的诗句形容每一个人物。他穿着复古时代的服装——他羡慕那个时代，因为当时的人懂得男性小腿肚的魅力。他那粗粗的小腿从衬裤的皱褶下鼓出来。

尤金站在路面的一排大树后面等着，当时是五月初，"博士"海因斯（扮演福斯塔夫）在他旁边等。他穿着填了好多布料的衣裳，健壮的小脸露出傻乎乎的笑容。他笑着敲敲自己凸出的腹部，留下一块水肿般的凹痕。

他滑稽地斜睨尤金。

他说："哈尔，你的王子扮相真糟糕。"

"你也不美呀，杰克。"尤金说。

后面的朱利叶斯·阿瑟（扮演麦克白）拔剑做了个花哨的动作。

他说："哈尔王子，我向你挑战。"

在微亮的晨光里，两个人的锡剑铿锵斗起来。莎翁笔下的人物散列在草地和马鞍上，像小鸟叽叽喳喳笑。朱利叶斯·阿瑟飞快出击，被挡开了，他笑一笑，突然把剑刺进"博士"海因斯迎上来的肥肚子里，一群不朽人物笑得好开心。

助理导演艾达·纳尔逊小姐气冲冲在学生群里奔波。

她大声说："嘘！嘘！"她很生气，一下午都在大声嘘人，叫大家安静。

修道院来的小美人罗莎琳德坐在马鞍上，暖洋洋地向他笑一笑。他看着看着竟忘了台词。

他们下方的路面上，拥挤的人群慢慢散开，三三两两消失在乔治·B. 罗克汉姆博士的欢迎声里。他正以响亮的声音欢迎大家呢。

但他还没谈到莎士比亚。戏装表演以"古今的心声"开锣——那些声音跟表演项目不太调和——却关系着演出的盈亏。那些声音悄悄过去了——原来是四位惊慌的施瓦茨贝里公司的女推销员，身穿粗棉衣裳和凉鞋，手执她们公司的旗帜。或者像博士的诗句说的：

"美丽的商业，艺术的妹妹，你们也该
在我们舞台上占个合法的地位。"

她们来了又去了：金斯伯格商行——"流行之杯，造型之模"；布拉德利杂货店——"当第一位果树女神举起水果号角"；别克轿车代理行——"奥克苏斯河与印度的马车"。

来了又去了——像秋泉上的迷雾。

阿尔塔蒙特主日学的学生密密麻麻跟在她们后面，身穿白衣，小手抓着两千面自由的小旗帜，像上帝的小天使，为了老天才知道的理由，开始走入凹地中。他们的老师轻轻拍手顿脚，引导他们行动。

"一，二，三，四。一，二，三，四。快一点，孩子们！"

他们走近时，藏在树荫里的管弦乐队奏圣乐迎接他们：浸信会演奏简单的《这是古老宗教》；卫理公会奏《我将在河边等待》；长老会奏《千古磐石》；主教派奏《我心灵的爱人耶稣》；小犹太人感染了抒情诗的热劲儿，奏出《前进，基督教士兵》进行曲。

他们不谈不笑走过去，中间停顿了一下。

拉尔夫·罗尔斯端庄地说："噢，感谢上帝。"
莎翁的小兵笑起来，闹哄哄排队。

艾达·纳尔逊小姐嘘道："嘘！嘘！"

朱利叶斯·阿瑟说："她自以为是什么？蒸汽
活门吗？"

尤金专心望着扮演小侍卫的维奥拉那双美腿。

拉尔夫·罗尔斯照例大声说："哎哟！看谁
来了！"

她对他们泛出一视同仁的笑容，从不泄露自
己的情意。

艾达·纳尔逊小姐逮住博士偷传的手势。她
小心翼翼叫他们两个两个地慢慢走到他那边。

威尼斯的摩尔人（乔治·格雷夫斯先生饰演）
背对着大家，不理会他们的嘲讽，怯生生咧着嘴
下去，实在藏不住尴尬的粗腿肚儿。

"博士"海因斯说："维拉，跟他说说你的身
份吧，你看来像杰克·约翰逊。"

小镇刚换上春装，立在草皮坡地上，一本正

经俯视着错误的小闹剧；四周的高山和神明则俯视稍微大一点的小镇剧场；由象征观点来说，这本书的作者正从群山顶的高山——哲学家的最后据点——俯视一切呢。

"博士"海因斯推推尤金说："我们出场啦，哈尔。"

朱利叶斯·阿瑟说："小子，打垮他们。你是扮那个角色的。"

拉尔夫·罗尔斯说："你意思是说，他看起来挺像。哇，你会搞定他们。"他轻佻地笑起来。

他们走进凹地，观众偷偷惊笑，起先声音低低的，然后愈来愈大。博士刚在前面打发"苔丝狄蒙娜"，她文文雅雅地鞠躬下台。现在他介绍"奥赛罗"，演这个角色的人粗鲁又害羞，站在那儿等着苦刑结束。过了一会儿，他大步走开，博士转向"福斯塔夫"，由填塞过的肚子认出是他：

"喏，悲剧，走开吧，以小帽和铃铛
为我们的山谷带来滑稽的欢宴：

福斯塔夫，你这弄臣中的王子，老不修，

专用嬉闹喂养王储，

以荒唐的诡辩动摇国本——"

"博士"海因斯听观众愈笑愈厉害，有些尴尬，咧着嘴斜睨四周，拉一拉填塞过的肚子，转向一旁的尤金耳语道："听见了吧，哈尔？我简直像在气头上不是吗？"

尤金看他像一团绿影子般消失，霎时觉得乔治·B. 罗克汉姆博士静得不合情理。"历史之声"一时喑哑了；长长的下巴还半闭半开哩。

乔治·B. 罗克汉姆博士看看他，四顾求援。他哀求般向艾达·纳尔逊小姐翻白眼。她把头别开了。

他小心地把毛茸茸的手放在嘴边，用沙哑的嗓音问道："你是谁？"

尤金也用手遮住嘴巴，哑着嗓子说："哈尔王子。"

乔治·B. 罗克汉姆博士踉跄了一下。他们的话传到座位上去了。但他对着偷笑的观众定声说：

> "弱者的朋友，狂者的同志，
> 愚行生下智者，大无畏的哈尔——"

笑声一波连一波，震得大地摇动，像打雷似的，把乔治·B.罗克汉姆博士的台词全都淹没了。笑！笑！笑！

海伦在六月结婚——听说这个月是婚姻之神的圣月，但是举行婚礼的人实在太多，未必个个都能得到神明的祝福。

她最后一次巡回演唱，五月回到阿尔塔蒙特。她曾在亚特兰大参加歌剧周，取道亨德森镇回来，顺便去看姐姐黛西和赛尔伯恩太太。她在那边找到了终身伴侣。

他不是陌生人。几年前，他在阿尔塔蒙特住过一段日子，替一家大公司——联邦收银机公司——担任地区代理，当时她就认识他了。后来他遵从雇主的命令到过很多地方，到处带回成功和发达的讯息。目前他跟姐姐和老母亲住在南卡罗来纳州的一个小镇，老太太四肢不稳，食欲却没有减退。他对她们俩都很慷慨，很重感情。联邦收银机公司感于他尽忠职守，给了他一份高薪。他姓巴顿。巴顿一家日子过得不错。

海伦出其不意返乡——甘特家的人回来都喜欢这样。有一天下午，她到"迪克西兰"的厨房来找家里的人。

她说："嘿，大家好！"

卢克过了一会儿才说："噢，老天，看看谁回来了！"

他们热烈相拥。

伊丽莎叫道："咦，究竟怎么着！"她把熨斗放在板子上，两脚直晃动，恨不得同时往两个方向走。母女互相吻了一下。

伊丽莎冷静下来说："我刚刚才想到，如果你突然走进来，我也不会吃惊的。我有一种预感，我不知道还该叫什么——"

海伦和和气气叫苦说："噢，我的天！"她有点恼火。"别又说起彭特兰家的鬼话来！我快要起鸡皮疙瘩了。"

她和卢克互相使了个哀求的眼色。他眨眨眼，突然转身，傻笑着去搔伊丽莎。

"滚开！"她尖叫道。

他咯咯狂笑。

她发躁说："真是的，孩子！我相信你疯了。我发誓我真的相信。"

海伦嘶声笑起来。

伊丽莎说："好啦，你离开的时候，黛西和孩子们还好吧？"

海伦乏腻地说："我想他们还好。"她笑起来。"噢，我的天！救救我！你一定没看过那么讨厌的人！我光是给他们买玩具和礼物就花了五十美元。凭我得到的感激，你绝对想不到。黛西照单全收，活像是应该的，自私！自私！自私！"

卢克忠心耿耿说："老天！"

她是一个好女孩。

她挑衅般说:"我在黛西家受到的每一样款待,我都花了钱。除非必要,我很少待在那儿。我几乎老是留在赛尔伯恩太太家。每顿饭都是在那边吃的。"

她愈来愈需要独立,而且她渴望人家依赖她。她凶巴巴地婉拒别人的恩惠。她付出的远比接受的多。

她尽量掩饰满心的焦急说:"好啦,我不能自拔了。"

卢克问道:"什么不能自拔?"

她说:"我终于办了。"

伊丽莎尖叫说:"上帝发慈悲!你不是结婚了吧?"

海伦说:"还没有,不过快了。"

接着她跟家人提起收银机推销员休·T. 巴顿先生。她谈到他,语气忠诚和蔼,却不太热情。

她说:"他比我大十岁。"

伊丽莎捏捏嘴唇,若有所思说:"噢,这种人有时候是最好的丈夫。"过了一会儿又问道:"他有没有产业？"

海伦说："没有，他们靠他赚的钱量入为出过日子。我告诉你，他们过得挺豪华喔。屋里经常雇两个用人。老太太从来不亲手做事。"

伊丽莎厉声说："你们要住哪里？跟他的家人住？"

海伦缓缓加重语气说："噢，我希望不要！我希望不要！"她急躁地说下去："老天爷，妈妈！我要一个自己的家。你不明白吗？我一辈子为别人服务。现在我要让他们替我想想。我不要跟姻亲在一起。不了，谢谢！"

卢克紧张兮兮咬指甲。

他说："噢，他娶的是一个了不起的女孩子。但愿他知道这一点。"

她很感动，自嘲般大笑起来。

她说："我可有人为我抬高身价喔，对不对？"她深情款款望着弟弟。"好啦，多谢，卢克。你随时记挂着家人的利益。"

此时她的大脸显得宁静又热心。一片安详！具有黎明和雨水那种光辉高尚的美。她的眼睛像小孩子一样亮，满怀信任。她心中了无邪念。她什么经验都没有。

伊丽莎问："你告诉你爸爸没有？"

她犹豫片刻才说："没有，我还没有。"

他们默默想起甘特，满怀惊叹。她离开是一大奇迹。

海伦气冲冲地说："我跟别人一样，有权过自己的生活。"活像有人跟她争论似的。"老天爷，妈妈！你和爸爸曾度过你们自己的生活——你不知道吗？你以为我该永远照顾他？你这么想？"她神经兮兮抬高嗓门。

伊丽莎心慌意乱安抚道："咦，没有，我没说——"

卢克说："你一辈子为别人着想，不为自己着想，问题就在这里。他们并不感激。"

"噢，我不再那样了。这一点可以确定！不，真的！我要一个家，要几个孩子。我要生小孩！"她挑衅道。过了一会儿，她又柔声说：

"可怜的老爸爸！不知道他会说什么！"

他没说多少话。甘特一家人起先吃惊，后来很快就把新事件融入生活的纹理中。深邃的变化不知不觉扩展了他们的心灵。

休·巴顿先生到山里来拜望未婚妻的亲人。他开一辆灰浊浊的 1911 年份棕色别克轿车，懒洋洋靠在长车身里，他们觉得很高兴。油烟漫天，大引擎隆隆响，他来了，跨出车子，高瘦文雅，一副消化不良相，衣服倒是剪裁合身，洗烫得十分浮华。他嘴角含着一根长雪茄，慢慢用批评的眼光查看车子，从从容容脱下长手套，然后不慌不忙脱下十条带子的灰色阔边帽——他的打扮无懈可击，只有这顶帽子叫人吃惊——分别抖动两条长长的裤脚管，把皱纹抖平。其实一点皱纹都没有。接着他从容走上"迪克西兰"的步道，甘特一家聚集在屋里。他不慌不忙走来，静静拿下嘴里的雪茄，夹在毛茸茸的瘦手指中间。他的黑发稀稀薄薄，梳理得很好，现在略微被风吹乱了。

他看见未婚妻，咧嘴一笑，端庄又带点儿挖苦，露出一口大金牙。他们打招呼，相互吻了一下。

海伦说："休，这是家母。"

休·巴顿彬彬有礼地慢慢欠个身，他以锐利的目光盯着伊丽莎，使她很不自在。他嘴唇又抿起来，泛出挖苦的笑容。人人都觉得他要说一句很重要很重要的话。

他握住她的手说："久仰。"

这时候人人都觉得休·巴顿说了一句非常重要的话。

他同样郑重地问候每一个人。大家都被他的气势慑服了。卢克却忍不住说：

"巴——巴——巴顿先生，你得到了一个好女孩。"

休·巴顿慢慢转向他，盯着他瞧。

他一本正经说："我相信如此。"他的嗓子深沉，从容不迫，有一种动人的沙沙声。他正在推销自己呢。

现场寂静得尴尬，他笑眯眯转向尤金。

"来一根雪茄吧？"说着由背心口袋拿出三根长烟，抓在干净的手里。

尤金咧嘴笑笑说："多谢，我抽骆驼牌吧。"

他由口袋里拿出一包烟。休·巴顿正正经经地为他点火柴。

尤金问道："你为什么要戴那顶大帽子呢？"

他说："心理战术——能使他们开口。"

伊丽莎笑起来说："我告诉你吧！很聪明，不是吗？"

卢克说："当然！那是广告！做广告是值得的！"

巴顿先生慢慢说："是的，你得懂别人的心理。"

这句话似乎描述了一种缓和的攻击和有节制的掠夺。

他们很喜欢他。大家一起走进屋里。

休·巴顿的母亲今年七十四岁，体力却像五十岁的健壮妇人，胃口则抵得上两个四十岁的女子。

她是威力十足的老太太，身高六英尺，骨头像男人的一般粗大，面孔厚重，下巴饱满，显得敏感和自得，生就两排壮壮的黄牙齿。看她吃带穗轴的玉米可真轻松。她的舌头有点不灵活，讲话较慢，所以她说话从容不迫，用力发每一个词音。她仔细掩饰这个缺点，不但无损于发言的分量，反而加强了几分。她是热心的共和党员——承袭亡夫的立场——凡是反对她政治观点的人，她都不喜欢。她若受挫或恼火，宽仁的面貌就罩上一层别扭的乌云，宽宽的下唇像窗罩般往外卷。不过她以大手拄着粗拐杖慢慢前进，真是十足的太夫人风范。

海伦引以为荣地说："她是贵妇——真正的贵妇。谁都看得出来！她跟最高尚的人物来往。"

休·巴顿的姐姐吉纳维芙·沃森太太今年三十八岁，皮肤发青，个子高高的，像弟弟一样消瘦；她消化不良，仪态显得很高雅。大家尽量不谈起离异的沃森先生：有人提过他一两回，又嘘声制止，还有人喃喃提到东方的浪子风。

休·巴顿说:"他是畜生,下流狗。他对姐姐很坏。"

巴顿太太摇摇头,缓慢有力地赞同儿子的意见。

她说:"噢,他是可——怕——的人。"

他们说他染上可恶的习惯。他"追求别的女人"。

吉纳维芙姐姐的面孔狭长幽怨,个性爽快活泼,热情又诚恳。她向来穿得很时髦。她在房地产界有点暧昧的关系,大谈一些不明不白的事;她老是差一点就做成一桩"大买卖"。

她总是兴致勃勃地说:"弟弟,我要安排一下。我的好运来了。今天 J. D. 来看我说:'维芙——你是全世界唯一能办成这件事的女人。去办呀,小女孩,你可以发一笔财。'"诸如此类。

尤金暗想:她说话真像大哥史蒂夫。

不过他们一家的亲情和忠心实在感人。那份信赖,那份宁静……使甘特一家人觉得困惑和不安。他们非常感动,也有些恼火。

婚礼前两星期，巴顿一家来到伍德森街。他们来后不满三天，海伦就和巴顿太太失和，这是难免的。海伦对巴顿一家的好感消失了，她的占有欲占了上风——她不愿意平分任何人的爱情，不愿意和别人分享情感上的地位。她要完全拥有，完全独占。她可以慷慨待人，但是女主人一定得由她当，她要付出——这是她天生的法则。

基于这个要点，她立刻表明她跟老太太作对的立场。

巴顿太太也觉得自己损失很大。她要让海伦知道她已得到一位当今的圣人。

老太太摸黑坐在甘特家的回廊上摇摇晃晃地说：

"海伦，你嫁的是一位好青年。"她用力晃脑袋，加强语气。"虽然是我自己夸耀，海伦，你嫁的可是一位好青年喔，世界上没有一个年轻人比休更好。"

海伦恼火地说："噢，不知道！我想他并不吃亏，你知道吧，我也挺看重自己喔。"她粗声开怀大笑，想掩饰心中的愤慨，可是人人都看得出她生气，只有巴顿太太例外。

过了一会儿，她找个借口回到屋内，一脸神经兮兮的怪表情，对卢克、尤金或者任何同情她的听众说：

"你听到了吧？你听到了吧？你明白我得受什么罪了吧，你明白吗？我不希望那个鬼老太婆跟我在一起，你会责备我吗？你会吗？她想管制一切，你看出来了吧？她一有机会就存心惹我，你看出来了吧？她舍不得放弃他。当然舍不得！他是她的饭票嘛，她们狠狠剥削他，咦，就算现在，如果必须在我们之间做个选择——"她的面孔抽动得好厉害，她实在说不下去了。过了一会儿她安静下来，断然说："我想你知道我们为什么要住在别的地方，避开她们了。你明白吧？你怪不怪我？"

尤金喘口气才乖乖说："不，姐姐。"

卢克忠心耿耿说："真他——他——他妈的太差劲了。"

这时候巴顿太太在游廊上用和蔼却很有权威的口气叫道：

"海——伦！你在哪里，海——伦？"

海伦压低了嗓门讽笑道："噢，滚你的！滚你的！"

她大声回答："嗯？什么事？"

你看见了吧？

她要在"迪克西兰"结婚，因为婚礼十分盛大，她认识很多人。

婚期近了，她那压抑的神经质反应一天天加强。她重礼规，渐渐带有火药味：她痛骂伊丽莎收留几个名声暧昧的人。

"妈妈，老天爷，你容许这种勾当在休和他家人面前发生，什么意思嘛？你想他们会有什么观感呢？你不尊重我的感受吗？老天，我新婚之夜，你要让屋里住满荡妇吗？"她的声音又高又哑，简直要哭出来了。

伊丽莎面带愁容说："咦，孩子，你这话是什么意思？我从来没发现什么。"

"你瞎了！人人都在谈这件事！他们还住在一起哩！"最后这句话影射一个酗酒的浪子和一位患轻微肺病的黑发美人儿。

他们派尤金铲除这对男女。他严守在少妇房门外，望着影子在门缝中跳动。六小时后，受困的人投降了——男的走出来。尤金脸色苍白，却以大人信赖他为荣，他叫污染房舍的人搬走。那个年轻人喝醉酒很高兴，欣然应允，他立刻走了。

清扫房屋的行动中，珀特太太未被赶走。

海伦说："我们对她知道多少？人家爱怎么说'胖子'，由他们说吧，我喜欢她。"

羊齿植物、鲜花、盆栽、贺礼和客人都来了。长老会牧师以长长的鼻音说话。人群很拥挤。《婚礼进行曲》隆隆响起来。

闪光灯一亮：休·巴顿和新娘软绵绵瞪着眼——吓慌了；甘特、本、卢克和尤金咧着嘴笑；伊丽莎很伤心，赛尔伯恩太太挂着神秘的笑容；女花童冒冒失失；珀尔·海因斯笑得很开心。

婚礼结束后，伊丽莎母女相拥而泣。

伊丽莎一遍又一遍对客人说：

> "儿子娶妻前是父母的儿子，
> 女儿却一辈子是女儿。"

大家纷纷安慰她。

他们精疲力尽，终于躲开大群大群善意的来宾。休·巴顿夫妇面孔惨白，眼光呆滞，上了一辆门窗紧闭的汽车。完成了！他们要在炮台山过夜。本已代订结婚套房。明天他们要到尼亚加拉去度蜜月。

临走前，海伦吻了尤金，带点往日的亲情。

"宝贝，我们秋天再见。等你安顿好了就过来找我。"

休·巴顿要带新娘到一个新的地方去过日子。他要前往该州的首府。甘特则已决定让尤金去上州立大学。

可是休和海伦第二天并没有照原定计划去度蜜月。那天夜里,巴顿老太太住在"迪克西兰",突然患了一种干呕的毛病。婚礼前大宴亲朋,她的消化系统负担不了这么重的任务。她差一点死掉。

第二天早晨,休和海伦匆匆回来,只见满屋子亮丽的小饰物和枯萎的百合花。海伦精神勃勃照顾生病的老太太;她气冲冲主宰一切,总算把老太太救活了。不出三天,巴顿老太太已脱离险境;可是她的体能恢复得很慢,很烦人,很痛苦。日子一天天拖下去,海伦愈来愈为度不成蜜月而心酸。有时候她冲出病房,歪着脸走进伊丽莎的厨房,控制不住满腔怒火:

"该死的老太婆!有时候我相信她是故意的。老天,我一辈子就不能享受丝毫快乐吗?他们就永远不肯让我好好过吗?呃!呃!"——她那忧郁的大脸上挂着酒醉般的笑容。她含泪咧着嘴说:"妈妈,那些东西究竟是哪里来的?我整天跟在她后面擦秽物。请你告诉我要多久才会改变?"

伊丽莎笑一笑，用手指摸摸宽大的鼻翼。

她说："咦，孩子！究竟怎么着！我从来没看过那样的！她胃里一定存了六个月的东西。"

海伦含含糊糊看别的地方，唇边挂着卑俗的笑容说："是啊！我真想知道那些东西究竟是哪里来的。"她气冲冲一笑。"什么都有了，我随时等着她把肾脏吐出来。"

伊丽莎笑得全身乱颤："哎哟！"

巴顿老太太的声音细细传来："海伦！噢，海伦！"

海伦低声说："噢，滚你的！呃——！呃——！"她突然流下眼泪。"永远这样子！有时候我相信上帝的审判对我们大家不利。爸爸说得对。"

伊丽莎舐舐手指，在灯前穿针。"啐！换了我，我就不再理她了。她没有什么毛病嘛，全是想象的！"伊丽莎坚信大多数人的毛病"都是想象的"，只有她自己例外。

"海伦！"

海伦装出快活的嗓音说："好！我来了！"临

走时对伊丽莎气冲冲一笑。真滑稽，真丑恶，真可怕。

事实上，爸爸的话似乎没有错，我们现代人称为"古弄臣"的"大推云天神"真的对他们的运气大皱眉头呢。

雨来了——大雨不停地落在热气腾腾的山区，山坡的草地和叶簇都泡在水里，湿湿的山土崩落在住宅区，嶙峋的山泉化为起泡的黄浪。从未听过的落土落石把黄黄的堤岸整个冲光了，山腰凹进去，铁轨下的土地被冲走，只剩下空铁轨和悬空的枕木在峡谷上空。

阿尔塔蒙特发生水灾。洪水由山丘大股大股冲下来，涨满了山河，溢出两岸，流到宽宽的密西西比废河，破坏河床；铁桥和木桥像落叶般漂走，铁路公寓住宅和里面住的人全部完蛋。

山镇跟外界的通讯完全断绝。三星期后，水退回原来的渠道，休·巴顿和新婚的妻子坐上别克轿车，驶过淹水的路面，奋不顾身横越毁坏的

铁桥，不顾水势汹涌，在恶劣的天候中出门度
蜜月。

甘特小声说出最后的决定："他去上我指定的
学校，否则就哪儿都别想去。"

就这样说定了，尤金非上州立大学不可。

尤金不想上州立大学。

两年来他一直和玛格丽特·伦纳德幻想他未
来的教育环境。师母说他年纪小，建议他先上范
德堡（或弗吉尼亚）大学两年，再到哈佛大学读
两年，等他轻轻松松抵达"乐园"，再到牛津上个
一两年，做个总结。

约翰·多尔西·伦纳德一面吃酸乳酪一面说：
"孩子，人到那时才可以自称他真的'有教养'。"
又漫不经心地说："当然啦，接下来他不妨旅行一
年左右。"

可是伦纳德夫妇还没打算跟他分手。

玛格丽特·伦纳德说："孩子，你年纪太小了。
你不能说服令尊再等一年吗？尤金，论年龄你还

是小孩子，你的日子还长着呢。"她说话的时候眸子泛黑。

甘特不为所动。

他说："他够大了。我像他这个年纪，已经自力谋生好几年。我年纪渐渐老了，来日不多。我希望我死前他能开始扬名。"

他坚持不考虑延期。他看出小儿子是他光耀门楣的最后希望——会得到他所重视的政治名声。他要儿子成为有远见的大政治家，共和党或民主党的党员。所以他选大学以法界或政界朋友所评鉴的从政得失来衡量。

甘特说："他已经准备去了，而且要上州立大学，不上别的学校。他在那边可以受最好的教育。何况他会交些日后能支持他的朋友。"他以责备的目光看了儿子一眼："很少男孩子有你这么好的机会，你应该感激，不该瞧不起这个机会。你听着，有一天你会感激我送你去那儿。现在我说最后一遍：你去上我指定的学校，否则就哪儿都别想去。"

我们毁灭的因子将在沙漠里开花。